【传世经典 文白对照】

太平广记

十一

卷四二二至卷四五九

〔宋〕李昉 等 编

高光 王小克 主编

中华书局

目录

太平广记

卷第四百二十二
龙五

许汉阳

许汉阳，本汝南人也。贞元中，舟行于洪饶间。日暮，江波急，寻小浦路入。不觉行三四里，到一湖中，虽广而水才三二尺。又北行一里许，见湖岸竹树森茂，乃投以泊舟。渐近，见亭宇甚盛，有二青衣双鬟方鸦，素面如玉，迎舟而笑。汉阳讶之，而调以游词，又大笑，复走入宅。汉阳束带，上岸投谒。未行三数步，青衣延入宅内厅，揖坐。云："女郎易服次。"

须臾，青衣命汉阳入中门。见满庭皆大池，池中荷芰芬芳，四岸斐如碧玉。作两道虹桥，以通南北。北有大阁。上阶，见白金书曰"夜明宫"。四面奇花果木，森耸连云。青衣引上阁一层，又有青衣六七人，见者列拜。又引第二层，方见女郎六七人。目未尝睹，皆拜问所来。汉阳具述

许汉阳

　　许汉阳本是汝南人。贞元年间,他乘舟走到洪、饶州间。傍晚,江流很急,顺着水边的一条路线漂入。不知不觉漂出三四里,来到一个湖中,湖面虽然宽广,但是水深只有二三尺。又向北走了一里左右,见湖岸竹树繁茂,就想划过船去停泊。渐渐靠近,见这里的亭台屋宇很是广阔,有两个婢女迎着他的船微笑,这两个婢女头顶双发髻,脸白如玉。许汉阳感到惊讶,他油腔滑调地挑逗她们,她们大笑着走入宅院。许汉阳整衣束带,上岸去投宿拜谒。没走上三五步,一位婢女便迎出来,直接领进内厅,让他坐下。然后说:"这是女郎换衣服的地方。"

　　过了一会儿,婢女让许汉阳走进中门。院里到处都是大水池,池中的荷花、菱角散发着芬芳,四岸像碧玉般光耀焕然。有两座虹桥贯通南北。北边有一个大阁。拾级而上,见上面用白金书写着"夜明宫"三个大字。四面的奇花异草和果树,森然高耸,与云相接。那婢女把他领到阁楼的头一层,又有六七个婢女一齐向他下拜。又领到第二层,才见到六七位女郎。他还未看清她们,她们就一齐拜见,并问他从哪儿来。许汉阳详细说明

不意至此。女郎揖坐讫，青衣具饮食，所用皆非人间见者。食讫命酒。其中有奇树高数丈，枝干如梧，叶似芭蕉，有红花满树未吐，盏如杯，正对饮所。一女郎执酒，命一青衣捧一鸟如鹦鹉，置饮前栏干上。叫一声，而树上花一时开，芳香袭人。每花中有美人长尺余，婉丽之姿，挈曳之服，各称其质。诸乐弦管尽备。其人再拜。女郎举酒，众乐俱作，萧萧泠泠，窅如神仙。才一巡，已夕，月色复明。女郎所论，皆非人间事，汉阳所不测。时因汉阳以人事辩之，则女郎一无所酬答。

欢饮至二更，筵宴已毕，其树花片片落池中，人亦落，便失所在。一女郎取一卷文书以示，汉阳览之，乃《江海赋》。女郎令汉阳读之，遂为读一遍。女郎又请自读一遍，命青衣收之。一女即谓诸女郎，兼语汉阳曰："有感怀一章，欲请诵之。"女郎及汉阳曰："善。"乃吟曰："海门连洞庭，每去三千里。十载一归来，辛苦潇湘水。"女郎命青衣取诸卷，兼笔砚，请汉阳与录之。汉阳展卷，皆金花之素，上以银字札之，卷大如拱斗，已半卷书过矣。观其笔，乃白玉为管，研乃碧玉，以玻璃为匣，研中皆研银水。写毕，令以汉阳之名押之。展向前，见数首，皆有人名押署。有名仲方者，有名巫者，有名朝阳者，而不见姓。女郎遂收索卷。汉阳曰："有一篇欲奉和，拟继此可乎？"女郎曰："不可。此亦每归呈父母兄弟，不欲杂尔。"汉阳曰："适以弊名押署，复可乎？"曰："事别，非君子所谕。"四更已来，命悉收拾。

自己是无意中来到这里的。女郎们请他坐定之后，婢女们送来饮食，这些饮食都是人间不曾见过的。吃完又喝酒。院子里有一棵几丈高的大树，看枝干像梧桐，看叶子像芭蕉，树上挂满了还没有开放的红花，一朵朵大如酒杯，正对着喝酒的地方。一位女郎端着酒，让一名婢女捧来一只很像鹦鹉的鸟，放在面前的栏杆上。那鸟叫了一声，树上的花便同时开放，香气袭人。每一朵花中，都有一个一尺多高的美人，这些小美人个个都姿容婉丽，服饰飘摆，各有风韵。各种弦乐管乐的乐器都有。这些人再次行礼。女郎一举杯，便众乐齐奏，忽而像萧萧马鸣，时而像泠泠的水声，就像仙乐一般。刚刚酒过一巡，天就已经黑了，月色明亮起来。女郎们谈论的都不是人间的事，为许汉阳所不知。当时许汉阳就用人间的事与她们争辩，女郎们没有回答。

喝到二更天，宴席已经结束，那些树上的红花也一片片地落入池中，那些小美人也随之落下，不知去哪了。一位女郎拿来一卷文书给许汉阳看，许汉阳一看，是《江海赋》。那女郎让许汉阳读一遍，许流阳就读了一遍。女郎又自己读了一遍，然后让婢女收了起来。一位女郎对众女郎和许汉阳说："我有感怀一章，想给大家朗诵一下。"女郎们和许汉阳都说："好。"于是那女郎吟诵道："海门连洞庭，每去三千里。十载一归来，辛苦潇湘水。"那女郎让婢女把卷、笔、砚取来，请许汉阳为她把诗录下来。许汉阳把卷打开一看，见卷全是金花底色的白素丝绸，上面用银字写的，卷像拱斗那么大，有半卷已经写过了。看那笔，是白玉做的笔管，砚台是碧玉做的，用玻璃做的匣子，砚台里研的全是银水。写完之后，女郎让许汉阳写上自己的名字。打开往前看，看到了几首诗，都有人署名。有叫仲方的，有叫巫的，有叫朝阳的，而不见有写姓氏的。这时候女郎就要回那卷。许汉阳说："我有一首和诗，打算接着写到后边可以吗？"女郎说："不可以。这书卷每次回家都要交给父母兄弟看，不想把你夹杂在里边。"许汉阳说："刚才把我的名字都写上了，那怎么又可以了呢？"女郎说："不是一回事，这不是你能明白的。"四更天一到，就让人全都收拾了。

挥霍次，一青衣曰："郎可归舟矣。"汉阳乃起。诸女郎曰："忻此旅泊接奉，不得郑重耳。"恨恨而别。

归舟忽大风，云色陡暗，寸步黯黑。至平明，观夜来饮所，乃空林树而已。汉阳解缆，行至昨晚灊口江岸人家，见十数人，似有非常，因泊舟而讯。人曰："江口溺杀四人，至二更后，却捞出。三人已卒，其一人，虽似死而未甚。有巫女以杨柳水洒拂禁咒，久之能言曰：'昨夜水龙王诸女及姨姊妹六七人归过洞庭，宵宴于此，取我辈四人作酒。掾客少，不多饮，所以我却得来。'"汉阳异之，乃问曰："客者谓谁？"曰："一措大耳，不记姓名。"又云："青衣言，诸小娘子苦爱人间文字，不可得，常欲请一措大文字而无由。"又问今在何处，已发舟也。汉阳乃念昨宵之事，及感怀之什，皆可验也。汉阳默然而归舟，觉腹中不安，乃吐出鲜血数升，知悉以人血为酒尔。三日方平。出《博异志》。

刘禹锡

唐连州刺史刘禹锡，贞元中，寓居荥泽。首夏独坐林亭，忽然间大雨，天地昏黑，久方开霁。独亭中杏树，云气不散。禹锡就视树下，有一物形如龟鳖，腥秽颇甚，大五斗釜。禹锡因以瓦砾投之，其物即缓缓登阶，止于檐柱。禹锡乃退立于床下，支策以观之。其物仰视柱杪，款以前趾，抉去半柱。因大震一声，屋瓦飞纷乱下，亭内东壁，上下罅裂丈

正收拾的时候,一位婢女对许汉阳说:"您可以回去了。"许汉阳便起身。众女郎说:"这次相会令人高兴,只是对你怠慢了。"大家恋恋不舍,恨恨而别。

　　许汉阳回来的时候忽然遇上大风,云色陡然变暗,每走一步都黑暗得看不见路。到了天明,他来看他夜间喝酒的地方,乃是一片空空的树林罢了。许汉阳解开缆绳,走到昨晚所见江岸人家处,见有十几个人,好像发生了什么事情,于是就停船打听。有人说:"江口淹死了四个人,到二更天才捞上来。三个人已死,另一个虽然像死了却没有完全死过去。有一个巫女为他洒拂杨柳水,念咒,过了很久才能讲话,他说:'昨天晚上水龙王的几个女儿及她们的姨表姊妹六七个人回过洞庭,在这举行夜宴,用我们四个人做酒。因为客人不多,喝酒不多,所以我还能活着回来。'"许汉阳感到惊异,就问那个人说:"那个客人是谁?"那人说:"是一个穷酸的读书人,不记得他的姓名。"那人又说:"听婢女说,这些小娘子特别喜爱人间的文字,但总弄不到,常常想向一个穷酸文人求字而没有法子。"许汉阳问那个穷酸文人现在什么地方,对方说已经开船走了。许汉阳想到昨天夜间的事,以及那些复杂的感触,都可以验证了。他默默地乘船而回,觉得肚子里不大安稳,就吐了几升鲜血,知道这全是用人血做的酒。三天之后才平定。出自《博异志》。

刘禹锡

　　唐朝连州刺史刘禹锡,贞元年间,寓居在荥泽。初夏的一天,他独自坐在林亭中,忽然间下起大雨,天地一片昏黑,很久天才放晴。只有亭中的一棵杏树云气不散。刘禹锡走近杏树下细看,看到有一个东西的形状像龟鳖,特别污秽腥臭,有五斗大锅那么大。刘禹锡扔瓦砾打它,那东西就缓缓地登上台阶,在檐柱下停住了。刘禹锡就退到床下,拿着手杖,观察那东西。那东西仰视着柱子的顶端,慢慢地用前爪子挖去半根柱子。因此大震一声,屋上的瓦纷飞乱下,亭内东壁上,从上到下裂开一丈

许。先是亭东紫花苜蓿数亩，禹锡时于裂处，分明遥见。雷既收声，其物亦失，而东壁之裂，亦已自吻合矣。禹锡亟视之，苜蓿如故，壁曾无动处。出《集异记》。

周邯

贞元中，有处士周邯，文学豪俊之士也。因彝人卖奴，年十四五，视其貌甚慧黠。言善入水，如履平地。令其沉潜，虽经日移时，终无所苦。云，蜀之溪壑潭洞，无不届也。邯因买之，易其名曰"水精"，异其能也。邯自蜀乘舟下峡，抵江陵，经瞿塘艳滪，遂令水精沉而视其邃远。水精入，移时而出，多探金银器物。邯喜甚。每舣船于江潭，皆令水精沉之，复有所得。沿流抵江都，经牛渚矶，古云最深处，是温峤蓺犀照水怪之滨。又使没入，移时复得宝玉。云："甚有水怪，莫能名状，皆怒目戟手，身仅免祸。"因兹邯亦至富赡。

后数年，邯有友人王泽，牧相州，邯适河北而访之。泽甚喜，与之游宴，日不能暇。因相与至州北隅八角井。天然盘石，而甃成八角焉，阔可三丈余。且暮烟云翁郁，漫衍百余步。晦夜，有光如火红射出千尺，鉴物若昼。古老相传云，有金龙潜其底，或亢阳祷之，亦甚有应。泽曰："此井应有至宝，但无计而究其是非耳。"邯笑曰："甚易。"遂命水精曰："汝可与我投此井到底，看有何怪异，泽亦当有所赏也。"水精已久不入水，忻然脱衣沉之。良久而出，语邯曰：

多长。原先这亭东有几亩紫花苜蓿，刘禹锡这时从裂口可以分明地看到远处这些苜蓿。雷震声过后，那东西也没有了，而东壁上的裂口，也自己吻合了。刘禹锡多次去看，苜蓿如旧，墙壁竟然没有变化之处。出自《集异记》。

周　邯

　　贞元年间，有一个叫周邯的处士，是一位文学豪杰之士。一个彝人卖奴隶，那奴隶十四五岁，看样子很聪明伶俐。主人介绍说这奴隶善水，在水里如履平地一般。让他沉到水底，很长时间不上来，他都不觉得痛苦。奴隶说蜀地的溪、壑、潭、洞，没有他没到过的。周邯于是就买了这个奴隶，认为他的本领不一般，给他改名叫"水精"。周邯从蜀地坐船，出山峡，到江陵，经过瞿塘峡滟滪堆时，他就让水精沉到水底，去看看水底到底有多深。水精入水，过了一会儿出来，捞得许多金银器物。周邯高兴坏了。每次小船泊于江岸潭边，他都让水精况下去一次，又有收获。沿江流来到江都，经过牛渚矶，自古说最深的地方，是温峤燃烧犀角照水怪的地方。他又让水精况下去。过了一会儿水精捞上来一块宝玉。还说："水底下有水怪，说不准是什么样子，都怒自狂舞，要抓他，自己仅仅能免祸。"由此周邯也成为巨富。

　　几年后，周邯有个朋友叫王泽，在相州做太守，周邯到河北去拜访他。王泽很高兴，与周邯一起游览、欢宴，每天都不空闲。二人一起来到州北隅的八角井。八角井，是天然的磐石，用砖围成八角形，井口宽三丈多。这口井，早晚烟云蒸腾，弥漫出一百多步。黑夜，有火红的光从井里射出来，可照出一千尺，看东西像白天一样清楚。自古人们相传说，有一条金龙潜伏在水底，有时久旱不雨，人们到井边去祷告，也很灵验。王泽说："这井里理应有至宝，只可惜没有办法探究它的虚实罢了。"周邯笑着说："非常容易。"于是就对水精说："你要能投到水底，看看井里有什么怪异，连王泽也会奖赏你。"水精已经很长时间没下过水了，高兴地脱了衣服下去了。过了许久才出来，对周邯说：

"有一黄龙极大,鳞如金色,抱数颗明珠熟寐。水精欲劫之,但手无刃,惮其龙忽觉,是以不敢触。若得一利剑,如龙觉,当斩之无惮也。"邯与泽大喜。泽曰:"吾有剑,非常之宝也。汝可持往而劫之。"水精饮酒伏剑而入。移时,四面观者如堵。忽见水精自井面跃出数百步,续有金龙亦长数百尺,爪甲锋颖,自空挐攫水精,却入井去。左右慑栗,不敢近睹。但邯悲其水精,泽恨失其宝剑。

逡巡,有一老人,身衣褐裘,貌甚古朴,而谒泽曰:"某土地之神,使君何容易而轻其百姓?此穴金龙,是上玄使者,宰其瑰璧,泽润一方。岂有信一微物,欲因睡而劫之?龙忽震怒,作用神化,摇天关,摆地轴,搋山岳而碎丘陵,百里为江湖,万人为鱼鳖。君之骨肉焉可保?昔者锺离不爱其宝,孟尝自返其珠,子不之效,乃肆其贪婪之心,纵使猾韧之徒,取宝无惮。今已啖其驱而锻其珠矣。"泽赧恨,无词而对。又曰:"君须火急悔过而祷焉,无使甚怒耳。"老人倏去。泽遂具牲牢奠之。出《传奇》。

资州龙

韦皋镇蜀末年,资州献一龙,身长丈余,鳞甲悉具。皋以木匣贮之,蟠屈于内。时属元日,置于大慈寺殿上,百姓皆传,纵观二三日,为香烟薰死。国史阙书。是何祥也?出《纪闻》。

"有一条很大的黄龙,鳞如金色,抱着几颗明珠在那里睡觉。水精想要把明珠抢过来,但是手中没有兵刃,怕那龙忽然发觉,所以没敢动。如果能有一把利剑,就算龙发觉了,也可以毫无畏惧地把它杀死。"周邯和王泽非常惊喜。王泽说:"我有剑,我这把剑还是一把不比寻常的宝剑呢。你可以拿我的剑下去把明珠抢来。"水精喝了些酒,带着剑就下去了。过了一会儿,四面来看热闹的人围成了一堵墙。忽然看见水精从井面跳出来几百步远,接着有一条几百尺长,爪甲锋利的金龙从空中来抓水精,人和龙都退进井中。左右的人心惊胆战,不敢近看。只是周邯心疼他的水精,王泽心疼他的宝剑。

二人逡巡不定,有一位身穿褐裘,相貌古朴的老人来见王泽说:"我是土地神。先生怎能这么轻视自己的百姓?这口井里的金龙,是上天的使者,主宰那些瑰璧,泽润一方生灵。哪能只相信那一把小小的宝剑,而想要趁龙睡觉去把明珠抢过来呢?龙忽然震怒,作用神化,摇得动天关,摆得动地轴,捶得碎山岳,砸得碎丘陵,百里大地变成江湖,万人之众都要喂鱼鳖。到那时候,你的骨肉怎么能保得住呢?从前锺离不爱其宝,孟尝君自返其珠,你不学他们,却鼓动狡诈贪婪之心,纵使贪婪狡诈之徒,肆无忌惮地去夺宝。现在他已经被龙吃掉锻炼那些珠子了。"王泽羞愧悔恨,无言以对。土地神又说:"你必须马上悔过并且要祷告,不要让金龙太生气了。"老人倏然离去。王泽立即准备供品祭奠。出自《传奇》。

资州龙

韦皋镇守巴蜀的末年,资州献来一条龙,身长一丈多,鳞和甲什么都有。韦皋把它用木匣子装着,让它在匣子里蜷曲着。当时正是正月初一,把它放在大慈寺的大殿上,百姓们一传十、十传百,随便看了三天,结果龙被香火熏死了。《国史》上缺少这件事的记载。这是什么预兆呢?出自《纪闻》。

韦思恭

元和六年，京兆韦思恭与董生、王生三人结友，于嵩山岳寺肄业。寺东北百余步，有取水盆在岩下。围丈余，而深可容十斛。旋取旋增，终无耗，一寺所汲也。三人者自春居此，至七月中，三人乘暇欲取水。路臻于石盆，见一大蛇长数丈，黑若纯漆，而有白花，似锦，蜿蜒盆中。三子见而骇，视之良久。王与董议曰："彼可取而食之。"韦曰："不可。昔葛陂之竹，渔父之梭，雷氏之剑，尚皆为龙，安知此名山大镇，岂非龙潜其身耶？况此蛇鳞甲，尤异于常者。是可戒也。"二子不纳所言，乃投石而扣蛇且死，萦而归烹之。二子皆咄韦生之诈洁。俄而报盆所又有蛇者。二子之盆所，又欲击，韦生谏而不允。二子方举石欲投，蛇腾空而去。及三子归院，烹蛇未熟。忽闻山中有声，殷然地动。觇之，则此山间风云暴起，飞沙走石。不瞬息至寺，天地晦暝，对面相失。寺中人闻风云暴起中云："莫错击。"须臾，雨火中半下，书生之宇，并焚荡且尽。王与董皆不知所在，韦子于寺廊下无事。故神化之理，亦甚昭然。不能全为善，但吐少善言，则蛟龙之祸不及矣，而况于常行善道哉！其二子尸，迨两日，于寺门南隅下方索得。斯乃韦自说。至于好杀者，足以为戒矣。出《博异志》。

卢元裕

故唐太守卢元裕未仕时，尝以中元设幡幢像，置盂兰于其间。俄闻盆中有唧唧之音。元裕视，见一小龙才寸许，

韦思恭

元和六年,京兆人韦思恭与董生、王生三人结友,在嵩山岳寺修习学业。寺东北一百多步的地方,岩石下有一个取水盆。水盆的围长一丈多一点,而深可装得下十斛。水是随打随增,始终不见少,全寺的人都来打水。韦思恭等三人从春天住进来,到了七月中旬,有一天,三个人趁有空就去打水。走到石盆,他们看到一条大蛇,这条大蛇有几丈长,黑得像纯漆,有白花,像锦,在石盆里弯弯曲曲地爬动。三个人吓了一跳,看了好久。王生与董生商议说:"那东西可以打死拿回去吃。"韦思恭说:"不行。以前葛陂的竹,渔父的梭,雷氏的剑,尚且都是龙,怎么知道这名山大镇之中就没有龙潜身呢?况且这条蛇的鳞和甲,和一般蛇特别不一样。这可要小心。"二人没听他的话,就扔石头把蛇打死,缠绕起来拿回去煮上了。二人都嘲笑韦思恭是假正经。不一会儿有人说石盆那里又有大蛇。二人跑去一看,又要下手击蛇,韦思恭急忙劝阻。二人刚举石要投,那蛇腾空而去。等到三个人回到院子里,蛇肉还没煮熟。忽然听到山中有一种声音,地也在颤动。一看,这山中竟然风云暴起,飞沙走石。眨眼的工夫,风沙来到寺前,天昏地暗,对面不见人。寺中的人们在风云暴起之时听到有人说:"不要错击了好人。"片刻,天上下起雨和火,书生的房屋,烧了个精光。王生和董生都不知在哪里,韦思恭在寺廊下安然无恙。所以,神化的道理也很明显。不能全做善事,只说了一些好话,那么蛟龙之祸就没有及身,何况那些经常行善道的呢!那王生和董生的尸体,过了两天,才在寺门南边找到。这是韦思恭亲口说的。对于那些好杀生的人,此事足以为戒了。出自《博异志》。

卢元裕

从前唐太守卢元裕还没做官的时候,曾经在中元节这天设置幡幢像,又把盂兰盆放在其间。不一会儿就听到盆中有"唧唧"的声音。卢元裕过去一看,见盆里有一条才一寸来长的小龙,

逸状奇姿，婉然可爱。于是以水沃之，其龙伸足振鬣已长数尺矣。元裕大恐。有白云自盆中而起，其龙亦逐云而去。元裕即翰之父也。出《宣室志》。

卢　翰

唐安太守卢元裕子翰言：太守少时，尝结友读书终南山。日晚溪行，崖中得一圆石，莹白如鉴。方执玩忽次，堕地而折。中有白鱼约长寸余，随石宛转落涧中。渐盈尺，俄长丈余，鼓鬐掉尾。云雷暴兴，风雨大至。出《纪闻》。

李　修

唐浙西观察使李修，元和七年为绛郡守。是岁，其属县龙门有龙见。时观者千数，郡以状闻于太府。时相国河东府张弘靖为河中节度使，相国之子故舒州刺史以宗，尝为文以赞其事。出《宣室志》。

韦　宥

唐元和，故都尉韦宥出牧温州，忽忽不乐，江波修永，舟船燠热。一日晚凉，乃跨马登岸，依舟而行。忽浅沙乱流，芦苇青翠，因纵辔饮马。而芦枝有拂鞍者，宥因闲援熟视，忽见新丝筝弦，周缠芦心。宥即收芦伸弦，其长倍寻。试纵之，应乎复结。宥奇骇，因置于怀。行次江馆，其家室皆已维舟入亭矣。宥故驸马也，家有妓。即付筝妓曰："我于芦心得之，颇甚新紧。然沙洲江徼，是物何自而来？吾

形状超逸,姿态奇丽,婉然可爱。于是他就用水浇它,这时候,只见那小东西伸足振鬣,转瞬间长到几尺长了。卢元裕很害怕。有白云从盆中升起,那龙也追赶着白云而飞去。卢元裕就是卢翰的父亲。出自《宣室志》。

卢　翰

唐安太守卢元裕的儿子卢翰说:卢元裕年轻的时候,曾经结友在终南山读书。有一天傍晚走在溪边,从石崖中拾到一块圆形石头,这石头晶莹光亮如镜子一般。正拿着玩,忽然掉到地上摔断了。里边有一条一寸多长的白鱼,随着那石头宛宛转转落到涧中。只见那条小鱼渐渐长满一尺,不一会儿又长到一丈多,它鼓鬐奋爪,昂首掉尾。之后云雷暴起,风雨大作。出自《纪闻》。

李　修

唐朝浙西观察使李修,元和七年,是绛郡太守。这年,这个郡的属县龙门有龙出现。当时看见的有上千人,郡守写状子报告太府知道。当时河东府的张弘靖相国任河中节度使,相国的儿子前舒州刺史张以宗,曾经写文章赞美这件事。出自《宣室志》。

韦　宥

唐元和年间,前都尉韦宥出任温州牧,心中闷闷不乐,水路又很远,天气灼热,坐在船上也不好受。一天晚上比较凉爽,他就下船上岸,骑着马和船并行。忽然间看到一个地方,沙浅流乱,芦苇青青,于是他就撒开缰绳过去饮马。走在芦苇丛中,有的芦枝拂打马鞍,他随手就抓上来一棵,一看,看到一根新丝制成的筝弦缠在芦苇上。他立即就把筝弦拿下来,伸开一看,有两寻来长。他把弦松开,弦又立即盘结回去。他很惊奇,就把它揣到怀里。来到江馆,全家已经早到了。他是从前的驸马,家里有歌妓和乐妓。他把那根筝弦交给筝妓说:"这是我从芦苇上拾到的,挺新挺紧的。但是那是沙洲江岸,这东西是从哪来的呢? 我

甚异之。试施于器，以听其音。"妓将安之，更无少异，唯短三二寸耳。方馔，妓即置之，随置复结。食罢视之，则已蜿蜒摇动。妓惊告众，竞来观之，而双眸瞭然矣。宥骇曰："得非龙乎？"命衣冠，焚香致敬。盛诸盂水之内，投之于江。才及中流，风浪皆作，蒸云走雷，咫尺昏晦。俄有白龙百尺，拏攫升天。众咸观之，良久乃灭。出《集异记》。

尺　木

龙头上有一物如博山形，名尺木。龙无尺木，不能升天。出《酉阳杂俎》。

史氏子

有史氏子者，唐元和中，曾与道流游华山。时暑甚，憩一小溪。忽有一叶大如掌，红殷可爱，随流而下。史独接得，置于怀中。坐食顷，觉怀中冷重，潜起观之，其上鳞栗栗而起。史惊惧，弃林中。遂白众人："此必龙也，可速去！"须臾，林中白烟生，弥布一谷。史下山未半，风雨大至。出《酉阳杂俎》。

觉得挺奇怪。你把它装到筝上，听听它的声音。"筝妓接过弦去，将其装到筝上，发现这弦没有奇异的地方，只是短了二三寸。当时正吃饭，筝妓先把弦放在那里，一放下它就又盘结起来。吃完饭一看，那弦居然蜿蜒摇动起来。筝妓吃惊地告诉大家，大家争抢着来看，见那东西居然有一双明亮的眼睛。韦宥惊恐地说："莫非是一条龙？"于是他命人帮他穿戴好衣帽，烧香祷告。然后把那东西放到水盆里，投到大江里去。刚投到江流中，风浪便大作，云雾蒸腾，惊雷滚动，天昏地暗。一会儿一条一百多尺长的白龙腾跃升空。在场的人全都看到了，很久才消逝。出自《集异记》。

尺　木

龙头上有一种东西，像博山的形状，叫尺木。龙没有尺木，就不能升天。出自《酉阳杂俎》。

史氏子

有一个姓史的人，在唐元和年间，曾经和几位道士游华山。当时天气很热，大家坐在一条小溪旁歇息。忽然有一片手掌大的树叶顺流而下，那叶子红艳可爱。姓史的就把它捞上来，放到怀里。坐了不到一顿饭的时间，他觉得怀里很凉，就悄悄地起来观看，见那叶子上开始起鳞。他很害怕，把它扔到林子里。然后告诉大家说："这一定是条龙，应该赶快离开！"顷刻之间，林子里开始冒出白烟，布满山谷。他们往山下跑，还没跑到一半，风雨已经很大了。出自《酉阳杂俎》。

卷第四百二十三

龙六

卢君畅

　　故东都留守判官、祠部郎中范阳卢君畅为白衣时，侨居汉上。尝一日，独驱郊野，见二白犬腰甚长，而其臆丰，飘然若坠，俱驰走田间。卢讶其异于常犬，因立马以望。俄而其犬俱跳入于一湫中，已而湫浪泛腾，旋有二白龙自湫中起，云气噎空，风雷大震。卢惧甚，鞭马而归，未及行数里，衣尽沾湿。方悟二犬乃龙也。出《宣室志》。

元义方

　　元义方使新罗，发鸡林州。遇海岛，中有泉，舟人皆汲饮之。忽有小蛇自泉中出。海师遽曰："龙怒。"遂发。未数里，风云雷电皆至，三日三夜不绝。及雨霁，见远岸城邑，乃莱州。出《国史补》。

卢君畅

以前东都留守判官、祠部郎中范阳的卢君畅还无功名的时候，侨居汉水。曾有一天，他独自骑马走在郊野，看见两条白狗，狗的腰身特别长，胸甚肥厚，好像悬浮着要掉下来，那两条狗一起跑在田垄上。卢君畅惊讶它们和一般的狗不同，就勒住马望着那两条狗。不一会儿两条狗都跳进一个大水池中，紧接着那池水便波浪汹涌，马上有两条白龙从池子里升起，云气密布当空，风雷大吼大震。卢君畅很害怕，打马往回跑，没跑出几里，衣服全被雨浇湿。才知道那两条狗就是龙。出自《宣室志》。

元义方

元义方出使新罗国，从鸡林州出发。遇到一个小岛，岛上有泉水，船上的人都打泉水喝。忽然有一条小蛇从泉眼里钻出来。海师忙说："龙生气了。"于是立即就出发。未行几里，风云雷电全都到来，三天三夜没有停歇。等到雨过天晴，望见远处对岸的城邑，是莱州。出自《国史补》。

平昌井

平昌城旧与荆水通,有神龙出入焉,故名龙城。外国有寺曰咀呵罗,寺有神龙住米仓中。奴取米,龙辄却。奴若常取米,龙即不与。仓中米若尽,奴向龙拜,仓即盈溢。出《外国事》。

虎头骨

南中旱,即以长绳系虎头骨,投有龙处。入水,即数人牵制不定。俄顷,云起潭中,雨亦随降。出《尚书故实》。

法喜寺

政阳郡东南有法喜寺。去郡远百里,而正居渭水西。唐元和末,寺僧有频梦一白龙者自渭水来,止于佛殿西楹,蟠绕且久,乃直东而去。明日则雨。如是者数矣。其僧异之,因语与人。人曰:"福地盖神祇所居,固龙之宅也。而佛寺亦为龙所依焉,故释氏有天龙八部,其义在矣。况郊野外寺,殿宇清敞,为龙之止,不亦宜乎?愿以土龙置于寺楹间,且用识其梦也。"僧召工,合土为偶龙,具告其状,而于殿西楹置焉。功毕,甚得云间势,蜿蜒鳞鬣,曲尽其妙,虽丹青之巧,不能加也。

至长庆初,其寺居人有偃于外门者,见一物从西轩直出,飘飘然若升云状,飞驰出寺,望渭水而去。夜将分,始归西轩下,细而视之,果白龙也。明日因告寺僧,僧奇之。又数日,寺僧尽赴村民会斋去,至午方归。因入殿视,像龙

平昌井

平昌城以前与荆水是通连的,有一条神龙在里边出出入入,所以叫作龙城。外国有一座寺叫咀呵罗,寺中有一条神龙住在米仓里。奴仆去取米,龙就往后退。奴仆要是经常取米,龙就不给。仓里的米如果用光了,奴仆向龙跪拜,仓里的粮食就又满了。出自《外国事》。

虎头骨

南中一带遇上天旱,就用长绳子拴住虎头骨,扔到有龙的地方。虎头骨一入水,就让几个人不停地牵动绳子。不一会儿,云就从潭中升起,雨也紧接着就下起来。出自《尚书故实》。

法喜寺

政阳郡东南有一座寺庙叫法喜寺。这寺离郡一百里远,而正处在渭水之西。唐元和年末,寺中有一个和尚频频梦见一条白龙从渭水来,在佛殿西柱子下停住,蟠绕很久,才直奔东方而去。做梦第二天就下雨。这种情况已经多次了。那和尚很奇怪,就告诉了别人。那人说:"福地是神灵居住的地方,本来就是龙的住处。而佛寺也受到龙的依赖,所以释迦牟尼有天龙八部,它的意义就在这里。何况郊野之外的寺院,殿宇清洁宽敞,作为龙的住处,不也很合适吗?希望你能做一条土龙放到殿柱子之间,用它来验证一下你的梦。"那和尚便召集工匠,用土制作一条龙,他把梦中龙的样子详细地告诉工匠们,做成之后就放在殿西柱子下边。完工后,做得很像云雾中的活龙,鳞鬣生动,动态蜿蜒,尽得其妙,即使很好的画家,也不能画得比这更像。

长庆年初,住在寺里的人,有一天仰卧在门外,见一物从西窗出来,轻飘飘的,像一朵云,飞出寺院,向渭水飞去。天将黑的时候,那东西才回到西窗下,仔细一看,果然是一条白龙。第二天他告诉了寺中的和尚,和尚觉得奇怪。几天后,寺里的和尚全都到村民那里会斋去了,直到晌午才回。进殿一看,那条土龙

已失矣。寺僧且叹且异,相顾语曰:"是龙也,虽假以土,尚能变化无方。去莫知其适,来莫究其自。果灵物乎?"及晚,有阴云起于渭水,俄而将逼殿宇。忽有一物自云中跃而出,指西轩以入。寺僧惧惊,且视之,乃见像龙已在西楹上。迫而观之,其龙鬐鬣鳞角,若尽沾湿。自是因以铁锁系之。其后里中有旱涝,祈祷之,应若影响。出《宣室志》。

龙　庙

汾水贯太原而南注,水有二桥。其南桥下尝有龙见,由是架龙庙于桥下。故相国令狐楚居守北都时,有一龙自庙中出,倾都士女皆纵观。近食顷,方挐奋而去。旋有震雷暴雨焉。又明年秋,汾水延溢,有一白蛇自庙中出,既出而庙屋摧圮,其桥亦坏。时唐太和初也。出《宣室志》。

豢龙者

牛僧孺镇襄州日,以久旱,祈祷无应,有处士自云豢龙者,公请致雨。处士曰:"江汉间无龙,独一湫泊中有之,黑龙也。强驱逐之,虑为灾,难制。"公固命之。果有大雨,汉水漫涨,漂溺万户。处士惧罪,亦亡去。出《尚书故实》。

孔　威

唐咸通末,舒州刺史孔威进龙骨一具,因有表录其事状云:"州之桐城县善政乡百姓胡举,有青龙斗死于庭中。时四月,尚有茧箔在庭。忽云雷暴起,闻云中击触声,血如

已经不见了。和尚们又是惊叹又是奇怪,互相看着说:"这一定是龙,尽管它是用土做的,尚且可以变化不定。去,不知它到什么地方去;来,不知它从什么地方来。果然是灵物吧?"到了晚上,从渭水飘来阴云,不多时就要逼近殿宇。忽然有一个东西从云中跳出来,向西窗飞入。和尚们又惊又怕,走近一看,见那条土龙居然已经附在西柱上了。仔细一看,那龙的鬐、鬣、鳞、角,好像全都湿了。从此以后,就用铁链把它锁起来了。这以后里中有了旱涝灾情,向它祈祷,非常灵验。出自《宣室志》。

龙　庙

汾水横贯太原而向南流,水上有两座桥。那南边的桥下曾经有龙出现,因此在桥下盖了龙庙。以前相国令狐楚居守北都的时候,有一条龙从庙中出来,全城的男男女女都来观看。将近一顿饭的工夫,它才腾跃振奋地离去。立刻就有震雷暴雨发生。另外,第二年秋,汾水水涨,有一条白蛇从庙里出来,一出来庙就倒塌了,那桥也坏了。那时是唐朝太和年初。出自《宣室志》。

豢龙者

牛僧儒镇守襄州的时候,久旱,祭祀求雨没见效,有一位处士自己说是养龙的,牛公就请他想办法下雨。那处士说:"江汉一带没有龙,只有一个水池中有一条,是黑龙。如果硬逼它出来,担心造成灾害,很难制住它。"牛公坚持让他去做。果然下了一场大雨,汉水暴涨,淹了上万户人家。那处士怕加罪于他,早早逃跑了。出自《尚书故实》。

孔　威

唐咸通年末,舒州刺史孔威进献龙骨一具,并且有表奏详细记录描述这件事说:"舒州的桐城县善政乡有一个百姓叫胡举,有青龙斗死在他家的院子里。当时是四月,院子里还有养蚕用的竹筛子。忽然间云雷暴起,听到云中有打斗触碰的声音,血就像

酾雨,洒茧箔上。血不污箔,渐旋结聚,可拾置掌上。须臾,令人冷痛入骨。初龙拖尾及地,绕一泔桶,即腾身入云。及雨,悉是泔也。龙既死,剖之,喉中有大疮。凡长十余尺,身尾相半。尾本褊薄,鳞鬣皆鱼,唯有须长二丈。其足有赤膜翳之,双角各长二丈。其腹相自龃龉。时遣大云仓使督而送州。以肉重不能全举,乃刳之为数十段,载之赴官。出《唐年补录》。

华阴湫

唐咸通九年春,华阴县南十里余,一夕风雷暴作,有龙移湫,自远而至。先其崖岸高,无贮水之处,此夕徙开数十丈。小山东西直南北,峰峦草树,一无所伤。碧波回塘,湛若疏凿。京洛行旅,无不枉道就观。有好事者,自辇毂蒲津,相率而至。车马不绝音,逮于累日。京城南灵应台有三娘湫,与炭谷相近,水波澄明,莫测深浅。每秋风摇落,常有草木之叶,飘于其上。虽片叶纤芥,必飞禽衔而去。祷祈者多致花钿锦绮之类,启视投之,歘然而没。乾符初,有朝士数人,同游于终南山,遂及湫所,因话灵应之事。其间不信者,试以木石投之,寻有巨鱼跃出波心,鳞甲如雪。俄而风雨晦暝,车马几为暴水所漂。尔后人愈敬伏,莫有犯者。出《剧谈录》。

下雨，洒到养蚕用的竹筛子上。奇怪的是那血没有污染筛子，而且渐渐集中凝结，可以拾起来放到手掌上。不一会儿，就让人感到刺骨般冷痛。一开始，只见一条龙尾巴拖在地上，围绕着一桶泔水，紧接着又腾飞钻进云里。等到下起雨来，下的全是泔水。龙死了之后，把它剖开，发现它的咽喉里有一个大疮。这条龙共长十多尺，龙的身子和尾巴各占了一半。尾巴又细又薄，鳞鬣就像鱼鳞，只有须子有两丈长。它的脚有红色的角膜蒙着，两只角也都有两丈长。它的肚子凹凸不平。当时派遣大云仓使指挥人马把死龙送往舒州。因为龙肉很重，不能整个搬运，就把它割成几十段，载运到州府。出自《唐年补录》。

华阴湫

唐朝咸通九年春，华阴县南十里多，一天晚上风雷突然大作，有龙从远方移到华阴湫。原先那地方崖岸挺高，没有贮水的地方，这天晚上山崖迁徙，崩裂开几十丈。东西向的小山变成了南北向的，而峰峦草木一无所伤。山间新池碧波回荡，清澈得像疏通的渠道。京洛的行人旅客，都绕道特意来看。有喜欢看热闹的，竟从京城、蒲津成群结伙而来。车马的声音不绝，一直持续多日。京城南灵应台有一个水池叫三娘湫，与炭谷相近，这池子里的水，水波澄明，深浅莫测。每到秋季秋风摇落树叶，常有一些草木之叶飘落池水之上。尽管树叶纤细微小，但是必有飞禽把它衔出去。到这里来祭祀祈祷的，多半喜欢把花钿锦绮之类的东西扔到池里去，扔的时候即使仔细看着，扔下去之后，也很快沉下去了。乾符年初，有几个在朝中当官的人，一块到终南山游玩，来到这个水池边，于是就有人谈到这个池子是如何如何灵验。其中有不相信的，就试探着把石头木块之类的扔下去，不久便有大鱼跃出水面，鳞甲如雪一般晶亮。不多时便风雨阴暗，车马差点被大水冲走。此后人们更加敬服，没有敢触犯的。出自《剧谈录》。

崔道枢

唐中书舍人韦颜，子婿崔道枢举进士者屡屡。一年春下第，归宁汉上所居。因井溁，得鲤鱼一头长五尺，鳞鬣金色，其目光射人。众视异于常鱼，令仆者投于江中。道枢与表兄韦氏，密备鼎俎，烹而食之。经信宿，韦得疾暴卒。有碧衣使人引至府舍，廨宇颇甚严肃。既入门，见厅事有女子戴金翠冠，着紫绣衣，据案而坐。左右侍者皆黄衫巾栉，如宫内之饰。有一吏人从后执簿领出。及轩陛间，付双环青衣，置于绣衣案上。吏引韦生东庑曹署，理杀鱼之状。韦引过，道枢云："非某之罪。"吏曰："此雨龙也，若潜伏于江海湫湄，虽为人所食，即从而可辨矣。但昨者得之于井中，崔氏与君又非愚昧，杀而食之，但难获免。然君且还，试与崔君广为佛道功德，庶几稍减其过。自兹浃旬，当复相召。"韦忽然而寤，且以所说，话于亲属，命道枢具述其事。道枢虽怀忧迫，亦未深信。才及旬余，韦生果殁。

韦乃道枢之姑子也。数日后，寄魂于母云："已因杀鱼获罪，所至之地，即水府，非久当受重谴。可急修黄箓道斋，尚冀得宽刑辟。表弟之过亦成矣，今夕当自知其事。"韦母泣告道枢。及暝，昏然而寝，复见碧衣人引至公署，俱是韦氏之所述。俄有吏执黑纸丹文书字，立道枢于屏侧，疾趋而入。俄见绣衣举笔而书讫，吏接之而出，令道枢览之。

崔道枢

　　唐朝中书舍人韦颜的女婿崔道枢，屡屡参加进士考试。一年春天不第，回到汉水之畔的住处。因为淘井，从井里捉到一条五尺长的鲤鱼，这条鱼的鳞和鬣都是金色的，它的目光射人。大家见它不同于一般的鱼，就让仆人把它投到江里去。崔道枢和他的表哥韦氏，偷偷地准备炊具，把它煮着吃了。两宿之后，韦氏得病突然死去。有一个穿碧色衣服的人把他领到一处府舍，这府舍很是庄严肃穆。进门之后，他看见一个头戴金翠冠，身穿紫绣衣的女子在厅里据案而坐。左右的侍者都穿黄衣，服饰打扮有如宫中。有一个小吏从后面拿着簿子领韦氏出来。来到廊阶之间，把簿子交给一个梳着双环的婢女，由她放到绣衣女子的桌案上。小吏又领着韦氏来到东厢房里的一处官署，审理杀鱼的案子。韦氏把过错推到崔道枢身上，说："不是我的罪过。"那个小吏说："这是一条雨龙，如果它潜伏在江河湖海之中，即使被人吃了，尚有可分辨的余地。只是前几天你们是从井里得到它的，崔道枢和你又不是愚昧之人，把它杀着吃了，只怕罪责难逃。但是你暂且回去，与崔道枢一起多做一些佛道功德之事试试，也许可以多少减轻一些罪过。从现在算起，十天之后我还去找你。"韦氏忽然醒来，就把那官吏的话说给亲属，亲属让崔道枢详细述说杀鱼之事。崔道枢虽然心中怀有忧虑，但是也没太相信。刚到十天，韦氏果然死了。

　　韦氏是崔道枢姑母的儿子。几天后，韦氏托梦对母亲说道："儿子已经因为杀鱼而获罪，所到的地方就是水府，不久将受到严重的惩罚。母亲可以赶紧修黄箓做道场，还有希望惩办得宽一些。表弟的罪过也已经形成了，今晚他应该自知他的事情。"韦母哭着把梦中的情形告诉了崔道枢。等到天黑，崔道枢昏昏沉沉地睡下，见到穿碧色衣服的人把他领到一个公署，全都像韦氏讲过的那样。不一会儿一个拿着黑纸红字文书的小吏，让崔道枢在屏侧站着，他自己快步走进去。不一会儿又见那个穿绣衣的女子提笔写了些什么，小吏便接到手里走了出来，让崔道枢看那上面的文字。

其初云："崔道枢官至三品,寿至八十。"后有判云："所害雨龙,事关天府,原之不可,案罪急追,所有官爵,并皆削除,年亦减一半。"时道枢冬季,其母方修崇福力,才及春首,抱疾数日而终。时崔妻挐咸在京师,韦颜备述其事。旧传夑及牛渚矶是水府,未详道枢所至何许。原缺出处,陈校作出《剧谈录》。

金龙子

唐昭宗文德二年正朔御武德殿,有紫气出于昭德殿东隅,郁郁如烟。令大内留后司寻其所出,得金龙子一枚,长五寸许。群臣称贺。帝曰："朕不以金龙为祥瑞,以偃息干戈为祥瑞。卿等各宜尽忠,以体朕怀。"门下奏,请改文德二年为龙纪元年。出《大唐杂记》。

黄驯

荆州当阳县倚山为廨宇,内有井极深。井中有龙窠,旁入不知几许。欲晴霁及将雨,往往有云气自井而出。唐光化中,有道士称自商山来,入井中,取龙窠及草药而去。其后有令黄驯者,到任之后,常系马于井旁,滓秽流渍,尽入于井中。或有讥之者,饰辞以对。岁余,驯及马皆瞀。出《录异记》。

临汉豕

邛州临汉县内有湫,往往人见牝豕出入,号曰"母猪龙湫"。唐天复四年,蜀城大旱,使俾守宰躬往灵迹求雨。于时邑长具牢醴,命邑寮偕往祭之。三奠迨终,乃张筵于湫上,

上面先写的是："崔道枢官至三品，寿到八十。"后边又写道："害死的雨龙，事关天府，不能原谅，案情紧急，所有的官爵全都消除，年寿也削减一半。"当时崔道枢去的时候正处在冬季，他的母亲开始修道场做功德，刚到春季，他就卧病不起，几天便死了。那时崔道枢的妻儿老小都在京城，韦颜详细地述说了他的事情。旧时传说夔州到牛渚矶是水府，不知崔道枢所去的水府是哪里。原缺出处，陈校作出自《剧谈录》。

金龙子

唐昭宗文德二年正月初一，皇上驾临武德殿，有一股紫气从昭德殿东隅冒出来，袅袅如烟。皇上让宫中留后司寻找发出紫气的地方，寻到了一枚金龙子，有五寸来长。群臣都向皇上祝贺。皇上说："我不认为金龙子是祥瑞之兆，我认为偃息兵戈天下太平才是祥瑞。你们人人尽忠，体念我的心意才好。"门下禀奏，请求把文德二年改成龙纪元年。出自《大唐杂记》。

黄　驯

荆州当阳县靠山建成官署，院中有一口很深的井。井中有一个龙的巢穴，无人知道它有多深。天要变晴以及将要下雨的时候，往往有云气从井底冒出来。唐朝光化年间，有一个道士自称从商山来，他下到井里，取到龙的巢穴和草药之后离去。这以后有一个叫黄驯的县令，到任之后，常常把马拴在井边，各种污秽之物全都进入井中。有的人指责他，他总是回答些粉饰的话。一年多之后，他和他的马全都瞎了眼。出自《录异记》。

临汉豕

邛州临汉县内有一个水池，常有人看见一头母猪出入，人们便叫它"母猪龙湫"。唐天复四年，蜀城大旱，大小官员都到有灵迹的地方去求雨。这时候临汉县令也准备了祭祀的供品，让所有僚属一起到母猪龙湫去祭祀。祭奠完了，就在池边摆下酒宴，

以神胙客。坐于烈日,铺席,以湫为上,每酒巡至湫,则捧觞以献。俟雨沾足,方撤此筵。歌吹方酣,忽见湫上黑气如云,氛氲直上,狂电烨然,玄云陡暗,雨雹立至。令长与寮吏鼓舞去盖,蒙湿而归。翌日,此一境雨足,他邑依然赤地焉。夫人之至诚,则龙畜亦能感动。享德济旱,勿谓不智。出《北梦琐言》。

烧　龙

大江之南,芦荻之间,往往烧起龙。唐天复中,澧州叶源村民邓氏子烧畲,柴草积于天井,山中穴也。火势既盛,龙突出,腾在半空。萦带为火所燎,风力益壮,狂焰弥炽,摆之不落,竟以仆地而毙,长亘数百步。村民徙居而避之。朱梁末,辰州民向氏因烧起一龙,四面风雷急雨,不能扑灭。寻为煨烬,而角不化,莹白如玉。向氏宝而藏之,湖南行军高郁酬其价而强取。于时术士曰:"高司马其祸乎,安用不祥之物以速之?"俄而被诛。出《北梦琐言》。

柳　翁

天祐中,饶州有柳翁常乘小舟钓鄱阳江中,不知其居处妻子,亦不见其饮食。凡水族之类,与山川之深远者,无不周知之。鄱阳人渔钓者,咸谘访而后行。吕师造为刺史,修城掘濠,至城北则雨,止后则晴。或问柳翁,翁曰:"此下龙穴也。震动其上,则龙不安而出穴,龙出则雨矣。

用祭神的肉宴请宾客。游客们坐于烈日之下，铺席，把池放在最尊敬的地位，每巡酒来到池边，捧杯向池献酒。直等到雨沾湿了脚才能撤掉此宴。歌声乐声正盛，忽然间池上黑气如云，雾气蒙蒙地直往上升，狂暴的雷电炸响，黑云密布，雨雹立刻泼撒下来。县令和同僚们欢欣鼓舞，丢掉帷盖，任由雨浇湿了然后才回去。第二天，县境中雨水已足，而其他地方依然是干旱的土地。人极其真诚，那就连龙畜亦能感动。享有贤德救济旱情，不能说不是明智。出自《北梦琐言》。

烧　龙

　　长江以南的芦荻间，往往能烧起龙来。唐天复年间，澧州叶源村一个姓邓的村民耕种前烧荒，把柴草堆在天井，山中的洞穴。火势着旺以后，有一条龙突然钻出来，腾在半空里。它身上带着一些火焰，因为空中风更大，火焰更旺，怎样摇摆都不能将其摇落，最终被烧死了，掉到了地上，有好几百步长。这个姓邓的村民为了避祸，把家搬到别处去了。朱梁王朝的末年，辰州一个姓向的居民烧起一条龙，四面风雷急雨都不能扑灭。很快便烧成灰烬，但是龙角没有烧化，龙角莹如白玉。姓向的把它当成宝贝珍藏着，湖南行军高郁，给姓向的一点钱就硬把龙角拿走了。当时有个术士说："高司马将有大祸临头，怎么还用这种不祥之物来加速祸患来临呢？"不久，高郁果然被杀。出自《北梦琐言》。

柳　翁

　　天佑年间，饶州有个姓柳的老头经常坐着小船在鄱阳江里钓鱼，不知他在哪里居住，也不知他的妻子儿女是谁，也没人见过他吃饭喝水。凡是水族之类，以及山川的多深多远，他没有不知道的。鄱阳打鱼的人们，全都先问他然后再行动。吕师造任刺史时，大兴土木，修城挖沟，挖到城北就下雨，一停天就晴。有人问柳老头这是怎么回事，柳老头说："这下面是龙穴。在它上面吵闹震荡，那么龙就不安，就从穴中跑出来，龙出来就要下雨。

掘之不已，必得其穴，则霖雨方将为患矣。"既深数丈，果得方木长数十尺，交构叠之，累积数十重。其下雾气冲人，不可入而止。其木皆腥涎萦之，刻削平正，非人力所及。自是果霖雨为患。吕氏诸子将网鱼于鄱阳江，召问柳翁。翁指南岸一处："今日唯此处有鱼，然有一小龙在焉。"诸子不信，网之，果大获。舟中以巨盆贮之。中有一鳝鱼长一二尺，双目精明，有二长须，绕盆而行，群鱼皆翼从之。将至北岸，遂失所在。柳翁竟不知所终。出《稽神录》。

不停地挖下去,肯定会挖到龙穴,那就会下雨不止成为灾难了。"挖到几丈深之后,果然挖到了一些几十尺长的方木,交叉叠摞在一起,累积几十层。那下边黑洞洞的,而且雾气冲人,不能进去,就不挖了。那些木头上都缠绕着龙的口水,一股腥味,而且刻削得很平滑,很方正,不是人力所能达到的。从此,果然连连下雨成为灾难。吕家的几个子弟要到鄱阳江上去捕鱼,把柳老头找来问他哪里有鱼。柳老头指着南岸一个地方说:"今天只有那个地方有鱼,但是有一条小龙也在那里。"几个孩子不信,就去下网,果然大有收获。他们把打上来的鱼全都放在船上的一只大盆里。其中有一条一二尺长的鳝鱼,两眼精光有神,还有两根长须,绕盆而行,群鱼都在两边跟着它。要到北岸的时候,盆里的鱼全都没了。姓柳的老头也不知哪去了。出自《稽神录》。

卷第四百二十四
龙七

阎浮龙

龙在阎浮提者五十七亿。龙于翟陁尼不降浊水。西洲人食浊则夭。单越人恶冷风，龙不发冷。于弗姿提洲，不作雷声，不起电光。东洲恶之也。其雷声，兜率天作歌颂音，阎浮提作海潮音。其雨，兜率天上雨摩尼，获世城雨美膳。海中注雨不绝如连。阿修中雨罗丘伏，阎浮提中雨清浮水。出《酉阳杂俎》。

吴山人

陇州吴山县，有一人乘白马夜行，凡县人皆梦之。语曰："我欲移居，暂假尔牛。"言讫即过。其夕，数百家牛，及明，皆被体汗流如水。于县南山曲出一湫，方圆百余步。里人以此湫因牛而迁，谓之"特牛湫"也。出《独异志》。

阎浮龙

　　在阎浮提的龙共有五十七亿。在瞿陁尼的龙不往地上降污浊的水。西洲人食用了污浊的水就夭亡。单越人厌恶冷风，龙就不发冷。在弗姿提洲，龙不作雷声，不起电光。而这些都是东洲厌恶的。那雷声，兜率天作歌颂的声音，阎浮提作海潮的声音。那雨，兜率天上下的是摩尼，获世城下的是好饭菜。海中下雨不止，雨水像连到了一起。阿修中下罗丘伏，阎浮提中下清浮水。
出自《酉阳杂俎》。

吴山人

　　陇州吴山县，有一个人骑着一匹白马夜间走路，全县的人都梦到了他。他说："我想要搬家，暂时借你们的牛用一下。"说完他就走了。那天夜里，好几百家的牛，到天明一看，全都一身大汗。在县南山弯处出现了一个方圆一百多步的大水池。乡里人因为这个水池是用牛迁来的，就叫它"特牛湫"。出自《独异志》。

白将军

僧元可言,近传有白将军者尝于曲江洗马,马忽跳出惊走。前足有物,色白如衣带,萦绕数匝。遽令解之,血流数升。白异之,遂封纸帖中,藏于衣箱。一日,送客至浐水,出示诸客。客曰:"盍以水试之?"白以剑划地成窍,置虫于中,沃盥其上。少顷,虫蠕而长,窍中泉涌。倏忽自盘若一席,有黑气如香烟,径出檐外。众惧曰:"必龙也。"遂急归。未数里,风雨骤至,大震数声。出《酉阳杂俎》。

温 媪

温媪者,即康州悦城县孀妇也,绩布为业。尝于野岸拾菜,见沙草中有五卵,遂收归,置绩筐中。不数日,忽见五小蛇,壳一斑四青。遂送于江次,固无意望报也。媪常濯浣于江边。忽一日,见鱼在水跳跃,戏于媪前,自尔为常。渐有知者,乡里咸为龙之母,敬而事之。或询以灾福,亦言多征应。自是媪亦渐丰足。朝廷知之,遣使征入京师。至全义岭,有疾,却返悦城而卒。乡里共葬之江东岸。忽一夕,天地晦暝,风雨随作。及明,移其冢于西,而草木悉于西岸。出《岭表录异》。

柳子华

柳子华,唐时为城都令。一旦方午,忽有犊车一乘,

白将军

和尚元可说,近来传闻,有一个被人们称作白将军的人曾经在曲江洗马,那马忽然就跳出去惊跑了。马的前腿上有个东西,白色,像衣带,在马腿上缠了好几圈儿。白将军急忙让人把马腿上的那个东西解下来,马流了几升血。白将军感到奇怪,就把那个带状的虫子封到纸帖里,装进箱子。有一天,送客来到浐水,白将军把那虫拿出来让客人观看。客人说:"为何不用水试它一下?"白将军就用剑在地上挖了一个坑,把那虫子放到里边,再用水浇它。不一会儿,那虫开始蠕动,而且长长了,坑里头泉水涌动。忽然那虫自己盘起来,像一个座席那么大,有黑气冒出来,像香烟袅袅,径直飘出檐外。大伙恐惧地说:"这一定是龙。"于是就急忙回来。没走几里,风雨骤然袭来,还听到了几声震动的声音。出自《酉阳杂俎》。

温 媪

温媪是康州悦城县的一个寡妇,以织布为业。有一天她到野外江边拾菜,发现沙草中有五只鸟蛋,就捡了回来,放到织布用的筐子里。不几天,忽然出现五条小蛇,一条花的,四条青的。于是她就把它们送到江边去了,本来无意让它们回报什么。她常常在江边洗衣服。忽然有一天,她发现鱼在水里跳跃,在她面前嬉戏,从此以后经常有这样的事。渐渐有人知道了,乡里人都认为她是龙的母亲,对她特别尊敬。有的人向她询问祸福吉凶,她说得也多半都很应验。从此她也渐渐富足起来。朝廷知道了,派人把她召到京师。走到全义岭,她病了,又回到悦城县,不久病死。乡里人一起把她葬到江的东岸。忽然有一天晚上,天地昏黑,风雨大作。等到天明,见她的坟已由江东挪到江西,而且草木也全都挪在西岸。出自《岭表录异》。

柳子华

柳子华唐朝时做城都县令。有一天正午,忽然有一辆牛车,

前后女骑导从径入厅事。使一介告柳云："龙女且来矣。"俄而下车，左右扶卫升阶，与子华相见。云："宿命与君合为匹偶。"因止。命酒乐极欢，成礼而去。自是往复为常，远近咸知之。子华罢秩，不知所之。俗云："入龙宫，得水仙矣。"原缺出处，明抄本作出《剧谈录》。

斑　石

　　京邑有一士子，因山行，拾得一石子。青赤斑斓，大如鸡子。甚异之，置巾箱中五六年。因与婴儿弄，遂失之。数日，昼忽风雨暝晦，庭前树下，降水不绝如瀑布状。人咸异其故。风雨息，树下忽见此石已破，中如鸡卵出壳焉。乃知为龙子也。出《原化记》。

张公洞

　　义兴县山水秀绝，张公洞尤奇丽。里人云，张道陵修行之所也。中有洞壑，众未敢入。土氓姚生习道，挈杖瓶火，负囊以入。约行数百步，渐渐明朗，云树依稀。近通步武，又十余里，见二道士对奕。曰："何人？焉得来此？"具言始末。曰："大志之士也。"姚生馁甚，因求食。旁有青泥数斗，道士指曰："可餐此。"试探咀嚼，觉芳馨，食之遂饱。道士曰："尔可去，慎勿语世人。"再拜而返，密怀其余。以访市肆，偶胡贾见，惊曰："此龙食也。何方而得？"

前后有骑马的女子引导来到他的厅堂上。有一位女子上前告诉柳子华说:"龙女将要来到。"不久,龙女下了车,由左右搀扶卫护着走上台阶来,与柳子华相见。她说:"命中注定我和你要结成夫妇。"于是就住下了。柳子华命人准备酒席、乐队,举行婚礼之后,龙女才离去。从此她常来常往,远近的人们全都知道。柳子华罢官以后,谁也不知他到哪儿去了。传言:"他去了龙宫,成为水仙了。"原缺出处,明抄本作出自《剧谈录》。

斑　石

京城里有一位士人,顺着山走路,捡到了一块石子。这块石子斑斓多彩,有鸡蛋那么大。这人觉得很奇怪,就把它放到衣箱里,一放就是五六年。后来,由于他拿出来给孩子玩,就丢失了。几天后,大白天就忽然间风雨大作,天地昏黑,院子里的一棵树下,降水不绝就像瀑布一样。人们都感到惊异,不知是什么原因。风雨停息之后,忽然发现那块石子就在那树下,但石子已破,里边就像小鸡出壳一样。这才知道是龙子。出自《原化记》。

张公洞

义兴县山水秀丽卓绝,张公洞尤其秀美奇异。当地人说,这是张道陵修行的地方。里边有一个山洞,谁也不敢进去。有个姓姚的当地人知道路,拿着棍子,带着火把,背着行囊进去了。大约走了几百步,渐渐明朗起来,依稀能望见云和树木。走近之后,发现自己走上了一条别人走过的小路,又走了十几里,他看到两个道士正在下棋。道士问:"你是谁?你是怎么进来的?"他从头到尾详细说了一遍。道士说:"是个有大志的人。"姚生饿得厉害,就向道士要吃的。旁边有几斗青泥,道士指着青泥说:"可以吃这个。"他试着尝了尝,觉得挺香,一会儿就吃饱了。道士说,"你可以走了,千万不要告诉别人。"姚生再拜而返,偷偷把吃剩的青泥揣了回来。他带着这些青泥在市肆间寻访,偶然被胡商看见,胡人吃惊地说:"这是龙的食物。是从哪弄来的?"

乃述其事。俱往寻之，但黑巨穴，不复有路。青泥出外，已硬如石，不可复食。出《逸史》。

五台山池

五台山北台下有龙池约二亩有余。佛经云，禁五百毒龙之所，每至亭午，昏雾暂开，比丘及净行居士方可一睹。比丘尼及女子近，即雷电风雨时大作。如近池，必为毒气所吸，逡巡而没。出《传奇》。

张　老

荆湘有僧寺背山近水，水中有龙。时或雷风大作，损坏树木。寺中有撞钟张老者，术士也，而僧不知。张老恶此龙损物，欲禁杀之，密为法。此龙已知，化为人，潜告僧曰："某实龙也，住此水多年。或因出，风雨损物，为张老所禁，性命危急，非和尚救之不可。倘救其命，奉一宝珠，以伸报答。某即移于别处。"僧诺之。夜唤张老，求释之。张老曰："和尚莫受此龙献珠否？此龙甚穷，唯有此珠，性又吝恶。今若受珠，他时悔无及。"僧不之信，曰："君但为我放之。"张老不得已，乃放。龙夜后送珠于僧，而移出潭水。张老亦辞僧去。后数日，忽大雷雨，坏此僧舍，夺其珠。果如张老之言。出《原化记》。

费鸡师

蜀川有一费鸡师者，善知将来之事，而亦能为人禳救。

他就把事情详细地告诉了胡人。胡人和他一块来寻找，一看，那里只有一个黑黑的大洞，不再有路。青泥拿到外边来已像石头那么硬，不能再吃。出自《逸史》。

五台山池

五台山北台下有一个占地二亩多的龙池。佛经上说，这是关押五百毒龙的地方，每天到了正午，昏暗的池雾暂时散开，和尚和品行高洁的居士才能看一眼。如果尼姑和女人走近，雷电风雨立时大作。如果走近池边，一定会被毒气吸到池子里，慢慢沉下去。

出自《传奇》。

张　老

荆湘有一座僧寺背山近水，水中有一条龙。这条龙时常兴大风下暴雨，毁坏树木。寺中有一个撞钟的张老头，他是一位术士，而和尚并不知道。张老厌恶这条龙祸害东西，就想要把它拘禁起来杀死它，为此他暗中做法。这条龙已经知道，变成人，偷偷地告诉和尚说："我是一条龙，住在这水中已经多年了。或许因为我出去的时候，风雨损坏了东西，要被张老看禁起来了，性命危急，除了你谁也救不了我。如果你能救我一命，我给你一颗宝珠以示报答。我立即就搬到别的地方去。"和尚答应了。夜间喊来张老，求他把龙放掉。张老说："你不要接受龙给的那颗珠子行不行？这条龙特别穷，只有这颗珠子，它的性情又是吝啬凶恶的。现在要是要了他的珠子，以后后悔就来不及了。"和尚不相信，说："你只管为我放了它吧。"张老不得已，就放了。龙这一夜之后送珠子给和尚，从此搬移别处。张老也辞别和尚走了。几日后，忽然一阵大雷雨，毁坏了和尚的僧舍，夺走了那颗宝珠。果然像张老说的那样。出自《原化记》。

费鸡师

蜀川有个叫费鸡师的，能预知将来，还能替人消除灾祸。

多在邛州，蜀人皆神之。时有一僧言，往者双流县保唐寺，寺有张二师者，因巡行僧房，见有空院，将欲住持，率家人扫洒之际，于柱上得一小瓶子。二师观之，见一蛇在瓶内。覆瓶出之，约长一尺，文彩斑驳，五色备具。以杖触之，随手而长。众悉惊异。二师令一物挟之，送于寺外。当携掇之际，随触随大，以至丈余，如屋椽矣。二人担之方举，送者愈惧，观者随而益多。距寺约二三里，所在撼动之时，增长不已。众益惧，遂击伤，至于死。明日，此寺院中有虹蜺，亭午时下寺中。僧有事至临邛，见鸡师说之。鸡师曰："杀龙女矣！张二师与汝寺之僧徒皆当死乎！"后卒如其言。他应验不可胜纪，竟不知是何术。韦绚长足为杜元颖从事，其弟妹皆识费师，于京中已悉知有此事。自到，即询访鸡师之术。凡有病者来告，鸡师发即抱一鸡而往。及其门，乃持咒其鸡，令入内，抵病者之所。鸡入而死，病者差，鸡出则病者不起矣。时人遂号为"费鸡师"。又以石子置病者腹上，作法结印，其石子断者，其人亦不起也。又能书符，先焚符为灰，和汤水，与人吞之，俄复吐出，其符宛然如不烧。

又云，城南建昌桥下，其南岸先有龙窟，岁常损人。至有连马而溺者，如有攫挐于水。当韦皋时，前后运石，凡几万数，顷之，石复失焉。后命道士投简于内，以土筑之，方满。自此之后，龙窟移于建昌寺佛殿下，与西廊龙井通焉。

他大多时间住在邛州，蜀人都把他当成神。当时有一个和尚说，以前双流县有一座保唐寺，寺里头有一个叫张二师的人，因为巡行僧房，见到有所空院落，将要住进去，率领家人洒扫这个院子的时候，在一根柱子上拾到了一个小瓶子。张二师一看，见瓶中装有一条小蛇。张二师把蛇从瓶子里倒出来，那蛇大约有一尺来长，文彩斑驳，五色俱全。他用木棍触动它，它随着他的触动而长大。大家都感到惊异。张二师让人用一物挟制住它，把它送到寺外去。当摆弄它的时候，它随触随大，以至于长到一丈多长，赶上一根椽子了。两个人抬才能把它抬起来，往外送的人更加害怕，围观的人也越来越多。离寺二三里的地方，它随着那撼动，不停地增长。众人更加惧怕，就把它打伤，以至于打死。第二天，有一道彩虹于正午时分下到寺中。这个和尚因事来到邛州，就把这件事对费鸡师讲了。费鸡师说："你们杀死龙女了！张二师和你们寺中的和尚们都得死啊！"后来，果真如他说的那样都死了。他应验的事情数不胜数，却不知是什么法术。韦绚的大哥做杜元颖的从事，他的弟弟妹妹都认识费鸡师，在京中已经全都知道有此事。杜元颖自从到任，就询访费鸡师的法术。凡是有病的来告知费鸡师，费鸡师就抱着一只鸡前往。到了门口，他就抱着鸡念咒，让鸡先进去，到病人住的地方。鸡一进去就死，病人就能痊愈，如果鸡进去然后又出来，那么有病的人就永远起不来了。当时人们因此叫他"费鸡师"。他又把石子放到病人的肚子上，作法念咒，那石子断了的，那人也就没救了。又能写符，先把符烧成灰，和以汤水，让病人吞下，不一会儿又吐出来，那符竟然像没烧过一样。

又说，城南建昌桥下，它的南岸以前有龙窟，一年又一年常常损人伤物。下起暴雨来，甚至有连人带马一块掉进去淹死的，好像被人捉拿到水里去似的。在韦皋那时候，想把龙窟填平，先后一共运来几万块石头，顷刻间，石头又全都没了。后来让道士把一封书简投进去，然后像筑墙那样把土倒进去，这才填满。从此之后，龙窟挪到建昌寺佛殿下边，与西廊的龙井相通了。

而建昌桥下，往往损人而不甚也。询问吏卒，往时人马溺于其间，良久尸浮皆白。其血被吮吸已尽，而尸乃出焉。出《戎幕闲谈》。

汾水老姥

汾水边有一老姥获一颀鲤，颜色异常，不与众鱼同。既携归，老姥怜惜，且奇之，凿一小池，汲水养之。经月余后，忽见云雾兴起，其颀鲤即腾跃，逡巡之间，乃渐升霄汉，其水池即竭。至夜，又复来如故。人见之者甚惊讶，以为妖怪。老姥恐为祸，颇追悔焉。遂亲至小池边祷祝曰："我本惜尔命，容尔生，反欲祸我耶？"言才绝，其颀鲤跃起，云从风至，即入汾水。唯空中遗下一珠，如弹丸，光晶射人。其老姥得之，众人不敢取。后五年，老姥长子患风，病渐笃，医莫能疗。老姥甚伤，忽意取是珠，以召良医。其珠忽化为一丸丹。老姥曰："此颀鲤遗我，以救我子，答我之惠也。"遂与子服之，其病寻愈。出《潇湘录》。

李宣

李宣宰阳县，县左有潭，传有龙居，而鳞物尤美。李之子惰学，爱钓术，日住潭上。一旦龙见，满潭火发，如舒锦被。李子褫魄，委竿而走。盖钓术多以煎燕为饵，果发龙之嗜欲也。出《北梦琐言》。

而城南建昌桥下，虽然还有人受害，但是也不那么严重了。人们询问起龙窟当时伤人的情况，吏卒说，以前人和马被淹在水里，很长时间才能浮上尸体来，尸体全都很白。看来是血被吸吮尽了，尸体才浮上来。出自《戎幕闲谈》。

汾水老姥

汾水边有一位老太太偶然间捉到一条红色的鲤鱼，颜色异常，和平常的鲤鱼非常不同。把这条鱼拿回家之后，老太太可怜它，又觉得它很奇怪，就挖了一个小水池，放上水把它养起来。养了一个多月之后，忽然发现那水池云雾兴起，那鲤鱼就在里边腾跃，转眼之间，就渐渐升入云天，那水池也立刻干涸了。到了晚上，鲤鱼就又回来了，和原先一样。看到的人都很惊讶，以为这鲤鱼是妖怪。老太太也怕它招来灾祸，特别后悔。于是她就亲自到小池边祷告说："我本来怜惜你的性命，容许你活下来，你反倒想要祸害我吗？"话才说完，那鲤鱼就跳起来，云跟着风来，就投到汾水里去了。只从空中丢下来一颗珍珠，弹丸那么大，晶莹光亮，耀眼夺目。那颗宝珠只有那老太太能拿，别人不敢动。五年后，老太太的大儿子得了风病，病情越来越重，谁也治不好。她特别伤心，忽然想用那颗珠子招聘名医。一看，那珠子已变成一粒丹药。老太太说："这是鲤鱼送给我的，一定是用来救我儿子，报答我的恩惠的。"于是就给儿子吃下去，果然不久病就好了。出自《潇湘录》。

李　宣

李宣在阳县做县宰时，县左边有个水潭，传说有龙住在这里边，而且龙的鳞角特别好看。李宣的儿子学业上很懒惰，只喜欢钓鱼，一天到晚待在潭上钓鱼。有一天龙果然出现了，满潭水竟着起火来，就像展开的锦被。李宣的儿子吓得魂飞魄散，扔掉钓竿就跑了。大概钓术都是以前燕为诱饵，最终诱发了龙的嗜欲。出自《北梦琐言》。

濛阳湫

彭州濛阳县界，地名清流，有一湫。乡俗云，此湫龙与西山慈母池龙为昏，每岁一会。新繁人王睿乃博物者，多所辨正，尝鄙之。秋雨后经过此湫，乃遇西边雷雨冥晦，狂风拔树，王睿絷马障树而避。须臾，雷电之势，止于湫上，倏然而霁，天无纤云。诘彼居人，正符前说也。云安县西有小汤溪，土俗云，此溪龙与云安溪龙为亲。此乃不经之谈也。或一日，风雷自小汤溪循蜀江中而下，至云安县。云物回薄，入溪中，疾电狂霆诚可畏。有柳毅洞庭之事，与此相符。小汤之事自目睹。原缺出处，明抄本作出《北梦琐言》。

盐井龙

王蜀时，夔州大昌盐井水中往往有龙，或白或黄，鳞鬣光明。搅之不动，唯沮沫而已。彼人不以为异。近者秭归永济井卤槽，亦有龙蟠，与大昌者无异。识者曰："龙之为灵瑞也，负图以升天，今乃见于卤中，岂能云行雨施乎？"云安县汉成宫绝顶，有天池深七八丈。其中有物如蜥蜴，长咫尺，五色备具，跃于水面，象小龙也。有高遇者为刺史，诣宫设醮，忽浮出。或问监官李德符曰："是何祥也？"符曰："某自生长于此，且未常见汉成池中之物。高既无善政，谄佛佞神，亦已至矣。安可定其是非也？"夷陵清江有狼山潭，其中有龙。土豪李务求祷而事之，往见锦衾覆水，或浮出大木，横塞水面，号为龙巢。遂州高栋溪潭，每岁龙见，一如狼山之事。出《北梦琐言》。

濛阳湫

彭州濛阳县境内，一个名叫清流的地方，有一个水池。乡里人都说，这池里的龙与西山慈母池里的龙是夫妻，每年会一次面。新繁人王睿是个能辨识许多事物的人，经他辨别而得出正确结论的事情有许多，他曾经对上述说法嗤之以鼻。有一回一场秋雨之后，他路过这个水池，竟然遇上西边雷雨昏暗，狂风拔树，他把马拴到一棵树上避雨。不多时，雷电在池上停止，倏然间雨住天晴，万里无云。问那些住在本地的人这是怎么回事，说法与前边说的正好相符。云安县西有个小汤溪，当地人说，这溪里的龙与云安溪里的龙是亲戚。这是不合常理的说法。有一天，风雷从小汤溪沿着蜀江而下，来到云安县。云中物盘旋环绕，进入溪中，风雷闪电，实在可怕。有柳毅洞庭传书一事，与此说相符。小汤溪的事是亲眼所见。原缺出处，明抄本作出自《北梦琐言》。

盐井龙

王蜀时，夔州大昌的盐井水中常常有龙，有的白，有的黄，鳞和鬣闪闪发光。搅动井里的水，龙也不动，只吐一些白沫而已。那里的人司空见惯，不以为怪。近来秭归县永济井的卤槽子里，也有龙，与大昌盐井里的一样。认识龙的人说："龙作为灵瑞，为了行云布雨而到天上去，现在却出现在卤水里，怎么能云行施雨呢？"云安县汉成宫山的最顶上，有一个七八丈深的天池。池中有一种动物像蜥蜴，咫尺长，五色具备，跳动在水面上，像小龙。有一个叫高遇的人做刺史，他来到汉成宫进行祭祀，那东西忽然就浮上水面。有人问监官李德符说："这是什么征兆？"李德符说："我从小生长在这里，还没见过汉成池中的那种东西。高遇既然没有善政，对佛和神如此谄佞讨好，也已做到家了。怎么能确定他是对是错呢？"夷陵的清江有一个狼山潭，潭中有一条龙。土豪李务求到潭边祷告，往潭中一看，锦被盖着水面，偶尔浮出大木头来，横塞在水面上，人们称为龙巢。遂州高栋的溪潭，年年有龙出现，和狼山潭一样。出自《北梦琐言》。

尹 皓

朱梁尹皓镇华州。夏将半，出城巡警。时蒲雍各有兵戈相持故也，因下马，于荒地中得一物如石，又如卵。其色青黑，光滑可爱，命左右收之。又行三二十里，见村院佛堂，遂置于像前。其夜雷霆大震，猛雨如注，天火烧佛堂，而不损佛像。盖龙卵也。院外柳树数百株，皆倒植之。其卵已失。出《玉堂闲话》。

尹　皓

　　朱梁时尹皓镇守华州。夏季将过去一半时,一日,他出城巡警。因为当时蒲雍各有兵戈相持,于是就下马,在地上捡到一个东西,像石,又像卵。它是青黑色的,光滑可爱,于是尹皓便让左右收起来。又走了二三十里,见村院里有佛堂,就把那个像石又像卵的东西放到佛像前。那一夜雷霆大震,暴雨如注,天火烧了佛堂,却没有损坏佛像。大概那是龙卵。院外有数百棵柳树,全都倒过来了。卵已经找不到了。出自《玉堂闲话》。

卷第四百二十五
龙八

龙

龙

张　温

　　王蜀时，梓州有张温者好捕鱼，曾作客馆镇将。夏中，携宾观鱼，偶游近龙潭之下。热甚，志不快。自入水举网，获一鱼长尺许，鬐鳞如金，拨刺不已，俯岸人皆异之。逡巡晦暝，风雨骤作。温惶骇，奔走数里，依然烈景。或曰："所获金鱼，即潭龙也。"是知龙为鱼服，自贻其患。苟无风雨之变，亦难逃鼎俎矣。龙潭取鱼，亦宜戒慎。出《北梦琐言》。

龙

张 温

王蜀的时候,梓州有一个叫张温的人喜欢捕鱼,曾经做客馆
的镇将。夏天里,他陪着客人看鱼,偶然走近龙潭之下。这时天
热得厉害,心里头很不爽快。他就进到龙潭,撒网捕到一条一尺
来长的鱼,这条鱼的鬐和鳞都是金色的,不停地蹦跳,在岸上俯
观的人都很惊异。不一会儿,天阴暗起来,风雨骤然而起。张温
害怕,跑出去好几里地,风雨依然猛烈。有人说:"他捉到的那
条金鱼,就是这潭里的一条龙。"这才知道,龙因为穿了鱼的衣
服,自己给自己惹了麻烦。如果没有风雨的变化,它也很难逃过
被煮吃的下场。到龙潭打鱼,也是应该千万谨慎才好。出自《北
梦琐言》。

郭彦郎

世言乖龙苦于行雨，而多窜匿，为雷神捕之。或在古木及楹柱之内，若旷野之间，无处逃匿，即入牛角或牧童之身。往往为此物所累而震死也。蜀邸有军将郭彦郎者，行舟侠江，至罗云溉。方食而卧，心神恍惚如梦，见一黄衣人曰："莫错。"而于口中探得一物而去。觉来，但觉咽喉中痛。于时篙工辈但见船上雷电晦暝，震声甚厉。斯则乖龙入口也。南山宣律师，乖龙入中指节，又非虚说。所以孔圣之言"迅雷风烈必变"，可不敬之乎？ 出《北梦琐言》。

王宗郎

蜀庚午岁，金州刺史王宗郎奏，洵阳县洵水畔有青烟庙，数日，庙上烟云昏晦，昼夜奏乐。忽一旦，水波腾跃，有群龙出于水上，行入汉江。大者数丈，小者丈余，如五方之色，有如牛马驴羊之形。大小五十，累累接迹，行入汉江，却过庙所。往复数里，或隐或见。三日乃止。 出《录异记》。

犀浦龙

癸酉年，犀浦界田中有小龙青黑色。割为两片，旬日臭败，寻亦失去。摩呵池大厅西面亦有龙井，甚灵，人不可犯。 出《录异记》。

井　鱼

成都书台坊武侯宅南，乘烟观内古井中有鱼，长六七

郭彦郎

世人传说有了过错的龙不敢行雨，大多都到处逃窜藏匿，被雷神追捕。有的藏在古木和楹柱之内，如果是在旷野间，没有地方躲藏，就可能藏进牛角或者牧童的身上。常常有被这种龙连累而被雷击死的人或牲畜。蜀州官府里有一个叫郭颜郎的军将，行船在侠江上，来到了罗云濑。刚吃完饭躺在那里，心神恍恍惚惚，见到一个黄衣人对他说："不要把牙合上。"黄衣人在他的口中找到了一样东西离去了。醒来之后，只觉得咽喉有些疼痛。在他做梦的时候，撑船的篙工们看见船上云雨昏暗，风狂雨怒，雷电震声极大。这就是犯了过错的龙躲到他嘴里去了。南山的宣律师，犯有过错的龙逃进了他的中指节，也不是瞎说。所以孔圣人的话，"雷电迅猛，风雨猛烈，就一定有什么变故"，能不谨慎对待吗？出自《北梦琐言》。

王宗郎

蜀庚午年，金州刺史王宗郎奏报，洵阳县洵水畔有一座青烟庙，一连几天，庙上烟云昏暗，奏乐的声音昼夜不停。忽然有一天早晨，水波翻腾跳跃，有一群龙出现在水面上，向汉江行进。大的几丈长，小的一丈多长，有青、赤、黄、白、黑五种颜色，样子有如牛马驴羊。大的小的各占一半，挤挤撞撞地拥入汉江，经过寺庙。往往复复，徘徊数里，或隐或现。三天之后才停止。出自《录异记》。

犀浦龙

癸酉年，犀浦境内的田地里有一种青黑色的小龙。把它切成两片，十天才腐败发臭，不久就失去所在。摩诃池大厅的西面，也有一口龙井，特别灵验，谁也不能冒犯。出自《录异记》。

井　鱼

成都书台坊武侯宅南，乘烟观内的古井里有条鱼，长六七

寸。往往游于井上，水必腾涌。相传井中有龙。出《录异记》。

安天龙

后唐同光中，沧洲民有子母苦于科徭，流移近界埶店。上恨音。路逢白蛇，其子以绳系蛇项，约而行，无何摆其头落。须臾，一片白云起，雷电暴作，撮将此子上天空中，为雷火烧杀坠地。而背有大书，人莫之识。忽有一人云："何不以青物蒙之，即识其字。"遂以青裙被之。有识字读之曰："此人杀害安天龙，为天神所诛。"葆光子曰："龙神物也，况有安天之号，必能变化无方，岂有一竖子绳系而殒之？遽致天人之罚，斯又何哉！"出《北梦琐言》。

曹　宽

石晋时，常山帅安重荣将谋干纪。其管界与邢台连接，斗杀一龙。乡豪有曹宽者见之，取其双角。前有一物如爷，文如乱锦，人莫知之。曹宽经年为寇所杀。壬寅年，讨镇州，诛安重荣也。葆光子读《北史》，见陆法和在梁时，将兵拒侯景将任约于江上，曰："彼龙睡不动，吾军之龙，甚自跃踊。"遂击之大败，而擒任约。是则军阵之上，龙必先斗。常山龙死，得非王师大捷，重荣授首乎？黄巢败于陈州，李克用脱梁王之难，皆大雨震雷之助。出《北梦琐言》。

寸。它常常游到井上来，每次游上来，水一定会翻腾汹涌。相传这个井里有龙。出自《录异记》。

安天龙

后唐同光年间，沧州百姓中有一对母子为了躲避徭役，迁到附近一个叫垫店上恨音。的地方去。母子二人在路上遇到一条白蛇，那儿子就用绳子系住蛇的脖子，捆绑着它前进，没有过多长时间，摆来摆去，就把蛇的头勒掉了。顷刻之间，一片白云升起，雷电突然炸响，那儿子被拉扯到天空中去，雷火将其烧杀之后，又将其抛落到地上。而且他的后背上有字，没有人能认识。忽然有一个人说："为什么不用青色东西蒙上，蒙上就可以认识那些字了。"于是就用一件青色的裙子盖上了。有一个识字的人读后说："这个人杀害了安天龙，所以被天神处死了。"葆光子说："龙是神物，况且它还有安天的尊号，一定变化无方，哪有被一个臭小子随便用绳子勒死的道理呢？马上就遭到天人的惩罚，这又算什么呢！"出自《北梦琐言》。

曹　宽

石晋的时候，常山帅安重荣将谋反作乱。在他的管界与邢台相接的地方，人们看到两龙相斗，一龙致死。乡里有一个叫曹宽的豪士看见了，割取走了龙的双角。龙角前面有一种像帘子的东西，花纹如同锦绣，没有人知道这是什么。曹宽一年后被贼寇杀死。壬寅年，朝廷的军队讨伐镇州，杀死了安重荣。葆光子读《北史》，发现陆法和在梁时，率领军队把侯景部将任约抵御在江上，说："对方的龙正睡觉，不动，我军的龙非常活跃。"于是就大举进攻，杀得敌军大败，并且生擒了任约。这就说明，军阵之上，一定是龙与龙先斗。常山的龙死了，莫不是王师大捷，安重荣掉脑袋的先兆？黄巢在陈州战败，李克用摆脱梁王之难，都是在雨大雷厉的情况下发生的。出自《北梦琐言》。

梦青衣

孟蜀主母后之宫有卫圣神龙堂,亦尝修饰严洁。盖即世俗之家神也。一旦别欲广其殿宇,因昼寝,梦一青衣谓后曰:"今神龙意欲出宫外居止,宜于寺观中安排可也。"后欲从之,而子未许。后又梦见青衣重请,因选昭觉寺廊庑间,特建一庙。土木既就,绘事云毕,遂宣教坊乐。自宫中引出,奏送神曲;归新庙中,奏迎神曲。其日玄云四合,大风振起,及神归位,雨即滂沱。或曰:"卫圣神龙出离宫殿,是不祥也。"逾年,国亡灭而去,土地归庙中矣。出《野人闲话》。

蛟

汉武白蛟

汉武帝恒以季秋之月,泛灵溢之舟于琳池之上,穷夜达昼。于季台之下,以香金为钩,缩丝纶,以舟鲤为饵,不逾旬日,钓一白蛟长三四丈,若龙而无鳞甲。帝曰:"非龙也。"于是付太官为鲊。而肉紫青,脆美无伦。诏赐臣下,以为神感所获。后竟不得。出《王子年拾遗记》。

浔阳桥

浔阳城东门通大桥,常有蛟为百姓害。董奉疏符沉水中,少日,见一蛟死浮出。出《浔阳记》。

王 述

吴大帝赤乌三年七月,有王述者采药于天台山。

梦青衣

孟蜀主母后的宫中,有一个卫圣神龙堂,修饰得庄严整洁。大概这就是世俗间的家神。有一天她想扩建殿宇,在白天睡觉的时候做了一个梦,梦见一位婢女对她说:"现在神龙想要到宫外去住,可以安排到寺观之中。"她想照梦中婢女说的去做,但儿子不让。后来她又梦见婢女向她请求,就选了昭觉寺的廊庑之间,在那里盖了一座庙。宫殿建成,装饰完毕,她就宣来教坊里的乐工。从宫中把神龙引出的时候,奏送神曲;送到新庙时,奏迎神曲。那天黑云四布,大风四起,等到神龙归位,大雨瓢泼而下。有人说:"卫圣神龙出离宫殿,这是不祥之兆。"过了一年,国家灭亡,神龙也遁去,土地归庙中所有。出自《野人闲话》。

蛟

汉武白蛟

汉武帝经常在九月的时候,坐上一只小船在琳池上漂荡,不分昼夜。他在季台之下,用香金做成钓鱼的钩,拴上吊丝,用船上带来的鲤鱼为饵,不到十天,钓上来一条三四丈长的白蛟,像龙,但是没有鳞甲。汉武帝说:"这不是龙。"于是就交给太官加工成食品。白蛟的肉是紫青色的,又香又脆,鲜美无比。汉武帝赐给臣下们分享,臣下都认为这是因神灵感知而得到的。以后再也没得到过。出自《王子年拾遗记》。

浔阳桥

浔阳城的东门通向一座大桥,大桥下常常有蛟为害百姓。董奉书写了一道符沉到水里,不几天,就有一条死蛟浮在水面上。出自《浔阳记》。

王 述

吴大帝赤乌三年七月,有一个叫王述的人在天台山采药。

时热,息于石桥下,临溪饮。忽见溪中有一小青衣长尺余,执一青衣乘赤鲤鱼,径入云中,渐渐不见。述良久登峻岩四望,见海上风云起,顷刻雷电交鸣,俄然将至。述惧,伏于虚树中。见牵一物如布,而色如漆,不知所适。及天霁,又见所乘之赤鲤小童,还入溪中,乃黑蛟耳。出《三吴记》。

王　植

　　王植,新赣人也。乘舟过襄江,时晚日远眺,谓友朱寿曰:"此中昔楚昭王获萍实之处,仲尼言童谣之应也。"寿曰:"他人以童谣为偶然,而圣人必知之。"言讫,见二人自岸下。青衣持芦杖谓植曰:"卿来何自?"植曰:"自新赣而至于此尔。"二人曰:"观君皆儒士也,习何典教?"植、寿曰:"各习《诗》《礼》。"二人且笑曰:"尼父云:'子不语神怪。'又云:'敬鬼神而远之。'何也?"寿曰:"夫子圣人也,不言神怪者,恐惑典教。又言'敬鬼神而远之'者,以戒彝伦,其意在奉宗之孝。"二人曰:"善。"又曰:"卿信乎?"曰:"然。"二人曰:"我实非鬼神,又非人类。今日偶与卿谈,乃天使也。"又谓植曰:"明日此岸有李环、戴政,俱商徒,以利剥万民,所贪未已。上帝恶,欲惩其罪于三日内。卿无此泊,慎之!"言讫,没于江。寿、植但惊异之,未明何怪也。

　　及明,植谓寿曰:"有此之不祥,可移于远矣。"乃牵舟于上流五有余步。缆讫,见十余大舟自上流而至,果泊于植本处。植曰:"可便详问其故,要知姓字。"于是寿杖策而问之。

当时天气很热,他在一座石桥下休息,到溪边饮水。忽然发现溪水中有一位一尺多高的小婵女,手里拿着一件青衣,乘坐着赤色鲤鱼,直接飞进云中,渐渐消失。王述急忙登上高处向四处观望,只见海上风云骤起,顷刻间雷电轰鸣,马上就要来雨。王述很害怕,趴在一棵空树里。只见那小青衣手里扯着一件颜色如漆,样子像布的东西,不知到哪儿去了。等到天晴,他又看到骑着赤鲤的小孩回到溪中,原来是一条黑蛟。出自《三吴记》。

王　植

王植,新赣人。他乘船过襄江,当时已近傍晚,他眺望着晚日对朋友朱寿说:"这就是以前楚昭王获得萍实的地方,是孔子说童谣应验的地方。"朱寿说,"别人认为童谣是偶然的,而孔子本人肯定是先知。"说完,发现有两个人从岸上下来。这两个人都穿青色衣服,手持芦杖,他们问王植:"你从哪来?"王植说:"我们是从新赣来的。"那两个人说:"看样子你们俩都是书生,念什么书呢?"王植和朱寿说:"我们读的是《诗》和《礼》。"那两个人笑着说:"孔子:'我不说神怪。'又说:'敬鬼神而远之。'为什么呢?"朱寿说:"孔子是圣人,他不说神怪,是恐怕神怪扰惑了典教。他又说'敬鬼神而远之',是为了警戒伦理纲常,他的本意在于教导人们奉行宗亲之孝。"那两个人说:"好。"又说:"你信吗?"回答说:"是的。"那两个人说:"我们其实不是鬼神,也不是人类。今天偶然和你交谈,是上天让我们这样做的。"他们又对王植说:"明天有两个人来,一个叫李环,一个叫戴政,都是做买卖的,以获利剥削万民,贪得无厌。上帝讨厌他们,想要在三天之内惩办他们的罪行。你们不要在这停船了,千万记住!"说完两个人没入江中。朱寿、王植深感惊异,不知道这是什么鬼怪。

到天亮,王植对朱寿说:"有此不祥之兆,咱们及早把船开远吧。"就把船撑到上游五百多步的地方。刚拴住船,就有十几条大船从上流而来,果然停在他们原先停船的地方。王植说:"可去详细问问,打听一下姓名。"于是朱寿就挂着杖过去打听。

二商姓字,果如其所言。寿心惊曰:"事定矣。"乃谓植曰:"夫阴晦之间,恶人之不善,今夕方信之矣。"植曰:"夫言幽明者,以幽有神而神之明,奈何不信乎?"时晋恭帝元熙元年七月也。八日至十日,果有大风雷雨,而二商一时沉溺。植初闻二人之言,私告于人。及是共观者有数百人。内有耿谭者年七十,素谙土事,谓植曰:"此中有二蛟如青蛇,长丈余,往往见于波中,时化游于洲渚,然亦不甚伤物。卿所见二人青衣者,恐是此蛟有灵,奉上帝之命也。"出《九江记》。

陆社儿

陆社儿者,江夏民,常种稻于江际。夜归,路逢一女子,甚有容质。谓社儿曰:"我昨自县前来,今欲归浦里,愿投君宿。"然辞色甚有忧容。社儿不得已,同归,闭室共寝。未几,便闻暴风震雷明照。社儿但觉此女惊惶,制之不止。须臾雷震,只在帘前。社儿寝室,有物突开。乘电光,见一大毛手擎此女去。社儿仆地,绝而复苏。及明,邻里异而问之。社儿告以女子投宿之事。少顷,乡人有渡江来者,云:"此去九里,有大蛟龙无首,长百余丈,血流注地,盘泊数亩。有千万禽鸟,临而噪之也。"出《九江记》。

长沙女

长沙有人忘姓名,家江边。有女下渚浣衣,觉身中有异,

果然是两个商人，他们的姓名果如青衣人所言。朱寿心里吃惊地说："这事肯定了。"于是他对王植说："那阴间也厌恶不行善的人，今天我才相信了。"王植说："所谓幽明，就是因为幽中有神而神自明，为什么不信呢？"当时是晋恭帝元熙元年七月。八日到十日，果然有一场大风暴雨，两个商人同时溺水而死。王植刚听到那两个人说的时候，私下告诉了一些人。等到出事的时候，来看的一共有好几百人。其中有一个叫耿谭的，已经七十岁，向来熟知本地的事情，他对王植说："这里边有两条很像青蛇的蛟，都一丈多长，常常出现在水波之中，也时常变化成人游览洲渚，但是也不怎么伤害东西。你看到的那两个穿青衣的人，恐怕就是这两条蛟有灵，奉上帝的命令做的。"出自《九江记》。

陆社儿

陆社儿，是江夏的普通百姓，平常在江边种稻。有一天夜里归来，路遇一位女子，这女子很有几分姿色。她对陆社儿说："我昨天从县前来，今天想要回浦里，想到你家住一宿。"但是她说话时神色忧伤。陈社儿不得已，就和她一块回到家里，关门共寝。不一会儿，就听到暴风急雨袭来，电闪雷鸣。陆社儿只觉得此女子惊惧，却不能制止。须臾之间，惊雷大震，似乎就在帘前。有一个什么东西打开了陆社儿的寝室。趁着电光，他看见有一只毛茸茸的大手将那女子捉拿而去。陆社儿吓得倒地昏死过去，好长时间才醒过来。等到天明，邻里感到奇怪就来问他。陆社儿就把女子投宿的事情告诉给他们。稍过了一会儿，有渡江来的乡里人说："离此九里的地方，有一条大蛟龙没了头，一百多丈长，血流满地，践踏了好几亩地。有千万只鸟雀在那里吵闹。"出自《九江记》。

长沙女

长沙有一个人，笔者忘记了他叫什么名字，家住在江边。这个人有个女儿，一天到江边洗衣服，觉得身子里有异样的感觉，

后不以为患,遂妊身。生三物,皆如鰕鱼。女以己所生,甚怜之,著澡盘水中养。经三月,此物遂大,乃是蛟子。各有字,大者为当洪,次者名破阻,小者曰扑岸。天暴雨,三蛟一时俱去,遂失所在。后天欲雨,此物辄来。女亦知其当来,便出望之。蛟子亦出头望母,良久复去。经年,此女亡后,三蛟一时俱至墓所哭泣,经日乃去。闻其哭声,状如狗嗥。出《续搜神记》。

苏　颋

唐苏颋始为乌程尉。暇日,曾与同寮泛舟沿溪,醉后讽咏,因至道矶寺。寺前是雪溪最深处。此水深不可测,中有蛟螭,代为人患。颋乘醉步行,还自骆驼桥,遇桥坏堕水,直至潭底。水中有令人扶尚书出,遂冉冉至水上,颋遂得济。出《广异记》。

斗　蛟

唐天宝末,歙州牛与蛟斗。初水中蛟杀人及畜等甚众。其牛因饮,为蛟所绕,直入潭底水中,便尔相触。数日牛出,潭水赤。时人谓为蛟死。出《广异记》。

洪氏女

歙州祁门县蛟潭。俗传武陵乡有洪氏女,许嫁与鄱阳黎氏。将娶,吉日未定,蛟化为男子,貌如其婿,具礼而娶去。后月余,黎氏始到,知为蛟所娶,遂就蛟穴求之。于路

后来也不觉有什么可担忧的,于是就怀了孕。生下了三个东西,看着都像虾鱼。因为是自己生的,她特别怜爱它们,把它们放到澡盆里养着。过了三个月,这三个东西长大了,原来是蛟子。它们各有名字,大的叫当洪,二的叫破阻,小的叫扑岸。有一天天降暴雨,三蛟全都出去了,之后就不知到哪儿去了。后来凡是天要下雨,这三个蛟子就来。那女子也知道它们要来,就出去看它们。蛟子也探出头来看母亲,很久才离去。一年之后,此女子死了,三蛟同时来到墓地哭泣,竟然守了整整一天才离去。听人说它们的哭声像狗嗥。出自《续搜神记》。

苏颋

唐朝的苏颋,当初是乌程尉。有一天闲来无事,和几位同僚泛舟沿溪,船上饮酒,醉后讽咏抒怀,于是就来到道矶寺。寺前是溪的最深处。此水深不可测,其中还有蛟螭,所以这里历代为患。苏颋趁着醉意登岸步行,走到骆驼桥上的时候,恰巧遇上桥坏了,就掉到水里去,直掉到潭底。水里有一个人把他扶了出来,他慢慢升到水面,最终得救了。出自《广异记》。

斗蛟

唐朝天宝年末,歙州的一头牛与一头蛟相斗。当初水中的这头蛟害死许多人和牲畜。那头牛因为到水边饮水,被蛟缠住,直掉入潭底,就和蛟在水底相斗。几天后牛出来了,潭水变红了。人们说是蛟死了。出自《广异记》。

洪氏女

歙州祁门县有一个蛟潭。民间相传武陵乡有一个姓洪的女子,父母把她许配给鄱阳的黎氏。黎家准备娶亲,但还没有定下吉日的时候,潭里的蛟变成了一位男子,相貌和洪氏女的夫婿一模一样,准备好了聘礼把洪氏女娶了去。一个多月以后黎氏才到,知道洪氏女是被蛟娶去了,于是到蛟洞中去找她。在路上

逢其蛟化为人，容貌殊丽，其婿心疑为蛟。视，见蛟窃笑，遂杀之，果复蛟形。又前到蛟穴，见其妻，并一犬在妻之旁。乃取妻及犬以归。始登船，而风雨暴至，木石飞腾，其妻及犬，皆化为蛟而去。其婿为恶风飘到余姚，后数年归焉。其后道人许旌阳又斩蛟于此，仍以板窒其穴。今天清日朗，尚有仿佛见之。出《歙州图经》。

洪　贞

鸡笼山在婺源县南九十五里，高一百六十丈，回环一十五里九十步，形如鸡笼焉。唐开元中，有蛟龙变为道人，歙人洪贞以弟子之礼师之。道流将卜居，寻诸名山。到黄山，贞问此山何如，道流曰："确而寒。"次到飞布山，又问之，道流曰："高而无辅。"到此山，又问之，道流曰："此山宜葬，葬者可致侯王。不然，即出妖怪而已。"贞问其所以，而不之告。道流于室中寝，贞入，但见蛟龙，由是候睡觉而辞归。道流遂入鄱阳而去。贞归，迁其父于此山。后二年，鄱阳洪水大发，漂荡数千家。贞本好道，常焚香持念，颇有方术。居于祁南之回玉乡，乡人遂称其变现神通，将图非望。潜署百官，州中豪杰皆应之。后州发兵就捕，获数十人，而贞竟不知所在。出《述异记》。

老　蛟

苏州武丘寺山，世言吴王阖闾陵。有石穴，出于岩下，若嵌凿状。中有水，深不可测。或言秦王凿取剑之所。唐永泰中，有少年经过，见一美女，在水中浴。问少年同戏否，

遇到了蛟变的人，相貌美丽，那人怀疑其为蛟。仔细一看，见蛟在窃笑，于是就将其杀了，果然现出了蛟的原形。那人又进到蛟洞，见到妻子，妻子的身边还有一条狗。他就领着妻子和狗往回走。刚上船，风雨突然来临，飞沙走石，他的妻子和那条狗，都变成蛟而去。他被大风吹到余姚，几年后才回来。之后有个叫许旌阳的道人又在这里斩杀过一头蛟，还用木板堵了它的洞。现在如果天清日朗，依稀见。出自《歙州图经》。

洪　贞

鸡笼山在婺源县南九十五里，高一百六十丈，回环一十五里九十步，样子就像个鸡笼。唐朝开元年间，有一条蛟龙变成一个道人，歙县人洪贞以弟子之礼，拜他为师。道人要选择地方居住，到各名山寻找。来到黄山，洪贞问这山怎么样，道人说："这个地方贫瘠而且寒冷。"来到飞布山，洪贞又问，道人说："这个地方地势太高，周围无山辅助。"到了这座鸡笼山，洪贞还问，道人说："这里最适合做墓地，把人葬在这里，他的子孙可以成为王侯。不然的话，就出妖怪。"洪贞问这是为什么，道人不告诉他。道人在屋里睡觉，洪贞进屋，只见到一条蛟龙。因此趁其睡着而辞归。道人就到鄱阳那边去了。洪贞回到家里，把他父亲的坟迁到鸡笼山。两年后，鄱阳发大水，淹了几千家。洪贞本来就喜欢道教，常常烧香念经颇懂些方术。他住在祁南的回玉乡，乡里的人就说他善于变化，很有神通，将来能做大事。他暗中委任文武百官，州中的豪杰都响应。后来州官发兵来捉拿这些反叛，捉到了好几十人，而洪贞却不知到哪儿去了。出自《述异记》。

老　蛟

苏州武丘寺山，世人传说是吴王阖闾的陵墓。山下有一个洞穴，在岩石之下，像凿出来的。其中有水，深不可测。有人说这是秦始皇凿取宝剑的地方。唐朝永泰年间，一位少年自此经过，看见有美女在水中洗澡。美女问少年愿不愿意和她玩耍，

因前牵拽。少年遂解衣而入，因溺死。数日，尸方浮出，而身尽干枯。其下必是老蛟潜窟，媚人以吮血故也。其同行者述其状云。出《通幽记》。

武休潭

王蜀先主时，修斜谷阁道，凤州衙将白_{忘其名}掌其事焉。至武休潭，见一妇人浮水而来，意其溺者，命仆夫钩至岸滨。忽化为大蛇，没于潭中。白公以为不祥，因而致疾。愚为诵岑参《招北客赋》云："瞿塘之东，下有千岁老蛟。化为妇人，炫服靓妆，游于水滨。"白公闻之，方悟蛟也，厥疾寻瘳。又内官宋愈昭，自言于柳州江岸为二三女人所招，里民叫而止之，亦蛟也。岑赋所言，斯足为证。出《北梦琐言》。

伐 蛟

《月令》："季秋伐蛟取鼍，以明蛟可伐而龙不可触也。"蛟之为物，不识其形状。非有鳞鬣四足乎？或曰，虬蚳蛟蝹，状如蛇也。南僧说蛟之形，如马蟥，即水蛭也，涎沫腥粘，掉尾缠人，而噬其血。蜀人号为"马绊蛇"。头如猫鼠，有一点白。汉州古城潭内马绊蛇，往往害人。乡里募勇者伐之，身涂药，游泳于潭底，蛟乃跃于沙汭，蟠蜿力困，里人欢噪以助，竟毙之。出《北梦琐言》。

说着就上来拽他。少年就脱掉衣服下去了也因此淹死了。过了几天尸体才浮上来，然而整具尸体已经干枯。那下面一定是老蛟潜藏着的洞穴，其化成美女先媚人后吸血。这是那个少年的同行者讲述的。出自《通幽记》。

武休潭

王蜀先主那时候，修建斜谷阁道，凤州的一位衙将白某忘记他的名字。掌管这件事情。修到武休潭，看见一位妇人从水上漂来，以为她是落水被淹，白某就让人用钩子把她勾到岸上来。不料，那妇人忽然变成一条大蛇，没入潭水之中。白公以为这是不祥之兆，因而就病倒了。我给他读岑参的《招北客赋》说："瞿塘之东，下有千岁老蛟。老蛟变成妇人，衣服美丽，打扮漂亮，游于水滨。"白公听了，恍然大悟，原来自己遇上的不是蛇而是蛟，他的病不久便好了。另外，内官宋愈昭，他自己说有一次在柳州江岸，被两三个女人召唤，当地的居民呼唤制止他过去，那也是蛟。岑参的赋里讲的，可以为证。出自《北梦琐言》。

伐 蛟

《月令》里说："九月杀蛟捕鳄，以说明蛟可以杀伐而龙不可触动。"蛟这种东西，不知道它是什么样子。没有鳞、鬐和四条腿吗？有的人说，虬、螈、蛟、蝘，样子和蛇差不多。南方的和尚说，蛟的样子像马蟥，就是水蛭，一身又腥又粘的涎沫，摇着尾巴缠住人，吸人的血。蜀人称它为"马绊蛇"。说它的头像猫鼠，有一个白点儿。汉州古城潭内的一条马绊蛇，常常害人。乡里招募勇敢的人杀它，那人身上涂了药，潜水到潭底，把蛟逼到沙滩上，蛟盘曲疲倦，乡里人欢呼着跑上去相助，最终把它杀死了。出自《北梦琐言》。

卷第四百二十六

虎一

白　虎

　　秦昭襄王时，白虎为害，自秦、蜀、巴、汉患之。昭王乃重募国中有能杀虎者，邑万家，金帛如之。于是夷朐腮廖仲药、何射虎、秦精等，乃作白竹弩，如高楼上射白虎，中头三矢。白虎常从群虎，瞋恚，尽搏杀群虎，大吼而死。昭王嘉之曰："虎历四郡，害千二百人，一朝患除，功莫大焉。"欲如约，且嫌其夷人，乃刻石为盟约：复夷人顷田不租；十妻不井；伤人不论；杀人不死；秦犯夷，输黄金一两；夷犯秦，输清酒一壶。夷人安之。出《华阳洞志》。

白　虎

秦昭襄王的时候,有一只白虎成为公害,秦、蜀、巴、汉各地都怕它。昭襄王就重赏招募国中有本事杀虎的人,凡能杀死这只白虎的,食邑万户,金帛要多少有多少。于是夷人廖仲药、何射虎、秦精等,就用白竹子做了弓弩,爬到高楼上射那白虎,白虎头上中了三箭。白虎平常跟随着一群虎,现在它极其愤怒,把一群虎都搏杀了,自己也大叫着死去。昭襄王赞赏地说:"这只虎经历四个郡,害了一千二百人,今天一下子除掉这个大患,没有比这个更大的功劳了。"他想要按约行事,又嫌这几个人是夷人,就刻石订立盟约:夷人种田不满一顷的不用交租;妻小不足十人的不算作一井;伤了人的不处分;杀了人的不犯死罪;秦人冒犯了夷人,赔黄金一两;夷人冒犯秦人,赔清酒一壶。于是夷人就安定了。出自《华阳洞志》。

汉景帝

汉景帝好游猎。见虎不能得之,乃为珍馔,祭所见之虎。帝乃梦虎曰:"汝祭我,欲得我牙皮耶?我自杀,从汝取之。"明日,帝入山,果见此虎死在祭所。乃命剥取皮牙,余肉复为虎。出《独异志》。

种僮

种僮为畿令。常有虎害人。僮令设槛,得二虎。僮曰:"害人者低头。"一虎低头,僮取一虎放之。自是猛兽皆出境,吏目之为神君。出《独异志》。

封邵

汉中有虎生角。道家云,虎千岁则牙蜕而角生。汉宣城郡守封邵,一日忽化为虎,食郡民。民呼曰"封使君",因去不复来。故时人语曰:"无作封使君,生不治民死食民。"出《述异记》。

亭长

长沙有民曾作槛捕虎。忽见一亭长,赤帻大冠,在槛中。因问其故,亭长怒曰:"昨被县召,误入此中耳。"于是出之。乃化为虎而去。出《搜神记》。

汉景帝

汉景帝喜欢打猎。他发现一只虎却不能猎得，就准备了许多好吃的东西祭祀那只虎。汉景帝就做了一个梦，梦见那只虎对他说："你祭我，就是想要得到我的牙和皮吗？我自杀，从你所愿，你来取吧。"第二天，汉景帝进山，果然看见那只虎死在之前祭祀的地方。于是他就让人剥了虎皮，拔了虎牙，剩下的虎肉又变成一只虎。出自《独异志》。

种 僮

种僮在京郊做县令。附近常有老虎害人。种僮让人做了一个捉野兽的笼子，捉到了两只虎。种僮对两只虎说："害人的把头低下。"其中一只虎低下头去，种僮就把另一只虎放了。从此，本地的猛兽都转移到外地去了，在吏属的心目中，种僮简直是神仙。出自《独异志》。

封 邵

汉中有一只老虎长了角。道家说，老虎活到一千岁就掉牙而长角。汉宣城的郡守封邵，有一天忽然变成一只猛虎，吃郡里的百姓。百姓叫他"封使君"，因此他就离开了，再也没回来。所以当时的人说："不要作封使君，活着的时候不治理百姓，死了后却吃百姓。"出自《述异记》。

亭 长

长沙的一个百姓曾经做了一个捉野兽的笼子捉虎。有一天他过去看，笼子里有一位亭长，红头巾大高帽，很威武。于是他就问是怎么回事，亭长生气地说："别提了，昨天县里找我，我不知怎么走到这里来了。"于是他就把亭长放出来了。亭长却变成一只老虎跑掉了。出自《搜神记》。

严 猛

晋时，会稽严猛妇出采薪，为虎所害。此后猛行至嵩中，忽见妇云："君今日行，必遭不善。我当相免也。"既而俱前。忽逢一虎，跳梁向猛，妇举手指麾，状如遮护。须臾，有一胡人荷戟而过，妇因指之，虎即击胡，猛方获免。

出《法苑珠林》。

袁 双

晋孝武太元五年，谯郡谯县袁双家贫客作。暮还家，道逢一女。年十五六，姿容端正，即与双为妇。五六年后，家资甚丰，又生二男。至十岁，家乃巨富。后里有新死者，葬后，此女逃往至墓所，乃解衣脱钏挂树，便变形作虎。发冢，曳棺出墓外，取死人食之。食饱后，还变作人。有见之者，窃语其婿："卿妇非人，恐将相害。"双闻之不信。经时，复有死者，辄复如此。后将其婿共看之，述知其实。后乃越县趋墟，还食死人。出《五行记》。

吴道宗

晋义熙四年，东阳郡太末县吴道宗少失父，与母居，未娶妇。一日，道宗他适，邻人闻屋中窣磕之声，窥不见其母，但有乌斑虎在屋中。邻人恐虎食道宗母，遂鸣鼓会里人共救之。围宅突进，不见有虎，但见其母。语如平常，不解

严　猛

　　晋朝时，会稽人严猛的妻子出去打柴，被老虎害死。此后某一天，严猛走到蒿草之中，忽然看到了他的妻子，妻子对他说："你今天走路，一定会遇上不幸的事。我得给你免除。"然后他们就一起往前走。忽然碰上一只老虎，老虎跳跃着奔向严猛，妻子举起手来不停地挥动，样子像遮护。不多时，有一个胡人扛着戟打此走过，妻子就指向胡人，虎就去袭击胡人了，严猛这才获免。出自《法苑珠林》。

袁　双

　　晋孝武帝太元五年，谯郡谯县的袁双，因家穷而雇给别人家做事。有一天晚上往家走，在路上遇到一位女子。这女子十五六岁，姿容端正，就给袁双做了媳妇。五六年后，袁双家的资财丰富，又生了两个男孩。到了第十年，袁双家就是巨富了。后来，乡里有新近死的人，埋了以后，这女人就跑到墓地去，脱下衣服首饰挂到树上，摇身一变变成一只虎。扒开坟丘，拽出棺材，吃里边的死人。吃饱之后，仍然变成人。有人看到了，就偷偷地对袁双说："你媳妇不是人，恐怕以后会害你。"袁双听了不信。又过了一些时候，又有人死去，这女人又去吃。后来就有人把袁双带去一块看，袁双才知所说的是事实。这女人之后就远离州县趋向废墟，仍然吃死人。出自《五行记》。

吴道宗

　　东晋安帝义熙四年，东阳郡太末县有一个叫吴道宗的人，他从小就失去了父亲，和母亲生活在一起，还没有娶上媳妇。有一天，吴道宗到别处去了，邻居有人忽然听到他家有窣窣窸窸磕磕碰碰的声音，从门缝里偷偷往里一看，却没看到他的母亲，只看见一只乌斑虎在屋里。邻人害怕老虎吃了吴道宗的母亲，于是就敲鼓召集乡里人一块来救她。包围了住宅，突然进屋，却不见有虎，只见到他的母亲。他母亲说话的神态与平常一样，不知道

其意。儿还,母语之曰:"宿罪见谴,当有变化事。"后一月,忽失母。县界内虎灾屡起,皆云乌斑虎,百姓患之。众共格之,伤数人。后人射虎,箭带膺,并戟刺中其腹,然不能即死。经数日后,虎还其家,不能复人形,伏床上而死。其儿号泣,葬之如母。出《齐谐记》。

牧牛儿

晋复阳县里民家儿常牧牛。牛忽舐此儿,舐处肉悉白。儿俄而死。其家葬此儿,杀牛以供宾客。凡食此牛肉,男女二十余人,悉变作虎。出《广异记》。

师道宣

晋太元元年,江夏郡安陆县师道宣,年二十二,少未了了。后忽发狂,变为虎,食人不可纪。后有一女子树上采桑,虎取食之。竟,乃藏其钗钏于山石间。后复人形,知而取之。经年还家,复为人。遂出仕,官为殿中令史。夜共人语,忽道天地变怪之事,道宣自云:"吾尝得病发狂,遂化作虎啖人。"言其姓名。同坐人或坐人,或有食其父子兄弟者。于是号哭,捉送赴官,遂饿死建康狱中。出《齐谐记》。

谢 允

历阳谢允字道通,少为贼所掠,为奴于蒋凤家。

大家为什么进来。吴道宗回来之后，母亲对他说："我素常的过错受到责备，当有变化的事情发生。"一个月以后，他的母亲忽然失踪了。全县界内屡屡发生虎害人的事，都说是一只乌斑虎干的，百姓都怕它。许多人一起去袭击它，反被它伤了好几个人。后来有人用箭射它，射中了它的胸，并且用戟刺中了它的肚子，但是不能立即就死。过了几天之后，这只虎回到吴道宗家，已经不能恢复人形，趴在床上死了。吴道宗号哭悲痛，像对待母亲一样埋葬了它。出自《齐谐记》。

牧牛儿

晋朝复阳县一个乡间百姓家的男孩经常牧牛。有一天牛忽然舔这个孩子，舔的地方肉全变白。那孩子不久就死了。这家埋葬孩子的时候，把牛杀了给宾客们做菜吃。吃到牛肉的一共有男男女女二十多人，最后全都变成了老虎。出自《广异记》。

师道宣

晋朝太元元年，江夏郡安陆县有一人叫师道宣，二十二岁，小时候并不怎么聪明。后来他突然发狂，变成一只猛虎，吃人无数。再后来有一位女子在树上采桑，他把她吃了。最后，又把这女子的钗钏之类的东西藏在山石间。后来他又恢复了人形，他还记得那女子的东西，就去取回。过了一年，他回到家里，又开始过人的生活。后来他当了官，官为殿中令史。一夜他和别人一起说话，忽然说到天地变怪的事，他自己说："我曾经得病发狂，变成了一只猛虎，吃了不少人。"他说了他们的姓名。同座人中，有的人就是被他吃了父亲，或孩子，或哥哥，或弟弟，或姐妹等亲人的。于是就号泣，把他捉起来送到官府，之后他就饿死在建康的狱中。出自《齐谐记》。

谢　允

历阳人谢允，字道通，小时候被贼人掳去，在蒋凤家做奴仆。

常于山中见阱中虎饥，因出之。后诣县自白，令长不为申理，考讯无不至。允夜梦人曰："此中易入难出，汝自有慈惠，当相拯拔。"觉，见一少年，通身黄衣，遥在栅外与允语。狱吏以告令长，令长由是不敢诬辱。既还，乃上武当山。时唐公亮闻而愍之，给以资履。遂于襄阳见道士曰："吾师戴先生者，成人君子，尝言有志者与之俱来，得非尔耶？"随入山，斋三日，进见之，乃昔日所梦人也。问允欲见黄衣童否，赐以神药三丸，服之不饥渴，无所思欲。先生亦无常处。时有祥光紫气荫其上，芬馥之气遍于山谷。出《甄异记》。

郑袭

荥阳郑袭，晋太康中，为太守门下驺。忽如狂，奄失其所，经日寻得。裸身呼吟，肤血淋漓。问其故，社公令其作虎，以斑皮衣之。辞以执鞭之士，不堪虓跃，神怒，还使剥皮。皮已着肉，疮毁惨痛。旬日乃差。出《异苑》。

刘广雅

彭城刘广雅，以太元元年为京府佐。被使还，路经竹里亭，多虎。刘防卫甚至，牛马系于前，手戟布于地。中宵，与士庶同睡。虎乘间跳入，独取刘而去。出《异苑》。

他曾经在山中见到陷阱里的一只老虎饿得很厉害，就把虎弄出来放了。后来他到县里去自己说明情况，县令不给他申理，还不择手段地拷问他。他做了一个梦，梦见一个人对他说："这地方进来容易出去难，你对我有恩，我得把你救出去。"梦醒，他看到一位年轻人，这位年轻人全身穿黄色衣服，远远地站在栅栏外边和他说话。狱吏把这事告诉了县令，县令从此不敢侮辱他了。谢允出来之后，就上了武当山。当时唐亮听说了他的遭遇，很同情他，给了他一些资助。之后他在襄阳见到了一位道士，道士说："我师父戴先生，是个成全人的君子，曾经说有个有志气的人和他一块来，大概就是你吧？"他跟着道士进山，斋戒三天，进去见戴先生，原来就是以前梦里的那个人。戴先生问谢允想不想见见那位黄衣童子，把三丸神药赐给他，吃了之后不饥不渴，没有一点别的需求了。戴先生也没有在这里长期逗留。那时有祥光紫气照耀在那里，芬芳之气遍于山谷。出自《甄异记》。

郑袭

荥阳人郑袭，晋朝太康年间，是太守门下的喂马人。有一天忽然就如痴如狂，不知哪儿去了，过了一天才找到。只见他裸着身大呼小叫，满身血肉模糊。问他是怎么回事，他说，土地神让他做老虎，把有斑纹的皮穿到他身上。他说自己是太守的执鞭之士，不能像虎那样吼叫跳跃，神便大怒，让人剥了他的皮然后放还。那皮已经附着到肉上，这一剥，伤口惨痛。十天之后，伤才渐渐好起来。出自《异苑》。

刘广雅

彭城人刘广雅，太元元年的时候，是京府佐。他被派出去办事情，回来时路经竹里亭，竹里亭老虎很多。刘广雅防卫得很严密，把牛马拴在前面，把戟密密地摆在四周。夜半，他和手下人一起睡下。老虎趁此机会跳进来，唯独把刘广雅叼走了。出自《异苑》。

易 拔

晋时,豫章郡吏易拔,义熙中,受番还家,违遁不返,郡遣追。见拔言语如常,亦为设食。使者催令束妆,拔因语曰:"女看我面。"乃见眼目角张,身有黄斑色。便竖一足,径出门去。家先依山为居。至麓,即变成三足大虎。竖一足,即成其尾也。出《异苑》。

萧 泰

梁衡山侯萧泰为雍州刺史,镇襄阳。时虎甚暴,村门设槛。机发,村人炬火烛之,见一老道士,自陈云:"从村丐乞还,误落槛里。"共开之。出槛即成虎,奔驰而去。出《五行记》。

黄 乾

梁末,始兴人黄乾有妹小珠,聘同县人李肃。小妹共嫂入山采木实,过神庙,而小珠在庙恋慕不肯归。及将还,复独走上庙,见人即入草中。乾妻来告肃,肃以为更有他意。肃被县召,将一伴夜还。值风雨,见庙屋有火,二人向火炙衣。见神床上有衣。少间,闻外有行声,二人惶怖,入神床屏风后。须臾,见一虎振尾奋迅,直至火边,自脱牙爪,卷其皮,置床上,着衣向火坐。肃看乃小珠也,肃径出抱之,与语不应。明日将归,送向乾家。乃闭置一室,掷生肉则接食之。其恒看守,少日又成虎。郡县检验,村人乃

易　拔

东晋的时候,豫章郡郡吏易拔,义熙年间,得到一次回家探亲的机会,到期没有回来,郡守就派人去追他回来。被派的人见到易拔,易拔说话很正常,也为他准备饭食。被派的人催易拔穿衣束带准备上路的时候,易拔就说:"你看看我的脸。"被派的人这才看到,易拔的眼角张开了,身上有黄色斑纹。易拔便竖起一只脚,径直走出门去。他家原先就靠山而居。他跑到山根底下,就变成了一只三条腿的大老虎。那竖起的一只脚,变成了老虎的尾巴。出自《异苑》。

萧　泰

南朝梁衡山侯萧泰是雍州刺史,镇守襄阳。当时老虎特别凶暴,村门设有捕捉野兽的笼子。笼子的机关发动了,村民们举着灯笼火把跑来看,只见笼子里有一个老道士,老道士自己陈述说:"从一个村里乞讨回来,不小心误走进笼子里。"村民一起把笼子打开。那老道出来就变成一只虎,奔驰而去。出自《五行记》。

黄　乾

南朝梁末,始兴人黄乾有个妹妹叫小珠,小珠与同县的李肃订了婚。小珠和嫂子一块上山采野果,路过神庙,小珠就在庙前恋恋不舍。要回来的时候,她又独自跑到庙上,见到人就往草里钻。黄乾的妻子告诉了李肃,李肃以为小珠有意于别人。李肃被县里召去,夜里和伙伴往回走。遇上风雨,见庙里有火,两个人就对着火烤衣服。二人发现神床上有衣服。不一会儿,听到外边有走路的声音,两人很害怕,躲到神床屏风后面。片刻,只见一只老虎振尾阔步走到火边,自己脱掉牙和爪,把皮卷起来放到床上,穿上衣服对着火坐下。李肃一看竟是小珠,就跑过去把她抱住,跟她说话,她就不答应。第二天,把她带回,送到黄乾家。黄乾就把她关进一个屋里,扔生肉给她,她就接过去吃。家里长期看守着她,不几天,她又变成虎。郡县过来检验,村里人就

将弓弩上舍，即发屋射杀之。明日有虎暴，百姓白日闭门。太守熊基表闻之。出《五行记》。

酋耳兽

唐天后中，涪州武龙界多虎暴。有一兽似虎而绝大，日正午逐一虎，直入人家噬杀之，亦不食。由是县界不复有虎矣。录奏，检瑞图，乃酋耳。不食生物，有虎暴则杀之也。出于《朝野金载》。

虎塔

唐天后中，成王千里将一虎子来宫中养。损一宫人，遂令生饿数日而死。天后令葬之，其上起塔，设千人供，勒碑，号为"虎塔"。至今犹在。出《朝野金载》。

傅黄中

唐傅黄中为越州诸暨县令。有部人饮大醉，夜中山行，临崖而睡。忽有虎临其上而嗅之，虎须入醉人鼻中，遂喷嚏声震，虎遂惊跃，便落崖，腰胯不遂，为人所得。出《朝野金载》。

郴州佐史

唐长安年中，郴州佐史因病而为虎。将啖其嫂，村人擒获，乃佐史也。虽形未全改，而尾实虎矣。因系树数十日，还复为人。长史崔玄简亲问其故。佐史云："初被一虎引见一妇人，盛服。诸虎恒参集，各令取当日之食。

拿着弓弩上房，扒开房顶射死了她。第二天有虎来犯，大白天百姓都得关门。太守熊基上奏朝廷。出自《五行记》。

酋耳兽

　　唐朝武则天时，涪州武龙县界内虎暴为患。有一个野兽像虎但是特别大，一天正午追一只虎，直追到一户人家，把虎咬死，也不吃。从此以后，这县界内不再有虎了。地方官将此事上奏给朝廷，朝廷到瑞图中一查，这兽原来是酋耳。它不吃生物，有虎行暴就把虎咬死。出自《朝野佥载》。

虎　塔

　　唐朝武则天的时候，成王从千里之外把一只虎崽运到宫中来喂养。因为它伤了一个宫人，就下令先饿它几天，结果它就饿死了。武则天令人把它埋葬了，坟墓之上建了塔，设了千人供，刻了碑，名叫"虎塔"。这塔现在还有。出自《朝野佥载》。

傅黄中

　　唐朝傅黄中是越州诸暨县县令。他有一个部下喝酒喝得大醉，夜里在山中行走，靠着悬崖睡着了。忽然有一只老虎靠近他，从上边用鼻子嗅他的脸，虎须伸进他的鼻孔里，他就打了一个喷嚏，声音大震，老虎吓了一跳，掉到了山崖下，摔坏了腰胯，被人捉住。出自《朝野佥载》。

郴州佐史

　　唐朝长安年间，郴州佐史因病变成了虎。要吃他的嫂子时，被村里人捉住，大家一看原来是他。虽然形状还未完全改变，但是尾巴已是虎尾巴了。于是人们把他绑到树上，一直绑了几十天，他才恢复人形。长史崔玄简亲自问他原因。他说："最初我被一只虎引见给一位妇人，这位妇人穿戴整齐，服饰华丽。许多虎都参拜她，妇人令它们各自领取当天应该吃掉的人的名单。

时某新预虎列,质未全,不能别觅他人,将取嫂以供,遂为所擒。今虽作虎不得,尚能其声耳。"简令试之,史乃作虎声,震骇左右,檐瓦振落。出《五行志》。

巴　人

巴人好群伐树木作板。开元初,巴人百余辈自褒中随山伐木,至太白庙。庙前松树百余株,各大数十围。群巴喜曰:"天赞也。"止而伐之。已倒二十余株,有老人戴帽拄杖至其所,谓巴曰:"此神树,何故伐之?"群巴初不辍作。老人曰:"我是太白神。已倒者休,乞君未倒者,无宜作意。"巴等不止。老人曰:"君若不止,必当俱死,无益也。"又不止。老人乃登山呼:"斑子。"倏尔有虎数头,相继而至,噬巴殆尽,唯五六人获免。神谓之曰:"以汝好心,因不令杀,宜速去也。"其倒树至天宝末尚存。有诏修理内殿,杨国忠令人至山所,宣敕取树,作板以用焉。神竟与之。出《广异记》。

峡口道士

开元中,峡口多虎,往来舟船皆被伤害。自后但是有船将下峡之时,即预一人充饲虎,方举船无患。不然,则船中被害者众矣。自此成例。船留二人上岸饲虎。经数日,其后有一船,内皆豪强,数内有二人单穷,被众推出,令上岸饲虎。其人自度力不能拒,乃为出船,而谓诸人曰:"某贫穷,合为诸公代死。然人各有分定,苟不便为其所害,某别有恳诚,诸公能允许否?"众人闻其语言甚切,为之怆然,

当时我新加入老虎的行列，虎性未全，不能觅获别人，就想把嫂子弄给老虎们吃，于是就被捉住了。现在我虽然不能做老虎，但是还能发出虎的声音。"崔玄简让他试一下，他发出一声虎啸，左右震惊，房上的瓦都被震落了。出自《五行志》。

巴　人

巴人喜欢成群结伙地伐树加工木板。开元年初，一百多位巴人从襄中出发随着山势伐木，一直来到太白庙。庙前有松树一百多棵，每棵都有几十围粗。这群巴人高兴地说："这真是天助啊。"他们便住下来开始伐木。已经伐倒了二十多棵，有一位戴着帽子拄着拐杖的老人来到这里，对巴人说："这是神树，为什么要伐呢？"巴人们并不停止。老人说："我是太白神。已经伐倒的就算了，没伐倒的，希望你们不要伐了。"巴人们仍不停止。老人说："你们不停止，一定都死，没好处啊。"巴人们还是不止。老人便登上山坡喊："斑子。"一时间有几只老虎相继而来，把这些巴人全都咬死，只有六七人得免。神对他们说："因为你们心是好的，就不让虎杀你们了，你们应该马上离开这里。"那些倒树到天宝年末还有。皇上有诏修理内殿，杨国忠令人来到这里，宣读皇帝的诏书取树，做板子用。神最后给了他。出自《广异记》。

峡口道士

唐玄宗开元年间，峡口老虎很多，来往船只上的人总要受到虎的伤害。自此以后，只要是有船从峡口通过，就要事先准备一人充当老虎的吃食，这样全船才能无患。不这样做，船上受害的人就更多了。从此形成惯例。每船留两个人上岸喂虎。过了几日，有一只船上坐的全是有权有势之人，只有两人是穷汉，大家便把这二人推出来，让他们上岸喂虎。其中有一个人自己估计躲不过去，就走出船来，对大家说："我很穷，应当替大家去死。但是人各有自己的命运，如果我没有被虎吃掉，我就有另外的请求，不知大家能不能答应我？"大家听他说得很恳切，也都感到悲怆，

而问曰："尔有何事？"其人曰："某今便上岸，寻其虎踪，当自别有计较。但恳为某留船滩下，至日午时，若不来，即任船去也。"众人曰："我等如今便泊船滩下，不止住今日午时，兼为尔留宿。俟明日若不来，船即去也。"言讫，船乃下滩。

其人乃执一长柯斧，便上岸，入山寻虎。并不见有人踪，但见虎迹而已。林木深邃，其人乃见一路，虎踪甚稠，乃更寻之。至一山隘，泥极甚，虎踪转多。更行半里，即见一大石室，又有一石床，见一道士在石床上而熟寐，架上有一张虎皮。其人意是变虎之所，乃蹑足，于架上取皮，执斧衣皮而立。道士忽惊觉，已失架上虎皮，乃曰："吾合食汝，汝何窃吾皮？"其人曰："我合食尔，尔何反有是言？"二人争竞，移时不已。道士词屈，乃曰："吾有罪于上帝，被谪在此为虎。合食一千人，吾今已食九百九十九人，唯欠汝一人，其数当足。吾今不幸，为汝窃皮。若不归，吾必须别更为虎，又食一千人矣。今有一计，吾与汝俱获两全，可乎？"其人曰："可也。"道士曰："汝今但执皮还船中，剪发及须鬓少许，剪指爪甲，兼头面脚手及身上，各沥少血二三升，以故衣三两事裹之。待吾到岸上，汝可抛皮与吾，吾取披已，化为虎。即将此物抛与，吾取而食之，即与汝无异也。"

其人遂披皮执斧而归。船中诸人惊讶，而备述其由。遂于船中，依虎所教待之。迟明，道士已在岸上，遂抛皮与之。道士取皮衣振迅，俄变成虎，哮吼跳踯。又抛衣与虎，乃啗食而去。自后更不闻有虎伤人。众言食人数足，自当归天去矣。出《解颐录》。

就问他说:"你有什么事?"那人说:"我现在就上岸去,主动去找那老虎,找到以后自然要有些计较。我只求大家把船留在滩下等我一下,到了中午我还没回来大家再走。"大伙说:"我们现在就把船停到滩下去,不仅等你到晌午,还要再等一宿。到明天你还不回来,船才开。"说完,船就来到滩下。

那人就带上一把长把斧上了岸,进山寻找老虎。山上并没有人的踪迹,只有老虎的脚印。林木森森,那人寻得一条小路,虎的脚印甚多,就向前寻去。来到一个山隘,污泥很深,虎踪更多。又走了半里,就看到一个石室,石室里有一张石床,石床上睡着一位道士,他的架子上有一张虎皮。那人想这便是老虎变化的地方,于是就蹑手蹑脚地把虎皮从架上取下来,穿上虎皮拿着斧子站在那里。道士忽然惊醒,见架上的虎皮已经丢失,就说:"我应当吃你,你怎么偷我的皮?"那人说:"我应当吃你,你怎么反而说这样的话?"二人争持不下,过了很长时间也没停止。道士理亏,就说:"我有罪于上帝,被贬在这里当虎。应该吃一千人,我已经吃了九百九十九人,只差你一个了。我很不幸,被你把皮偷了去。如果不还我虎皮,我还要另外做一次老虎,还要吃一千人。我有一计,我们两个可以两全其美,可以吗?"那人说:"可以。"道士说:"你现在只管拿着皮回船上去,剪掉一些头发、胡须、指甲什么的,还有头、脸、手、脚,以及全身,各都稍微滴一点血,用几件旧衣服包上。等我到了岸上,你可以把皮扔给我,我拿起皮披上,变成虎。你再把那东西扔给我,我把它吃了,就等于吃了你。"

那人便披着虎皮拿着斧子回到船上。船上的人都很惊讶,那人便详细述说前后过程。就在船上按道士说的准备了一切。将近天明,道士已经来到岸上,那人于是就把虎皮扔给他。道士把皮往身上一穿,一振作,就变成一只虎,又是吼叫又是跳跃。那人又把旧衣服扔给老虎,老虎就把旧衣服吃了,然后掉头回山而去。此后再没听说这里有老虎伤人的事。大伙说它吃人的数已经足了,自然应当回到天上去了。 出自《解颐录》。

卷第四百二十七
虎二

费忠　虎妇　稽胡　碧石　鼋啮虎
李徵　天宝选人

费　忠

　　费州蛮人，举族姓费氏。境多虎暴，俗皆楼居以避之。开元中，狄光嗣为刺史，其孙博望生于官舍。博望乳母婿费忠劲勇能射，尝自州负米还家，山路见阻，不觉日暮。前程尚三十余里，忠惧不免，以所持刃刈薪数束，敲石取火，焚之自守。须臾，闻虎之声，震动林薮。忠以头巾冒米袋，腰带束之，立于火光之下，挺身上大树。顷之，四虎同至，望见米袋。大虎前躩，既知非人，相顾默然。次虎引二子去，大虎独留火所。忽尔脱皮，是一老人，枕手而寐。忠素劲捷，心颇轻之，乃徐下树扼其喉，以刀拟颈。老人乞命，忠缚其手而诘问之，云是北村费老，被罚为虎，天曹有日历令食

费　忠

　　贵州的蛮人，整族都姓费。因境内多次发生老虎伤人的事情，一般人家都是盖楼而居，以避免虎害。唐玄宗开元年间，狄光嗣为刺史，他的孙子狄博望在官舍出生。狄博望乳母的丈夫费忠英勇善射，有一天他扛着米从州城往家走，山路难走，不知不觉就黑了天。离家还有三十多里的路程，费忠不免有些害怕，就用带在身边的刀割了几捆柴，然后敲石头取火，点起火堆守在那里。不一会儿，他听到了老虎的声音，虎声震得林木丛都在发抖。费忠把自己的头巾盖在米袋子上，又把自己的腰带系在米袋子上，让米袋子像个人似的站在火光之下，他自己却挺身上到一棵大树上边。顷刻间，四只老虎一块来到，并看见了米袋。那一只最大的老虎一下子跳过去，一看不是人，便默默相视，无可奈何。稍小一点的那只老虎领着两只虎崽离去，大虎独自留在火堆旁。大老虎突然把皮脱掉，变成一位老人，枕着手睡起觉来。费忠素来力大敏捷，心中对这位老头很是轻视，他便慢慢从树上下来，一下子掐住了老头的喉咙，用刀抵住老头的脖子。老头求他饶命，费忠把老头的双手绑起来，然后开始盘问他。老头说自己是北村的费老，被罚当老虎，天上的官署有日历命令他吃

人，今夜合食费忠，故候其人。适来正值米袋，意甚郁快，留此须其复来耳，不意为君所执。如不信，可于我腰边看日历，当知之。忠观历毕，问："何以救我？"答曰："若有同姓名人，亦可相代。异时事觉，我当为受罚，不过十日饥饿耳。"忠云："今有南村费忠，可代我否？"老人许之。忠先持其皮上树杪，然后下解老人。老人曰："君第牢缚其身附树，我若入皮，则不相识，脱闻吼落地，必当被食。事理则然，非负约也。"忠与诀，上树，掷皮还之。老人得皮，从后脚入，复形之后，大吼数十声，乃去。忠得还家。数日，南村费忠锄地遇唤也。出《广异记》。

虎　妇

唐开元中，有虎取人家女为妻，于深山结室而居。经二载，其妇不之觉。后忽有二客携酒而至，便于室中群饮。戒其妇云："此客稍异，慎无窥觑。"须臾皆醉眠。妇女往视，悉虎也，心大惊骇，而不敢言。久之，虎复为人形，还谓妇曰："得无窥乎？"妇言初不敢离此。后忽云思家，愿一归觐。经十日，夫将酒肉与妇偕行，渐到妻家，遇深水，妇人先渡。虎方褰衣，妇戏云："卿背后何得有虎尾出？"虎大惭，遂不渡水，因尔疾驰不返。出《广异记》。

稽　胡

慈州稽胡者以弋猎为业。唐开元末，逐鹿深山。

人,今夜应该吃费忠,所以就等着费忠来。刚才来正遇上米袋,心中很是不快,留在这里等他再来,没想到让你捉住了。要是不信,你可以看看我腰边的日历,看了就知道了。费忠看完了日历,问道:"怎么做才能救我?"老头说:"如果有姓名相同的人,也可以顶替。以后事情暴露了,我得受罚,不过只罚挨饿十天罢了。"费忠说:"现在南村也有个费忠,他可以替我吗?"老头答应了。费忠先拿着他的皮爬到树上,把皮放到树梢上,然后再下来解开老头。老头说:"你只管把自己牢牢地绑在树上,我要是进入虎皮,就不认识你了,如果你听到虎啸就掉下来,一定会被我吃掉。事情就是这样,并不是我不守约。"费忠和他告别,爬到树上去,把皮扔下来还给他。老头接过皮去,从后脚进入,恢复了虎的样子之后,大吼大叫了几十声,就离去了。费忠回到家中。几天后,南村的费忠锄地时遇上虎被吃了。 出自《广异记》。

虎　妇

　　唐开元年间,有一只老虎娶了一户人家的女儿为妻,在深山里盖房子居住。过去两年,那女人也没发觉丈夫是只老虎。后来忽然有一天,来了两位客人,客人自己带着酒,与她的丈夫聚饮起来。丈夫警告她说:"这两位朋友与别人不太一样,你可千万不要偷着看他们。"不多时他们全喝醉了睡在那里。她过去一看,全是老虎,心中大吃一惊,却不敢说出来。过了一些时候,虎又恢复成人样,问她道:"你偷看了吗?"她说她根本就不敢离开半步。后来她忽然说想家,想回娘家看看。十天之后,丈夫带着酒肉和她一块回娘家,将要走到娘家的时候,遇到一道深水,妻子先过去了。丈夫脱衣服的时候,妻子戏耍地说:"你身后怎么有一条虎尾巴伸出来了?"虎很羞惭,于是就不渡水了,疾驰而去,再也没有回来。 出自《广异记》。

稽　胡

　　慈州的稽胡以打猎为生。唐开元末,他在深山追赶一头鹿。

鹿急走投一室，室中有道士，朱衣凭案而坐。见胡惊愕，问其来由。胡具言姓名，云："适逐一鹿，不觉深入，辞谢冲突。"道士谓胡曰："我是虎王，天帝令我主施诸虎之食，一切兽各有对，无枉也。适闻汝称姓名，合为吾食。"案头有朱笔及杯兼簿籍，因开簿以示胡。胡战惧良久，固求释放。道士云："吾不惜放汝，天命如此，为之奈何？若放汝，便失我一食。汝既相遇，必为取免。"久之乃云："明日可作草人，以己衣服之，及猪血三斗、绢一匹，持与俱来。或当得免。"胡迟回未去，见群虎来朝，道士处分所食，遂各散去。胡寻再拜而还。翌日，乃持物以诣。道士笑曰："尔能有信，故为佳士。"因令胡立草人庭中，置猪血于其侧。然后令胡上树。以下望之高十余丈，云："止此得矣。可以绢缚身着树，不尔，恐有损落。"寻还房中，变作一虎。出庭仰视胡，大噑吼数四，向树跳跃。知胡不可得，乃攫草人，掷高数丈。往食猪血尽，入房复为道士。谓胡曰："可速下来。"胡下再拜。便以朱笔勾胡名，于是免难。出《广异记》。

碧　石

开元末，渝州多虎暴。设机阱，恒未得之。月夕，人有登树候望，见一伥鬼如七八岁小儿，无衣轻行。通身碧色，

鹿跑得很急，投入一室，室中有一位道士，穿着红衣服靠桌案坐着。他见了稽胡感到惊愕，问稽胡为什么来这里。稽胡首先通报了自己的姓名住址，然后说："刚才我追赶一头鹿，不知不觉就跑到你屋里来，请谅解我的冒失。"道士对稽胡说："我是虎王，天帝命令我主管老虎们的吃饭问题，一切野兽都有各自的食物对象，没有冤枉的。刚才听你说出你的姓名，你应该被我吃。"桌案上有朱笔、杯和簿籍，道士顺手就打开簿子给稽胡看。稽胡看了，吓得战栗了好长时间，苦苦地哀求放了他。道士说："不是我不放你，天命如此，又能怎样呢？如果放了你，我就失去一顿饭。不过你既然遇到我，我就一定会想法救你。"过了一会儿才说："明天你可以做一个草人，把你的衣服给草人穿上，再准备三斗猪血、一匹绢，把这些东西一块拿来，也许能得救。"稽胡迟疑未决的时候，看到一群老虎前来朝拜道士，道士翻阅名册，一个个给它们分配食物，它们便各自散去。稽胡不久也拜了两拜告还。第二天，他就带着那些东西来到道士这里。道士笑着说："你能守信用，是一个好人。"于是就让稽胡把草人立在院子里，把猪血放在草人一侧。然后让稽胡上树。道士在下边望着他爬到十丈高的时候说："停在那儿就行了。可以用绢把身子绑到树上，不然，恐怕会掉下来。"随即他便回到房中，变成一只老虎，来到院子里仰视着稽胡，大声吼叫了几声，向着树上跳跃。知道吃不到稽胡，便抓过草人，抛起几丈高。然后去吃那猪血，吃光后，进屋又变成道士。出来对稽胡说："赶快下来吧。"稽胡下来拜了两拜。老道便用朱笔勾掉了稽胡的姓名，于是稽胡的一场大难免除了。出自《广异记》。

碧　石

唐玄宗开元年末，渝州多次发生老虎伤人的事件。人们挖掘了设置有机关的捕兽陷阱，但总也捉不到老虎。一个有月光的夜晚，有一个人爬到树上去观望，忽然看见一个伥鬼，像一个七八岁的小男孩，光着身子轻手轻脚地行走。他全身是碧色的，

来发其机。及过，人又下树正之。须臾，一虎径来，为陷机所中而死。久之，小儿行哭而返，因入虎口。及明开视，有碧石大如鸡子在虎喉焉。出《广异记》。

鼋啮虎

天宝七载，宣城郡江中鼋出，虎搏之，鼋啮虎二疮。虎怒，拔鼋之首。而虎疮甚，亦死。出《纪闻》。

李徵

陇西李徵，皇族子，家于虢略。徵少博学，善属文。弱冠从州府贡焉，时号名士。天宝十载春于尚书右丞杨没榜下登进士第。后数年，调补江南尉。徵性疏逸，恃才倨傲，不能屈迹卑僚，尝郁郁不乐。每同舍会，既酣，顾谓其群官曰："生乃与君等为伍耶！"其寮佐咸嫉之。及谢秩，则退归闭门，不与人通者近岁余。后迫衣食，乃具妆东游吴楚之间，以干郡国长吏。吴楚人闻其声固久矣，及至，皆开馆以俟之。宴游极欢，将去，悉厚遗以实其囊橐。徵在吴楚且周岁，所获馈遗甚多。西归虢略，未至，舍于汝坟逆旅中。忽被疾发狂，鞭捶仆者，仆者不胜其苦。如是旬余，疾益甚。无何，夜狂走，莫知其适。家僮迹其去而伺之，尽一月而徵竟不回。于是仆者驱其乘马，挈其囊橐而远遁去。

至明年，陈郡袁傪以监察御史奉诏使岭南，乘传至商於界。晨将发，其驿吏白曰："道有虎暴而食人，故过于此者，

过来解除了陷阱里的机关。等他走过,树上的这个人又下来重新装好机关。不一会儿,一只老虎径直走来,陷入陷阱中机关而死。不一会儿,小男孩哭着走回来,还进到老虎的口中。等到天明打开陷阱一看,有鸡蛋大的一块碧石卡在老虎的喉咙里。出自《广异记》。

鼋啮虎

天宝七载,宣城郡江里的一只大鼋爬上岸来,老虎见了就扑过去咬它,它把虎咬伤了两处。老虎大怒,就拔下了大鼋的脑袋。但是虎因为伤得太厉害,也死了。出自《纪闻》。

李 徵

陇西的李徵,是皇族后代,家住在虢略。李徵自幼学识渊博,善写文章。二十岁就得到州府推荐,当时被称为名士。天宝十载春,他在尚书右丞杨没主考时考中进士。几年后,被调补为江南尉。李徵性情疏远隐逸,恃才孤傲,不能屈从于卑劣的官吏,常常郁郁不乐。每次与同僚聚会,酒酣之后,他就看着这群官吏说:"我竟然与你们为伍了!"他的同僚都嫉恨他。等到卸了任,他就回到家里,闭门不与任何人来往,将近一年时间。后来迫于衣食不保,他就准备了一些衣物东游吴楚之间,向郡国长吏求取资助。吴楚一带的人很早就听过他的名声,等到他到了,都大开着馆门等着他。对他招待得特别殷勤,宴游极欢,临走的时候,给他的优厚的馈赠都填满了他的口袋。他在吴楚将近一年,得到的馈赠特别多。回虢略的路上,住在汝坟的旅店中。他忽然得病发狂,鞭打他的仆从,打得仆从无法忍受。这样过了十几天,病情更重。不久,他夜里狂跑,没有人知道他去哪儿了。家童循着他跑走的方向找他,等着他,一个月过去了,他也没回来。于是,仆人骑上他的马,带着他的财物逃走了。

到了第二年,陈郡袁傪以监察御史的身份奉诏出使岭南,袁傪乘坐驿站的车马来到商於地界。早晨要出发的时候,驿站的官吏向他解释说:"路上有老虎,而且吃人,所以从这儿过的人,

非昼而莫敢进。今尚早，愿且驻车，决不可前。”僧怒曰：
“我天子使，众骑极多，山泽之兽能为害耶？”遂命驾去。行
未尽一里，果有一虎自草中突出。僧惊甚。俄而虎匿身草
中，人声而言曰：“异乎哉，几伤我故人也！”僧聆其音似李
徵。僧昔与徵同登进士第，分极深，别有年矣。忽闻其语，
既惊且异，而莫测焉。遂问曰：“子为谁？得非故人陇西子
乎？”虎呻吟数声，若嗟泣之状。已而谓僧曰：“我李徵也。
君幸少留，与我一语。”僧即降骑，因问曰：“李君，李君，何
为而至是也？”虎曰：“我自与足下别，音问旷阻且久矣。幸
喜得无恙乎，今又去何适？向者见君，有二吏驱而前，驿隶
挈印囊以导，庸非为御史而出使乎？”僧曰：“近者幸得备御
史之列，今乃使岭南。”虎曰：“吾子以文学立身，位登朝序，
可谓盛矣。况宪台清峻，分纠百揆，圣明慎择，尤异于人。
心喜故人居此地，甚可贺。”僧曰：“往者吾与执事同年成
名，交契深密，异于常友。自声容间阻，时去如流，想望风
仪，心目俱断。不意今日，获君念旧之言。虽然，执事何为
不我见，而自匿于草莽中？故人之分，岂当如是耶？”虎曰：
“我今不为人矣，安得见君乎？”僧即诘其事。

虎曰：“我前身客吴楚，去岁方还。道次汝坟，忽婴疾
发狂走山谷中。俄以左右手据地而步，自是觉心愈狠，力
愈倍。及视其肱髀，则有厘毛生焉。又见冕衣而行于道
者、负而奔者、翼而翱者、毳而驰者，则欲得而啖之。既至
汉阴南，以饥肠所迫，值一人腪然其肌，因擒以咀之立尽。
由此率以为常。非不念妻孥，思朋友，直以行负神祇，一日

不是白天没有敢走的。现在还早，请在这儿多住一会儿，决不可现在就走。"袁傪生气地说："我是天子的使者，人马这么多，山泽里的野兽能怎样？"于是他命令立即出发。走了不到一里，果然有一只老虎从草丛中突然跳出。袁傪非常吃惊。很快，那虎又藏身回草丛里，用人的声音说道："奇怪呀，差点伤了我的老朋友！"袁傪听那声音像李微。袁傪和李微同时登进士第，两人交情极深，离别有些年头了。忽然听到他的话，袁傪既惊讶又奇怪，而且没法推测。于是就问道："你是谁？莫非是老友陇西子吗？"虎呻吟几声，像嗟叹哭泣的样子。然后对袁傪说："我是李微。希望你稍等一下，和我说几句话。"袁傪从马上下来，问道："李兄啊李兄，何以至此呢？"虎说："我和你分别之后，音信远隔很久了。你幸而安然无恙吧？现在这是要到哪儿去？刚才见到你，有两个官吏骑马在前，驿站的官吏拿着印囊引导，难道是当了御史而出使外地吗？"袁傪说："最近有幸跻身御史之列，现在这是出使岭南。"虎说："你是以文学立身的，位登朝廷的殿堂，可谓昌盛旺达了。况且你一向清廉高尚，理应督察百官，英明谨慎，特别与众不同。我很高兴我的老朋友居于这等地位，很值得庆贺。"袁傪说："以前我和你同时成名，交情甚厚，不同于一般的朋友。自从分离，时间像流水一样过去了，想企望你的风度和仪容，真是望眼欲穿。没想到今天在这里听到你的念旧之言。既然这样，你为什么不见我，反而要躲藏在草莽之中？咱们老朋友的情分，难道应该这样吗？"虎说："我现在已经不是人了，怎么能见你呢？"袁傪便诘问是怎么回事。

虎说："我以前客居吴楚，去年才回来。途中住在汝坟，忽然生病发狂跑到山谷之中。不久就用左右手着地走路，从此我觉得心更狠了，力气更大了。再看胳膊和大腿，已经长出毛了。看到穿着衣服戴着帽子在道上走的，看到背负东西奔走的，看到长着翅膀飞翔的，看到长有羽毛奔驰的，我就想吃。到了汉阴南，饥肠所迫，碰上一个人很肥，就把他捉住吃了。从此习以为常。不是不想念妻子儿女，不思念朋友，只因为行为有负神祇，一旦

化为异兽，有觍于人，故分不见矣。嗟夫！我与君同年登第，交契素厚，今日执天宪，耀亲友，而我匿身林薮，永谢人寰，跃而吁天，俯而泣地，身毁不用。是果命乎？"因呼吟咨嗟，殆不自胜，遂泣。

俦且问曰："君今既为异类，何尚能人言耶？"虎曰："我今形变而心甚悟，故有揞突。以悚以恨，难尽道耳。幸故人念我，深恕我无状之咎，亦其愿也。然君自南方回车，我再值君，必当昧其平生耳。此时视君之躯，犹吾机上一物。君亦宜严其警从以备之，无使成我之罪，取笑于士君子。"又曰："我与君真忘形之友也，而我将有所托，其可乎？"俦曰："平昔故人，安有不可哉？恨未知何如事，愿尽教之。"虎曰："君不许我，我何敢言？今既许我，岂有隐耶？初我于逆旅中，为疾发狂，既入荒山，而仆者驱我乘马衣囊悉逃去。吾妻孥尚在虢略，岂念我化为异类乎？君若自南回，为赍书访妻子，但云我已死，无言今日事。幸记之！"又曰："吾于人世且无资业，有子尚稚，固难自谋。君位列周行，素秉夙义，昔日之分，岂他人能右哉？必望念其孤弱，时赈其乏，无使殍死于道途，亦恩之大者。"言已又悲泣。俦亦泣曰："俦与足下休戚同焉，然则足下子亦俦子也。当力副厚命，又何虞其不至哉？"虎曰："我有旧文数十篇未行于代，虽有遗稿，尽皆散落，君为我传录，诚不敢列人之阈，然亦贵传于子孙也。"俦即呼仆命笔，随其口书，近二十章。文甚高，理甚远。俦阅而叹者再三。虎曰："此吾平生之素也，安敢望其传乎？"又曰："君衔命乘传，当甚奔迫。今久留驿隶，兢悚万端。与君永诀，异途之恨，何可言哉？"俦亦与之叙别，久而方去。

变成野兽，有愧于人，所以就不见了。天哪！我和你同年登第，交情向来很厚，今天你执管王法，荣耀亲友，而我藏身草木之间，永不能见人，跳起来呼天，俯下去咒地，身毁无用。这果真是命吗？"他呻吟感叹，几乎不能自胜，痛哭起来。

袁傪问道："你现在既然是异类，为什么还能说人话呢？"虎说："我现在样子变了，心里还明白，所以有些唐突。又怕又恨，很难全说出来。幸亏老朋友想着我，深深谅解我莫可名状的罪过，也是一种希望。但是你从南方回来的时候，我再遇上你，一定会不认识你了。那时候看你的躯体，就像我要猎获的一个东西。你也应该严加防备，不要促成我的犯罪，让士君子取笑。"又说："我和你是真正的忘形之交，我将求你办一件事，不知是不是可以？"袁傪说："多年的老朋友，哪有不可以的？是什么事，你尽管说。"虎说："你还没答应，我怎么敢说？现在既然已经答应了，难道还能隐瞒吗？当初我在客栈里，生病发狂，跑进荒山，而仆人骑着我的马带着我的财物逃了。我的妻子儿女还在虢略，哪能想到我变成异类了呢？你要是从南方回来，帮我捎个信给我的妻儿，只说我已经死了，不要说今天的事。希望你记住！"又说："我在人世间没有资财，有个儿子还年幼，实在难以自谋生路。你位列仕宦的行列，一向看重旧情，昔日的情分哪是他人能比的？你一定会念他孤弱，时常资助他几个钱，以免让他饿死在路上，对我也是大恩大德了。"说完，又是一阵悲泣。袁傪也哭泣着说："我和你休戚与共，那么你的儿子也就是我的儿子。应当尽全力，怎么还会担心我做不到呢？"虎说："我有旧文章几十篇没有流行于世上，虽然有过遗稿，但是都散失了，你帮我传录一下，实在不敢列入名家的行列，但是希望能传给子孙。"袁傪就喊仆从拿来笔墨，随着虎的口述做记录，近二十章。文品很高，道理深远。袁傪读后赞叹再三。虎说："这是我平生的真实情感，哪敢希望它传世呢？"又说："你奉王命乘坐驿站车马，应该是特别急迫的。现在耽搁了这么久，诚惶诚恐。和你永别，异途的遗憾，怎么说得完呢？"袁傪也与之道别，待了一会儿才离去。

俭自南回，遂专命持书及赠赙之礼，寄于徵子。月余，徵子自虢略来京诣俭门，求先人之枢。俭不得已，具疏其事。后俭以己俸均给徵妻子，免饥冻焉。俭后官至兵部侍郎。出《宣室志》。

天宝选人

天宝年中，有选人入京，路行日暮，投一村僧房求宿。僧不在。时已昏黑，他去不得，遂就榻假宿，鞍马置于别室。迟明将发，偶巡行院内。至院后破屋中，忽见一女子。年十七八，容色甚丽。盖虎皮，熟寝之次。此人乃徐行，挈虎皮藏之。女子觉，甚惊惧，因而为妻。问其所以，乃言逃难，至此藏伏，去家已远。载之别乘，赴选。选既就，又与同之官。数年秩满，生子数人。一日俱行，复至前宿处。僧有在者，延纳而宿。明日，未发间，因笑语妻曰："君岂不记余与君初相见处耶？"妻怒曰："某本非人类，偶尔为君所收，有子数人，能不见嫌，敢且同处。今如见耻，岂徒为语耳？还我故衣，从我所适。"此人方谢以过言，然妻怒不已，索故衣转急。此人度不可制，乃曰："君衣在北屋间，自往取。"女人大怒，目如电光，猖狂入北屋间寻觅虎皮，披之于体。跳跃数步，已成巨虎，哮吼回顾，望林而往。此人惊惧，收子而行。出《原化记》。

袁修从南方回来,就专门派人把书信和资助办丧事的财物送给李徵的儿子。一个多月以后,李徵的儿子从虢略来到京城拜访袁修,要找他父亲的灵柩。袁修没有办法,就详细地述说了这件事。此后袁修就从自己的俸禄中拿出一部分给李徵的妻子儿女,使他们免于饥寒之苦。袁修后来官至兵部侍郎。出自《宣室志》。

天宝选人

天宝年间,有一个候选的官员入京,这一天走到天色很晚,就到一个村子的僧房去求宿。和尚不在。当时天已经昏黑,不能另找别的地方了,于是就在和尚的床上睡下了,鞍马放在另一间屋里。天要亮的时候,将要出发,偶然在院子里巡行。来到院后的破屋中,忽然看到一位女子。这女子十七八岁,容色非常美丽。她盖着虎皮,正在熟睡。此人就慢慢走过去,拽走虎皮藏起来。女子醒了之后,非常惊惧,因而做了这人的妻子。这人问她为什么如此,她说因为逃难来到这里,离家已经很远。这人就让她另骑一匹马,和他一起进京赴选。选就之后,又共同赴任为官。几年后任期已满,她给他生了好几个孩子。这一天他们一起走路,又来到以前借宿的地方。和尚把他们迎纳进去,住了一宿。第二天,出发之前,那人笑着对妻子说:"你难道不记得我和你初次相见的地方吗?"妻子生气地说:"我本来不是人类,偶尔被你收去,有了好几个孩子,能不嫌我,和我共同生活。现在你却耻笑我,难道只是说说而已吗?你还给我以前的衣服,让我到我要去的地方。"此人这才道歉说自己说了过头话,然而妻子怒气不消,要原先的衣服要得更急。此人估计不可制止她,就说:"你的衣服在北屋里,自己去取吧。"女人大怒,双目如电光,疯狂地跑到北屋,翻出虎皮披到自己身上。跳跃几步,变成一只大虎,咆哮着回头看了看,就向山林奔去了。此人非常害怕,领着孩子上路而去。出自《原化记》。

卷第四百二十八
虎三

裴旻　　斑子　　刘荐　　勤自励　　宣州儿
笛师　　张竭忠　　裴越客　卢造

裴旻

裴旻为龙华军使，守北平，北平多虎。旻善射，尝一日毙虎三十有一，既而于山下四顾自矜。有父老至曰："此皆彪也，似虎而非。将军若遇真虎，无能为也。"旻曰："真虎安在？"老父曰："自此而北三十里，往往有之。"旻跃马而往，次丛薄中。果有一虎腾出，状小而势猛，据地一吼，山石震裂。旻马辟易，弓矢皆坠，殆不得免。自此惭惧，不复射虎。出《国史补》。

斑子

山魈者，岭南所在有之，独足反踵，手足三歧。其牝好傅脂粉。于大树空中作窠，有木屏风帐幔，食物甚备。南人山行者，多持黄脂铅粉及钱等以自随。雄者谓之山公，必求

裴　旻

　　裴旻是龙华军使,镇守北平,北平那个地方老虎非常多。裴旻善射,曾经有一天射死了三十一只老虎,然后他就在山下四处张望,显出自得的样子。有一老头走过来对他说:"你射死的这些,都是彪,像虎而不是虎。你要是遇上真虎,也就无能为力了。"裴旻说:"真虎在哪儿呢?"老头说:"从这往北三十里,常常有虎出没。"裴旻催马向北而往,来到一个草木丛生的地方。果然有一只老虎跳出来,这只老虎的个头较小,但是气势凶猛,站在那里一吼,山石震裂。裴旻的马吓得倒退,他的弓和箭都掉到地上,差一点被虎吞食。从此他又惭愧又害怕,不再射虎了。出自《国史补》。

斑　子

　　山魈是岭南那地方常见到的一种怪物,它有一只脚,脚后跟在前,手和脚都只有三个分叉。那些雌性山魈喜欢涂抹脂粉。它们在大树洞里筑巢,有树木做屏风幔帐之类的东西,食物很丰足。常在山里行走的南方人,大多都随身带些黄脂铅粉以及钱币等小物品。雄性的被称作山公,遇上山公,它一定向人求取

金钱。遇雌者谓之山姑，必求脂粉。与者能相护。唐天宝中，北客有岭南山行者，多夜惧虎，欲上树宿，忽遇雌山魈。其人素有轻赍，因下树再拜，呼山姑。树中遥问："有何货物？"人以脂粉与之。甚喜，谓其人曰："安卧无虑也。"人宿树下，中夜，有二虎欲至其所。山魈下树，以手抚虎头曰："斑子，我客在，宜速去也。"二虎遂去。明日辞别，谢客甚谨。其难晓者，每岁中与人营田，人出田及种，余耕地种植，并是山魈，谷熟则来唤人平分。性质直，与人分，不取其多。人亦不敢取多，取多者遇天疫病。出《广异记》。

刘荐

天宝末，刘荐者为岭南判官。山行，忽遇山魈，呼为妖鬼。山魈怒曰："刘判官，我自游戏，何累于君？乃尔骂我！"遂于下树枝上立，呼班子。有顷虎至，令取刘判官。荐大惧，策马而走，须臾为虎所攫，坐脚下。魈乃笑曰："刘判官，更骂我否？"左右再拜乞命。徐曰："可去。"虎方舍荐，荐怖惧几绝。扶归，病数日方愈。荐每向人说其事。出《广异记》。

勤自励

漳浦人勤自励者，以天宝末充健儿，随军安南，及击吐蕃，十年不还。自励妻林氏为父母夺志，将改嫁同县陈氏。其婚夕，而自励还。父母具言其妇重嫁始末，自励闻之，不胜忿怒。妇宅去家十余里。当破吐蕃，得利剑。是晚，

金钱。雌性的叫山姑，遇上它肯定向人要脂粉和金钱。能给它们脂粉和金钱的人可以得到它们的庇护。唐天宝年间，有个在岭南山中行路的北方人，夜里很怕虎，想要到树上睡，忽然遇上了雌性山魈。这个人平常总揣些可以送人的小东西，于是就下树跪拜，称它为山姑。山姑在树中远远地问："你有什么货物？"这个人就把脂粉送给它。它特别高兴，对这个人说："你就放心地睡吧，什么也用不着担心。"这个人睡在树下，半夜的时候，有两只老虎想靠近他。山魈下树，用手抚摸着虎头说："斑子，我的客人在这里，你应该马上离开。"两只虎于是就走了。第二天辞别，它与客人道谢，很是客气。难弄明白的是，山魈每年都和人联合起来种田，人只出田和种子，在耕地里种植的全都是山魈，谷物成熟的时候，它们喊人来平分。它们性情耿直，和人分，不取多。人也不敢多取，取多了会遇天灾。出自《广异记》。

刘荐

天宝年末，刘荐是岭南判官。有一天他走在山中，忽然遇上山魈，喊它妖鬼。山魈生气地说："刘判官，我自己游戏，哪里拖累你了？竟如此骂我！"于是它站到树枝上，喊班子。一会儿虎就来了，它让虎捉住刘荐。刘荐特别害怕，打马就跑，但顷刻间就被虎捉住了，虎把他按在脚下。山魈笑着说："刘判官，还骂我不？"刘荐的左右急忙求它饶命。山魈慢慢地说："可以走了。"虎这才把刘荐放开，刘荐吓得差点死去。人们扶着他走回来，病了好多日子才好。刘荐常向人们说起此事。出自《广异记》。

勤自励

漳浦有个叫勤自励的，他是唐玄宗天宝末年招募的戍守边防的健儿，随军队到了安南，又去攻打吐蕃，十年没回家。勤自励的妻子林氏，被父母强迫，要改嫁给同县的陈氏。正好结婚的那天晚上，勤自励回来了。他的父母详细述说了他媳妇重新嫁人的前后过程，勤自励听了之后非常愤怒。林氏的娘家离此十多里。当攻破吐蕃的时候，勤自励得到一把利剑。这天晚上，

因杖剑而行，以诣林氏。行八九里，属暴雨天晦，进退不可。忽遇电明，见道左大树，有旁孔，自励权避雨孔中。先有三虎子，自励并杀之。久之，大虎将一物纳孔中，须臾复去。自励闻有人呻吟，径前扪之，即妇人也。自励问其为谁，妇人云："已是林氏女，先嫁勤自励为妻。自励从军未还，父母无状，见逼改嫁，以今夕成亲。我心念旧，不能再见，愤恨莫已。遂持巾于宅后桑林自缢，为虎所取。幸而遇君，今犹未损。傥能相救，当有后报。"自励谓曰："我即自励也。晓还至舍，父母言君适人，故拔剑而来相访。何期于此相遇。"乃相持而泣。顷之，虎至。初大吼叫，然后倒身入孔。自励以剑挥之，虎腰中断。恐又有虎，故未敢出。寻而月明后，果一虎至。见其偶毙，吼叫愈甚。自尔复倒入，又为自励所杀。乃负妻还家，今尚无恙。出《广异记》。

宣州儿

天宝末，宣州有小儿，其居近山。每至夜，恒见一鬼引虎逐己。如是已十数度。小儿谓父母云："鬼引虎来则必死。世人云：'为虎所食，其鬼为伥。'我死，为伥必矣。若虎使我，则引来村中。村中宜设阱于要路以待，虎可得也。"后数日，果死于虎。久之，见梦于父云："身已为伥，明日引虎来，宜于西偏速修一阱。"父乃与村人作阱。阱成之日，果得虎。出《广异记》。

他就拿着这把剑到林氏家去，找妻子算账。走出八九里，遇上一阵暴雨，天昏暗下来，进退两难。忽然一个闪电，他看见道旁有棵大树，树旁有个孔洞，他暂且钻到树洞里避雨。树洞里有三只小虎崽，他把它们全杀了。过了一会儿，一只大老虎叼着一个东西放到洞中，不一会儿又走了。勤自励听到有人呻吟，上前一摸是个妇人。勤自励就问她是谁，妇人说："是林氏的女儿，先嫁给勤自励为妻。勤自励从军未还，父母不像话，被逼改嫁，就在今晚成亲。我心里想着勤自励，不能再见，愤恨难平。就拿着束巾到屋后桑树林上吊自杀，遇上老虎被劫来。幸好遇到您，现在还未被吃。倘若能相救，当有后报。"勤自励说："我就是勤自励。我早晨回到家里来，听父母说你改嫁了，所以就拔剑来找你算账。没想到在这儿遇上了。"于是两人便抱在一起哭泣。不大一会儿，虎回来了。先大声吼叫几声，然后倒退进洞里来。勤自励把剑一挥，把虎腰斩断。怕还有虎来，所以没敢出来。不一会儿月色明亮了，果然又来一只老虎。老虎看到自己的配偶被杀死，吼叫得更厉害。也是倒退着进洞，又被勤自励杀死。于是他就领妻子回了家，两人至今也没发生过什么问题。出自《广异记》。

宣州儿

天宝末年，宣州有一个小男孩儿，他的家与山靠近。每天到了夜晚，他总能看见一个鬼领着一只老虎来追他。如此已经十多次了。小男孩对父母说："鬼领着老虎来了，我必死无疑。世人都说：'人被虎吃了，会变成伥鬼。'我死了肯定得作伥。如果老虎让我给它领路，我就把它领到村里来。村里应该在主要道路上挖陷阱等着，那就可以捉到虎了。"几天之后，这小男孩果然被虎吃了。过了几日，他的父亲梦见他，他对父亲说："我已经给老虎当伥了，我明天就领着老虎到村里来，应该在偏西的路上赶快修一个陷阱。"他的父亲就和村里人开始挖陷阱。陷阱挖成的那天，果然捉到了老虎。出自《广异记》。

笛 师

唐天宝末,禄山作乱,潼关失守,京师之人于是鸟散。梨园弟子有笛师者,亦窜于终南山谷。中有兰若,因而寓居。清宵朗月,哀乱多思,乃援笛而吹,嘹唳之声散漫山谷。俄而有物虎头人形,着白袷单衣,自外而入。笛师惊惧,下阶愕眙。虎头人曰:"美哉,笛乎! 可复吹之?"如是累奏五六曲。曲终久之,忽寐,乃哈嘻大鼾。师惧觉,乃抽身走出,得上高树。枝叶阴密,能蔽人形。其物觉后,不见笛师,因大懊叹云:"不早食之,被其逸也。"乃立而长啸。须臾,有虎十余头悉至,状如朝谒。虎头云:"适有吹笛小儿,乘我之寐,因而奔窜,可分路四远取之。"言讫,各散去。五更后复来,皆人语云:"各行四五里,求之不获。"会月落斜照,忽见人影在高树上。虎顾视笑曰:"谓汝云行电灭,而乃在兹。"遂率诸虎,使皆取攫。既不可及,虎头复自跳,身亦不至,遂各散去。少间天曙,行人稍集,笛师乃得随还。出《广异记》。

张竭忠

天宝中,河南缑氏县东太子陵仙鹤观,常有道士七十余人皆精专修习法箓,斋戒咸备。有不专者,不之住矣。常每年九月三日夜有一道士得仙,已有旧例。至旦,则具姓名申报,以为常。其中道士每年到其夜,皆不扃户,各自独寝,

笛　师

　　唐朝天宝末年，安禄山作乱，潼关失守，京城里的人们于是就像鸟兽一般四散而去。梨园弟子中有一个吹笛子的乐师，也逃进终南山谷。这里有座寺庙，因此就在这儿住下来。一个清静的夜晚，天上挂着一轮朗月，心中涌起诸多的哀怨和思念，他便拿起笛子来吹，用笛声来抚慰自己的情怀，嘹亮的笛声散漫山谷。不多时来了一个虎头人身的东西，这东西穿着白夹衣，大模大样地从外面走进来。笛师又惊又怕，走下台阶惊愕地瞪眼看着虎头人。虎头人说："你的笛声真美啊！可以再吹一曲吗？"如此连连吹了五六支曲子。吹完一看，虎头人睡着了，竟然发出很大的鼾声。笛师惊醒，这才抽身逃了出来，上了一棵大树。树上的枝叶浓密，能遮蔽人的身形。虎头人醒来之后，不见了笛师，于是就很懊丧地叹息道："不早吃他，让他跑了。"于是就站在那里大吼大叫。片刻，来了十几只老虎，样子像是向虎头人拜谒。虎头人说："刚才有一个吹笛子的小子，趁我睡着的时候逃跑了，你们分路四处寻找一下，把他逮回来。"说完，十几只老虎各自散去。五更之后又都回来了，都像人那样说话，说："各走了四五里，没找到那小子。"这时候月轮斜照，虎头人忽然看到高树上有个人影。它抬头看着说："我还以为你像云那样走了，像电那样灭了呢，却没想到你藏在这儿。"于是虎头人率领老虎们一齐捕捉笛师。但它们都够不到，虎头人又亲自蹦高，也是不够高，于是各自散去。过了一会儿，天亮了，行人多起来，笛师才从树上下来和他们一齐走了。出自《广异记》。

张竭忠

　　唐朝天宝年间，河南缑氏县东太子陵的仙鹤观，常有七十多个道士在这里精纯专一地修习法箓，他们斋戒清规全都具备。有不专的就不能待在这里。每年的九月三日夜晚，便有一位道士能成仙，已成旧例。到了第二天早晨，道士们就向官府申报，习以为常。每年到这天晚上，道士们谁也不关门，各自单独就寝，

以求上升之应。后张竭忠摄缑氏令，不信。至时，乃令二勇士持兵器潜觇之。初无所睹，至三更后，见一黑虎入观来。须臾，衔出一道士。二人射之，不中。虎弃道士而去。至明，无人得仙者，具以此物白竭忠。申府请弓矢，大猎于太子陵东石穴中，格杀数虎。有金简玉箓洎冠帔及人之发骨甚多，斯皆谓每年得仙道士也。自后仙鹤观中，即渐无道士。今并休废，为陵使所居。出《博异记》。

裴越客

唐乾元初，吏部尚书张镐贬辰州司户。先是镐之在京，以次女德容，与仆射裴冕第三子，前蓝田尉越客结婚焉。已克迎日，而镐左迁，遂改期来岁之春季。其年，越客则速装南迈，以毕嘉礼。春仲，拒辰百里，镐知其将至矣。张斥在远，方抱忧惕，深喜越客遵约而至。因命家族宴于花园，而德容亦随姑姨妹游焉。山郡萧条，竹树交密。日暮，众将归。或后或先，纷纭笑语。忽有猛虎出自竹间，遂擒德容，跳入翳荟。众皆惊骇，奔告张。夜色已昏，计力俱尽，举家号哭，莫知所为。及晓，则大发人徒，求骸骨于山野间。周回远近，曾无踪迹。

由是夕之前夜，越客行舟，去郡三二十里，尚未知其妻之为虎暴。乃召仆夫十数辈登岸徐行，其船亦随焉。不二三里，遇水次板屋，屋内有榻，因扫拂，即之憩焉。仆从

来等待升天的招应。后来张竭忠代理缑氏令,他不相信这件事。到了九月三日夜里,他就派了两名勇士拿着兵刃潜伏在观外观察。一开始没发现什么异常,到了三更天以后,见一只黑色老虎走进观中。不一会儿,老虎从观中叼出一位道士。二勇士射虎,没射中。虎丢下道士跑了。到了天明,观中没人成仙,二勇士就回去向张竭忠做了汇报。之后率领大批弓箭手,到太子陵东石洞中捕猎,射杀了几只老虎。在洞中发现了很多金简玉箓、鞋帽衣物以及人的头发骨骼之类的东西,这就是那些所谓成了仙的道士们。从这以后,仙鹤观中渐渐就没有道士了。现在整个观都荒废了,成了守陵人的住所。出自《博异记》。

裴越客

唐乾元年初,吏部尚书张镐被贬到辰州为司户。张镐以前在京都的时候,把二女儿张德容许配给仆射裴冕的三儿子——前蓝田尉裴越客。已经约好了迎娶的日期,但是赶上张镐被贬官,就改期在第二年春季。刚过完年,裴越客就急急忙忙打点行装南下,去岳父家举行婚礼。到了仲春,裴越客走到离辰州一百里的地方,张镐也知道他要到了。张镐被排斥在远方,正怀着忧虑戒惕,见女婿能如约按时到来自然感到特别高兴。于是就让全家在花园里欢宴一次,张德容也跟着她的姑、姨、姊妹们在花园里游玩。郡县偏僻萧条,竹树茂密。日暮时分,大家要回去了。有的在前有的在后,笑语纷纭。忽然有一只老虎从竹林里蹿出来,把张德容叼走了,又跳入茂密的草丛。大伙都很害怕,急忙去告诉张镐。夜色已晚,计穷力乏,全家放声大哭,也没有什么办法。等到天明,就大量派人到山野间去找张德容的骨骸。远近找了个遍,竟然没发现任何踪迹。

这个晚上的前半夜,裴越客的船走到离郡二三十里的地方,他尚且不知道未婚妻已经被老虎叼走了。他招呼十几个仆从登岸慢慢行走,让船在后边跟着。走了不到二三里,他们看见一所河边的木屋,屋内有床,就打扫了一下,躺在上面休息。仆从们

罗列于前后。俄闻有物来自林木之间，众乃静伺。微月之下，忽见猛虎负一物至。众皆惶挠，则共阚喝之，仍大击板屋并物。其虎徐行，寻俯于板屋侧，留下所负物，遂入山间。共窥看，云是人，尚有余喘。越客即令昇之登舟，因促使解缆。然后船中烈烛熟视，乃是十六七美女也，容貌衣服固非村间之所有。越客深异之，则遣群婢看胗之。虽髻被散，衣破服裂，而身肤无少损。群婢渐以汤饮灌之，即能微微入口。久之，神气安集，俄复开目。与之言语，莫肯应。夜久，即有自郡至者，皆云，张尚书次女昨夜游园，为暴虎所食，至今求其残骸未获。闻者遂以告之于越客。即遣群婢具以此询德容，因号啼不止。越客既登岸，遂以其事列于镐。镐凌晨跃马而至，既悲且喜，遂与同归。而婚媾果谐其期。自是黔峡往往建立虎媒之祠焉，今尚有存者。出《集异记》。

卢　造

汝州叶县令卢造者有幼女，大历中，许嫁同邑郑楚之子元方。俄而楚录潭州军事，造亦辞而寓叶。后楚卒，元方护丧居江陵，数年间音问两绝。县令韦计为子娶焉。其吉辰，元方适到。会武昌戍边兵亦止其县，县隘，天雨甚，元方无所容，径往县东十余里佛舍。舍西北隅有若小兽号鸣者，出火视之，乃三虎雏，目尚未开。以其小，未能害人，且不忍杀，闭门坚拒而已。约三更初，虎来触其门，不得入，其西有窗亦甚坚。虎怒搏之，榠拆，陷头于中，为左右所辖，

罗列在前后。不一会儿听到有东西从林子里走过来，众人就静静地等候。朦胧的月色之下，忽然看到一只猛虎驮着一个什么东西走过来。大伙都慌乱了，就一起喊喝它，还敲打木屋和其他物品。那虎慢慢走近，到了木屋边上，留下背上的东西，自己返回山间。大家一块儿去看，见是个人，还有气息。裴越客马上让大伙把那人抬到船上，催人解开缆绳，撑船离岸。然后才亮起灯烛细看，原来是个十六七岁的美女，看她的容貌和衣服绝对不是农家女所能有的。裴越客很奇怪，就打发一群婢女看护着她。她虽然头发散乱，衣服破裂，但是皮肉一点没有受伤。婢女们用汤饮灌她，她多少能咽下一些。过了一会儿，她的气色转好，不久又睁开了眼睛。跟她说话，她也不回应。到了深夜，就有从郡里来的人，都说张尚书的二女儿昨夜游园，被老虎吃了，至今没有找到残骸。听到的人就又告诉了裴越客。裴越客立即让婢女们把这事告诉了她，问她是不是张德容，她这才痛哭不止。裴越客登岸后，就把这事通知给张镐。张镐凌晨就骑马赶来，悲喜交加，于是大家一起回家。婚礼如期举行。从此以后黔峡一带常常建立虎媒祠，有的还留存到现在。出自《集异记》。

卢　造

汝州叶县县令卢造有个小女儿，大历年间，许配给了同邑郑楚的儿子元方。不久，郑楚被录为潭州军事，卢造也辞官寓居在叶县。后来郑楚下世，郑元方护丧居住在江陵，几年里音信两绝。县令韦计为儿子娶卢造的小女儿。正要成亲的时候，郑元方恰巧也到了。赶上武昌戍边的兵卒也驻在此县，县里特别拥挤，天又下大雨，郑元方无所容身，就直接到县东十多里的佛舍里借宿。佛舍西北角传出如同小兽的号叫声，他举火一看，是三只小虎崽，还没有睁眼。因为它们小不能害人，不忍心杀它们，他就把门窗关得紧紧的，凭坚拒守。大约三更天，一只老虎来撞门，进不来，又去撞西窗，西窗也很坚固。虎怒了，扑打窗子，窗棂断折，虎往里钻，被夹住了脖子，陷头于其中，老虎被窗棂辖制，

进退不得。元方取佛塔砖击之，虎吼怒拏攫，终莫能去。连击之，俄顷而毙。既而门外若女人呻吟，气甚困劣。元方问曰："门外呻吟者，人耶？鬼耶？"曰："人也。"曰："何以到此？"曰："妾前卢令女也。今夕将适韦氏，亲迎方登车，为虎所执，负荷而来投此。今夕无损，而甚畏其复来，能救乎？"元方奇之，执炬出视，乃真衣缨也。年十七八，礼服俨然，泥水皆澈。扶入，复固其门。遂拾佛塔毁像，以继其明。女曰："此何处也？"曰："县东佛舍尔。"元方言姓名，且话旧诺，女亦能记之。曰："妾父曾许妻君，一旦以君之绝耗也，将嫁韦氏，天命难改，虎送归君。庄去此甚近，君能送归，请绝韦氏而奉巾栉。"及明，送归其家。其家以虎攫去，方将制服，忽见其来，喜若天降。元方致虎于县，且具言其事。县宰异之，以卢氏归于郑焉。当时闻者莫不叹异之。出《续玄怪录》。

进退不得。郑元方拿佛塔上的砖打它,它被打得乱吼乱挣,但是始终没有挣出去。连续猛击,不一会儿就把它打死了。不久他听到门外好像有女人的呻吟声,那声音极其困苦微弱。郑元方问道:"在门外呻吟的,是人还是鬼?"回答说:"是人。"他又问:"你是怎么来的?"回答说:"我是前卢县令的女儿。今晚将嫁给姓韦的,迎亲的时候我刚上车,就被老虎捉住了,把我扛着扔到这儿来了。现在还没受伤,但是特别怕它再来,你能救我吗?"郑元方觉得奇怪,拿着火炬出去一看,是真正的衣服,真正的束带。只见她年纪在十七八岁,礼服整齐,但上面沾满了泥水。他什么都明白了,急急忙忙把她扶入门内,又把门关牢。于是就拾佛塔里已经毁坏的佛像燃起来照明。女子说:"这是什么地方?"郑元方说:"这是县东佛舍。"郑元方说出了自己的姓名,并说到旧时的婚约,这女子也还记得。说:"我父亲曾经把我许配你,因为你走了后没有消息,就又把我嫁给韦氏,天命难改,虎把我送还给你。庄子离这很近,你能送我回去,我一定回绝韦家而做你的妻子。"等到天明,郑元方把她送回家中。家里因为她被虎叼走,正要做治丧服,忽然看到她回来,喜从天降。郑元方把死虎送到县里,并且详细说明事情的始末。县宰惊异,把卢氏女嫁与郑元方。当时听到的人没有不惊讶不感叹的。出自《续玄怪录》。

卷第四百二十九

虎四

张鱼舟　申屠澄　丁岩　王用　张逢

张鱼舟

　　唐建中初,青州北海县北有秦始皇望海台。台之侧有别浯泊,泊边有取鱼人张鱼舟结草庵止其中。常有一虎夜突入庵中,值鱼舟方睡,至欲晓,鱼舟乃觉有人。初不知是虎,至明方见之,鱼舟惊惧,伏不敢动。虎徐以足扪鱼舟,鱼舟心疑有故,因起坐。虎举前左足示鱼舟,鱼舟视之,见掌有刺可长五六寸,乃为除之。虎跃然出庵,若拜伏之状,因以身劘鱼舟。良久,回顾而去。至夜半,忽闻庵前坠一大物。鱼舟走出,见一野豕腯甚,几三百斤。在庵前,见鱼舟,复以身劘之,良久而去。自后每夜送物来,或豕或鹿。村人以为妖,送县。鱼舟陈始末,县使吏随而伺之。至二更,又送麇来,县遂释其罪。鱼舟为虎设一百一斋功德。其夜,又衔绢一匹而来。一日,其庵忽被虎拆之,意者不欲鱼舟居此。鱼舟知意,遂别卜居焉。自后虎亦不复来。出《广异记》。

张鱼舟

　　唐朝建中初年,青州北海县县北有座秦始皇的望海台。台的一侧有别浤泊,泊边有个叫张鱼舟的打鱼人盖了间草房住在里边。一天夜里有只老虎突然闯进草屋里,张鱼舟刚睡着,到了天要亮时,才发觉屋里有人。刚开始不知道是虎,到天亮才看见,张鱼舟惊恐害怕,趴在那里不敢动。那老虎用爪子慢慢地摸张鱼舟,张鱼舟心里怀疑事出有因,就坐了起来。老虎把左前爪举起来让张鱼舟看,张鱼舟一看,见上面扎了一根五六寸长的刺,就替它拔下来。老虎蹦蹦跳跳地出了草屋,转身伏地如同拜谢的样子,接着又用身体在张鱼舟身上来回磨蹭。过了好一会儿,老虎才一步一回头地走了。到了半夜,忽然听到屋前有挺大一个东西掉到地上。张鱼舟出去一看,原来是一口肥大的野猪,差不多有三百斤。老虎也在屋前,见了张鱼舟,又用身子蹭他,过了好久才离开。从此以后,每天夜间老虎都送东西来,或者是猪,或者是鹿。村里人以为张鱼舟是妖怪,就把他送到县里。张鱼舟详细说明了事情始末,县令派人随张鱼舟偷看。到了二更时分,老虎又送来一头麋鹿,县令于是宣布他无罪。张鱼舟为老虎设了一百一斋功德。那夜,老虎又衔来一匹绢。一日,他的草房忽然被虎拆了,似乎是不让张鱼舟在此处住下去了。张鱼舟知道后,就搬到别处住了。从此那只老虎也不再来了。出自《广异记》。

申屠澄

申屠澄者，贞元九年，自布衣调补濮州什邠尉。之官，至真符县东十里许遇风雪大寒，马不能进。路旁茅舍中有烟火甚温煦，澄往就之。有老父妪及处女环火而坐。其女年方十四五，虽蓬发垢衣，而雪肤花脸，举止妍媚。父妪见澄来，遽起曰："客冲雪寒甚，请前就火。"澄坐良久，天色已晚，风雪不止。澄曰："西去县尚远，请宿于此。"父妪曰："苟不以蓬室为陋，敢不承命。"澄遂解鞍，施衾帱焉。其女见客，更修容靓饰，自帷箔间复出，而闲丽之态，尤倍昔时。

有顷，妪自外挈酒壶至，于火前暖饮。谓澄曰："以君冒寒，且进一杯，以御凝冽。"因揖让曰："始自主人。"翁即巡行，澄当娄尾。澄因曰："座上尚欠小娘子。"父妪皆笑曰："田舍家所育，岂可备宾主？"女子即回眸斜睨曰："酒岂足贵？谓人不宜预饮也。"母即牵裙，使坐于侧。澄始欲探其所能，乃举令以观其意。澄执盏曰："请征书语，意属目前事。"澄曰："厌厌夜饮，不醉无归。"女低鬟微笑曰："天色如此，归亦何往哉？"俄然巡至女，女复令曰："风雨如晦，鸡鸣不已。"澄愕然叹曰："小娘子明慧若此，某幸未昏，敢请自媒如何？"翁曰："某虽寒贱，亦尝娇保之。颇有过客，以金帛为问。某先不忍别，未许。不期贵客又欲援拾，岂敢

申屠澄

贞元九年，申屠澄由普通百姓调补为濮州什邡县县尉。到什邡去上任，走到真符县东十多里处遇上大风雪，马不能前进。路旁的茅草屋里有烟火，很是暖和，申屠澄就走了进去。屋里有一个老头、一个老太太和一个少女围着火坐着。那女孩年纪十四五岁，虽然头发蓬乱，衣服不太干净，但是皮肤像雪一样白皙，脸色像花一样美艳，举止很是妩媚可爱。老头、老太太见申屠澄走进来，忙站起来说："客人冒风雪走路太冷了，快到前边烤烤火。"申屠澄坐了很长时间，天色已晚，风雪又没有停下来。申屠澄说："往西到县城还有挺远的路程，请允许我在这借住一宿。"老头、老太太说："如果你不嫌这草屋简陋，就请住下吧。"申屠澄于是就解下马鞍，铺好被褥，支好了帐子。那女孩见来客人，又打扮了一下自己，她从帐幔中再次走出来的时候，娴雅秀丽之态，比刚才又美了数倍。

过了一会儿，老太太从外边拿着酒壶进来，在火前暖酒。她对申屠澄说："因为你冒了风寒，姑且喝一杯，来抵御寒气。"申屠澄就揖让说："主人应该先喝。"老头就开始行头一巡酒，让申屠澄为末座。申屠澄就说："座上还差那位小娘子。"老头、老太太都笑了，说："她是个田舍人家长大的孩子，岂能以主人的身份招待宾客？"女儿就回眸斜视着说："酒有什么珍贵？只是认为我不应当喝罢了。"老太太就拉了一下女儿的裙子，让她坐在一旁。申屠澄开始想要试探她的才识，就想用行酒令来观察她。申屠澄举起酒杯说："请引用书中现成的语句，来表达我们眼前的事物。"申屠澄紧接着就说："厌厌夜饮，不醉无归。"女孩低头微笑着说："这样的天气，就是想回家也没法走呀？"不一会儿就轮到女孩行酒令了，女孩说："风雨如晦，鸡鸣不已。"申屠澄惊愕地感叹道："小娘子如此聪慧，很庆幸我还没有订婚，我自己做媒求婚怎么样？"老头说："我虽然贫寒微贱，但是对女儿还是非常疼爱娇惯的。有很多来往的客人拿着金银玉帛来求婚，我以前不舍得她离开，都没有答应。没想到你也有意愿来提携收录，哪里敢

惜?"即以为托。澄遂修子婿之礼，祛囊以遗之。姬悉无所取，曰："但不弃寒贱，焉事资货?"明日，又谓澄曰："此孤远无邻，又复湫溢，不足以久留。女既事人，便可行矣。"

又一日，咨嗟而别，澄乃以所乘马载之而行。既至官，俸禄甚薄，妻力以成其家，交结宾客。旬日之内，大获名誉。而夫妻情义益浃。其于厚亲族，抚甥侄，洎僮仆厮养，无不欢心。后秩满将归，已生一男一女，亦甚明慧，澄尤加敬焉。常作《赠内诗》一篇曰："一官惭梅福，三年愧孟光。此情何所喻，川上有鸳鸯。"其妻终日吟讽，似默有和者，然未尝出口。每谓澄曰："为妇之道，不可不知书。倘更作诗，反似姬妾耳。"澄罢官，即罄室归秦。过利州，至嘉陵江畔，临泉藉草憩息。其妻忽怅然谓澄曰："前者见赠一篇，寻即有和，初不拟奉示，今遇此景物，不能终默之。"乃吟曰："琴瑟情虽重，山林志自深。常忧时节变，辜负百年心。"吟罢，潸然良久，若有慕焉。澄曰："诗则丽矣，然山林非弱质所思，倘忆贤尊，今则至矣。何用悲泣乎? 人生因缘业相之事，皆由前定。"

后二十余日，复至妻本家。草舍依然，但不复有人矣。澄与其妻即止其舍。妻思慕之深，尽日涕泣，于壁角故衣之下，见一虎皮，尘埃积满。妻见之，忽大笑曰："不知此物尚在耶。"披之，即变为虎，哮吼拏攫，突门而去。澄惊走避之，携二子寻其路，望林大哭数日，竟不知所之。出《河东记》。

留她?"随即将女儿终身相托。于是申屠澄行过子婿之礼后,倾尽囊中之物赠给岳父岳母。老太太什么也没收,说:"只要你不嫌这个家贫寒微贱就行了,哪能要你的东西?"第二天,老太太又对申屠澄说:"这地方孤僻偏远,没亲没邻,又加上涨水,不可久留。女儿既然已经嫁给了你,你就带着她走吧!"

又过了一天,一家人叹息着告别,申屠澄用所骑的马驮着妻子上路了。上任以后,俸禄很少,妻子极力维持这个家,使他广泛地结交宾客。十天之内,申屠澄便名声在外。夫妻的感情也越来越融洽。她厚待亲族,抚养甥侄,从童仆奴役,上上下下无不欢心。后来申屠澄任期满了,将要返回时,已生有一男一女,也很聪慧,申屠澄就更加敬重妻子了。申屠澄曾经作了一首《赠内诗》,说:"一官惭梅福,三年愧孟光。此情何所喻,川上有鸳鸯。"妻子终日吟诵这首诗,好像默默和了一首,但不曾说出口。她每对申屠澄说:"为妻之道,不能不读书。倘若换作诗,反倒降低了身份,像老太太小媳妇了。"申屠澄任满罢官,就全家返回秦地。走到利州,来到了嘉陵江畔,在泉边草地上休息。妻子忽然怅惘地对申屠澄说:"以前你赠给我一首诗,我很快就和了一首,起先不打算给你看,现在遇上这样的景物,不能再沉默了。"于是吟诵道:"琴瑟情虽重,山林志自深。常忧时节变,辜负百年心。"吟诵完,她潸然泪下,悲伤好久,好像在想念谁。申屠澄说:"诗写得很清丽,但是山林之志不是女子所想的事,如果想的是父母,马上就要到了。还用得着这么悲伤地哭泣吗?人生因缘、业相之事,都是前生定下的。"

二十多天以后,又来到妻子的娘家。草房还是老样子,却不再有人住了。申屠澄和妻子就住在草舍里。妻子想念父母,整天哭泣,在墙角下的一堆旧衣服里发现了一张虎皮,上面积满灰尘。她见了,忽然大笑说:"没想到这东西还在。"她把虎皮披到身上,立即变成老虎,咆哮抓挠几下,冲出门便远去了。申屠澄惊慌不已,赶紧避开,领着两个孩子,寻着她远去的那条路,望着树林哭了几天,到底不知道她去了哪里。出自《河东记》。

丁　岩

贞元十四年中,多虎暴,白昼噬人。时淮上阻兵,因以武将王徽牧申州焉。徽至,则大修擒虎具,兵仗坑阱,靡不备设。又重悬购,得一虎而酬十缣焉。有老卒丁岩者善为陷阱,遂列于太守,请山间至路隅,张设以图之。徽既许。不数日,而获一虎焉。虎在深坑,无施勇力。岩遂俯而下视,加以侮诮,虎则跳跃哮吼,怒声如雷。而聚观之徒,千百其众。岩炫其计得,夸喜异常,时方被酒,因为衣襟冒挂树根,而坠阱中。众共嗟骇,谓靡粉于暴虎之爪牙矣。及就窥,岩乃端坐,而虎但瞪视耳。

岩之亲爱忧岩,乃共设计,以辘轳下巨索,伺岩自缚,当遽引上,或希十一之全。岩得索,则缠缚腰肢,挥手,外人则共引之。去地三二尺,其虎则以前足捉其索而留焉,意态极仁。如此数四。岩因而谓之曰:"尔辈纵暴,入郭犯人,事须剪除,理宜及此。顾尔之命,且在顷刻。吾因沉醉,误落此中。众所未便屠者,盖以我故也。尔若损我,固激怒众人。我气未绝,即当薪火乱投,尔为灰烬矣。尔不若从吾,当启白太守,舍尔之命。冀尔率领群辈,远离此土。斯亦渡河他适尔所知者矣。我当质之天日,不渝此约。"其虎谛听,若有知解,岩则引绳,众共出之。虎乃弭耳瞬目,不复留。岩既得出,遂以其事白于邦伯,曰:"今杀一虎,不足禳群辈之暴,况与试约,乞舍之,冀其率侣四出,

丁 岩

　　贞元十四年间，多次发生老虎害人的事情，甚至老虎有时在大白天吃人。当时淮河一带仗恃军队，于是就让武将王徽镇守申州。王徽到任，就大力修造捉老虎的器械，各种兵器陷阱，没有不设置齐全的。还重金悬赏，捉到一只虎就奖赏十匹细绢。有一个叫丁岩的老兵，擅长挖陷阱，于是他就向太守说明，要求在山间到路边设置陷阱。王徽就答应了他。没过几天，丁岩果然捉到一只老虎。老虎被困在一个深坑里，没法施展它的勇力。丁岩就从坑顶往下看，说一些讥诮侮辱老虎的话，虎就气得蹦跳吼叫，怒声如雷。围观的人，成百上千，丁岩炫耀自己的功绩，欣喜异常，当时又是刚喝过酒，因为衣襟挂到树根上，就掉到陷阱里去了。众人一齐惊叹，认为他要在老虎的爪牙之下变成肉泥了。等到上前往下一看，丁岩竟然在里边端坐着，老虎也只是瞪着眼睛看他。

　　丁岩的亲友们担心他，就一起想出个办法，用辘轳放下去一根大绳子，等丁岩自己捆住身子，迅速把他拽上来，或许能有十分之一的希望。丁岩抓到绳子，就缠到腰上，向上挥手，阱外的人就一齐用力往上拽。离地二三尺的时候，那老虎就用前爪抓住绳子，不让他走，老虎的样子很温和。这样反复了几次。丁岩就对老虎说："你们随便行凶，进到城中害人，必须剪除你们，事理本该如此。考虑到你的性命，就在顷刻之间。我因为喝醉了，误掉到这里。人们没有马上就杀死你，大概是因为我的原因。你要是伤了我，必然会激怒众人。不等我死，他们就会把柴火乱投进来，那样你就变成灰烬了。你不如顺从我，我去向太守说明后，放你一条生路。希望你率领着你的同类，远远地离开这里。也可以过河到其他你所熟悉的地方去。我向天发誓，绝不违背约定。"那老虎认真地听，好像能听懂，丁岩就拉动绳子，大家一起把他拽了上去。老虎静静地看着，没有再留他。丁岩上来之后，便把此事告诉了太守，说："现在杀死一只老虎，不能把虎暴全都禁绝，况且我和那只老虎有约，请你放了它，希望它率领它的伙伴到其他各地去，

管界获宁耳。”徵许之。岩遂以太守之意，丁宁告谕。虎于陷中，踊跃盘旋，如荷恩施。岩即积土坑侧，稍益浅，犹深丈许，虎乃跃而出，奋迅踯腾，啸风而逝。自是旬朔之内，群虎屏迹，而山野晏然矣。

吁！保全躯命之计，虽在异类，亦有可观者焉。若暴虎之猛悍，况厄陷阱，得人固当恣其狂怒，决裂噬啮，以豁其情。斯虎乃因岩以图全，而果谐焉，何其智哉！而岩能以言词诱谕，通于强戾，果致族行出境之异。况免挂胃之害，又何智哉！斯乃信诚交感之致耳。於戏，信诚之为物也，何其神欤！ 出《集异记》。

王　用

虢州王成县黑鱼谷，贞元中，百姓王用业炭于谷中。谷中有水方数步，常见二黑鱼长尺余游水上。用伐木饥困，遂食一鱼。其弟惊曰："此鱼或是谷中灵物，兄奈何杀之？"有顷，其妻饷之。用运斤不已，久乃转面。妻觉状貌有异，呼其弟视之。忽脱衣嗥跃，变为虎焉，径入山。时时杀獐鹿类以食。如此三年。一日日昏，叩门自名曰："我用也。"弟应曰："我兄变为虎三年矣，何鬼假其姓名？"又曰："我往年杀黑鱼，冥谪为虎。又因杀人，冥官笞余一百，今放免。伤遍体，汝第视余，无疑也。"弟喜，遂开门。见一人，头犹是虎，因怖死，举家叫呼奔避。竟为村人格杀。验其

我们的管界就能获得安宁了。"王徵同意了。丁岩于是就把太守的意思告诉了老虎。老虎在陷阱中蹦跳转圈，就像得了恩赐一样。丁岩就在坑边上堆土，坑渐渐变浅，还有一丈来深的时候，虎就跳了出来，迅疾地腾跃几下，吼叫着消失了。从此十到十五天左右，老虎们销声匿迹，山野平静了。

唉！保全躯体和生命的办法，即使是在动物当中，也有可以借鉴之处。那只老虎是那样猛悍，何况困在陷阱中，得到了人，本应该放任它的狂怒，把他撕碎吃掉，来宣泄心中的愤恨。但是这只虎却借丁岩想办法保全自己，而且果真办到了，多么机智啊！而丁岩能用言辞开导老虎，与老虎沟通，果真让老虎全部出境到了别处，况且还免除了自己的灾难，又是多么机智啊！这真是信诚互相感化的极致啊！呜呼！守信，真诚这种品质，多么神奇啊！ 出自《集异记》。

王　用

贞元年间，虢州王成县百姓王用，在黑鱼谷中以烧炭为业。谷中有一条数步见方的水潭，常常看到有两条一尺多长的黑鱼游在水中。王用砍木头又饿又累，就捉了一条鱼吃。王用的弟弟吃惊地说："这鱼也许是这谷里的灵物，你怎么杀了它？"过了一会儿，王用的妻子来送饭。王用抢着斧子不停地砍树，老半天才转过身来。妻子觉得他的相貌有变化，就喊他弟弟来看。王用忽然脱掉衣服，吼叫跳跃，变成一只老虎，径直奔山里跑去。从此这只老虎常常捉些獐鹿为食。如此过了三年。一天傍晚，他到自家门前敲门，自报姓名说："我是王用。"他的弟弟在屋里回应说："我哥哥变成老虎已经三年了，你是什么鬼怪，竟然冒用他的姓名？"王用又说："我往年杀死黑鱼，阴间罚我做老虎。又因为我杀了人，冥官打了我一百棍子，现在把我放回来了。我现在全身是伤，你只管出来见我，不要怀疑我。"他弟弟很高兴，于是就开了门。看到的是一个虎头人身的怪物，当时就吓死了，全家人都吓得大呼小叫，四处奔逃。结果虎头人被村民打死了。验他的

身有黑志,信王用也,但首未变。元和中,处士赵齐约尝至谷中,见村人说。出《酉阳杂俎》。

张 逢

南阳张逢,贞元末,薄游岭表。行次福州福唐县横山店。时初霁,日将暮,山色鲜媚,烟岚霭然。策杖寻胜,不觉极远。忽有一段细草,纵广百余步,碧蔼可爱。其旁有一小树,遂脱衣挂树,以杖倚之,投身草上,左右翻转。既而酣睡,若兽蹍然,意足而起,其身已成虎也,文彩烂然。自视其爪牙之利,胸膊之力,天下无敌。遂腾跃而起,越山超壑,其疾如电。夜久颇饥,因傍村落徐行,犬彘驹犊之辈,悉无可取。意中恍惚,自谓当得福州郑录事,乃旁道潜伏。未几,有人自南行,乃候吏迎郑者。见人问曰:"福州郑录事名璠,计程当宿前店,见说何时发?"来人曰:"吾之主人也。闻其饰装,到亦非久。"候吏曰:"只一人来,且复有同行,吾当迎拜时,虑其误也。"曰:"三人之中,缥绿者是。"其时逢方伺之,而彼详问,若为逢而问者。逢既知之,攒身以俟之。俄而郑到,导从甚众,衣缥绿,甚肥,昂昂而来。适到,逢衔之,走而上山。时天未曙,人虽多,莫敢逐。得恣食之,唯余肠发。

既而行于山林,孑然无侣。乃忽思曰:我本人也,何乐为虎?自囚于深山,盍求初化之地而复焉?乃步步寻求,

身上，有黑痣，确实是王用，只是头没变回来。元和年间，处士赵齐约曾经到过黑鱼谷，听村民说了这个故事。^{出自《酉阳杂俎》。}

张　逢

南阳人张逢，贞元末年，游历岭南一带。走到福州福唐县的横山店。正值雨后初晴，天色将晚，山光水色鲜艳明媚，烟岚霭霭。张逢拄着手杖寻找胜景，不知不觉走了很远。忽然有一片细密的草地，长宽各有一百多步，碧绿可爱。草地旁边有一棵小树，张逢就把衣服脱下来挂到树上，把手杖靠在树上，自己躺在草地上，左右打滚儿。然后就睡熟了，就像兽一样踡缩着，睡足了才起来，一看，自己已经变成一只纹彩斑斓的老虎。他看着自己锋利的爪和牙齿，自己试试胸脯的力气，觉得自己天下无敌。于是就腾跃起来，翻越山岭，跨过沟壑，像雷电一样迅疾。夜深了，他非常饿，就在村边慢慢行走，狗、猪、马驹、牛犊之类的，什么也没碰上。心里头恍恍惚惚，觉得应该把福州的郑录事吃了，于是他就潜伏在道旁。没过多久，有人从南边走来，是迎接郑录事的候吏。候吏见到一个人就问道："福州郑录事郑璠，按照他的行程估计应该住在前边这个店，听说他什么时候启程吗？"来人说："他是我的主人。他正在梳洗整装，不久就能到。"候吏问："是他一个人来，还是有同行的人？我迎拜的时候担心弄错了。"来人说："三个人当中，绿色穿戴的就是他。"当时张逢正趴在那里等候，而那个人问得那么详细，就好像替他问话似的。张逢既然知道了，缩着身子在那等着。不一会儿，郑璠到了，前导随从特别多，他穿绿色衣服，很胖，昂首挺胸地走来。当他走到张逢跟前时，张逢就把他叼起来，跑到山上。那时天还没亮，人虽然很多，却没有人敢去追。这样张逢就把郑录事吃了，只剩下头发和肠子。

然后张逢走在山林之中，他孤独无伴。于是他忽然想道：我本来是人，为什么愿意做个老虎？把自己囚禁在深山里，何不找到当初变成虎的地方，再变回去呢？于是他就到处寻找，

日暮方到其所。衣服犹挂，杖亦在，细草依然。翻复转身于其上，意足而起，即复人形矣。于是衣衣策杖而归。昨往今来，一复时矣。初其仆夫惊失乎逢也，访之于邻。或云策杖登山。多岐寻之，杳无形迹。及其来，惊喜问其故。逢绐之曰："偶寻山泉，到一山院，共谈释教，不觉移时。"仆夫曰："今旦侧近有虎，食福州郑录事，求余不得。山林故多猛兽，不易独行，郎之未回，忧负实极。且喜平安无他！"逢遂行。

元和六年，旅次淮阳，舍于公馆。馆吏宴客，坐有为令者曰："巡若到，各言己之奇事，事不奇者罚。"巡到逢，逢言横山之事。末坐有进士郑遁者，乃郑纠之子也，怒目而起，持刀将杀逢，言复父仇。众共隔之。遁怒不已，遂入白郡将。于是送遁南行，敕津吏勿复渡。使逢西迈，且劝改名以避之。或曰："闻父之仇，不可以不报。然此仇非故杀，若必死杀逢，遁亦当坐。"遂遁去而不复其仇焉。吁！亦可谓异矣。出《续玄怪录》。

天快黑的时候才找到那个地方。衣服还在树上挂着，手杖也在，细草还是老样子。他躺到草地上翻来覆去，满意了才站起来，果然又变成人的样子。于是他穿上衣服拿起手杖往回走。昨天这时候去的，今天这时候回来，刚好一整天的时间。起初他的仆人发现他不见了，很是吃惊，向近邻们打听。有的人说看到他拿着手杖登山去了。仆人们便分几路去找，杳无踪迹。等到他回来，仆人们又惊又喜，问他是怎么回事。他撒谎说："我偶然去寻找山泉，走到一家寺院，就和老和尚谈论佛理，不知不觉过去这么长时间。"仆人说："今天早晨这附近有一只老虎，吃了福州的郑录事，找残骸都没有找到。山林里本来就有很多猛兽，很难单独行路，你没回来的时候，我们担心极了。幸喜你平安没出什么事！"张逢于是就上路继续前行。

　　元和六年，他们走到淮阳，住在公馆里。馆吏设宴招待客人，座间有行酒令的人说："如果巡到谁那里，就讲一件与自己有关的奇事，所说事情不奇怪的要罚酒。"轮到张逢，他就讲了横山店的事。末座有一个叫郑遐的进士，就是当年福州郑录事的儿子，怒目而起，拿起刀就要杀张逢，说是报杀父之仇。众人一起把他们隔开。郑遐怒气不消，于是馆吏就进去禀明郡将，送郑遐往南去，嘱咐渡口的官吏不准把他再渡回来。让张逢往西去，而且劝他改名隐姓来躲避。有人说："听到杀父之仇，不可以不报。但是这仇不是故意杀的，如果一定要杀死张逢，那么郑遐也应该连坐。"于是张逢逃走之后，郑遐便没再去复仇。唉！这真是件离奇古怪的事！出自《续玄怪录》。

卷第四百三十
虎五

李　奴

　　词举人姓李不得名，寄居宣州山中。常使一奴，奴颇慵惰，李数鞭笞，多有忿恨。唐元和九年，李与二友人会于别墅，时呼奴，奴已睡。李大怒，鞭之数十。奴怀恚恨，出谓同侪曰："今是闰年，人传多虎，何不食我？"言讫，出门。忽闻叫声，奴辈寻逐，无所见。循虎迹，十余里溪边，奴已食讫一半。其衣服及巾鞋，皆叠摺置于草上。盖虎能役使所杀者魂神所为也。出《原化记》。

马　拯

　　唐长庆中，有处士马拯性冲淡，好寻山水，不择崄峭，尽能跻攀。一日居湘中，因之衡山祝融峰，诣伏虎师。佛室内道场严洁，果食馨香，兼列白金皿于佛榻上。见一老僧眉毫雪色，朴野魁梧。甚喜拯来，使仆挈囊。僧曰："假

李　奴

有一个举人姓李，不知叫什么名字，寄居在宣州山中。他平常差遣的一位奴仆，很懒惰，李举人多次鞭打他，他心里十分愤恨。唐朝元和九年，李举人与两位友人在别墅聚会，当时呼唤奴仆，奴仆已经睡了。李举人大怒，打了他几十鞭子。奴仆心怀怨恨，出来对同伴们讲："今年是闰年，人们都说今年多虎，虎为何不把我吃掉？"说完出门。忽然听到叫声，奴仆们寻声跑出来，什么也没看见。循着虎的踪迹，找到十多里外的溪边，见那奴仆已经被虎吃掉一半。他的衣服、帽子和鞋，全都折叠着堆放在草地上。大概是老虎吃人时役使其神魂干的。出自《原化记》。

马　拯

唐朝长庆年间，有一位名叫马拯的处士，性情淡泊，喜欢游览山水，无论山势多么险峻，他都尽力登攀。有一天他旅居湖南时，游览衡山的祝融峰，到那里去拜访一位伏虎师。佛室内的道场庄严整洁，水果食物都散发出馨香，又在佛床上陈列着一些白金器皿。他看见一位老和尚眉毛雪白，朴素粗放，身材魁梧。见马拯来，很是高兴，便让仆人帮他拿着行囊。老和尚说："借

君仆使，近县市少盐酪。"拯许之。仆乃挈金下山去，僧亦不知去向。俄有一马沼山人亦独登此来，见拯，甚相慰悦。乃告拯曰："适来道中，遇一虎食一人，不知谁氏之子。"说其服饰，乃拯仆夫也。拯大骇。沼又云："遥见虎食人尽，乃脱皮，改服禅衣，为一老僧也。"拯甚怖惧，及沼见僧曰："只此是也！"拯白僧曰："马山人来云，某仆使至半山路，已被虎伤，奈何？"僧怒曰："贫道此境，山无虎狼，草无毒螫，路绝蛇虺，林绝鸱鸮。无信妄语耳。"拯细窥僧吻，犹带殷血。

向夜，二人宿其食堂，牢扃其户，明烛伺之。夜已深，闻庭中有虎，怒首触其扉者三四，赖户壮而不隳。二子惧而焚香，虔诚叩首于堂内土偶宾头卢者。良久，闻土偶吟诗曰："寅人但溺栏中水，午子须分艮畔金。若教特进重张弩，过去将军必损心。"二子聆之而解其意，曰："寅人，虎也；栏中即井；午子即我耳。艮畔金，即银皿耳。"其下两句未能解。

及明，僧叩门曰："郎君起来食粥。"二子方敢启关。食粥毕，二子计之曰："此僧且在，我等何由下山？"遂诈僧云："井中有异。"使窥之。细窥次，二子推僧堕井，其僧即时化为虎，二子以巨石镇之而毙矣。二子遂取银皿下山。

近昏黑，而遇一猎人，于道旁张弥弓，树上为棚而居。语二子曰："无触我机。"兼谓二子曰："去山下犹远，诸虎方暴，何不且上棚来？"二子悸怖，遂攀缘而上。将欲人定，

您的仆人一用，到县里买一点盐酪。"他答应了。仆人就拿着钱下山去了，老和尚也不知去向。不久有一个名叫马沼的山人也独自登山前来，见了马拯非常欣慰高兴。就告诉马拯说："刚才在来的路上，遇上一只老虎吃一个人，不知是谁家的孩子。"问到那人所穿的衣服，原来是马拯的仆人。马拯大吃一惊。马沼又说："远远望见老虎吃完人，脱掉虎皮，改穿禅衣，变成一个老和尚。"马拯非常恐惧，等到马沼看到老和尚，就说："就是他！"马拯对老和尚说："马山人说，我的仆人走到半路上，已经被虎害了，怎么办？"老和尚生气地说："贫僧这个地方，山上没有虎狼，草里没有毒虫，路旁没有蛇蝎，林中没有凶恶的鸟。你不要听信这类虚妄的话。"马拯细看老和尚的嘴角，还带有殷红的血。

　　到了晚上，马拯和马沼二人住在老和尚的食堂，他们关牢门窗，点亮了蜡烛等着。夜深时，他们听到院子里有虎。老虎愤怒地用头撞了三四次门窗，全靠门窗结实没被撞坏。两个人很害怕，就烧香，朝着食堂里供奉的宾头卢虔诚地叩头。过了一会儿，听到罗汉像吟诗："寅人但溺栏中水，午子须分艮畔金。若教特进重张弩，过去将军必损心。"两个人听了分析其中的意思，说："'寅人'就是虎，'栏中'就是井，'午子'就是我。'艮畔金'就是银制器皿。"后两句没能理解。

　　到了天亮，老和尚敲门说："二位先生起来吃粥。"两个人这才敢打开门。喝完粥，二人商量说："这个老和尚还在这里，我们怎么下得了山？"于是二人欺骗和尚说："井里有异常的声音。"让老和尚去看看是怎么回事。当老和尚来到井边细看时，他们就把老和尚推下井去，老和尚立即变成老虎，两个人用大石头把老虎打死了。于是他们俩就取了银制器皿下山。

　　将近黄昏时，他们遇到一个猎人。猎人在道旁张开弓弩，设下暗箭，晚上就住在树上架的棚子中。猎人对他们两个人说："不要触动我埋伏的机关。"又对二人说："这地方离山下还有很远，现在正是老虎出没之际，何不暂时到棚子上来避一避？"两个人一听说老虎就害怕，于是就爬了上去。夜深将要安静下来的时候，

忽三五十人过，或僧，或道，或丈夫，或妇女，歌吟者，戏舞者，前至弨弓所。众怒曰："朝来被二贼杀我禅和，方今追捕之，又敢有人张我将军！"遂发其机而去。二子并闻其说，遂诘猎者。曰："此是伥鬼，被虎所食之人也，为虎前呵道耳。"二子因征猎者之姓氏。曰："名进，姓牛。"二子大喜曰："土偶诗下句有验矣，'特进'乃牛进也，'将军'即此虎也。"遂劝猎者重张其箭，猎者然之。

张毕登棚，果有一虎哮吼而至，前足触机，箭乃中其三班，贯心而踣。逡巡，诸伥奔走却回，伏其虎，哭甚哀曰："谁人又杀我将军？"二子怒而叱之曰："汝辈无知下鬼，遭虎啗死。吾今为汝报仇，不能报谢，犹敢恸哭！岂有为鬼，不灵如是！"遂悄然。忽有一鬼答曰："都不知将军乃虎也，聆郎君之说，方大醒悟。"就其虎而骂之，感谢而去。及明，二子分银与猎者而归耳。出《传奇》。

张　昇

唐故吏部员外张昇随僖宗幸蜀。以年少未举，遂就摄涪州衙推。州司差里正游章当直。他日，遂告辞。问何往，章不答，但云："有老母及妻男，乞时为存问。"言讫而去。所居近邻，夜闻章家大哭。翌日，使问其由，言章夜辞其家，入山变为虎矣。二三日，又闻章家大惊叫。翼日，又问其故，曰："章昨夜思家而归，自上半身已变，而尚能语。"出《闻奇录》。

忽然有十几人路过，其中有和尚，有道士，有男子，有妇女；有唱歌吟诗的，有跳舞的，来到猎人张弓的地方。这些人非常生气地说："早晨被两个贼小子杀了我们的禅和，现在正追捕他们，还有人敢张弓杀我们的将军！"于是他们触发了机关，把箭发出去，继续往前走了。两个人都听到这些话，就问猎人是怎么回事。猎人说："这些都是伥鬼，是被老虎吃了的人，他们这是在前边为老虎开道。"两个人于是就问猎人的姓名，猎人说："姓牛，名进。"两个人高兴地说："土神诗的后两句应验了，'特进'就是牛进，'将军'就是这只老虎！"于是二人劝猎人重新张弓搭箭，猎人便这样做了。

做完又登上棚来，果然有一只老虎吼叫着来了，它前爪触到机关上，箭就正中它的心窝，立即倒下了。很快，那些伥鬼一齐跑回来，趴到老虎身上，伤心地哭道："是谁又杀了我们的将军？"二人怒斥道："你们这些无知的下贱鬼，被虎咬死了。我们为你们报了仇，你们不回报不感谢，还敢恸哭！哪有当了鬼，还像你们这样不懂事理的！"于是安静下来。忽然有一个鬼回答说："我们都不知道将军就是老虎，聆听了先生的话，才恍然大悟。"于是他们又在虎前骂了很久，表示感谢之后才离去。等到天明，二人分一些银子给猎人，便下山了。出自《传奇》。

张　昇

唐朝吏部员外张昇曾经跟随僖宗皇帝到了巴蜀。因为他年少没有举进士第，就让他代理涪州的衙推。州司派里正游章值班。有一天，游章就说要离开。问他要到哪儿去，他不回答，只是说："有老母亲和妻子儿子，乞求时常照顾他们。"说完就走了。他家的近邻，夜里听到他们家大哭。第二天，让人去询问原因，才知道游章夜里离开家，进到山里变成了一只老虎。两三天后，邻居又听到他们家大声地惊叫。第二天，人们又问缘由，他家人说："游章昨夜想家回来了，上半身已经变成虎，但是还能讲话。"出自《闻奇录》。

杨　真

　　邺中居人杨真者家富。平生癖好画虎,家由甚多画虎。每坐卧,必欲见之。后至老年,尽令家人毁去所画之虎。至年九十忽卧疾,召儿孙谓之曰:"我平生不合癖好画虎。我好之时,见画虎则喜,不见则不乐。我每梦中多与群虎游。我不欲言于儿孙辈,至晚年尤甚。至于纵步游赏之处,往往见虎。及问同游人,又不见,我方恐惧。寻乃尽毁去所画之虎。今卧疾后,又梦化身为虎儿。又梦觉既久,而方复人身。我死之后,恐必化为虎,儿孙辈遇虎,慎勿杀之。"其夕卒,家方谋葬,其尸忽化为虎,跳跃而出。其一子逐出观之,其虎回赶其子,食之而去。数日,忽家人夜梦真归谓家人曰:"我已为虎,甚是安健。但离家时,便得一人食之,至今犹不饥。"至曙,家之人疑不识其子而食之,述于邻里。有识者曰:"今为人,即识人之父子,既化虎,又何记为人之父也?夫人与兽,岂不殊耶?若为虎尚记前生之事,人奚必记前生之事也。人尚不记前生,足知兽不灵于人也。"出《潇湘记》。

王居贞

　　明经王居贞者下第,归洛之颍阳。出京,与一道士同行。道士尽日不食,云:"我咽气术也。"每至居贞睡后,灯灭,即开一布囊,取一皮披之而去,五更复来。他日,居贞佯寝,急夺其囊,道士叩头乞。居贞曰:"言之即还汝。"遂

杨　真

邺中有个叫杨真的居民，家里很富有。他平生酷爱画虎，因此家里存着许多老虎图。每当他坐卧之时，一定想看到。后来到了老年，他反而让家人把家里所画的虎全都毁掉。到了九十岁的时候，突然患重病卧床不起，他把儿孙们找到跟前对他们说："我平生不应该那么喜欢画虎。我喜欢画虎的时候，见了画的虎就高兴，看不见就不高兴。我常常在梦里和一群老虎游玩。我不想对儿孙们讲，到了晚年，这种感觉更厉害。到游赏的地方，常常能看见老虎。然而问同游的人，他们却什么也没看见，这才使我害怕起来。不久我就把画的虎都毁了。这回病倒以后，又梦见我自己变成一只小老虎。又梦醒之后很久，才恢复人身。我死之后，恐怕真的要变成老虎，儿孙们遇上老虎，千万不要打死它。"那天晚上，杨真死了，家人正为他张罗葬礼，他的尸体忽然变成一只老虎，跳跃着跑出去。他的一个儿子跑出去看，那老虎回来把儿子吃了才离去。几天之后，家人忽然夜里梦见杨真回来对家人说："我已经变成老虎，身体很安康。只是在离家时吃了一个人，直到现在也不饿。"天亮后，家里人怀疑杨真是因为变成老虎以后不认识儿子才吃了他，就向邻人说了这件事。一个有见识的人说："现在的人，即使是认识自己的儿子，已经变成了老虎，又怎么能记得自己是谁的父亲呢？人和兽不是有不同么？如果做老虎还能记得前生的事，那么人也一定能记得前生的事。人尚且不能记得前生，足以知道兽的灵性不如人。"出自《潇湘记》。

王居贞

王居贞考明经科未中，将回到洛阳附近的颍阳县。出京之后，和一位道士同行。道士整天不吃饭，他说："我会咽气术。"每当王居贞睡了之后，熄了灯，道士就打开一个布口袋，取出一张皮来披到身上出去，五更后再回来。后来有一天晚上，王居贞假装睡着，当道士取出布袋时，王居贞一下子就夺了过来，道士叩头乞求归还。王居贞说："你跟我说实话我就还给你。"于是

言："吾非人，衣者虎皮也，夜即求食于村鄙中。衣其皮，即夜可驰五百里。"居贞以离家多时，甚思归，曰："吾可披乎？"曰："可也。"居贞去家犹百余里，遂披之暂归。夜深，不可入其门，乃见一猪立于门外，擒而食之。逡巡回，乃还道士皮。及至家，云，居贞之次子夜出，为虎所食。问其日，乃居贞回日。自后一两日甚饱，并不食他物。出《传奇》。

归 生

弘文学士归生，乱后家寓巴州。遣使入蜀，早行，遇虎于道，遂升木以避。数虎迭来攫跃，取之不及。虎相谓曰："无过巴西县黄二郎也。"一虎乃去。俄有白狸者至，视其人而哮吼攫跃，使人升木愈高。既皆不得，环而守之。移时，有群骒撼铃声，遂各散。使人至巴西，果有黄二郎者乃巴西吏人，为虎所食也。出《闻奇录》。

郑思远

虎交而月晕。仙人郑思远尝骑虎，故人许隐齿痛求治。郑曰："唯得虎须，及热插齿间即愈。"乃拔数茎与之。因知虎须治齿也。虎杀人，能令尸起自解衣，方食之。虎威如"一"字，长一寸，在胁两傍皮内，尾端无之，佩之者临官佳；无官，人所憎疾。虎夜视，一目放光，一目看物。猎人候而射之，光坠入地成白石，主小儿惊。出《酉阳杂俎》。

道士说:"我不是人,每天夜里偷偷穿上的是虎皮,夜里穿上它到乡村野店找东西吃。穿上这张虎皮,一夜可以跑五百里。"王居贞因为离开家很长时间了,特别想家,就问道:"我可以借披一下吗?"道士说:"可以。"王居贞家离此地还有一百多里,就披上这张虎皮暂时跑回去看看。当时野已深,不能进门,看见一头猪立在门外,就把它捉住吃了。很快又返回来,把虎皮还给道士。等到回到家里,家人说,王居贞的二儿子夜间出门,被虎吃了。他问是哪一天,恰恰是他披着虎皮回家的那天。此后的一两天他一直感到很饱,不想吃任何东西。出自《传奇》。

归 生

弘文馆学士归生,战乱之后家住巴州。他曾派家人到蜀地去,早晨上路,在道上遇到老虎,他就爬到树上去躲避。几只老虎反复在树下蹲扑跳跃,抓不到他。老虎互相说:"千万不要放过巴西县黄二郎。"一只虎就离开了。不一会儿来了一只白色的狐狸,望着树上的人又是吼叫又是蹦高抓拿,那人爬得更高。全都够不着他,它们就围一圈守着。过了一会儿,听到有骡铃声,才都各自散去。这个人到了巴西县之后,果然听说有一个叫黄二郎的巴西县官吏,已经被老虎吃了。出自《闻奇录》。

郑思远

老虎一般在月晕时交配。仙人郑思远曾经骑着一只老虎,老朋友许隐牙疼求他医治。他说:"只要用刚拔下来的虎须趁热插到牙缝里,牙痛就好了。"于是就拔了几根虎须给许隐。从此,人们就知道虎须可以治牙疼。老虎咬死人,能让尸体起来自己脱衣服,脱了之后才吃。虎威像个"一"字,一寸来长,在胸部的两侧,尾巴尖儿上没有,佩戴虎威的人,做官的好;不做官的让人憎恶。老虎夜间看东西,一只眼放光,一只眼看东西。猎人守候在那里射死它,那掉到地上的发光的眼睛变成一种白石头,主治小儿惊吓。出自《酉阳杂俎》。

李琢

许州西三四十里有雌虎暴,损人不一。统军李琢闻之惊怪,其视事日,厉声曰:"忠武军十万,岂无勇士?"有壮夫跳跃曰:"某能除。"琢壮其言,给利器。壮夫请不用弓刀,只要一大白棒。壮夫径诣榛坞寻之,果得其穴也。其虎已出,唯三子,眼欲开。壮夫初不见其母,欲回,度琢必不信,遂抱持三子,至其家藏之。入白于琢,琢见空手来,讶之。曰:"已取得伊三儿。"琢闻惊异,果取到,大赏赉之,给廪帛,加军职。曰:"尝闻'不探虎穴,焉得虎子',此夫是也。"壮夫竟除其巨者,不复更有虎暴。出《芝田录》。

谯 本

伪蜀建武四五年间,有百姓谯本者,凶率人也。不孝不义,邻里众皆恶之。少无父,常毁骂母,母每含忍。一旦,归自晚,其母倚门而迎。本遥见,便骂。母曰:"我只有汝一人,忧汝归夜,汝反骂我也。"遂抚膺大哭,且叹且怨。本在城巷住,此时便出门,近城沿路上坐。忽大叫一声,脱其衣,变为一赤虎,直上城去。至来日,犹在城上。蜀主命赵庭隐射之,一发正中其口。众分而食之。蜀主初霸一方,天雨毛,人变虎,地震者耳。出《野人闲话》。

李　琢

　　许州西三四十里的地方，有雌虎为患，害人不少。统军李琢听说之后很惊异，他处理事务的那天，严厉地对兵士们说："我们有十万忠武大军，难道就没有一个勇士吗？"有一位壮汉跳出来说："我能除掉老虎。"李琢认为这人说得很豪迈，就发给他利器。壮汉说不用弓和刀之类的东西，只要一根白色的木棍。壮汉直接到杂树丛生的草坞中寻找，果然找到了虎穴。那雌虎恰好出去了，穴中只有三只将要睁眼的小虎崽。壮汉没见到雌虎，便想回去，考虑到李琢可能不信，就把三只虎崽儿抱回来藏到自己家里。随后去向李琢禀报情况，李琢见他空着手回来，很惊讶。他说："我已经抓到了它的三只小虎崽儿。"李琢听了更加惊异，让他回去取虎崽儿，果然取到。就重重赏赐了他，给米给帛，还加了军职。李琢说："曾听说'不入虎穴，焉得虎子'，说的就是这位壮汉。"那壮汉到底把大虎也除掉了，不再有虎暴发生。出自《芝田录》。

谯　本

　　伪蜀建武四五年间，有一个叫谯本的百姓，是一个很凶暴的人。他不孝不义，邻居们都很讨厌他。谯本从小没有父亲，经常谩骂他的母亲，母亲总是忍耐。有一天，他回来晚了，他母亲靠着门等他回来。他远远地看到母亲，就又骂起来。母亲说："我只有你这么一个儿子，担心你回来晚了，你反而骂我。"于是就摸着胸口大哭起来，又叹又怨。谯本住在城里的巷子里，这时候他便走出门去，在离城不远的路边坐下。忽然大叫一声，脱去衣服，变成一只赤虎，直跑到城墙上去。到了第二天，他还在城墙上。蜀主让赵庭隐用箭射他，正好射中他的口。虎肉被大家分着吃了。蜀主刚刚在巴蜀建立霸业，天上下毛、人变成虎、地震等多有发生。出自《野人闲话》。

卷第四百三十一
虎六

李大可

宗正卿李大可尝至沧州。州之饶安县有人野行，为虎所逐。既及，伸其左足示之，有大竹刺，贯其臂。虎俯伏贴耳，若请去之者。其人为拔之，虎甚悦，宛转摇尾，随其人至家乃去。是夜，投一鹿于庭。如此岁余，投野豕獐鹿，月月不绝。或野外逢之，则随行。其人家渐丰，因洁其衣服，虎后见改服，不识，遂啮杀之。家人收葬讫，虎复来其家。母骂之曰："吾子为汝去刺，不知报德，反见杀伤。今更来吾舍，岂不愧乎？"虎羞惭而出。然数日常旁其家，既不见其人，知其误杀，乃号呼甚悲，因入至庭前，奋跃拆脊而死。见者咸异之。

蔺庭雍

吉阳治在涪州南。溯黔江三十里有寺，像设灵应，古

李大可

宗正卿李大可曾经到过沧州。沧州饶安县有人在野地里走路，被虎追赶。虎追上他以后，伸出它的左爪给这个人看，有一根大竹刺，从爪子扎进腿里。老虎俯首帖耳，好像请求他给拔掉。那人为它拔掉了，老虎很高兴，又转圈又摇尾，跟着那人到家才离去。这天夜里，老虎往院子里扔了一只鹿。如此一年多，往院子里扔野猪、獐子、鹿，月月不断。有时那人在野外与老虎相遇，老虎就跟着他一块走。那人家里渐渐富裕了，于是就换了一身干净的衣服。老虎因为他换了衣服，不认识了，就把他咬死了。家人把他收尸埋葬之后，虎又来到他家。他的母亲骂道："我儿子为你拔刺，你不知道报恩，反而把他咬死。现在你还来，难道不知道惭愧吗？"老虎羞愧地走出去。但它几天里一直在这家守着，见那人始终不露面，知道是自己误杀了他，于是就非常悲惨地号叫，来到院子前面，奋力一跳，折断脊骨而死。见到的人都感到奇怪。

蔺庭雍

吉阳的治所在涪州的南边。逆着黔江的水流往上走三十里，那个地方有一座寺庙，寺庙中陈设的所有神像都非常灵验，古

碑犹在，物业甚多，人莫敢犯。涪州裨将蔺庭雍妹因过寺中，盗取常住物，遂即迷路。数日之内，身变为虎。其前足之上，银缠金钏，宛然犹存。每见乡人，隔树与语云："我盗寺中之物，变身如此。"求见其母，托人为言之。母畏之，不敢往。虎来郭外，经年而去。出《录异记》。

王　太

　　海陵人王太者与其徒十五六人野行，忽逢一虎当路。其徒云："十五六人决不尽死，当各出一衣以试之。"至太衣，吼而龁者数四。海陵多虎，行者悉持大棒。太选一棒，脱衣独立，谓十四人："卿宜速去。"料其已远，乃持棒直前，击虎中耳，故闷倒，寻复起去。太背走惶惧，不得故道，但草中行。可十余里，有一神庙，宿于梁上。其夕，月明，夜后闻草中虎行。寻而虎至庙庭，跳跃变成男子，衣冠甚丽。堂中有人问云："今夕何尔累悴？"神曰："卒遇一人，不意劲勇，中其健棒，困极迨死。"言讫，入座上木形中。忽举头见太，问是何客，太惧堕地，具陈始末。神云："汝业为我所食。然后十余日方可死。我取尔早，故中尔棒。今以相遇，理当佑之。后数日，宜持猪来，以己血涂之。"指庭中大树："可系此下，速上树，当免。"太后如言。神从堂中而出为虎，劲跃，太高不可得，乃俯食猪。食毕，入堂为人形。

碑至今还在,寺中的器具财物很多,谁也不敢随便动。涪州副将蔺庭雍的妹妹路过寺院的时候,偷拿了寺里的东西,出寺后就迷了路。几天之内,身体就变成了一只老虎。它的前爪上还清晰地戴着银饰金镯子。每次见到人,它都隔着树对人家说:"我偷了寺里的东西,才变成这样。"它请求见见自己的母亲,托人家捎信。但是母亲害怕,不敢前往。老虎来到城外,过了一年才离去。出自《录异记》。

王 太

海陵人王太和他的十五六个同伴一起在野地里行走,忽然遇上一只老虎挡住去路。王太的同伴说:"十五六个人,绝不能都死,应该各拿出一件衣服试一试。"轮到试王太的衣服,那虎多次边吼叫边弯曲身形。海陵虎多,走路的人都拿着大棒。王太选了一根结实的木棒,脱去衣服独自站在那里,对其他十四个人说:"你们应该马上离开。"估计伙伴们已经走远,他便拎着棒子上前,一棒子打在老虎的耳朵上,老虎就倒下了,不一会儿又爬起来走了。王太惊慌地往回跑,却找不到来时的那条路,只在草地里穿行。大约走了十几里,有一座神庙,他就住到神庙的梁上了。那天晚上,月色明亮,入夜以后听到草地上有老虎走路的声音。没过一会儿老虎走进庙的庭前,纵身一跳变成一个男子,衣帽很是华丽。堂中有人问道:"你今晚为何这么狼狈?"虎神说:"突然碰上一个人,没想到这人特别勇猛,被他打了一棒子,困倦得要死。"说完,他走进座上的木形中。一抬头看见了王太,忙问是哪里来的客人,王太吓得掉下来,详细地陈述了始末。虎神说:"你已经是我的食物了。但是你得十几天以后才能死。我取你取早了,所以才中了你一棒。今天已经相遇,理应保佑你。几天以后,你带一头猪来,用你自己的血把猪涂一下。"又指着院子里的一棵大树说:"可绑在那下边,你赶快上树,应该能免除。"王太后来照他的话做了。虎神从堂中出来变成虎,用力跳跃,树太高够不到王太,就俯身把猪吃了。吃完之后,入堂内又变成人形。

太下树再拜乃还。尔后更无患。出《广异记》。

荆州人

荆州有人山行，忽遇伥鬼。以虎皮冒己，因化为虎，受伥鬼指挥。凡三四年，搏食人畜及诸野兽，不可胜数。身虽虎而心不愿，无如之何。后伥引虎经一寺门过，因遽走入寺库，伏库僧床下。道人惊恐，以白有德者。时有禅师能伏诸横兽。因至虎所，顿锡问："弟子何所求耶？为欲食人？为厌兽身？"虎弭耳流涕，禅师手巾系颈，牵还本房。恒以众生食及他味哺之。半年毛落，变人形。具说始事，二年不敢离寺。后暂出门，忽复遇伥，以虎皮冒己，遽走入寺，皮及其腰下，遂复成虎。笃志诵经，岁余方变。自尔不敢出寺门，竟至死。出《广异记》。

刘　老

信州刘老者以白衣住持于山溪之间。人有鹅二百余只诣刘放生，恒自看养。数月后，每日为虎所取，以耗三十余头。村人患之，罗落陷阱，遍于放生所。自尔虎不复来。后数日，忽有老叟巨首长鬓来诣刘。问鹅何以少减，答曰："为虎所取。"又问何不取虎，答云："已设陷阱，此不复来。"叟曰："此为伥鬼所教。若先制伥，即当得虎。"刘问何法取之。叟云："此鬼好酸，可以乌白等梅及杨梅布之要

王太从树上下来，又行礼拜谢之后才回家。从这以后，再也没有遇到过其他祸患。出自《广异记》。

荆州人

荆州有一个人在山中走路，忽然遇到伥鬼。伥鬼用虎皮蒙住了他，于是他就变成了老虎，受伥鬼指挥。在三四年的时间里，捕食的人、畜及各种野兽不可胜数。虽然荆州人身是虎身，但是心里不愿意，又无可奈何。后来伥鬼领着虎经过一座寺院，虎就迅速地跑进寺库中，趴在库僧的床下。库僧十分惊恐，把这事告诉了有德望的人。当时有个禅师能降伏各种野兽。于是他来到寺库老虎跟前，把禅杖往地上一顿，问道："弟子有什么要求吗？是因为想要吃人，还是因为讨厌兽身？"老虎顺从地流泪，禅师用手巾系住虎脖子，把它牵回自己房中，经常用众生的食物及其他东西喂它。半年之后毛落了，变成人形。于是他详细地述说了当初变成虎的事，两年没敢离开寺院。后来他偶尔出门，忽然又遇上伥鬼，伥鬼又用虎皮盖他，他急忙跑回寺来，皮到了腰以下就又变成虎。他笃志诵经，一年多以后才变回人形。从此他再也没敢出寺门，一直到死。出自《广异记》。

刘　老

信州的刘老终生没有做官，独自住在山溪之间。有一个人把二百多只鹅送到刘老这里来放生，他常常亲自看护饲养它们。几个月以后，每天都要被老虎叼走几只，已经损失三十多只了。村里的人害怕了，在放生的地方前前后后布置了陷阱捕捉老虎。从此老虎不再来了。几天之后，忽然有一位巨首长胡须的老头到刘老这里来。老头问鹅为什么减少了，刘老回答说："被老虎叼走了。"老头又问为什么不想办法捉住老虎，刘老说："设了陷阱以后，老虎就不再来了。"老头说："这是伥鬼教的。如果能先把伥鬼制服，就能捉到老虎了。"刘老问用什么办法制服。老头说："这种鬼喜欢吃酸的，可以把乌白梅和杨梅布置在重要

路,伥若食之,便不见物,虎乃可获。"言讫不见。是夕,如言布路之,四鼓后,闻虎落阱。自尔绝焉。 出《广异记》。

虎 妇

利州卖饭人,其子之妇山园采菜,为虎所取。经十二载而后还。自说入深山石窟中,本谓遇食,久之相与寝处。窟中都自四虎,妻妇人者最老。老虎恒持麋鹿等肉还以哺妻,或时含水吐其口中。妇人欲出,辄为所怒,驱以入窟。积六七年。后数岁,渐失余虎,老者独在。其虎自有妇人,未常外宿。后一日,忽夜不还。妇人心怪之,欲出而不敢。如是又一日,乃徐出,行数十步,不复见虎,乃极力行五六里,闻山中伐木声,径往就之。伐木人谓是鬼魅,以砾石投掷。妇人大言其故,乃相率诘问。妇人云:"已是某家新妇。"诸人亦有是邻里者,先知妇人为虎所取,众人方信之。邻人因脱衫衣之。将还,会其夫已死,翁姥悯而收养之。妇人亦憨戆,乏精神,恒为往来之所狎。刘全白亲见妇人,说其事云。 出《广异记》。

赵 倜

荆州有一商贾,姓赵名倜。多南泛江湖,忽经岁余未归。有一人先至其家,报赵倜妻云:"赵倜物货俱没于湖中,倜仅免一死。甚贫乏,在路即当至矣。"其妻惊哭不已。

道路上，伥鬼如果吃了，就看不见东西了，这样虎就可以捉到了。"说完就不见了。这天晚上，刘老按老头说的把道路布置了一番，四更以后，就听到老虎落入陷阱的声音。从此以后老虎便绝迹了。出自《广异记》。

虎　妇

利州有一个卖饭的人，他的儿媳妇到山园中采菜，被老虎叼走。过去十二年之后，她又回到家里。她自己说被老虎叼到深山的石窟中，本来以为要被吃掉，时间长了就和老虎住在一起。石窟里一共有四只老虎，以这位妇人为妻的老虎最老。老虎经常把麋鹿等动物的肉叼回来给妇人吃，有时候用口含水回来吐到妇人口中。妇人想要出去，老虎就发怒，把她赶回石窟里去。这样过了六七年。后来的几年，其他老虎渐渐不见了，只剩下这只老虎。这只虎自从有了这位妇人，不曾在别处过夜。后来有一天，老虎忽然一夜未归。妇人心里很奇怪，她想要出来却又不敢。如此又是一天，她才慢慢走出来，走了几十步，不见老虎，她这才拼力跑出五六里，听到山中伐木的声音，便走过去。伐木的人以为她是鬼怪，扔石头打她。她大声述说事情的前因后果，伐木的人这才纷纷向她诘问。她说："我是某家新娶的媳妇。"这些人当中有人是这家的邻居，以前知道妇人被虎叼走的事，大伙这才相信她。邻居就把自己的衣衫脱下来给她穿上。回到家里以后，她的丈夫已经死了，她的公婆可怜并收留了她。妇人又很痴呆，终日没有精神，经常被来往的人取笑侮辱。刘全白亲眼见过这妇人，是他讲的这个故事。出自《广异记》。

赵　倜

荆州有一个商人，姓赵名倜。赵倜经常去南方泛游于江湖，忽然有一年多没有回来。有一个人先到赵倜的家里，对他的妻子说："赵倜的货物全都沉入湖中，他仅免一死。现在很是穷困，正走在路上，应该快到家了。"赵倜的妻子大吃一惊，哭泣不已。

后三日,有一人,一如赵偶仪貌,来及门外大哭。其妻遽引入家内,询问其故。安存经百余日,欲再商贩,谓赵偶妻曰:"我惯为商在外,在家不乐,我心无聊。勿以我不顾恋尔,当容我却出,投交友。"俄而偶輂物货自远而至。及入门,其妻反乃惊疑走出,以投邻家。其赵偶良久问其故,知其事,遂令人唤其人。其人至,既见赵偶,奔突南走。赵偶与同伴十余人共趁之,直入南山。其人回顾,谓偶曰:"我通灵虎也,勿逐我,我必伤尔辈。"遂跃身化为一赤色虎,叫吼而去。 出《潇湘录》。

周 义

周义者,郑人也。性倜傥,好急人之患难。忽有一人年可弱冠已来,衣故锦衣,策杖而诣周义。谓义曰:"我是孟州使君之子也,偶出猎于郊垌。既获兔后,其鹰犬与所从我十余少年,与所乘马,皆无故而死。我亦有一流矢,不知自何至,伤我右足。我是以不敢返归,恐少年家父母不舍我。今闻君急人之患难,故特来投君,幸且容我。我他日必厚报君之惠也。"义遂藏之于家。

经百余日,义既不闻孟州有此事,乃夜与少年对酌,问之曰:"君子始投我,言是使君之子,因出猎有死伤,不敢返归,今何不传闻此事?我疑君子,君子必以实告我,我必无贰。"少年沉吟移时,方起拜而言曰:"我始设此异词者,盖欲悯念纳我。今若必问我,我实不敢更设诈也。君当不移急人之心,我即以实告君。"义曰:"我终无贰,但言之。"

三天后，有一个和赵偁举止、相貌完全一样的人，来到门外就大哭。赵偁的妻子忙把他拉回家去，询问是怎么回事。这人在家里待了一百多天，打算再去外地做买卖，就对妻子说："我习惯在外面做买卖，在家里觉得没什么乐趣，心里感到无聊。你可千万不要以为我不顾恋你，你应该容许我出去结交朋友。"不久，真的赵偁用车拉着货物回来了。等到赵偁进了门，他的妻子反倒惊疑地跑到邻居家去了。过了很久赵偁才询问原因。知情之后，他让人把那个人找来。那个人见到赵偁后，回头就向南逃跑。赵偁和十几个同伴一起追赶，一直追到南山。那人回头看看赵偁说："我是一只通灵虎，不要追我，否则我肯定会伤害你们。"于是纵身一跃变成一只红色老虎，吼叫着奔去。出自《潇湘录》。

周　义

　　周义是郑地人。他性情倜傥风流，好为别人排忧解难。忽然有一天，一个大约二十多岁的人，身穿旧锦衣，拄着拐杖来见周义。他对周义说："我是孟州使君的儿子，偶尔去郊外打猎。捉了一只野兔后，那些鹰、猎狗和跟我一起来的十多个年轻人，还有我骑的马，全都无缘无故地死了。我也被一支不知从什么地方射来的流箭射伤了右脚。所以我就不敢回去了，怕那些年轻人的父母不饶我。现在听说你愿意为别人排忧解难，所以特意来投奔，希望能收留我。我日后一定好好报答你的恩情。"周义于是就把他藏在家里。

　　过了一百多天，周义也没听说孟州发生过这样的怪事，就在夜晚和少年对饮，问他道："你当初投奔我的时候，说你是使君的儿子，因为出来打猎有了死伤不敢回去，现在为什么没有这事的传闻呢？我怀疑你，你必须对我讲实话，只要讲实话，我也没有二心。"年轻人沉吟了一会儿，才站起来行礼说道："我当初编造这样的假话，是想让你可怜我、接纳我。现在如果一定要问我，我实在是不敢再说谎。你若能不改变帮人排忧解难的想法，我就把实情告诉你。"周义说："我保证到底不会两样，你只管说！"

少年曰："我孟州境内虎也，伤人多矣。刺史发州兵搜求我，欲杀我。闻君广义，因变形质以投君。君怜恤我，待之如宾。但我已誓报君之惠不忘。今夜既言，诚实事也，我不可住。"遂叫吼数声，化为一虎走去。后月余，夜有一少年逾垣入义家，抛下一金枕，高声告周义："我是昔受恩人也。今将此枕，答君之惠。"言讫，复化为一虎去。出《潇湘录》。

中朝子

有一中朝子弟性颇落拓，少孤，依于外家。外家居在亳州永城界，有庄。舅氏一女甚有才色，此子求娶焉。舅曰："汝且励志求名，名成，吾不违汝。"此子遂发愤笃学，荣名京邑。白于舅曰："请三年，以女见待，如违此期，任别适人。"舅许之。此子入京，四年未归，乃别求女婿。行有日矣，而生亦已成名归。去舅庄六七十里，夜宿。时暑热，此子从舟中起，登岸而望，去舟半里余有一空屋。遂领一奴持刀棒居宿焉。此乃一废佛屋，土塌尚存，此子遂寝焉。奴人于地持刀棒卫之。忽觉塌下有物动声，谓是虫鼠，亦无所疑。夜至三更，月渐明，忽一虎背负一物掷于门外草内，将欲入屋，此人遂持刀棒叫呼，便惊走。呼舟人持火来照，草间所堕乃一女。妆梳至美，但所着特故衣耳，亦无所损伤。熟视之，乃舅妹也，许嫁之者，为虎惊，语犹未得，遂扶入屋。又照其塌后，有虎子数头，皆杀之。扶女

年轻人说:"我本是孟州境内的一只老虎,伤害过许多人。刺史派州兵搜寻我,想要捕杀我。我听说你行大义,于是就变化人形来投奔你。你可怜我,待我如同宾客。我已经发誓不忘报你的大恩。今夜已经说了,实在是真事。我不能再住下去了。"于是他吼叫了几声,变成一只老虎跑走了。一个多月后,一天夜里,有一个年轻人跳墙来到周义家,扔下一个金枕头,高声告诉周义:"我是先前受过你恩惠的人。现在把这个枕头送来,报答你的大恩大德。"说完,就又变成一只老虎跑走了。出自《潇湘录》。

中朝子

　　有一个中朝官的子弟,性情颇放荡不羁,从小父母双亡,依靠外祖父生活。外祖父家住在亳州永城地界,有庄园。他舅舅的一个女儿非常有才气有姿色,他就向舅舅求婚。舅舅说:"你先立志求取功名,有了功名,我不会不答应的。"于是他就发奋学习,想扬名于京城。他对舅舅说:"请你让她等我三年,我要是过期没回来,任她另嫁别人。"舅舅答应了他。但是他进京之后,四年没回来,他舅舅就只好另找女婿。行将成亲的日子,他也成名回来了。离舅舅的庄园六七十里的时候,天黑住下来。当时天气特别热,他就从船上走出来,登岸四处瞭望,见离船半里多的地方有一所空房。就领着一名奴仆拿着刀棒到空房子里去住。这是一处废毁的佛庵,倒塌的泥土还堆在里边,他就睡在那里。奴仆拿着刀棒守卫着。忽然觉得倒塌的土泥下面有什么东西的动静,以为是虫鼠之类,也没怀疑什么。夜至三更,月光渐渐明亮起来,忽然发现有一只老虎背负着一个东西扔到门外的草堆上,想要进屋,奴仆拿着刀棒大喊大叫,老虎就被吓跑了。喊船上的人拿来灯火一照,草堆里被老虎扔下的原来是一位女子。这位女子的梳妆打扮极好看,只是穿的是旧衣裳,倒也没有受到伤害。仔细一看,原来是舅舅家的那个答应嫁他的表妹,被虎吓得不能说话,于是他就把表妹扶到屋里。又用灯火照了一下倒塌物的后边,有几只虎崽,他把虎崽全杀死。中朝子搀着表妹

却归舟中。明日至舅庄，遥闻哭声。此子遂维舟庄外百余步，入庄，先慰，徐问凶故。舅曰："吾以汝来过期，许嫁此女于人。吉期本在昨夜，一更后，因如厕，为虎所搏。求尸不得。"生乃白其事。舅闻，悲喜惊叹，遂以女嫁此生也。

出《原化记》。

返回到船上。第二天到了舅舅庄上,远远就听到了哭声。中朝子把船停到庄外一百多步的地方,然后进了庄,先向舅舅、舅母表示慰问,然后慢慢打听凶事的原因。舅舅说:"我以为你过期不回来了,就把女儿嫁给别人。吉期就定在昨夜,一更天之后,她上厕所,被老虎抓走了。连尸首都没找到。"中朝子便把昨天晚上发生的事情告诉了舅舅。舅舅听了又悲又喜,惊叹不已,于是就又把女儿嫁给了他。出自《原化记》。

卷第四百三十二
虎七

松阳人　南阳士人　虎恤人　范　端　石井崖
械　虎　商山路　陈　褒　食　虎　周　雄

松阳人

　　松阳人入山采薪，会暮，为二虎所逐，遽得上树。树不甚高，二虎迭跃之，终不能及。忽相语云："若得朱都事应必捷。"留一虎守之，一虎乃去。俄而又一虎细长善攫。时夜月正明，备见所以。小虎频攫其人衣，其人樵刀犹在腰下，伺其复攫，因以刀砍之，断其前爪。大吼，相随皆去。至明，人始得还，会村人相问，因说其事。村人云："今县东有朱都事，往候之，得无是乎？"数人同往问讯。答曰："昨夜暂出伤手，今见顿卧。"乃验其真虎矣。遂以白县令，命群吏持刀，围其所而烧之。朱都事忽起，奋迅成虎，突人而出，不知所之。出《广异记》。

松阳人

　　松阳有一个人进山砍柴，赶上天黑，被两只老虎追赶，他急急忙忙爬到一棵树上。这棵树不太高，两只虎轮番向上跳跃抓他，始终没够着他。忽然两只虎相互说："如果能让朱都事答应帮忙，一定能抓到这个人。"留下一只虎在树下守着，另一只就跑了。不一会儿，又有一只身材细长、善于攫拿的老虎来了。当时月光正明，什么都看得清楚。小老虎频频地蹦起来抓取那人的衣服，那人的砍柴刀还挂在腰间，等老虎再蹦起来抓他时，他就用刀一砍，砍断了老虎的前爪。老虎大叫一声，全都相随着跑了。到天亮时，那人才得以返回，碰上村人问他为什么才回来，他就把事情的经过告诉了大家。村民说："现在县东有个朱都事，前去探望一下，莫非那个小老虎就是他吗？"几个人一块儿去打听。有人回答说："朱都事昨夜临时出去一趟，伤了手，现在正卧床养伤。"于是就证明他真是一只老虎。于是就向县令禀报了，县令派群吏拿着刀，包围了朱都事的住所，放火烧他。朱都事猛然跃起，很快变成一只老虎，突破人们的包围，不知跑到何处去了。出自《广异记》。

南阳士人

　　近世有一人寓居南阳山，忽患热疾，旬日不瘳。时夏夜月明，暂于庭前偃息，忽闻扣门声。审听之，忽如睡梦，家人即无闻者。但于恍惚中，不觉自起看之，隔门有一人云："君合成虎，今有文牒。"此人惊异，不觉引手受之。见送牒者手是虎爪，留牒而去。开牒视之，排印于空纸耳。心甚恶之，置牒席下，复寝。明旦少忆，与家人言之。取牒犹在，益以为怪。疾似愈，忽忆出门散适，遂策杖闲步，诸子无从者。行一里余，山下有涧，沿涧徐步，忽于水中，自见其头已变为虎，又观手足皆虎矣，而甚分明。自度归家，必为妻儿所惊，但怀愤耻，缘路入山。经一日余，家人莫知所往，四散寻觅。比邻皆谓虎狼所食矣，一家号哭而已。

　　此人为虎，入山两日，觉饥馁，忽于水边蹲踞，见水中科斗虫数升，自念常闻虎亦食泥，遂掬食之，殊觉有味。又复徐行，乃见一兔，遂擒之，应时而获，即啖之，觉身轻转强。昼即于深榛草中伏，夜即出行求食，亦数得獐兔等，遂转为害物之心。忽寻树上，见一采桑妇人，草间望之。又私度："吾闻虎皆食人。"试攫之，果获焉。食之，果觉甘美。常近小路，伺接行人。日暮，有一荷柴人过，即欲捕之。忽闻后有人云："莫取莫取！"惊顾，见一老人须眉皓白，知是神人。此人虽变，然心犹思家，遂哀告。老人曰："汝曹为天神所使作此身，今欲向毕，却得复人身。若杀负薪者，永

南阳士人

近世有一个人寓居在南阳山，忽然得了热病，十多天也不见好。当时夏季夜晚月色明亮，他偶然在庭前歇息，忽然听到敲门声。仔细听了听，忽然又像是在睡梦中，家里人却没有听到。只是在恍惚之中，不知不觉起来看了看，有一个人隔着门说："你应该变成虎，现有文书在此。"这个人十分惊异，不自觉就伸手接下了文书。他看到送文书的人的手是虎爪，留下文书就走了。他打开文书一看，在空纸上排列了一些图章罢了。心里特别厌恶，把文书放在坐席下，又睡了。第二天早晨还略微记得，就对家里人说了。到席下去找文书，文书还在，他更觉得奇怪。病似乎好了，他忽然想出门走走，就拄着手杖悠闲地走出来，儿子们没跟出来。走出一里多路，来到山下的涧边，沿涧漫步而行，忽然在水中看到自己的影子，头已经变成虎头，手脚变成了虎爪，而且特别分明。他心里想这样回家，一定会吓着妻儿们，只好怀着愤恨与羞耻，顺着路走进山中。过去一天多，家人不知他到哪里去了，四处找他。邻居们都认为他被虎狼吃了，一家人号哭不已。

此人变成虎，进山两天，觉得非常饥饿，忽然在水边蹲下，看到水中有许多的蝌蚪，心里想曾经听说老虎连泥都吃，于是就捧蝌蚪吃，觉得挺有味道。他又慢慢往前走，看到一只野兔，就去捉它，立即就捉到了，随即便吃了，觉得自己的身体变得轻捷有力了。白天他就在深草丛中趴伏着，夜里就出去觅食，也多次捉到獐子、兔子等，于是他就有了害物之心。忽然寻找到一棵树下，见树上有一位采桑的妇人，他在草丛中望着，心里又想："我听说老虎都吃人。"他就试探着去捉那妇人，结果捉到了。就把她吃了，果然觉得味道甘美。他常常在临近小路的地方，等待路过的人。一天傍晚，有一个人扛着柴走过去，他就想上去捕捉。忽然听到后边有人说："不要捕，不要捕！"惊讶回头一看，看到一位须眉皆白的老人，心知是神人。他虽然变成虎，但他心中还想家，于是他向老人哀求。老人说："你被天神驱使变做虎身，今天就要完结，得以恢复人形。如果你杀了这个扛柴的人，就永远

不变矣。汝明日合食一王评事，后当却为人。"言讫，不见此老人。此虎遂又寻草潜行。

至明日日晚，近官路伺候，忽闻铃声，于草间匿。又闻空中人曰："此谁角驮？"空中答曰："王评事角驮。"又问："王评事何在？"答曰："在郭外。县官相送，饭会方散。"此虎闻之，更沿路伺之。一更已后，时有微月，闻人马行声。空中又曰："王评事来也。"须臾，见一人朱衣乘马半醉，可四十余，亦有导从数人，相去犹远。遂于马上擒之，曳入深榛食之，其从迸散而走。食讫，心稍醒，却忆归路，去家百里余来，寻山却归。又至涧边却照，其身已化为人矣。遂归其家。

家人惊怪，失之已七八月日矣。言语颠倒，似沉醉人。渐稍进粥食，月余平复。后五六年，游陈许长葛县。时县令席上，坐客约三十余人。主人因话人变化之事，遂云："牛哀之辈，多为妄说。"此人遂陈己事，以明变化之不妄。主人惊异，乃是王评事之子也。自说先人为虎所杀，今既逢仇，遂杀之。官知其实，听免罪焉。出《原化记》。

虎恤人

凤翔府李将军者为虎所取，蹲踞其上，李频呼："大王乞一生命。"虎乃弭耳如喜状。须臾，负李行十余里，投一窟中，二三子见人喜跃。虎于窟上俯视，久之方去。其后入窟，恒分所得之肉及李。积十余日，子大如犬，悉能

不能变回人形了。你明天应该吃一个王评事，然后就能恢复人身。"说完，老人就消失不见了。这只老虎便又在草丛中潜行。

到了第二天的晚上，来到官路附近等候，忽然听到铃声，他便藏进草丛里。又听到空中有人问："这是谁的角驮？"另一个回答："王评事的角驮。"又问："王评事在哪儿？"又答："在城外。县官送他，酒宴刚散。"这只老虎听了，还是在沿路等着。一更天后，月色微明，听到人马走路的声音。空中又有人说："王评事来了。"不一会儿，见有一个人穿着红衣服骑在马上，喝得半醉，大约四十多岁，有几个随从，离得还挺远。老虎就跑过去把王评事从马上拽下来，拖到深草丛中吃掉，他的随从四散逃跑。老虎吃完了，心里稍微感到清醒，想起回家的路，还有一百多里，顺着山路往回走。又来到洞边一照，他的身体已恢复为人形了。于是就回到家里。

家里人又害怕又奇怪，他失踪已经七八个月的时间了。他的话颠三倒四，语无伦次，好像一个喝醉的人。渐渐地，他可以吃下些粥食，过了一个多月才恢复正常。五六年以后，他到陈许的长葛县游玩。当时县令的宴席上，有三十多位客人在座。主人就说起了人能变化的事，说："牛会伤心等事，大多是荒唐的说法。"这个人便陈述了自己变虎的事，来说明变化并不荒唐。主人特别惊异，因为他就是王评事的儿子。他自己说他的父亲被虎害死，今天遇上杀父仇人，于是就把仇人杀死。官员们知道事情原委之后，没有追究下去。出自《原化记》。

虎恤人

凤翔府李将军被老虎捉去，老虎蹲踞在他的身上，他频频地高呼："大王饶命。"虎就垂下两耳，表现出高兴的样子。一会儿，它驮着李将军走了十几里，把他扔进一个洞窟中。洞窟里有两三只虎崽，见到人高兴得又蹦又跳。老虎在洞窟上面往下看，过了许久才离去。后来老虎进到洞窟中，总是分一些自己弄到的肉给李将军。过了十多天，虎崽长得像狗那样大小，全都能

陆梁，乳虎因负出窟。至第三子，李恐去尽，则己死窟中，乃因抱之云："大王独不相引？"虎因垂尾，李持之，遂得出窟。李复云："幸已相祐，岂不送至某家？"虎又负李至所取处而诀。每三日，一至李舍，如相看。经二十日，前后五六度，村人怕惧。其后又来，李遂白云："大王相看甚善，然村人恐惧，愿勿来。"经月余，复一来，自尔乃绝焉。出《广异记》。

范　端

　　涪陵里正范端者，为性干了，充州县任使。久之，化为虎，村邻苦之，遂以白县云："恒引外虎入村，盗食牛畜。"县令云："此相恶之辞，天下岂有如此事！"遂召问，端对如令言。久之，有虎夜入仓内盗肉，遇晓不得出，更递围之，虎伤数人，逸去。耆老又以为言。县令因严诘端所由，端乃具伏云："常思生肉，不能自致。夜中实至于东家栏内窃食一猪，觉有滋味。是故见人肥充者，便欲啖之，但苦无伍耳。每夜东西求觅，遇二虎见随，所有得者，皆共分之，亦不知身之将变。"然察其举措，如醉也。县令以理喻遣之。是夜端去，凡数日而归，衣服如故。家居三四日，昏后，野虎辄来至村外鸣吼。村人恐惧，又欲杀之。其母告谕令去。端泣涕辞母而行。数日，或见三虎，其一者，后左足是靴。端母乃遍求于山谷，复见之。母号哭，二虎走去，有靴

蹦跳，老虎就把它们背出洞去。到了第三个虎崽，李将军怕虎崽都走了，自己死在洞中，就把虎崽抱在怀里，说："大王难道不把我背出去？"于是老虎把尾巴伸下来，李将军拽着虎尾巴，得以出洞。他又对老虎说："有幸得到大王的佑护，难道不送我回家吗？"老虎又驮着李将军，把他送到当时捉他的地方，然后离开。每三天，它到李将军住处来一趟，好像是来看望他。经过二十天，前后来过五六回，村里人很害怕。后来它又来，李将军就对它说："大王来看我，这很好，但是村里人害怕，希望你还是别来了。"过了一个多月，它又来过一回，从此就再也没来过。出自《广异记》。

范 端

涪陵一个叫范端的里正，为人精明能干，任州县差役。时间长了，他变成了一只老虎，村邻叫苦不迭，就把这事向县令报告说："范端经常领着野外的老虎进村，偷吃牲畜。"县令说："这是不喜欢他的说法，天下怎么会有这样的事！"于是就召见范端，问他是怎么回事，范端的回答和县令说的一样。时间长了，有只老虎夜里进入仓库偷肉，到天亮没能出来，被层层围住，老虎咬伤数人后逃走了。老人们又把这事告诉了县令。县令于是严格地盘问范端，范端这才完全认罪："我常常想吃生肉，只是自己弄不到。有一天夜里确实到东邻家栏内偷吃了一头猪，觉得很有滋味。所以见了那种挺胖的人也就想吃，只是苦于没有伙伴。每天夜里就到处寻找，遇到两只虎跟着我，所有得到的食物，都一起分着吃，也不知自己将要变成老虎。"然而察看他的举止，他就像喝醉了酒一样。县令给他讲了一番道理之后，打发他走了。这一夜范端离去，过了几天才回来，穿戴和以前一样。他在家里住了三四天，到了黄昏后，野虎就来到村外吼叫。村里人害怕，又要杀范端。范端的母亲就告诉他，让他赶快离去。范端哭泣着告别了母亲。几天之后，有人看到了三只虎，其中有一只，后左爪上还穿着靴子。范端的母亲听说以后，就在山谷间到处寻找，终于找到了。范端的母亲号哭，另外两只虎走了，穿靴子

者独留，前就之。虎俯伏闭目。乃为脱靴，犹是人足。母持之而泣，良久方去。是后乡人频见，或呼范里正，二虎惊走，一虎回视，俯仰有似悲怆。自是不知所之也。出《广异记》。

石井崖

石井崖者，初为里正，不之好也，遂服儒，号书生。因向郭买衣，至一溪，溪南石上有一道士衣朱衣，有二青衣童子侍侧。道士曰："我明日日中得书生石井崖充食，可令其除去刀杖，勿有损伤。"二童子曰："去讫。"石井崖见道士，道士不见石井崖。井崖闻此言惊骇，行至店宿，留连数宿。忽有军人来问井崖："莫要携军器去否？"井崖素闻道士言，乃出刀，拔枪头，怀中藏之。军人将刀去，井崖盘桓未行。店主屡逐之，井崖不得已，遂以竹盛却枪头而行。至路口，见一虎当路，径前躩取井崖。井崖遂以枪刺，适中其心，遂毙。二童子审观虎死，乃讴歌喜跃。出《广异记》。

械　虎

襄梁间多鸷兽，州有采捕将，散设槛阱取之，以为职业。忽一日报官曰："昨夜槛发，请主帅移厨。"命宾寮将校往临之，至则虎在深阱之中。官寮宅院，民间妇女，皆设幄幕而看之。其猎人先造一大枷，仍具钉锁，四角系缅，施于

的那只虎独自留下来，走近母亲，闭着眼睛趴在那里。母亲为他脱去靴子，那只脚仍然是人脚。母亲捧着这只脚痛哭，过了很长时间才离开。从此以后，乡里人经常见到这三只虎，有人呼喊"范里正"，其中两只吓跑了，一只回过头来看，俯仰再三，好像很悲伤似的。从此不知它到什么地方去了。出自《广异记》。

石井崖

石井崖原先是个里正，不喜欢干，于是就穿上书生的衣服，自称书生。因为到城里买衣服，走到一条溪边，溪南的一块石头上坐着一位穿红衣服的道士，有两个青衣童子侍候在左右。道士说："我明天中午要吃书生石井崖充饥，你们可以让他除去刀杖，不要伤着我。"两个童子说："石井崖已经过去了。"石井崖能看见道士，道士看不见他。石井崖听了这话很是惊恐，走到客栈就住下了，流连几宿也没再敢往前走。忽然有一个军人来问石井崖："莫非要携带兵器离开？"石井崖先前已听到道士的话，就把刀交出来，拔了一个枪头藏在怀里。军人拿着刀走了，石井崖仍旧住在旅店里。店主屡屡催促，石井崖无奈，只好用一段竹子藏着枪头走了。走到路口，果然有一只老虎挡住去路，冲上来扑向石井崖。石井崖就用枪头刺它，正好刺中它的心脏，它就死了。两个童子上前察看，见老虎死了，就手舞足蹈，又说又唱，高兴地跳起来。出自《广异记》。

械　虎

襄梁一带多猛兽，州里专门设有采捕将，在各地铺设捕捉野兽的笼子和陷阱捕杀它们，以此作为自己的职业。忽然有一天，有人向官府报告说："他们捉虎的笼子昨夜发动了，请主帅前去看看。"主帅就让宾僚将校们前往，到地方一看，一只老虎困在陷阱之中。官僚的宅院、民间的妇女，都设置帐幕在那看热闹。那个猎人先造了个大木枷，还有钉锁，四角系着麻绳，放到

阱中,即徐徐以土填之。鸷兽将欲出阱,即迤逦合其荷板。虎头才出,则蹙而钉之,四面以索,趁之而行。看者随而笑之。此物若不设机械,困而取之,则千夫之力,百夫之勇,曷以制之?势穷力竭而取之,则如牵羊拽犬。虽有纤牙利爪,焉能害人哉!夫欲制强敌者,亦当如是乎。出《玉堂闲话》。

商山路

旧商山路多有鸷兽害其行旅。适有骡群早行,天未平晓,群骡或惊骇。俄有一虎自丛薄中跃出,攫一夫而去,其同群者莫敢回顾。迨至食时,闻遭攫者却赶来相及。众人谓其已碎于铦牙,莫不惊异。竞问其由,徐曰:"某初衔至路左岩崖之上,前有万仞清溪,溪南有洞,洞口有小虎子数枚顾望其母,忻忻然若有所待。其虎置某崖侧,略不损伤,而面其溪洞叫吼,以呼诸子,某因便潜伸脚于虎背,尽力一踏,其虎失脚,堕于深涧,不复可登。是以脱身而至此。"其兽盖欲生致此人,按演诸子,是以不伤。真可谓脱身于虎口,危哉危哉! 出《玉堂闲话》。

陈 褒

清源人陈褒隐居别业,临窗夜坐,窗外即旷野。忽闻有人马声,视之,见一妇人骑虎自窗下过,径入西屋内。壁下先有一婢卧,妇人即取细竹枝从壁隙中刺之,婢忽尔腹痛,开户如厕。褒方愕骇,未及言,婢已出,即为虎所搏。

阱里去,然后慢慢往里面填土。猛兽将要出来的时候,就曲折地合上荷板。虎头刚钻出来,就赶紧钉住木枷,四面用绳子牵着,驱赶它往前走。看热闹的人跟在后面嬉笑不止。这种猛兽,如果不设置机械,要想围困它、捉住它,就是有一千人的力气,一百人的勇力,怎么能制服呢?而等它势穷力竭之后再制取它,就像牵羊拽狗一样容易了。尽管它有尖牙利爪,又怎么能伤着人呢!要想制住强敌,就应该运用这个道理。出自《玉堂闲话》。

商山路

旧商山路上常有猛兽伤害过往行人。恰巧有一个骡群起早赶路,天还不亮,有的骡子受惊骚动起来。不一会儿便有一只老虎从草丛中跳出来,叼起一人就跑,这人的同伴们没有敢回头看的。等到了吃饭的时候,这个被虎叼去的人却赶上来了。众人以为他已经被老虎的利齿嚼碎了,没有不惊讶的。争着问他是怎么回事,那人慢慢地说:"我一开始被老虎叼到路边的岩崖之上,前有万仞高山和清溪,溪南有山洞,洞口有几只小老虎望着它们的母亲,高高兴兴得像等待着什么。那只老虎把我放在崖边,我一点也没有伤着。它面对着溪边的山洞吼叫,呼唤它的孩子们,我于是就把脚偷偷伸到虎背上,尽力一端,那虎失脚掉到深涧里,再也上不来了。所以我就脱身跑回来了。"那只老虎大概是想活捉骡夫,演练几个虎崽,所以没伤他。真可谓脱身于虎口,危险呀,危险!出自《玉堂闲话》。

陈 褒

清源人陈褒隐居在园林中,夜里临窗而坐,窗外就是旷野。忽然传来人马声,他一看,见一个妇人骑着虎从窗下经过,径直走进西屋。西屋壁下有一个婢女睡在那里,妇人捡了一根细竹枝从壁缝中扎那婢女,婢女忽然肚子疼,开门上厕所。陈褒正惊骇不已,没等说话,婢女已经走出去了,当即被虎扑倒。

遽前救之，仅免。乡人云："村中恒有此怪，所谓'虎鬼'者也。"出《稽神录》。

食 虎

建安人山中种粟者皆构棚于高树以防虎。尝有一人方升棚，见一虎垂头拓耳过去甚速。俄有一兽如虎而稍小，蹑前虎而去，遂闻竹林中哮吼震地，久之乃息。明日往视，其虎遇食略尽，但存少骨尔。出《稽神录》。

周 雄

唐大顺、景福已后，蜀路剑、利之间，白卫岭、石筒溪，虎暴尤甚，号税人场。商旅结伴而行，军人带甲列队而过，亦遭攫搏。时递铺卒有周雄者，膂力心胆，有异于常。日夜行役，不肯规避，仍持托权利剑，前后于税人场连毙数虎，行旅赖之。西川书记韦庄作长语以赏之，蜀帅补军职以壮之。凡死于虎，溺于水之鬼，号为伥，须得一人代之。虽闻泛言，往往而有。先是西川监军使鱼全谭特进自京搬家，憩于汉源驿。其媚嫂方税驾，遂严妆，倚驿门而看，为虎攫去。虽驱夺得之，已伤钩爪也。仆尝行次白卫岭，时属炎蒸，夜凉而进。一马二仆与他人三五辈偕行，或前或后，而民家豚犬交横道路。山林依然，居人如昔，虎豹之属，又复何之？景福、乾宁之时，三川兵革，虎豹昼行。任上贡输，梗于前迈。西川奏章，多取巫峡。人虫作暴，得非系国家之盛衰乎？出《北梦琐言》。

陈褒急忙出去救她,这才免于虎口。乡人说:"村里经常有这种怪物,就是所谓的'虎鬼'。"出自《稽神录》。

食　虎

建安那地方的人,凡是在山中种粟的,都在高树上搭建棚子来防备老虎。曾经有一个人刚爬上了棚子,看见一只老虎垂头奔耳地跑过去,跑得特别快。不一会儿,有一个像虎却比虎小的野兽,紧随着虎的踪迹追过去,于是就听到竹林里的吼叫声惊天动地,过了很久才平息。第二天前去一看,那只老虎几乎被吃光,只剩下一些骨头了。出自《稽神录》。

周　雄

唐朝大顺、景福以后,蜀路的剑、利之间,白卫岭、石筒溪一带,老虎为害特别严重,被称为"税人场"。商旅结伴而行,军人带着武器列队通过,也会遭到老虎的袭击。当时有个叫周雄的驿卒,臂力、胆量都超过平常人。他日夜行役,不肯设法回避,照常拿着托权利剑,在税人场前后连连打死几只老虎,行旅们都靠他。西川的书记韦庄作长诗赞赏他,蜀帅补给他军职来激励他。凡是被虎咬死、被水淹死而变成的鬼叫伥鬼,必须要有一个人代替自己。虽说是听人们随便说的,但往往有这样的事情发生。此前西川监军使鱼全谞特进从京城搬家,在汉源驿站休息。他的寡嫂刚下车休息,就梳妆整齐,靠着驿门往外看,被老虎捉了去。虽然追赶抢夺回来,也被钩爪伤了。我曾有一次旅途中暂住白卫岭,那时天极热,趁夜间凉爽赶路。一马二仆与其他三五个人一块儿走,有的在前,有的在后,百姓家的猪狗在道上走来走去。山林照旧,居民如常,虎豹之类,又到哪里去了呢?景福、乾宁的时候,三川一带战乱不止,虎豹白天出来到处走。地方上的贡赋被阻塞在路上不能运出。西川的奏章,大多取路巫峡送出。人和兽行凶作恶,难道不是和国家的兴衰有关吗?出自《北梦琐言》。

卷第四百三十三
虎八

张　俊　　浔阳猎人　柳　并　　僧　虎　　王　瑶
刘　牧　　姨　虎　　崔　韬　　王行言

张　俊

宣州溧水县尉元澹家在怀州。先将一庄客张俊祗承至官，官满却归，俊亦从之。俊有妻，一子三岁，亦与同行。至宋汴行将夜，俊抱儿从澹，其妻乘驴在后十步。忽闻叫声，俊奔视之，妻已被虎所取。俊白元："妻今为虎所杀伤，誓欲报仇。今以孩子奉上，某傥生归，当酬哺养之恩。不尔，便为仆贱终身。"元固止之，不可。复挟两矢，携弓腰斧，下道乘黑而行。去三十余里，皆深林重阻。既而渐至一处，依近山谷，有大树百余株。疑近虎穴，俊上树伺之。时渐明，见山下数十步内，如有物蹲伏起动之状。更候之，欲明，乃是虎也。其妻已死，为虎所禁，尸自起，拜虎讫，自解其衣，裸而复僵。虎又于窟中引四子，皆大如狸，掉尾欢跃。虎以舌舐死人，虎子竞来争食。俊在树上见之，遂发一箭，正中虎额，其虎腾跃。又发一箭，中其胁。箭皆傅

张　俊

宣州溧水县县尉元澹家在怀州。先前他只带着一个叫张俊的庄客做侍从来上任，如今官任期满返回怀州，张俊也跟他一同回去。张俊有一个妻子和一个三岁的儿子，也跟着一块走。走到宋汴的时候，天就要黑下来了，张俊抱着儿子跟着元澹，妻子骑着驴走在十步远的后面。忽然听到叫声，张俊跑过去一看，妻子已被老虎叼走了。张俊对元澹说："妻子如今被虎杀害，我一定要为她报仇。现在把孩子交给您，我如果活着回来，应当报答您的哺养之恩。不然，就让孩子终身做您的奴仆。"元澹再三劝阻也没有劝住。张俊又挟上两支箭，拿着弓和腰斧，从官道上下来，摸着黑向山里走。走了三十多里，全都是深林和重重障碍。接着便渐渐走到一个地方，靠近山谷，有大树一百多棵。张俊怀疑已经靠近虎穴，就爬到树上去等着。当时天渐渐转明，他看到山下几十步之内，好像有什么东西蹲伏起动的样子。又等了一会儿，天就要亮了，一看，果然是虎。他的妻子已经死了，被虎的咒语驱动，尸体自己站起来，先拜完老虎，然后解开衣服，把身体裸露出来，又僵卧在地上。老虎又从一个洞窟中领出来四只虎崽，虎崽儿都像狸猫那么大，它们撒欢蹦跳而来。老虎用舌头舔死人，虎崽们便争抢着吃。张俊在树上看到这个情况，就射出一箭，正好射中虎额，老虎负痛腾跃。又射一箭，射中虎肋。箭头都涂过

毒，虎遂惊跃，狂乱吼怒，顷刻而死。俊复下树，以斧截虎头，并杀四子，亦取其首，葛蔓贯之。亦负妻尸，走步而归。日晓追及，澹感激之至。出《原化记》。

浔阳猎人

浔阳有一猎人，常取虎为业。于径施弩弓焉，每日视之。见虎迹而箭已发，未曾得虎。旧说云："人为虎所食，即作伥鬼之事。"即于其侧树下密伺。二更后，见一小鬼青衣，髡发齐眉，蹩䠥而来弓所，拨箭发而去。后食顷，有一虎来履弓而过。既知之，更携一只箭而去，复如前状。此人速下树，再架箭，而登树觇之。少顷虎至，履弓箭发，其虎贯胁而死。其伥鬼良久却回，见虎死，遂鼓舞而去也。出《原化记》。

柳　并

河东柳并为监察御史，入岭推覆。将一书吏随行，常所委任。至岭下宿孤馆中，从吏皆在厅内席地而寝。时半夜，月初上，众皆卧，并独觉。忽见一小鬼长尺余，状若猕猴，手持一纸幡子步上阶，以幡插书吏头边而去。并乃潜起，拔去之，复卧伺焉。少顷，一虎入来遍嗅诸人而去。须臾，小鬼又来，别以幡子插之，复又拔去之。少顷，虎又来遍嗅而去。如此者三度，而天向明。乃至旦，召吏言其事："旦日汝当难免，自须为计，不可随我。"并有剑，取与之，

毒液，老虎就惊跳，狂乱地吼叫，没过一会儿就死了。张俊又从树上下来，用斧子砍下虎头，并且杀死四只虎崽，也都把头砍下来，用藤蔓串起来。又背着妻子的尸体，徒步赶了回来。天亮的时候就追上元澹，元澹对他的行为感动极了。_{出自《原化记》。}

浔阳猎人

浔阳有一位猎人，平常以捕虎为业。他在路上布置上弓弩，每天都去看一看。有一天他看到了虎迹，箭也发射了，却没有射到老虎。旧话说："人被老虎吃了，就给虎做伥鬼。"猎人就在附近的树下等着。二更天以后，见一个青衣小鬼，头发齐眉，一瘸一拐地来到布置弓箭的地方，拨动机关，箭射出去，然后便离开了。一顿饭的时间之后，一只虎来踩着弓走过去。猎人知道以后，另外拿了一支箭去，结果还是像之前一样。猎人急忙从树上下来，重新架上箭，然后上树观察。不一会儿虎来了，一踩到弓上，箭就发射，穿透虎的前胸，虎便死了。那伥鬼过了很久才回来，看见虎被射死，便欢欣鼓舞地走了。_{出自《原化记》。}

柳　并

河东人柳并是监察御史，到五岭南巡视考察，调查研究。他带着一名书吏随行，常把事情交付给书吏办理。走到岭下，投宿在一个偏僻的客馆里，从吏们都在厅内席地而寝。半夜时分，月亮刚刚升起来，大伙儿都睡了，只有柳并还醒着。他忽然看到一个一尺多高的小鬼，样子像一只小猕猴，手拿着一杆小纸旗走上台阶，把旗插在书吏的头边，然后离开了。柳并就偷偷地起来，把小旗拔掉了，又躺下去等着。没过一会儿，一只老虎走进来，逐个闻了一遍睡觉的人们，然后离去。转眼间小鬼又来了，另插了一杆小旗，柳并又把小旗拔掉了。不一会儿，虎又来闻了一遍出去。像这样反反复复了三次，天也就快亮了。天亮时，柳并对书吏讲了这件事，说："天亮后你将难免有祸，你自己需要想个办法，不能再跟着我了。"柳并有一把剑，就拿来送给书吏，

乃令逃难。此吏素强勇，携剑入山，寻逐虎穴。行二十里至一茅庵，入其中。不见有人，惟见席上案砚朱笔，有一卷文书，皆是人名，或有勾者，有未勾者，己名在焉。屋上见一领虎皮。吏怀其书，并取皮，杖剑而去。行未数里，见一胡僧从后来趁，呼之曰："且住，君不如告某为计，即可免矣。"吏即止，与之言。见其人状异，不敢杀之。僧曰："吾非强害君者，是天配合食之。岂不见适来文簿？昨日已愆数期，今强脱，终恐无益。不如以小术厌之。"吏问其术。僧令登一树以带自缚，用剑自刺少血涂一单衣投之。"我以衣为襛之耳。"吏如言登树，投皮与僧衣之，便作虎状，哮吼怒目，光如电掣。吏惧，将欲堕者数过。即取单衣，刺血涂之，投于地。虎得衣跳跃，擘扯而吞之。良久，复为人形。曰："子免矣！"乃遣去，竟无患焉。出《原化记》。

僧　虎

袁州山中有一村院僧，忘其法名。偶得一虎皮，戏被于身，摇尾掉头，颇克肖之。或于道旁戏，乡人皆惧而返走，至有遗其所携之物者。僧得之喜。潜于要冲，伺往来有负贩者，欻自草中跃出，昂然虎也，皆弃所赍而奔。每蒙皮而出，常有所获。自以得计，时时为之。忽一日被之，觉其衣着于体，及伏草中良久，试暂脱之，万方皆不能脱。自

让他逃难。这个书吏一向强悍勇敢，带着剑就进山寻找虎穴去了。走了二十里，来到一间茅草屋前，便走了进去。屋里不见有人，只见坐席上有桌案、砚台、朱笔，还有一卷文书，上面写的全是人名，人名有勾掉的，有没勾掉的，他自己的名字也在上面。屋里还有一张虎皮。书吏把文书揣在怀里，并且拿了虎皮，拿着剑往外走。走出不到几里，有一个胡僧从后面追来，喊道："停一下，你不如让我给你想个办法，就可以免去灾祸。"书吏就停下来，与和尚说话。他见和尚模样奇特，不敢杀他。和尚说："我不是硬要杀害你，这是上天分配应该吃你。你刚才难道没看见那文簿吗？昨天已错过期限，今天勉强躲过了，到底也不会有什么好处。不如用一点小小的法术避过它。"书吏问用什么样的法术。和尚让他爬到一棵树上去，用带子把自己绑在上面，用剑刺自己刺出一点血来，涂在一件单衣上，扔下来。"我用这件衣衫为你消灾。"书吏照和尚的话去做，爬上树，绑好自己，把虎皮扔下来，和尚披上虎皮，立刻变成老虎，咆哮如雷，怒目如电。书吏害怕，几次差点掉下来。他就取出单衣，刺血涂在上面，扔到地上。老虎见到单衣，跳上前去，撕扯着吞下去。过了很久，又变成人形，说："你已经免灾了！"于是就让书吏走了，最终书吏也没有遇到任何祸患。出自《原化记》。

僧　虎

　　袁州山里有一个村院僧人，人们忘记了他的法名。他偶然得到一张虎皮，披在身上开玩笑，摇头摆尾，很像一只真虎。有时候他在道旁披上虎皮嬉戏，乡里人都吓得掉头就跑，甚至有的人跑丢了自己带的东西。僧人捡到这些东西很高兴。他潜伏在大路上，等待那些携带物品的人路过，突然从草丛中跳出来，活生生地就是一只老虎，人们看到都扔下财物就跑。僧人每次蒙上虎皮出去，总有收获。他自以为得计，便常常这样干。忽然有一天僧人披上虎皮之后，觉得那皮长到身上了，等到在草丛里趴了很长时间，试着暂时脱下来，用什么办法也脱不下来。自己

视其手足虎也，爪牙虎也。乃近水照之，头耳眉目，口鼻尾毛，皆虎矣，非人也。心又乐于草间，遂捕狐兔以食之，挐攫饮啖，皆虎也。是后常与同类游处。复为鬼神所役使，夜则往来于山中，寒暑雨雪不得休息，甚厌苦之。形骸虽虎，而心历历然人也，但不能言耳。

周岁余，一旦馁甚，求无所得，乃潜伏道傍。忽一人过于前，遂跃而噬之。既死，将分裂而食，细视之，一衲僧也。心自惟曰："我本人也，幸而为僧，不能守禁戒，求出轮回。自为不善，活变为虎，业力之大，无有是者。今又杀僧以充肠，地狱安容我哉？我宁馁死，弗重其罪也。"因仰天大号，声未绝，忽然皮落如脱衣状，自视其身，一裸僧也。奔旧院，院已荒废。乃用草遮身，投于俗家，得破衣数件，走于邻境佛寺，因游方，止临川崇寿院众堂中。

是时圆超上人居看经堂，其僧侍立不懈。上人念其恭勤，乃问："尔何处人，出家几夏腊，修习何等法，而勤勤若此？"对曰："某心有悔行，愿因上人决之，但不欲他僧闻耳。"乃屏侍者问之。其僧言为虎之事，叩头作礼，求忏罪业。上人谓曰："生死罪福，皆由念作。刹那之间，即分天堂地狱，岂在前生后世耶？尔恶念为虎，善念为人，岂非证哉？苟有志乎脱离者，趣无上菩提，还元反本。念不著，则人不为虎，虎不为人矣。方今闽中，大善知识比肩，尔其往哉！"僧乃奉教。上人寻话于智作长老，长老往见之，以上

看看自己的手和脚，和老虎的一样；爪和牙，也是老虎的了。于是就到水边去照，头耳眉眼，口鼻尾毛，全都是老虎的，而不再是人形了。他心里又很乐意待在草丛里，于是就捕捉些狐兔来充饥，扑拿攫取喝水吃食，全都像老虎了。后来他常和其他老虎在一起。又被鬼神役使，夜里就往来于山中，不管刮风下雨、严寒酷暑，都不能休息，他感到特别厌烦和痛苦。样子虽然是老虎，心里却清楚知道自己是人，只是不能说话罢了。

　　一年之后，有一天他饿得很厉害，又没有抓到什么可吃的，就潜伏在道旁等候。忽然有一个人从他面前走过，他立刻就跳上去撕咬那人。咬死之后，将要撕碎吃掉的时候，仔细一看，被咬死的是个僧人。他心里想：“我本来是人，有幸当了和尚，可我不能守禁戒，以求走出六道轮回。自己去做不善的事，活变成一只老虎，善恶报应之力，没有比这更大的了。现在又杀死一个僧人来充饥，地狱怎么能容我？我宁肯饿死，也不再造罪孽。”于是他仰天痛哭，哭声未住，忽然身上的虎皮像脱衣服那样脱落了，再看看自己，是一个裸体的僧人了。他跑回原来的寺院，那里已经荒废。他就用草遮身，到百姓家里要了几件破衣服穿上，跑到临近的佛寺里去，然后就开始云游四方，住在临川崇寿院众堂中。

　　当时圆超上人主持经堂，僧人侍立在旁诵经不懈。上人觉得他恭谨勤奋，就问他：“你是什么地方人？出家几年了？修习什么样的经术？为什么如此勤奋？”他回答说：“我心里悔恨以前的行为，希望由上人来决断，但不想让别的和尚听见。”上人便让身边的人回避，然后问他。他说了变成老虎的事，磕头作揖，求上人帮他忏悔罪恶。上人对他说：“人的生死祸福，都是由心念决定。刹那之间就能分为天堂和地狱，难道一定要由前生后世决定吗？你心里产生了恶念就变成老虎，产生了善念就变成了人，这不是最好的证明吗？如果你有志于脱离，那就要趋向无上的智慧，还元返本。心念不动摇，人就变不成虎，虎不能变成人了。现在的闽中之地，大善大德的人比比皆是，你到那儿去吧！”他接受了上人的教诲。上人不久又对智作长老说起此事，长老也来见他，把上

人向者事问，皆无异同。双目犹赤，眈然可畏也。后入岭，不知所适。出《高僧传》。

王　瑶

汉州西四十五里，有富叟王瑶。所居水竹园林，占一川之胜境，而往来之人多迂道以经焉。既至，瑶心尽诚接待。有卖瓦金石生者常言住在西山，每来必休于此，积十数年，率五日一至。瑶密异之，外视其所买，又非山中所用者。一日，瑶伺其来，因竭力奉之，石亦无愧。近晚将去，瑶曰："思至生居，为日久矣。今者幸愿阶焉。"石生曰："吾敝土穷山，不足为访。"瑶即随行十数里。暝色将起，石生曰："尔可还矣。"瑶曰："窃慕高躅，愿效诚力。但生所欲，皆可以奉，所以求知其居焉。"石生固辞，瑶追从不已。石生忽以拄杖画地，遂为巨堑，而身亦腾为白虎，哮吼顾瞻。瑶惊骇惶怖，因蒙面匍匐而走。明日再往，曾无人迹。自是石生不复经过矣。出《集异记》。

刘　牧

成应元事统云：刘牧字子仁，常居南沙野中。乐山鸟之啼，爱风松之韵。植果种蔬。野人欺之，多伐树践围。牧曰："我不负人，人何负我？"有一虎近其居作穴，见牧则摇尾。牧曰："汝来护我也？"虎辄俯首。历数年，野人不敢侵。后牧卒，虎乃去。出《独异志》。

人问过的话又问过一遍,都没有一点差异。他的眼睛还发红,虎视眈眈的样子,挺吓人的。后来他去了岭南,不知到什么地方去了。出自《高僧传》。

王 瑶

汉州往西四十五里,有一个很有钱的老人叫王瑶。他居住的水竹园林,在那一带是最美的,来往的人们大多都绕道来这里以饱眼福。每有客人来到,王瑶就诚心诚意地接待。有一个卖陶制金属制品的年轻人石生曾说自己住在西山,每次来一定在这里休息,已经十几年了,大都是五天来一趟。王瑶心里很奇怪,到外面看看他卖的东西,又不是山里人能用的。一天,王瑶等他来到,就竭力地款待,石生也没有过意不去。天近傍晚,石生要走,王瑶对他说:"我很早就想到你家看看,现在希望你领我去一趟。"石生说:"我那里是敝土穷山,不值得一访。"王瑶就跟着他走了十几里。天要黑了,他对王瑶说:"你可以回去了。"王瑶说:"我心里敬慕你高尚的人品,愿为你效力。只要你有什么要求,我都可以满足你,以此来求知你的住处。"石生再三推辞,王瑶紧跟着他不停脚。石生忽然用手杖在地上一画,就画出一条大沟,他也腾跃变成一只白虎,吼叫着回头顾盼王瑶。王瑶吓得心惊胆战,捂着脸在地上爬着走。第二天再去看,竟然没有人的踪迹。从此石生没再经过此地。出自《集异记》。

刘 牧

成应元事统说:刘牧字子仁,常年住在南沙的荒野之中。他喜欢听山鸟的鸣叫,喜欢观赏风松的韵致。他种植瓜果蔬菜。但村野之人欺负他,经常来伐他的树,践踏他的菜园。刘牧说:"我不欺负别人,别人为什么要欺负我呢?"有一只老虎在他的住处附近挖了个洞住下,见了刘牧就摇尾巴。刘牧问虎:"你是来保护我的吗?"虎就点头。经过多年,村野之人再也不敢来欺负刘牧。后来他死了,虎才离开这里。出自《独异志》。

姨　虎

　　剑州永归、葭萌、剑门、益昌界，嘉陵江侧有妇人，年五十已来，自称"十八姨"。往往来民家，不饮不食。每教谕于人曰："但作好事，莫违负神理。居家和顺，孝行为上。若为恶事者，我常令猫儿三五个巡检汝。"语未毕遂去，或奄忽不见。每岁，约三五度有人遇之。民间知其虎所化也，皆敬惧之焉。出《录异记》。

崔　韬

　　崔韬，蒲州人也。旅游滁州，南抵历阳。晓发滁州，至仁义馆，宿馆。吏曰："此馆凶恶，幸无宿也。"韬不听，负笈升厅。馆吏备灯烛讫。而韬至二更，展衾方欲就寝，忽见馆门有一大足如兽，俄然其门豁开，见一虎自门而入。韬惊走，于暗处潜伏视之。见兽于中庭脱去兽皮，见一女子奇丽严饰，升厅而上，乃就韬衾。出问之曰："何故宿余衾而寝？韬适见汝为兽入来，何也？"女子起谓韬曰："愿君子无所怪。亲父兄以畋猎为事，家贫，欲求良匹，无从自达，乃夜潜将虎皮为衣。知君子宿于是馆，故欲托身，以备洒扫。前后宾旅，皆自怖而殒。妾今夜幸逢达人，愿察斯志。"韬曰："诚如此意，愿奉欢好。"来日，韬取兽皮衣，弃厅后枯井中，乃挈女子而去。后韬明经擢第，任宣城。时韬妻及男将赴任，与俱行。月余，复宿仁义馆。韬笑曰："此馆乃与子始会之地也。"韬往视井中，兽皮衣宛然如故。韬又笑谓其妻子曰："往日卿所著之衣犹在。"妻曰："可令人取之。"

姨　虎

　　剑州的永归、葭萌、剑门、益昌界内,嘉陵江畔有一位妇人,五十来岁,自称"十八姨"。她常常到山民家中来,不吃不喝。每次教导人家说:"只能做好事,不要违背神理。居家过日子要和顺,以孝行为重。要是有做坏事的,我就让三五个猫儿经常来巡视检查你们。"话没说完她就离开了,有时候忽然就不见了。每年,大约有三五次有人遇上她。民间知道她是老虎变的,因此都很敬畏她。出自《录异记》。

崔　韬

　　崔韬是蒲州人。他游历滁州,向南抵达历阳。天亮就从滁州出发,到了仁义馆,要在这里投宿。馆吏说:"这个馆很凶险,希望不要住在这。"崔韬不听,背着书箱走进厅内。馆吏为他准备了灯烛就走了。到了二更天,崔韬铺被刚要睡觉,忽然看见馆门有一只大脚,像野兽的爪,转眼间门扇大开,见一只老虎从门外进来。崔韬吓跑了,潜伏在暗处偷看。他看见老虎在院子里脱去虎皮,变成一个姿质美丽、装扮漂亮的女子,那女子走到厅里,就躺到崔韬的被窝里了。崔韬出来问她说:"你为什么睡到我被窝里来? 我刚才看见你进来时是一只老虎,这是怎么回事?"女子坐起来对崔韬说:"请你不要见怪。我的父兄以打猎为生,家里很穷,我想找个好夫婿,自己又无法办到,就在夜里偷偷拿虎皮当衣穿。知道你投宿在这个馆里,所以想要来托身给你,为你做家务事。先后来这里的旅客,全都吓死了。我今夜遇上你这个通情达理的人,希望理解我的心意。"崔韬说:"果真如此的话,我愿意接受你的好。"第二天,崔韬拿起那件兽皮衣,扔到厅后的枯井里,就领着女子走了。后来崔韬考中明经,要到宣城任职。当时崔韬的妻子、儿子和他一块去赴任。走了一个多月,又投宿在仁义馆。崔韬笑着说:"这个驿馆是我当初和你相遇的地方。"崔韬往井里一看,那件虎皮衣和以前一样完好无缺,又笑着对妻子说:"以前你穿的衣服还在。"妻子说:"可以让人把它拿上来。"

既得，妻笑谓韬曰："妾试更著之。"衣犹在请，妻乃下阶将兽皮衣著之，才毕，乃化为虎，跳踯哮吼，奋而上厅，食子及韬而去。出《集异记》。

王行言

秦民有王行言以商贾为业，常贩盐鬻于巴渠之境。路由兴元之南，曰大巴路，曰小巴路。危峰峻壑，猿径鸟道，路眠野宿，杜绝人烟。鸷兽成群，食啖行旅。行言结十余辈少壮同行，人持一拄杖长丈余，铦钢铁以刃之，即其短枪也。才登细径，为猛虎逐之。及露宿于道左，虎忽自人众中，攫行言而去。同行持刃杖，逐而救之，呼喊连山，于数十步外夺下。身上拏攫之踪已有伤损。平旦前行，虎又逐至。其野宿，众持枪围，使行言处于当心。至深夜，虎又跃入众中，攫行言而去。众人又逐而夺下，则伤愈多，行旅复卫而前进。白昼逐人，略不暂舍，或跳于前，或跃于后。时自于道左而出，于稠人丛中捉行言而去。竟救不获。终不伤其同侣，须得此人充其腹，不知是何冤报，逃之不获。出《玉堂闲话》。

拿到虎皮之后，妻子笑着对崔韬说："我再穿上试试。"便走下台阶，把虎皮衣穿到身上，刚穿好，就变成一只老虎，吼啸跳跃，蹿到厅里吃掉崔韬和他的儿子，然后就离开了。出自《集异记》。

王行言

秦地百姓中有一个叫王行言的，以经商为业，常常贩盐到巴渠一带。路经兴元往南去，有大巴路、小巴路。这路上，到处是险峻的山峰和沟壑，只有鸟兽可以通过的小路，行人只能路眠野宿，根本没有人烟。野兽成群，经常伤害过往旅客。王行言和十几个青壮年结伴而行，人人都拿着一根一丈多长的木杖，木杖上装有锋利的兵刃，这就是那种短枪。刚走上小路，就被猛虎追赶。就露宿在道旁，老虎忽然从众人之中把王行言叼走了。同伴们立即拿起刀杖，追赶搭救，呼声连山，在几十步之外的地方把王行言从虎口夺下来。搏斗之际王行言身上已经有伤。天亮往前走，老虎又追了上来。这次野宿的时候，大家拿着枪把王行言包围在中间。到了深夜，老虎又跳到人群之中，单单把王行言叼跑了。众人又追赶救下来，王行言身上的伤更多了，大家保卫着他往前走。那老虎大白天追人，一点也不放松，有时跳在人前，有时跃到人后。忽然，它从道旁跳出来，又一次在人群中把王行言叼走了。这一次却没有救下来。老虎始终没有伤害其他人，它必须抓这个人充饥，不知道是什么冤报，逃也逃不掉。出自《玉堂闲话》。

卷第四百三十四
畜兽一

牛

大月支及西胡，有牛名曰"白及"，今日割取其肉，明日其疮即愈。故汉人有至其国者，西胡以此牛示之。汉人对曰："吾国虫名为蚕，为人衣，食树叶而吐丝。"外国人复不信有蚕。出《金楼子》。

新昌穴出山犊，似秦牛，常与蛇同穴。人以盐著手，夜

牛

大月支和西胡，有一种叫"白及"的牛，今天从它身上割取一块肉，第二天它的伤口就会愈合。所以汉朝人有到他们国家去的，他们就把这种牛给汉人看。汉朝人回答说："我国有一种叫作蚕的虫子，可以给人做衣服，它吃树叶却吐丝。"外国人也不相信会有蚕。出自《金楼子》。

新昌的山洞里出产一种牛，名字叫山犊，样子长得像秦牛，常常和蛇住在同一个洞穴里。人们把盐均匀地涂到手上，夜间

入坎中取之，其舌滑者是蛇，其舌燥者则牛也，因引之而出焉。出《交州志》。

野牛高丈余，其头若鹿，其角丫戾。长一丈，白毛，尾似鹿，出西域。出《酉阳杂俎》。

唐先天中，有田父牧牛嵩山，而失其牛，求之不得。忽见山穴开，中有钱焉，不知其数。田父入穴，负十千而归。到家又往取之，迷不知道。逢一人谓曰："汝所失牛，其直几耶？"田父曰："十千。"人曰："汝牛为山神所将，已付汝牛价，何为妄寻？"言毕，不知所在。田父乃悟，遂归焉。出《纪闻》。

金 牛

长沙西南有金牛冈。汉武帝时，有一田父牵赤牛，告渔人曰："寄渡江。"渔人云："船小，岂胜得牛？"田父曰："但相容，不重君船。"于是人牛俱上。及半江，牛粪于船。田父曰："以此相赠。"既渡，渔人怒其污船，以桡拨粪弃水，欲尽，方觉是金。讶其神异，乃蹑之，但见人牛入岭。随而掘之，莫能及也。今掘处犹存。出《湘中记》。

增城县东北二十里，深洞无底。北岸有石，周围三丈。渔人见金牛自水出，盘于此石。义熙中，县人常于此潭石得金镰，寻之不已。俄有牛从水中引之，握不禁，以刀扣断，得数段，人遂致富，年登上寿。其后义兴周灵甫常见此牛宿伏石上，旁有金镰如绳焉。灵甫素骁勇，往掩之，此

进洞捉它,那些舌头滑润的是蛇,感到干而涩的就是牛,于是就把它牵出来。出自《交州志》。

有一种野牛高一丈多,它的头像鹿,它的角分成丫杈状,很凶猛。它的身长有一丈,毛是白色的,尾巴像鹿尾。这种野牛出产于西域。出自《酉阳杂俎》。

唐朝先天年间,有一位老农在嵩山放牛,牛丢了,四处寻找也没有找到。忽然看到有一个山洞大开,山洞里有钱,多得数不清。老农进入洞中,背了十千回家。把钱放回家然后又回来背,但是他迷了路不知道该怎么走。遇上一个人对他说:"你丢的那头牛,能值多少钱?"老农说:"十千。"那人说:"你的牛被山神牵走,已经按价付钱了,你为什么还没完没了地寻找呢?"说完,那人就不见了。老农这才恍然大悟,就回家了。出自《纪闻》。

金 牛

长沙县西南有个金牛冈。汉武帝时,有一位老农牵着一头毛色赤红的牛,对一位渔民说:"请把我渡过江去。"渔民说:"我的船太小,哪能载动一头牛。"老农说:"只要能装下,牛是不压船的。"于是人和牛一块上了船。船到江心,牛在船上拉了屎。老农说:"把这牛粪送给你吧!"渡过江之后,渔民对牛屎弄脏了船很生气,用船桨把牛屎拨到江中。要拨完的时候,才发现牛屎是金子。他感到惊奇,认为那老头是神异之人,就踩着老农的踪迹去追,只见老农和牛进入山岭之中。渔民紧跟着就去挖掘山石,却怎么也追不上。挖的那地方至今还有。出自《湘中记》。

增城县东北二十里的地方,有一个无底深洞。洞北岸有一块石头,周长有三丈。渔民曾见一头金牛从水中出来,盘卧在这块石头上。义熙年间,有一个县人曾经在这块石头上拾到一条金锁链,怎么拽它也拽不完。不一会儿,有一头牛从水中拽金锁链,这个人握不住,用刀砍断,得到了几段,于是就富裕起来,活了百余岁。后来义兴的周灵甫曾经看见这头牛趴伏在石头上,旁边有像绳子一样的金锁链。周灵甫素来骁勇,便去逮它,这

牛掣断其镶,得二丈许,遂以财雄也。出《十道记》。

银　牛

太原县北有银牛山。汉建武二十四年,有一人骑白牛,蹊人田。田父诃诘之,乃曰:"吾北海使,将看天子登封,遂乘牛上山。"田父寻至山上,唯见牛迹,遗粪皆银也。明年,世祖封禅焉。出《酉阳杂俎》。

青　牛

桓玄在南,常出诣殷荆州。于鹳穴逢一老翁,群驱青牛,形色瑰异。玄即以所乘牛易取,乘之至灵溪,骏驶非常。玄息驾饮牛,牛走入水不出。桓使觇守,经日绝迹。当时以为神物。出《渚宫故事》。

又

京口居人晚出江上,见石公山下有二青牛,腹嘴皆红,戏于水际。一白衣老翁长可三丈,执鞭于其旁。久之,翁回顾见人,即鞭二牛入水,翁即跳跃而上。倏忽渐长,一举足,径上石公山顶,遂不复见。出《稽神录》。

牛　斗

九真狸牛,乃生溪上。狸时时怒,共斗,即海沸涌。或出斗岸上,家牛皆怖。人或遮捕,即霹雳。号曰"神牛"。出《异物志》。

牛便挣断了锁链入水,周灵甫得到两丈多长的金锁链,于是他便拥有财富而称雄一方了。出自《十道记》。

银　牛

　　太原县北有一座银牛山。汉朝建武二十四年,有一个人骑着一头白牛,践踏了一位农夫的庄稼地。老农呵斥他,他说:"我是北海使,要去看天子登山封禅,于是就骑着牛上山。"老农找到山上,只看到了牛踩过的蹄印,牛粪全都是银子。第二年,世祖在这里封禅。出自《酉阳杂俎》。

青　牛

　　桓玄在南方,曾经外出拜会荆州都督殷仲堪。在鹳穴,他遇到一位老汉赶着一群青牛,形体颜色都很奇特。桓玄就用自己骑的牛换了一头,他骑着这头青牛来到灵溪,速度非常轻快。桓玄停下来到水边饮牛,牛走进水里不出来了。桓玄派人在岸边看守,守了一整天也没出来。当时的人们都认为那牛是神物。出自《渚宫故事》。

又

　　住在京口的一个人,晚上出来走到江边,看见石公山下有两头腹部和嘴头呈红色的青牛,在水边嬉戏。一个大约有三丈高的白衣老头,拿着鞭子守在一边。过了一会儿,老头回头看见有人,就把两头牛赶进水中,老头随即跳到牛背上。忽然老头的身体变得高大,一抬脚直接上了石公山顶,就不再出现了。出自《稽神录》。

牛　斗

　　九真狸牛,生长在溪涧边。狸牛时时发怒,在一起搏斗,它们一角斗随即海水就会涨潮。有的会跑到岸上来斗,家牛看了都害怕。有的人拦截捕捉它,天就会打雷。人们把这种牛叫作"神牛"。出自《异物志》。

潜 牛

勾漏县大江中有潜牛,形似水牛。每上岸斗,角软,还入江水,角坚复出。出《酉阳杂俎》。

凉州人牛

天宝时,凉州人家生牛,多力而大。及长,不可拘制,因尔纵逸。他牛从之者甚众,恒于城西数十里作群,人不能制。其后牛渐凌暴,至数百,乡里不堪其弊,都督谋所以击之。会西胡献一鸷兽,状如大犬而色正青。都督问胡:"献此何用?"胡云:"搏噬猛兽。"都督以狂牛告之,曰:"但有赏钱,当为相取。"于是以三百千为赏。胡乃抚兽咒愿,如相语之状。兽遂振迅跳跃,解绳纵之,径诣牛所。牛见兽至,分作三行,己独处中,埋身于土。兽乃前斗,扬尘暗野,须臾便还。百姓往视,垒成潭,竟不知是何兽。初随望其斗,见兽大如蜀马。斗毕,牛已折项而死。胡割牛腹,取其五脏,盆盛以饲,兽累啖之,渐小如故也。出《广异记》。

洛水牛

咸通四年秋,洛中大水,苑囿庐舍,靡不淹没。厥后香山寺僧云:"其日将暮,见暴雨水自龙门川北下,有如决海溃江。鼓怒之间,殷若雷震。有二黑牛于水上掉尾跃空而进。众僧与居人凭高望之,谓城中悉为鱼矣。俄见定鼎、

潜 牛

勾漏县大江中有一种潜水牛，样子很像水牛。常常上岸来争斗，角软了，就返回到江里，角硬了就再出来打斗。<small>出自《酉阳杂俎》。</small>

凉州人牛

唐朝天宝年间，凉州有一户人家的牛生了一头小牛，力大体长。等到它长大了就不受约束，放纵它随便跑。有许多别的牛也都跟着它，经常在城西几十里的地方结群，人们不能控制它们。后来，这些牛逐渐变得异常凶猛，而且数量达到几百，乡里不堪忍受它们祸害，都督谋求攻击它们的办法。恰巧西胡献来一头猛兽，形状像狗，略大，正青色。都督问胡人："献这东西有什么用？"胡人说："它可以搏杀猛兽。"都督把狂牛为害的事告诉胡人，胡人说："只要有赏钱，一定可以为都督制服它们。"于是定下来以三百千钱为赏钱。胡人就抚摸着那猛兽念咒，像与它交谈的样子。那猛兽于是就迅捷跳动，胡人解开绳索把它放出去，它径直奔向狂牛所在的地方。牛见猛兽来了，分成三行，为首的那头在中间，都把身子埋进土里。猛兽扑上去和它们角斗，扬起的烟尘使田野变得黑暗，没过一会儿，猛兽便回来了。百姓们到那里一看，地上形成一个大坑，到底不知道那猛兽是个什么兽。起先跟着它远望它与牛斗，见它像蜀马那样大。斗完之后，疯牛已经断了脖子而死。胡人剖开牛肚子，取出牛的五脏，用盆盛着喂那猛兽，猛兽一个劲儿地吃，渐渐地变回原先一般大小了。<small>出自《广异记》。</small>

洛水牛

咸通四年秋天，洛中发大水，帝王狩猎的范围和官民房屋没有不被淹的。后来香山寺的和尚们说："那天快天黑时，只见狂暴的洪水从龙门川向北直泻而下，有如江海决堤。震怒之间，像惊雷一般势不可挡。有两头黑牛在水上掉尾腾跃地前进。众僧和百姓们站在高处望着，说城里全是鱼。顷刻间望见定鼎、

长夏二门阴曀开，有二青牛奋勇而出，相去约百步，黑牛奔走而回。向之怒浪惊澜，翕然遂低。"出《剧谈录》。

牛拜

桓冲

桓冲镇江陵，正会，当烹牛，牛忽熟视帐下都督，目中泪下。都督咒之曰："汝若向我跪，当启活也。"牛应声而拜，众皆异之。都督复曰："谓汝若须活，遍拜众人。"牛涕泪如雨，遂遍拜。值冲醉，不得启，遂杀牛。冲闻，大怒都督，痛加鞭罚也。出《渚宫故事》。

光禄屠者

太和中，光禄厨欲宰牝牛，牛有胎，非久合生。或曰："既如此，可换却。"屠者操刀直前，略不介意。牛乃屈膝拜之，亦不肯退。此牛与子，遂殒于刀下。屠者忽狂惑失常，每日作牛啼，食草少许，身入泥水，以头触物。良久乃定。出《原化记》。

朱氏子

广陵有朱氏子，家世勋贵，性好食黄牛，所杀无数。常以暑月中，欲杀一牛，其母止之曰："暑热如此，尔已醉，所食几何，勿杀也。"子向牛言曰："汝能拜我，我赦汝。"牛应声下泪而拜，朱反怒曰："畜生安能会人言！"立杀之。数日

长夏二门在昏暗的风雨中打开了,有两头青牛从里边奋勇地冲出来,相距大约一百步,黑牛边奔跑边回头。刚才那惊涛骇浪,忽然间便减缓了势头。"出自《剧谈录》。

牛拜

桓 冲

　　桓冲镇守江陵时,正值宴会宾客,应该烹煮牛肉了,牛忽然瞪着眼睛盯着帐下的都督,眼中流下泪来。都督对它说:"你要是向我跪下,我就饶了你。"牛应声就跪下了,众人都感到惊异。都督又说:"你如果想活,就对着在场的人全拜一遍。"牛涕泪如雨,接着就拜遍众人。可当时桓冲正喝醉了酒,都督没法禀告讨令,照样把它杀了。后来桓冲酒醒听说这事之后,对都督非常生气,狠狠地鞭打了都督一顿。出自《渚宫故事》。

光禄屠者

　　北魏太和年间,光禄寺署衙中的一位厨师想要杀一头母牛,母牛已经怀胎,不久就应该生产了。有人说:"既然如此,可另换一头牛。"杀牛的厨师拿着刀直接走上前去,毫不在意别人的劝告。那牛就屈膝向他跪下了,杀牛的人还是不肯让步。大牛小牛,就全都死在他的刀下。杀牛的厨师忽然疯狂痴傻,每天都学牛叫,吃一些草,身子往泥水里浸,并用头碰撞东西。过了很久他才恢复正常。出自《原化记》。

朱氏子

　　广陵有一个姓朱的人,家门世代显贵,天生喜欢吃黄牛肉,杀过无数的黄牛。有一年夏天,他要杀一头牛,他母亲阻止他说:"这么热,你已经喝醉了,能吃多少肉,别杀了。"那人对牛说:"你能向我下拜,我就饶了你。"那牛应声就拜,眼里还流着泪。姓朱的反倒大怒说:"畜生怎么能听懂人话!"立刻就把牛杀了。几天

乃病，恒见此牛为厉，竟作牛声而死。出《稽神录》。

牛偿债

卞士瑜

卞士瑜者，其父以平陈功授仪同。悭吝，常顾人筑宅，不还其价。作人求钱，卞父鞭之曰："若实负钱，我死，当与尔作牛！"须臾之间，卞父死。作人有牛产一黄犊，腰下有黑文，横给周匝，如人腰带。右胯有白纹斜贯，大小正如笏形。牛主呼之曰："卞公，何为负我？"犊即屈前膝，以头著地。瑜以钱十万赎之，牛主不许。死乃收葬。出《法苑珠林》。

路伯达

永徽中，汾州义县人路伯达，负同县人钱一千文。后共钱主佛前为誓曰："我若未还公，吾死后，与公家作牛畜。"话讫，逾年而卒。钱主家牸牛生一犊子，额上生白毛，成路伯达三字。其子侄耻之，将钱五千文求赎，主不肯与。乃施与隰成县启福寺僧真如，助造十五级浮图。人有见者，发心止恶，竞投钱物，以布施焉。出《法苑珠林》。

戴文

贞元中，苏州海盐县有戴文者，家富性贪，每乡人举债，必须收利数倍。有邻人与之交利，剥刻至多。乡人积

后他便病了，总能看见这头牛变成了厉鬼，最终像牛那样吼叫着死去。<small>出自《稽神录》。</small>

牛偿债

卞士瑜

有个叫卞士瑜的人，他的父亲因为平定陈国有功，被授予仪同的官职。但为人吝啬，他曾经雇人建造宅院，却不付工钱。盖房子的人来要钱，他用鞭子打人家说："我要是真欠你的钱，我死了就给你当牛！"不一会儿的工夫，卞士瑜的父亲就死了。盖房子的人家中有一头牛生下一头黄色小牛，腰下有黑色花纹，横匝一周，像人的腰带。右胯有一条斜向的白色花纹，大小正好像笏板的样子。牛的主人喊它说："姓卞的，你为什么要对不起我？"牛犊子立即就屈前膝，用头碰地。卞士瑜想用十万钱赎这头小牛，牛主不答应。这牛死后，卞士瑜才把它收葬了。<small>出自《法苑珠林》。</small>

路伯达

永徽年间，汾州义县人路伯达，欠同县人一千文钱不还。后来，他和债主一起在佛前发誓说："我要是没还你，我死了之后给你家当牛使。"话说完，一年多后他就死了。债主家的母牛生下一头牛犊，额头上生有一些白毛，正好形成了"路伯达"三个字。路伯达的子侄们感到耻辱，拿着五千文钱去赎，牛主不同意。于是，他们就把钱施舍给隰成县启福寺的和尚真如，帮助建成了一座十五层的佛塔。凡是见到这座塔的人，都发善心止恶行，争相捐出钱物，来布恩施德。<small>出自《法苑珠林》。</small>

戴　文

贞元年间，苏州海盐县有个叫戴文的人，他家里很富，为人却很贪婪，每当有乡里人欠他的债，他必须收几倍的利息。有个邻居和他一起赚钱，他盘剥克扣了许多钱。乡里人对他长期怀有

恨,乃曰:"必有神力照鉴!"数年后,戴文病死,邻人家牛生一黑犊,胁下白毛,字曰"戴文"。闾里咸知,文子耻之,乃求谢,言以物熨去其字,邻人从之。既而文子以牛身无验,乃讼邻人,妄称牛犊有字。县追邻人及牛至,则白毛复出,成字分明。但呼戴文,牛则应声而至。邻人恐文子盗去,则夜闭于别庑。经数年方死。出《原化记》。

河内崔守

有崔君者,贞元中为河内守。崔君贪而刻,河内人苦之。常于佛寺中假佛像金,凡数镒,而竟不酬直。僧以太守,竟不敢言。未几,崔君卒于郡。是日,寺有牛产一犊,其犊顶上有白毛,若缕出文字曰崔某者。寺僧相与观之,且叹曰:"崔君常假此寺中佛像金,而竟不还。今日事,果何如哉?"崔君家闻之,即以他牛易其犊。既至,命剪去文字,已而便生。及至其家,虽豢以刍粟,卒不食。崔氏且以为异,竟归其寺焉。出《宣室志》。

王氏老姥

广陵有王氏老姥,病数日,忽谓其子曰:"我死,必生西磎浩氏为牛,子当寻而赎我,腹下有'王'字是也。"顷之遂卒。西磎者,海陵之西地名也。其民浩氏生牛,腹有白毛,成"王"字。其子寻而得之,以束帛赎之而去。出《稽神录》。

怨恨，说："一定会有神明主持公道的！"几年以后，戴文病死，邻居家的牛生了一头黑色牛犊，胁下有白毛，正好成"戴文"两个字。闾里全都知道了，戴文的儿子感到耻辱，就去向邻居道歉，要求用什么东西把字除去，邻居同意了。把字弄掉之后，戴文的儿子认为牛身并不灵验，就到官府把邻居告了，说其谎称牛犊身上有字。县里把邻居和牛传来一看，那牛身上的白毛又长出来了，字很清楚。只要有人喊一声"戴文"，那牛就应声而来。邻居怕戴文的儿子把牛偷走，夜里就把它关闭在另外一间厢房里。这牛活了好几年才死。出自《原化记》。

河内崔守

有一位姓崔的官员，贞元年间是河内的郡守。崔郡守贪婪而又苛刻，河内人都深受其苦。他常常到寺院里借修佛像用的金子，一共借去几镒，但是一直不还账。和尚因为他是太守，竟不敢说出来。过了不久，崔郡守死在郡中。这一天，寺里的一头牛生下一头小牛犊，小牛犊的头上有白毛，几缕白毛组成崔某的名字。和尚们一同来观看，感叹道："崔君经常来借修佛像用的金子，而始终不还。今天的事，结果如何呢？"崔家听说这事，就用别的牛来换这头牛犊。一来到寺上，就命人把字剪掉，剪完之后就又长出来。等到了崔家，即使用最好的草料喂它，它也不肯吃。崔家认为奇怪，最终又把牛犊归还给了寺庙。出自《宣室志》。

王氏老姥

广陵有一个姓王的老太太，病了几天，忽然对儿子说："我死了之后，一定会托生到西硙姓浩的人家为牛，你应该找到那家把我赎回来，肚子下面有'王'字的就是我。"不一会儿她就死了。西硙，是海陵之西的一个地名。那里姓浩的人家的牛生了牛犊，肚子下面有白毛，形成"王"字。王老太太的儿子找到这里，用一束布帛把牛犊赎了回去。出自《稽神录》。

牛伤人

邵桃根

梁末邵桃根，襄阳人，家有一犊，肥充可爱。桃根恒自饲之。此犊恒逐桃根游行，每往官府聚会，犊虽系在家，而吼唤终不住。后一日，桃根晨起开门，犊忽从后觚根，肋穿流血。举家打去，已复嗔目，复来觚伤，数日气绝。出《广古今五行记》。

牛异

洛下人

唐先天年，洛下人牵一牛，腋下有一人手长尺余，巡坊而乞。出《朝野金载》。

甯茵

大中年，有甯茵秀才假大寮庄于南山下。栋宇半堕，墙垣又缺。因夜风清月朗，吟咏庭际，俄闻叩门声，称桃林斑特处士相访。茵启关，睹处士形质瑰玮，言词廓落。曰："某田野之士，力耕之徒。向畎亩而辛勤，与农夫而齐类，巢居侧近。睹风月皎洁，闻君吟咏，故来奉谒。"茵曰："某山林甚僻，农具为邻，蓬荜既深，轮蹄罕至。幸此见访，颇慰羁怀。"

遂延入，语曰："然处士之业何如？愿闻其说。"特曰："某少年之时，兄弟竞生头角。每读《春秋》之颍考叔挟辀以走，恨不得佐辅其间；读《史记》至田单破燕之计，恨不得奋击其间；读东汉至于新野之战，恨不得腾跃其间。此

牛伤人

邵桃根

南梁末年，襄阳人邵桃根家里有一头小牛犊，肥实可爱。邵桃根经常亲自喂它。这牛犊经常追赶着邵桃根走路，邵桃根每次到官府去聚会，牛犊虽然被拴在家里，却不停地吼叫。后来有一天，邵桃根早晨起来开门，牛犊忽然从身后顶他，顶穿肋部，流出血来。全家人把它打跑，牛瞪圆眼睛再冲回顶撞，几天后邵桃根就死了。出自《广古今五行记》。

牛异

洛下人

唐朝先天年间，有一个洛阳人牵着一头牛，牛的腋下长着一只人手，一尺多长，在长安沿街乞讨。出自《朝野佥载》。

甯茵

唐朝大中年间，有一个叫甯茵的秀才在南山下借了一处房子住。房子处于半倒塌状态，墙壁也残缺。一天夜里，风清月朗，他在院子里吟咏诗歌，忽然听到敲门声，门外的人自称是桃林的斑特处士来访。甯茵打开门闩，见来访的处士瑰姿玮态，谈吐大方。那人说："我是在田野间出力耕种的人。在土地上辛勤耕作，和农夫们常在一起，家就住在附近。见风月皎洁，又听到你吟咏，所以前来拜谒。"甯茵说："我的山林特别偏僻，和农具为邻，院落荒凉，很少有客人来。你能来访，很让我感到宽慰。"

于是把他请进屋中，甯茵说："处士的学业怎样呢？我愿听听您的高论。"斑特说："我年轻的时候，兄弟们都萌生着争露头角的志向。每次读《春秋》读到颍考叔挟着车辕而奔跑，恨不能在旁边帮他拉车；读《史记》读到田单破燕军的奇计，恨不能奋勇杀敌在火牛阵中；读东汉读到新野之战，恨不能在阵前腾跃。这

三事俱快意,俱不能逢,今恨恨耳。今则老倒,又无嗣子,空怀舐犊之悲,况又慕徐孺子吊郭林宗言曰:'生刍一束,其人如玉','其人如玉',即不敢当,生刍一束,堪令讽味。"

俄又闻人扣关曰:"南山斑寅将军奉谒。"茵遂延入。气貌严耸,旨趣刚猛。及二斑相见,亦甚忻慰。寅曰:"老兄知得姓之根本否?"特曰:"昔吴太伯为荆蛮,断发文身,因兹遂有斑姓。"寅曰:"老兄大妄,殊不知根本。且斑氏出自鬭縠於菟,有文斑之像,因以命氏。远祖固、婕妤,好词章,大有称于汉朝,及皆有传于史。其后英杰间生,蝉联不绝。后汉有班超投笔从戎,相者曰:'君当封侯万里外。'超诘之,曰:'君燕颔虎头,飞而食肉万里,公侯相也。'后果守玉门关,封定远侯。某世为武贲中郎,在武班。因有过,窜于山林。昼伏夜游,露迹隐形,但偷生耳。适闻松吹月高,墙外闲步,闻君吟咏,因来追谒。况遇当家,尤增慰悦。"

寅因睹棋局在床,谓特曰:"愿接老兄一局。"特遂欣然为之。良久,未有胜负。茵玩之,教特一两著。寅曰:"主人莫是高手否?"茵曰:"若管中窥豹,时见一斑。"两斑笑曰:"大有微机,真一发两中。"茵倾壶请饮,及局罢而饮,数巡,寅请备脯修以送酒。茵出鹿脯,寅啗决,须臾而尽。特即不茹,茵诘曰:"何故不茹?"特曰:"无上齿,不能咀嚼故也。"数巡后,特称小疾便不敢过饮。寅曰:"谈何容易!有酒如渑,方学纣为长夜之饮。"觉面已赤,特曰:"弟大是钟

三件事都让我感到痛快，但都不能遇上，至今心里很遗憾。现在已经年老潦倒，又没有后代，空怀着爱子的悲哀，况且又羡慕徐孺子凭吊郭林宗的一句话：'生刍一束，其人如玉'，'其人如玉'就不敢当了，'生刍一束'，可让人久久讽诵回味。"

不一会儿又听到有人敲门道："南山的斑寅将军前来拜访。"宵茵就把他迎进来。这个人气质庄严，相貌出众，旨趣刚猛。等到两位姓斑的客人见了面，也都特别高兴。斑寅说："老兄知道咱们的姓是怎么来的吗？"斑特说："古时候吴太伯逃到荆蛮之地，也随俗剪断头发，身上刺上花纹，因此便有了斑姓。"斑寅说："老兄太荒谬了，竟不了解根本。斑姓始于鬭穀於菟，他生下来就有虎状斑纹，因而用'斑'作为姓氏。远祖班固、班婕妤，喜欢诗词文章，在汉朝很有声望，都在史书里有所记载。那以后姓斑的英杰人物间或出生，绵延不断。后汉有个班超投笔从戎，相面的对班超说：'你会在万里之外封侯。'班超问是怎么回事，相面的说：'你长的是燕子下巴老虎脑袋，可以飞度万里，吃遍天下肉食，这是公侯的相貌。'后来他果然守玉门关，封定远侯。我们家世代是武贲中郎，在武班。因为有过错，就窜入山林。白天趴伏，夜间出游，隐蔽行踪，只是偷生罢了。刚才听到松涛阵阵，见明月高悬，在墙外散步，听到宵君吟咏，于是就来拜见。况且又遇上本家老兄也在这里，更增加了几分喜悦。"

斑寅因为看到床上有棋局，就对斑特说："愿和老兄下一局。"斑特很高兴地和他下起来。下了很久没分出胜负。宵茵戏弄他们，教斑特一两着法。斑寅说："主人莫非是高手吗？"宵茵说："就像管中看豹，这时只看见一斑。"两个姓斑的都笑了，说："真是微妙，一箭双雕！"宵茵倒酒让他们喝，等到下完棋喝了几巡酒，斑寅又让宵茵准备些肉干来下酒。宵茵拿出一块鹿脯来，斑寅大口吃，一会儿就没了。斑特却不吃，宵茵问他："为什么不吃呢？"斑特说："我没有上牙，不能咀嚼。"几巡之后，斑特说有点小病，不敢多喝。斑寅说："哪能这么容易！有酒如渑池之水，就应当像纣王作长夜之饮。"斑特觉得脸红了，就说："老弟真是钟

鼎之户，一坐耽更不动。"

后二斑饮过，语纷拏。特曰："弟倚是爪牙之士，而苦相凌，何也？"寅曰："老兄凭有角之士而苦相抵，何也？"特曰："弟夸猛毅之躯，若值人如卞庄子，当为粉矣。"寅曰："兄夸壮勇之力，若值人如庖丁，当为头皮耳。"茵前有削脯刀，长尺余，茵怒而言曰："甯老有尺刀，二客不得喧竞，但且饮酒！"二客悚然，特吟曹植诗曰："萁在釜下燃，豆在釜中泣。此一联甚不恶。"寅曰："鄙谚云，鹁鸠树上鸣，意在麻子地。"俱大笑。

茵曰："无多言，各请赋诗一章。"茵曰："晓读云水静，夜吟山月高。焉能履虎尾，岂用学牛刀。"寅继之曰："但得居林啸，焉能当路蹲。渡河何所适，终是怯刘琨。"特曰："无非悲甯戚，终是怯庖丁。若遇龚为守，蹄涔向北溟。"茵览之曰："大是奇才。"寅怒，拂衣而起曰："甯生何党此辈！自古即有班马之才，岂有斑牛之才？且我生三日，便欲噬人，此人况偷我姓氏，但未能共语者，盖恶伤其类耳！"遂怒曰："终不能摇尾于君门下。"乃长揖而去。特亦怒曰："古人重者白眉，君今白额，岂敢有人言誉耳？何相怒如斯？"特遂告辞。

及明，视其门外，唯虎迹牛踪而已。甯生方悟，寻之数百步，人家废庄内，有一老牛卧，而犹带酒气。虎即入山矣。茵后更不居此而归京矣。出《传奇》。

仲小小

临洮之境，有山民曰仲小小，众号仲野牛，平生以采

鼎之家的豪壮子弟,一坐下就半宿不动。"

　　后来两个姓斑的都喝多了,话语就杂乱了。斑特说:"老弟依仗你是有爪有牙的人物,苦苦地欺负我,这是为什么呢?"斑寅说:"老兄凭着你是有角的人物就苦苦地顶撞我,这是为什么呢?"斑特说:"老弟你自夸身躯凶猛,要是遇上下庄子那样的人,你就会变成粉末。"斑寅说:"老兄你自夸力气壮勇,要是遇上庖丁那样的人,就得被人家砍头剥皮。"宵茵面前有一把一尺多长的切肉的刀,他生气地说:"宵某人家有刀,二位不准吵啦,只能喝酒!"两人都吓了一跳,斑特吟曹植的诗道:"萁在釜下燃,豆在釜中泣。这一联很不错。"斑寅说:"俗话说,鹁鸠树上鸣,意在麻子地。"三人都大笑起来。

　　宵茵说:"不要多说,每个人都要赋诗一首。"然后他先吟诵了一首:"晓读云水静,夜吟山月高。焉能履虎尾,岂用学牛刀。"斑寅接着吟诵道:"但得居林啸,焉能当路蹲。渡河何所适,终是怯刘琨。"斑特吟诵道:"无非悲宵戚,终是怯庖丁。若遇龚为守,蹄涔向北溟。"宵茵看了之后说:"真是个奇才!"斑寅生气,拂袖而起说:"宵生为什么和这样人结伙!自古以来只有班、马之才,难道还有斑牛之才?况且我出生三天,就想吃人,而这个人还偷了我的姓氏,只是没有明说出来,是怕伤害他们一辈的名声罢了!"于是他更加愤怒地说:"我始终不能在你的门下摇尾乞怜。"就长揖而去。斑特也生气地说:"古人看重的是白眉,而你是白额,怎么会有人想在这种东西的嘴中求得赞誉呢?为什么如此生气?"于是斑特也告辞了。

　　等到天明,宵茵看他的门外,只有老虎和牛的脚印而已。宵茵这才恍然大悟,寻找了几百步,在一家的废院内,有一头老牛卧在那里,还带着酒气。老虎已经进山了。宵茵后来不住在这里,回京城去了。出自《传奇》。

仲小小

　　临洮境内有个山民叫仲小小,大伙叫他仲野牛,平生以砍柴

猎为务。临洮已西，至于叠宕嶓岷之境，数郡良田，自禄山以来，陷为荒徼。其间多产竹牛，一名野牛。其色纯黑，其一可敌六七骆驼，肉重千万斤者。其角，二壮夫可胜其一。每饮龁之处，则拱木丛竹，践之成尘。猎人先纵火逐之，俟其奔进，则毒其矢，向便射之。洎中镞，则挈锅釜，负粮糒，蹑其踪，缓逐之。矢毒既发，即毙，踣之如山，积肉如阜。一牛致干肉数千斤，新鲜者甚美，缕如红丝线。

　　乾宁中，小小之猎，遇牛群于石家山，嗾犬逐之。其牛惊扰，奔一深谷，谷尽，南抵一悬崖。犬逐既急，牛相排蹙。居其首者，失脚堕崖；居次者，不知其偶堕，累累接迹而进。三十六头，皆毙于崖下。积肉不知纪极，秦、成、阶三州士民，荷担之不尽。出《玉堂闲话》。

打猎为业。临洮以西,直到迭宕的嶓、岷一带,几个郡的良田,自安禄山作乱以来,都沦为荒野。这一带多产竹牛,一名野牛。竹牛是纯黑色的,一头敌得上六七头骆驼,光肉就千万斤重。它的犄角,两个壮汉只能拿动一只。每到一处喝水吃草,就要拱木丛竹,践踏起冲天的烟尘。猎人先放火驱赶它们,等它们奔跑出来,就用毒箭射它们。等到它们中了箭,就拿着锅背着粮,跟着它们的行踪,慢慢地追赶它们。箭上的毒性一发作,它们就死了,倒下去像一座座小山,肉堆积起来像山岭。一头牛就能晒几千斤干肉,新鲜的牛肉特别好看,一缕一缕的像红丝线。

乾宁年间,仲小小出去打猎,在石家山遇上这种牛群,便让狗追赶。那些牛受到惊扰,奔进一条深谷,谷的尽头南端是一个绝壁。狗追得很急,野牛们紧紧地挤在一起。领头的那头牛,失脚坠下悬崖;居次位的不知道它是偶然失脚掉下去的,也跟着跳下去;就这样,一个接一个地往下跳。结果三十六头都摔死在悬崖下边。堆积的牛肉不知道有多少,秦、成、阶三个州的士民,都来担肉也没有运完。出自《玉堂闲话》。

卷第四百三十五
畜兽二

马

马

　　马。虏中护兰马，五白马也，亦曰玉面、谟真马、十三岁马也。以十三岁已下，可以留种。马八尺，戎马八尺，田马七尺，驽马六尺。瓜州饲马以龚草，沙州以茨萁，凉州以勃突浑，蜀以稗草。以萝卜根饲马，马肥。安北饲马以沙蓬狼针。大食国出解人语马。悉怛国、怛干国出好马。马四岁两齿，至二十岁，齿尽平。体名有输鼠、外凫、乌头、龙翅、虎口。猪槽饲马，石灰泥槽，汗而系门，三事落驹。回毛在颈、白马黑毛、鞍下腋下回毛、左胁白毛、左右后足白、白马四足黑、目下横毛、黄马白喙、旋毛在吻、后汗沟上通尾本、

马

马。虏中护兰马，就是五白马，也叫玉面马、滇真马或十三岁马。从十三岁以下的，就可以留作马种了。马高八尺，戎马高八尺，田马高七尺，驽马高六尺。瓜州人用蘘草喂马，沙州用茨萁喂马，凉州用勃突浑喂马，蜀地用稗草喂马。用萝卜根喂马，马很肥。安北用沙蓬狼针喂马。大食国出产一种能听懂人话的马。悉怛国和怛干国都出产良马。马四岁的时候只有两颗牙齿，到二十岁，牙齿全都磨平。马的身体部位名称有"输鼠""外兔""乌头""龙翅""虎口"等。用猪食槽喂马，用石灰泥涂抹马槽，把出过汗的马拴在门口，这三件事都会使母马掉驹。曲毛长在脖子上的、白马长着黑毛的、鞍下背部或腋下长着曲毛的、腋下肋骨处长着白毛的、左右后蹄长着白毛的、白马四条蹄腿是黑色的、眼下边长着横毛的、黄马却白嘴的、旋毛长在唇吻边的、臀部流汗的股沟直通尾巴根的、

目赤睫乱及反睫、白马黑目、目白却视,并不可骑。夜眼名附蝉,户肝名县燋,亦曰鸡舌。绿秩方言,以地黄甘草啖,五十岁生三驹。出《酉阳杂俎》。

吐火罗国波讪山阳,石壁上有一孔,恒有马尿流出。至七月平旦,石崖间有石阁道,便不见。至此日,厌哒人取草马,置池边与集,生驹皆汗血,日行千里。今名无数颇梨,随西域中浴,须臾即回。

《图记》云:吐火罗国北,有屋数颇梨山,即宋云所云"波讪山者"也。南崖穴中,神马粪流出。商胡曹波比亲见焉。出《洽闻记》。

浴马港,疏水流也。汉时,常有马数百匹出其中。马形皆小,似巴滇马,遂名其孔为马穴。初得此马,乘出沔水上浴之,遂名其处曰"浴马溉""沔顿宿",今名"骑亭"。三国时,陆逊攻襄阳,又值此穴中有马十匹。逊载还建业。出《洽闻记》。

汉章帝时,蜀郡王阜为益州太守,治化尤异。神马四匹,出滇池河中。

唐武德五年三月,景谷县治西,水有龙马,身长八九尺,龙形,有鳞甲,横文五色,龙身马首,顶有二角,白色。口衔一物,长可三四尺。凌波回顾,百余步而没。出《洽闻记》。

西陵北,陆行三十里,有石穴名马穴,常有白马出此穴。人逐之,潜行出汉中。汉中人失马,亦出此穴。相去数千里。今马穴山在峡州夷陵。出《洽闻记》。

眼睛发红睫毛纷乱或睫毛朝反方向长的、白马黑眼圈的、白眼睛又不正眼看的,这几种马性子烈,都不可骑乘。夜眼马又名附蝉,户肝马又名县燧,也叫鸡舌。绿秩方说,用地黄、甘草喂母马,五十岁可以生三个马驹。<small>出自《酉阳杂俎》。</small>

吐火罗国波㦤山的南面,石壁上有一个洞,常有马尿流出来。到了七月的早晨,石崖间打开石阁栈道,马尿便不见了。到了这天,厌哒人把草马弄到池边上来,把马集中到一起,这样生出来的马驹,都是汗血宝马,可以日行千里。现在称这种马叫"无数颇梨马",骑着这种马到西域浴佛,不一会儿就能回来。

《图记》上说:吐火罗国北,有一座屋数颇梨山,也就是宋云所说的"波㦤山"。此山南崖的山洞中,神马的粪便经常流出来。一个叫曹波比的胡商亲眼见过。<small>出自《洽闻记》。</small>

浴马港,是疏水的一条暗流。汉朝时,常常有几百匹马出入其中。这些马个头都比较小,像巴滇一带的马,于是人们就称那个山洞为"马穴"。当初发现这种马,就骑着它到沔水上洗浴,于是就称那个地方叫"浴马溉""沔顿宿",现在叫"骑亭"。三国时,陆逊领兵攻打襄阳,又遇上这个洞中有十四马。他把这十匹运回到建业。<small>出自《洽闻记》。</small>

汉章帝的时候,蜀郡王阜是益州太守,他把这地方治理得非常好。当时在滇池河中,发现了四匹神马。

唐朝武德五年三月,景谷县治下的西边,河里面出现一匹龙马,有八九尺长,龙的形状,有鳞甲,有五色横纹,龙身马头,头顶上有两只角,角是白色的。龙马的口里衔着一样东西,有三四尺长。它在河里游走,时不时回顾,游出一百多步才沉入水中。<small>出自《洽闻记》。</small>

西陵峡的北边,在旱路上走三十里的地方,有一个石洞叫"马穴",常常有白马从这个洞中跑出来。有人追赶它,它就在水里潜行,游出汉中。汉中人丢了马,也能从这个洞中找到。两地相距几千里。现在马穴山在峡州的夷陵。<small>出自《洽闻记》。</small>

周穆王八骏

周穆王即位三十二年,巡行天下,驭八龙之马。一名绝地,足不践土;二名翻羽,行越飞禽;三名奔霄,夜行万里;四名越影,逐日而行;五名逾辉,毛色炳耀;六名超光,一形十影;七名腾雾,乘云而趋;八名挟翼,身有肉翅。遍而驾焉,按辔徐行,以巡天下之域。穆王神智远谋,使辙迹遍于四海。故绝地之物,不期而自报。出《王子年拾遗记》。

汉文帝九逸

汉文帝自代还,有良马九匹,皆天下之骏。一名浮云,二名赤电,三名绝群,四名逸骦,五名紫燕骝,六名绿螭骢,七名龙子,八名鳞驹,九名绝尘,号名九逸。有来宣能御马,代王号为王良焉。出《西京杂记》。

隋文帝狮子骢

隋文皇帝时,大宛国献千里马,鬣曳地,号"狮子骢"。上置之马群,陆梁,人莫能制。上令并群驱来,谓左右曰:"谁能驭之?"郎将裴仁基曰:"臣能制之。"遂攘袂向前,去十余步,踊身腾上,一手撮耳,一手抠目,马战不敢动,乃鞴乘之。朝发西京,暮至东洛。后隋末不知所在。唐文武圣皇帝敕天下访之,同州刺史宇文士及访得其马,

周穆王八骏

周穆王即位三十二年，他巡行于天下，驾驭着被称为"八龙"的八匹马。第一匹叫"绝地"，跑起来蹄子不沾地；第二匹叫"翻羽"，驰骋起来能赶过飞禽；第三匹叫"奔霄"，一夜之间可行万里；第四匹叫"越影"，能追赶着太阳行走；第五匹叫"逾辉"，毛色光芒四射；第六匹叫"超光"，一个身形映出十个影子；第七匹叫"腾雾"，可以乘着云雾前进；第八匹叫"挟翼"，身上长有肉翅。他把八匹神马一齐驾到车上，按住马辔缓慢地行进，来巡视天下的疆域。周穆王才智卓越、深谋远虑，让车辙遍及四海。所以极偏僻的地方出产的物品，不用征缴也会自行贡献上来。出自《王子年拾遗记》。

汉文帝九逸

汉文帝从代郡回来的时候，得到九匹好马，都是天下有名的骏马。一匹叫"浮云"，第二匹叫"赤电"，第三匹叫"绝群"，第四匹叫"逸骠"，第五匹叫"紫燕骝"，第六匹叫"绿螭骢"，第七匹叫"龙子"，第八匹叫"鳞驹"，第九匹叫"绝尘"，总起来号称"九逸"。有个叫来宣的人，善于驾驭马匹，代王（即汉文帝）称他为"王良"。出自《西京杂记》。

隋文帝狮子骢

隋文帝的时候，大宛国献来一匹千里马，马鬃长得拖到地上，号称"狮子骢"。皇上把它放到马群里，该马狂暴跳跃，没有人能制服它。皇上让人把整个马群全赶来，对左右说："谁能驾驭它？"郎将裴仁基说："我能制住它。"于是他就挽起袖口走上前去，离马还有十几步的时候，他纵身跳到马背上，一手揪住马的耳朵，一手抠住马的眼睛，马疼得打战不敢动弹，于是就套上鞍辔骑上它。早晨从西京出发，晚上就能到达东洛。后来隋朝末年就不知这匹马哪儿去了。唐朝文武圣皇帝（唐太宗）下令在全国寻找这匹马的下落，同州刺史宇文士及访得这匹马，

老于朝邑市面家,挽硙,骏尾焦秃,皮肉穿穴。及见之悲泣。帝自出长乐坡,马到新丰,向西鸣跃。帝得之甚喜。齿口并平。饲以钟乳,仍生五驹,皆千里足也。后不知所在。出《朝野金载》。

唐玄宗龙马

海岱之间,出玄黄石,或云:"茹之可以长生。"玄宗皇帝尝命临淄守,每岁采而贡焉。开元二十七年,江夏李邕为临淄守。是岁秋,因入山采玄黄石,忽遇一翁。质甚妙,而丰度明秀,髭髯极丰。衣褐衣,自道左出,叩李邕马,且告曰:"君侯躬自采药,岂不为延圣主之寿乎?"曰:"然。"翁曰:"圣主当获龙马,则享国万岁,无劳采药耳。"邕曰:"龙马安在?"答曰:"当在齐鲁之郊。若获之,即是太平之符,虽麟凤龟龙,不足以并其瑞。"邕方命驾以后乘,遽亡见矣。邕大异之,顾谓从事曰:"得非神人乎?"即命其吏王乾真者,求龙马于齐鲁之间。至开元二十九年夏五月,乾真果得马于北海郡民马会恩之家。其色骓毛,两胁有鳞甲,鬃尾若龙之鬈鬣,嘶鸣真虞笛之音,日驰三百里。乾真讯其所自,会恩曰:"吾独有牝马,常浴于淄水,遂有胎而产,因以龙子呼之。"乾真即白于邕,邕甚喜,以表其事,献之。上大悦,诏内闲厩异其刍豢,命画工图其状,用颁示中外。出《宣室志》。

它在朝邑一家卖面的家里，已经老了，主人用它拉磨，它的尾巴已经又焦又秃，皮肉被打磨得千疮百孔。宇文士及见到它后，悲伤地哭泣起来。皇帝亲自到长乐坡迎接这匹老马，老马走到新丰的时候，就向着西方嘶鸣腾跃。皇帝得到这匹马特别高兴。马的齿口都长平了。用钟乳喂它，它还生了五个小马驹，都是日行千里的好马。后来不知去向。出自《朝野金载》。

唐玄宗龙马

　　海岱之间，出产玄黄石，有人说："吃了这种石头可以长生不老。"唐玄宗曾经命令临淄太守年年采集进贡。开元二十七年，江夏人李邕任临淄太守。这年秋天，他带人进山采玄黄石，忽然遇上一位老头。这老头的气质特别，风度明秀，须髯茂密。身穿粗布衣服，从道边走出来，敲打李邕的马，并且对他说："你亲自采药，难道不是为了延长圣主的寿命吗？"李邕说："是的。"老头说："圣主应当得到一匹龙马，那就可以享国万年，用不着采药了。"李邕问："龙马在哪里？"老头说："应该在齐鲁之郊。如果弄到龙马，那就是太平盛世的祥瑞之兆，即使是麒麟、凤凰、灵龟、神龙，也比不上这马的祥瑞。"李邕正要邀请老头骑后面的一匹马，老头却突然不见了。李邕感到非常奇怪，他回头对随从们说："这难道不是神仙吗？"于是就让自己手下的官吏王乾真到齐鲁之间去访求龙马。到了开元二十九年夏天的五月，王乾真果然在北海郡民马会恩家中得到一匹好马。它的毛色混杂，两肋间有鳞甲，鬃和尾像龙的髻鬛，嘶鸣的声音像笛的声音，一天能跑三百里。王乾真问这马是从哪里弄来的，马会恩说："我只养了一匹母马，这匹母马常到淄水里洗浴，于是就不知为什么怀了胎而生下这个马驹来，因而就叫它'龙子'。"王乾真向李邕说明之后，李邕非常高兴，就把这来历写到奏章里，把龙马献给了皇帝。皇上特别高兴，下令用宫内闲的马厩特殊喂养它，让画工勾画出龙马的形状，以此颁布诏示中外。出自《宣室志》。

代宗九花虬

代宗命御马九花虬并紫玉鞭辔,以赐郭子仪。子仪固让久之。上曰:"此马高大,称卿仪质,不必让也。"子仪身长六尺八寸。九花虬,即范阳节度使李怀仙所贡也,额高九尺,毛拳如鳞,头颈鬃鬣,真虬龙也。每一嘶,即群马耸耳。以身被九花,故号九花虬。上往日东幸,观猎于田,不觉日暮,忽顾谓侍臣曰:"行宫去此几里?"奏曰:"四十里。"上令速鞭,恐碍夜。而九花虬缓缓然,如三五里而已,侍从奔骤,无有及者。出《杜阳编》。

德宗神智骢

德宗西幸,有二马,一号神智骢,一号如意骝。皆如上意,故常谓之功臣。耳中有毛,引之一尺。《马经》云:"耳中有毛者,日行千里。"一日花柳方春,上游幸诸苑。侍者进瑞鞭,指二骢语近臣曰:"昔朕西幸,有二骏,谓之二绝。今获此鞭,可谓三绝。"遂命酒饮之。因吟曰:"鸳鸯赭白齿新齐,晚日花开散碧蹄。玉勒斗回初喷沫,金鞭欲下不成嘶。"即中书舍人韩翃诗也。出《杜阳编》。

德宗幸梁洋,唯御骓马,号曰望云骓。驾还,饲以一品料。暇日牵而视之,必长鸣四顾,若感恩之状。后老死飞龙厩中,贵戚画为图。出《国史补》。

代宗九花虬

唐代宗下令把御马九花虬和紫玉的马鞭、鞍辔一块赏赐给郭子仪。郭子仪再三推让了很久。皇上说："这匹马高大，和你郭子仪的仪表正好相称，不必谦让了。"郭子仪身长六尺八寸。九花虬，就是范阳节度使李怀仙献的那匹马，额高九尺，马毛蜷曲如鳞，头颈上的鬃鬣，像真正的虬龙一样。它每一次嘶鸣，群马都竖起耳朵来听。因为它身上长了九种花纹，所以叫作"九花虬"。皇上过去东巡时，观看打猎，不知不觉天色已晚，忽然看着侍臣们说："这里离行宫多远？"侍臣奏道："四十里。"皇上命令大家快马加鞭，怕天黑前赶不回去。这匹九花虬却是轻松缓慢的样子，就像走三五里似的，侍臣们的马紧急地追赶，却没有能赶上它的。出自《杜阳编》。

德宗神智骢

德宗西游，乘坐的两匹马，一匹叫作"神智骢"，一匹叫作"如意骝"。这两匹马都让皇上感到满意，所以常常说它们是功臣。马的耳朵里有毛，拽出来有一尺长。《马经》上说："耳朵里有毛的，一天可行一千里。"一天，花枝吐艳，柳条摇曳，正值初春，皇上到禁苑去游赏。有一位侍者献给他一把瑞玉马鞭，皇上指着两匹宝马对身边的大臣说："以前我西巡的时候，有两匹宝马，称为'二绝'。现在又得到了这把鞭子，可以叫作'三绝'了。"于是下令赐给随从酒喝。于是皇上吟诵着："鸳鸯赭白齿新齐，晚日花开散碧蹄。玉勒斗回初喷沫，金鞭欲下不成嘶。"这是中书舍人韩翃的诗。出自《杜阳编》。

德宗到梁洋去，驾驭的只是一匹毛色混杂的马，叫作"望云骓"。回到京都以后，皇上让人喂它一等饲料。皇上没事的时候，就让人把马牵出来看看，它一定会长声地嘶鸣，向四下观望，像感恩的样子。后来它老死在飞龙厩中，贵戚为它画了像。出自《国史补》。

曹 洪

魏曹洪,武帝从弟,家盈产业,骏马成群。武帝讨董卓,夜行失马,洪以其所乘马曰白鹤,与武帝乘。此马走,唯觉耳中风声,脚似不践地。至深水,洪不能得渡,武帝引首上马,共济深水。行数百里,瞬息而至。下视马足,毛皆不湿,帝衣犹沾濡。时人谓乘风行也,为一代神骏。谚云:"凭空虚跃,曹家白鹤。"出《王子年拾遗记》。

司马休之

晋司马休之为荆州。宋公遣使围之,休之未觉。常所乘马,养于床前。忽连鸣不食,注目视鞍。休之试鞴之,即不动。鞴讫还坐,马又惊跳,如此者数四。骑马即骤出门,奔驰数里,休之顾望,已有使至矣。遂去而获免。出《渚宫故事》。

慕容廆

慕容廆初有赭白马,常自乘之。既为石虎所围,力弱,分将危陷,弃众将逃。以此马奔而鞴之,马见鞍,辄蹄啮不得近,乃止。俄而邺使至,石虎国有难,虎旋归。至是时,马年四十九岁矣。出《广古今五行记》。

秦叔宝

唐秦叔宝所乘马,号忽雷驳,尝饮以酒。每于月明中试,能竖越三领黑毡。及胡公卒,嘶鸣不食而死。出《酉阳杂俎》。

曹 洪

三国魏时的曹洪，是魏武帝曹操的堂弟，他家里产业丰足，骏马成群。魏武帝讨伐董卓，夜间行军丢了马，曹洪就把自己骑的一匹名叫"白鹤"的马，让给曹操骑。这匹马奔跑起来，只觉得耳边有风声，马蹄好像不沾地。到了水深的地方，曹洪过不去，曹操就拉他上马，一起渡过深水。走了几百里，转眼的工夫就到了。下马看马蹄，马毛全没湿，武帝的衣服已经湿了。当时人们称这匹马为"乘风行"，属于一代神马。有这样一句谚语："凭空虚跃，曹家白鹤。"出自《王子年拾遗记》。

司马休之

晋朝司马休之治理荆州。宋公派使者包围他，他并未发觉。他平常骑的一匹马，养在他的床前。马忽然连连嘶鸣，不吃草料了，并且目不转睛地盯着马鞍子。司马休之试着将鞍辔给它套上，它就不动了。但是套完之后，司马休之回来坐下，它就又惊跳起来，如此几次。司马休之骑上马，马就突然间奔出城门，跑出几里之后，司马休之回头一看，宋公派来的人已经追来了。于是就逃走而幸免于难。出自《渚宫故事》。

慕容廆

慕容廆当初有一匹赭白马，常常骑它。被石虎包围后，他的兵力很弱，眼看将惨败，想扔下众人逃跑。因为这匹赭白马善跑，就去备鞍辔，马见了鞍，就又踢又咬不让靠近，只好作罢。不久建邺郡的信使到了，说石虎国中有难，石虎立即撤兵回去了。这时，慕容廆的马已经四十九岁了。出自《广古今五行记》。

秦叔宝

大唐秦叔宝骑的那匹马，叫"忽雷驳"，常给它酒喝。每到月明之夜试跑，它可以跳过三领立起来的黑毡。等到秦叔宝去世，它嘶鸣不停，不吃不喝而死。出自《酉阳杂俎》。

张纳之

德州刺史张纳之,一白马,其色如练。父雄为数州刺史,常乘。雄薨,子敬之为考功郎中,改寿州刺史,又乘此马。敬之薨,弟纳之,从给事中、相府司马改德州刺史,入为国子祭酒,出为常州刺史。至今犹在,计八十余,极肥健,行骤,脚不散。出《朝野金载》。

宋察

广平宋察娶同郡游昌女。察,先代胡人也,归汉三世矣。忽生一子,深目而高鼻。察疑其非嗣,将不举。须臾,赤草马生一白驹。察悟曰:"我家先有白马,种绝已二十五年,今又复生。吾曾祖貌胡,今此子复其先也!"遂养之。故曰"白马活胡儿",此其谓也。出《朝野金载》。

舞马

玄宗尝命教舞马四百蹄。分为左右,各有部,目为某宠某家骄。时塞外亦有善马来贡者,上俾之教习,无不曲尽其妙。因命衣以文绣,络以金银饰其鬃鬣,间杂珠玉。其曲谓之《倾杯乐》者数十回,奋首鼓尾,纵横应节。又施三层板床,乘马而上,旋转如飞。或命壮士举一榻,马舞于榻上。乐工数人立左右前后,皆衣淡黄衫,文玉带,必求少年而姿貌美秀者。每千秋节,命舞于勤政楼下。其后上既幸蜀,舞马亦散在人间。禄山常睹其舞而心爱之。自是

张纳之

德州刺史张纳之有一匹白马，它的毛色就像白绢。他的父亲张雄做过几个州的刺史，常常骑这匹马。张雄死后，儿子张敬之是考功郎中，改任寿州刺史，又骑这匹马。张敬之死后，弟弟张纳之也骑这匹马，他从给事中、相府司马改任德州刺史后，入朝做国子祭酒，又出京任常州刺史。这匹马至今还在，已经八十多岁，仍特别肥健，跑起来很快，脚步不散乱。出自《朝野佥载》。

宋　察

广平县的宋察娶了同郡游昌的女儿为妻。宋察的祖先是胡人，归附中原已经三代了。他的妻子忽然生了一个孩子，深眼窝，高鼻梁。宋察怀疑他不是自己的后代，不想要他。不一会儿，他家的赤草马生了一个白色马驹。宋察恍然大悟，说："我家原先有白马，绝种二十五年了，现在又生了白马。我曾祖父是胡人，现在这孩子是像我的祖先啊！"就养育了这孩子。民间流传一个故事叫"白马救活胡儿"，说的就是这件事。出自《朝野佥载》。

舞　马

唐玄宗曾经命人训练一百匹舞蹈用的马。把马分为左右两组，各有部属，马的名称一般都是某某宠马某某骄马。当时塞外也有好马贡上来，皇上让人把这些马驯习得没有不听到乐曲就按照乐曲节奏跳舞的。于是皇上命人给马穿上锦绣衣服，用金银装饰马的鬃鬛，其间还夹杂着珠玉。那乐曲是《倾杯乐》，共有几十章，马跳舞的时候，昂首翘尾，无论前后还是左右走动，都非常合乎节拍。还放置三层板床，骑马跳上去，在上面旋转如飞。有时让壮汉举起床榻，让马在床榻上起舞。几名乐手站在前后左右，都穿着淡黄色的衣衫，系着有花纹的玉带，挑选的都是那些年轻而又身材标致、模样好看的人担任。每年的千秋节，唐玄宗就命令在勤政楼下舞马。后来皇上到蜀地去了，这些舞马也都散失到民间。安禄山经常看这个舞蹈，很喜爱这些马。叛乱后

因以数匹置于范阳。其后转为田承嗣所得，不之知也，杂之战马，置之外栈。忽一日，军中享士，乐作，马舞不能已。厩养皆谓其为妖，拥篲以击之。马谓其舞不中节，抑扬顿挫，犹存故态。厩吏遽以马怪白。承嗣命棰之，甚酷，马舞甚整。而鞭挞愈加，竟毙于枥下。时人亦有知其舞马者，惧暴而终不敢言。出《明皇杂录》。

续　坤

　　咸通、乾符中，京师医者续坤颇得秦医和之术，评脉知吉凶休咎，至于得失，皆可预言。适有燕中奏事大将暴得风疾，服医药而愈，所酬帛甚多，仍以边马一匹留赠。马之骨相甚奇，然步骤多蹶。虽制以衔勒，加之鞭策，而款段之性，竟莫能改。坤以浪费刍粟，托人以贱价卖之。求骏者才试，还复如此，累月不售。邻伍有王生，货易于中贵之门，颇甚贫窭，忽诣坤云："有青州监军将发，须鞍马备行李。亦知驰骋非骏，但欲置于牵控之间。"坤直以无用之畜付焉，亦不约鬻马之价。自此经旬不至，谓其脱略亡逸。一旦复来，所直且逾十万。坤既获善价，因以十千遗之。俄见王生，易衣装，致仆马，至于妻孥服饰，亦皆鲜洁。或曰："王生卖马，金帛兼资，计三四百万。"坤甚惊，试询其

便弄走几匹舞马,运回范阳。后来这些马被田承嗣得去,他不知道这些是舞马,把它们混杂在战马当中,放在外面的马棚里。忽然有一天,军中举行宴会,犒赏兵士,一奏乐,马就不停地跳舞。养马的人认为马是妖孽,拿着扫帚就打。马以为是跳舞不合节拍,跳得更起劲,抑扬顿挫,还保留原先的神态。马厩的小官急忙把马的怪事向田承嗣报告。田承嗣让他用鞭子抽打它们,打得特别重,马却跳得很整齐。舞马跳得越好,打得也越厉害,最后都被打死在马槽之下。当时也有人知道这是舞马,但是由于惧怕田承嗣的残暴,始终没敢说出来。出自《明皇杂录》。

续 坤

　　咸通、乾符年间,京城里的名医续坤较好地掌握了秦医和的医术,通过脉相就可以知道吉凶祸福,至于得失,全可以准确地预言。恰好有位燕州来朝廷奏事的大将军突然得了风病,吃了他的药就痊愈了,给了他很多布帛作为报酬,还送给他一匹边塞出产的马。这匹马的骨相与众不同,但是步法却很杂乱。虽然用衔勒控制它,用马鞭抽打它,还是改不了它缓慢拖沓的习性。续坤因为它浪费草料,便托人低价卖掉它。寻求马的人把它牵出去试一试它的才能,它还是那个老样子,因此好几个月也没卖出去。邻街有一个王生,专门把货物卖给显贵侍从官宦之家,家中很贫困。忽然有一天这个王生来拜访续坤,说:"有一个青州的监军将要出发,需要一匹马驮运行李。也知道这匹马跑起来不是什么好马,只是想把行李放在牵控之中罢了。"续坤直接就把这匹无用的畜生交给王生,也没约定卖马的价钱。从此过去十几天也没有消息,续坤以为王生稀里糊涂不知跑到哪里去了。一天,王生又回来了,付给续坤卖马钱十多万。续坤认为卖了个好价钱之后,就取出十千给王生作为酬谢。不久后见王生,他已经换了新衣服,买了仆人和马匹,妻子儿女的衣服也都焕然一新。有人告诉续坤:"王生卖这匹马,金帛等物加到一起计算,共赚三四百万。"续坤听了大吃一惊。他试探着向王生打听

事,王生初不备说。坤曰:"某以无用之物,获价颇多,但未知驽劣之材,何以至此?"云:"初致马于青社监军,举足如有羁绊。及将还,途遇小马坊中使,因遣留试。信宿而往,不复见焉,密询左右。数日前,魏博进一马,毛骨大小与此同,圣人常乘打毬,骏异未有偶。御厩有马,毛色相类者,咸有其对。将到日,方遣调习步骤,萦转如风,今则进御数朝,所赐之物甚厚。"其后王生因大索起价,遂以四百万酬之。是以物逢时亦有数,不遇其主,则驽骥莫分。乃知耕莘野,筑傅岩,未遇良途,奚异于此? 出《剧谈录》。

杨翁佛 别鸟语

汉广陵杨翁佛听鸟兽之音。乘蹇驴之野,田间有放眇马。相遇,鸣声相闻。翁佛谓其御者:"彼放马目眇。"其御曰:"何以知之?"曰:"骂此辕中马曰蹇,此马亦骂之曰眇。"其御不信,使往视之,目果眇焉。出《论衡》。

季 南

季南乘赤马行,逢人乘白马。白马先鸣,赤马应之。南谓从者曰:"白马言,汝南见一黄马,左目盲,是吾子,可令快行相及也。"须臾,果逢黄盲马。白马先鸣,盲马应之。出《抱朴子》。

这事，王生起先不打算说。续坤说："我把一个没有用的东西卖了这么高的价钱，是满意的，只是不知道这么低劣的一匹马，为什么能值这么多钱呢？"王生说："最初把这匹马带到青社监军那里，它迈步就像有什么绊着它的脚。等到要回来的时候，在路上遇到小马坊中使，就把马送到他那去让他试试。过了两宿，去小马坊一看，这匹马不见了，偷偷向左右打听。原来几天前，魏博进献一匹马，毛色及骨骼大小和这匹马一样，圣人常骑着它打球，这匹奇异的马还没有成双。皇宫马厩中的马，毛色相近的，都是一对。这匹马被送去之后，他才开始调教演习它的步法，结果它萦绕环转如风。现在已经进宫好几天了，赏赐的东西特别丰厚。"从那以后，王生就去向那人狠狠地要价，对方便付给他四百万作为酬谢。所以物的逢时与否也是有定数的，没有遇到它的主人，那就分不清是驽马还是良马。也就可想而知，古代在莘野耕田的尹伊，在傅岩版筑的傅说，在没遇到识才的商汤和武丁踏上大道时，和这匹马有什么不同呢？出自《剧谈录》。

杨翁佛 别鸟语

汉朝广陵人杨翁佛能听懂鸟兽的声音。他乘着由瘸驴驾的车子来到野外，田野间有人放牧一匹瞎马。两马相遇，嘶鸣的声音相互能听到。杨翁佛对赶车的人说："那人放牧的那匹马瞎了一只眼。"那赶车的说："你怎么知道？"杨翁佛说："那匹马骂车辕里的马瘸，这匹马就骂那匹马是独眼。"赶车的不信，派人过去看了看，那匹马果然瞎了一只眼。出自《论衡》。

季 南

季南骑着红马走路，遇上一个骑白马的人。白马先鸣叫一声，红马应了一声。季南对随从说："白马说，你往南走看见一匹黄马，左眼瞎了，那是我儿子，你让他快走赶上我。"不一会儿，果然遇上一匹黄色的瞎马。白马先叫了一声，小瞎马就答应一声。出自《抱朴子》。

赵 固

晋赵固所乘马忽死,因问郭璞。璞曰:"可遣数十人,持竹竿东行三十里,有山陵林树,便搅打之,当有一物出,急抱将归。"于是如璞言,果得一物似猴。入门,见死马,跳梁,走往死马头,嘘吸其鼻,马即能起,亦不见猴。出《搜神记》。

韩 晞

唐韩晞常知永丰仓。有一马,乘来日久,遇过客有一蜀马,啮颇甚。晞令取来,系于庭树。晞谓客曰:"此小马,岂能如此? 但亦痛治耳。"晞市圉人善骑调恶马,即令召之。遣取鞭辔,此马努目,斜睨于晞。忽然掣缰走上阶,跑晞落床,屈膝于地,将啮之。时晞所乘马系在别柱,见此,亦掣断缰,来啮此马。遂啮数口,方得免。众买此马,杀而食之。晞自后弥爱其马焉。出《原化记》。

江东客马

顷岁,江东有一客,常乘一马,颇有至性。客常于饮处醉甚,独乘马至半路,沉醉,从马上倚着一树而睡,久不动。直至五更,客奴寻觅,方始扶策,而马当时倒地,久乃能起,病十余日方愈。此人无何,以马卖与宣州馆家。经二年,客后得一职,奉使至宣州。知马在焉,请乘此马。此马

赵　固

晋朝赵固骑的马忽然死了，于是他去问郭璞这是怎么回事。郭璞说："你可以派几十个人，拿着竹竿往东走三十里，那里有山陵和树林，就搅打那树林，应该有一个东西跑出来，就赶快把它抱回来。"于是他就按郭璞的话去做了，果然得到一个像猴子的动物。一进门，那东西见了死马，就跳跃起来，直奔死马的头部，对着马鼻孔嘘吸几下，死马立即复活站起来了，这时猴子也就不见了。出自《搜神记》。

韩　晞

唐朝韩晞曾经掌管永丰仓。他有一匹马，骑了好长时间了，遇到一位过客骑着的一匹蜀马，特别能咬。韩晞让人把这能咬的马牵来，拴在院子里的一棵树上。韩晞对那位过客说："这匹小马，怎能让它如此放肆呢？缺乏狠狠地管教。"韩晞任所的牲口市上有一位善于调治恶马的养马人，就令人把他找来。他让人取来马鞭和鞍辔，这匹马瞪着眼睛，斜看着韩晞。忽然挣断缰绳跑上台阶，把韩晞从坐榻上刨下来，韩晞屈膝在地，这匹马就要上去咬他。这时候，韩晞骑的那匹马正拴在另一棵树上，见到这种情况，也挣断缰绳，来咬那匹蜀马。于是它们互相咬了几口，韩晞才免了一场灾祸。众人把这匹马买下来，杀了吃肉。韩晞从此以后更爱他的那匹马了。出自《原化记》。

江东客马

近年，江东有一位客人，经常骑着一匹马，这匹马很是通人性。他曾饮酒过量，独自骑着马往回走，走到半路，醉得厉害，就在马上倚着一棵树睡着了，这匹马很长时间都不动。一直到五更，客人的奴仆们找到他，才把他扶下马去，而马当时就倒在地上了，过了很久才能站起来，病了十几天才痊愈。这人没多久就把这匹马卖给宣州的一家客馆。过了两年，这个人得到一个官职，奉命出使到宣州。他知道马还在这里，就要骑这匹马。这匹马

索视良久,知本主也。既乘,遂跃此人于地,践啮颇甚,众救乃免。意恨其卖己也。出《原化记》。

陈 璋

淮南统军陈璋加平章事,拜命于朝。李昪时执政,谓璋曰:"吾将诣公贺,且求一女婿于公家。公其先归,吾将至。"璋驰一赤马而去。中路,马蹶而坠。顷之,昪至,璋扶疾而出。昪坐少选即去。璋召马数之曰:"吾以今日拜官,又议亲事,尔乃以是而坠我。畜生!"不忍即杀,使牵去,勿与刍秣,饿杀之。是夕,圉人窃具刍粟,马视之而已,达旦不食。如是累日,圉人以告,璋复召语之曰:"尔既知罪,吾赦尔。"马跳跃而去。是夕,乃饮饫如故。璋后出镇宣城,罢归而薨。旬月,马亦悲鸣而死。出《稽神录》。

看了他很久，知道他是自己原来的主人。他骑上去之后，马就跳起来把他摔到地上，又踩又咬得厉害，大伙把他救出来才免受重伤。马的意思是怨恨他卖掉自己。出自《原化记》。

陈　璋

　　淮南统军陈璋加封平章事，受命于朝廷。当时李昇执政，他对陈璋说："我要到你家去拜贺，并且想从你家找一个女婿。你请先回去，我马上就到。"陈璋骑着一匹红马向家里奔驰。半路上，马摔了一跤，陈璋从马上摔下来。不一会儿，李昇就到了，陈璋带着伤出来接待。李昇坐了一会儿选好女婿就走了。陈璋让人把马牵来数落道："我因为今天被任命官职，又商议亲事，你却在这个时候摔我。畜生！"他不忍心立即就把马杀死，让人牵出去，不喂它草料，饿死它。这天晚上，养马人偷偷地给它准备了草料，马只是看看而已，直到天亮也没吃。这样连续好几天，一直没吃，养马人把这事告诉陈璋，陈璋又让人把马牵来，对马说："你既然知道有罪，我饶恕你了。"马这才跳跃跑开。这天晚上，就像平常一样吃喝了。陈璋后来出京镇守宣城，任满回来之后死了。一个多月以后，马也悲鸣嘶叫着死去。出自《稽神录》。

卷第四百三十六
畜兽三

马

卢从事

　　岭南从事卢传素寓居江陵。元和中,常有人遗一黑驹。初甚蹇劣,传素豢养历三五年,稍益肥骏。传素未从事时,家贫薄,矻矻乘之,甚劳苦。然未常有衔橛之失,传素颇爱之。一旦,传素因省其槽枥,偶戏之曰:"马子得健否?"黑驹忽人语曰:"丈人万福。"传素惊怖却走,黑驹又曰:"阿马虽畜生身,有故须晓言,非是变怪,乞丈人少留。"

马

卢从事

　　岭南从事卢传素寓居在江陵。元和年间,曾有人送给他一匹黑马驹。这马刚开始素质很差,卢传素饲养三五年之后,才渐渐变得肥壮高大。卢传素没做从事的时候,家里很穷,每天忙碌地骑着这匹马,非常劳苦。但是不曾出过任何的闪失,卢传素非常喜欢它。一天早晨,卢传素查看马槽,偶然和马开玩笑说:"马先生身体还强健吧?"黑马驹忽然像人那样说道:"您老人家万福!"卢传素吓得掉头就跑,黑马驹又说:"我虽是畜生身子,却是有原因的,必须告诉你,我不是妖怪,请老人家稍稍留步。"

传素曰："尔畜生也，忽人语，必有冤抑之事，可尽言也。"

黑驹复曰："阿马是丈人亲表甥，常州无锡县贺兰坊玄小家通儿者也。丈人不省，贞元十二年，使通儿往海陵卖一别墅，得钱一百贯。时通儿年少无行，被朋友相引狭邪处，破用此钱略尽。此时丈人在远，无奈通儿何。其年通儿病死，冥间了了，为丈人征债甚急。平等王谓通儿曰：'尔须见世偿他钱，若复作人身，待长大则不及矣。当须暂作畜生身，十数年间，方可偿也。'通儿遂被驱出畜生道，不觉在江陵群马中，即阿马今身是也。阿马在丈人槽枥，于兹五六年，其心省然，常与丈人偿债。所以竭尽驽蹇，不敢居有过之地。亦知丈人怜爱至厚。阿马非无恋主之心，然记佣五年，马畜生之寿已尽。后五日，当发黑汗而死，请丈人速将阿马货卖。明日午时，丈人自乘阿马出东棚门，至市西北角赤板门边，当有一胡军将，问丈人买此马者。丈人但索十万，其人必酬七十千，便可速就之。"言事讫，又曰："兼有一篇，留别丈人。"乃骧首朗吟曰："既食丈人粟，又饱丈人刍。今日相偿了，永离三恶途。"

遂奋迅数遍，嘶鸣龁草如初。传素更与之言，终不复语。其所言表甥姓字，盗用钱数年月，一无所差。传素深感其事。明日，试乘至市角，果有胡将军恳求市。传素微验之，因贱其估六十缗。军将曰："郎君此马，直七十千已上。请以七十千市之。"亦不以试水草也。传素载其缗归。四日，复过其家，见胡军将曰："嘻，七十缗马夜来饱发黑汗毙矣。"出《河东记》。

卢传素说:"你是一头牲口,忽然说人话,一定有冤屈的事,可以全都讲出来。"

黑马驹又说:"我是您老人家的表外甥,就是常州无锡县贺兰坊玄小家的通儿。老人家不记得了,贞元十二年的时候你让我到海陵卖一处别墅,卖了一百贯钱。当时我年少,品行不端,被朋友拉上邪路,把这些钱挥霍略尽。这时候老人家您离得远,不能把我怎么样。那年我就病死了,阴间对我的事非常清楚,为您讨债逼得很紧。平等王对我说:'你必须出现到人世还他的钱,如果还托生成人,等你长大就来不及了。你应该暂时托生成畜生,十几年才可以还清这笔债。'于是我就被赶到了畜生道上,不知不觉出现在江陵的群马之中,就是现在这副模样了。我在您的槽枥间五六年了,心里很明白,要经常给老人家还债。所以我竭尽不才之力,不敢有一点闪失。我也知道老人家对我非常喜爱。不是我没有恋主之心,但是计算一下已经出力五年了,作为马的寿命已经完结。五天后,我会出一身黑汗而死,请老人家赶快把我卖出去。明天正午时分,老人家亲自骑着我从东棚门出去,到市场西北角红板门旁边,会有一个胡人将军向您买马。您只管要价十万,那人一定还价为七十千,您就可马上卖给他。"说完这些事,又说:"还有一首诗,作为和您老人家的分别留念。"于是就抬起头大声朗诵道:"既食丈人粟,又饱丈人刍。今日相偿了,永离三恶途。"

于是就精神振奋快速地跑了几圈,嘶鸣吃草像原先一样。卢传素还想和它说话,它始终不再吱声了。它所说的表外甥的姓名,盗用的钱数和时间,全都没错。卢传素深有感触。第二天,试着骑马到市场西北角,果然有一名胡人将军要买这匹马。卢传素稍微查验了一下,降低马自己估的价,要价六十缗。胡将军说:"这匹马值七十千以上。请以七十千卖给我。"也不试它喝水吃料如何。卢传素拿着钱回到家里。第四天,他又路过那个胡人将军家,见到胡人将军,胡人将军说:"唉!七十缗买的那匹马喂得过饱,夜里出了一身黑汗就死了。"出自《河东记》。

韦有柔

建安县令韦有柔,家奴执瑬,年二十余,病死。有柔门客善持咒者,忽梦其奴云:"我不幸而死,尚欠郎君四十五千。地下所由,令更作畜生以偿债。我求作马,兼为异色,今已定也。"其明年,马生一白驹而黑目,皆奴之态也。后数岁,马可直百余千,有柔深叹其言不验。顷之,裴宽为采访使,以有柔为判官。裴宽见白马,求市之。问其价直,有柔但求三十千,宽因受之。有柔曰:"此奴尚欠十五千,当应更来。"数日后,宽谓有柔曰:"马是好马,前者付钱,深恨太贱。"乃复以十五千还有柔。其事遂验。出《广异记》。

吴宗嗣

军使吴宗嗣者,尝有父吏某从之贷钱二十万,月计利息。一年后,不复肯还,求索不可得。宗嗣怒,召而数之曰:"我前世负汝钱,我今还矣。汝负我,当作驴马还我。"因焚券而遣之。逾年,宗嗣独坐厅事,忽见吏白衣而至,曰:"某来还债。"宗嗣曰:"已焚券,何为复来?"吏不答,径自入厕中。俄而厕人报马生白驹。使诣吏舍问之,云:"翌日已死矣。"驹长卖之,正得吏所欠钱。出《稽神录》。

孙汉威

江南神武军使孙汉威,厩中有马。遇夜,辄尾上放光,

韦有柔

建安县县令韦有柔,他的一个牵马的家奴,二十多岁就病死了。韦有柔的门客中有个擅长画符念咒的祝告鬼神,忽然梦见死去的那个家奴说:"我不幸死了,还欠郎君您四十五千钱。在阴司里,经衙门判决,让我再托生成畜生还债。我请求托生成马,身上兼有不同的颜色,现在已经判定了。"到了第二年,马生一个白色马驹,黑眼睛,完全是那死去的奴仆的模样。几年之后,这匹马大约值百余千,韦有柔感叹他的话不灵验。不久,裴宽做采访使,让韦有柔当判官。裴宽见了这匹白马,请求把马卖给他。他问马的价钱,韦有柔只要了三十千,裴宽就给了他三十千。韦有柔说:"那个死去的家奴还欠我十五千,应当再送来十五千才真应验。"几天后,裴宽对韦有柔说:"这匹马是匹好马,前几天付钱太少了。"于是就拿出十五千交给韦有柔。至此,这个梦就全都应验了。出自《广异记》。

吴宗嗣

军使吴宗嗣,曾经有一个他父亲手下的官吏从他手里借钱二十万,按月计算利息。一年之后,这个官吏不肯还钱,要也要不回来。吴宗嗣很生气,把官吏找来数落道:"就算我前世欠了你的钱,我现在还你了。你欠我的,应该变驴变马来还我。"于是就把借据烧了,打发他走了。过了一年,吴宗嗣独自坐在厅堂里,忽然看见那个官吏穿了白衣服来到面前,说:"我是来还债的。"吴宗嗣说:"借据已经烧了,为什么又来了?"官吏不回答,径直走进马厩里去。不一会儿,养马的来报告说,马生了一个白色马驹。吴宗嗣派人到官吏家去打听,人家说:"官吏昨天已经死了。"马驹长大之后卖了,卖的价钱正好与官吏欠的钱数相同。出自《稽神录》。

孙汉威

江南神武军使孙汉威,马厩有一匹马。到夜间,尾巴上就放光,

状若散火，惊群马，皆嘶鸣。汉威以为妖，仗剑斩之。数月，除卢州刺史。出《稽神录》。

于　远

　　邺中富人于远者，性奢逸而复好良马。居第华丽，服玩鲜洁，拟于公侯之家也，常养良马数十匹。忽一日，有人市中鬻一良马，奇毛异骨，人争观之。远闻之，酬以百金。及马至厩中，有一老姥扣门请一观。远问之曰："马者，骏逸也，豪侠少年好之，宜哉，老母奚观？"老母曰："我失一良马，十年游天下，访之不得。每遇良马，必永日观之，未尝见一如我所失之马也。何阻一观，不以为惠？"远因延入从容，出其马以示之。老母一见其马，因怒变色，回观远而言曰："我马也！"远曰："老母之马，奚人卖？昔日何得之？何失之？"

　　老母曰："为我昔日遇北邙山神为物伤目，化身以求我，我以名药疗之，目愈，遂以此马赐我。我得此马，唯不乘之上天。乘之游四海之外，八荒之内，只如百里也。我常乘东过扶桑，有一人遮其途而问我此马焉。及夜，至西竺国，忽失此马。我自失此马已来，十年不息，遍天下，皆不知我访此马也。去年今日，流沙见一小儿，言有一异马如飞，倏然东去矣。我既知自东方，疑此马在中华，必有常人收得此马者。我故不远万里而来此，今果得之。我今当还君百金，马须还我。"

好像散落的火焰，群马受到惊恐，一齐嘶鸣。孙汉威认为是妖怪，挥剑把它杀了。几个月后，他被任命为卢州刺史。出自《稽神录》。

于 远

邺中有一个叫于远的富人，他喜欢奢侈安逸，又喜欢好马。他所居住的府第豪华富丽，服饰及玩赏之物也都鲜丽光洁，可以和公侯之家相比拟，他平常养着几十匹好马。忽然有一天，有一个人在集市上卖一匹好马，这匹马毛色、骨相都很奇特，人们争抢着来看。于远听说了，用一百金把马买下来。等到他把马牵到自己的马厩中，有一位老太太来敲门，要看看这匹马。于远对她说："马俊美秀逸，有豪情侠气的年轻人喜欢它，这是应该的，你一个老太太为什么还要看马呢？"老太太说："我丢了一匹马，十年里我走遍天下，一直没找到它。每次遇上好马，一定长时间地观看，不曾见过一匹像我丢的那匹马。为什么阻止我看马呢？你不认为让我看看也是一种恩惠吗？"于远于是从容地把老太太迎进来，牵出马来让她看。老太太一见了这匹马，立刻就变了脸色，回头看着于远说："这是我的马！"于远说："你的马是什么人卖给你的？以前是怎么得到的？怎么丢失的？"

老太太说："我从前遇上北邙山山神被什么东西伤了眼睛，化成人形来求我医治，我用名药为他治疗，治好之后，他就赐给我这匹马。我得了这匹马之后，只是没有骑着它上天了。我骑着它周游四海之外，八荒之内，就像走百十里地似的。我曾骑着它向东路过扶桑国，有一个人拦在路上问我这匹马的事。到了夜间，走到西竺国，忽然就丢了这匹马。我自从丢了这匹马以来，十年没有停止，走遍天下，谁都不知道我是寻找这匹马。去年的今天，在流沙见到一个小男孩，他说有一匹奇异的马飞一样地倏然向东跑去了。我知道它跑向东方之后，便怀疑这马在中华，一定有平常人收得了这匹马。所以我就不远万里来到这里，现在果然找到了。我现在给你一百金，马必须还给我。"

远性癖好良马，又闻此马之异，深吝惜之。乃拜老母，乞且暂留，以玩赏数日。老母怒曰："君若留此马，必有祸发！"远因亦怒老母之极言，遂令家僮十余人，共守此马，遣出老母。其家果火，尽焚其宅财宝。远仍见姥入宅，自跃上此马而灭。出《潇湘录》。

张 全

益州刺史张全养一骏马，甚保惜之，唯自乘跨，张全左右皆不敢轻跨。每令二人晓夕以专饲饮。忽一日，其马化为一妇人，美丽奇绝，立于厩中。左右遽白张公，张公乃亲至察视。其妇人前拜而言曰："妾本是燕中妇人，因癖好骏马，每睹之，必叹美其骏逸。后数年，忽自醉倒，俄化成骏马一匹。遂奔跃出，随意南走，近将千里，被一人收之，以至于君厩中，幸君保惜。今偶自追恨为一畜，泪下入地，被地神上奏于帝。遂有命再还旧质，思往事如梦觉。"张公大惊异之，安存于家。经十余载，其妇人忽尔求还乡。张公未允之间，妇人仰天，号叫自扑，身忽却化为骏马，奔突而出，不知所之。出《潇湘记》。

王 武

京洛富人王武者性苟且，能媚于豪贵。忽知有人货骏马，遂急令人多与金帛，于众中争得之。其马白色，如一团美玉，其鬃尾赤如朱。皆言千里足也，又疑是龙驹。驰骤之驶，非常马得及。王武将以献大将军薛公，乃广设以

于远生来喜欢好马，又听说这匹马如此与众不同，很舍不得。于是他就给老太太行礼，请求把这匹马暂且留下，让自己玩赏几天。老太太生气地说："你要是留下这匹马，一定会发生祸事！"于远也对老太太说得如此极端感到生气，于是就让十几个家奴共同守住这匹马，把老太太赶了出去。他家果然起了火，把宅中的所有财宝都烧光了。后来于远还看见那老太太走进宅院，飞身跨上马背就不见了。出自《潇湘记》。

张　全

益州刺史张全养着一匹骏马，他特别爱惜、保护这匹马，只能他一个人骑，左右的人谁都不敢轻易骑上去。他常常派两个人从早到晚专门饲养它。忽然有一天，这匹马变成一个美丽奇绝的妇人，站在马厩中。左右急忙向张全报告，张全就亲自到马厩察看。那妇人上前下拜说道："我本来是燕中的一个妇人，因为癖好骏马，每次见了马都赞美马的英俊飘逸。几年后忽然自己醉倒，顷刻间变成一匹骏马。于是就奔跑跳跃，随意向南跑来，跑了将近千里，被一个人收养，而到了你的马厩中，有幸得到你的珍重和爱惜。今天偶然间追悔变成了一个畜生，眼泪流到地上，被土地神向上帝禀奏了。就让我又恢复为原来的形象，回想往事就像梦醒了一样。"张全特别惊异，把她安置在自己家里。十几年之后，那妇人忽然要求回家乡去。张全还没答应的时候，那妇人就仰天号叫，自己仆倒地上，身体忽然间又变成一匹骏马，奔突出门，不知跑到哪里去了。出自《潇湘记》。

王　武

京洛有一个叫王武的富人，性情苟且，对豪门贵族极其谄媚。忽然听说有人卖骏马，他就急忙派人多给人家金帛，同别人争着买了下来。那马是白色的，像一团美玉，鬃、尾红得像朱砂。人们都说这是一匹千里马，又怀疑是一匹龙驹。它驰骋的速度，不是普通马可以赶上的。王武打算把它献给大将军薛公，就张罗置办

金鞍玉勒，间之珠翠，方伺其便达意也。其马忽于厩中大嘶一声后化为一泥塑之马立焉。武大惊讶，遂焚毁之。出《大唐奇事》。

韦玭

京兆韦玭，小逍遥公之裔，世居孟州氾水县庄。性不喜书，好驰骋田弋。马有蹄啮不可羁勒者，则市之。咸通末，因来氾水，饮于市，酣歌之际，忽有鬻白马者曰："此极驵骏！"玭乘之于衢，曰："善，可著鞭矣！"遂市之。日晏乘归，御之铁鞭。一仆以他马从。既登东原，绝驰十余里，仆不能及。复遗铁鞭，马逸不能止，迅越榛莽沟畎。而玭酒困力疲，度必难禁矣。马方骤逼大桑下，玭遂跃上高枝中，以为无害矣。马突过数十步，复来桑下，瞑目长鸣，仰视玭而长鸣躩地。少顷，啮桑木本，柿落如掌。卧即或龁草于十步五步内，旋复来啮不已，桑本将半焉。玭惧其桑之颠也，遥望其左数步外有井。伺马之休于茂草，乃跳下，疾走投井中。才至底，马亦随入，玭与马俱殒焉。出《三水小牍》。

骆驼

明驼

明驼千里脚，多误作鸣字。驼卧，腹不贴地，屈足漏明。则行千里。出《酉阳杂俎》。

金鞍玉辔,间或点缀上珠翠,正等待一个机会去达到目的。那匹马却突然在马厩里大叫一声后变成一尊泥塑的马立在那里。王武非常惊讶,就把它烧毁了。出自《大唐奇事》。

韦玭

京兆人韦玭是小逍遥公的后代,世代住在孟州氾水县的一个村庄里。韦玭生性不喜欢读书,喜欢驰骋游猎于田野之间。马匹中有踢人咬人不能驯服的,就买下来。咸通末年,他来到氾水县城,在集市上喝酒,正喝得酣畅的时候,忽然有一个卖白马的人说:"这匹马绝对是骏马。"韦玭在大道上骑上这匹马,说:"好,这是匹加鞭快跑的好马!"于是就买下来。天晚了骑着马回家,用铁鞭控制它。一个仆人骑着另外一匹马跟着他。走上城东的原野之后,横穿田野跑了十几里,仆人追不上。韦玭又抛弃了铁鞭,那马奔跑不能制止,迅猛地穿越山林、树丛、壕沟、农田。而韦玭醉得困乏无力,估计自己一定很难。马正突然逼近一棵大桑树下,韦玭就跳到高处的树枝之中,以为没有什么危害了。那马奔过去几十步,又回到桑树下,闭着眼睛长声地嘶鸣,然后它仰视着韦玭,一边嘶鸣一边在地上跳跃。一会儿,它就啃那桑树根,啃下来的木片有巴掌那么大。它在十步五步之内趴着吃草,旋即又来啃那桑树根,不停地啃下去,桑树根将要被啃断一半了。韦玭担心桑树倒下来,远远望见左边几步之外有一口井。等到马在茂密的草地上休息时,他就从树上跳下来,快跑投到井里。他刚到井底,马也跟着跳下来。韦玭和马同归于尽了。出自《三水小牍》。

骆驼

明驼

明驼有千里脚,多半都把"明"字误写成"鸣"字。骆驼趴着的时候,它的肚子不贴地,它的脚弯曲透亮。可以日行千里。出自《酉阳杂俎》。

知水脉

燉煌西，渡流沙，往外国，济沙千余里，无水。时有伏流处，人不能知。骆驼知水脉，过其处辄不行，以足踏地。人于其所踏处掘之，辄得水。出《博物志》。

风脚驼

于阗国有小鹿，角细而长。与驼交，生子曰"风脚驼"，日行七百里，其疾如吹。出《洽闻记》。

两脚驼

悒怛国治乌浒河南，本汉大月氏地。刘璠《梁典》云：出两脚骆驼。原缺出处，明抄本、陈校本作出《洽闻记》。

白骆驼

哥舒翰常镇于青海，路既遥远，遣使常乘白骆驼以奏事。日驰五百里。出《明皇杂录》。

骡

白　骡

唐玄宗将登泰山，益州进白骡至。洁朗丰润，权奇伟异。上遂亲乘之。柔习安便，不知登降之劳也。告成礼毕，复乘而下。才及山址，上休息未久，有司言白骡无疾而殪。上叹异久之，谥之曰"白骡将军"。命有司具槽櫪，垒石为墓。墓在封禅坛北数里，至今存焉。出《开天传信记》。

知水脉

燉煌以西，渡过流沙，往外国去，要穿过一千多里的沙漠，没有水。时常有水潜流的地方，人们看不出来。骆驼知道水的脉络，路过有水脉的地方，骆驼就不走了，用脚踏地。人们在它踏的地方往下挖，就能挖出水来。出自《博物志》。

风脚驼

于阗国有一种小鹿，它的角又细又长。和骆驼杂交，生的崽叫"风脚驼"，一天可走七百里，快得像刮风一般。出自《洽闻记》。

两脚驼

恹恒国治乌浒河之南，本是汉朝时大月氏国的所在地。后周刘璠所著《梁典》中说：此地出产两只脚的骆驼。原缺出处，明抄本、陈校本作出自《洽闻记》。

白骆驼

哥舒翰曾经镇守青海，由于路途遥远，他就常常派使者骑着白骆驼进京奏事。一天能跑五百里。出自《明皇杂录》。

骡

白 骡

唐玄宗将要登巡泰山，益州进献的白骡子正好送到。这匹骡子毛色洁美，体形丰盈，高大灵活，神态奇异。皇上于是就亲自骑它。皇上感到轻柔自在，安全方便，没有上坎下坡的劳顿。封禅的仪式举行完之后，皇上又骑着它下山。刚走到山脚下，皇上休息没多久，有关官吏来报告说，白骡子无病而死了。皇上叹息惊异了好久，给它谥号叫"白骡将军"。命令有关官吏给白骡准备了棺木，垒石头砌成墓穴。这个坟墓在封禅坛以北几里的地方，至今还完好地保存着。出自《开天传信记》。

推磨骡

临洛市中百姓,有推磨盲骡无故死,因卖之。屠者剖腹中,得二石,大如合拳,紫色赤斑,莹润可爱。出《酉阳杂俎》。

驴

僧朗

晋僧朗住金榆山。及卒,所乘驴上山失之。时有人见者,乃金驴矣。樵者往往听其鸣响。土人言:"金驴一鸣,天下太平。"出《酉阳杂俎》。

厌达国

西域厌达国,有寺户以数头驴运粮上山。无人驱逐,自能往返,寅发午至,不差晷刻。出《酉阳杂俎》。

村人供僧

世有村人供于僧者,祈其密言。僧绐之曰:"驴。"其人遂日夕念之。经数岁,照水,见青毛驴附于背。凡有疾病魅鬼,其人至其所立愈。后知其诈,咒效亦歇。出《酉阳杂俎》。

张高

长安张高者转货于市,资累巨万。有一驴,育之久矣。唐元和十二年秋八月,高死。十三日,妻命其子和乘往近郊,营饭僧之具。出里门,驴不复行,击之即卧。乘而鞭

推磨骡

临洛街市上有一户百姓，家里拉磨用的瞎骡子无缘无故死了，于是就把它卖了。屠户剖开它的肚子，得到两块石头，像拳头那么大，紫色有红斑，晶莹光润，惹人喜爱。出自《酉阳杂俎》。

驴

僧　朗

晋朝僧朗住在金榆山。他死后，他平时骑的驴跑到山上消失了。当时有人见过它，原来是一头金驴。砍柴的人常常听到它鸣叫，当地人说："金驴一鸣，天下太平。"出自《酉阳杂俎》。

厌达国

西域的厌达国，受寺庙雇佣的役夫们，用几头驴运粮上山。没有人驱赶，它们自己就能往返，寅时出发，午时到达，分秒不差。出自《酉阳杂俎》。

村人供僧

相传有个村夫，供养着一位和尚，请求和尚教给他灵验的咒语。和尚欺骗他说："驴。"这个人于是就不分白天黑夜地念叨。过了几年，到水边一照，见有一头青毛驴趴附在自己的背上。凡是有病的，有鬼魅作怪的，只要这个人到场马上就痊愈了。后来知道和尚是骗他，他的咒语也就不灵了。出自《酉阳杂俎》。

张　高

长安的张高，在集市上转卖货物，积累资财巨万。他有一头驴，养了很多年了。唐朝元和十二年秋天的八月，张高死了。十三日这天，张高的妻子让儿子张和骑着驴到近郊去，置办宴请和尚的用具。张和骑着驴刚走出街坊大门不远，这头驴就不再往前走了，张和打它，它就立刻趴下。张和骑在它身上用鞭子

之,驴忽顾和曰:"汝何击我?"和曰:"我家用钱二万以致汝,汝不行,安得不击也?"和甚惊。驴又曰:"钱二万不说,父骑我二十余年,吾今告汝,人道兽道之倚伏,若车轮然,未始有定。吾前生负汝父力,故为驴酬之,无何。汝饲吾丰,昨夜汝父就吾箅,侵汝钱一缗半矣。汝父常骑我,我固不辞。吾不负汝,汝不当骑我。汝强骑我,我亦骑汝,汝我交骑,何劫能止?以吾之肌肤,不啻直二万钱也。只负汝一缗半,出门货之,人酬尔。然而无的取者,以他人不负吾钱也。麸行王胡子负吾二缗,吾不负其力,取其缗半还汝,半缗充口食,以终驴限耳。"和牵归,以告其母。母泣曰:"郎骑汝年深,固甚劳苦。缗半钱何足惜,将舍债丰秾而长生乎?"驴摆头。又曰:"卖而取钱乎?"乃点头。遽令货之,人酬不过缗半,且无必取者。牵入西市麸行,逢一人,长而胡者,乃与缗半易,问之,其姓曰王。自是连雨,数日乃晴。和觇之,驴已死矣,王竟不得骑,又不负之验也。和东邻有金吾郎将张达,其妻,李之出也。余尝造焉,云见驴言之夕,遂闻其事。且以戒贪昧者,故备书之。出《续玄怪录》。

东市人

开成初,东市百姓丧父,骑驴市凶具。行百步,驴忽语曰:"我姓白名元通,负君家力已足,勿复骑我。南市卖麸

打它，它忽然看着张和说："你为什么打我？"张和说："我家用两万钱买了你，你不走，怎么能不打你？"张和说完感到很惊奇。驴又说："两万钱就别说了，你父亲骑我二十多年，我现在告诉你，人道和兽道相互依存，就像车轱辘那样循环往复，没有定数。我前生欠了你父亲的脚力债，所以这一生就变成驴来还债，没有别的什么。你喂我喂得丰足，昨晚你父亲和我一算账，我多占你一缗半。你父亲常骑我，我本来不推辞。我不欠你的债，你不应该骑我。你硬要骑我，那我下辈子也骑你，你和我轮流交替地互相骑，什么时候才能停止？凭我的身体，不只值两万钱。我只欠你一缗半，出门到集市上把我卖了，人家就会给你钱。不过不会有人来买的，因为别人不欠我钱。麸行的王胡子欠我两缗，我不欠他的力气，从他那取一缗半还给你，用那半缗偿还你这些天为我的草料费，以结束做驴的日子。"张和牵着驴回来，把这事告诉了母亲。他母亲哭着说："我丈夫骑了你很长时间，你本来特别劳苦。一缗半钱算得了什么，我不用你还债，给你足够的草料，养你一辈子可以吗？"驴摇头。他母亲又说："把你卖了换钱吗？"驴就点头答应了。于是很快就把驴牵出去卖，人们给的价钱不超过一缗半，而且没有要买的。把它牵到西市麸行，遇上一个人，这人又高又大并且长着胡子，就用一缗半买了去，一打听，这人果真姓王。从此以后连连下雨，好几天才转晴。张和到麸行一看，驴已经死了，王胡子最后也没有骑上它，又应验了驴不欠王胡子力气的说法。张和东边的邻居有一个金吾郎将叫张达，他的妻子姓李。我曾经造访过张达，他说那天晚上亲眼见过驴说话的情况，于是我听了这事。为了以此劝告那些贪婪愚昧的人们，就把这事详细地写了下来。出自《续玄怪录》。

东市人

　　唐朝开成初年，东市一个百姓死了父亲，骑着驴去买办丧事用的器具。走了一百来步，驴忽然说话道："我姓白名元通，欠你们家的脚力债，我已经还够了，不要再骑我了。南市一卖麸子的

家,欠我钱五千四百文,我又负君钱数,亦如之。今可卖我。"其人惊异,即牵往,旋访主卖之。驴甚壮,报价只及五千。及诣麸行,乃得五千四百文,因卖之。两宿而死。出《酉阳杂俎》。

贺世伯

北齐时,曲安贺世伯年余六十。家有小驴,未经调习。使儿乘之,二儿更亦被扑。世伯嗤之曰:"佇劣小子,诚无堪!我虽年老,不须鞴鞍,犹能控制。"遂即踯上。驴惊迅跳走,世伯荒忙跳下,仅得免扑。其夜在堂内,与所亲宴聚。世伯欲睡,忽然惊起,以手掩额。家人怪问,云:"吾梦调此驴,以杖击之,误打吾额。今痛热如汤,肿大如梨。"往看其驴,在他村外。其人因病而死。出《广古今五行记》。

王甲

隋大业中,洛人有姓王者,常持五戒,时言未然之事,闾里敬信之。一旦,忽谓人曰:"今当有人牵驴一头送来。"至日午,果有一人牵驴一头送来。涕泣说言,早丧父,其母寡,养一男一女。女嫁而母亡,二十年矣。寒食日,持酒食祭墓,此人乘驴而往。墓在伊水东。欲渡伊水,驴不肯行。鞭其头面伤,流血。既至墓所,放驴而祭,俄失其驴。其日,妹在兄家,忽见其母入来,头面流血,形容毁悴,号泣告女:"我生时,避汝兄送米五斗与汝,坐得此罪。报受驴身,

人家，欠我五千四百文钱，我又欠你们家的钱，也是这些。现在可以把我卖了。"这个人听了之后很吃惊，就牵着驴前往，顺便打听有没有买驴的。驴很健壮，报价却只达到五千。等到了麸行，果真涨到五千四百文，便卖了它。两天之后，这头驴就死了。出自《酉阳杂俎》。

贺世伯

北齐时，曲安的贺世伯年过六十。他家里有头小驴，未经过调教驯服。让儿子骑它，两个儿子轮番被摔下来。贺世伯讥笑道："差劲小子，实在无用！我虽然年老，不用备鞍子，还是能控制它的。"于是就骑上去。那驴吓得迅猛地又跳又跑，贺世伯慌忙跳下来，只是没被驴摔下来。那天晚上在堂内，和家人宴聚。贺世伯想要睡觉，忽然又惊惧地爬起来，用手捂着额头。家人感到奇怪，就问他，他说："我梦见调教这头驴时，用棍子打它，误打在自己额头上。现在我的额头像开水一样发烫，肿得像个梨。"众人去看那驴，已经跑到别的村外。贺世伯于是就病死了。出自《广古今五行记》。

王　甲

隋朝大业年间，洛阳有个姓王的人，平常坚持"五戒"，时常说些没发生的事，乡里的人都很敬重他、信任他。一天早晨，他忽然对别人说："今天应该有人牵着一头驴送来。"到了中午，果然有人送来了一头驴。那人哭泣着说，他早年丧父，母亲守寡，养育着一儿一女。妹妹出嫁，母亲死了，已经二十年了。寒食节那天，他骑着驴，带着酒食去祭扫父母的坟墓。墓地在伊水之东。要渡伊水的时候，驴不肯前行。他就用鞭子打驴的头部和脸部，打得鲜血直流。到了墓地之后，把驴放在一边，开始祭祀，顷刻间那头驴不见了。那一天，他的妹妹待在他家里，忽然看见母亲走进来，头面流血，脸色憔悴，大声哭着对妹妹说："我活着时，背着你哥哥给了你五斗米，因此遭到这种罪。受报应托生成驴，

偿汝兄五年矣。今日欲渡伊水，水深，畏之，汝兄鞭挞我，头面尽破，仍期还家更苦打我。我走来告汝，吾今偿债垂毕，何太非理相苦也？"言讫出门，寻之不见，唯见驴头面流血，如母伤状，女抱以号泣。兄回，怪而问之。女以状告。于是兄妹抱持恸哭，驴亦涕泣皆流，不食水草。兄妹跪请："若是母者，愿为食草。"驴即为食，既而复止。兄妹莫如之何，遂备刍粟，送王五戒处。后死，兄妹收葬焉。出《法苑珠林》。

汤安仁

唐京兆汤安仁家富，素事慈门寺僧。以义宁元年，忽有客寄其家停止。客盗他驴，于家杀之，以驴皮遗安仁。至贞观三年，安仁遂见一人于路，谓安仁曰："追汝使明日至，汝当死也。"安仁惧，径至慈门寺，坐佛殿中，经宿不出。明日，果有三骑并步卒数十人，皆兵仗入寺。遥见安仁，呼汤安仁。不应而念诵愈专。鬼相谓曰："昨日不即取，今修福如此，何由可得？"因相与去，留一人守之。守之者谓安仁曰："君往日杀驴，驴今诉君，使我等来摄君耳。终须共对，不去何益？"安仁遥答曰："往日他盗自杀驴，但以皮与我耳。非我杀，何为见追？诸君还，为我语驴，我本不杀汝，然今又为汝追福，于汝有利，当舍我也。"此人许诺，曰："驴若不许，我明日更来，如其许者，不来矣。"言毕而出。明日遂不来。安仁于是为驴追福，举家持戒菜食云尔。卢

报偿你哥，已经五年了。今天要渡伊水，水很深，我害怕，你哥就用鞭子打我，打得我的头和脸全破了，他还要回家之后狠狠地打我。我跑回来告诉你，我现在偿债马上就要还完了，何必太无理地折磨我呢？"说完，就走出门去，转眼就不见了，只看到那头驴头面流血，就像母亲受伤的样子，妹妹便抱着驴大哭。哥哥回来了，奇怪地问是怎么回事。妹妹一五一十地告诉了哥哥。于是兄妹二人抱着驴恸哭，驴也涕泪交加，不吃不喝。兄妹二人跪下请求说："如果你是母亲，希望吃草料吧！"于是驴就开始吃，吃了一会儿又不吃了。兄妹二人没有办法，于是就备了草料，把驴送到王五戒家中。后来这头驴死了，兄妹二人便把它收葬了。出自《法苑珠林》。

汤安仁

　　唐朝京兆人汤安仁家境富裕，平常就侍奉慈门寺的僧人。在义宁元年的时候，忽然有一位客人到他家寄宿暂住。这位客人偷了别人家的驴，在汤安仁家杀了，把驴皮送给汤安仁。到了贞观三年，汤安仁在道上遇见一个人，对他说："追捕你的阴间使者明天到，你应该死了。"汤安仁很害怕，跑到慈门寺里去，坐在佛殿里，一宿没出来。第二天，果然有三个骑马的带着几十个步卒，都拿着兵器来到寺中。他们远远望见汤安仁，就喊他的名字。汤安仁不答应，更专心地念经。鬼互相说："昨天不当即捉他，今天他如此修福，怎么能捉他呢？"于是他们一块走了，留下一人守着。留守的人对汤安仁说："你以前杀过一头驴，这头驴把你告了，派我们来捉拿你。最终还是要去阴司对质的，你不去有什么好处？"汤安仁远远地回答说："以前别人偷杀了一头驴，只是把驴皮给了我。不是我杀的，为什么追捕我？诸君请回去，替我对驴说，我本来没杀你，然而现在还为你追祈冥福，对你有好处，应该放过我。"这个人答应了，说："驴要是不答应，我明天还来，如果它答应了，我就不来了。"说完就走了。第二天就没有来。汤安仁于是就为驴祈求冥福，全家人也为此吃斋守戒。这事是卢

文砺说之,安仁今见在。 出《法苑珠林》。

王 薰

天宝初,有王薰者,居长安延寿里中。常一夕,有三数辈挈食,会薰所居。既饭食,烛前忽有巨臂出烛影下。薰与诸友且惧,相与观之。其臂色黑,而有毛甚多。未几,影外有语曰:"君有会,不能一见呼耶?愿得少肉置掌中。"薰莫测其由,即与之,其臂遂引去。少顷,又伸其臂曰:"幸君与我肉,今食且尽,愿君更赐之。"薰又置肉于掌中,已而又去。于是相与谋曰:"此必怪也,伺其再来,当断其臂。"顷之果来,找剑斩之。臂既堕,其身亦远。俯而视之,乃一驴足,血流满地。明日,因以血踪寻之,直入里中民家,即以事问民,民曰:"家养一驴,且二十年矣。夜失一足,有似刃而断者焉。方骇之!"薰具言其事,即杀而食之。 出《宣室志》。

文砺说的，汤安仁至今还健在。出自《法苑珠林》。

王　薰

天宝初年，有个叫王薰的人，住在长安城内延寿里。一天晚上，有三四个朋友在他家里聚会吃酒。吃完饭之后，忽然有一只大手臂出现在烛影之下。王薰和朋友们都很害怕，互相看着。那手臂是黑色的，而且有许多毛。不多久，听到烛影附近有个声音说："你们会餐，不能喊我一声吗？请给一些肉放到我手掌里。"王薰不知这是怎么回事，就递过去一点肉，那手臂就抽回去了。不一会儿，又伸进来，说："有幸你给我一些肉，现在已经吃完了，请你再给一点。"王薰就又把一些肉放到那手掌中，然后又抽出去了。于是王薰和大伙一块商量说："这一定是个妖怪，等它再来，应该砍断它的手臂。"不一会儿，果然又来了，王薰拔剑就砍。那手臂掉到地上，身影跑远了。大伙俯身一看，原来是一个驴蹄子，血流满地。第二天，就顺着血迹寻找，一直找到里中的一户人家，于是就询问，这家人说："家里养了一头驴，将近二十年了。夜间忽然掉了一只脚，好像用刀砍下去的。正害怕呢！"王薰详细地讲了昨天晚上发生的件事，就把这驴杀了吃肉了。出自《宣室志》。

卷第四百三十七

畜兽四

犬上

犬上

华　隆

晋泰兴二年，吴人华隆好弋猎。畜一犬，号曰"的尾"，每将自随。隆后至江边，被一大蛇围绕周身。犬遂咋蛇死焉，而华隆僵仆无所知矣。犬彷徨嗥吠，往复路间。家人怪其如此，因随犬往。隆闷绝委地，载归家，二日乃苏。隆未苏之间，犬终不食。自此爱惜，如同于亲戚焉。出《幽明录》。

杨　生

晋太和中，广陵人杨生者畜一犬，怜惜甚至，常以自随。后生饮醉，卧于荒草之中。时方冬燎原，风势极盛。犬乃周匝嗥吠，生都不觉。犬乃就水自濡，还即卧于草上。

犬上

华 隆

晋朝泰兴二年，吴郡人华隆喜欢骑射打猎。他养了一条狗，唤作"的尾"，每次出门它都跟着主人。华隆后来到江边，被一条大蛇缠住全身。狗就咬死那条蛇，而华隆昏倒在那里。狗就在路上往复徘徊，不停地嗥叫。家人见它如此感到奇怪，就跟着它来到江边。华隆不省人事倒在地上，家人用车子把他拉回家，两天后才苏醒。在他没醒的两天里，狗一直不肯进食。从此，华隆对这条狗越发爱惜，如同对待亲人一样。出自《幽明录》。

杨 生

晋朝太和年间，广陵人杨生养了一条狗，非常喜欢，他常常让狗跟着自己。后来杨生喝醉了，躺在荒草之中。当时正是冬天，有人放火烧荒，风势极盛。狗就围着杨生一个劲地嗥叫，杨生完全没听见。狗就跳到水里去弄湿自己，回来在草地上打滚，

如此数四。周旋跬步，草皆沾湿，火至免焚。尔后生因暗行堕井，犬又嗥吠至晓。有人经过，路人怪其如是，因就视之，见生在焉。遂求出己，许以厚报。其人欲请此犬为酬，生曰："此狗曾活我于已死，即不依命，余可任君所须也。"路人迟疑未答。犬乃引领视井，生知其意，乃许焉。既而出之，系之而去。却后五日，犬夜走还。出《记闻》。

崔仲文

安帝义熙年，谯县崔仲文与会稽石和俱为刘府君抚吏。仲文养一犬，以猎麇鹿，无不得也。和甚爱之，乃以丁奴易之，仲文不与。和及仲文入山猎，至草中，杀仲文，欲取其犬。犬啮和，守其主尸，爬地覆之。后诸军出猎，见犬守尸。人识其主，因还启刘抚军。石和假还，至府门，犬便往牵衣号吠。人复白抚军，曰："此人必杀犬主。"因录之，抚军拷问，果得其实。遂杀石和。出《广古今五行记》。

张 然

会稽张然滞役，有少妇无子。唯与一奴守舍，奴遂与妇通。然素养一犬，名乌龙，常以自随。后归，奴欲谋杀然，盛作饮食，妇语然："与君当大别离，君可强啖！"奴已张弓拔矢，须然食毕。然涕泣不能食，以肉及饭掷狗，祝曰：

如此多次。杨生周围半步的地方，草全湿了，火最后也没烧到杨生。后来有一次，杨生因为走夜路掉到井里，狗就在井边狂叫到天亮。有人经过，感到奇怪，就走近去看，见杨生在井里。于是杨生求那人把自己救上来，答应给他丰厚的报酬。那人想要这条狗作为报酬，杨生说："这条狗曾经让我死而复生多次，不能从命，除此以外，别的东西任你挑选。"那人迟疑，没有作答。这时候，狗就伸着脖子往井里看，杨生知道它的意思，就答应了那个人。杨生被救出之后，那个人把狗拴上牵走了。五天之后，那只狗又在夜里跑回来了。出自《记闻》。

崔仲文

晋安帝义熙年间，谯县崔仲文和会稽石和都是刘抚军的抚吏。崔仲文养了一条狗，用它来围猎麋鹿，没有捉不到的时候。石和非常喜欢这条狗，就用一个奴仆来换这条狗，仲文不换。崔石和和崔仲文一块进山打猎，走到深草里，石和杀了崔仲文，想要夺走他的狗。狗扑咬石和，守着主人的尸体，还扒土把尸体盖上。后来许多军吏出来打猎，发现狗守着一个人的尸体。有人认识它的主人，就回来报告给刘抚军。石和告假回来，走到府门，狗就过去扯着他的衣服狂叫。有人又告诉了刘抚军，说："此人一定是杀害狗主人的凶手。"于是就逮捕了石和，经刘抚军一拷问，果然弄清楚了事实。于是杀了石和。出自《广古今五行记》。

张　然

会稽人张然在外服劳役，逾期未归，家里有个年轻的妻子，没有儿女。只留下一个奴仆和妻子一起守着家园，于是奴仆就和妻子私通。张然平常养了一条狗，名叫"乌龙"，常常跟在张然身边。后来张然回来了，奴仆想要谋杀张然，便给他做了一顿丰盛的饭菜，妻子对张然说："我和你要永别了，请你强忍着吃几口吧！"奴仆在一旁已经剑拔弩张，只等张然吃完就动手杀他。张然一把鼻涕一把泪不能进食，他把肉和饭都扔给狗，祷告说：

"养汝经年,吾当将死,汝能救我否?"狗得食不啖,唯注睛视奴。然拍膝大唤曰:"乌龙!"狗应声伤奴,奴失刀,遂倒。狗咋其阴,然因取刀杀奴。以妻付县,杀之。出《续搜神记》。

杨 褒

杨褒者,庐江人也。褒旅游至亲知舍。其家贫无备,舍唯养一犬,欲烹而饲之。其犬乃跪前足,以目视褒。异而止之,不令杀,乃求之。亲知奉褒,将犬归舍。经月余,常随出入。褒妻乃异志于褒,褒莫知之。经岁时,后褒妻与外密契,欲杀褒。褒是夕醉归,妻乃伺其外来杀褒。既至,方欲入室,其犬乃啮折其足,乃咬褒妻,二人俱伤甚矣。邻里俱至,救之。褒醒,见而搜之,果获其刀。邻里闻之,送县推鞠,妻以实告。褒妻及怀刀者,并处极法。出《集异记》。

郑 韶

郑韶者,隋炀帝时左散骑常侍。大业中,授闽中太守。韶养一犬,怜爱过子。韶有从者数十人,内有薛元周者,韶未达之日,已事之。韶迁太守,略无恩恤,元周忿恨。以刃久伺其便,无得焉。时在闽中,隋炀帝有使到,韶排马远迎之。其犬乃衔拽衣襟,不令出宅。馆吏驰告云:"使入郭。"韶将欲出,为犬拽衣不放。韶怒,令人缚之于柱。韶出使

"养你多年,我要死了,你能救我吗?"狗得到食物也不吃,只是目不转睛地盯着奴仆。张然一拍膝盖大声喊道:"乌龙!"狗应声把奴仆咬伤,奴仆手中的刀掉到地上,就跌倒了。狗咬住他的阴器,张然趁机取刀把奴仆杀死。然后又把妻子交给县衙,依法处死了。出自《续搜神记》。

杨 褒

　　杨褒是庐江人。杨褒旅游来到一个亲友家。亲友家里很穷,没有什么准备,只养了一条狗,打算杀了狗给杨褒煮肉吃。那条狗就跪下前腿,用哀求的目光看着杨褒。杨褒感到惊异,不让亲友杀狗,并且向亲友索要这条狗。亲友就把狗给了他,他带着狗回到家里。经过一个多月,狗经常跟着他出入。他的妻子变了心,他并不知道。经过一年多,他的妻子与别人暗中约好,要杀死杨褒。那天晚上他喝醉了回到家中,他的妻子就等着那个外人来杀他。那人到了之后,刚要进屋,狗就咬断了他的脚,还咬了杨褒的妻子,两个人都伤得很厉害。邻居们都来了,把他俩救下来。杨褒酒醒了,见此情景就到那人身上搜了搜,果然搜出刀来。邻居们听说了,把他们送到衙门审问拘押,杨褒的妻子说了实情。她和那个揣刀的人都被处以极刑。出自《集异记》。

郑 韶

　　郑韶在隋炀帝时担任左散骑常侍。大业年间,被授为闽中太守。郑韶养了一条狗,他爱这条狗胜过爱他的儿子。郑韶有几十名随从,其中有一个叫薛元周的,在郑韶还没有发达的时候,就为他做事。郑韶当上太守之后,没有给薛元周一点恩惠和抚恤,薛元周心里很愤恨。他准备了一把刀,等待杀死郑韶的机会,但是一直没能得手。当时在闽中,有一个隋炀帝派来的使者来了,郑韶列队迎接。那条狗就咬住他的衣襟,不让他出宅子。馆吏驰马来报告说:"使者已经进城了。"郑韶想要出去,被狗拽住衣服不放走不了。郑韶生气了,让人把狗绑到柱子上。郑韶走出

宅大门，其犬乃掣断绳而走，依前拽韶衣，不令去。韶抚犬曰："汝知吾有不测之事乎？"犬乃嗥吠，跳身于元周队内，咬杀薛元周。韶差人搜元周，衣下果藏短剑耳。出《集异记》。

柳　超

柳超者，唐中宗朝为谏议大夫，因得罪，黜于岭外。超以清俭自守，凡所经州郡，不干挠廉牧以自给，而领二奴掌阁、掌书，并一犬。至江州，超以郁愤成疾。二奴欲图其资装，乃共谋曰："可奉毒药于谏议，我等取财而为良人，岂不好乎？"掌书曰："善。"掌阁乃启超曰："人言有密诏到，不全谏议命，谏议家族将为奈何？"超曰："然，汝等当修馔，伺吾食毕，可进毒于吾，吾甘死矣。"掌阁等闻言，乃备珍馔。掌阁在厨修办，掌书进之于超。超食次，忽见其犬，乃分与食之，涕泣抚犬曰："我今日死矣，汝托于何人耶？"犬闻之不食，走入厨，乃咬掌阁喉；复至堂前，啮掌书，二奴俱为犬所害。超未晓其事。后经数日，敕诏还京，而复雪免，方知其犬之灵矣。出《集异记》。

姚　甲

吴兴姚氏者，开元中被流南裔。其人素养二犬，在南亦将随行。家奴附子及子小奴悉皆勇壮，谋害其主，然后举家北归。姚所居偏僻，邻里不接。附子忽谓主云："郎君家本北人，今窜南荒，流离万里，忽有不祥，奴当扶持丧事北归。

宅院大门，那狗就挣断了绳子跑出来，依然拽住郑韶的衣襟，不让走。郑韶抚摸着狗说："你是知道我要遇上什么不测吗？"狗就连叫几声，跳到薛元周的队伍里，把薛元周咬死了。郑韶让人搜查薛元周，他的衣服下面，果然藏着一把短剑。出自《集异记》。

柳　超

柳超，唐中宗朝的时候是谏议大夫，因为获罪，被贬官到岭南。柳超以清廉俭朴自守，凡他经过的州郡，从不去打扰郡守，而靠自己负担费用，他领着两个奴仆，一个叫掌阁，一个叫掌书，还有一条狗。走到江州，柳超由于抑郁愤懑而病倒了。两个奴仆想要侵吞他的财产行装，就一起谋划道："可以把毒药拿给谏议大夫，我们拿走财物去做良民，难道不好吗？"掌书说："好！"掌阁就对柳超说："有人说有密诏到了，不能保全你的性命，你的一家老小可怎么办呢？"柳超说："是这样。你们应该给我准备一些好吃的，等我吃完了，可以把毒药给我，我心甘情愿受死。"掌阁和掌书听了，就准备了一些好酒好菜。掌阁在厨房里做好，掌书就去送给柳超。柳超吃的时候，忽然看到那条狗，就分一些东西给它吃，他哭着对狗说："我今天死了，把你托付给谁呢？"狗听了这话，就不再吃了，它跑进厨房，咬断了掌阁的喉咙；又跑到堂前，咬死了掌书，两个奴仆都被狗咬死了。柳超不明白是怎么回事。后来过了几天，皇上下诏让他还京，雪冤免罪，这才知道那条狗是有灵性的。出自《集异记》。

姚　甲

吴兴县有个姓姚的，开元年间被流放到南方。这个人平常养了两条狗，在南方他也把它们带在身边。他的家奴附子和附子的儿子小奴全都勇猛健壮，他们想要杀害自己的主人，然后全家回到北方去。姚氏住的地方很偏僻，附近没有邻居。附子忽然对主人说："您本来是北方人，现在流窜到南荒来，一路颠簸，流离万里，如果忽然发生不祥之事，我们应该办理丧事回北方去。

顷者以来,已觉衰惫,恐溘然之后,其余小弱,则郎君骸骨不归故乡。伏愿图之!"姚氏晓其意,云:"汝欲令我死耶?"奴曰:"正尔虑之。"姚请至明晨。及期,奴父子具膳,劝姚饱食。奉箸哽咽,心既苍黄,初不能食,但以物饲二犬。值奴入持,因抚二犬云:"吾养汝多年,今奴等杀我,汝知之乎?"二犬自尔不食,顾主悲号。须臾,附子至,一犬咋其喉,断而毙。一犬遽入厨,又咋其少奴喉,亦断。又咋附子之妇,杀之。姚氏自尔获免。出《广异记》。

刘巨麟

刘巨麟开元末为广府都督,在州恒养一犬。雄劲多力,犬至驯附,有异于他。巨麟常夜迎使,犬忽遮护,不欲令出,巨麟亦悟曰:"犬不使我行耶?"徘徊良久。人至,白使近。巨麟叱曰:"我行部从如云,宁有非意之事?"使家人关犬而出。上马之际,犬亦随之。忽咋一从者喉中,顷之死。巨麟惊愕,搜死者怀中,得利匕首。初巨麟常鞭棰此仆,故修其怨,私欲报复。而犬逆知之,是以免难。出《摭异记》。

章 华

饶州乐平百姓章华,元和初常养一犬。每樵采入山,必随之。比舍有王华者,往来犬辄吠逐。三年冬,王华同上山林采柴,犬亦随之。忽有一虎,榛中跳出搏王华,盘踞

最近以来，我觉得我的身体衰老疲惫，恐怕忽然死去，其余的人又小又弱，那就不能把您的尸骨运回故乡了。请您想个办法吧！"姚氏明白他的意思，说："你想让我死吗？"奴仆说："正是这样想的。"姚氏请求到明天早晨再死。到了第二天早晨，奴仆父子二人准备了饭菜，劝姚氏饱餐一顿。姚氏捧着酒杯哽咽，心里已经慌乱不定，并没有吃，只是用那些东西喂狗。赶上奴仆进厨房拿东西的时候，他就抚摸着两条狗说："我养了你们多年，现在奴仆们杀我，你们知道吗？"两条狗听了这话，不再吃食，看着主人悲号。不一会儿，附子来了，一条狗扑上去咬断了他的喉咙。另一条狗迅速跑进厨房，又咬断小奴仆的喉咙。接着又咬死附子的妻子。姚氏因而才避免了这场灾难。出自《广异记》。

刘巨麟

刘巨麟在开元末年是广府都督，在州里时他总是养着一条狗。这条狗雄劲有力，极其驯服，和别的狗不一样。刘巨麟有一天夜里要去迎接一位使者，狗忽然拦住他，不让他出去，刘巨麟也领会了，说："狗不让我走吗？"徘徊了好长时间。有人进来，报告说使者快要到了。刘巨麟呵斥说："我行动起来随从保护我的人如云，难道还能发生不测之事？"他让家人把狗关起来，自己走出来。上马的时候，狗也跟出来了。狗忽然咬断一个随从的喉咙，这随从很快就死了。刘巨麟很惊愕，命人到死者怀中一搜，搜出一把锋利的匕首。当初刘巨麟曾经鞭打过这个仆人，所以此人心中怨恨，一直想要报复。而狗预先知道了这事，所以刘巨麟才得以免除了一场灾难。出自《撫异记》。

章 华

饶州乐平县百姓章华，元和初年曾经养过一条狗。每次章华进山打柴，狗一定跟着他。近邻有个叫王华的，他往来经过这里，狗就叫着追赶他。元和三年冬天，王华和章华一块上山打柴，狗也跟着。忽然有一只老虎，从榛丛中跳出来扑向王华，然后盘坐

于地，然犹未伤，乃踞而坐。章华叫喝且走，虎又舍王华，来趁章华。既获，复坐之。时犬潜在深草，见华被擒，突出，跳上虎头，咋虎之鼻。虎不意其来，惊惧而走。二人皆僵仆在地，如沉醉者。其犬以鼻袭其主口取气，即吐出涎水。如此数四，其主稍苏。犬乃复以口袭王华之口，亦如前状。良久，王华能行，相引而起。犬伏作醉状，一夕而毙矣。出《原化记》。

范 翊

范翊者，河东人也，以武艺授裨将。养一犬，甚异人性。翊有亲知陈福，亦署裨将。翊差往淮南充使，收市绵绮，时福充副焉。翊因酒席，恃气而蔑福，因成仇恨。乃暗构翊罪，潜状申主帅。主帅不晓其由，谓其摭实，乃停翊职。翊饮恨而归，福乃大获补署。其犬见翊沉废，乃往福舍，伺其睡，咋断其首，衔归示翊。翊惊惧，将福首级，领犬诣主帅请罪。主帅诘之，翊以前事闻。主帅察之，却归翊本职。其犬主帅留在使宅。出《集异记》。

郭 钊

郭司空钊，大和中，自梓潼移镇西凉府。时有阍者甚谨朴，钊念之，多委以事。常一日，钊命市纹缯丝帛百余段，其价倍。且以为欺我，即因于狱，用致其罪。狱既具，

在地上，但是王华还没有受伤，老虎就在地上蹲坐着。章华大喊大叫，而且快跑，老虎就放下王华，来追章华。老虎捉到章华以后，又坐着不动。那时狗藏在深草里，见到章华被擒，它突然就跳出来，跳到老虎的头上，咬老虎的鼻子。老虎没料到还有一只狗，害怕得逃跑了。章华和王华都昏倒在地上，像醉汉似的。那狗用鼻子往主人的嘴里吹气，主人便吐出一些口水。如此几次，章华渐渐苏醒过来。狗又用鼻子往王华嘴里吹气，也像前边那样做。过了好一会儿，王华能走路了，王华和章华互相搀扶着站起来。但是，这条狗却像喝醉了酒一样，一夜之后就死了。出自《原化记》。

范　翊

　　范翊是河东人，凭武艺被授为帅府副将。他养了一条狗，很不一般，能通人性。他有一个亲友叫陈福，也是副将。范翊被派往淮南充当采办丝绸的使者，当时陈福是他的副手。范翊由于酒后气盛而轻蔑陈福，因此结下仇恨。陈福就暗中罗织范翊的罪名，偷偷写了状纸，上报到主帅。主帅不了解内情，以为他罗列的罪名属实，就罢了范翊的官。范翊含恨回家，陈福就接替了范翊的官职。那条狗见范翊消沉颓废，就跑到陈福家里，等到陈福睡了，咬掉他的脑袋，叼着他的脑袋回来给范翊看。范翊十分惊惧，拿着陈福的脑袋，领着狗到主帅那里请罪。主帅盘问是怎么回事，范翊就把以前的事讲了。主帅经过核查，恢复了范翊的官职。那条狗也被留在主帅府听用。出自《集异记》。

郭　钊

　　司空郭钊，太和年间，从梓潼迁移去镇守西凉府。当时有个守门人特别谨慎俭朴，郭钊很信任这个守门人，常把一些事情交给这个人去办。曾经有一天，他让这个守门人去买一百多匹丝织布料，但买的价钱却比平常高出了一倍。他以为守门人骗他，就把那人关到狱中，要弄清这人的罪行。罪状呈报上来之后，

钊命笞于庭。忽有十余犬,争拥其背,吏卒莫能制。钊大异之,且讯其事。阍者曰:"某好阅佛氏《金刚经》,自孩稚常以食饲群犬,不知其他。"钊叹曰:"犬尚能感其惠,吾安可以不施恩?"遂释放阍者。出《宣室志》。

卢 言

卢言者,上党人也,常旅泊他邑。路行,忽见一犬赢瘦将死矣。言悯之,乃收养。经旬日,其犬甚肥悦。自尔凡所历郡邑,悉领之。后将抵亳,忽于市肆遇友人邀饮。大醉而归,乃入房就寝。俄而邻店火发,犬忙迫,乃上床,于言首嗥吠,乃衔衣拽之。言忽惊起,乃见火已蓺其屋柱。透走而出,方免斯难。出《集异记》。

赵 叟

扶风县西有天和寺,在高冈之上,其下有龛,豁若堂。中有贫者赵叟家焉。叟无妻儿,病足伛偻,常策杖行乞。里中人哀其老病,且穷无所归,率给以食。叟既得食,常先聚群犬以餐之。后岁余,叟病寒,卧于龛中。时大雪,叟无衣,裸形俯地,且战且呻。其群犬俱集于叟前,摇尾而嗥。已而环其衽席,竟以足拥叟体,由是寒少解。后旬余,竟以寒死其龛。犬俱哀鸣,昼夜不歇,数日方去。出《宣室志》。

郭钊命人在庭院里用鞭子打他。忽然有十几条狗，争抢着挤在他的背后护着他，吏卒制止不住。郭钊很惊异，就问他这是怎么回事。守门人说："我喜欢读佛教的《金刚经》，从孩提时候就常常把好吃的东西给狗吃，别的情况就不知道了。"郭钊感叹道："狗尚且能被主人的恩惠所感动，我怎么可以不施行恩德呢?"于是就放了守门人。出自《宣室志》。

卢　言

卢言是上党人，经常旅居在其他县邑。一次走路，忽然发现一条狗瘦弱得快要死了。卢言可怜它，便收养了它。经过十来天，那狗变得既肥壮又欢蹦乱跳的。从此，无论他到哪个郡邑去，都带着这条狗。后来即将抵达亳州，忽然在集市上遇见友人请他喝酒。他喝得大醉，回来就进屋睡着了。不一会儿邻店失了火，他的狗急迫地跳到床上，在他头上嗥叫，还咬着他的衣服用力拽他。卢言忽然惊起，看到大火已经烧到了他屋里的柱子。他和狗穿过火焰跑出来，才免除了这场灾难。出自《集异记》。

赵　叟

扶风县县西有个天和寺，建在高冈上，下面有一个佛龛，宽敞高大，就像堂屋。穷汉赵叟住在这里。赵叟没妻没儿，瘸腿驼背，常常拄着拐杖到处要饭。乡里的人可怜他年老多病，而且穷困无家可归，都给他东西吃。赵叟得到吃的东西以后，常常是先把一群狗叫来把它们喂饱。后来一年多之后，赵叟又病又冷，躺在佛龛中。当时正下大雪，赵叟没有衣服，光着身子趴在地上，一边哆嗦一边呻吟。那群狗聚集到赵叟跟前，摇着尾巴嗥叫。然后就环绕着他的席子，争抢着用爪子抱着赵叟的躯体，这样赵叟感到暖和了一点。十几天之后，赵叟最终冻死在佛龛里。那些狗全都悲哀地鸣叫，昼夜不停，几天之后才离去。出自《宣室志》。

陆　机

晋陆机少时，颇好猎。在吴，有家客献快犬曰黄耳。机任洛，常将自随。此犬黠慧，能解人语。又常借人三百里外，犬识路自还。机羁官京师，久无家问，机戏语犬曰："我家绝无书信，汝能赍书驰取消息否？"犬喜，摇尾作声应之。机试为书，盛以竹筒，系犬颈。犬出驲路，走向吴，饥则入草噬肉。每经大水，辄依渡者，弭毛掉尾向之，因得载渡。到机家，口衔筒，作声示之。机家开筒，取书看毕，犬又向人作声，如有所求。其家作答书，内筒，复系犬颈。犬复驰还洛。计人行五旬，犬往还才半。后犬死，还葬机家村南二百步，聚土为坟，村人呼之为"黄耳冢"。出《述异记》。

石玄度

宋元徽中，有石玄度者畜一黄犬。生一子而色白。犬母爱之异常，每衔食饲之。及长成，玄度每出猎未归，犬母辄门外望之。后玄度患气嗽，渐就危笃。医为处方，须白狗肺焉。市索卒不得，乃杀所畜白狗，取肺以供汤用。既而犬母跳跃嗥叫，累日不息。其家人煮狗，与客食之，投骨于地，犬母辄衔置屋中。食毕，乃移入后园中一桑树下，爬土埋之。日夕向树嗥吠，月余方止。而玄度所疾不瘳，以至于卒。终谓左右曰："汤不救我疾，实枉杀此狗。"其弟法度，

陆 机

　　晋朝陆机年轻的时候,很喜欢打猎。在吴地,有一位客人献给他一条跑得很快的狗,名叫"黄耳"。陆机在洛阳任职,常常把这条狗带在身边。这条狗狡黠聪慧,能听懂人话。有一回,陆机把它借给别人,出去三百里,它能认识路自己跑了回来。陆机在京城做官,很久没有家信,他就开玩笑地对狗说:"我家书信隔绝,你能给我送信再把家书带回来吗?"狗听了很高兴,又摇尾巴又出声,表示答应了。陆机试着写好书信,把它装到竹筒里,系到狗脖子上。狗上了车道,奔向吴地,饿了就到草地里咬小动物吃。每次遇到大的河流,就依傍在过河的人身边,顺从地向人家摇尾巴,于是人家就能把它带过去。到了陆机家里,它用口衔着竹筒,出声让家人看到。陆机家里人打开竹筒,取出信来看完,它又鸣叫,好像求家人做什么事情。陆机家人写了回信,装到竹筒内,再系到狗脖子上,狗又跑回洛阳。这段路,人走要五十天,而狗往返一次才用上一半的时间。后来这条狗死了,陆机把它运回家乡,葬到村南二百步远的地方,聚土为坟,村里人把这坟叫作"黄耳冢"。出自《述异记》。

石玄度

　　南朝宋元徽年间,石玄度养了一条黄狗。黄狗生了一条白色小狗。老狗对小狗非常喜爱,常常叼食物喂它。等到小狗长大,石玄度每次出去打猎没回来,老狗就到门外盼望。后来石玄度得了咳嗽病,渐渐病得严重。医生为他开了一个药方,需要白狗的肺做药引。到市场上没有买到,就杀了自家养的那条白狗,取出它的肺煎药。之后那条老狗就跳跃嗥叫,整天不停。家里人煮狗给客人们吃,骨头扔到地上,老狗就把骨头叼到屋里。狗肉吃完之后,它又把骨头一根一根地挪到后园里的一棵桑树下,扒土埋了。它日夜冲着桑树嗥叫,一个多月才停止。而石玄度的病也没有治好,最终还是死了。临死的时候他对左右说:"药治不了我的病,实在是白白杀了这条狗!"他的弟弟石法度,

自此不食犬肉焉。出《述异记》。

齐　琼

　　唐禁军大校齐琼者,始以驰骋,大承恩宠,以是假御中衔,至于剧宪。家畜良犬四,常畋回广圈,辄饲以粱肉。其一独填茹咽喉齿牙间以出,如隐丛薄然后食,食已则复至。齐窃异之。一日,令仆伺其所往,则北垣枯窦,有母存焉。老瘠疥秽,吐哺以饲。齐亦义者,奇叹久之,乃命篚牝犬归,以贩茵席之,余饼饵饱之。犬则摇尾俯首,若怀知感。尔后擒奸逐狡,指顾如飞。将扈猎驾前,必获丰赏。逾年牝死,犬加勤效。又更律琯,齐亦殂落。犬嗥吠终夕,呱呱不辍。越月,将有事于丘陇,则留獒以御奸盗。及悬窆之夕,犬独以足爬土成坳,首扣棺见血。掩土未毕,犬亦致毙。出《述异记》。

石从义

　　秦州都押衙石从义家有犬生数子,其一献戎帅琅琊公。自小至长,与母相隔。及节使率大将与诸校会猎于郊原,其犬忽子母相遇于田中,忻喜之貌,不可状名。猎罢,各逐主归。自是其子逐日于使厨内窃肉,归饲其母。至有衔其头肚肩胁,盈于衙将之家。衙中人无有知者。出《玉堂闲话》。

从那以后再也不吃狗肉了。出自《述异记》。

齐 琼

唐朝禁军大校齐琼,当初因为善于骑射,很受皇帝宠爱,所以才能代理皇宫中侍卫职务,官做到御史大夫。他家里养了四条好狗,他经常带着它们出去打猎,回来就用好粮好肉喂它们。其中有一条狗把好吃的东西衔在嘴里不咽就走出去,好像是隐蔽到树丛草莽之间然后才吃,吃完了就再回来。齐琼暗自奇怪。有一天,他让仆人偷偷观察它的去处,原来在北墙下有一个枯洞,这只狗的母亲住在里边。老母狗又老弱又污秽,小狗把食物吐出来给母亲吃。齐琼也是个重义气的人,惊奇感叹了半天,就让人用筐把老狗带回家中,而且买草席给老狗铺在身下,用剩余的饭菜喂它。那小狗则又摇尾又点头,好像感恩戴德的样子。从此之后,凡是追捕野兽,用手一指或使一个眼神儿,这只狗就拼命飞奔。带着它去陪伴皇帝打猎,一定能得到皇帝的重赏。过了一年多老母狗死了,这狗更加勤恳卖力。又过了若干年头,齐琼也死了。这只狗日夜嗥叫不歇。过了一个月,将在坟墓之前举行葬仪,就把狗留在那里防止坏人盗窃。到了埋葬的那天晚上,这只狗独自用脚扒出一个土坑,用头撞击棺材,直到头破血流。葬礼还没完毕,那条狗也死了。出自《述异记》。

石从义

秦州都押衙石从义家里,有一只狗生了几个小狗崽,把其中一条献给了主帅琅琊公。这条狗从小到大,与母亲分离。等到有一次主帅率领大将和校官们在田野间会猎,那条狗忽然和它的母亲在田中相遇,母子欣喜亲近的样子,没法形容。打猎结束,各自跟着自己的主人回去。从此,这条小狗天天从主帅的厨房里偷肉,送给它的母亲吃。甚至有时候把头、肚、肩、胁整块地叼来,装满了石从义的家。府衙里的人们没有知道的。出自《玉堂闲话》。

田 招

田招者,广陵人也。贞元初,招以他事至于宛陵。时招有表弟薛袭在彼。袭见招至,主礼极厚。因一日,招谓袭曰:"我思犬肉食之。"袭乃诸处觅之,了不可得。招曰:"汝家内犬何用,可杀而食之。"袭曰:"此犬养来多时,谁忍下手?"招曰:"吾与汝杀之。"言讫,招欲取犬,忽乃失之,莫可求觅。后经旬日,招告袭,将归广陵,袭以亲表之分,遂重礼而遣之。招出郭,至竹室步歇次,忽见袭犬在道侧。招认而呼之,其犬乃摇尾随之。招夜至旅店,将宿,其犬亦随而宿之。伺招睡,乃咋其首,衔归焉。袭惧,遂以兹事白于州县。太守遣人覆验,异而释之。 出《集异记》。

裴 度

裴令公度性好养犬,凡所宿设燕会处,悉领之,所食物余者,便和碗与犬食。时子婿李甲见之,数谏。裴令曰:"人与犬类,何恶之甚?"犬正食,见李谏,乃弃食,以目视李而去。裴令曰:"此犬人性,必仇于子,窃虑之。"李以为戏言。将欲午寝,其犬乃蹲而向李。李见之,乃疑犬仇之。犬见未寝,又出其户。李见犬去后,乃以巾栉安枕,多排衣服,以被覆之,其状如人寝。李乃藏于异处视之。逡巡,犬入其户,将谓李已睡,乃跳上寝床,当喉而啮。啮讫知谬,犬乃下床愤跳,号吠而死。 出《集异记》。

田　招

田招是广陵人。贞元初年，田招因为有事来到宛陵。当时田招有个表弟薛袤住在那里。薛袤见田招来了，招待特别优厚。有一天，田招对薛袤说："我想吃狗肉。"薛袤就到处寻觅狗肉，最后没找到。田招说："你家里的狗留着有什么用？可以杀它吃肉。"薛袤说："这条狗养了多年，谁忍心下手呢？"田招说："我来替你杀。"说完，田招就想要捉那条狗，狗却忽然不见了，哪里也找不到。后来过了十几天，田招告诉薛袤，说他要回广陵了，薛袤看在亲表的份上，就给他准备了很多礼品，送他走了。田招走出城外，来到一个竹室休息，忽然发现薛袤的狗在道旁。田招认识它，就唤它过来，那狗就摇着尾巴跑过来跟着他。田招夜里住在旅店，这狗也跟着住进去。等到田招睡着了，狗就咬掉了他的脑袋，叼回家中。薛袤很害怕，就把这事禀报给州县。太守派人查验之后，感到特别惊异，把薛袤放了。出自《集异记》。

裴　度

令公裴度喜欢养狗，凡是行止宴饮，都带着狗去，吃剩的食物，就连碗一块给狗吃。当时他的女婿李甲看见了，多次劝谏他。裴令公说："人和狗差不多，你怎么能这么讨厌狗呢？"狗正吃着，听到李甲进谏，就弃食不吃了，用眼盯着李甲而离开。裴令公说："这只狗通人性，一定对你产生了仇恨，你多留点意。"李甲以为是玩笑话。李甲将要午睡的时候，那狗就面对着他蹲在那里。李甲见此情景，才怀疑狗对自己产生仇恨。狗见他没睡，又走出门去。李甲见狗出去了，就把头巾等放在枕头上，又多摆放一些衣服，用被子盖上，伪装成人睡觉的样子。他自己便藏到别处看着。不一会儿，狗又走进门，以为李甲已经睡着，就跳到床上去，对着喉咙处就咬。咬完才知道是假的，狗就跳下床来，气得乱蹦乱跳，号叫着死去。出自《集异记》。

卷第四百三十八
畜兽五

犬下

李道豫	朱休之	李叔坚	王　瑚	李　德
温敬林	庚　氏	沈　霸	田　琰	王仲文
崔惠童	李　义	胡志忠	韩　生	杜修已
袁继谦				

犬下

李道豫

　　安国李道豫，宋元嘉中，其家犬卧于当路。豫蹴之，犬曰："汝即死，何以踏我？"豫未几而卒。出《述异记》。

朱休之

　　有朱休之者，元嘉中，与兄弟对坐之际，其家犬忽蹲视二人而笑，因摇头而言曰："言我不能歌，听我歌梅花。今年故复可，那汝明年何？"其家靳犬不杀。至梅花时，兄弟相斗，弟奋戟伤兄，收系经年。至夏，举家疫死。出《集异记》。

犬下

李道豫

安国县李道豫，南朝宋元嘉年间，他家的狗趴在道路正中。李道豫踩到了它，它说："你要死了，为什么踩我一脚？"不久李道豫就死了。出自《述异记》。

朱休之

有个叫朱休之的人，南朝宋元嘉年间，他与弟弟面对面坐着，他家的狗忽然蹲在地上看着兄弟二人发笑，摇着头说："说我不能唱歌，听我唱一唱梅花。今年仍然还可以，然而明年就不知道怎么样啦！"家里人不舍得杀这条狗。到了第二年梅花开放的时候，兄弟相斗，弟弟用枪把哥哥刺伤了，被拘捕关押一年。到了夏天，全家得了瘟疫而死。出自《集异记》。

李叔坚

汉汝南李叔坚少为从事。其家犬忽人立而行，家人咸请杀之。叔坚曰："犬马谕君子，见人行而效之，何伤也？"后叔坚解冠榻上，犬戴之以走。家人大惊，叔坚亦无所怪。犬寻又于灶前畜火，家人益惊愕，叔坚曰："儿婢皆在田中，犬助畜火，幸可不烦邻里，亦何恶也？"居旬日，犬自死。竟无纤芥之灾，而叔坚终享大位。出《搜神记》。

王 瑚

山阳王瑚字孟琏，为东海兰陵人。夜半时，有黑帻白单衣吏诣县扣阁。迎之，忽然不见，如是数年。后伺之，见一老狗黑头白躯，犹故至阁。使人以白，孟琏杀之，乃绝。出《搜神记》。

李 德

司空东莱李德停丧在殡，忽然见形，坐祭床上，颜色服饰，真德也。见儿妇孙子，次戒家事，亦有条贯。鞭朴奴婢，皆得其过。饮食既饱，辞诀而去。家人大小，哀割断绝。如是四五年。其后饮酒多，醉而形露，但见老狗。便共打杀。因推问之，则里中沽酒家狗也。出《搜神记》。

温敬林

晋秘书监太原温敬林亡一年，妇桓氏，忽见林还，共寝处，不肯见子弟。兄子来见林，林小开窗，出面见之。后酒

李叔坚

汉朝时汝南人李叔坚年轻的时候是一个从事。他家的狗忽然间像人那样站着走路，家里人全都请求他把狗杀掉。李叔坚说："犬马像君子，看见人走路就模仿，有什么妨碍呢？"后来李叔坚把帽子摘下来放到床上，狗就戴着帽子跑出去。全家人特别吃惊，李叔坚仍然不感到奇怪。这条狗不久又在灶前烧火，家里人更加惊愕，李叔坚说："奴婢们都在田地里干活，狗帮着烧火，可以不麻烦邻里是好事，怎么也厌恶呢？"过了十几天，狗自己死了。最后也没发生一点灾祸，而且李叔坚最终做了大官。出自《搜神记》。

王 瑚

山阳县令王瑚字孟琏，是东海兰陵人。一天半夜时分，一个戴黑色头巾，穿白色单衣衫的官吏到县里来敲门。王瑚去迎接，忽然又不见了，如此好几年。后来派人侦察，发现原来是一条黑头白身子的老狗，又来敲打房门。被派去的人禀告了王瑚，王瑚把那狗杀了，此后就没再出现过这种情况。出自《搜神记》。

李 德

司空东莱人李德，死后停棺待葬，忽然现形坐在祭床上，容貌服饰像真李德一样。见了儿子、媳妇、孙子，依次嘱咐家事，说得很有条理。鞭打奴婢，也都和奴婢们的过错相符。吃饱喝足之后，就告别而去。家里大小，不再哀痛。如此四五年。后来喝酒过量，醉倒现了原形，原来是一条老狗。大家一起动手把它打死。于是就追查，原来是巷子里一家酒肆里养的狗。出自《搜神记》。

温敬林

晋朝秘书监太原人温敬林死后一年，他的妻子桓氏忽然又见到他回来了，就又和他住在一起，但是他不肯见子弟。他哥哥的儿子来见他，他把窗子打开一条缝，露出脸来看看。后来他喝

醉形露，是邻家老黄狗。乃打死之。<small>出《幽明录》。</small>

庾 氏

太叔王氏后娶庾氏女，年少美色。王年六十，常宿外，妇深无忻。后忽一夕见王还，燕婉兼常，昼坐，因共食。奴从外来，见之大惊，以白王。王遽入，伪者亦出，二人交会中庭，俱著白帢，衣服形貌如一。真王便先举杖打伪者，伪者亦报打之。二人各敕子弟，令与手。王儿乃突前痛打，遂成黄狗。王时为会稽府佐。门士云："恒见一老黄狗，自东而来。"其妇大耻，发病死。<small>出《续搜神记》。</small>

沈 霸

吴兴沈霸，太元中，梦女子来就寝。同伴密察，唯见牝狗，每待霸眠，辄来依床。疑为魅，因杀而食之。霸复梦青衣人责之曰："我本以女与君共事，若不合怀，自可见语，何忽乃加耻欤？可以骨见还。"明日，收骨葬冈上，从是乃平复。<small>出《异苑》。</small>

田 琰

北平田琰，母丧，恒处庐。向一暮夜忽入妇室，密怪之，曰："君在毁灭之地，幸可不甘。"琰不听而合。后琰暂

醉酒露出原形，原来是邻居家的一条老黄狗。于是就把它打死了。出自《幽明录》。

庾　氏

太叔王氏后娶了庾氏女为妻，她年轻貌美。太叔王氏六十岁了，常常在外面过夜，妻子独自在家，郁郁寡欢。后来忽然有一天晚上，王氏回来了，与妻子亲热温存超过往常，白天又坐在屋中，共同吃饭。奴仆从外面进来，见了王氏之后大吃一惊，就把这事出去告诉了王氏。王氏急忙走进来，假王氏也往外走，两人在中庭相会，都戴着白色便帽，衣服形体容貌全都一模一样。真王氏便先举棍向假的打去，假的也还手打真的。两个人都下令，让子弟动手。王氏的儿子便突然上前痛打假王氏，他随即变成一条黄狗。王氏当时是会稽府佐。门士说："经常看到一条老黄狗，从东边来走进他的家门。"他妻子感到耻辱，发病而死。出自《续搜神记》。

沈　霸

晋朝太元年间，吴兴人沈霸，梦见一位女子与他同床。他的同伴秘密观察，只看见有一条母狗，每次都等沈霸睡了之后，就来依靠到床上。人们怀疑这是个妖怪，就把它杀了吃肉。沈霸后来又梦见一个青衣人责备他说："我本来把女儿送到你这儿来侍奉你，如果她不合你的意了，你可以告诉我，为什么忽然就让她蒙受这样的耻辱呢？请把她的骨头还给我。"第二天，沈霸就把狗骨头收起来，埋到山冈上，从此以后就不再有这样的事，恢复了正常。出自《异苑》。

田　琰

北平人田琰，母亲死后，一直住在守墓的小屋里。有一天晚上他忽然来到妻子的住室。妻子暗暗奇怪，说："郎君在守孝，不应该做这样的事。"田琰不听，强行和妻子同房。后来田琰暂时

入，不与妇语。妇怪无言，并以前事责之。琰知魅，临暮竟未眠，衰服挂庐。须臾，见一白狗攫庐衔衰服，因变为人，著而入。琰随后逐之，见犬将升妇床，便打杀之。妇羞愧病死。出《搜神记》。

王仲文

宋王仲文为河南郡主簿，居缑氏县北。得休，因晚行泽中。见车后有白狗，仲文甚爱之，欲取之。忽变形如人，状似方相，目赤如火，差牙吐舌，甚可憎恶。仲文与仲文奴并击之，不胜而走。未到家，伏地俱死。出《搜神记》。

崔惠童

唐开元中，高都主婿崔惠童，其家奴万敌者性至暴，忍于杀害。主家牝犬名"黄女"，失之数日。适主召万敌，将有所使。黄女忽于主前进退，咋万敌。他人呵叱不能禁，良久方退，呼之则隐。主家怪焉。万敌首云："前数日，实烹此狗，不知何以至是。"初不信，万敌云："见埋其首所在。"取以为信，由是知其冤魂。出《广异记》。

李 义

唐李义者，淮阴人也。少亡其父，养母甚孝，虽泣笋卧冰，未之过也。及母卒，义号泣，至于殡绝者数四。经月余，乃葬之。及回至家，见其母如生，在家内。起把义手，

回家，不和妻子讲话。妻子责怪他不说话，并且拿前边那件事责怪他。他知道是妖魅作怪。将近天黑的时候，他没有睡觉，将丧服挂在守墓的小屋里。不一会儿，只见一条白狗到墓屋中叼了丧服，变成人形，把丧服穿上，进到田琰妻子屋中。田琰跟在后面追赶，见那狗将要上妻子的床，便打死了它。他的妻子羞愧，得病死了。出自《搜神记》。

王仲文

宋人王仲文是河南郡主簿，家住在缑氏县北。遇上一个休息日，就在傍晚时分驱车在洼地里行走。他见车后有一条白狗，特别喜欢，就想捉走它。那白狗忽然变成人的样子，长得很像驱鬼的方相神，眼睛赤红如火，龇牙吐舌，非常害怕。田仲文和奴仆一起去打它，没有打胜，回头就跑。没等跑到家，就都倒在地上死去。出自《搜神记》。

崔惠童

唐朝开元年间，高都主的女婿崔惠童有个叫万敌的奴仆特别残暴，狠心杀害生灵。主人家里的一条名叫"黄女"的母狗，丢了好几天。恰巧主人召万敌去，要派他做什么事。黄女忽然在主人面前出现，扑上去猛咬万敌。其他人吆喝制止不住，好长时间它才退下。主人喊它，它又不见了。主人家感到奇怪。万敌自首说："前几天，我已经把这条狗煮着吃了，不知为什么它又来到这里。"人们不信，万敌说："可以看看埋狗头的地方。"他把狗头取来做凭证，因此知道那是这条狗的冤魂。出自《广异记》。

李 义

唐朝李义是淮阴人。父亲早逝，奉养母亲特别孝顺，即使与"泣笋"的孟宗、"卧冰"的王祥相比也不过分。等到母亲死后，他在灵柩前哭昏好几次。一个多月后他的母亲才下葬。等他回到家里，见母亲和活着的时候一样，坐在家里。母亲起身拉李义的手，

泣而言曰："我如今复生，尔葬我之后，潜自来，尔不见我。"义喜跃不胜，遂侍养如故。仍谓义曰："慎勿发所葬之枢。若发之，我即复死。"义从之。

后三年，义夜梦其母，号泣踵门而言曰："我与尔为母，宁无劬劳襁褓之恩？况尔少失父，我寡居育尔，岂可我死之后，三年殊不祭飨？我累来，及门，即以一老犬守门，不令我入。我是尔母，尔是我子，上天岂不知？尔若便不祭享，必上诉于天。"言讫，号泣而去。义亦起逐之，不及。至曙，忧疑怆然，无以决其意。所养老母乃言："我子今日何颜色不乐于我？必以我久不去世，致尔色养有倦也。"义乃泣言："实以我夜梦一不祥事，于母难言，幸勿见罪。"遂再犹豫。数日，复梦其母，及门号叫，抚膺而言曰："李义，尔是我子否？何得如此不孝之极！自葬我后，略不及我冢墓，但侍养一犬。然我终上诉于天，尔当坐是获谴。我以母子情重，故再告尔。"言讫又去，义亦逐之不及。

至曙，潜诣所葬之冢，祝奠曰："义是母之生，是母之育，方成人在世，岂无母之恩也，岂无子之情也？至于母存日，冬温夏清，昏定晨省，色难之养，未尝敢怠也。不幸违慈颜，已有终天之痛。苟存残喘，本欲奉祭祀也。及葬母之日，母又还家再生，今侍养不缺。且两端不测之事，划裁无计，迟回终日，何路明之？近累梦母悲言相责，即梦中之母是耶？在家之母是耶？从梦中母言，又恐伤在家之母；

哭着说："我现在复活了，你葬了我之后，我自己偷偷回来了，你没有看见我。"李义不胜喜悦，就像原来一样侍养她。她还对李义说："千万不要打开埋葬了的灵柩。如果打开了，我就还得死。"李义顺从了她。

三年后，李义做了一个梦，梦见母亲来到门前号泣着说："我做你的母亲，难道没有养育之恩吗？况且你从小失去父亲，我守寡养育你，你怎么可以在我死后三年，一次也不来祭奠呢？我屡次回家来，走到门口，就有一条老狗守着门，不让我进。我是你母亲，你是我儿子，上天难道不知道？你要是还不来祭拜我，我一定到天上去告你！"说完，大哭着走了。李义也起来追赶，没追上。等到天亮，心里又忧愁又疑惑，很是悲伤，却拿不定主意。他奉养的老母亲就说："我儿为什么今天对我不大高兴？一定是因为我这么长时间不死，侍奉母亲感到厌倦了。"李义便哭泣着说："其实是因为我夜里梦到一件不祥的事，对母亲很难说出口，希望母亲不要怪罪我。"于是就又犹豫了。几天后，他又梦到母亲，母亲走到门前大声号叫，摸着胸口说："李义，你是我儿子吗？你怎么能如此不孝？自从埋葬了我之后，你一次也不到我坟前来，只是奉养着一条老狗。如果我真的到天上去告你，你肯定会因为犯不孝的罪受到惩罚。我因母子情重，所以再来告诉你。"说完又走了，李义又去追赶，没追上。

到了天明，李义偷偷地到母亲的坟上去，祷告祭奠说："李义是母亲生的，是母亲养大的，所以才成人在世，哪能忘记母亲的养育之恩呢？哪能没有母子之情呢？母亲活着的时候，冬天让您温暖，夏天让您凉爽，晚上为您铺好床铺，早晨起来向您问安，不曾敢怠慢过。不幸与您永别，已经有了无穷无尽的悲痛。勉强活着，本来想要奉行祭祀的。等到埋葬母亲那天，您又回到家里复活了，现在侍养得很周到。况且两头都是不可测定的事，没有办法判断，犹豫终日，哪条路是明确的？近来连连做梦梦见母亲悲伤地说些责备的话，到底梦里的母亲是真的，还是家中的母亲是真的？顺从了梦中母亲的话，又害怕伤了在家母亲的心；

从在家之母言，又虑梦中之事实。哀哉！此为子之难，非不孝也，上天察之！"言讫大哭，再奠而回。

其在家母已知之矣。迎义而谓之曰："我与尔为母，死而复生。再与尔且同生路，奈何忽然迷妄，却于空冢前破其妖梦？是知我复死也。"乃仆地而绝。义终不测之，哀号数日，复谋葬之。既开其冢，是其亡母在棺中。惊走而归，其新亡之母，乃化一极老黑犬跃出，不知所之。出《大唐奇事》。

胡志忠

处州小将胡志忠奉使之越。夜梦一物，犬首人质，告忠曰："某不食岁余，闻公有会稽之役，必当止吾馆矣。能减所食见沾乎？"忠梦中不诺。明早遂行，夜止山馆。馆吏曰："此厅常有妖物，或能为祟。不待寝食，请止东序。"忠曰："吾正直可以御鬼怪，勇力可以排奸邪，何妖物之有？"促令进膳。方下箸次，有异物，其状甚伟，当盘而立。侍者慑退，不敢傍顾。志忠彻炙，乃起而击之。异物连有伤痛之声，声如犬，语甚分明，曰："请止请止！若不止，未知谁死。"忠运臂愈疾，异物又疾呼曰："斑儿何在？"续有一物，自屏外来，闪然而进。忠又击之，然冠𫘦带解，力若不胜。仆夫无计能救，乃以彗扑。罗曳入于东阁，颠仆之声，如坏墙然。未久，志忠冠带俨然而出，复就盘命膳。卒无一言，唯顾其阁，时时咨嗟而已。明旦将行，封署其门，嘱馆吏曰："俟吾回驾而后启之。尔若潜开，祸必及尔。"言讫

顺从在家母亲的话，又怕梦到的是事实。悲哀啊！这是做儿子的难处，不是不孝，望上天明察！"说完就大哭，再次祭奠而回。

　　他在家里的母亲已经知道了。她迎着李义说道："我给你做母亲，死而复生，再次与你共同生活，你为什么忽然迷妄，竟然到空坟前去说破那妖梦？你是想要我再死一次呀！"于是就倒在地上昏死过去。李义到底没有弄清楚怎么回事，哀号了几天，准备再次埋葬母亲。打开那个墓之后，见他已死的母亲还在棺材中。他吓得跑了回来，他刚死的"母亲"就变成一条极老的黑狗，跳起来跑出去了，不知去了什么地方。出自《大唐奇事》。

胡志忠

　　处州小将胡志忠奉命到越地去。他夜里做了一个梦，一个狗头人身的东西，告诉他说："我一年多没吃东西了，听说你要到会稽出差，一定会住我这个旅馆。能节省一些吃的东西给我吗？"胡志忠梦里没有答应。第二天早晨就继续上路，夜里住进一个山村旅馆里。馆吏说："这间大厅曾经有妖物，也许能作祟。别在这里吃饭睡觉，请住到东屋去吧。"胡志忠说："我正直可以抵御鬼怪，勇力可以排除奸邪，哪里有什么妖物？"他催促人家端上饭菜。刚要下筷子，就有一个怪物出现，样子很大，面对着盘子站着。侍者吓跑了，不敢在旁边看。胡志忠把盘中的鱼肉撒下来，站起身去打那怪物。怪物连连发出伤痛的声音，声如狗叫，还清清楚楚地说："请住手，请住手！再不住手，还不知道谁死！"胡志忠打得更急，怪物又喊道："斑儿在哪儿？"接着便有一个东西，从屏风外隐身来到厅内。胡志忠又打它，但是帽子坏了，带子开了，气力不支。仆夫们没有办法去救他，就用扫帚扑打。胡志忠和怪物纠缠在一起进入东屋，颠扑厮打的声音，就像墙倒塌了。没多久，胡志忠冠带整齐地走出来，就又走近杯盘让上饭菜。他始终没说一句话，只是看着东屋，时时嗟叹而已。第二天要走的时候，他封了那屋的门，嘱咐馆吏说："等我回来再打开。你们要是偷着打开，灾祸一定会落到你们头上。"说完

遂行。旬余，乃还止于馆，索笔砚，泣题其户曰："恃勇祸必婴，恃强势必倾。胡为万金子，而与恶物争。休将逝魄趋府庭，止于此馆归冥冥。"题讫，以笔掷地而失所在。执笔者甚怖，觉微风触面而散。吏具状申刺史，乃遣吏启其户，而志忠与斑黑二犬俱仆于西北隅矣。出《集异记》。

韩　生

唐贞元中，有大理评事韩生者，侨居西河郡南。有一马甚豪骏。常一日清晨，忽委首于枥，汗而且喘，若涉远而殆者。圉人怪之，具白于韩生。韩生怒："若盗马夜出，使吾马力殆，谁之罪？"乃令朴焉。圉人无以辞，遂受朴。至明日，其马又汗而喘。圉人窃异之，莫可测。

是夕，圉人卧于厩舍，阖扉，乃于隙中窥之。忽见韩生所畜黑犬至厩中，且嗥且跃，俄化为一丈夫，衣冠尽黑。既挟鞍致马上，驾而去。行至门，门垣甚高，其黑衣人以鞭击马，跃而过，黑衣者乘马而去。过来既，下马解鞍，其黑衣人又嗥跃，还化为犬。圉人惊异，不敢泄于人。后一夕，黑犬又驾马而去，逮晓方归。圉人因寻马踪，以天雨新霁，历历可辨。直至南十余里一古墓前，马迹方绝。圉人乃结茅斋于墓侧。来夕，先止于斋中，以伺之。夜将分，黑衣人果驾马而来，下马，系于野树，其人入墓。与数辈笑言极

就上路走了。十几天之后，就回来又住进这个旅馆，他要来笔和砚，哭泣着在那门上题写道："恃勇必遭祸，恃强势必倾。身为尊贵子，何必与恶物争。不要让逝去的魂魄回到府庭，止于此馆归于幽冥。"写完了，他把笔往地上一扔就不见了。拿笔的人非常害怕，只觉得一股微风触面而散。馆吏把这事写成文书报告给刺史，刺史派人打开那屋的门，只见胡志忠和一条花狗、一条黑狗都倒在屋里的西北角。出自《集异记》。

韩　生

唐朝贞元年间，有一个大理寺的评事韩生，寄居在西河郡南。他有一匹高大健壮的马。曾经有一天清晨，这匹马忽然把头垂到马槽子里，出了一身汗，而且喘息急促，就像跑了远路疲劳不堪的样子。养马的人很奇怪，就去禀告韩生。韩生生气地骂道："你夜里偷着把马骑出去，把我的马累成这样，谁的罪过？"就命人鞭打喂马人。养马人无话可说，只好挨打。到了第二天早晨，那匹马还是又冒汗又喘气。养马人心里觉得奇怪，不知道是怎么回事。

这天晚上，养马人就睡在马棚里，关上门，从门缝里偷看。忽然看到韩生养的一条黑狗来到马棚中，又嗥叫又跳跃，顷刻间变成一位男子，衣服帽子全是黑的。这位男子把马鞍搬到马背上，骑上马就出去了。走到门口，门户垣墙很高，黑衣人便用鞭子狠狠抽马，马就跳起来，越墙而过，黑衣人骑着马跑远了。回来之后，下马解鞍，又是一阵又蹦又叫，又变成一条黑狗。养马人非常惊讶，但是没敢向别人泄露。第二天晚上，黑狗又骑着马出去了，天要亮的时候才回来。养马人就去寻找马的踪迹，因为夜里下了一场雨，刚刚放晴，所以马的踪迹清清楚楚。一直寻到南边十几里的一个古墓前，马的踪迹才不见了。养马人就在这个坟墓旁边盖了一个草棚。第二天晚上，他便潜伏在草棚中，守候着。天黑之后，黑衣人果然骑着马来了，他下了马，把马拴到一棵树上，自己走入坟墓。在坟墓里和几个人谈笑很是

欢。圉人在茅斋中，俯而听之，不敢动。近数食顷，黑衣人告去，数辈送出墓外至于野。有一褐衣者，顾谓黑衣人曰："韩氏名籍今安在？"黑衣人曰："吾已收在捣练石下。吾子无以为忧。"褐衣者曰："慎毋泄，泄则吾属不全矣。"黑衣人曰："谨受教。"褐衣者曰："韩氏稚儿有字乎？"曰："未也，吾伺有字，即编于名籍，不敢忘。"褐衣者曰："明夕再来，当得以笑语。"黑衣唯而去。

及晓，圉者归，遂以其事密告于韩生。生即命肉诱其犬。犬既至，因以绳系。乃次所闻，遂穷捣练石下，果得一轴书，具载韩氏兄弟妻子家僮名氏，纪莫不具。盖所谓韩氏名籍也。有子生一月矣，独此子不书，所谓稚儿未字也。韩生大异，命致犬于庭，鞭而杀之。熟其肉，以食家僮。已而率邻居士子千余辈，执弧矢兵仗，至郡南古墓前。发其墓，墓中有数犬，毛状皆异，尽杀之以归。出《宣室志》。

杜修己

杜修己者，越人也，著医术，其妻即赵州富人薛赟之女也，性淫逸。修己家养一白犬，甚爱之，每与珍馔。食后，修己出，其犬突入室内，欲啮修己妻薛氏，仍似有奸私之心。薛因怪而问之曰："尔欲私我耶？若然，则勿啮我。"犬即摇尾登其床，薛氏惧而私焉。其犬略不异于人。尔后每修己出，必奸淫无度。忽一日，方在室内同寝，修己自外入，见之，即欲杀犬。犬走出。修己怒，出其妻薛氏归薛赟。后半年，其犬忽突入薛赟家，口衔薛氏髻而背负走出。

欢乐。养马人在草屋里俯身听着,不敢动弹。将近一顿饭的工夫,黑衣人告辞,几个人送出墓外来,来到原野上。有一个褐衣人看看黑衣人说:"韩家的名册现在在哪?"黑衣人说:"我已经把名册放到捶衣石下面了。您不必担心。"褐衣人说:"千万不要泄露,一旦泄露,我们就难以保全了。"黑衣人说:"谨遵指教。"褐衣人又说:"姓韩的小儿子起名字了吗?"黑衣人说:"还没有,我等他有了名字,就编到名册里,不会忘的。"褐衣人说:"明晚上再来,应当能听到你的好消息了。"黑衣人应声离去。

到了天亮,养马人回来,就把这事秘密地向韩生报告了。韩生立即让人用肉引来那条狗。黑狗一来,用绳子把它绑起来。于是就到听说的捶衣石下搜寻,果然搜到一卷字轴,上面详细地记载着韩生兄弟妻子儿女家僮的姓名,记得没有不详细不全面的。这大概就是所谓的韩氏名册。有一个小儿子刚出生一个月,只有他没有被记录在上面,这就是所谓小儿子没有名字。韩生很吃惊,他命令人把狗带到院子里来,用鞭子把它打死了。把肉煮熟,让家僮吃了。然后率领邻居家的子弟一千多人,拿着弧矢等兵器,来到郡南古墓前。把那墓打开,墓中有好几条狗,毛色都很奇特,便把它们全都打死,回去了。出自《宣室志》。

杜修己

杜修己是越地人,通晓医术,他的妻子是赵州富人薛赟的女儿,性情淫逸。杜修己家养了一条白狗,薛氏特别喜欢,常给它好东西吃。有一天吃完饭后,杜修己出去了,那狗突然进到室内,想要咬杜修己的妻子薛氏,又好像要跟她亲昵。薛氏感到奇怪,问道:"你想和我私通吗? 如果是这样,就不要咬我。"狗就摇尾跳到床上。薛氏很惊惧,就和它私通。那狗的做法和人没有不同。此后,每当杜修己出门,狗就进来与薛氏无节制地乱来。忽然有一天,薛氏正在和狗同房,杜修己从外边走进来看见了,就要杀那狗,狗跑出去了。杜修己大怒,把妻子赶回娘家。过了半年,那狗忽然进到薛家,用口叼着薛氏的发髻,背着她往外跑。

家人趁奔之，不及，不知所之。犬负薛氏直入恒山内潜之。每至夜，即下山，窃所食之物，昼即守薛氏。经一年，薛氏有孕，生一男，虽形貌如人，而遍身有白毛。薛氏只于山中抚养之。又一年，其犬忽死。薛乃抱此子，迤逦出，入冀州乞食。有知此事，遂诣薛赟以告。薛氏乃令家人取至家。

后其所生子年七岁，形貌丑陋，性复凶恶。每私走出，去作盗贼。或旬余，或数月，即复还。薛赟患之，欲杀焉。薛氏乃泣戒其子曰："尔是一白犬之子也，幼时我不忍杀。尔今日在薛家，岂合更不谨。若更私走，出外为贼，薛家人必杀尔。恐尔以累他，当改之。"其子大号哭而言曰："我禀犬之气而生也，无人心，好杀为贼，自然耳，何以我为过？薛赟能容我，即容之；不能容我，当与我一言，何杀我也？母善自爱，我其远去不复来。"薛氏坚留之，不得，乃谓曰："去即可，又何不时来一省我也？我是尔之母，争忍永不相见。"其子又号哭而言曰："后三年，我复一来矣。"遂自携剑，拜母而去。及三年，其子果领群盗千余人，自称白将军。既入拜母后，令群盗尽杀薛赟之家，唯留其母。仍焚其宅，携母而去。出《潇湘录》。

袁继谦

少将袁继谦郎中常说：顷居青社，假一第而处之。素多凶怪，昏暗，即不敢出户庭。合门敬惧，莫遂安寝。忽一夕，闻吼声，若有呼于瓮中者，声至浊。举家怖惧，谓其必怪之尤者。遂如窗隙中窥之，见一物苍黑色来往庭中。是

家人追赶不上，不知它跑到哪儿去了。狗背着薛氏直接进入恒山把她藏了起来。每到夜晚，狗就下山去偷吃的东西，白天就守着薛氏。一年之后，薛氏怀了身孕，生了一个男孩，虽然身形模样像人，但是浑身长着白毛。薛氏只好在山里抚养他。又过了一年，那狗忽然死了。薛氏便抱着儿子，几经周折走出恒山，进入冀州讨饭度日。有知道此事的人，就去告诉了薛赟。薛赟让人把她们母子带回家去。

后来这个孩子长到七岁，样貌丑陋，性情凶恶。常常私自跑出去偷东西。有时候十几天，有时候几个月才回来。薛赟恨他闯祸，想要杀他。薛氏就哭着劝诫儿子说："你是一条白狗的儿子，小时候我不忍心杀你。你现在在薛家，哪能更不谨慎？你要是再私自跑出去偷东西，薛家人一定杀你。怕你连累别人，你应该改掉！"她的儿子大哭着说："我禀受狗的气血而出生，自然没有人性，好杀好偷，这是自然的，为什么当成我的过错？薛赟能容我就接纳我；不能容我，应该告诉我一声，为什么要杀我？母亲你照顾好自己，我要远走不再回来了。"薛氏执意留他，儿子不答应，就说："走是可以的，为什么不能时常来看看我呢？我是你母亲，怎么忍心永不相见呢？"她的儿子又哭着说："三年后，我再回来一趟。"于是就自己带着剑，拜别母亲而去。等到三年之后，她的儿子果然领着一千多盗贼回来了，他自称白将军。他拜见母亲之后，命令盗贼们把薛家人全杀了，只留下他的母亲。接着放火烧了宅院，带着母亲离开了。出自《潇湘录》。

袁继谦

少将袁继谦郎中曾经说：不久前住在青州，借了一所宅子暂住。这地方平常多有凶怪，一到黄昏，人们就不敢出门。全家老小担惊受怕，没有谁能安安稳稳睡觉。忽然有一天晚上，听到了吼声，像是在瓮中呼喊似的，声音特别低沉。全家人都非常害怕，认为这一定是个特大的妖怪。于是就到窗前从缝隙中往外看，看见一个苍黑色的东西在院子里来回地走动。这天

夕月晦，观之既久，似黄狗身而首不能举。遂以铁挝击其脑。忽轰然一声，家犬惊叫而去。盖其日庄上输油至，犬以首入油器中，不能出故也。举家大笑而安寝。出《玉堂闲话》。

晚上月色很暗，看了很久，见那东西身子像黄狗，但是头抬不起来。于是就用铁器猛打它的脑袋。忽然间轰的一声，家里的狗惊叫着跑了。原来是那天庄上刚把油运回来，狗把头钻进油瓮里出不来了。全家人大笑了一阵，就安安稳稳地睡觉了。出自《玉堂闲话》。

卷第四百三十九
畜兽六

羊

羊

月氏稍割

　　月氏有羊大尾，稍割以供宾，亦稍自补复。有大秦国，北有羊子，生于土中。秦人候其欲萌，为垣以绕之。其脐连地，不可以刀截，击鼓惊之而绝。因跳鸣食草，以一二百口为群。出《异物志》。

西域大羊

　　僧玄奘至西域，大雪山高岭上有一村，养羊大如驴。出《酉阳杂俎》。

羊

月氏稍割

月氏国有一种羊尾巴很大，可以一点一点地割下肉来招待宾客，不久又渐渐长好复原。有一个大秦国，它的北部地区有一种羊，羊羔子从土里生出来。大秦国的人等到羊羔将要萌生的时候，就砌墙把它围起来。羊的脐带连着地，不能用刀截断，敲鼓一惊，它自己就挣断了。于是它就可以跳起来鸣叫、吃草，这种羊一群往往有一二百只。出自《异物志》。

西域大羊

唐朝僧人玄奘到西域去，路过大雪山高岭上的一个村庄，那里养的羊像驴那么大。出自《酉阳杂俎》。

罽宾青羊

罽宾国出野青羊，尾如翠色，土人食之。出《酉阳杂俎》。

齐讼者

齐庄公时有里徵者，讼三年而狱不决。公乃使二人具一羊，诅于社。二子将羊而刺之，洒其血。羊起触二子，殪于盟所。出《独异志》。

梁 文

汉齐人梁文好道，其家有神祠，建室三四间，座上施皂帐，常在其中。积十数年，后因祀事，帐中忽有人语，自呼高山君。大能饮食，治病有验。文奉事甚肃。积数年，得进其帐中。神醉，文乃乞得奉见颜色。谓文曰："授手来。"文纳手，得持其颐，髯须甚长。文渐绕手，卒然引之，而闻作杀羊声。座中惊起，助文引之，乃袁公路家羊也。失之七八年，不知所在。杀之乃绝。出《搜神记》。

顾 霈

顾霈者，吴之豪士也。曾送客于升平亭，时有沙门流俗者在座中。主人欲杀一羊，羊绝绳，因走来投此道人，穿头向袈裟下。主人命将去杀之。既行炙，先割以啖道人。道人食下，觉炙走行皮中，痛毒不可忍。呼医来针之，以数

罽宾青羊

罽宾国出产一种野生青黑色的羊,尾巴的毛像翠绿色。当地人吃这种羊。出自《酉阳杂俎》。

齐讼者

齐庄公在位时,有一个叫里徵的人,告状告了三年,官司也没有个定论。齐庄公就让两个人准备一头羊,到土地神那里去盟誓。两个人把一头羊弄去之后就用刀刺它,要洒羊血盟誓。羊站起来顶撞他们,二人都被撞死在盟誓的地方。出自《独异志》。

梁 文

汉朝时,齐人梁文喜欢道术。他家里有三四间专门用来祭神的屋舍,座位上挂着黑色帐幔,他自己常在里边修行道术。十几年之后,有一天他又在祭神,帐幔中忽然有人说话,自称高山君。说自己很能吃很能喝,治病很灵验。梁文敬奉这位高山君特别庄重。一共侍奉了几年,才被允许进到帐幔中。有一天神喝醉了,梁文就要求看看神的模样。神对梁文说:"你把手伸过来。"梁文把手伸过去,摸到了神的面颊,胡须特别长。梁文渐渐把胡须绕到手上,突然间使劲一拽,听到了羊被杀时的哀叫声。在座的人们被吓得站起来,一起上去帮着梁文往外拽,拽出来一看,原来是袁公路家的一头羊。这头羊丢了七八年了,谁也不知它在什么地方。这头羊被杀了之后,闹"神"的事也没再发生了。出自《搜神记》。

顾 霈

顾霈是吴地的一位豪士。有一次他曾在升平亭送客,当时在座的有僧徒也有俗人。主要想要杀一头羊,羊挣断了绳子,便走向一位和尚,把头钻进袈裟下面。主人命人把羊弄走杀了。烤好羊肉之后,先割了一块给那和尚吃。和尚吃了之后,觉得羊肉就在他的皮下走动,痛得不可忍受。找医生来针灸,扎了好几

针贯焉,炙犹动摇。乃破肉视之,故是一脔肉耳。道人于此得疾,作羊鸣,吐沫。还寺少时而卒。出《搜神记》。

潘 果

唐京师人姓潘名果,年未弱冠,以武德时,任都水小吏。归家,与少年数人出田游戏。过于冢间,见一羊为牧人所遗,独立食草。果因与少年捉之,将以归家。其羊中路鸣唤,果惧主闻,乃拔却羊舌,于夜杀食之。后经一年,果舌渐缩尽。陈牒解吏,富平县令郑余庆疑其虚诈,令开口验之,乃见全无舌,根本才如豆许不尽。官人问之因由,果取纸,书以答之。元状官之时弹指,教令为羊追福,写《法华经》。果发心信教,斋戒不绝,为羊修福。后经一年,舌渐得生,平复如故。又请官陈牒,县官用为里正。余庆至贞观十八年为监察御史,自向说尔。出《法苑珠林》。

李审言

万寿年中,长安百姓李审言忽得病如狂,须与羊同食。家人无以止,求医不效。后忽西走,近将百里,路傍遇群羊,遽走入其内。逐之者方至,审言已作为一大羊,于众中不能辨认。及家人齐至,泣而择之。其一大羊,乃自语曰:"将我归,慎勿杀我。我为羊快乐,人何以比?"遂将归饲养,以终天年。出《潇湘录》。

针，那羊肉还在动。于是就割破皮肉一看，里边果真有一块肉。和尚从此得了一种病，像羊一样叫，口吐白沫。他回到寺里不久就死了。出自《搜神记》。

潘　果

唐朝时京城里有个人姓潘名果，年龄不满二十岁，武德年间，任都水监的小官。他回到家里，和几个年轻人到野外游戏。从几个坟墓间走过的时候，发现有一头羊被放羊人丢下了，独自在那吃草。潘果就和几个年轻人把羊捉住，带回家去。那羊半路上一直鸣叫，潘果怕羊的主人听见，就把羊舌头给拔掉了，又在夜里把羊杀掉吃了。后来过了一年，潘果的舌头渐渐萎缩，要缩没了。他只好写文书要求解职，富平县令郑余庆怀疑他撒谎，就让他张开口查验，只见他口中根本没有舌头，舌头根上只有豆粒那么大没有消尽。官人问原因。他取来纸笔，写字回答。官员知道此事之后，情绪激动让他为羊祈求冥福，抄写《法华经》。潘果下决心信教，坚持斋戒，为羊念佛修福。一年后，他的舌头渐渐长了出来，恢复得和原来一样了。他又递交文书请求官职，县官用他当了里正。郑余庆到贞观十八年的时候，做了监察御史，是他亲口讲述的这个故事。出自《法苑珠林》。

李审言

万寿年间，长安百姓李审言忽然得了一种病，像疯了一般，要和羊一块吃草。家人没办法制止他，求医也没有效果。后来他忽然往西跑，跑了将近一百里，遇到路边一群羊，迅速跑进羊群里。追赶他的人刚赶到，李审言已经变成一头大羊，混在羊群中无法分辨。等到家人都来了，一起哭着到羊群里找他。其中一头大羊说："把我牵回家吧，千万别杀我。我做羊很快乐，人怎么能比！"于是家人把他牵回家饲养，直到它老死。出自《潇湘录》。

杨　氏

长安杨氏宅恒有青衣妇人,不知其所由来。每上堂,直诣诸女曰:"天使吾与若女有。"悉惊畏而避之,不可,则言词不逊。所为甚鄙,或裸体而行,左右掩目。因出外间,与男子调戏,猛而交秽。擒捕终不可得。一日,悉取诸女囊中襟衣,暴置庭前,女不胜其忿,极口骂之。遂大肆丑言,发其内事,纤毫必尽。如此十余日。呼神巫,以符禁逐之,巫去辄来,悉莫能止。乃徙家避之。会杨氏所亲自远而至,具为说之。此人素有胆,使独止其宅。夜张灯自卧,妇人果来。伪自留之寝宿,潜起匿其所曳绿履。求之不得,狼狈而去。取履视之,则羊蹄也。以计寻之,至宅东寺中,见长生青羊,而双蹄无甲,行甚艰蹶。赎而杀之,其怪遂绝。出《广异记》。

陈正观

颍川陈正观斫割羊头极妙。天宝中,有人诣正观,正观为致饮馔。方割羊头,初下刀子,刺其熟脑。正观暂洗手,头作羊鸣数声。正观便尔心悸,数日而死。出《广异记》。

安　甲

邠州有民姓安者,世为屠业。家有牝羊并羔。一日,欲刲其母,缚上架之次,其羔忽向安生面前,双跪前膝,两

杨　氏

　　长安一户姓杨人家的宅院里，经常有一个穿黑衣服的妇人，谁也不知道她是从哪儿来的。她常常走上堂来，直接走到众女眷面前说："上天让我和你们在一起。"女眷们全都吓得躲开了，她没有达到目的，就说些粗暴无礼的话。有时做些鄙陋的动作，或者裸着身子行走，左右的人都捂上眼睛不敢看。于是她就到外面去，和男人们调戏，污秽不堪。人们多次想捉拿她始终捉不到。有一天，她把女眷们包袱里的衣服全拿出去，乱扔在院子里，女眷们不胜愤怒，狠狠地骂她。她就大肆地说些下流话，公开女眷们的私事，一点也不保留。如此十多天。请神巫来，用符咒禁止驱逐她，神巫走了她就又来了，全都不能制止她。于是就只好搬家躲避她。赶上杨家的一个亲戚从远方来，杨家就把这件事详细地告诉了他。这个人一向胆大，让他独自住在了这个宅子里。夜里他点灯躺下，那黑衣妇人果然来了。他假装留她睡觉，偷偷地起来把她的绿色绣鞋藏了起来。她找不到自己的鞋，很狼狈地走了。他把鞋找出来一看，原来是羊蹄子。经过分析继续寻找，找到宅子东边一座寺院里，发现一条长生黑羊，一双蹄子上没有蹄甲，走起路来非常艰难。他把那羊买回来杀了，从此以后再也没有出现过这类怪事。出自《广异记》。

陈正观

　　颍川人陈正观割羊头割得非常熟练。天宝年间，有人到陈正观这里来，陈正观为客人置办饮食。当他为客人割羊头时，刚下刀子，就刺向煮熟的羊头。正观停下来去洗手，割下来的羊头叫唤了几声。陈正观从此便得了心悸，几天后就死了。出自《广异记》。

安　甲

　　邠州有一个姓安的百姓，他们家世代以屠宰为业。他家里有一头母羊和一头羊羔。有一天，他想要杀那头母羊，把母羊绑到架子上，那头羊羔忽然来到姓安的面前，跪下前边的两腿，两

目涕零。安生亦惊异之。良久,遂致刀于地去,唤一童稚共事刲宰。而回遽失刀,乃为羔子衔之,致墙根下,而卧其上。安生俱疑为邻人所窃,又惧诣市过时,且无他刀。极挥霍,忽转身趯起羔儿,见刀在羔之腹下。安生遂顿悟,解下母羊并羔,并送寺内乞长生。自身寻舍妻孥,投寺内竺大师为僧,名守思。出《玉堂闲话》。

豕

燕 相

朔人有献大豕于燕相。令膳夫烹之。豕既死,见梦于燕相曰:"造化劳我以豕形,食我以人秽。伏君之灵得化,今始得为鲁之津伯也。"出《符子》。

杜 愿

晋杜愿字永平,梓潼涪人也,家甚富。有一男名天保,愿爱念。年十岁,泰元三年,暴病死。后数月,猪生五子,一子最肥。后官长新到,愿将以作礼,就捉杀之。有比丘忽至愿前,谓曰:"此独是君儿也,如何百余日中而相忘乎?"言竟,忽然不见。愿寻视,见在云中,腾空而去。云气充布,弥日乃歇。出《法苑珠林》。

都 末

莎车王杀于阗王。于阗大人都末出见野豕,欲搏之。

眼流泪。姓安的也很奇怪。过了好一会儿,他就把刀扔到地上,出去唤一名小孩子和他一块宰杀。但是他回来的时候就丢了刀,原来是被羊羔叼去,扔到墙根下了,而且它还趴在上面。姓安的和小孩都认为被邻居偷去了,又担心错过上市时间,还没有别的刀可用。他极迅速地忽然转身用脚踢起了羊羔,见刀在羊羔肚子下藏着。姓安的于是恍然大悟,遂解下母羊,和羊羔一起送到寺内乞求长生。不久之后,他自己也离开妻子儿女,到寺内投奔竺大师做了和尚,法名叫守思。出自《玉堂闲话》。

豕

燕 相

有一个北方人献了一头大猪给燕国的宰相。宰相让厨师把猪煮了。猪死之后,托梦给燕国宰相说:"天地把我生成猪形,让我吃人的污秽之物。有幸托您的福使我得以解脱,现在才能成为鲁国的津伯了。"出自《符子》。

杜 愿

晋朝时的杜愿字永平,梓州潼滘人,家里特别富有。他有一个儿子名叫天保,杜愿特别喜欢这个孩子。孩子长到十岁,于泰元三年,突然暴病而死。几个月后,杜愿家的猪生了五头猪崽,其中有一头最肥。后来县官新到任,杜愿想拿这头最肥的猪崽当作礼物献给县官,想把它捉出来杀了。有一个和尚忽然来到杜愿面前,对他说:"这头小猪是你的儿子,怎么刚死了一百多天就把他忘了呢?"和尚说完,忽然就不见了。杜愿寻视四方,见和尚站在云中,腾空驾云而去。云气布满天空,整整一天才消散。出自《法苑珠林》。

都 末

莎车王杀了于阗王。于阗大人都末出门看到野猪,想要捕它。

乃人语曰："无杀我，为汝杀莎车。"都末异之，即与兄弟共杀莎车王。出《张璠汉记》。

刘 胡

后魏植货里，有太常民刘胡兄弟四人以屠为业。永安年中，胡杀猪，猪忽唱乞命，声及四邻。邻人谓胡兄弟相斗，来观之，乃猪也。胡即舍宅为归觉寺，合家入道焉。出《伽蓝记》。

耿伏生

隋冀州临黄县东，有耿伏生者。其家薄有资产。隋大业十一年，伏生母张氏避父将绢两匹与女。数岁后，母亡，变作母猪，生在其家，复产二豘。伏生并已食尽，遂更不产。伏生即召屠儿出卖，未取之间，有一客僧从生乞食，即于生家少憩。僧将一童子入猪圈中游戏。猪与之言："我是伏生母，为往日避生父眼，取绢两匹与女，我坐此罪，变作母猪。生得两儿，被生食尽。还债既毕，更无所负。欲召屠儿卖我，请为报之。"童子具陈向师，师时怒曰："汝甚颠狂，猪那解作此语。"遂即寝眠。又经一日，猪见童子。又云："屠儿即来，何因不报？"童子重白师，师又不许。少顷，屠儿即来取猪。猪逾圈走出，而向僧前床下。屠儿逐至僧房。僧曰："猪投我来，今为赎取。"遂出钱三百文赎猪。后乃窃语伏生曰："家中曾失绢否？"生报僧云："父存之日，曾失绢两匹。"又问娣姒几人。生云："唯有一弟，嫁

野猪就像人那样说话,道:"不要杀我,我将替你杀了莎车王。"都末感到非常奇怪,就和兄弟们一起杀死了莎车王。_{出自《张璠汉记》}。

刘 胡

后魏时,植货里住着太常民刘胡兄弟四人,以屠宰为业。永安年间,刘胡杀猪,猪忽然大喊饶命,喊声传到四邻。邻人以为刘胡兄弟互相打斗,跑来一看,原来是猪。刘胡于是就把宅院献出,建了归觉寺,全家人都皈依了佛门。_{出自《伽蓝记》}。

耿伏生

隋朝冀州临黄县东,有一个叫耿伏生的人。他家里稍有些资产。隋朝大业十一年,耿伏生的母亲张氏瞒着丈夫给了女儿两匹绢。几年后,耿伏生的母亲死了,变成一头母猪,托生在他家,又生了两头小猪。两头小猪都被耿伏生杀掉吃了,于是母猪没有再生小猪。耿伏生就把杀猪的人找来,要把母猪卖掉,还没把母猪取走的时候,有一个客游的僧人向耿伏生化缘,就在耿伏生家歇脚。僧人让一个童子进到猪圈中游戏。猪对童子说:"我是耿伏生的母亲,因为以前瞒着耿伏生的父亲,拿了两匹绢给女儿,我犯了这样的罪行,变成了母猪。生了两个孩子,全被耿伏生吃光了。债已经还完了,再不欠他什么了。他要把我卖给杀猪的,请代我告诉他。"童子全都告诉了师傅,师傅当时生气地说:"你太傻了,猪怎么会说这样的话!"于是就睡下了。又过了一天,猪看见童子,又说:"杀猪的就要来了,你为什么不告诉他?"童子再次告诉师傅,师傅又不让他讲。没过一会儿,杀猪的人来取猪。猪从圈里跳出来就跑,跑到僧人面前的床下。杀猪的人追到和尚屋子。僧人说:"猪投到我这来,我就为它买条命吧!"于是拿出三百文钱买下这头猪。然后就悄悄对耿伏生说:"你家里曾经丢过绢吗?"耿伏生说:"先父健在的时候,曾丢过两匹绢。"僧人又问耿伏生姊妹几个,耿伏生说:"只有一个妹妹,嫁

与县北公乘家。"僧即具陈童子所说。伏生闻之,悲泣不能自已。更别加心供养猪母。凡经数日,猪忽自死。托梦其女云:"还债既毕,得生善处。"兼劝其女,更修功德。 出《法苑珠林》。

李校尉

唐龙朔元年,怀州有人至潞州市猪至怀州卖。有一特猪,潞州三百钱买,将至怀州,卖与屠家,得六百钱。至冬十一月,潞州有人姓李,任校尉,至怀州上番,因向市欲买肉食。见此特猪,已缚四足,在店前,将欲杀之。见此校尉,语云:"汝是我女儿,我是汝外婆。本为汝家贫,汝母数索,不可供足,我大儿不许。我怜汝母子,私避儿与五斗米。我今作猪,偿其盗债,汝何不救我?"校尉问此屠儿赎猪。屠儿初不之信。余人不解此猪语,唯校尉得解。屠儿语云:"审若是汝外婆,我解放之。汝对我更请共话。"屠儿为解放已,校尉更请猪语云:"某今上番一月,未得将婆还舍,未知何处安置婆?"猪即语校尉云:"我今已隔,并受此恶形。纵汝下番,亦不须将我还。汝母见在,汝复为校尉,家乡眷属见我此形,决定不喜,恐损辱汝家门。某寺有长生猪羊,汝安置我此寺。"校尉复语猪言:"婆若有验,自预向寺。"猪闻此语,遂即自向寺。寺僧初不肯受,校尉具为寺僧说此灵验。合寺僧闻,并怀怜愍。为造舍居处安置。校尉复留小毡令卧。寺僧道俗竞施饮食。后寺僧并解猪

给了县北的公乘家。"僧人就把童子说的事详细地告诉了他。耿伏生听了之后,悲伤地哭泣,不能自已。以后他更加用心供养母猪了。几天之后,母猪忽然死了。它托梦给耿伏生的妹妹说:"债已经还完,得以托生到好人家去了。"还规劝女儿,之后要修身行善,多积功德。出自《法苑珠林》。

李校尉

唐朝龙朔元年,怀州有一个人到潞州买猪到怀州倒卖。有一头大猪,在潞州花三百文钱买来,把它运到怀州,卖给屠户,卖了六百钱。到了冬天十一月,潞州有一个姓李的人,做校尉,他到怀州轮替执勤,便想到集市上买肉吃。看到这头猪时,它已经被绑了四条腿放在店前,马上就要被杀了。这头猪见了李校尉,说道:"你是我女儿的儿子,我是你的外婆。本来因为你家贫穷,你妈多次跟我要东西,我不能满足她,因为我大儿子不让。我可怜你们母子,私自瞒着儿子给了你们五斗米。我现在做猪,是偿还偷那五斗米的债,你为什么不救我?"李校尉便向屠夫赎买这头猪。屠夫起先不信。其余的人都不懂猪的话,只有李校尉一个人能听懂。屠夫说:"如果弄清楚确实是你外婆,我就放了它。请你当着我的面和它说话。"屠夫把绑猪的绳子解开,李校尉又对猪说:"我现在轮替执勤一个月,不能把外婆送回家,不知该把外婆安置到什么地方?"猪就对李校尉说:"我现在与人世相隔离,又变成这么丑的模样。即使你任务结束了,也不必把我带回去。你母亲还在,你又是校尉,家乡的眷属见了我这等模样,肯定不会喜欢,恐怕会有损于你家的名声。有个寺院里有长生的猪羊,你可以把我安置到这个寺里。"李校尉又对猪说:"外婆果真有灵验,就自己前往那个寺院去吧。"猪听了这话,立即就起来走向寺院。寺里的和尚开始不肯接受,李校尉详细地说了那件奇事。全寺院的和尚听了,都很怜悯。为猪建了猪舍,把它安置在里边。李校尉又留下一块毡子铺在它身下。寺里的僧俗争抢着给它送吃的东西。后来,寺里的和尚们都能听懂这头猪

语。下番，辞向本州，报母此事。母后自来看猪。母子相见，一时泣泪。猪至麟德元年，犹闻平安。出《法苑珠林》。

汤　应

吴时，庐陵县亭重屋中，每有鬼物，宿者辄死。自后使人，莫敢入亭止宿。丹阳人汤应者，大有胆武，使至庐陵，遂入亭宿焉。吏启不可，应不听。悉屏从者还外，唯持一大刀独处亭中。至三更竟，忽闻有扣阁者。应遥问是谁，答云："部郡相问。"应使进，致词而去。顷复有扣阁者云："府相闻。"应复使君进焉，了无疑也。旋又有扣阁者云："部郡府君相诣。"应方疑是鬼物，因持刀迎之。见二人皆盛服，齐进坐之。称府君者，便与应谈，而部郡者忽起。应乃回顾，因以刀砍之。府君者即下座走焉。追至亭后墙下，及之，砍几刀焉，应乃还卧。达曙，方将人寻之，见有血迹，皆得之。称府君者，是一老豨，豨，猪也。部郡者，是一老狸。自此其妖遂绝。出《搜神记》。

安阳书生

安阳城南有一亭不可宿，宿辄杀人，书生乃过宿之。亭民曰："此不可宿，前后宿此，未有活者。"书生曰："无苦也，吾自住此。"遂住廨舍，乃端坐诵书，良久乃休。夜半后，有一人著皂衣，来往户外，呼亭主。亭主应曰："诺。""亭中有人耶？"答曰："向有书生在此读书，适休，未

说的话了。李校尉完成任务之后，回到本州，向母亲禀报了此事。他母亲后来亲自来看这头猪。母女相见，一时泪下。据说到麟德元年的时候，那头猪还平安无事。出自《法苑珠林》。

汤 应

　　三国时期的吴国，庐陵县县亭的重屋中，常有鬼物出现，住在亭中的人动不动就死了。后来出使到这里的人，没有敢在亭中住宿的。丹阳人汤应，很有胆量，武艺高强，他出使来到庐陵，就住在县亭里。亭吏告诉他不可住，汤应不听。到了晚上，他把随从人员全都打发到外边，独自拿着把大刀住在亭中。到了三更之后，忽然听见有人敲门。汤应远远问是谁，回答说："是本郡从事来问候。"汤应让他进来，他说了几句客气话便离去了。不久又有人敲门，说："府君来看望。"汤应又让府君进来，一点可疑的地方也没有。不一会儿又有敲门的，说："从事和府君来了。"汤应这才怀疑来的是鬼物，便拿着刀迎接他们。进来的两个人都穿得很像样，一齐进来坐下。称府君的便和汤应交谈，而那个自称从事的忽然站起来。汤应回头一看，挥刀就砍。自称府君的见状离开座位就跑。汤应追到亭后墙下，追上了，连砍数刀，然后就回去躺下睡觉。直到天亮，才派人去寻找。见地上有血迹，便都找到了。自称府君的是一头老猪，自称从事的是一只老狐狸。从此之后这里的妖怪便绝迹了。出自《搜神记》。

安阳书生

　　安阳城南有一座驿亭，那里不能住宿，一住下便会被杀死。有一个书生从此处经过，就要住宿在此亭中。亭民对他说："此亭不能住，前前后后在这亭中住宿的，没有能活着出来的。"书生说："不用担心，我是自愿住进来的。"于是他就住进了馆舍里，就端坐在那里读书，过了很久才躺下休息。半夜后，有一个人身穿黑衣，来到门外，喊亭主，亭主答应说："哎。"又问："亭中有客人吗？"回答："有一位书生在此处读书，刚刚躺下休息，可能还没

似寝。"乃喑嗟而去。既而又有冠赤帻者,来呼亭主,问答如前,既去寂然。书生知无来者,即起诣问处,效呼亭主,亭主亦应诺,复云:"亭中有人耶?"亭主答如前。乃问:"向者黑衣来谁?"曰:"北舍母猪也。"又曰:"冠赤帻来者谁?"曰:"西邻老雄鸡也。""汝复谁也?""我是老蝎也。"于是书生密便诵书至明,不敢寐。天晓,亭民来视,惊曰:"君何独得活?"书生曰:"促索剑来,吾与乡取魅。"乃握剑至昨夜应处,果得老蝎,大如琵,毒长数尺,西家得老雄鸡,北舍得老母猪。凡杀三物,亭中遂安静也。出《搜神记》。

吴郡士人

晋有一士人姓王,家在吴郡。还至曲阿,日暮,引船上,当大埭。见塘上有一女子,年十七八,便呼之留宿。至晓,解金铃系其臂,使人送至家。都无女人,因过猪栏中,见母猪臂有金铃也。出《搜神记》。

晋州屠儿

唐显庆三年,徐玉为晋州刺史。有屠儿在市东巷,杀一猪命断,汤燖皮毛并落,死经半日。会杀余猪,未及开解。至晓,以刀破腹,长划腹下一刀,刀犹未入腹,其猪忽起走出门,直入市西,至一贾者店内床下而卧。市人竞往看之,屠儿执刀走逐。看者问其所由,屠儿答云:"我一生已来杀猪,未常闻见此事。"犹欲将去,看者数百人,皆嗔

睡着。"于是低声叹息着离去了。接着又有一个戴红头巾的人来喊亭主,问答和前者一样。他走了之后便很寂静。书生知道无人再来了,就起来走到刚才有人问的地方,模仿着喊亭主,亭主也答应了,又问:"亭中有人吗?"亭主仍然像前面那样回答。于是问:"刚才来的那个穿黑衣服的是谁?"回答说:"北屋的老母猪。"书生又问:"戴红头巾的是谁?"回答说:"西邻的老公鸡。"再问:"你是谁?"回答说:"我是老蝎子。"于是书生静静地读书到天明,没敢睡觉。天亮之后,亭民来看,惊奇地说:"为什么只有你活下来了?"书生说:"快拿剑来,我给乡民们捉鬼!"于是他拿着剑来到昨夜应声的地方,果然找到一只老蝎子,像军鼓那么大,毒尾巴钩有几尺长。又从西邻家找到老公鸡,到北屋找到老母猪。把它们全都杀了,亭馆便平安宁静了。出自《搜神记》。

吴郡士人

晋朝时,有一个士人姓王,家住在吴郡。他回家走到曲阿,天色已晚,船夫拉船通过浅滩,把船停在一座土坝附近。他见水塘上有一位十七八岁的女子,就喊她进来住了一宿。到天亮,他把一只金铃系在那女子的胳膊上,派人把她送回家去。后来,再也找不到这个女人了,路过猪圈的时候,见母猪的前腿上系着那个金铃。出自《搜神记》。

晋州屠儿

唐朝显庆三年,徐玉是晋州刺史。有一个屠夫在集市东胡同里宰杀了一头猪,用开水烫得猪毛猪皮都脱落了,死了已经半天了。赶上忙着杀剩余的猪,没来得及开膛。到了第二天天亮,屠夫拿着刀去开膛,用刀往它肚子上一划,刀还没划进肚子里,那头猪忽地就跳起来跑出门去,一直跑到市西,来到一家商人店内的床下趴着。集市上的人争抢着来看,屠夫拎着刀跑来。看热闹的问屠夫是怎么回事,屠夫回答说:"我一辈子杀猪,未曾听说这样的怪事。"他还想把猪拖回去,几百个看热闹的人,都嗔怪

責屠儿，竞出钱赎猪。诸人共为造舍安置。猪身毛皮始得生，咽下及腹下疮处差已，作大肉块，粗如臂许。出入来去，不污其室，性洁不同余猪，至四十五年方卒。出《法苑珠林》。

元 佶

唐长安中，豫州人元佶居汝阳县，养一牝猪，经十余年，一朝失之。乃向汝阳，变为妇人，年二十二三许，甚有资质。造一大家门云："新妇不知所适，闻此须人养蚕，故来求作。"主人悦之，遂延与女同居。其妇人甚能梳妆结束，得钱辄沽酒，并买脂粉而已。后与少年饮过，因入林醉卧，复是牝猪形耳，两颊犹有脂泽在焉。出《广古今五行记》。

崔日用

开元中，崔日用为汝州刺史。宅旧凶，世无居者。日用既至，修理洒扫，处之不疑。其夕，日用堂中明烛独坐，半夜后，有乌衣数十人自门入，至坐阶下，或有跛者眇者。日用问："君辈悉为何鬼，来此恐人？"其跛者自陈云："某等罪业，悉为猪身，为所放散在诸寺，号长生猪。然素不乐此生，受诸秽恶，求死不得。恒欲于人申说，人见悉皆恐惧。今属相公为郡，相投转此身耳。"日用谓之曰："审若是，殊不为难。"俱拜谢而去。翌日，寮佐来见日用，莫不惊其无恙也。衙毕，使奴取诸寺长生猪。既至，或跛或眇，

责备屠夫，争抢着出钱赎买猪。人们共同为猪建造屋舍安置饲养它。猪身上的皮毛开始生长，咽喉下边和肚子下边的伤口长好之后，长成大肉块，像胳膊那么粗。这头猪进进出出，不弄脏它的屋舍，生性爱干净，与其他猪截然不同。一直活到显庆四十五年才死。出自《法苑珠林》。

元佶

唐朝长安年间，豫州人元佶住在汝阳县。他养了一头母猪，养了十多年了，忽然有一天就丢失了。原来它跑到汝阳城中，变成一位妇人，看上去二十二三岁，很有姿色。她来到一个富户家门前说："我是一个新婚妇人，无处安身，听说这里需要人养蚕，所以来讨个工做。"主人很高兴，就把她迎进去，让她和家里的女眷住到一起。这个妇人特别喜欢梳妆穿戴，挣了钱总是用来买酒、买脂粉。后来她和一位年轻人喝酒喝过了量，进到树林里醉卧，就又恢复成了一头母猪的模样，两颊上还有脂粉在上面呢！出自《广古今五行记》。

崔日用

唐朝开元年间，崔日用是汝州刺史。官宅过去闹过鬼，很长时间没有人居住了。崔日用到任之后，修理洒扫干净，毫无疑虑地住了下来。当天晚上，日用点着蜡烛在堂中独坐。半夜之后，有几十个穿黑衣服的人从门外进来，都坐在台阶下，有瘸腿的，也有盲人。崔日用问："你们都是些什么鬼，为什么来吓唬人？"那个瘸腿的说道："我们有罪，全都是猪身，被散放在各寺院里，叫作长生猪。可我们一向不愿意这一辈子遭受这秽恶，求死不能。总想对人申说，人们见了又全都恐惧。现在是您我们来投奔您，做郡守，求您帮忙转换身形。"崔日用对他们说："如果真是这样，一点也不难！"他们全都拜谢而去。第二天，僚属们来看崔日用，没有不惊讶他仍安全无恙的。衙门的事情办完，崔日用派奴仆到各寺中把长生猪都带来。来了后，有瘸的有盲的，

不殊前见也。叹异久之,令司法为作名,乃杀而卖其肉,为造经像,收骨葬之。他日又来谢恩,皆作少年状,云:"不遇相公,犹十年处于秽恶。无以上报,今有宝剑一双,各值千金,可以除辟不祥,消弥凶厉也。"置剑床前,再拜而去。日用问:"我当何官?"答云:"两日内为太原尹。"更问:"得宰相否?"默而不对。出《广异记》。

李　汾

李汾秀才者,越州上虞人也。性好幽寂,常居四明山。山下有张老庄,其家富,多养豕。天宝末,中秋之夕,汾步月于庭,抚琴自适,忽闻户外有叹美之声,问之曰:"谁人夜久至此山院?请闻命矣。"俄有女子笑曰:"冀观长卿之妙耳!"汾启户视之,乃人间之极色也。唯觉其口有黑色。汾问曰:"子得非神仙乎?"女曰:"非也,妾乃山下张家女也,夕来以父母暂过东村,窃至于此,私面君子。幸无责也。"汾忻然曰:"娘子既能降顾,聊可从容。"女乃升阶展叙,言笑谈谑,汾莫能及。夜阑就寝,备尽绻缱。俄尔晨鸡报曙,女起告辞。汾意惜别,乃潜取女青毡履一只,藏衣笥中。时汾欹枕假寐,女乃抚汾悲泣,求索其履,曰:"愿无留此,今夕再至。脱君留之,妾身必死谢于君子。"汾不允,女号泣而去。汾觉,视床前鲜血点点出户。汾异之,乃开笥,视青毡履,则一猪蹄壳耳。汾惶骇,寻血至山前张氏溷中,见一牝豕,后足刓一壳。豕视汾,瞋目咆哮,如有怒色。汾以

和昨夜见过的没什么两样。他叹息惊奇了好久，就让司法参军为它们判定罪名，就把它们杀了卖肉，用所得的钱建造经像，又把它们的骨头收起来埋了。改日他们又来谢恩，都变成年轻人的样子，说："要不是遇上您，还得在秽恶当中活十年。没有什么报答您的，现在有一对宝剑，各值千金，可以除去邪恶不祥之事，消除凶神恶鬼。"他们把剑放在床前，拜了两拜就要离开。崔日用问："我会做到什么官?"回答说："两日内就会升任太原尹。"又问："能做到宰相吗?"他们沉默不答。出自《广异记》。

李　汾

　　李汾是越州上虞县的一名秀才。生性喜欢幽静寂寞，曾住在四明山。山下有一个张老庄，他家里很是富裕，养了许多猪。天宝末年，中秋之夜，李汾在院子里走在月光之下，抚琴自乐，忽然听到门外有喝彩声，他问道："是谁深夜来到这山中小院？请报上姓名。"不一会儿便有个女子笑着说："希望看看长卿的风采罢了。"李汾打开门一看，原来是人间的绝色。只是觉得她的嘴略有黑色。李汾问道："您莫不是神仙?"女子说："不是。我是山下老张家的女儿，今晚因为父母暂时到东村去了，我偷偷来到这里，私自来见您。请不要见怪。"李汾高兴地说："娘子既然能来看我，可以稍微随便些。"女子便登上台阶来和他叙谈，又说又笑，幽默风趣，李汾比不上她。夜深睡到一起，情意缠绵，难舍难分。不久雄鸡报晓，女子起来告别。李汾心里舍不得离别，就偷偷拿了女子的一只黑毡鞋，藏在衣箱里。当时李汾斜躺在枕上假睡，女子就抚摸着他悲伤地哭泣，要她的鞋，说："希望您不要留鞋，今晚我再来。如果您非要留下鞋子，那么我一定会以死来回报君子。"李汾没有答应，女子号哭着离开了。李汾觉得事情有些蹊跷，往床前一看，有点点血迹向门外而去。他很奇怪，打开衣箱一看，哪里是什么黑毡鞋，竟是一只猪蹄壳子。李汾非常害怕，寻着血迹来到山前张老家猪圈，见圈里有一头母猪，后蹄子没有甲壳了。猪见了李汾，瞪着眼吼叫，好像很生气。李汾把

事白张叟,叟即杀之。汾乃弃山院,别游他邑。 <small>出《集异记》。</small>

徐州军人

后唐长兴中,徐州军营将烹一牝豕。翌日,将宰之。是夕,豕见梦于主曰:"尔勿杀我,我之胎非豕也。尔能志之,俾尔丰渥。"比明,忘而宰之。腹内果怀一小白象,裁可五寸,形质已具,双牙灿然。主方悟,无及矣。营中汹汹咸知之。闻于都校,以纸缄之,闻于节度使李敬周。时人咸不测之,亦竟无他。 <small>出《玉堂闲话》。</small>

事情告诉了张老翁，老翁就把这头猪杀了。李汾就离开了四明山那所宅院，到别的城邑中远游去了。出自《集异记》。

徐州军人

后唐长兴年间，徐州军营中将要烹杀一头母猪。第二天，将要宰杀它。当晚，它就托梦给军营主帅说："你不要杀我，我肚里的胎儿不是猪。你要能记住我的话，一定让你富起来。"到了天亮，主帅把梦忘了，就把母猪杀了。母猪的肚子里果然怀着一头小象，才五寸长，形体已经长全，两颗象牙很光洁。主帅这才恍然大悟，但是已经来不及了。军营中的人议论纷纷，全知道了。都校听说之后，写文书向节度使李敬周报告。当时人们都不知道这是怎么回事，但最终也没有出现别的事。出自《玉堂闲话》。

卷第四百四十
畜兽七

猫

猫目睛,旦暮圆,及午,竖敛如綖。其鼻端常冷,唯夏至一日暖。其毛不容蚤虱。黑者暗中逆循其毛,即若火星。俗言猫洗面过耳,则客至。楚州谢阳出猫,有褐花者。灵武有红叱拨及青骢色者。猫一名"蒙贵",一名"乌员"。平陵城,古谭国也,城中有一猫,常带金镰,有钱,飞若蛱蝶,土人往往见之。出《酉阳杂俎》。

猫

　　猫的眼珠，早晨和晚上是圆的，到了中午，就收拢成一条竖线。它的鼻尖总是凉的，只有夏至那一天是暖的。它的皮毛不藏跳蚤虱子。黑色的猫在暗处逆着毛摩挲，就像有火星。民间传说猫洗脸超过耳朵，就有客人来。楚州谢阳县出产猫，有长着褐色花纹的。灵武有红叱拨和青骢色的猫。猫的一个名字叫"蒙贵"，还有一名叫"乌员"。平陵城，也就是古谭国，城里有一只猫，经常带着一把金锁，有金钱斑花纹，飞跑起来像蝴蝶，当地人常常看到它。出自《酉阳杂俎》。

唐道袭

王建称尊于蜀,其嬖臣唐道袭为枢密使。夏日在家,会大雨,其所蓄猫,戏水于檐溜下。道袭视之,稍稍而长,俄而前足及檐。忽尔雷电大至,化为龙而去。出《稽神录》。

卖醋人

建康有卖醋人某者,畜一猫。甚俊健,爱之甚。辛亥岁六月,猫死。某不忍弃,置猫坐侧。数日,腐且臭。不得已,携弃秦淮水。既入水,猫活。某自下救之,遂溺死。而猫登岸走。金乌铺吏获之,缚置铺中,镵其户,出白官司,将以其猫为证。既还,则已断其索,啮壁而去矣。竟不复见。出《稽神录》。

归系

进士归系,暑月,与一小孩子于厅中寝。忽有一猫大叫,恐惊孩子。使仆以枕击之,猫偶中枕而毙。孩子应时作猫声,数日而殒。出《闻奇录》。

鼠

旧说,鼠王其溺精,一滴成一鼠。一说,鼠母头脚似鼠,尾苍口锐,大如水中獭,性畏狗,溺一滴成一鼠。时有鼠灾,多起于鼠母。鼠母所至处,动成万万鼠,其肉极美。凡鼠食死人目睛,则为鼠王。俗云:鼠啮上服有喜,凡啮

唐道袭

王建在蜀地称帝,他的宠臣唐道袭是枢密使。夏天在家中,赶上下大雨,他养的那只猫,在屋檐滴水处玩水。唐道袭看着它,一点点长大,不一会儿前爪就能伸到屋檐了。忽然一阵电闪雷鸣,猫变成龙飞走了。出自《稽神录》。

卖醋人

建康城有个卖醋的人,他养了一只猫。这只猫长得又好看又健壮,他特别喜欢这只猫。辛亥年六月,猫死了。他不忍心把它扔掉,就放在座位旁边。过了几天,死猫腐烂发臭。不得已,他只好把死猫扔到秦淮河里去。死猫入水之后,又活了。那人就下去救它,却被淹死了。而那猫却爬上岸跑了。金乌铺的官吏捉到它,把它绑起来放到铺子里,锁了门,前去向官府报告,将以这只猫为证据。回来之后,那猫却已经挣断了绳索,咬穿了墙壁逃跑了。后来就再也没见到它。出自《稽神录》。

归 系

有一个叫归系的进士,夏天和一个小孩子在厅里睡觉。忽然有一只猫大叫,吓醒了孩子。归系让仆人用枕头打那猫,猫恰好被枕头击中死了。那孩子当时就像猫那样叫唤起来,几天后就死了。出自《闻奇录》。

鼠

旧时有一种说法,说鼠王的精液是尿出来的,一滴就能变成一只小老鼠。还有一种说法,说母鼠的头和脚像老鼠,尾巴是黄色的,嘴巴是尖的,大小有如水獭,天性怕狗,一滴尿就变成一只老鼠。当时有鼠灾,多半都是母鼠造成的。母鼠所到之处,动不动就会出现万万只老鼠,肉味极美。凡是吃了死人眼睛的老鼠,就能成为鼠王。俗话说:老鼠咬了外衣有喜事。凡是老鼠咬了

衣，欲得有盖，无盖凶。_{出《酉阳杂俎》。}

西域有鼠大如狗，中者如兔，小者如常大鼠。头悉已白，然带以金枷。商估有经过其国，不先祈祀者，则啮人衣裳也。得沙门咒愿，更获无他。释道安昔至西方，亲见如此。_{出《异苑》。}

不尽木火中有鼠重千斤，毛长二尺余，细如丝。恒居火中，洞赤。时时出外而毛色白，以水逐而沃之，即死。人纺绩其毛，织以为布。用之若有垢涴，以火烧之则净也。_{出《神异记》。}

北方层冰万里，厚百丈。有磎鼠在冰下土中。其形如鼠，食草木，肉重千斤，可以作脯，食之已热。其毛八尺，可以为褥，卧之却寒。其皮可以蒙鼓，声闻千里。其毛可以来鼠，此尾所在鼠聚。今江南鼠食草木为灾，此类也。_{出《神异录》。}

红飞鼠多出交趾及广管陇州，皆有深毛茸茸然。唯肉翼浅黑色。多双伏红蕉花间，采捕者若获一，则其一不去。南中妇人，买而带之，以为媚药。_{出《岭表录异》。}

拱鼠形如常鼠。行田野中，见人即拱手而立。人近欲捕之，跳跃而去。秦川中有之。_{出《录异记》。}

鼹鼠首尾如鼠，色青黑，短足有指，形大，重千余斤。出零陵郡界，不知所来。民有灾及为恶者，鼠辄入其田中，振落毛衣，皆成小鼠，食其苗稼而去。或捕得鼹鼠者，治其

衣服，要能有东西遮盖着才有喜事，没有东西盖着就会不吉利。出自《酉阳杂俎》。

西域有一种老鼠，大个的像狗那么大，中等的像兔子，小的像平常的大老鼠那么大。这种老鼠的头部全都已经白了，还带着金色枷锁。经过这个国家的商人，不先进行祈祷祭祀的，老鼠就咬他们的衣裳。如果能求得和尚的符咒，便不会发生什么事。释道安以前到西方，亲眼看到的就是这样。出自《异苑》。

传说树木燃烧后的余烬中有千斤重的大老鼠，毛长二尺多，像丝一样细。它总待在火里，鼠洞是红的。它时常出来，而毛色是白的。用水追赶它，灌它，它就死了。人们用它的毛纺成线，织成布。用的时候如果上面有了污垢，用火一烧就干净了。出自《神异记》。

北方结冰万里，冰有一百丈厚。有一种礛鼠就生活在这冰层下边的土中。它的样子像老鼠，吃草木，体重一千斤，肉可以做成肉干，吃的时候还是热的。它的毛有八尺长，可以做褥子，铺着可以防寒。它的皮可以蒙鼓，敲响之后千里之处都能听见。它的毛可引来别的老鼠，把它的尾巴放在哪里，老鼠就向哪里聚集。现在江南老鼠吃草木成灾，就是这种情况。出自《神异录》。

红飞鼠大多出自交趾和广管陇州，这种老鼠都长着深色的毛，毛茸茸的。只有肉翅是浅黑色的。它们大多成双成对地趴伏在芭蕉花之间，捕捉它的人捉到一个，那另一个也不离去。南方的妇人买它带在身边，把它当成一种讨男人喜欢的药物。出自《岭表录异》。

拱鼠的样子和通常的老鼠一样。它行走在田野里，见了人就拱手而立。人靠近想要捕捉它，它就跳跃着跑开。秦川有这种老鼠。出自《录异记》。

鼹鼠的头和尾巴像老鼠，青黑色，脚短有趾，个头很大，体重可达一千多斤。这种鼠出产在零陵郡内，不知是从哪儿来的。有谁做了坏事，鼹鼠就进到他的田里，抖落身上的毛，毛都变成小老鼠，把他的庄稼吃光了便离去。有人捉到了鼹鼠，加工它的

皮,饰为带,颇能涩刍。为其三毛出于一孔,与常皮有异,人多宝之。出《录异记》。

义鼠形如鼠,短尾。每行,递相咬尾,三五为群,惊之则散。俗云:见之者当有吉兆。成都有之。出《录异记》。

唐鼠形如鼠,稍长,青黑色,腹边有余物如肠,时亦脱落。亦名"易肠鼠"。昔仙人唐昉拔宅升天,鸡犬皆去。唯鼠坠下,不死而肠出数寸。三年易之,俗呼为"唐鼠"。城固川中有之。出《异苑》。

白鼠,身毛皎白,耳足红色,眼眶赤。赤者乃金玉之精。伺其所出掘之,当获金玉。云鼠五百岁即白。耳足不红者,乃常鼠也。出《录异记》。

王周南

魏齐王芳时,中山有王周南者为襄邑长。忽有鼠从穴出语曰:"周南尔以某日死。"周南不应。至期,更冠帻皂衣而出曰:"周南尔以日中死。"亦不应。鼠复入穴。日适中,鼠又冠帻而出曰:"周南汝不应,我何道。"言绝,颠蹶而死,即失衣冠所在。就视之,与常鼠无异。出《幽明录》。

终祚

吴北寺终祚道人卧斋中,鼠从坎出,言终祚后数日当死。祚呼奴,令买犬。鼠云:"亦不畏此,其犬入户必死。"犬至果尔。祚常为商,闭户谓鼠曰:"汝正欲使我富耳。今

皮毛，装饰成带子，很耐得住涩缩和褶皱。因为它三根毛出自一个毛孔，与通常的毛皮不一样，人们都很珍惜它。出自《录异记》。

义鼠的样子像老鼠，尾巴短。每当走路，后边的会咬着前边的尾巴，三五成群，受到惊吓就散开。民间有一种说法：见到义鼠的人，将有吉祥的事情来临。成都有义鼠。出自《录异记》。

唐鼠的样子像普通老鼠，身体稍长，青黑色，肚子下边有一块很像肠子的多余的东西，时常也会脱落。它也叫"易肠鼠"。过去的仙人唐昉连同住宅一起拔地升天，家里的鸡和狗全都跟着去了。只有老鼠从半空里掉下来，虽然没摔死，但是肠子摔出来几寸。三年换一次，一般叫它"唐鼠"。城固川中有唐鼠。出自《异苑》。

白鼠，身上的毛雪白，耳朵和爪子是红的，眼眶是红的。眼眶红的是黄金白玉的精灵，见它从哪里出来，就去挖掘，能挖出金子和玉石。俗语说老鼠活到五百岁才能变白。耳朵和爪子不红的，是平常的老鼠。出自《录异记》。

王周南

三国魏齐王曹芳的时候，中山有一个叫王周南的人是襄邑长。有一天忽然有一只老鼠从洞中钻出来说："王周南，你在某天会死。"王周南不应声。到了那天，那老鼠又戴上帽子穿上黑衣服出来说："王周南，你到中午就会死。"王周南也不应声。老鼠又进入洞里。到了中午，老鼠又戴着帽子出来说："王周南，你不应声，我还有什么可说的。"说完，它倒地而死，衣服帽子都不见了。走到近前看它，和普通的老鼠没什么两样。出自《幽明录》。

终 祚

吴北寺终祚道人躺在禅房里，一只老鼠从洞中钻出来，说终祚过几天会死。终祚喊来奴仆，让奴仆买狗。老鼠说："我也不怕狗，那狗进了门一定得死。"狗买回来后果然死了。终祚曾经做过商人，他关上门对老鼠说："你正是想要让我致富呢！现在

既远行，勤守吾房，勿令有所零失。"时桓玄在南州，禁杀牛甚急。终祚载数船窃买牛皮，还东货之，得二十万。还时户犹阖也，都无所失。其怪亦绝。自后稍富。出《幽明录》。

清河郡守

清河郡太守至，前后辄死。新太守到，如厕，有人长三尺，冠帻皂服，云："府君某日死。"太守不应，意甚不乐，乃使吏为作亡具。外颇怪其事。日中如厕，复见前所见人，言府君今日中当死。三言亦不应。乃言："府君当道而不道，鼠为死。"乃顿仆地，大如豚。郡内遂安。出《幽明录》。

淳于智

淳于智字叔平，济北人。性深沉，有恩义，少为书生，善《易》。高平刘柔夜卧，鼠啮其左手中指，意甚恶之，以问智。智为筮之曰："鼠本欲杀君而不能，当相为，使之反死。"乃以朱书其手腕横文后为田字，可方一寸，使夜露手以卧。有大鼠伏死于前。出《搜神记》。

徐密

上虞魏虔祖婢名皮纳，有色，密乐之。鼠乃托为其形，而就密宿。密心疑之，以手摩其四体，便觉缩小。因化为

我将要远行，你要勤勉地守着我的房屋，不要让我有什么损失。"那时桓玄在南州，严禁止杀牛。终祚载运几船偷偷收购来的牛皮，到东方卖了，赚钱二十万。他回到家里的时候，门还是关着的，什么东西都没有丢。那怪物也绝迹了。从此以后他渐渐富起来。出自《幽明录》。

清河郡守

清河郡的几任太守上任之后，接连死去。新太守到任，在上厕所时，有一个三尺长的小人，戴着头巾穿着黑衣服，说："府君某日当死。"太守不应声，心里很不高兴，就派官吏为他准备棺材、丧服一类的用具。外人都感到奇怪。中午上厕所，他又见到之前见过的那个小人，小人说府君今天中午应该死。说了三次太守也不应声。于是小人说："府君应该说的话却不说，老鼠替你死。"于是就倒地而死，像小猪那么大。从此郡内就太平了。出自《幽明录》。

淳于智

淳于智字叔平，济北人。他天性深沉，有恩德讲义气，年轻时是书生，擅长解读《易经》。高平县的刘柔夜里躺在床上，被老鼠咬了左手中指，心里非常讨厌，就来问淳于智。淳于智为他占卜之后说："老鼠本来想杀您，但是没能办到，我们应当利用它，反而可以让它死。"于是便用朱砂在刘柔手腕的横纹下写成一个"田"字，有一寸见方那么大，让他夜里躺下睡觉时把手露在外面。他按淳于智说的做了，结果有一只大老鼠趴在他手腕处死了。出自《搜神记》。

徐 密

上虞人魏虞祖的一名婢女名叫皮纳，很有姿色，徐密很喜欢她。有一只老鼠变成皮纳的模样，来和徐密一起过夜。徐密心里怀疑，就用手摸她的四肢，便觉得她在渐渐地缩小。最后变成

鼠而走。出《幽明录》。

蔡喜夫

宋前废帝景平中，东阳大水，蔡喜夫避住南垄。夜有大鼠，形如独子，浮水而来，径伏喜夫奴床角。奴愍而不犯。每食，辄以余饭与之。水势既退，喜夫得返居。鼠以前脚捧青纸，裹二个珠，置奴前，啾啾似语。从此去来不绝，亦能隐形，又知人祸福。后同县吕庆祖牵狗野猎，暂过，遂啮杀之。出《异苑》。

茅崇丘

齐世祖永明十年，丹阳郡民茅崇丘家，夜夜厨中有人语笑，复明灯火，有宴馔之声。及开门视之，即无所见。及闭户，即依然闻。如此数旬。忽有一道士诣崇丘问曰："君夜夜有妖患乎？"崇丘曰："然。"道士乃怀中取一符与之，谓崇丘曰："但钉于灶上及北壁，来日早视之。"言讫，遂失其道士。崇丘喜，乃以符如其言。明日，见厨中有五六大鼠各长二尺，无毛而色如朱，尽死于北壁。乃竟绝。出《穷怪录》。

萧悉达

北齐平原太守兰陵萧悉达，腰带为鼠啮。杨遵彦以俗事戏之曰："当迁官。"未几，除家令，寻失职。鼠后啮其靴，遵彦曰："当复得官。"悉达曰："某便为吏部尚书，何关人事？"出《谈薮》。

老鼠跑了。出自《幽明录》。

蔡喜夫

南朝宋前废帝景平年间，东阳县发大水，蔡喜夫避水灾住在南垄。夜里有一只大老鼠，样子像一头小猪，浮水而来，径直来到蔡喜夫奴仆的床角上趴下了。奴仆可怜它，没惹它。每当吃饭的时候，就把剩饭给它吃。水势消退以后，蔡喜夫回到家中。那只老鼠用前爪捧着用黑纸包着的两颗珍珠，放到奴仆面前，啾啾的像在讲话。从此以后它与这家来往不断，也能隐形，又能预测人的吉凶祸福。后来同县的吕庆祖率着狗到野外打猎，暂时路过这里，狗就把这只老鼠咬死了。出自《异苑》。

茅崇丘

南朝齐世祖永明十年，丹阳郡百姓茅崇丘家里，每天夜里厨房总有人说笑，还亮着灯，还能听到喝酒吃饭的声音。等到开门看，就什么也看不见。等关上门，就仍然能听到那声音。如此持续了几十天。忽然有一天，一个道士来到茅崇丘面前问："您家夜夜有妖怪为患吗？"茅崇丘说："是。"道士就从怀里取出一道符交给他，对他说："只钉在灶上和北墙上，明天早晨看看。"说完，道士就不见了。茅崇丘很高兴，就按照道士说的把符贴好了。第二天，见厨房里有五六只大老鼠，都有二尺多长，没有毛，色如朱砂，都死在北墙下。从此之后妖怪便绝灭了。出自《穷怪录》。

萧悉达

北齐时，平原郡太守兰陵人萧悉达，腰带被老鼠咬了。杨遵彦用俗间对待这种事的态度开玩笑说："您该升官了。"不久，萧悉达被任命为家令，没过多久他又丢掉了这一官职。后来老鼠又咬了萧悉达的靴子，杨遵彦说："您该再度做官了。"萧悉达说："我即使做了吏部尚书，跟人事有什么关系呢？"出自《谈薮》。

逆旅道士

唐万岁元年，长安道中有群寇昼伏夜动，行客往往遭杀害。至明旦，略无踪由。人甚畏惧，不敢晨发。及暮，至旅次。后有一道士宿于逆旅，闻此事，乃谓众曰："此必不是人，当是怪耳。"深夜后，遂自于道旁持一古镜，潜伺之。俄有一队少年至，兵甲完具，齐呵责道士曰："道旁何人？何不顾生命也！"道士以镜照之，其少年弃兵甲奔走。道士逐之，仍诵咒语。约五七里，其少年尽入一大穴中。道士守之至曙，却复逆旅，召众以发掘。有大鼠百余走出，乃尽杀之。其患乃绝。出《潇湘录》。

李 测

李测开元中为某县令。在厅事，有鸟高三尺，无毛羽，肉色通赤，来入其宅。测以为不祥，命卒击之。卒以柴斧砍鸟，刃入木而鸟不伤。测甚恶之，又于油镬煎之，以物覆上。数日开视，鸟随油气飞去。其后又来，测命以绳缚之，系于巨石，沉之于河。月余复至，断绳犹在颈上。测取大木，凿空其中，实鸟于内，铁冒两头，又沉诸河。自尔不至。天宝中，测移官，其宅亦凶。莅事数日，宅中有小人长数寸，四五百头，满测官舍。测以物击中一头，仆然而殪。视之，悉人也。后夕，小人等群聚哭泣，有车载棺，成服祭吊，有行葬于西阶之下，及明才发。测便掘葬处，得一鼠，通赤

逆旅道士

唐朝万岁元年,长安的道上有一群贼寇白天潜伏夜间出动,过往的旅客常常遭到他们的杀害。到了第二天早晨,又一点踪迹都找不到。人们特别害怕,不敢起早上路。一到傍晚就找客栈住下。后来有一个道士住在客栈里,他听说了此事之后,就对大伙说:"这一定不是人,可能是怪物。"夜深之后,道士独自拿着一面古镜,潜伏在道旁观察着。不一会儿有一队年轻人来了,他们的兵器铠甲都很完备,一齐呵斥道士道:"道旁是什么人?为什么不顾性命呢!"道士用古镜照他们,他们丢盔卸甲地逃跑了。道士追赶他们,还念诵咒语。大约追了五六里,那些年轻人全都跳进一个大洞中。道士守到天亮,回到客栈,召来大伙挖那个洞。有一百多只大老鼠从里边跑出来,众人把它们全都杀了。这里的祸患便没有了。出自《潇湘录》。

李　测

李测,在开元年间是某县的县令。他正在厅中办公,有一只鸟飞到他家,这只鸟有三尺高,没有羽毛,全身通红。李测认为这是不祥之兆,就命令兵卒打它。兵卒用砍柴的斧子砍那只鸟,斧刃砍进树木里,而那鸟却没有受伤。李测特别讨厌它,又把它放到油锅里炸,并盖上盖子。几天之后打开看,那鸟随着油气飞出去。后来它又来到家中,李测命人用绳子把它绑到大石头上,沉到河里去。一个多月之后,它又来了,断绳还系在它的脖子上。李测让人拿来一根大木头,凿空,把鸟装进去,又用铁箍住两头,再把它沉到河里去。从此它便不再来了。天宝年间,李测调到别处做官,他的宅子又闹凶患。到任几天后,宅子里有四五百个几寸高的小人,站满了李测的官舍。李测用东西打中一个,它倒在地上死了。过去一看,完全像人的样子。后一天晚上,小人们聚集在一起哭泣,有一辆车拉着一口棺材,小人们按照辈分穿着不同的丧服祭奠凭吊,葬到了西阶之下,到天亮才发丧完毕。李测就挖掘那个埋葬的地方,挖出来一只老鼠,浑身通红,

无毛。于是乃命人力,寻孔发掘,得鼠数百。其怪遂绝,测家亦甚无恙。出《广异记》。

天宝圹骑

天宝初,邯郸县境恒有魇鬼。所至村落,十余日方去,俗以为常。圹骑三人夜投村宿,媪云:"不惜留住,但恐魇鬼。客至必当相苦,宜自防之。虽不能伤人,然亦小至迷闷。"骑初不畏鬼,遂留止宿。二更后,其二人前榻寐熟,一人少顷而忽觉。见一物从外入,状如鼠,黑而毛。床前著绿衫,持笏长五六寸,向睡熟者曲躬而去,其人遽魇。魇至二人,次至觉者,觉者径往把脚,鬼不动,然而体冷如冰。三人易持之。至曙,村人悉共诘问,鬼初不言,骑怒云:"汝竟不言,我以油镬煎汝。"遂令村人具油镬,乃言:"己是千年老鼠,若魇三千人,当转为狸。然所魇亦未尝损人。若能见释,当去此千里外。"骑乃释之,其怪遂绝。御史大夫尝为邯郸尉崔懿,亲见其事,懿再从弟恒说之。出《广异记》。

毕杭

天宝末,御史中丞毕杭为魏州刺史,陷于禄山贼中,寻欲谋归顺而未发。数日,于庭中忽见小人长五六寸数百枚,游戏自若。家人击杀。明日,群小人皆白服而哭,载死者以丧车凶器,一如士人送丧之备。仍于庭中作冢。葬

没有毛。于是他就命令人寻找洞口挖掘，挖出来几百只老鼠。这宅子的祸患也绝了迹，李测家也没有发生不祥的事。出自《广异记》。

天宝犷骑

天宝初年，邯郸县境内经常有魔鬼出现。魔鬼到了哪个村子，要十几天以后才离开，人们都习以为常了。犷骑三人晚上到村里来投宿，一个老太太对他们说："我不是不愿意留你们，只是怕魔鬼。客人到这儿来住，一定要受苦的，应该自己注意提防才行。虽然不能伤人，也能让人神志不清。"犷骑本来就不怕鬼，就留宿在这里。二更天以后，其中两个人在前边的床上睡熟了，另一个人睡了一会儿又忽然醒了。他看见一个东西从外面进来，那东西样子像老鼠，黑色有毛。它在床前穿着绿色衣衫，拿着一个五六寸长的笏板，向睡熟的人躬一下身然后离开，那个人立刻就魇着了。魇完第二人的时候，下一个应该是醒着的犷骑了，犷骑直接握住魇鬼的脚，鬼不动了，但是鬼的身体冷得像冰。三个人交替着把着鬼的脚。天亮后，村里人都来盘问那鬼，鬼开始不说话，犷骑生气地说："你竟敢不说话，我用油锅煎你！"于是就让村人准备油锅，鬼这才说："我是一只活了一千年的老鼠，如果能让三千人魇着，就能变成狸，但是魇着的人也没受到什么损害。如果能把我放了，我就到千里之外去。"犷骑就把它放了，魇鬼便绝迹了。御史大夫崔懿曾经做过邯郸尉，他亲眼见过此事，是他的叔伯弟弟崔恒讲的。出自《广异记》。

毕 杭

天宝末年，御史中丞毕杭是魏州的刺史，被困在安禄山的叛军中。不久之后，他想要谋划归顺朝廷但还没来得及做。几天之后，在他家的庭院中忽然出现了几百个五六寸高的小人，它们在自由自在地做游戏。家人打死了其中一个。第二天，这群小人都穿着孝服哭泣，用丧车拉着死者和办丧事所需的器物，完全像人间送葬准备的那样。他们还在院子里堆起一个坟堆。葬礼

毕,遂入南墙穴中。甚惊异之,发其冢,得一死鼠,乃作热汤沃中。久而掘之,得死鼠数百枚。后十余日,杭以事不克,一门遇害。出《广异记》。

崔怀嶷

崔怀嶷,其宅有鼠数百头于庭中两足行,口中作呱呱声。家人无少长,尽出观,其屋轰然而塌坏。嶷外孙王汶自向余说。

近世有人养女,年十余岁,一旦失之,经岁无踪迹。其家房中,屡闻地下有小儿啼声。掘之,初得一孔,渐深大,纵广丈余。见女在坎中坐,手抱孩子,傍有秃鼠大如斗。女见家人,不识主领,父母乃知为鼠所魅,击鼠杀之。女便悲泣云:"我夫也,何忽为人所杀?"家人又杀其孩子,女乃悲泣不已。未及疗之,遂死。出《广异记》。

李 甲

宝应中,有李氏子亡其名,家于洛阳。其世以不好杀,故家未尝畜狸,所以宥鼠之死也。迨其孙,亦能世祖父意。常一日,李氏大集其亲友会食于堂。既坐,而门外有数百鼠俱人立,以前足相鼓,如甚喜状。家僮惊异,告于李氏。李氏亲友,乃空其堂而踪观。人去且尽,堂忽摧圮,其家无一伤者。堂既摧,群鼠亦去。悲乎!鼠固微物也,尚能识恩而知报,况人乎?如是则施恩者宜广其恩,而报恩者亦宜力其报。有不顾者,当视此以愧。出《宣室志》。

完毕，这些小人就钻进南墙下的洞里。人们特别惊异，挖开那个小坟，挖出一只死老鼠，于是就烧了许多热水，灌进洞中。过了好久再挖掘，挖出来几百只死老鼠。十多天后，毕杭因为归顺的事没有成功，全家遇害。出自《广异记》。

崔怀嶷

崔怀嶷，他家有几百只老鼠在院子里用两条腿走路，口里还发出呱呱之声。全家人无论老少，全都出来观看，他家的房屋轰然倒塌了。这是崔怀嶷的外孙王汶亲口对我讲的。

若干年前有一个人有一个十多岁的女儿，忽然有一天失踪了，一年多没有找到。可是在这家屋里，屡次听到地下有小孩子的啼哭声。往下挖，一开始先挖到一个小孔，越往深处越大，长宽一丈多。只见那女儿坐在洞中，手里抱着孩子，旁边有一个斗大的秃老鼠。女儿见了家人，不认识带头的人，父母才知道她被老鼠迷住了，他们把老鼠打死了。女儿就哭泣着说："这是我丈夫，为什么忽然被人杀了？"家人又杀了她的孩子，她就悲伤地哭个不停。还没等把她治好，她就死了。出自《广异记》。

李　甲

宝应年间，有一个不知道名字的姓李的人，家住在洛阳。他家世代不喜欢杀生，所以家里不曾养猫，从此来宽容老鼠，不致被猫杀死。直到他的孙子辈，也能继承祖辈的意愿。曾经有一天，李家隆重地聚集亲友在堂中会餐。入座以后，忽然门外有几百只老鼠都像人那样站着，用前爪拍巴掌，好像很高兴的样子。家僮很惊异，告诉了李氏。李氏的亲戚朋友，都跑到大厅外追着看热闹。人走光之后，堂屋忽然倒塌，家人及朋友没有一个受伤的。屋倒之后，老鼠也都跑了。可悲啊！老鼠本来是种小动物，还能够知恩必报，何况人呢？如此看来，施恩的应该越广越好，报恩的也应该用力去回报。有不顾恩义的人，看到老鼠的行为之后，应该感到羞愧。出自《宣室志》。

王缙

唐相国王公缙，大历中，与元载同执政事。常因入朝，天尚早，坐于烛下。其榻前有囊，公遂命侍童取之。侍童挈以进，觉其重不可举。公启视之，忽有一鼠长尺余，质甚丰白，囊中跃出。公大惧，顾谓其子曰："我以不才，缪居卿相。无德而贵，常惧有意外之咎。今异物接于手足，岂非祸之将萌耶？"后数日，果得罪，贬为缙云守。出《宣室志》。

郗士美

许昌郗尚书士美，元和末为鄂州观察。仁以抚下，忠以奉上。政化之美，载于册书。一日晨兴，出视事。束带已毕，左手引靴，未及陷足，忽有一巨鼠过庭，北面拱手而舞。八座大怒，惊叱之，略无惧意。因掷靴以击，鼠即奔逸。有毒虺坠入靴中，珠目锦身，尺长策细，螫焰勃勃，起于舌端。向无鼠妖，则以致臃指溃足之患。参寥子曰："是知枭鸣鼠舞，不恒为灾。大人君子，遇之则吉。"出《阙史》。

李知微

李知微，旷达士也。嘉遁自高，博通书史，至于古今成败，无不通晓。常以家贫夜游，过文成宫下。初月微明，见数十小人，皆长数寸，衣服车乘，导从呵喝，如有位者。聚立于古槐之下。知微侧立屏气，伺其所为。东复有堵垣

王缙

唐朝的相国王缙，大历年间，与元载共同辅佐朝政。曾经有一天因为入朝，但时间尚早，他就坐在烛光下等着。他的床前有一个口袋，他就让侍童把口袋拿过来。侍童拿着口袋进来，觉得口袋挺重，举不起来。王缙打开一看，忽然有一只一尺多长，又白又肥的大老鼠从口袋里跳了出来。王缙非常害怕，看着儿子说："我因为不才，错占了卿相的位置。没有美德而地位显贵，常常担心会有意外的灾祸。现在亲手接触了异物，难道不是祸事将要发生的兆头吗？"几天后，他果然获罪，被贬为缙云太守。出自《宣室志》。

郗士美

许昌人郗尚书名士美，元和末年，出任鄂州观察使。他施仁政安抚百姓，忠诚效力朝廷。政教风化的美誉，被载于史册。一天早晨起来，要出去办理公务。系好衣带之后，用左手拽过靴子来，脚还没伸进去，忽然有一只大老鼠跑过院子，面朝北拱手舞动。郗士美大怒，吓唬它，它一点儿也不怕。于是就扔出靴子打它，老鼠立即就逃跑了。有一条毒蛇掉进靴子里，双目如珠，身上有五彩花纹，一尺来长，筷子那样粗细，蛇信子一伸一伸地从嘴里吐出来，想咬人。如果没有鼠妖，就会得肿手烂脚的疾患。参寥子说："由此可知猫头鹰叫，老鼠起舞，不一定总是预示灾难，大人君子们遇上这种情况便是吉兆。"出自《阙史》。

李知微

李知微，是一个心胸豁达、志向远大的人。他喜欢隐遁，自恃清高，博览群书，至于古今成败，没有不了解的。他家境贫寒，曾经在夜间走路，路过文成宫下。当时的月光初明，他看到几十个小人，都是几寸高，穿着衣服，驾驭车马，前导随从吆吆喝喝，像是很有地位的人。他们聚集在一起，站在一棵古槐树下。李知微屏住呼吸站在一侧，想观察他们要干什么。东边还有断墙

数雄,旁通一穴,中有紫衣一人,冠带甚严,拥侍十余辈悉稍长。诸小人方理事之状。须臾,小人皆趋入穴中。有一人,白长者曰:"某当为西阁舍人。"一人曰:"某当为殿前录事。"一人曰:"某当为司文府史。"一人曰:"某当为南宫书佐。"一人曰:"某当为驰道都尉。"一人曰:"某当为司城主簿。"一人曰:"某当为游仙使者。"一人曰:"某当为东垣执戟。"如是各有所责,而不能尽记。喜者、愤者、若有所恃者、似有果求者唱呼激切,皆请所欲。长者立盱视,不复有词,有似唯领而已。食顷,诸小人各率部位,呼呵引从,入于古槐之下。俄有一老父颜状枯瘦,杖策自东而来,谓紫衣曰:"大为诸子所扰也。"紫衣笑而不言。老父亦笑曰:"其可言耶?"言讫,相引入穴而去。明日,知微掘古槐而求,唯有群鼠百数,奔走四散。紫衣与老父,不知何物也。出《河东记》。

建康人

建康人方食鱼,弃鱼头于地。俄而壁下穴中,有人乘马,铠甲分明,大不盈尺,手执长槊,径刺鱼头,驰入穴去。如是数四。即掘地求之,见数大鼠,鱼头在旁,唯有箸一只,了不见甲马之状。无何,其人卒。出《稽神录》。

卢 嵩

太庙斋郎卢嵩所居,釜鸣,灶下有鼠如人哭声,因祀灶。灶下有五大鼠,各如方色,尽食所祀之物,复入灶中。

几段，旁边通着一个洞穴，洞穴里有一个穿紫衣服的人，穿戴特别严整，拥侍在此人前后的十几个人全都略高一些。那些小人像正在商议大事的样子。不一会儿，小人们都来到洞穴中。有一个人，对紫衣人说："我应当做西阁舍人。"一个人说："我应该做殿前录事。"一个人说："我应当做司文府史。"一个人说："我应当做南宫书佐。"一个人说：'我应当做驰道都尉。"一个人说："我应当做司城主簿。"一个人说："我应当做游仙使者。"一个人说："我应当做东垣执戟。"如此各有负责的事情，不能全记下来。有的高兴，有的气愤，有的像有所依恃，有的要求什么，全都又喊又叫，激昂陈词，都想得到想要的。紫衣人站在那里眯着眼看着，没有说话，好像一种听凭认领的态度。吃完饭，众小人各率领自己的部属，前呼后拥钻进古槐树下。不一会儿，便有一位枯瘦模样的老头，拄着拐杖从东边走来。他对紫衣人说："被这些小子们吵闹坏了吧！"紫衣人只是笑不说话。老头也笑着说："可以说吗？"说完，他们互相牵引着进到洞里。第二天，李知微挖掘古槐树寻找，只有一百多只老鼠，奔走四散。那个紫衣人和老头，不知是什么东西。出自《河东记》。

建康人

建康县有一个人正在吃鱼，把鱼头扔在地上。不一会儿，墙下的洞中，有人骑着马跑出来，穿着明晃晃的盔甲，个子不过一尺高，手执长槊，径直刺向鱼头，挑着鱼头跑回洞中去。这样往返了好几次。于是这个人就挖地寻找，看到几只大老鼠，鱼头放在旁边，只有一根筷子，完全没有铠甲、马匹的影子。不久，这个人就死了。出自《稽神录》。

卢 嵩

太庙斋郎卢嵩的住处，家里做饭的锅有响声，灶下有老鼠发出像人一样哭的声音，于是他就开始祭灶。灶下有五只大老鼠，分别为青赤白黑黄色，吃光了祭祀的东西，又回到灶里去。

其年，嵩补兴化尉，竟无他怪。 出《稽神录》。

柴再用

龙武统军柴再用常在厅事，凭几独坐。忽有一鼠走至庭下，向再用拱手而立，如欲拜揖之状。再用怒，呼左右，左右皆不至。即起逐之，鼠乃去。而厅屋梁折，所坐床几，尽压糜碎。再用后为庐、鄂、宣三镇节度使卒。 出《稽神录》。

苏长史

苏长史将卜居京口，此宅素凶，妻子谏止之。苏曰："尔恶此宅，吾必独住。"始宿之夕，有三十余人，皆长尺余，衣道士冠褐，来诣苏曰："此吾等所居，君必速去，不然及祸。"苏怒，持杖逐之。皆走入宅后竹林中而没。即掘之，获白鼠三十余头。宅不复凶。 出《稽神录》。

卢　枢

侍御史卢枢，言其亲为建州刺史。暑夜独出寝室，望月于庭。始出户，闻堂西阶下，若有人语笑声。蹑足窥之，见七八白衣人，长不盈尺，男女杂坐饮酒。几席食器，皆具而微，献酬久之。其席一人曰："今夕甚乐，然白老将至，奈何？"因叹咤。须臾，坐中皆哭，入阴沟中，遂不见。后罢郡，新政家有猫名"白老"。既至，白老穴堂西阶地中，获白鼠七八，皆杀之。 出《稽神录》。

那年,卢嵩补兴化县尉,始终没有发生别的怪事。出自《稽神录》。

柴再用

龙武统军柴再用有一天在厅堂里,靠着几案独坐。忽然有一只老鼠跑到庭下,向着柴再用拱手而立,好像要作揖的样子。柴再用生气,呼喊左右,左右都没来。他就起来追赶那老鼠,老鼠就跑了。这时厅堂的梁折了,他坐的座椅和几案都被压碎了。柴再用后来做庐、鄂、宣三镇节度使一直到死。出自《稽神录》。

苏长史

苏长史将搬家到京口去住,那里的宅子一向不吉祥,妻子劝他别搬了。苏长史说:"你讨厌那宅子,我自己一个人去住。"刚去住的那天晚上,有三十多个小人,都一尺多高,穿戴着道士的衣帽,来对苏长史说:"这是我们的住处,您必须赶快离开,不然将有祸患!"苏长史很生气,举着棍棒就去追赶。小人们都跑到宅子后边的竹林里不见了。苏长史当即挖地,挖出来三十多只白老鼠。从此宅子不再有不祥的事了。出自《稽神录》。

卢 枢

侍御史卢枢讲过一个故事:他的一位亲戚,是建州刺史。夏天的夜晚独自走出寝室,在院子里望月。刚出门,就听到堂西的石阶下好像有人说笑的声音。他蹑手蹑脚地去偷看,看到七八个穿白衣服的小人,一个个高不满一尺,男女杂坐在一起饮酒。几席食品和用具,都很完备,但是都很小,他们互相敬酒喝了很长时间。其中一个人说:"今天晚上非常高兴,但是白老快到了,怎么办?"接着就唉声叹气一番。片刻之间,满座都哭,钻进阴沟之中,就不见了。后来,这位刺史就被罢了官,新刺史家里有一只猫叫"白老"。白老到了之后,在堂西阶下挖了一个洞,捉到七八只白老鼠,把它们全咬死了。出自《稽神录》。

朱 仁

朱仁者,世居嵩山下,耕耘为业。后仁忽失一幼子,年方五岁。求寻十余年,终不知存亡。后一日,有僧经游,造其门,携一弟子,其形容似仁所失之幼子也。仁遂延僧于内,设供养。良久问僧曰:"师此弟子,观其仪貌,稍是余家十年前所失一幼子也。"僧惊起问仁曰:"僧住嵩山薜萝内三十年矣。十年前,偶此弟子悲号来投我。我问其故,此弟子方孩幼,迷其踪由,不甚明。僧因养育之,及与落发。今聪悟无敌,僧常疑是一圣人也。君子乎?试自熟验察之。"仁乃与家属共询问察视。其母言:"我子背上有一黡记。"逡巡验得,实是亲子。父母家属,一齐号哭,其僧便留与父母而去。父母安存养育,倍于常子。此子每至夜,即失所在,晓却至家。如此二三年。父母以为作盗,伺而窥之,见子每至夜,化为一大鼠走出,及晓却来。父母问之,此子不语。多时对曰:"我非君子也,我是嵩山下鼠王下小鼠。既见我形,我不复至矣。"其父母疑惑间,其夜化鼠走去。 出《潇湘录》。

李昭嘏

李昭嘏举进士不第。登科年,已有主司,并无荐托之地。主司昼寝,忽寤,见一卷轴在枕前。看其题,乃昭嘏之卷。令送于架上,复寝暗视。有一大鼠取其卷,衔其轴,复送枕前。如此再三。昭嘏来春及第。主司问其故,乃三世不养猫。皆云鼠报。 出《闻奇录》。

朱　仁

朱仁,世代住在嵩山下,以种地为业。后来朱仁忽然丢了一个五岁的儿子。寻找了十多年,也不知道是死是活。后来有一天,有一个和尚经过这里,来到他家门前,和尚带着一位弟子,那模样就像朱仁丢的那个孩子。朱仁于是就把和尚及弟子迎进来,设宴招待。过了好久朱仁才问和尚说:"大师的这个弟子,看他的模样,有点像我家十年前丢的那个孩子。"和尚吃惊地站起来说:"我隐居在嵩山里三十多年了。十年前,偶然有一天,这个孩子哭着来投奔我。我问他是怎么回事,他年龄太小,说不清自己的来龙去脉。于是我就养育了他,一直到给他落发为僧。现在这孩子聪悟无比,我常常怀疑他是一个圣人。是您儿子吗?您自己仔细察看察看吧。"于是朱仁就和家属一起询问察看那弟子。朱仁的妻子说:"我儿子背上有一块黑痣。"立刻就验查完毕,确实是亲生儿子。父母家属一齐痛哭,那和尚便把弟子交给父母,自己离去了。父母对这个孩子的关心体贴,胜过其他儿女。这个孩子一到夜间就不见了,天亮才回家。像这样持续了两三年。父母以为他出去偷东西,就暗中监视他,发现他每到夜晚,就变成一只大老鼠跑出去,到天亮又回来了。父母问他怎么回事,他不说。好久才说:"我不是你们的儿子,我是嵩山下鼠王生的老鼠。你们既然看到我的真模样了,我就不再来了。"父母正疑惑的时候,当天晚上他就变成老鼠跑了。出自《潇湘录》。

李昭嘏

李昭嘏参加进士考试没有考中。登科这一年,已经知道谁是主考官,但是没有什么人举荐他。主考官白天睡觉,忽然醒来,见一份试卷放在枕边。一看题目,是李昭嘏的试卷。他让人把试卷送回到架子上去,他假装又睡了,偷偷地看着。发现有一只大老鼠到架上去,叼着那份卷子又送回到枕边。如此多次。李昭嘏第二年春天考中了。主考官问李昭嘏是什么原因,原来李昭嘏家里三代没养猫。大家都说是老鼠报恩。出自《闻奇录》。

鼠狼

张文蔚

相国张文蔚庄在东都柏坡。庄内有鼠狼穴,养四子,为蛇所吞。鼠狼雌雄情切,乃于穴外坋土,恰容蛇头。伺蛇出穴,裹入所坋处,出头,度其回转不及,当腰啮断。而劈蛇腹,衔出四子,尚有气。置之穴外,衔豆叶,嚼而傅之,皆活。何微物而有情有智之如是乎?最灵者人,胡不思之? 出《北梦琐言》。

鼠狼

张文蔚

相国张文蔚的庄园在东都柏坡。庄园里有一个黄鼠狼洞穴。黄鼠狼生养的四只小崽被蛇吞了。一对老黄鼠狼爱子情切，就用土将洞穴的外面涂饰起来，留有一孔仅能容下蛇头。等蛇吞完小黄鼠狼钻出洞穴，从涂饰的孔中露出头来，老黄鼠狼估计蛇来不及转身了，就把蛇当腰咬断。劈开蛇肚子，衔出四只小黄鼠狼，还有一口气。老黄鼠狼把它们放在洞外，衔来豆子叶，嚼烂了敷到它们身上，它们都活了。为什么这样的小动物能如此有情义有智慧呢？作为万物之灵的人类，为什么不好好想一想呢？ 出自《北梦琐言》。

卷第四百四十一
畜兽八

狮子

魏武帝

魏武帝伐冒顿,经白狼山,逢狮子。使人格之,杀伤甚众。王乃自率常从健儿数百人击之。狮子哮吼奋迅,左右咸惊汗。忽见一物从林中出,如狸,超上王车轭上。狮子将至,此兽便跳于狮子头上,狮子即伏不敢起。于是遂杀之,得狮子一子。此兽还,未至洛阳三十里,路中鸡狗皆伏,无鸣吠者。出《博物志》。

狮子

魏武帝

魏武帝领兵去讨伐冒顿，经过白狼山时，遇上一头狮子。魏武帝派人与狮子搏斗，被狮子杀伤的人很多。魏武帝就亲自率领经常跟在身边的几百个健儿去打狮子。狮子吼叫跳跃，左右都吓出汗来。忽然有一个东西从林子里跑出来，样子像狸猫，一下子跳到魏武帝车前的横木上。狮子扑上来的时候，这兽就跳到狮子的头上，狮子就趴下不敢动了。于是就把狮子打死了，抓到了一头小狮子。这头兽回来的时候，离洛阳还有三十里，道上的鸡和狗就都害怕地趴伏着，没有敢打鸣叫唤的。出自《博物志》。

后魏庄帝

后魏，波斯国献狮子，永安末始达京师。庄帝谓侍中李彧曰："朕闻虎见狮子必伏，可觅试之。"于是诏近山郡县，捕虎以送。巩县、山阳并送二虎一豹，见狮子，悉皆瞑目，不敢仰视。园中素有一盲熊，性甚驯善。帝令取试之。虞人牵盲熊至，闻狮子气，惊怖跳踉，曳锁而走。帝大笑。出《伽蓝记》。

杂 说

释氏书言：狮子筋为弦，鼓之，众弦皆绝。西域有黑狮子、棒狮子。集贤校理张希复言："旧有狮子尾拂，夏月蝇蚋不敢集其上。"旧说，苏合香，狮子粪也。出《酉阳杂俎》。

犀

通天犀

通天犀角，有一白理如綖者。以盛米，置群鸡中。鸡欲往啄米，至辄惊却，故南人名为骇鸡也。得真角一尺，刻以为鱼，而衔以入水，水常为开，方三尺，可得息气水中。以其角为叉导者，将煮毒药为汤，以此叉导搅之，皆生白末，无复毒矣。出《抱朴子》。

杂 说

犀之通天者必恶影，常饮浊水。当其溺时，人赶不复移足。角之理，形似百物。或理不通者，是其病。然其理

后魏庄帝

后魏的时候，波斯国献来一头狮子，永安末年才送到京城。庄帝对侍中李彧说："朕听说老虎见了狮子必定会趴下，可以找来试一试。"于是就下诏给临近大山的郡和县，让他们捉老虎送来。巩县和山阳县一块送来两虎一豹，虎和豹见了狮子，全都闭上眼睛，不敢仰视。园中平常养了一头瞎眼熊，性情非常温顺。庄帝让人把熊弄来试一试。管山泽的官把瞎眼熊牵来，熊闻到狮子的气息，便吓得又蹦又跳地拽着锁链跑了。庄帝大笑。出自《伽蓝记》。

杂　说

佛教书中说：用狮子的筋做琴弦，一弹奏，其他的琴弦全都断了。西域有黑狮子、棒狮子。集贤校理张希复说："以前有用狮子尾巴做的拂尘，夏季苍蝇和蚊子不敢落在那上面。"旧时有一种说法，说苏合香就是用狮子的粪便做的。出自《酉阳杂俎》。

犀

通天犀

通天犀的角，有一条像线一样的白色纹理。用这种犀角盛米，放到一群鸡当中。鸡想要啄米，一走近就吓跑了，所以南方人叫它"骇鸡"。得到一尺真正的通天犀角，把它刻成鱼，衔在嘴里潜入水中，水常常退开三尺见方的地方，人便可以在水中呼吸。用这种犀角做成叉子，把毒药煮成汤，用这叉子去搅动，都生白沫，汤药就不再有毒了。出自《抱朴子》。

杂　说

犀中被称作"通天"的一定怕影子，它经常喝污浊的水。当它撒尿的时候，人们追赶它，它也不挪步。通天犀角的纹理，形状像各种东西。有的纹理不通，那是它的毛病。但是它的纹理

有倒插、正插、腰鼓。倒插者，一半已下通；正者，一半已上通；腰鼓者，中断不通。故波斯谓牙为"白暗"，犀为"黑暗"。段成式门下医人吴士皋常职于南海郡，见舶主说，本国取犀，先于山路多植木如狙杙。云犀前脚直，常椅木而息，木烂折，则不能起。犀角一名奴角。有鸩处必有犀也。犀三毛一孔。刘孝标言："犀堕角埋之，人以假角易之。"出《酉阳杂俎》。

象

白象

后魏洛水桥南道东有白象坊。白象者，永平二年乾陁罗国所献，背设五采屏风、七宝坐床，容数十人，真是异物。常养于乘黄。象常曾坏屋毁墙，走出于外，逢树即拔，遇墙亦倒。百姓惊怖，奔走交驰。太后遂徙象于此坊。出《伽蓝记》。

阆州莫徭

阆州莫徭以樵采为事。常于江边刘芦，有大象奄至，卷之上背，行百余里，深入泽中。泽中有老象，卧而喘息，痛声甚苦。至其所，下于地。老象举足，足中有竹丁。莫徭晓其意，以腰绳系竹丁，为拔出。脓血五六升许。小象复鼻卷青艾，欲令塞疮。莫徭摘艾熟挼，以次塞之，尽艾方满。久之，病象能起，东西行立，已而复卧。回顾小象，

有倒插、正插、腰鼓之分。所谓"倒插"，一半以下是纹理贯通的；所谓"正插"，一半以上是纹理贯通的；所谓"腰鼓"，是上下都通，中间隔断不通。所以波斯国称象牙是"白暗"，称犀角为"黑暗"。段成式门下有个医生叫吴士皋，他曾经在南海郡任职，他在那里听到一个船主说，本国人捕捉犀，先在山路上立上一些系猴用的木桩。犀的前脚是直的，常常靠在木桩上休息，木桩折了，犀就起不来了。犀角又叫"奴角"。有鸠的地方就肯定有犀。犀的一个毛孔长三根毛。刘孝标说："犀的角掉下来之后就自己埋起来，人们用假角把真角换掉。"出自《酉阳杂俎》。

象

白　象

后魏洛水桥南道东，有一座白象坊。白象是永平二年乾陁罗国献来的，象背上设有五彩屏风和七宝坐床，可容下几十个人，真是个不一般的东西。这头白象曾经和骏马放到一起饲养。白象常常毁坏房屋和墙壁，跑到外边去，遇上树就拔，遇到墙就推倒。百姓害怕，吓得东奔西跑。太后于是把白象迁到这座坊中单独饲养。出自《伽蓝记》。

阆州莫徭

阆州人莫徭以打柴为生。有一天他在江边割芦苇，突然来了一头大象，用鼻子把他卷到背上，走了一百多里，来到一个沼泽的深处。沼泽中有一头老象，趴在那里喘息，发出痛苦的声音。来到老象跟前，他下到地上。老象抬起一只脚，脚上扎了一个竹钉。莫徭明白它的意思，把腰绳系在竹钉上，为它拔了出来。大约淌出五六升脓血。小象又用鼻子卷来一些青艾，想要让他把伤口塞上。莫徭把艾叶摘下来用手仔细揉一揉，一点一点地往伤口里塞，艾叶用光，伤口正好塞满。过了好一会儿，病象能站起来了，往各个方向走了走，然后又趴下。它回头看看小象，

以鼻指山，呦呦有声。小象乃去。须臾，得一牙至。病象见牙大吼，意若嫌之。小象持牙去，顷之，又将大牙。莫徭呼象为"将军"，言未食，患饥。象往折山栗数枝食之，乃饱，然后送人及牙还。行五十里，忽尔却转，人初不了其意，乃还取其遗刀。人得刀毕，送至本处，以头抵人，左右摇耳，久之乃去。

其牙酷大。载至洪州，有商胡求买，累自加直，至四十万。寻至他人肆，胡遽以苇席覆牙，他胡问："是何宝，而辄见避？"主人除席云："止一大牙耳。"他胡见牙色动，私白主人，许酬百万，又以一万为主人绍介。侪各罢去。顷间，荷钱而至，本胡复争之云："本买牙者，我也，长者参市，违公法。主人若求千百之贯，我岂无耶？"往复交争，遂相殴击。所由白县，县以白府。府诘其由，胡初不肯以牙为宝。府君曰："此牙会献天子。汝辈不言，亦终无益。"固鞫，胡方白云："牙中有二龙，相踯而立，可绝为简。本国重此者，以为货，当值数十万万，得之为大商贾矣。"洪州乃以牙及牙主二胡并进之。天后命剖牙，果得龙简。谓牙主曰："汝貌贫贱，不可多受钱物。赐敕阆州，每年给五十千，尽而复取，以终其身。"出《广异记》。

华容庄象

上元中，华容县有象，入庄家中庭卧。其足下有搓，人为

用鼻子指着山，发出呦呦的声音。小象便离开了。不多时，小象取来一枚象牙。病象看到这枚象牙就大吼，意思好像是嫌这牙不好。小象又拿着象牙返回去，过了一会儿又取来一枚大象牙。莫徭称大象为"将军"，说自己没吃饭，饿了。象就到山上去，折来几枝山栗给他吃，于是他就吃饱了。然后象把他和象牙一并送回来。走了五十里，忽然又返回去，莫徭起先不知这是什么意思，原来是回去取他丢下的柴刀。他拿到柴刀之后，象把他送回原来的地方，用头顶他，左右摇动大耳朵，久久才离去。

那枚象牙特别大。他把它运到洪州，有一个经商的胡人要买，累累加价，加到四十万。不久又来到别人的店铺中，那胡人急忙用苇席把象牙盖上了。另一个胡人问："是什么宝贝，立即就盖起来了？"莫徭把席子拿掉说："只是一枚大象牙罢了。"这个胡人见了象牙，神色为之一动，私自对莫徭说，他愿意出一百万，还另加一万介绍费。两个胡人各自假装作罢离去了。不一会儿都拿着钱回来，前一个胡人争辩说："本来买象牙的是我，你以长者身份强行买卖，违背公法。主人要是要千百贯钱，我难道没有吗？"翻来覆去地争辩，就互相打了起来。有关官吏报告给县里，县里又报告给府里。府里盘问这是为什么，那胡人起先不肯承认象牙是宝贝。府君说："这枚象牙会献给天子的，你们不说，也到底不会有什么好处。"府君好一顿奚落，胡人才说道："这象牙里的纹理是两条龙形，互相立着腾空对峙，截开象牙，可以发现龙简。本国特别看重这东西，把它拿出去卖，能值几十万万，得了它就成为大富商了。"洪州就把象牙、莫徭和两个胡人一块送进宫去。天后让人把象牙剖开，果然得到了龙简。天后对莫徭说："你的相貌贫贱，不能多得钱物。我给阆州下诏书，每年给你五十千，用完了再去取，供你一辈子。"出自《广异记》。

华容庄象

上元年间，华容县有一头大象，它走进村里一户人家的院子里躺下了。它的一只脚上扎了一根木刺，这家的主人为它

出之。象乃伏，令人骑入深山，以鼻掊土，得象牙数十以报之。出《朝野金载》。

安南猎者

安南人以射猎为业，每药附箭镞，射鸟兽，中者必毙。开元中，其人曾入深山，假寐树下。忽有物触之，惊起，见是白象。大倍他象，南人呼之为将军。祝之而拜。象以鼻卷人上背，复取其弓矢药筒等以授之。因尔遂骋行百余里，入邃谷，至平石。迥望十里许，两崖悉是大树，围如巨屋，森然隐天。象至平石，战惧，且行且望。经六七里，往倚大树，以鼻仰拂人。人悟其意，乃携弓箭，缘树上。象于树下望之。可上二十余丈，欲止，象鼻直指，意如导令复上。人知其意，径上六十丈。象视毕走去。其人夜宿树上。至明，见平石上有二目光。久之，见巨兽，高十余丈，毛色正黑。须臾清朗，昨所见大象，领凡象百余头，循山而来，伏于其前。巨兽躩食二象，食毕，各引去。人乃思象意，欲令其射。因傅药矢端，极力射之，累中二矢。兽视矢吼奋，声震林木。人亦大呼引兽。兽来寻人，人附树，会其开口，又当口中射之。兽吼而自掷，久之方死。

俄见大象从平石入，一步一望。至兽所，审其已死，以头触之，仰天大吼。项间，群象五六百辈，云萃吼叫，声彻

拔出来。木刺拔出后，象就趴在地上，让人骑上去，驮他来到深山，用鼻子刨土，挖出几十枚象牙报答这家主人。出自《朝野金载》。

安南猎者

安南有一个人以打猎为生。他常常把毒药敷到箭头上，射杀鸟兽，中箭的必死无疑。开元年间，这个人曾经有一天走进深山，在一棵树下打瞌睡。忽然有个东西撞了他一下，他吓得爬起来看，原来是一头白象。个头比一般象大一倍，安南人称它为将军。猎人看到大象，边祷告边下拜。白象用鼻子把他卷到背上，又把他的弓箭、药筒全都卷起来交给他。然后就载着他奔走一百多里，走进深谷，来到一块平石前。远望十里左右，两边的山崖上全是大树，围起来像巨大的房屋，又高又密，遮天蔽日。白象走到大平石，很害怕的样子，一边走一边张望。走过六七里，白象走到一棵大树下靠在那里，把鼻子仰起来拂弄那人。那人领悟了它的意思，就带着弓箭、药筒往树上爬。象在树下望着他。他爬了二十多丈高，想要停止，象鼻子直指上方，意思是让他再往上爬。他知道它的意思，一直爬到六十丈高处。象看了看就走了。这个人夜间住在树上。到了天明，看到树下平石上有两束目光。过了很久，才看清是一头巨兽，十几丈高，一身黑毛。不一会儿天色清朗了，他看见昨天那头大白象领着一百多头普通象顺着山走来，趴伏在那巨兽的面前。巨兽起来吃了两头大象，吃完了，兽和象各自退去。树上的人这才知道白象的用意，是让他射杀巨兽。于是他就在箭头上敷了毒药，极力射下来，连连射中两箭。巨兽看看身上的箭，大怒狂吼，声震山谷树林。树上的人也大喊大叫吸引巨兽的注意力。兽来找人，那人附在树上，等那兽张开大口，就又向口中射了一箭。巨兽吼叫着摔下去，挣扎了很久才死。

不久就见大象从平石走来，一步一望。到巨兽跟前，见它已死，用头碰它，仰天大叫。顷刻间，五六百头大象云集欢呼，声传

数十里。大象来至树所，屈膝再拜，以鼻招人。人乃下树，上其背，象载人前行，群象从之。寻至一所，植木如陇，大象以鼻揭楂，群象皆揭。日旰而尽，中有象牙数万枚。象载人行，数十步内，必披一枝，盖示其路。讫，寻至昨寐之处，下人于地，再拜而去。其人归白都护，都护发使随之，得牙数万。岭表牙为之贱。使人至平石所，巨兽但余骨存。都护取一节骨，十人舁致之。骨有孔，通人来去。出《广异记》。

淮南猎者

张景伯之为和州，淮南多象。州有猎者，常逐兽山中，忽有群象来围猎者，令不得去。有大象至猎夫前，鼻绞猎夫，置之于背。猎夫刀仗坠者，象皆为取送还之。于是驮猎夫径入深山。群象送于山口而返。入山五十里，经大磐石，石际无他物，尽象之皮革，余血肉存焉。猎夫念曰："得无于此啖我乎？"象负之且过。去石五十步，有大松树。象以背依树，猎夫因得登木焉。弓坠于地，象又鼻取，仰送之，猎夫深怪其故。象既送猎夫讫，因驰去。俄而有一青兽，自松树南细草中出。毳毛鬙髯，爪牙可畏，其大如屋，电目雷音。来止磐石，若有所待。有顷，一次象自北而来，遥见猛兽，俯伏膝行。既至磐石，恐惧战栗。兽见之喜，以手取之，投于空中。投已接取，犹未食啖。猎夫望之叹曰：

几十里。大白象来到树下，屈膝拜了两拜，用鼻子招呼那人下来。那人便从树上下来，爬到象背上，象载着他往前走，其他象跟在后面。不久来到一个地方，树木立如栅栏，大象及群象一齐用鼻子一层层揭去立木。天晚才揭尽，里面埋着几万枚象牙。大白象载着这个人走，几十步之内，一定要折断一根树枝，大概是在标示路线。结束之后，不多时来到昨天睡觉的地方，象把人放到地上，拜了两拜而去。那人回去向都护报告了此事，都护派人跟着他，找到了那几万枚象牙。岭南的象牙价格因此大大降低。都护派人到平石那儿去，巨兽只剩下骨头了。都护让人弄回来一节骨头，是十个人抬回来的。这块骨头上有一个孔，人可以从孔中走来走去。出自《广异记》。

淮南猎者

张景伯治理和州时，淮南大象很多。和州有个打猎的人，曾经在山里追赶野兽，忽然有一群大象包围了他，使他不能离开。其中一头大象来到猎人跟前，用鼻子卷起猎人，把他放到自己背上。猎人的刀、杖掉在了地上，大象也都捡起来还给他。于是大象驮着猎人一直来到深山。群象送到山口就回去了。进到山里五十里，经过一块巨大的石头，石边没有别的东西，只看到不少死象的残皮断骨，有的还剩有血肉在上面。猎人想道："莫非在这吃我吗？"大象驮着他走了过去。距离大磐石五十步，有一棵大松树。大象把背靠在松树上，猎人就能爬到树上去了。弓掉到地上，大象又用鼻子捡起来，仰着头送给他。猎人感到特别奇怪。大象把猎人送到树上之后，就奔驰而去。不一会儿有一个黑色的野兽，从松树南边的密草中走出来。这野兽的鬃毛竖起，张牙舞爪，很是可怕，它的身体大如房屋，目如电光，声如雷霆。它来到磐石上停下，好像在等待什么。过了一会儿，一头大象从北边走来，它远远望见猛兽，趴伏着用膝盖走路。走到磐石旁的时候，它害怕得发抖。猛兽见了很高兴，伸手把它抓起，抛向空中。抛完了又伸手接住，还不马上吃它。猎人望着它感叹地想：

"畜兽之愚,犹请救于人。向来将予于山,欲予毙此兽也。予善其意,曷可不救?"于是引满,纵毒箭射之,洞其左腋。兽既中箭,来趋猎夫,又迎射贯心,兽踣焉,宛转而死。小象乃驰还,俄而诸象二百余头,来至树下,皆长跪,展转猎夫下。前所负象,又以背承之,负之出山,诸象围绕喧号。将猎夫至一处,诸象以鼻破阜,而出所藏之牙焉。凡三百余茎,以示猎夫。又负之至所遇处,象又皆跪,谢恩而去。猎夫乃取其牙,货得钱数万。出《纪闻》。

蒋 武

宝历中,有蒋武者,循州河源人也。魁梧伟壮,胆气豪勇。独处山岩,唯求猎射而已。善于蹶张,每赍弓挟矢,遇熊罴虎豹,靡不应弦而毙。剖视其镞,皆一一贯心焉。忽有物叩门,甚急速。武隔扉而窥之,见一猩猩跨白象。武知猩猩能言,而诘曰:"与象叩吾门,何也?"猩猩曰:"象有难,知我能言,故负吾而相投耳。"武曰:"汝有何苦? 请话其由。"猩猩曰:"此山南二百余里,有嵌空之大岩穴,中有巴蛇,长数百尺,电光而闪其目,剑刃而利其牙。象之经过,咸被吞噬。遭者数百,无计避匿。今知山客善射,愿持毒矢而射之。除得此患,众各思报恩矣。"其象乃跪地,洒涕如雨。猩猩曰:"山客若许行,便请挟矢而登。"武感其言,以毒淬矢而登。果见双目,在其岩下,光射数百步。猩猩曰:"此是蛇目也。"武怒,蹶张端矢,一发而中其目,象乃

"畜兽虽愚蠢,还能向人求救。象刚才把我弄进山来,是想让我
打死此兽。我认为它的心是好的,怎么能不救它呢?"于是他拉
满弓,放出毒箭射那猛兽,射进它的左腋。猛兽中箭之后便向猎
人扑来,猎人迎着它射出一箭,箭穿进它的心脏,猛兽便倒下了,
挣扎了半天才死。小象就跑了回来,不一会儿便有二百多头象
来到树下,都跪下,匍匐在猎人下边。先前驮他的那头象,又用
背接他下来,驮着他走出深山,群象围绕着他喧叫。它们把猎人
送到一个地方,用鼻子挖开土丘,露出藏在这里的象牙。一共有
三百多枚,给猎人看。然后又驮着猎人回到遇到他的地方,大象
们又全都跪下,谢恩而去。猎人就取回那些象牙,卖了好几万文
钱。出自《纪闻》。

蒋 武

宝历年间,有一个叫蒋武的人,是循州河源县人。他魁梧健
壮,胆气过人,非常豪迈英勇。独处于山岩之中,只是为了射猎
而已。他善于用脚踏弩张弓射箭,常常带着弓和箭,遇到熊、黑、
虎、豹,没有不应弦而死的。剖开野兽躯体看箭头,都是射中心
脏。忽然有一天,有什么东西敲门,特别急促。蒋武隔着门看了
看,见一个猩猩骑着一头白象。蒋武知道猩猩会说话,就问道:
"你和象敲我的门,想干什么?"猩猩说:"大象有难,知道我能说
话,所以驮着我来投奔你。"蒋武说:"你有什么苦难,请说清来
由。"猩猩说:"这座山以南二百多里,有一个很空很大的山洞,
洞中有一条大巴蛇长几百尺,目光如电,牙利似剑。凡是经过这
里的象,全被它吞吃了。先后被吃的已有几百头,没有办法躲避
藏匿。现在知道你擅长射箭,希望你拿毒箭射死它。除去此患,
众象就会想办法报答你的恩情。"那头象便跪到地上,洒泪如雨。
猩猩说:"你如果答应前往,就请带着弓箭骑到象背上。"蒋武被
它的话感动了,在箭头上淬了毒就骑了上去。到那一看,果然看
到了双目,在那岩洞下,光射几百步。猩猩说:"这就是那蛇的眼
睛。"蒋武大怒,用脚踏弩,开弓射箭,一发而射中蛇眼,大象就

负而奔避。俄若穴中雷吼，蛇跃出蜿蜒，或掀或踊。数里之内，林木草芥如焚。至瞑蛇殒，乃窥穴侧，象骨与牙，其积如山。于是有十象，以长鼻各卷其红牙一枝，跪献于武。武受之，猩猩亦辞而去。遂以前象负其牙而归。武乃大有资产。出《传奇》。

杂　说

安南有象，能默识人之是非曲直。其往来山中，遇人相争，有理者即过；负心者以鼻卷之，掷空中数丈，以牙接之，应时碎矣，莫敢竞者。出《朝野佥载》。

龙象，六十岁骨方足。今荆地象，色黑两牙，江猪也。咸亨二年，周澄国遣使上表言："诃伽国有白象，口垂四牙，身运五足。象之所在，其土必丰。以水洗牙，饮之愈疾。请发兵迎取。"象胆随四时在四腿：春在前左，夏在前右，如无定体也。鼻端有爪，可拾针。肉有十二般，唯鼻是其本肉。陶贞白言："夏月合药，宜置牙于药旁。"南人言："象尤恶犬声。猎者裹粮登高树，构熊巢伺之。有群象过，则为犬声。悉举鼻吼叫，循守不复去。或经五六日，困倒。则下，潜刺杀之。耳穴薄如鼓皮，一刺而毙。胸前小横骨，灰之酒服，令人能浮水出没。食其肉，令人体重。"古训言："象孕五岁始生。"出《酉阳杂俎》。

环王国野象成群。一牡管牝三十余。牝者牙才二尺，迭供牡者水草，卧则环守。牝象死，共挖地埋之，号吼移时

驮着他奔逃躲避。顷刻间，洞中好像雷鸣，蛇跳出洞来，曲折前行，或藏或跳。几里之内，林木草芥有如大火烧过。到天黑蛇死了，才到洞穴去看，象骨、象牙堆积如山。于是有十头象，用长鼻子各自卷起那红色象牙一枚，跪献给蒋武。蒋武收下了，猩猩也辞别而去。于是蒋武骑着先前那头象驮着象牙回到家中。蒋武从此就发了大财。出自《传奇》。

杂　说

安南有一种象，能默默地识别人的是非曲直。它在山中往来，遇有人与人争斗，有理的就放他过去；负心的就用鼻子卷起来，抛到空中几丈高，再用牙接住，当时就摔碎了，没有敢争逐的。出自《朝野佥载》。

龙象，长到六十岁，骨骼才发育齐全。现在荆地的象，色黑，两颗牙，就是江猪。咸亨二年，周澄国派人向皇帝上表章说："诃伽国有一种白象，口中垂着四枚牙，身上长着五条腿。这种象所在的地方一定丰产。用水洗象牙，喝了病就能痊愈。请求皇上发兵去迎取这种白象。"这种象的胆，随着四时的变化，轮流在四条腿上：春天在前左腿，夏天在前右腿，好像不会在固定的位置。它的鼻子尖上有小爪，可以拾起针来。它的肉有十二种，只有鼻子是它的本肉。陶贞白说："夏天配药，应该把象牙放在药物旁边。"南方人说："象特别害怕听见狗叫。猎人带着干粮爬到大树上去，搭一个熊窝在里边等候观察，有象群经过，就发出狗叫声。象就全都举起鼻子吼叫，巡视守卫这里不再离去。有的一直守五六天。这样，它们就会困倒。人就下来，悄悄把它们杀死。象的耳穴像鼓皮那么薄，一刺就死。象胸前的小横骨，烧成灰用酒冲服，能使人在水里漂浮不下沉。吃了象肉，让人增加体重。"古语说："大象怀孕五年才生产。"出自《酉阳杂俎》。

环王国的野象成群结队。一头公象管着三十多头母象。母象的牙才二尺长，轮流向公象供给水草，公象休息时，母象们就围成一圈守卫它。母象死了，众象一起挖坑埋葬它，吼叫一会儿

方散。又国人养驯者，可令代樵。出《酉阳杂俎》。

广之属郡潮循州多野象，牙小而红，最堪作笏。潮循人或捕得象，争食其鼻，云肥脆，偏堪作炙。或云：象肉有十二种，象胆不附肝，随月转在诸肉。楚越之间，象皆青黑。唯西方狒林大食国即多白象。刘恂有亲表，曾奉使云南。彼中豪族，各家养象，负重致远，如中夏之畜牛马也。蛮王宴汉使于百花楼，楼前入舞象。曲动乐作，优倡引入。象以金羁络首，锦绣垂身，随拍腾蹋，动头摇尾，皆合节奏，即天宝中舞马之类也。唐乾符四年，占城国进驯象三头，当殿引对，亦能拜舞，后放还本国。出《岭表录异》。

杂兽

萧志忠

唐中书令萧志忠，景云元年为晋州刺史。将以腊日畋游，大事置罗。先一日，有薪者樵于霍山，暴痁不能归，因止岩穴之中，呻吟不寐。夜将艾，似闻悉窣有人声，初以为盗贼将至，则匍匐伏于林木中。时山月甚明，有一人身长丈余，鼻有三角，体被豹鞾，目闪闪如电，向谷长啸。俄有虎児鹿豕，狐兔雉雁，骈匝百许步，长人即宣言曰："余玄冥使者，奉北帝之命，明日腊日，萧使君当顺时畋猎。尔等若干合箭死，若干合枪死，若干合网死，若干合棒死，若干合

才散开。本国人驯养的大象，可以让它替人打柴。出自《西阳杂俎》。

广州所属的潮州、循州，野象很多，象牙短小，而且是红色的，最适合用来做笏板。潮、循人有的捉到了象，争抢着吃它的鼻子，说象鼻子又肥又脆，尤其适合用来做烤肉。有人说：象肉有十二种，象胆不附着在肝上，随着月份的变化转附在各种肉上。楚、越一带，象都是青黑色的。只有西方的狒林国、大食国多白象。刘恂有位亲表，曾经奉使云南。那地方的豪门望族，各家都养大象，让它驮着重物走远道，就像中原养牛养马一样。当地的国王在百花楼宴请汉使，楼前进来一些跳舞的象。音乐一响，演员把大象领进来。大象的头上套着金光闪闪的笼头，身上披挂着锦绣的饰具，随着节拍踏步，摆头摇尾，全合乎节奏，就像天宝年间舞马那样。唐朝乾符四年，占城国献来三头驯养的象，在皇宫大殿前当面试验，也能参拜、起舞。后来又把它们放还到本国去了。出自《岭表录异》。

杂兽

萧志忠

唐朝中书令萧志忠，景云元年时担任晋州刺史。他将在冬祭腊月初八出外打猎，在山中大张罗网。头一天，有一个樵夫在霍山砍柴，忽然发病不能回家，就住进一个山洞里，痛得一直呻吟，不能睡觉。夜色将尽，他似乎听到有人走动的声音。一开始他以为盗贼要来了，就趴在树丛中。当时山中的月光很亮，他看到一个人身高一丈多，鼻子上有三只角，身披豹皮，目光如电，对着山谷长声吼叫。不一会儿，虎兕鹿猪，狐兔雉雁，各种鸟兽都来了，共同围绕成一个百步左右的圈。这个巨人便宣布说："我是玄冥使者，奉北帝的命令。明天是腊月初八，萧使君顺应时令应当来打猎。你们将有若干应该死于弓箭，有若干应该死于标枪，有若干应该死于罗网，有若干应该死于棍棒，有若干应该被

狗死，若干合鹰死。"言讫，群兽皆俯伏战惧，若请命者。老虎泊老麖，皆屈膝向长人言曰："以某等之命，即实以分。然萧公仁者，非意欲害物，以行时令耳。若有少故则止。使者岂无术救某等乎？"使者曰："非余欲杀汝辈，但今自以帝命宣示汝等刑名，即余使乎之事毕矣。自此任尔自为计。然余闻东谷严四兄善谋，尔等可就彼祈求。"群兽皆轮转欢叫。使者即东行，群兽毕从。时薪者疾亦少间，随往觇之。

既至东谷，有茅堂数间，黄冠一人，架悬虎皮，身正熟寝。惊起，见使者曰："阔别既久，每多思望。今日至此，得非配群生腊日刑名乎？"使者曰："正如高明所问。然彼皆求救于四兄，四兄当为谋之。"老虎老麖即屈膝哀请。黄冠曰："萧使君每役人，必恤其饥寒。若祈滕六降雪，巽二起风，既不复游猎矣。余昨得滕六书，知已丧偶。又闻索泉家第五娘子为歌姬，以妒忌黜之。若汝求得美人纳之，则雪立降矣。又巽二好饮，汝若求得醇醪赂之，则风立至矣。"有二狐自称："多媚，能取之。河东县尉崔知之第三妹，美淑娇艳。绛州卢司户善酿醪，妻产必有美酒。"言讫而去。诸兽皆有欢声。

黄冠乃谓使者曰："忆含质在仙都，岂意千年为兽身，悒悒不得志。聊有《述怀》一章。"乃吟曰："昔为仙子今为虎，流落阴涯足风雨。更将斑毳被余身，千载空山万般苦。""然含质谴谪已满，唯有十一日，即归紫府矣。久居于此，将别不无恨恨，因题数行于壁，使后人知仆曾居于此

猎狗咬死,有若干应该被鹰抓死。"说完,群兽都趴在地上颤抖,像请求饶命的样子。老虎和老麋鹿,都屈膝脆向巨人说:"按照我们的命运,则是应该的。但是萧公是个仁义之人,并不是诚心要残害生物,来赶时令罢了。如果稍有点原因,他也就停止了。使者难道没有办法救我们吗?"使者说:"不是我想要杀你们,我现在只是按照北帝的命令宣布你们的刑名,我作为使者的任务就完成了。从现在起,任你们自己想办法。但是我听说东谷里的严四兄善于谋略,你们可以到他那请求。"群兽全都跳跃欢呼。使者就向东走去,群兽全都跟在后面。这时打柴人的病痛也略有好转,便也跟着去偷偷看热闹。

到了东谷,有几间茅屋,屋里有一个戴黄帽子的人,木架上挂着虎皮,正在熟睡。这人被惊醒,见到使者便说:"分别很久,常常想念你。今天你到这儿来,大概是给群生分配腊日冬祭的刑名吧?"使者说:"正像你所说的。但是他们都向四兄求救,四兄应该为他们想个办法。"老虎和老麋鹿立即跪倒哀求。戴黄帽子的人说:"萧使君每次指使手下人做事时,一定体恤他们的饥寒。如果祈求滕六下雪,巽二起风,他就不能出去打猎了。我昨天收到滕六的信,知道他已经丧偶。又听说索泉家第五娘子是歌妓,因为妒忌被罢黜了。如果你们能求得美人献给他,立即就能下雪。另外,巽二好喝酒,你们如果能弄到好酒送给他,风也立即就到。"有两只狐狸自称:"很会讨好,能弄到美人和美酒。河东县尉崔知的三妹妹,美丽娇艳。绛州卢司户擅长酿酒,他妻子生孩子,一定有好酒。"两只狐狸说完这些话便走了。群兽发出一片欢呼声。

戴黄帽子的人就对使者说:"回想当年我含质生活在仙都,哪里能想到做了千年的野兽,心里总是抑郁烦闷。便写了一首《述怀》诗。"于是他吟诵道:"昔为仙子今为虎,流落阴涯足风雨。更将斑毳被余身,千载空山万般苦。"他又说:"然而我受贬谪的期限已满,再有十一天就要回紫府了。久居于此,忽然将别,心里也不无遗憾,因此在墙上题写几句,让后人知道我曾经在这儿住

矣。"乃书北壁曰:"下玄八千亿甲子,丹飞先生严含质。谪下中天被班革,六十甲子血食涧。饮厕猿狖下浊界,景云元纪升太一。"时薪者素晓书诵,因密记得之。

少顷,老狐负美女至。才及笄岁,红袂拭目,残妆妖媚。又有一狐负美酒二瓶,香气酷烈。严四兄即以美女泪美酒瓶,各纳一囊中,以朱书一符,取水噀之,二囊即飞去。薪者惧且为所见,即寻路却回。未明,风雪暴至,竟日乃罢。而萧使君不复猎矣。出《玄怪录》。

过。"于是他在北墙上写道:"下玄八千亿甲子,丹飞先生严含质。谪下中天被班革,六十甲子血食涧。饮厕猿狄下浊界,景云元纪升太一。"当时砍柴人因为一向懂得诗词歌赋,就在心中记住了。

一会儿,老狐狸背着美女回来了。美女才成年,用红袖子擦眼睛,妆残而更显得妖媚。另一只狐狸背来两瓶美酒,香气极浓烈。严四兄就把美女和美酒,各装到一个口袋里,用朱砂写了一道符,取来水一喷,两个口袋就飞走了。砍柴人怕被他们发现,就寻着原路回来了。天还没亮,风雪突然大作,刮了整整一天才停。萧使君便没有出去打猎。出自《玄怪录》。

卷第四百四十二
畜兽九

狼

熊

狸

猬

狼

狼 狈

狼大如狗,苍色,作声诸窍皆沸。腥中筋大如鸭卵,有犯盗者熏之,当令手挛缩。或言狼筋如织络小囊,虫所作也。狼粪烟直上,烽火用之。或言狼狈是两物。狈前足绝短,每行常驾两狼,失狼则不能动。故世言事乖者称"狼狈"。出《酉阳杂俎》。

狼

狼 狈

　　狼的大小和狗差不多，苍黄色，发出声音的时候七窍都鼓动。它大腿根部有个筋疙瘩，像鸭蛋那么大，有犯偷盗罪的人，用狼筋熏他，能让他的双手痉挛收缩。有人说狼筋像编织的小口袋，是虫子做的。点狼粪的烟垂直地往上升，报告敌情的烽火用的就是它。有人说狼和狈是两种动物。狈的前腿极短，每次走路总是驾驭着两只狼，失去狼就不能动。所以世人说事情不顺利为"狼狈"。出自《酉阳杂俎》。

狼冢

临济郡西有狼冢。近世有人曾独行于野，遇狼数十头。其人窘急，遂登草积上。有两狼，乃入穴中，负出一老狼。老狼至，以口拔数茎草，群狼遂竞拔之。积将崩，遇猎者救之而免。其人仍相率掘此冢，得狼百余头，杀之。疑老狼即狈也。出《酉阳杂俎》。

冀州刺史子

唐冀州刺史子，传者忘其姓名。初，其父令之京，求改任。子往，未出境，见贵人家宾从众盛。中有一女容色美丽。子悦而问之，其家甚愕。老婢怒云："汝是何人，辄此狂妄。我幽州卢长史家娘子，夫主近亡，还京。君非州县之吏，何诘问顿剧？"子乃称父见任冀州，欲求姻好。初甚惊骇，稍稍相许。后数日野合。中路却还。刺史夫妻深念其子，不复诘问。然新妇对答有理，殊不疑之。其来人马且众，举家莫不忻悦。经三十余日。一夕，新妇马相蹋，连使婢等往视，遂自拒户。及晓，刺史家人至子房所，不见奴婢，至枥中，又不见马，心颇疑之，遂白刺史。刺史夫妻遂至房前，呼子不应。令人坏窗门开之，有大白狼冲人走去，其子遇食略尽矣。出《广异记》。

王含

太原王含者，为振武军都将。其母金氏，本胡人女，

狼 冢

临济郡西边有一个高大的狼坟。近代有人曾经独自在田野走路,遇上了几十头狼。那人窘迫着急,就爬到一个草垛上去。有两头狼,就钻到坟穴中,背出来一头老狼。老狼来了之后,用嘴从草垛往下拔了几根干草,群狼争抢着往下拔。草垛将要被它们拔倒的时候,遇上一位猎人救了他。他后来领人来挖开这个坟墓,捉到一百多头狼,全杀了。人们怀疑那头老狼就是狈。出自《酉阳杂俎》。

冀州刺史子

唐朝冀州刺史的儿子,讲故事的人忘了他叫什么名字。当初他父亲让他进京,请求改任官职。他在前往的路上,还没走出州境,看到一个富贵人家,宾客随从很多、很气派,其中有一位女子模样美丽。他高兴地上去打听,这一家很惊愕。一个老婢女生气地说:"你是什么人,竟敢这么狂妄?这是幽州卢长史家的娘子,夫君近来亡故,这是要回京城去。你也不是州县的官吏,为什么盘问得这么急切?"刺史的儿子就说自己的父亲是冀州刺史,想向这位娘子求婚。对方一开始惊骇,渐渐就答应了。几天后在野外交合。小伙子不再进京,带着女人半路返回家中。刺史夫妻二人因疼爱儿子,不再盘问什么。而且新媳妇对答有理,根本没有怀疑她。她带来了许多人马,全家没有不高兴的。就这样过了三十多天。一天晚上,新媳妇的马互相踢踏,赶紧派奴婢们去看是怎么回事,于是就自己关了门。等到天亮,刺史家的人到儿子房前没有看见奴婢,到马厩去又不见了马,心里很怀疑,就向刺史报告了。刺史夫妻就来到儿子房前喊儿子,儿子不应。让人砸开门窗进去看,有一头大白狼冲出人群夺路而逃,刺史的儿子已经快被狼吃光了。出自《广异记》。

王 舍

太原人王舍是振武军都将。他的母亲金氏,原是胡人的女儿,

善弓马，素以犷悍闻。常驰健马，臂弓腰矢，入深山，取熊鹿狐兔，杀获甚多。故北人皆惮其能而雅重之。后年七十余，以老病，遂独止一室。辟侍婢，不许辄近左右。至夜，即扃户而寝。往往发怒，过杖其家人辈。后一夕，既扃其户，家人忽闻轧然之声。遂趋而视之，望见一狼，自室内开户而出。天未晓，而其狼自外还，入室又扃其门。家人甚惧，具白于含。是夕，于隙中潜窥，如家人言。含忧悸不自安。至晓，金氏召含，且令即市麋鹿。含熟以献，金氏曰："吾所须生者耳。"于是以生麋鹿致于前，金氏啖立尽。含益惧。家人辈或窃语其事，金氏闻之，色甚惭。是夕既扃门，家人又伺而觇之，有狼遂破户而出。自是竟不还。 出《宣室志》。

正平县村人

唐永泰末，绛州正平县有村间老翁患疾数月，后不食十余日。至夜辄失所在，人莫知其所由。他夕，村人有诣田采桑者，为牡狼所逐，遑遽上树。树不甚高，狼乃立衔其衣裾。村人危急，以桑斧斫之，正中其额。狼顿卧，久之始去。村人平曙方得下树，因寻狼迹，至老翁家。入堂中，遂呼其子，说始末。子省父额上斧痕，恐更伤人，因扼杀之，成一老狼。诣县自理，县不之罪。 出《广异记》。

又其年，绛州他村有小儿，年二十许。因病后，颇失精

擅长骑马射箭,向来以犷悍闻名。她经常骑着健马,挎着弓箭,进入深山老林,猎取熊鹿狐兔,捕获的东西特别多。所以北方人都惧怕她的能力而敬重她。后来她七十多岁了,因为年老多病,就单独住在一个屋里。她打发走侍婢,不允许婢女靠近她。到了夜晚,就关着门睡觉。她常常发怒,责备打骂她的家人们。后来一天晚上,她已经关了门,家人忽然又听到她屋里"轧"的一声响。于是跑去看,望见一头狼,从屋里开门跑出来。天没亮,那狼又从外面回来了,进屋之后又关上门。家人非常害怕,详细地向王含说了。这天晚上,王含从门缝中偷看,见到的和家人说的一样。王含又担心又害怕。到了天亮,金氏把王含喊来,让他立即去买一头麋鹿来。王含把麋鹿做熟了献给她,金氏说:"我要的是生的!"于是又把一头生麋鹿送到她的面前,金氏立刻就把麋鹿吃光了。王含更加害怕。家人们有的偷偷地议论这件事,被金氏听见了,她面露羞愧之色。这天晚上反锁上门以后,家人们又等候在那里偷偷观察,见一头狼冲出房门跑掉了。从此就再也没回来。出自《宣室志》。

正平县村人

唐朝永泰末年,绛州正平县有个村庄,村里有位老头得病几个月,后来十多天不吃东西。到了夜间就不知他到哪儿去了,人们也都不知道这是怎么回事。有一天晚上,村里有一个人到田里采桑叶,被一头公狼追赶,他急忙爬到树上。树不是很高,狼就立起来咬住了那人的衣襟。那人于危急之中,用斧子砍它,正砍到它的额头上。它顿时就倒下去了,过了很久它才离去。那个村人天亮的时候才从树上下来,就寻找狼的血迹,一直寻到了那个老头家。村人进了屋,就喊老头的儿子,对他说了事情的始末。儿子查看了老头额上的斧痕,怕他再伤人,就把他掐死了,他父亲变成了一头老狼。儿子到县衙门自首,县里没有办他的罪。出自《广异记》。

同一年,绛州别村有少年,年龄二十岁左右。生病后,很没有精

神，遂化为狼，窃食村中童儿甚众。失子者不知其故，但追寻无所。小儿恒为人佣作。后一日，从失儿家过，失儿父呼其名曰："明可来我家作，当为置一盛馔。"因大笑曰："我是何人，更为君家作也？男儿岂少异味耶！"失儿父怪其辞壮，遂诘问，答云："天比使我食人。昨食一小儿，年五六岁，其肉至美。"失儿父视其口吻内有膱血。遂乱殴，化为狼而死。出《广异记》。

张某妻

晋州神山县民张某妻，忽梦一人衣黄褐衣，腰腹甚细，逼而淫之，两接而去。已而妊娠。遂好食生肉，常恨不饱。恒舐唇咬齿而怒，性益狼戾。居半岁，生二狼子，既生即走，其父急击杀之。妻遂病恍惚，岁余乃复。乡人谓之狼母。出《稽神录》。

熊

子　路

东土呼熊为子路。以物击树云："子路可起。"于是便下，不呼则不动也。出《异苑》。

熊胆，春在首，夏在腹，秋在左足，冬在右足。出《酉阳杂俎》。

神，就变成了一头狼，偷吃了村里许多小孩。丢失孩子的人不知道原因，只是不见了孩子的下落。这个少年经常给人家做工。后来有一天，他从一个丢了孩子的人家门前过，那个丢孩子的父亲喊着他的名字说："明天你到我家来做工，我给你准备一顿丰盛的饭。"他就大笑着说："我是什么人，要到你家做工？男子汉大丈夫难道就缺一顿美味吗！"丢失孩子的父亲奇怪他说话如此强硬，就盘问他。他说："老天爷接连让我吃人。昨天我吃了一个小男孩，年纪有五六岁，他的肉特别美。"丢孩子的父亲见他的嘴唇上还有肉渣和血迹。于是就一阵乱打，那少年变成一头狼死了。出自《广异记》。

张某妻

晋州神山县百姓张某的妻子，忽然梦见一个穿黄色粗布衣服的人，腰腹很细，威逼奸污了她，相交两次那人就走了。不久妇人就怀了孕。于是她开始喜欢吃生肉，常常遗憾自己没吃饱。她经常舔唇咬牙地发怒，性情变得凶狠狂戾。过了半年，她生了两个狼崽子，生下来就会跑，她丈夫急忙把狼崽子打死了。她也病得恍恍惚惚，一年多才康复。乡人因此叫她"狼母"。出自《稽神录》。

熊

子路

东土一带把熊叫作"子路"。人们用东西敲着树说："子路可以起来了。"于是熊就从树上下来，不叫它的名字，它就不下来。出自《异苑》。

熊胆，春天在脑袋里，夏天在肚子里，秋天在左脚里，冬天在右脚里。出自《酉阳杂俎》。

昇平入山人

晋昇平中，有人入山射鹿，忽堕一坎，窅然深绝，内有数头熊子。须臾，有一大熊入来，瞪视此人。人谓必以害己。良久，出藏果栗，分与诸子。末后作一分，以置此人前。此人饥久，于是冒死取啖之。既转相狎习。熊母每旦觅食果还，辄分此人，此人赖以延命。后熊子大，其母一一负将出。子既尽，人分死坎中，穷无出路。熊母寻复还，入坐人边。人解意，便抱熊之足。于是跳出，遂得毋他。出《续搜神记》。

黄秀

邵陵高平黄秀，以宋元嘉三年入山，经月不还。其儿根生寻觅，见秀蹲空树中，从头至腰，毛色如熊。问其何故，答曰："天谪我如此，汝但自去。"生哀恸而归。逾年，伐山人见其形，尽为熊矣。出《异苑》。

狸

董仲舒

汉董仲舒尝下帷独咏。忽有客来，风姿音气，殊为不凡。与论五经，究其微奥。仲舒素不闻有此人，而疑其非常，乃谓之曰："巢居却风，穴处知雨。卿非狐狸，即是老鼠。"客闻此言，色动形坏，化成老狸，蹶然而走。出《幽明录》。

昇平入山人

晋朝昇平年间,有一个人进山射鹿,忽然掉进一个洞穴里,洞穴很深,里边有几头熊崽子。不一会儿,有一头大熊进洞来,瞪着眼看这个人。这人以为它一定会咬死自己。过了好一会儿,大熊拿出收藏的山果栗子来,分给各个小熊。最后分了一份,放在那人跟前。这个人饿了好长时间了,于是就冒死拿过来吃了。以后就渐渐和熊亲近习惯了。母熊每天早晨采回山果来,总是分一份给他。他便靠这个活了下来。后来小熊长大了,它们的母亲把它们一个一个背出去。小熊走光了,这人认为自己一定会死在洞中,绝对没有出路。不久母熊又回来了,进到洞里坐在那人身边。那人理解它的意思,就抱住熊的腿。于是就从洞里跳出来,没有发生别的事情。出自《续搜神记》。

黄 秀

邵陵郡高平县的黄秀,在南朝宋元嘉三年进山,一个多月没回来。他的儿子根生到处寻找,见他蹲在空树洞中,从头到腰,毛色像熊一样。问他为什么这样,他说:"老天爷惩罚我把我变成这样,你自己回去吧。"根生哀痛到了极点,回家了。过了一年,伐木人见他全身都变成熊了。出自《异苑》。

狸

董仲舒

汉朝董仲舒曾经放下屋里的帷帐,独自一人诵读诗书。忽然有一位客人来,风姿音容气质很不平常。他与董仲舒谈论五经,很明白其中细微深奥的道理。董仲舒从来没听说有这么一个人,怀疑他不是个正常人,就对他说:"巢居的怕风,穴居的知道雨。你若不是狐狸,就是老鼠。"客人听了这话,脸色难堪,变成一只老狐狸,急急忙忙地跑了。出自《幽明录》。

张　华

张华字茂先,晋惠帝时为司空。于时燕昭王墓前,有一斑狸,积年能为幻化。乃变作一书生,欲诣张公,过问墓前华表曰:"以我才貌,可得见张司空否?"华表曰:"子之妙解,为无不可。但张司空智度,恐难笼络。出必遇辱,殆不得返,非但丧子千岁之质,亦当深误老表。"书生不从,遂诣华。华见其总角风流,洁白如玉,举动容止,顾盼生姿,雅重之。于是论及文章,辨校声实,华未尝闻此。复商略三史,探赜百家,谈老庄之奥区,被风雅之绝旨,包十圣,贯三才,箴八儒,擿五礼。华无不应声屈滞,乃叹曰:"天下岂有此年少!若非鬼怪,则是狐狸。"书生乃曰:"明公当尊贤容众,嘉善而矜不能,奈何憎人学问?墨子兼爱,其若是耶?"言卒,便请退。华已使人防门,不得出。既而又谓华曰:"公门置甲兵栏骑,当是疑于仆也。将恐天下之人,卷舌而不言;智谋之士,望门而不进。深为明公惜之。"华不应,而使人御防甚严。

丰城令雷焕,博物士也,谓华曰:"闻魑魅忌狗,所别者数百年物耳。千年老精,不复能别,唯有千年枯木,照之则形见。燕昭王墓前华表,已当千年。"乃遣人伐之。使人既至,华表叹曰:"老狸自不自知,果误我事。"于华表空中,得青衣小儿,长二尺余。将还至洛阳,而变成枯木。燃之以照书生,乃是一斑狸。茂先叹曰:"此二物不值我,千年不可复得。"出《集异记》。

张　华

张华字茂先,晋惠帝在位时任司空。当时燕昭王墓前,有一只花狐狸,修炼了很多年,能随意变化。于是就变成一位书生,想去拜见张华。书生路过墓前的时候问华表说:"凭我的才貌,能不能见到张司空?"华表说:"你很聪明,没有不可以的事。但是张司空机智善断,恐怕很难笼络。你去一定会遭遇耻辱,恐怕不能回来,不但丧失你千年的修行,也可能会殃及我这老华表。"书生不听从,还是去拜见张华。张华见他还未成年,就有如此风度,脸色洁白如玉,举止大方,顾盼生姿,很看重他。于是二人开始谈论文章,书生辨别比较言辞形式和实质内容,都是张华从未听说过的。接着又讨论三史,探讨诸子百家。谈老庄哲学的深奥微妙,分析国风、雅颂的深刻内涵,包容"十圣",贯通"三才",规劝"八儒",挑别"五礼"。张华每每应答不及,思路迟滞,就叹道:"天下哪有少年如此博学的!如果不是鬼怪,就是狐狸。"书生就说:"张公应该尊重贤人容纳众人,赞美好的而同情无能的,为什么怕人家有学问?墨子讲兼爱,难道可以如此吗?"说完,就要走。张华已经派人守住门口,出不去。于是他又对张华说:"张公派人在门口把守,肯定是对我产生怀疑了。这样做恐怕将要让天下贤能闭口不敢讲话;让智谋之士,望门而不敢进来。我真替你感到可惜啊!"张华不应声,继续让人严加防守。

丰城县令雷焕,是个知识渊博的人,他对张华说:"听说鬼怪怕狗,但狗只能辨别几百年的鬼怪罢了。千年的老妖精,就辨别不出来了,只有用千年的枯木点火照它,它才能现原形。燕昭王墓前的华表柱,已经千年以上了。"就派人去砍伐它。被派的人到了之后,华表叹道:"老狐狸没有自知之明,果然误了我的事!"在华表的木洞中,得到一个穿黑色衣服的小男孩,二尺多高。把这个小男孩带回到洛阳,它变成了一段枯木。燃烧这段枯木照那书生,果然是一只花狐狸。张华慨叹道:"这两样东西要是不遇上我,就不至于落到这般地步。这千年之物不再会有了。"出自《集异记》。

山中孝子

晋海西公时，有一人母终，家贫无以葬，因移柩深山。于其侧作屎，昼夜不休。将暮，有一妇人抱儿来寄宿。转夜，孝子作屎不已。妇人求眠，于火边睡，乃是一狸抱一乌鸡。孝子因打杀，掷后坑中。明日，有男子来问："细小昨行以寄宿，今为何在？"孝子云："一狸，即已杀之。"男子曰："君枉杀吾妇，何诬得言狸？狸今何在？"因共至坑视，狸已成妇人。男子因缚孝子赴官，应偿死，乃谓令曰："此实妖魅，但出猎犬则可知。"魅复来催杀孝子。令因问猎事："能别犬否？"答云："性畏犬，亦不别也。"因放犬，便化为老狸，乃射杀之。视妇人，已复成狸矣。出《法苑珠林》。

淳于矜

晋太元中，瓦棺佛图前淳于矜年少洁白。送客至石头城南，逢一女子，美姿容。矜悦之，因访问。二情既洽，将入城北角，共尽忻好。便各分别，期更克集，将欲结为伉俪。女曰："得婿如君，死何恨！我兄弟多，翁母并在，当问我翁母。"矜便令女归，问其翁母，翁母亦愿许之。女因敕婢取银百斤，绢百匹，助矜成婚。经久，生两儿。当作秘书监，明果骑卒来召，车马导从，前后部鼓吹。经少日，有猎

山中孝子

晋朝海西公的时候,有一个人的母亲死了,家里很穷没有钱安葬,他就把母亲的灵柩移进深山。他在灵柩旁边做木底鞋,从早到晚都不闲着。天将黑的时候,有一位妇人抱着一个孩子来借宿。到了夜间,孝子不停地做木鞋。妇人要睡觉,就睡在火边,原来是一只狐狸抱着一只乌鸡。孝子就把它打死了,扔到了后边的一个坑里。第二天,有一位男子来问家春的下落:"我的妻子和儿子昨天到这儿来投宿,现在他们在哪儿?"孝子说:"是一只狐狸,已经被我打死了。"男子说:"你枉杀了我的妻子,为什么还诬蔑她是狐狸?狐狸现在在哪儿?"孝子就和男子一块来到坑边,一看,狐狸居然已经变成了妇人。男子于是就把孝子绑起来去官府告状,县令判孝子偿命。孝子对县令说:"这确实是妖魅,只要放出猎狗来就可以知道了。"那妖魅又来催促县令快杀孝子。县令就问他打猎的事:"你能识别狗的好坏吗?"他说:"我生来怕狗,不能识别。"于是就把狗放了出来,他就变成一只老狐狸。于是就射死了他。再看那妇人,已经又变成死狐狸了。出自《法苑珠林》。

淳于矜

晋朝太元年间,瓦棺寺前的淳于矜,长得年轻白净。有一次他送客人到石头城南,遇见一位女子,模样很美。淳于矜很喜欢她,于是就上前搭话。两个人很投缘,一见钟情,淳于矜就把她领到城北角,偷情欢愉。便各自分别,约定好日子再相会,将来想结为夫妻。女子说:"能得到你这样的夫婿,就是死了也没什么遗憾。我兄弟多,父母都在,应该禀告父母才好。"淳于矜就让女子回家去询问父母的意见,父母也愿意把女儿许配给淳于矜。女子就让婢女们取来一百斤白银,一百匹绢,资助淳于矜办婚事。两人在一起生活了很长时间,生了两个儿子。淳于矜被授为秘书监,第二天便有骑马的侍吏来宣召进京,前有引导的仪仗,后有随从的车马,前后都有鼓乐。走了没几天,有一个猎

者过，觅矜。将数十狗，径突入，咋妇及儿，并成狸。绢帛金银，并是草及死人骨。出《玄怪录》。

刘伯祖

晋博陵刘伯祖为河东太守。所止承尘上，有神能语。京师诏书每下，消息辄豫告伯祖。伯祖问其所食啖，欲得羊肝。买羊肝，于前切之，脔随刀不见。两羊肝尽，有一老狸，露形在案前。视者举刀欲砍之，伯祖呵止，自举著承尘上。须臾，大笑曰："向者啖肝醉，忽失形，与府君相见，大惭愧。"后伯祖当为司隶，神复先语伯祖："某月某日书当到。"到期如言。及入司隶府，神随逐承尘上，辄言省内事。伯祖大恐惧，谓神曰："今职在刺举，左右贵人闻神在此，得以相害。"神答曰："如府君所虑，当相舍去。"遂绝无声。出《法苑珠林》。

吴兴田父

吴兴一人，有二男。田中作时，尝见父来骂詈赶打之，儿归以告母。母问其父，父大惊，知是鬼魅，便令儿斫之，鬼便寂不往。父忧恐儿为所困，便自往。儿谓是鬼，便杀而埋之。鬼遂归，作其父形。且语其家，二儿已杀妖矣。积年不觉。后一师过其家，语二儿云："君尊侯有大邪气。"儿白父，父大怒。师便作声入，父即成一老狸，入床下。遂

人打此经过，寻找淳于矜。猎人领着十几条狗直接闯进来，狗咬死了淳于矜妻子和儿子，他们都变成了狐狸。那些绢帛金银，都是草和死人骨头。出自《玄怪录》。

刘伯祖

晋朝博陵人刘伯祖是河东太守。他卧室床顶的承尘帐幔上，有一个神能说话。每次京城下发诏书，它总能预先告诉刘伯祖。刘伯祖问神要吃点什么东西，神说想吃羊肝。买来羊肝在神前切割，肉随刀不见了。两个羊肝吃光后，有一只老狐狸在桌案前出现。看到的人举刀就要砍，刘伯祖慌忙呵止，亲自把它送回到承尘帐幔上。不一会儿，神大笑说："刚才吃羊肝吃醉了，忽然间露出原形，让府君看见了，很惭愧。"后来刘伯祖将要做司隶，神又提前告诉了他："某月某日信应该送到。"到时候果然像神说的那样。等到刘伯祖进了司隶府，神也跟着住到承尘帐幔上，总是说官署里的事。刘伯祖很害怕，对神说："现在我的职责是侦察检举，朝内左右的贵人听说有神在这里，会加害于我的。"神回答说："如果府君担心，我应当离去。"从此便不再作声了。出自《法苑珠林》。

吴兴田父

吴兴有一个人，他有两个儿子。在田里干活的时候，曾经见到他们的父亲边怒骂边追打他们。两个儿子回家就把这事告诉了母亲。母亲问父亲，父亲大惊，知道是鬼怪干的，就让两个儿子用刀砍那鬼怪，鬼怪于是销声匿迹不来了。他们的父亲担心两个儿子被鬼怪困住，便亲自去看看。两个儿子以为他是鬼怪，就把他杀死，并埋了。这时候鬼怪又来了，变成他们父亲的模样。并且对家里说，两个儿子已经把妖怪杀了。很多年都没有发觉。后来一位法师路过他们家，对两个儿子说："你们的父亲有很大的邪气。"两个儿子告诉了父亲，父亲特别生气。法师便大喝一声走进来，父亲立刻变成一只老狐狸，钻到床下去了。于是

擒杀之。向所杀者,乃真父也。改殡治服。一儿遂自杀,一儿忿愤亦死。出《搜神记》。

孙 乞

乌伤县人孙乞,义熙中,赍文书到郡。达石亭,天雨日暮。顾见一女,戴青伞,年可十六七,姿容丰艳,通身紫衣。尔夕,电光照室,乃是大狸。乞因抽刀斫杀。伞是荷叶。出《异苑》。

黄 审

句容县麋村民黄审于田中耕,有一妇人过其田,自畦上度,从东适下而复还。审初谓是人,日日如此,意甚怪之。审因问曰:"妇数从何来也?"妇人少住,但笑不言,便去。审愈疑之,预以长镰伺其还。未敢斫妇,但斫所随婢,妇化为狸走去,视婢,但狸尾耳。审追之不及。后人有见此狸出坑头,掘之,无复尾焉。出《搜神记》。

留元寂

长山留元寂,宋元嘉十九年曾捕得一狸,剖腹得一狸。又破之,更获一狸,方见五脏。三狸虽相包怀,而大小不殊。元寂不以为怪,以皮挂于屋后。其夜,有群狸绕之号呼,失皮所在。元寂家亦无他。出《异苑》。

把它捉起来杀了。以前杀的那一个,才是他们真正的父亲。于是就重新戴孝治丧。一个儿子随后就自杀了,另一个儿子也由于忿懑,死去了。出自《搜神记》。

孙 乞

乌伤县人孙乞,义熙年间,到郡里去送文书。他走到一个石亭,这时天色已晚,而且下这雨,便住了下来。看见一位女子,打着黑伞,年纪有十六七岁,体态丰满,容色娇艳,全身穿着紫色衣服。这天夜里,雷雨大作电光照亮亭屋,他看清那女子原来是一只大狐狸。就抽刀杀了她。那把黑伞原来是一片荷叶。出自《异苑》。

黄 审

句容县麋村村民黄审在田中耕作,有一个妇人从他的田间走过,走在田埂上,从东边刚走下来又回去了。黄审开始以为她是人,见她日日如此,心里就非常奇怪。黄审于是问她说:"你屡次如此,是从哪来的?"妇人稍微停了停,只笑不说话,就离去了。黄审更怀疑了,准备了一把长镰等着她再来。他没敢砍妇人,只砍了跟随妇人的婢女。妇人变成狐狸跑了。看婢女,只是一条狐狸尾巴而已。黄审去追那狐狸没追上,后来有人看见这狐狸在坑边出没,就去把它挖出来,果真没了尾巴。出自《搜神记》。

留元寂

长山县人留元寂,南朝宋元嘉十九年,曾经捉到一只狐狸,剖腹的时候得到一只狐狸,又剖腹,又剖出一只,然后才见到五脏。三只狐狸虽然是一个怀着一个,但是大小没有差别。留元寂不认为怪,把狐狸皮挂在屋后。那天夜里,有一群狐狸绕着狐狸皮号叫。第二天一看,几张狐狸皮不见了。留元寂家也没有发生别的事情。出自《异苑》。

郑氏子

近世有郑氏子者，寄居吴之重玄寺。暇日登阁，忽于阁上见妇人，容色甚美，因与结欢。妇人初不辞惮，自后恒至房，郑氏由是恶其本妻，不与居止。常自安处者数月，妇人恒在其所。后本妻求高行尼，令至房念诵，妇人遂不复来。郑大怒："何以呼此妖尼，令我家口不至？"尼或还寺，妇人又至，尼来复去。如是数四。后恒骂其妻，令勿用此尼。妻知有效，遂留尼在房，日夜持诵。妇人忽谓郑曰："曩来欲与君毕欢，恨以尼故，使某属厌。今辞君去矣，我只是阁头狸二娘耳。"言讫不见。遂绝。出《广异记》。

晋阳民家

晋阳以北，地寒而少竹，故居人多种苇成林，所以代南方之竹也。唐长庆初，北都有民，其家地多林苇。里中尝有会宴，置余食于其舍。至明日，辄不知其所在。其民有贮缯帛于其室者，亦亡之。民窃异焉。后夜闻婴儿号者甚众，迫而听之，则阒然矣。明夕又闻，民惧且甚。后一日，乃语里中他民曰："数多闻林中有婴儿号，吾度此地不当有婴儿，惧其怪耳。"即相与芟除其林，薙其草。既穷，得一穴，中有缯帛食器。见野狸十余，有嚬而俯者，呻而仰者，瞬而乳者，偃而踞者，嗷嗷然若相愁状。民尽杀之，自是里民用安其居。出《宣室志》。

郑氏子

近代有个姓郑的男人，寄居在吴地的重玄寺。闲暇之日，他登上亭阁，忽然在阁上见到一位妇人，容色极美，于是他就和她结欢。那妇人根本不推辞不害怕。之后就总到他的房里来，姓郑的从此开始讨厌他的妻子，不跟妻子住在一起。他独自住在一个屋里几个月，那妇人一直在他的房里。后来他的妻子求一位操行高尚的尼姑到家里来念经，那妇人就不再来了。姓郑的大怒，骂道："为什么叫这妖尼到家来，让我的女人不来了？"尼姑如果回寺里去，那妇人就又来，尼姑来了，妇人就又离开。像这样反复好多次。后来姓郑的经常骂妻子，命令她不许再叫那个尼姑。妻子知道念经有效，就留尼姑常住在屋里，日夜念诵。妇人忽然对姓郑的说："以前想和您好到底，可恨因为有尼姑在，让我感到厌恶。现在就离开您了，我只是阁头的狸二娘罢了。"说完就不见了。于是就再也没来过。出自《广异记》。

晋阳民家

晋阳以北，气候寒冷而少竹，所以居民们大多种芦苇，养育成林，用来代替南方的竹子。唐朝长庆初年，北都有一个人，他家地里种了大片的芦苇。街道上曾有宴会，把剩余的饭菜放在他家里。到了第二天，就不知这些饭菜到哪儿去了。他家屋里存放的一些丝织品也不见了。他心里很惊异。后来夜里听到有许多婴儿号哭，走近去听，就寂然无声了。第二天夜里又听到了，他更加害怕了。后一天，他就对街上的其他人说："我多次听到芦苇丛里有婴儿号哭，我猜测这地方不该有婴儿，恐怕那是妖怪。"于是就共同割倒那片芦苇，清除那里的野草。割尽之后，发现一个洞穴，里边有丝织品和吃饭的用具。见到十几只野狐狸，有皱眉而低头的，有呻吟而仰头的，有眨着眼睛哺乳的，有仰面而蹲坐的，嗷嗷的像人发愁的样子。他把它们全杀了，从此村民们便能安安稳稳地过日子了。出自《宣室志》。

猬

费秘

梁末,蜀人费秘刈麦,值暴风雨,隐于岩石间避雨。去家数里。遥望前路,有数十妇人,皆着红紫襕衣,歌吟而来。秘窃怪田野何因有一群彩衣妇女,心异之。渐近,寂然无声。去秘数步,乃各住立。少时,悉转背向秘。秘到边过看之,其面并无眉耳鼻口,唯垂乌毛而已。于是秘惊怖,心迷闷倒地。至一更,秘父怪不来,把火寻之。见秘卧在道旁,左侧有十刺猬,见火争散走。秘至其家,百余日而死。出《五行记》。

许钦明客

唐东都仁和坊有许钦明宅。尝有人于许氏厅事,冬夜燃火读书。假寐,闻虫鼠行声。密视,见一老母,通体白毛,上床就炉,炙肚搔痒。形容短小,不类于人。客惧,猝然发声大叫,妖物便扑落地,绝走而去。客以宅舍墙高,无从出入,乃一呼奴持火,院内寻索。于竹林中,见一大石。发石,得一白猬,便杀之。出《西京杂记》。

戏场猬

京国顷岁,街陌中有聚观戏场者,询之,乃云:"二刺猬对打,既合节奏,又中章程。"时座中有将作李少监錩,亦云曾见。出《尚书故实》。

猬见虎,则跳入虎耳。出《酉阳杂俎》。

猬

费　秘

南朝梁末年，蜀地人费秘割麦子，赶上暴风雨，就躲在岩石间避雨。这里离家有好几里远。远远望见前边的路上，有几十个妇人，都穿着红紫色的襦衫，唱着歌走来。费秘暗自奇怪这田野间怎么会有一群彩衣妇女，心里感到诧异。妇人们渐渐走近，却寂然无声。离费秘几步远的时候，就各自站住。稍过一会儿，她们都转过去，背对着费秘。费秘走到近前看，她们的脸上并没有眉耳鼻口，只是垂着一些黑毛。于是费秘非常害怕，心里一迷糊，就背过气倒在地上。到了一更天，费秘的父亲见他没回来，感到奇怪，就举着火把来找他。见他倒在路旁，左侧有十只刺猬，刺猬见了火把四散而逃。费秘回到家里，一百多天之后就死了。出自《五行记》。

许钦明客

唐朝东都仁和坊有座许钦明的旧宅。曾经有一个人在许钦明的厅堂里，冬夜点着火读书。刚一打盹，就听到像虫子、老鼠一类走路的声音。偷偷一看，看见一位老女人，一身白毛，上床凑近炉火，一边烤肚子一边挠痒痒。她的身材短小，不像人。读书人害怕了，突然大叫一声，妖物便扑落到地上，赶紧跑了。读书人因为宅院墙高，没有地方出入，就喊奴仆拿灯火来，在院子里寻找。在竹林中，找到一块大石头。搬开石头，捉到一只白毛刺猬，就把它杀了。出自《西京杂记》。

戏场猬

在过去，京城街道中有围观戏场的，有人问围观什么，就有人说："两个刺猬对打，既合乎节奏，又能按照情节。"当时座中有一个将作少监李韫，也说曾经见过。出自《尚书故实》。

据说，刺猬见了老虎，就跳进老虎耳朵里。出自《酉阳杂俎》。

卷第四百四十三
畜兽十

麈

吴唐

吴唐者，庐陵人也，少好射猎，矢不虚发。尝方春，将其子出猎，乃值一麈，将麑戏焉。麈觉有人气，引麑潜去。麑未知所畏，因前就唐，唐射之而死。麈惊还悲鸣。唐乃置麑净地，自藏草中。麈来俯舐顿伏，唐又射之，应弦而倒。既而又逢一麈，张弩之间，箭忽自发，激中其子。唐即

麈

吴 唐

吴唐是庐陵人,年轻的时候爱好打猎,箭无虚发。他曾经在刚到春季的时候,带着儿子一块儿出去打猎,正好碰上一头麈鹿和一头幼鹿在嬉戏玩耍。麈鹿发觉有人的气味,就领着幼鹿藏了起来。幼鹿不知道害怕,就向前走近了吴唐,吴唐把它射死了。麈鹿惊恐地跑回来,发出悲惨的叫声。吴唐就把死了的幼鹿放在干净的地方,自己藏到了草丛里。麈鹿过来俯首舔幼鹿跌倒了,吴唐又射麈鹿,麈鹿也应弦倒了下去。接着他又看到一头麈鹿,拉弓的时候,箭忽然自己射出去了,射中了自己的儿子。吴唐立即

投弓抱子,抚膺而哭。忽闻空中呼曰:"吴唐,麇之爱子,与汝何异!"惊视左右,虎从旁出,遥前,搏折其臂。还家一宿而卒。出《宣室志》。

李婴

有李婴者,与弟绍皆善用弩。曾射得一麇,解其四脚,悬置树间,剖以为炙,列于火上。方欲共食,忽见山下有一神人,长三丈许,鼓步而来,手持大囊。既至,悉敛肉及皮骨,并列火上者于囊中,径还山去。婴与弟绍惊骇,莫知所措。亦竟无他焉。出《鄱阳记》。

獐

刘幡

青州有刘幡者,元嘉初,射得一獐。剖腹,以草塞之,蹶然而起,俄而前走。幡怪而拔其塞草,须臾还卧。如此三焉。幡密录此种,以求其类,理创多验。出《述异记》。

鹿

苍鹿

鹿千年为苍鹿,又五百年为白鹿,又五百年化为玄鹿。汉成帝时,中山人得玄鹿,烹而视其骨,皆黑色。仙方云:"玄鹿为脯,食之,寿至二千岁。"余干县有白鹿,土人传千

扔下弓，抱起儿子，拍着胸膛恸哭。忽然听到空中有喊声说："吴唐，麈鹿爱它的孩子，和你爱你的儿子有什么两样！"他吃惊地往左右看，一头老虎从旁边跳出来，远远地扑上前，跟他搏斗，折断了他的胳膊。吴唐回到家一晚上就死了。出自《宣室志》。

李　婴

有一个叫李婴的人，和他的弟弟李绍，都擅长用弩射猎。有一次他们射到一头麈鹿，就割下鹿的四条腿，悬挂在树木之间，割下来摆在火上炙烤。正要一起吃的时候，忽然看到山下有一个三丈多高的神人，迈着大步走来了，手里拿着一个大口袋。来到之后，把麈鹿的肉、皮、骨头，以及摆在火上的肉全部收进口袋里，径直走下山去。李婴和李绍非常惊惧，不知该怎么办。但也没发生别的事。出自《鄱阳记》。

獐

刘　憣

青州有一个叫刘憣的人，元嘉初年的时候，射到一头獐子。剖开肚子，用草塞上，这獐子居然挣扎着站了起来，顷刻之间就能往前走。刘憣感到奇怪，掏出塞在里面的草，它立刻就又躺下了。如此多次。刘憣暗自记下这草的种类，去寻找同样的草，用来治伤口，很有效。出自《述异记》。

鹿

苍　鹿

鹿活千年变成苍鹿，苍鹿再活五百年变成白鹿，白鹿再活五百年变成黑鹿。汉成帝的时候，中山有人捕到一头黑鹿，煮熟了看它的骨头，全是黑色的。仙方上记载："把黑鹿加工成肉干，吃了可活到两千岁。"余干县有一头白鹿，当地人传说它已经一千

岁矣。晋成帝遣人捕得，有铜牌镌字在角后，云："宝鼎二年，临江所献苍鹿。"出《述异记》。

科　藤

合浦康头山有一鹿，额上戴科藤一枚，四条直上，各一丈许。出《交州记》。

雷郡有鹿，腥无味，不可食。俗云：海鱼所化。郡人尝见鱼首而身为鹿者，斯信矣。与鹰鸠雀雉之化奚异哉！出《投荒杂录》。

铜　环

胡向为虢州时，猎人杀一鹿。重一百八十斤，蹄下贯铜环，环上有篆字，博物者不能识。

鹿　马

洮阳县东有华山，去县九十里。回跨峙堞，峰岭参差。昔有人因猎，见二鹿。其一者霜毛纯素，照耀山谷；一者五彩成文，焕烂曜日。猎人惊其奇异而不射。前行数里，见二人诃责云："使君何来，不见二马耶？"答云："唯见双鹿。"曰："吾为虞帝所使，至衡山，与安丘道士相闻。君所见鹿，是吾马也。"出《录异记》。

紫　石

晋安有东山樵人陈氏，恒见山中有紫光烛天。伺之久，乃见一大鹿，光自口出。设置捕而获之，刳其腹，得一紫石，圆莹如珠。因宝藏之，家自是富。至其孙，奢纵好

岁了。晋成帝派人捉到它,它的角后有一块刻字的铜牌,上面写着:"宝鼎二年,临江所献苍鹿。"出自《述异记》。

科　藤

合浦的康头山上有一头鹿,额头上戴着一棵科藤,四根枝条直伸向上方,各有一丈多长。出自《交州记》。

雷郡有一种鹿,一身腥味,肉不能吃。一般人都说:是海里的鱼变的。郡里有人曾经见过鱼头鹿身的动物,这才相信了。和鹰、鸠、雀、雉的变化有什么不同呢!出自《投荒杂录》。

铜　环

胡向治理虢州的时候,有一个猎人捕杀了一头鹿。重一百八十斤,蹄子上边拴着一个铜环,铜环上有篆字,知识渊博的人也不认识。

鹿　马

洮阳县东边是华山,离县九十里远。华山的峰岭高低起伏,连绵不断。从前有一个人进山打猎,看到两头鹿。其中一头是纯白色的,照耀山谷;另一头有五彩花纹,灿灿发光。猎人感到奇异,就没有射这两头鹿。往前走了几里,遇见两人呵斥道:"您从什么地方来,没看到两匹马吗?"猎人回答说:"只见到两头鹿。"那两个人说:"我们受虞帝派遣,到衡山去,和安丘道士相见。您看到的鹿,就是我们的马。"出自《录异记》。

紫　石

晋安县东山有一个樵夫姓陈,经常见到山中有一束紫光照耀天空。他在那儿守候了好久,看见一头很大的鹿,光是从鹿的口中发出来的。他便设下机关捕到了它,剖开它的肚子,得到一块紫色石头,又圆又莹润,像珍珠一样。于是就把它当成宝贝珍藏起来,他家从此就富裕了。到了他的孙子辈,奢侈放纵喜欢

酒，醉而玩其珠，以为石何神，因击碎之。家自是贫矣。出《稽神录》。

陆绍弟

唐虞部郎中陆绍弟为卢氏县尉，掌时猎。遇鹿五六头临涧，见人不惊，毛斑如画。陆怪猎人不射，问之，猎者言："此是仙鹿也，射之不能伤，且复不利。"陆不信，强之。猎者不得已，一发矢，鹿带箭而去。及返，射者坠崖，折左足。出《酉阳杂俎》。

唐玄宗

开元二十三年秋，玄宗皇帝狩于近郊。驾至咸阳原，有大鹿兴于前。巘然其躯，颇异于常者。上命弓射之，一发而中。及驾还，乃敕厨吏炙其脽已进，而尚食具熟俎献。时张果老先生侍。上命果坐于前，以其肉赐之，果谢而食。既食，且奏曰："陛下以此鹿为何如？"上曰："吾只知其鹿也，亦未知何如哉！"果曰："此鹿年且千岁矣，陛下幸问臣。"上笑曰："此一兽耳，何遂言其千岁耶？"果曰："昔汉元狩五年秋，臣侍武帝畋于上林。其从臣有生获此鹿而献者。帝以示臣，奏曰：'此仙鹿也，寿将千岁。今既生获，不如活之。'会武帝尚神仙，由是纳臣之奏。"上曰："先生绐矣！且汉元狩五年，及今八百岁。其鹿长寿，岂历八百岁而不为畋所获乎？况苑囿内麇鹿亦多，今所获何妨为他鹿乎？"果曰："曩时武帝既获此鹿，将舍去之。且命东方朔以炼铜为牌，刻成文字，以识其年，系于左角下。愿得验

喝酒,喝醉的时候玩弄那颗珠子,认为一块石头能有什么神奇,就把它敲碎了。他家从此就变贫穷了。出自《稽神录》。

陆绍弟

唐朝虞部郎中陆绍的弟弟是卢氏县的县尉,主管按时令打猎。遇到五六头鹿在山涧旁边,见了人也不害怕,毛色斑点像画一样美。陆县尉责问猎人为什么不射,猎人说:"这是仙鹿,射也射不伤它,而且还对自己不利。"陆县尉不信,硬让猎人射。猎人不得已,一放箭,鹿就带着箭跑了。等到往回走的时候,射鹿的那个猎人掉到崖下,摔断了左腿。出自《酉阳杂俎》。

唐玄宗

开元二十三年秋天,唐玄宗到近郊打猎。车马到达咸阳原野,有一头大鹿出现在面前。这头鹿身躯很是壮大,和一般的鹿很不一样。皇上让人用箭射它,一箭就射中了。等到回到宫中,令厨吏把鹿大腿烤好了送进来,尚食官做熟后用盛器端上来。当时张果老先生侍立在旁。皇上让张果坐到前边来,把鹿肉赐给他,张果谢恩之后便吃起来。吃完之后,便奏道:"皇上认为这头鹿怎么样呢?"皇上说:"我只知道它是鹿,也不知道它怎么样。"张果说:"这头鹿的年龄将近一千岁了。有幸皇上问到我。"皇上笑着说:"这只是一头野兽罢了,怎么就能说它一千年了呢?"张果说:"以前,汉朝元狩五年秋天,臣子侍奉汉武帝在上林打猎。有一个从臣活捉了这头鹿献上来。汉武帝把它给臣子们看,有一个臣子奏道:'这是一头仙鹿,活了将近一千年了。现在既然是活捉,不如放了它。'因为汉武帝崇尚神仙,因此采纳了那个臣子的奏请。"皇上说:"先生撒谎了!汉朝元狩五年到现在已经八百年了,这头鹿长寿,难道经历八百年而没被猎获?况且范围里有很多鹿,今天猎到的这一头,怎么就不是普通的鹿呢?"张果说:"以前汉武帝得到这头鹿之后,将要放它。就让东方朔用纯铜做了一个牌子刻上文字,记上年月日,系在鹿左角上边。希望查验

之，庶表臣之不诬也。"上即命置鹿首于前，诏内臣高力士验之。凡食顷，曾无所见。上笑曰："先生果谬矣！左角之下，铜牌安在？"果曰："臣请自索之。"即顾左右，命铁钳，钳出一小牌，实铜制者，可二寸许。盖以年月悠久，为毛革蒙蔽，始不见耳。持以进，上命磨莹视之，其文字刓弊，不可识矣。

上于是信果之不谬。又问果曰："汉元狩五年，甲子何次？史编何事？吾将征诸记传，先生第为我言之。"果曰："是岁岁次癸亥，武帝始开昆明池，用习水战，因蒐狩以顺礼焉。迨今甲戌岁，八百五十二年。"上即命按《汉史》，其昆明池，果元狩五年所开，其甲子亦无差。上顾谓力士曰："异乎哉！张果能言汉武时事，真所谓至人矣。吾固不可得而知也。"出《宣室志》。

彭　世

鄱阳乐安彭世，晋咸康中，以猎射为业。每入山，与子俱行。后忽蹶然而倒，化成一鹿，跳跃而去。其子终身不复弋猎。至孙却习其事，曾射一鹿，两角间有道家七星符，并其祖名字及乡居年月焉，睹之悔懊，自此永断射猎。出《异苑》。

鹿　娘

常州江阴县东北石筏山者。梁时有伐材人入此山，见有麋鹿产，仍闻小儿啼声。往视，见产一女子，因收取养之。及长，乃令出家为道士，时人谓之"鹿娘"。梁武帝为置观，名为"圣观"。出《洽闻记》。

一下,就能证明臣没说错。"皇上立即就让人把鹿头放到前边,让内臣高力士查验。一顿饭都要吃完了,竟然没看到什么。皇上笑着说:"先生果然错了! 左角之下,铜牌在哪?"张果说:"请让我亲自找找看。"于是他看了看左右,让人拿来一把铁钳,钳出来一块小牌,确实是铜做的,有二寸来长。大概因为年月久远,被毛革蒙蔽着,才看不见了。张果把它献给皇上,皇上让人把它磨光了看,那上面的文字磨损严重,辨认不出来了。

皇上于是便相信张果没说错。皇上又问张果说:"汉朝元狩五年按甲子纪年是什么干支次序呢? 历史上有什么大事? 我要到记传里去查证,你只管对我讲。"张果说:"那一年是癸亥年,汉武帝开始挖昆明池,用来习演水战,因而出狩以顺应礼仪。到今年是甲戌年,共八百五十二年。"皇上立即命人查阅《汉史》,那昆明池,果然是元狩五年开挖的,年月也没错。皇上看看高力士说:"奇怪呀! 张果能说出汉武帝那时候的事来,真是所说的至人了。我无论如何也不可能知道。"出自《宣室志》。

彭　世

鄱阳乐安有个叫彭世的人,晋咸康年间,以打猎为业。每次进山,他都带着儿子一块去。后来有一次彭世忽然僵仆跌倒,变成一头鹿,跳跃着跑了。他的儿子终身不再打猎了。到了他的孙子却又做起打猎的事来,曾经射死一头鹿,鹿的两角之间有道家的七星符,还有彭世的名字以及籍贯、出生年月等等。孙子看了非常懊悔,从此就永不射猎了。出自《异苑》。

鹿　娘

常州江阴县东北有座石筏山。南朝梁时,有一个打柴的人进入此山,看到有一头母鹿生产,接着听到小孩的啼哭声。他走过去看,见母鹿生下的是一个女孩,于是他就抱回家养。等到女孩长大,就让她出家当了道士,当时人叫她"鹿娘"。梁武帝为她建起一座道观,名叫"圣观"。出自《洽闻记》。

张盍蹋

昔张盍蹋、甯成二人，并出家于蜀云台山石室中。忽有一人，着黄练单衣，葛巾，到其前曰："劳乎道士！"因以镜照之，见是一鹿。遂责问之曰："汝草中老鹿，何敢诈为人形？"言讫，化成老鹿而走去。出《抱朴子》。

车 甲

陶潜《搜神记》曰：有一士人姓车，是淮南人。天雨，舍中独坐。忽有二年少女来就之，着紫缬襦，立其床前，共语笑。车疑之：天雨如此，女人从外来，而衣服何不沾湿？必是异物。其壁上先挂一铜镜，径数寸。回顾镜中，有二鹿在床前。因将刀斫之，而悉成鹿。一走去，获一枚，以为脯食之。出《五行记》。

嵩山老僧

嵩山内有一老僧，结茅居薜萝间，修持不出。忽见一小儿独参礼，恳求为弟子。僧但诵经不顾。其小儿自旦至暮不退，僧乃问之曰："此深山内，人迹甚稀，小儿因何至？又因何求为弟子？"小儿曰："本居山前，父母皆丧，幼失所依，必是前生不修善果所致。今是以发愿，舍离尘俗，来求我师，实欲修来世福业也。"僧曰："能如是耶？其奈僧家寂寞，不同于俗人。志愿虽嘉，能从道，心惟一乎？"小儿曰："若心与言违，皇天后土，自不容耳，不惟我师不容也。"僧

张盍蹋

从前，张盍蹋、宵成二人，都在蜀地云台山的石室中出家修行。忽然有一个人，穿着黄色绢做成的单衣，戴着葛布头巾，来到他们面前说："道士辛苦了！"于是二人就用镜子照他，发现他是一头鹿。就责问他说："你是山野中的一头老鹿，怎么还敢假冒变成人的样子？"话音刚落，那人便变作一头老鹿跑了。出自《抱朴子》。

车甲

陶潜《搜神记》里说：有一个姓车的士人，是淮南人。天下着雨，他一个人在屋里坐着。忽然有两个年轻女子来到他面前，她们身穿紫色丝绸短袄，站在他的床前，和他一起说笑。车士人暗自疑惑：天下这么大的雨，两位女子从外面进来，为什么衣服没有沾湿呢？一定是异物。他屋里墙上原先挂着一块铜镜，直径几寸长。他回头看镜中，有两头鹿站在床前。于是他拿起刀来就砍，两人都变成鹿。一头跑掉了，一头被他提获，被做成肉干吃了。出自《五行记》。

嵩山老僧

崇山里有一位老和尚，在薜荔女萝之间盖茅舍，坚持修行不出山。忽然看到一个小男孩单独来行礼，恳求老和尚收他为弟子。老和尚只是念经，不睁眼看他。那小男孩从早到晚不离开，老和尚就问他说："这深山之内，人迹非常稀少，你一个小孩子是怎么来的？又为什么要我收你为弟子？"小男孩说："我本住在山前，父母都死了，从小就失去依靠，一定是前生没有修善果造成的。所以现在发誓抛弃凡念，舍弃尘俗，来这里投奔师父，其实是想要修来世的福业啊！"老和尚说："你能如此吗？要知道佛门为僧寂寞凄苦，不同于俗人。你的志愿尽管很好，可你能一心一意地从道吗？"小男孩说："如果我的心和说的相违背，皇天在上，后土在下，自然不会容我，不单单是师父不容我。"老和尚

察其敏悟，知有善缘，遂与落发。小儿为弟子后，精进勤劬，罕有伦等。或演法于僧，僧不能对；或问道于僧，僧不能折。老僧深重之，以为圣贤也。后数年，时在素秋，万木凋落，凉风悲起，磎谷凄清。忽慨然四望，朗吟曰："我本长生深山内，更何入他不二门。争如访取旧时伴，休更朝夕劳神魂。"吟讫，复长啸。良久，有一群鹿过，小儿跃然，脱僧衣，化一鹿，跳跃随群而去。出《潇湘录》。

王　祜

　　岐州西二十里王祜者，豪富之家也。第宅华丽，拟于贵显。常开馆舍，以待往来。至于珍馔芳醪，虽有千人诣之，曾不缺乏。忽一日，有一道士谒祜，自称华山道士学真，携一张琴，负一壶药，来求寄泊。祜性且好道，既问之，忻然出迎。延于深院，敬待倍常。道士问祜曰："君如是富，足敌侯伯之乐也。福则福矣，其如不贤。"祜笑而起拜。道士曰："君设食于门下，以俟贤俊耶？以待饿者而饲之耶？若以待饿，方今天下安乐，余粮栖亩，人无乏绝，又何饲之？若以俟贤俊，则不闻君延一贤，揖一俊。足以知君自不贤耳。无讶我言，我恐君有凭痴之名，喧哗于人口，故以此直言以悟君，亦缘感君倍常敬仰我也。"祜遂慨然动容，再拜之。道士又曰："我闻人之好乐，必有其师。事纵横者，实存游说之志；读《孙》《吴》者，那无争战之心哉！某手携一张琴，负一壶药者，岂独欲劳顿也？抑有旨耳。携

见他很聪明，知道有善缘，就为他剃发为僧。小男孩成为老和尚的弟子之后，勤奋刻苦，精心进取，很少有能与他相比的人。有时他在老和尚面前阐述佛法，老和尚不能应对；有时候他向老和尚探讨教义，老和尚答不上来。老和尚很器重他，认为他是圣贤。几年后的一个深秋，万木凋落，凉风悲起，溪谷凄冷。他忽然感慨地四处观望，大声吟诵道："我本长生深山内，更何入他不二门。争如访取旧时伴，休更朝夕劳神魂。"吟诵完毕，就长声吟啸。过了很久，有一群鹿跑过来，小和尚高兴地脱去僧衣，变成一头鹿，跳跃着跟着鹿群跑了。出自《潇湘录》。

王　祐

　　岐州西二十里，有一个叫王祐的人，他家是个豪富之家。宅院建得很华丽，可以与达官显贵的府第媲美。经常开设馆舍，接待来往行人。至于好酒好菜，即使上千人到这儿来，也不会缺乏。忽然有一天，有一个道士来拜访王祐，自称是华山的道士学真，带着一张琴，背着一壶药，来求寄住。王祐本来就好道，听说之后，高兴地出来迎接。他把道士请进深院，比对待别人更加尊重。道士问王祐说："您如此有钱，足以比得上王侯公卿的乐趣了。享福倒是挺享福的，却不像个贤人。"王祐笑着站起来施礼。道士说："您在家里准备了饭菜，是用来等待贤俊之士呢，还是等待饥饿的人，以便供给他们吃喝呢？如果是用来等待饥饿的人，现在天下安乐，物多粮足，人们不缺少吃的，又给谁吃呢？如果是用来等待贤俊之士的，却没听到您迎进一位贤士，拜见一个俊杰。足以知道您自己就不是贤者。对我的话不要感到惊讶，我担心您在众人的喧哗议论中，背上一个并不聪明的名声，所以我就用这直言让您醒悟，也因为感激您对我特别敬仰。"王祐于是慨然而动容，对道士拜了两拜。道士又说："我听说人爱好音乐，一定有老师教他。从事合纵连横的，确实有游说的志向；读《孙子兵法》《吴子兵法》的，哪能没有争战之心！我带着一张琴，背着一壶药的原因，难道只是想要劳苦吗？只是另有意图罢了。带

琴者，我知琴有古风，欲人知我好古，又欲化人还淳朴，省浇浮也。负药壶者，我知人之多病，欲人知我有痊平人病之意也。我琴非止自化也，化人也。我药非止痊自病也，痊人病也。噫！君之富济于人，与夫家累千金，剥割人者则殊。如以古之豪贵之家待士，则作矣。必以贤愚有别，慎保身名，无反招谤耳。"祐复再拜。道士乃命酒自酌。才曙，遽辞而去。祐令人潜侦之，见道士化一大鹿，西走不知所之。出《潇湘录》。

杂　说

江陵松滋枝江村射鹿者，率以淘河乌胫骨为管，以鹿心上脂膜作簧，吹作鹿声，有大号、小号、呦呦之异。或作麀鹿声，则麚鹿毕集，盖为牝声所诱，人得觳矢而注之。南中多鹿，每一牡管牝百头。至春羸瘦，盖游牝多也。及夏则唯食菖蒲一味，却肥。当角解之时，其茸甚痛。猎人逢之，其鹿不敢逸走，伏而不动。猎者以绳系其茸，截而取之。先以其血来唊，然后毙鹿。何其苦也欤？夫狖麝孔雀，以有用贾害，良可愍之。出《北梦琐言》。

兔

岚　州

永淳年，岚胜州兔暴。千万为群，食苗并尽。不知何物变化。及暴已，即并失却，莫知何所。异哉！出《朝野佥载》。

琴,是因为我知道琴有古风,想要让人家知道我崇尚古道,又想要让人变得淳朴些,减少浮华的世风。背药壶,是因为我知道人大多有病,想要让人家知道我有为人治病的想法。我的琴不只是感化自己,是为了感化别人。我的药不是只为了治自己的病,是为了给别人治病。唉!您凭借富贵帮助别人,与那些家有千金还剥削人的不一样。如果用古代的豪贵之家对待贤士来比较,就惭愧了。一定要把贤和愚区分开,慎重地保持自己的名誉,不要反招来诽谤。"王祐又拜了两拜。道士就让端上酒自斟自饮。天刚亮,急忙告辞而去。王祐让人暗中跟踪察看,见道士变成一头大鹿,向西跑去,不知跑到哪里去了。出自《潇湘录》。

杂　说

　　江陵郡松滋县的枝江村射鹿的人,一般是用淘河乌的胫骨作管,用鹿心上的脂膜作簧,吹成鹿鸣的声音,有大号、小号以及呦呦轻快鸣叫等种种区别。有的吹作母鹿鸣叫的声音,公鹿就都集中而来,大概是被母鹿鸣声引诱来的,人就能发箭射它们。南方森林中多鹿,一头公鹿管上百头母鹿。公鹿到了春季很瘦弱,大概是交配母鹿太多的原因。到了夏天就只吃菖蒲一种植物,就能长得很肥。当它的角脱落的时候,新长出的角是很痛的。猎人碰上它,它也不敢快跑,趴在那里不动。猎人用绳子系住它的茸角,把鹿茸截取下来。先喝它的血,然后就杀死它们。多么残酷啊!猹、香獐、孔雀等等,因为有用而遭到祸害,它们的确值得怜悯啊!出自《北梦琐言》。

兔

岚　州

　　永淳年间,岚胜州发生兔灾。千万只兔子成群结队,把庄稼苗全吃光了。不知是什么东西变化的。等到灾荒期一过,就都消失了,不知跑到哪儿去了。真是奇怪啊!出自《朝野佥载》。

杨　迈

　　司农卿杨迈少好畋猎,自云:在长安时,放鹰于野,遥见草中一兔跳跃,鹰亦自见,即奋往搏之。既至无有,收鹰上鞲。行数十步,回顾其处,复见兔走。又搏之,亦不获。如是者三,即命芟草以求之,得兔骨一具。盖兔之鬼也。

出《稽神录》。

杨 迈

　　司农卿杨迈年轻的时候喜欢打猎。他自己说：在长安的时候，有一次在野外放鹰，远远地望见一只兔子在草里跳跃，鹰自己也看到了，就奋力扑上去捉它。扑下去之后却没有兔子，杨迈就把鹰收到手臂托着的架上。走了几十步，回头看那地方，又发现兔子在跑。就又撒鹰扑去，也没捉到。如此多次。于是就让人把草割去找那只兔子，找到的是一具兔骨。大概是兔子的鬼魂在作怪吧。出自《稽神录》。

卷第四百四十四
畜兽十一

猿上
白　猿　　　周　群　　　猳　国　　　欧阳纥　　　陈　岩
魏元忠　　　韦虚己子　　　王长史

猿上

白　猿

　　越王问范蠡手战之术，范蠡答曰："臣闻越有处女，国人称之。愿王请问手战之道也。"于是王乃请女。女将北见王，道逢老人，自称袁公。问女曰："闻子善为剑，得一观之乎？"处女曰："妾不敢有所隐也，唯公所试。"公即挽林杪之竹，似枯槁，末折堕地。女接取其末。袁公操其本而刺处女，处女应节入之三。女因举杖击之，袁公飞上树，化为白猿。出《吴越春秋》。

周　群

　　周群妙闲谶说。游岷山采石，见一白猿从绝峰下，对群而立。群抽所佩之刀，以投白猿。猿化为一老翁，手中有玉板，长八寸，以授群。群问曰："公是何年生？"答曰："今已衰迈，

猿上

白　猿

　　越王向范蠡询问关于使用短兵器作战的战术,范蠡说:"我听说越地有一个未出嫁的少女,国人都称赞她。请大王向她打听短兵器作战的办法。"于是越王就请那位少女。少女将要北去见越王,在道上碰到一位老人,自称袁公。他问女子说:"听说你擅长使剑,能让我见识见识吗?"少女说:"我不敢隐瞒什么,请您试试吧!"袁公就从林梢处拉下来一根竹子,那竹子像干枯了似的,把竹子的末梢折断扔在地上。少女接住竹子的末梢。袁公就操起那竹子的粗干刺向她,她随着节拍攻入多次。少女就举杖打袁公,袁公飞上树去,变成一只白猿。出自《吴越春秋》。

周　群

　　周群精通预卜吉凶的谶纬学说。有一次他到岷山采石,见一只白猿从绝壁上下来,面对他站着。他抽出佩刀,扔向白猿。白猿变成一位老头,手里拿着一块八寸长的玉板,送给周群。周群问:"您是哪年出生的?"老头说:"现在已经衰老年迈了,

忘其生之年月。忆从轩辕之时,始学历数。风后、容成皆黄帝之史,就余授历术。至颛顼,更考定日月星辰之运,多差异。及春秋时,有子韦、子野、裨灶之徒,权略虽验,未得其门。尔来世代,不复可纪,因以相袭。至大汉之时,有洛下闳,得其大旨。"群复其言,更精勤算术,乃考校年历之运,验于图纬,知蜀应灭。及明年归命。皆称周群详阴阳之类也。蜀人谓之后圣。出《王子年拾遗记》。

猳 国

蜀中西南高山之上,有物与猴相类,长七尺,能作人行,善走逐人,名曰猳国,一名马化,或曰玃。伺道行妇女年少者,辄盗取将去,人不得知。若有行人经过其旁,皆以长绳相引,犹故不免。此物能别男女气臭,故取女,男不知也。若取得人女,则为家室。其无子者,终身不得还。十年之后,形皆类之,意亦惑,不复思归。若有子者,辄抱送还其家。产子皆如人形。有不养者,其母辄死。故惧怕之,无敢不养。及长,与人不异,皆以杨为姓。故今蜀中西南多姓杨,率皆是猳国马化之子孙也。出《搜神记》。

欧阳纥

梁大同末,遣平南将军蔺钦南征。至桂林,破李师古、陈彻。别将欧阳纥略地至长乐,悉平诸洞,深入险阻。纥

忘记出生的年月了。只回忆起轩辕的时候,开始学习历法。风后、容成氏,都是黄帝的史官,他们向我传授历法。到了颛顼的时候,进一步考定了日月星辰的运行规律,就有很多出入。到了春秋时期,有子韦、子野、裨灶等人,他们权变的谋略虽然很灵验,但是没有掌握宗旨。从此以后的各朝代,不能一一记得清楚,只是因袭旧说。到了汉朝,有个叫洛下闳的,掌握了历法的大旨。"周群得到老头的指点,更精勤于演算之术,就考核校正天文历法,推算日月星辰的运行,又与谶和纬书相互验证,得知蜀国将要灭亡。到了第二年,伪蜀就归顺了。人们都说周群精通阴阳之事。蜀人尊称其为后圣。出自《王子年拾遗记》。

猳 国

蜀中西南的高山上,有一种动物和猴子相似,七尺高,能像人那样站着走路,善于奔跑追赶人,名叫猳国,又叫马化,或者叫玃。猳国时常埋伏在道旁,看到有年轻的妇女,就抢去,人们不能知道抢到哪去了。如果有行人从旁边经过,全都用长绳子互相牵引着,即使这样,还是难以避免被抓。这种动物能辨别男人女人的不同气味,所以只捉女人,男人不抓。如果捉到女人,就让她做妻子。那些没有生孩子的,终身不能回来。十年之后,样子就和猳国一样,心里也就糊涂了,不再想回家。如果是生了孩子的,就抱着孩子送回家来。生的孩子都是人的模样。有不养育的,孩子的母亲就会死。所以人们都很害怕,没有不敢养育的。孩子长大了,和人没什么两样,全都以杨为姓。所以现在蜀中西南大多数人都姓杨,一般都是猳国或者马化的子孙。出自《搜神记》。

欧阳纥

南朝梁大同末年,朝廷派遣平南将军蔺钦征伐南方。兵行至桂林,攻破李师古、陈彻的军队。蔺钦的别将欧阳纥攻城略地来到长乐,尽数平定众多的山洞,主动深入险阻之地。欧阳纥

妻纤白,甚美。其部人曰:"将军何为挈丽人经此?地有人,善窃少女,而美者尤所难免,宜谨护之。"纥甚疑惧,夜勒兵环其庐,匿妇密室中,谨闭甚固,而以女奴十余伺守之。尔夕,阴雨晦黑。至五更,寂然无闻。守者怠而假寐。忽若有物惊寤者,即已失妻矣。门扃如故,莫知所出。出门山险,咫尺迷闷,不可寻逐。迨明,绝无其迹。纥大愤痛,誓不徒还。因辞疾,驻其军,日往四遐,即深凌险以索之。既逾月,忽于百里之外丛薄上,得其妻绣履一只,虽雨浸濡,犹可辨识。纥尤凄悼,求之益坚。选壮士三十人,持兵负粮,岩栖野食。

又旬余,远所舍约二百里,南望一山,葱秀迥出。至其下,有深溪环之,乃编木以渡。绝岩翠竹之间,时见红彩,闻笑语音。扪萝引縆,而陟其上,则嘉树列植,间以名花,其下绿芜,丰软如毯。清迥岑寂,杳然殊境。有东向石门,妇人数十,被服鲜泽,嬉游歌笑,出入其中。见人皆谩视迟立,至则问曰:"何因来此?"纥具以对。相视叹曰:"贤妻至此月余矣。今病在床,宜遣视之。"入其门,以木为扉。中宽辟若堂者三。四壁设床,悉施锦荐。其妻卧石榻上,重茵累席,珍食盈前。纥就视之,回眸一睇,即疾挥手令去。诸妇人曰:"我等与公之妻,比来久者十年。此神物所居,

的妻子纤弱白净,姿色非常美丽。他的部下对他说:"将军为什么带着佳人经过这里? 这地方有人,擅长偷窃少女,好看的就更加难免。应该谨慎地保护才是。"欧阳纥又怀疑又害怕,夜间布置兵卒包围了住处,把妻子藏在一个密室中,门窗关得非常牢固,由十几个女奴伺守着。这天夜里,阴雨漆黑。到了五更天,寂然无声。守卫的人困乏了,就打起瞌睡。忽然好像有什么东西,惊醒了守卫的,欧阳纥的妻子已经不见了。门闩依然和以前一样,不知从哪出去的。出门就是险山,走不远便令人迷乱憋闷,不能寻找追赶。等到天明,一点踪迹也没有。欧阳纥非常愤怒痛心,发誓决不空着手回去。于是他托病,将军队驻扎在这里,每天派人四处寻找,不惜攀险峰,进深谷去搜索。一个月以后,忽然在百里之外的草丛上捡到了妻子的一只绣鞋。鞋虽然被雨浸湿,但是还可以辨认。欧阳纥悲伤极了,找妻子的决心更加坚定。他挑选了三十名壮士,拿着兵器,带着干粮,在山头露宿,在野外风餐,不停地寻找。

又找了十几天,离驻地大约二百里的地方,向南望见一座山,葱茏秀美,高耸着。他们来到这山的下边,有一条深溪环绕着,他们就编了一个木筏渡过去。绝壁翠竹之间,时时可见各种鲜花,能听到笑语声。众人攀扯着树枝野藤,登到了山上,山上乃是嘉树成行,名花盛开,树下绿茵,丰软如毯。这地方既清幽又寂静,仿佛到了仙境。有一个朝向东方的石门,几十名衣服鲜艳、有说有笑的妇人出入其中。看到有人来,妇人们全都放慢脚步轻视地扫他们一眼。他们走到门前,妇人便问他们:"来干什么?"欧阳纥以实情相告。妇人们互相看看叹气说:"您的贤妻到这有一个多月了。现在病在床上,应该送你去看看。"走进那门,是用木头做的门扇,有三间像堂屋那样宽敞的房屋。四壁放着床,全都铺着彩色的席子。他的妻子躺在石床上,铺了几重席子,面前摆着许多好吃的食物。欧阳纥走上前去看她,她只回眸一视,就急忙挥手让他离开。众妇人说:"我们和您的妻子都是前后脚来的,有比她早来十年的。这是一个神物住的地方。

力能杀人。虽百夫操兵,不能制也。幸其未返,宜速避之。但求美酒两斛,食犬十头,麻数十斤,当相与谋杀之。其来必以正午,后慎勿太早。以十日为期。"因促之去。纥亦遽退。遂求醇醪与麻犬,如期而往。妇人曰:"彼好酒,往往致醉。醉必骋力,俾吾等以彩练缚手足于床,一踊皆断。尝纫三幅,则力尽不解。今麻隐帛中束之,度不能矣。遍体皆如铁,唯脐下数寸,常护蔽之,此必不能御兵刃。"指其旁一岩曰:"此其食廪,当隐于是,静而伺之。酒置花下,犬散林中。待吾计成,招之即出。"如其言,屏气以俟。

日晡,有物如匹练,自他山下,透至若飞,径入洞中。少选,有美髯丈夫长六尺余,白衣曳杖,拥诸妇人而出。见犬惊视,腾身执之,披裂吭咀,食之致饱。妇人竞以玉杯进酒,谐笑甚欢。既饮数斗,则扶之而去。又闻嬉笑之音。良久,妇人出招之,乃持兵而入。见大白猿,缚四足于床头,顾人蹙缩,求脱不得,目光如电。竞兵之,如中铁石。刺其脐下,即饮刃,血射如注。乃大叹咤曰:"此天杀我,岂尔之能?然尔妇已孕,勿杀其子,将逢圣帝,必大其宗。"言绝乃死。

搜其藏,宝器丰积,珍羞盈品,罗列几案。凡人世所珍,靡不充备。名香数斛,宝剑一双。妇人三十辈,皆绝其色。久者至十年,云色衰必被提去,莫知所置。又捕采,

他的力气极大，可以杀人。即使一百名男子拿着武器，也不能战胜他。幸亏他还没有回来，您应该赶快避开。只要您弄到两斛美酒、十条肉狗、几十斤麻绳，咱们应当共同想办法杀他。来的时候必须是正午之后，千万不可太早。以十天为期。"于是就催促他快离开。欧阳纥也迅速退出来。于是他就寻求好酒、狗和麻绳，如期前往。妇人说："那好酒，常常让他醉，他喝醉之后，一定会施展才力，让我们用彩练把他的手脚绑在床上，他一跳就全都挣断。曾经用三幅彩练拧到一起绑他，他怎么用力也挣不开。今天把麻绳藏在帛里绑他，估计他是挣不断的。他全身都像铁一样，只有肚脐下边几寸的地方，总是护着隐蔽着，这地方肯定不能防兵刃。"妇人指着一旁的岩石说："这是他的粮仓，你应该隐藏在这里，静静地等着。酒放在花下，狗散放到林子里。等到我们计策成功了，叫你们，就马上出来动手。"欧阳纥按她说的那样去做，屏住呼吸等待着。

到了下午，有一个东西像一匹白练，从别的山上下来，穿空而至，像飞一样，直接进入洞中。过了一会儿，有一位身高六尺，穿白衣拄手杖的美髯丈夫，在诸妇人的簇拥下，走了出来。他看见狗，吃惊地看了看，腾身一跳，把狗捉住，撕裂开，吮血嚼肉，很快吃饱。妇人们争抢着用玉杯给他敬酒，说笑得非常开心。喝了几斗之后，便扶着他回去。接着又传来嬉笑的声音。过了很久，妇人出来招呼欧阳纥，欧阳纥就拿着兵刃进去。他看到一只大白猿，四肢被绑在床上，见了人很窘迫，逃脱不得，目光如电。欧阳纥及兵卒们争抢着举兵刃砍去，就像砍在铁石之上。刺它的肚脐下边，才刺了进去，血射如注。这时它才叹道："这是天让我死，哪是你的能耐！但是你的妻子已经怀孕，不要杀那个孩子，他将来遇上一位圣帝，一定能光宗耀祖。"说完就断气而死。

众人搜查它藏的宝物，发现宝器堆积如山，珍品罗列几案。凡人世间珍贵的，应有尽有。名香几斛，宝剑一双。三十多位妇人，都是绝色佳人。这些妇人中来得最久的已经十年了，她说色衰的一定会被它提去，不知被放到哪去了。又继续到处搜捕，

唯止其身,更无党类。且盥洗,著帽,加白袷,被素罗衣,不知寒暑。遍身白毛,长数寸。所居常读木简,字若符篆,了不可识,已则置石磴下。晴昼或舞双剑,环身电飞,光圆若月。其饮食无常,喜啖果栗,尤嗜犬,咀而饮其血。日始逾午,即欻然而逝。半昼往返数千里,及晚必归,此其常也。所须无不立得。夜就诸床嬲戏,一夕皆周,未尝寐。言语淹详,华音会利。然其状即猥獀类也。

今岁木落之初,忽怆然曰:"吾为山神所诉,将得死罪。亦求护之于众灵,庶几可免。"前此月生魄,石磴生火,焚其简书,怅然自失曰:"吾已千岁而无子,今有子,死期至矣。"因顾诸女,汍澜者久,且曰:"此山峻绝,未尝有人至。上高而望,绝不见樵者,下多虎狼怪兽。今能至者,非天假之何耶?"纥取宝玉珍丽及诸妇人以皆归,犹有知其家者。

纥妻周岁生一子,厥状肖焉。后纥为陈武帝所诛,素与江总善,爱其子聪悟绝人,常留养之,故免于难。及长,果文学善书,知名于时。出《续江氏传》。

陈 岩

颍川陈岩字叶梦,舞阳人,侨居东吴。景龙末,举孝廉。如京师,行至渭南,见一妇人貌甚姝,衣白衣,立于路隅,以袂蒙口而哭,若负冤抑之状。生乃讯之,妇人哭而对曰:"妾楚人也,侯其氏,家于弋阳县。先人以高尚闻于湘楚间,由是隐迹山林,未尝肯谒侯伯。妾虽一女子,亦有箕

没发现它有别的同伙。它早晨起来洗漱,戴帽子,加白色衣领,披白色罗衣,不知道冷暖。遍身白毛,毛有几寸长。它在屋里常读木简,字像符篆,全都无法辨认,读完了就放到石阶之下。晴朗的白天,它有时候舞剑,电光环绕着它飞动,像圆圆的月亮。它的饮食无常,喜欢吃果粟,尤其爱吃狗,嚼肉喝血。时间刚过中午,它就极快地消逝了。它半天能往返几千里,到了晚上一定回来,这是它的规律。它所需要的东西,没有不立刻得到的。夜间它就到所有妇人床上去寻欢,一夜全轮遍,不曾睡过觉。它的表达渊博而周密,声音好听而流畅。但是它的样子就是猱猿一类。

今年树叶刚落的时候,它忽然悲怆地说:"我被山神上告了,将得死罪。我也向众神灵请求救护了,也许可以获免。"之前这个月月亮还未盛明时发出的光,使石阶上忽然着了火,把书简烧了,它怅然若失地说:"我已经一千岁了却没有儿子,如今有了儿子,又到了死期!"于是它看看各位妇人,久久地流泪,而且说:"这座山险峻陡绝,不曾有人来过。上高处一望,绝对看不到打柴的,下边有许多虎狼怪兽。现在能上来的,不是天助他是什么呢?"欧阳纥带上珍宝和妇人们出山,有的妇人还认得自己的家。

欧阳纥的妻子一年之后生了一个男孩,他的模样很像白猿。后来欧阳纥被陈武帝处死,他平常与江总是好朋友,江总喜欢他那儿子聪悟绝人,曾经把他收养了,所以免于遭难。等他长大了,果然长于文学,精于书法,在当时很有名气。出自《续江氏传》。

陈 岩

颍川陈岩字叶梦,舞阳人,客居东吴。景龙末年,被推荐为孝廉。到京城去,走到渭南,遇见一位妇人,容貌很美,穿白色衣服,站在路边,用衣袖蒙着嘴哭泣,好像受到委屈的样子。陈岩就上前问她,她哭着回答说:"我是楚地人,姓侯,家住弋阳县。父亲因为品德高尚闻名于湘楚之间,因此隐居在山林之中,不曾肯去拜见公侯将相权贵之门。我虽然是一名女子,也有隐居的

颖之志。方将栖踪蓬瀛昆阆，以遂其好，适遇有沛国刘君者，尉弋阳，常与妾先人为忘形之友。先人慕刘君之高义，遂以妾归刘氏。自为刘氏妇，且十年矣，未尝有纤毫过失。前岁春，刘君调补真源尉。未一岁，以病免，尽室归于渭上郊居。刘君无行，又娶一卢氏者，濮上人，性极悍戾，每以唇齿相及。妾不胜其愤，故遁而至此。且妾本慕神仙，常欲高蹈云霞，安岩壑之隐，甘橡栗之味，亦足以终老。岂徒扰于尘世，适足为累？今者分不归刘氏矣。"已而噸容怨咽，若不自解。岩性端悫，闻其言，甚信之。因问曰："女郎何所归乎？"妇人曰："妾一穷人，安所归？虽然，君之见问，其有意耶？果如是，又安敢逆君之命？"岩喜，即以后乘驾而偕焉。

至京师，居永崇里。其始甚谨，后乃不恭，往往诟怒，若发狂之状。岩恶之而且悔。明日岩出，妇人即阖扉，键其门，以岩衣囊置庭中，毁裂殆尽。至夕岩归，妇人拒而不纳。岩怒，即破户而入，见己之衣资，悉已毁裂，岩因诟而责之。妇人忽发怒，毁岩之衣襟佩带，殆无完缕。又爪其面，啮其肌，一身尽伤，血沾于地。已而嗥叫者移时。岩患之，不可制。于是里中民俱来观，簇其门。时有郝居士者在里中，善视鬼，有符篆呵禁之术。闻妇人哭音，顾谓里中民曰："此妇人非人，乃山兽也，寓形以惑于世耳。"民且告于岩，岩即请焉。居士乃至岩所居，妇人见居士来，甚惧。居士出墨符一道，向空掷之，妇人大叫一声，忽跃而去，立

志向。正要隐踪于神仙之境，以遂心愿，恰巧遇上一个沛国的刘君在弋阳做县尉，他和我的父亲是忘形之交。我的父亲敬仰刘君的高尚正义，就把我嫁给刘君。自从做了刘君的妻子，将近十年了，不曾有丝毫的过错。前年春天，刘君调补真源县尉。不到一年，因为有病而罢免，全家回到渭上郊居。谁料刘君没有品行，又娶了一个姓卢的女人，是濮上人，性情极其凶悍，常常与我发生口角。我难以忍受这种悲愤，所以逃到这里来。而且我本来就仰慕神仙，常常想要高高站在云霞之上，安心地隐居在岩壑之间，以橡子栗子的味道为香甜，也足够过一辈子了。何必白白在凡生人世遭受困扰，成为自己生活的羁绊呢？现在我是不想回刘家了。"然后她皱眉哽咽，好像不能从痛苦中缓过来。陈岩的性情端正诚实，听了她的话，非常相信，于是就问道："那么你要到什么地方去呢？"妇人说："我是一个无路可走的人，哪有地方去！即使这样，您既然问我，难道有意收留我吗？若果真如此，又怎么敢不服从您的安排呢？"陈岩心中高兴，立即就把后边的马给她骑，一起行进。

　　到了京城，住在永崇里。那妇人起先很谨慎，后来就渐渐不恭敬了，往往破口大骂，发狂一般。陈岩非常憎恶，而且很是后悔。第二天陈岩出去了，妇人就关门上锁，把陈岩的衣囊扔到院子里，全部撕扯得不成样子。到了晚上陈岩回家，妇人不让进屋。陈岩怒了，破门而入，见自己的衣物全被毁坏，就责骂她。妇人忽然发怒，撕毁了陈岩的衣襟和佩带，几乎没有一件是完整的。又挠他的脸，咬他的肉，身上全是伤，血流满地。然后便嗥叫了好长时间。陈岩害怕了，没法制止她。于是街道里的居民都来看，簇拥在他家门前。当时有个郝居士住在这条街上，善于分辨鬼神，有用符咒整治鬼神的法术。听到妇人的哭声，郝居士对居民们说："这个妇人不是人，是山兽，变化出人的样子来迷惑世人罢了。"居民就把这话告诉陈岩，陈岩立即就去请郝居士。郝居士来到陈岩家中，妇人见郝居士来了，很害怕。郝居士拿出一道墨符，向空中一扔，妇人大叫一声，忽然蹦跳着跑去，站

于瓦屋上。岩窃怪之。居士又出丹符掷之,妇人遂委身于地,化为猿而死。

岩既悟其妖异,心颇怪悸。后一日,遂至渭南,讯其居人,果有刘君,庐已郊外。岩即谒而问焉。刘曰:"吾常尉于弋阳。弋阳多猿狖,遂求得其一。近兹且十年矣。适遇有故人自濮上来,以一黑犬见惠。其猿为犬所啮,因而遁去。"竟不穷其事,因录以传之。岩后以明经入仕,终于秦州上邽尉。客有游于太原者,偶于铜锅店精舍,解鞍憩焉。于精舍佛书中,得刘君所传之事,而文甚鄙。后亡其本,客为余道之如是。出《宣室志》。

魏元忠

唐魏元忠本名真宰,素强正,有干识。其未达时,家贫,独有一婢。厨中方爨,出汲水还,乃见老猿为其看火,婢惊白之。元忠徐曰:"猿悯我无人力,为我执爨,甚善乎!"又常呼苍头,未应,狗代呼之,又曰:"此孝顺狗也,乃能代我劳。"又独坐,有群鼠拱手立其前,又曰:"鼠饥,就我求食。"乃令食之。夜中,鹠鹠鸣其屋端,家人将弹之,又止之曰:"鹠鹠昼不见物,故夜飞,此天地所育,不可使南走越,北走胡,将何所之?"其后遂绝无怪矣。元忠历太官至侍中、中书令、仆射。则天崩,中宗在谅暗,诏元忠摄冢宰,百官总己以听三日。年八十余方薨。始元忠微时,常谒张景藏。景藏待之甚薄,就质通塞,亦不答也。乃大怒曰:

在瓦房顶上。陈岩暗暗地吃惊。郝居士又拿出丹符向空中一扔，妇人就摔落在地上，变成一只猿死了。

陈岩已经知道它是妖怪，心里又奇怪又害怕。一天之后，就来到渭南，打听那里的居民，果然有一个刘君，房子已搬到郊外。陈岩就到郊外去拜访他。刘君说："我曾经做过弋阳县尉。弋阳猿猴很多，所以我就弄到一只，到现在快十年了。恰巧有朋友从濮水来，给我带来一条黑狗。那猿被狗咬了，因而便逃走了。"最后就不知道怎么回事了，因此刘君便记下此事，使它流传下来。陈岩后来以明经身份做了官，死于秦州上邽尉任上。有一位游太原的客人，偶然在铜锅店精舍歇脚，从佛书中看到了刘君所传的事，但是文字很鄙陋。后来这个抄本散失了，那位客人对我讲了这个故事。<small>出自《宣室志》。</small>

魏元忠

唐朝时的魏元忠，本名真宰，一向刚强正直，干练有胆识。他未发达的时候，家里很穷，只有一个婢女。有一天，婢女正在厨房烧火做饭，出去打水回来，就见到一只老猿为自己烧火。婢女很吃惊地告诉了魏元忠。魏元忠慢慢地说："猿可怜我没有人力，替我烧火做饭，很好嘛！"有一次魏元忠喊奴婢，奴婢没答应，狗就替他喊，他又说："这是一条孝顺狗，还能替我干活！"有一次他一个人坐着，有一群老鼠在他面前拱手而立，他又说："老鼠饿了，到我这来要东西吃。"于是就让人拿东西给老鼠吃。有一天夜里，猫头鹰在他屋顶上叫，家人要用弹弓打，他又阻止说："猫头鹰白天看不到东西，所以它夜里飞出来，这是天地养育的，不让它向南跑到越地，向北跑到胡地，那它将到哪儿去？"以后就再也没有发生过怪事。魏元忠做官，从太官一直做到侍中、中书令、仆射。武则天驾崩，中宗在守孝期间，让魏元忠代摄政事，百官各统其职听命三天。他活到八十多岁才死。当初魏元忠地位贫贱的时候，曾经拜谒过张景藏。张景藏对他很冷淡，他向张景藏请教"通"与"塞"的问题，张景藏也不回答。他就非常生气地说：

"仆千里裹粮而来,非徒然也。必谓明公有以见教,而乃金口木舌以相遇,殊不尽勤勤之意耶!然富贵正由苍苍,何预公事?"因拂衣长揖而去,景藏遽牵止之曰:"君相正在怒中,后当贵极人臣。"卒如其言。出《广异记》。

韦虚己子

户部尚书韦虚己,其子常昼日独坐阁中。忽闻檐际有声,顾视乃牛头人,真地狱图中所见者,据其所下窥之。韦伏不敢动,须臾登阶,直诣床前,面临其上。如此再三,乃下去。韦子不胜其惧。复将出内,即以枕掷之,不中。乃开其门,趋前逐之。韦子叫呼,但绕一空井而走,迫之转急,遂投于井中。其物因据井而坐。韦仰观之,乃变为一猿。良久,家人至,猿即不见。视井旁有足迹奔蹂之状,怪之,窥井中,乃见韦在焉,悬缒出之。恍惚不能言,三日方能说,月余乃卒。出《广异记》。

王长史

东都崇让里有李氏宅。里传云:其宅非吉之地,固不可居。李生既卒,其家尽徙居陆浑别墅。由是键其门,且数年矣。开元中,有王长史者亡其名。长史常为清显官,以使酒忤权贵,遂摈为长史于吴越间。后退居洛中,因质李氏宅以家焉。长史素劲,闻其宅有不祥之名,且曰:"我命在天不在宅。"即入而居,常独处堂之西宇下。后一夕,

"我从千里之外带着干粮来这里，不是白来的。以为您一定能有什么赐教于我，您却用金口木舌对待我，您怎么能不对学生尽诲人不倦的责任呢？但是富贵是由天定的，与您又有什么相干呢？"于是他拂袖长揖而去。张景藏急忙拉住他说："您的面相在发怒中显现出来了，您将来肯定会做到地位最高的官！"结果真像他说的那样。出自《广异记》。

韦虚己子

户部尚书韦虚己，他的儿子曾经在白天独坐在小楼中。忽然听到房檐上有声音，回头一看，是牛头人身的怪物，就像地狱图里画的那种，正从屋檐上往下看着。韦虚己的儿子趴在那里不敢动。没过一会儿，牛头人登阶而上，直接来到他的床前，从上面面对着他。如此多次才下去。韦家儿子不胜恐惧。牛头人又要进来的时候，他就拿枕头扔它，没打中。它就推开门，跑上来追赶他。韦家儿子大喊大叫，绕着一口井跑。牛头人追逼更急，韦家儿子就只好跳到井里去。牛头人就占据了井口，坐在上面。韦家儿子仰头一看，见牛头人变成了一只猿。过了好久，家人赶到，猿就不见了。家人见井边足迹奔踏的样子，感到奇怪，往井里一看，见儿子在里边，就垂下绳子把他拽上来。他恍恍惚惚不能说话，三天之后才能作声，一个多月后就死了。出自《广异记》。

王长史

东都崇让里有一户姓李的。里中居民传说：李家的宅子是不祥之地，根本不能居住。李生死了之后，家人全都搬到陆浑别墅里去住了。从此，这所宅子锁上大门，有几年了。开元年间，有一个王长史，忘了他叫什么名字。他曾经是清显官，因为酒后忤逆了权贵，就被摈弃为吴越之间的一个长史。后来他隐退住到洛中，因此买了李家的宅子居住。长史向来刚强正直，听说这宅子有不祥的名声，就说："我的命由天决定，不在宅子。"就搬进去住了，经常一个人待在堂屋西边的屋檐下。后来一天夜里，

闻其哀啸之音,极清楚,若风籁焉。长史起而望之,见一人衣黑衣,立于几上。长史严声叱之,其人即便举一足,击长史肩。长史惧而退,其人亦去。长史因病疮且甚,后旬余方少愈。夜中,又闻哀啸之音。家僮寻之,时见黑衣人在庭树上。长史有弟善射,于是命弓射之,一发遂中。其人噪叫,跳上西庑屋瓦而去。明日寻其迹,皆无所见。岁秋,长史召工人重修马厩,因发重舍,内得一死猿,有矢贯胁。验其矢,果长史弟之矢也,方悟黑衣者乃猿尔。出《宣室志》。

他听到一种哀叫的声音，非常清楚，像风声。长史站起来一望，见一个穿黑衣服的人，站在几案上。王长史厉声呵斥那人，那人便抬起一脚，踢王长史的肩膀。王长史吓得往后退，那人也离去了。王长史于是就病了，病得挺厉害，十几天之后才稍微好了些。一天夜里，又听到哀叫的声音。家僮寻找过去，看到一个黑衣人站在庭院树上。王长史有个弟弟擅长射箭，于是就张弓射那黑衣人，一箭就射中了。那人嗥叫着，跳到西厢房的瓦顶上跑了。第二天寻找那人的踪迹，什么也没有发现。这年秋天，王长史找来工人重新修建马厩，因此要拆掉一些房舍，从中扒出来一只死猿，有一支箭穿透了猿的胸肋。查验那箭，果然是王长史弟弟的，这才知道穿黑衣服的人就是这只猿。出自《宣室志》。

卷第四百四十五
畜兽十二

猿中
张 铤　杨 叟　孙 恪　崔 商

猿中

张 铤

吴郡张铤，成都人。开元中，以卢溪尉罢秩，调选，不得补于有司，遂归蜀。行次巴西，会日暮，方促马前去，忽有一人自道左山径中出，拜而请曰："吾君闻客暮无所止，将欲奉邀，命以请，愿随某去。"铤因问曰："尔君为谁，岂非太守见召乎？"曰："非也，乃巴西侯耳。"铤即随之。入山径行约百步，望见朱门甚高，人物甚多，甲士环卫，虽侯伯家不如也。又数十步，乃至其所，使者止铤于门曰："愿先以白吾君，客当伺焉。"入久之而出，乃引铤曰："客且入矣。"

铤既入，见一人立于堂上，衣褐革之裘，貌极异，绮罗珠翠，拥侍左右，铤趋而拜。既拜，其人揖铤升阶，谓铤曰："吾乃巴西侯也，居此数十年矣。适知君暮无所止，故辄奉邀，幸少留以尽欢。"铤又拜以谢。已而命开筵置酒，

猿中

张　铤

　　吴郡张铤，是成都人。开元年间，张铤因卢溪县尉任期已满，选官调职，他不能补任官职，于是回蜀地去。走到巴西的时候，赶上日暮，正催马往前赶，忽然有一个人从左边的山路上跑出来，向他下拜并且邀请说："我家主人听说客人天黑没地方安身，想要邀请您前往，让我来请您，希望跟着我前去。"张铤便问道："你家主人是谁？难道是太守召见我吗？"那人说："不是太守，是巴西侯。"张铤就跟那人往前走。入山路走了大约一百多步，望见红色大门很高大，人物也很多，甲兵环卫，即使是侯伯之家也不如。又走了几十步，就来到巴西侯的住所，使者让张铤停在门外，说："请让我先进去禀报主人，您在这里稍候。"进去很久才出来，就引领张铤说："您请进来吧。"

　　张铤进去后，看见一个人站在堂上，穿着短皮袄，相貌非常怪。一些穿绮罗珠翠的奴婢，拥侍在左右，张铤快步走上前下拜。拜完后，那人揖请张铤登上台阶，对张铤说："我是巴西侯，住在这儿几十年了。刚才听说你天黑没地方住，所以就前去邀请你，希望小住而尽欢。"张铤又行拜表示谢意。然后就让人开席设酒，

其所玩用,皆华丽珍具。又令左右邀六雄将军、白额侯、沧浪君,又邀五豹将军、钜鹿侯、玄丘校尉,且传教曰:"今日贵客来,愿得尽欢宴,故命奉请。"使者唯而去。

久之乃至,前有六人皆黑衣,猋然其状,曰六雄将军,巴西侯起而拜,六雄将军亦拜。又一人衣锦衣,戴白冠,貌甚狞,曰白额侯也。又起而拜,白额侯亦拜。又一人衣苍,其质魁岸,曰沧浪君也。巴西侯又拜,沧浪亦拜。又一人被斑文衣,似白额侯而稍小,曰五豹将军也。巴西又拜,五豹将军亦拜。又一人衣褐衣,首有三角,曰钜鹿侯也。巴西揖之。又一人衣黑,状类沧浪君,曰玄丘校尉也。巴西侯亦揖之。然后延坐,巴西南向坐,铤北向,六雄、白额、沧浪处于东,五豹、钜鹿、玄丘处于西。既坐,行酒命乐,又美人十数,歌者舞者,丝竹既发,穷极其妙。白额侯酒酣,顾谓铤曰:"吾今夜尚食,君能为我致一饱耶?"铤曰:"未卜君侯所以尚者,愿教之。"白额侯曰:"君之躯可以饱我腹,亦何贵他味乎?"铤惧,悚然而退。巴西侯曰:"无此理,奈何宴席之上,有忤贵客耶?"白额侯笑曰:"吾之言乃戏耳,安有如是哉!固不然也。"

久之,有告洞玄先生在门,愿谒白事。言讫,有一人被黑衣,颈长而身甚广,其人拜,巴西侯揖之,与坐,且问曰:"何为而来乎?"对曰:"某善卜者也,知君将有甚忧,故辄奉白。"巴西侯曰:"所忧者何也?"曰:"席上人将有图君,今不除,后必为害,愿君详之。"巴西侯怒曰:"吾欢宴方洽,何处有怪焉!"命杀之。其人曰:"用吾言,皆得安;不用吾言,

这里玩的用的,都是华丽的珍贵器具。巴西侯又让侍从去请六雄将军、白额侯、沧浪君,又邀请了五豹将军、钜鹿侯、玄丘校尉,并且传达命令说:"今天贵客前来,希望能尽情欢宴,所以才派人相请。"使者答应着离开了。

过了很久人才到。前边有六个人都穿着黑衣服,个个都是很猛壮的样子,叫"六雄将军"。巴西侯起来下拜,六雄将军也回拜。又一个人穿锦衣,戴白帽,样子很狰狞,叫"白额侯"。巴西侯又起来下拜,白额侯也回拜。又一个人穿灰白色衣服,他的躯体魁伟高大,叫"沧浪君"。巴西侯又下拜,沧浪君也回拜。又一个人穿着斑纹衣服,样子像白额侯而略小一些,叫"五豹将军"。巴西侯又下拜,五豹将军也回拜。又一个人穿粗布短衣,头上有三支角,叫"钜鹿侯"。巴西侯向他作揖。又一个人穿着黑衣,样子像沧浪君,叫"玄丘校尉"。巴西侯也向他作了一揖。然后就请他们坐下。巴西侯朝南坐,张铤朝北坐,六雄将军、白额侯、沧浪君位于东侧,五豹将军、钜鹿侯、玄丘校尉位于西侧。坐下之后,开始行酒奏乐。又有十几个美人,有的唱歌,有的跳舞,丝竹响起,极尽其妙。白额侯喝酒喝到酣畅时,回头对张铤说:"今晚上我喜欢吃东西,你能让我吃饱吗?"张铤说:"不知你喜欢吃什么东西,请告诉我。"白额侯说:"你的身体就可以填饱我的肚子,为什么还看重别的呢?"张铤十分害怕,恐惧地往后退。巴西侯说:"没有这样的道理,怎么宴席之上,还能冒犯贵客呢?白额侯笑着说:"我的话是开玩笑罢了,哪里有这样的事呢?本来不是这样的。"

又过了很久,有人报告洞玄先生在门外,要拜见巴西侯说事情。说完,有一个人走进来,穿黑色衣服,脖颈很长,身体很宽。这个人参拜,巴西侯向他作了一揖,让他坐下,并问道:"你为什么来了?"回答说:"我是个善于占卜的人,知道你将有大忧患,所以就来告诉你。"巴西侯说:"我的忧患是什么呢?"回答说:"席间有人要谋害你,现在不除掉他,以后肯定是祸害,希望你明白。"巴西侯生气地说:"我现在欢宴正融洽,哪里有什么怪异啊!"他下令杀掉那个人。那个人说:"听信我的话,都能活;不听我的话,

则吾死，君亦死，将若之何？虽有后悔，其可追乎？"巴西侯遂杀卜者，置于堂下。

时夜将半，众尽醉而皆卧于榻，铤亦假寐焉。天将晓，忽悸而寤，见己身卧于大石龛中。其中设绣帷，旁列珠玑犀象，有一巨猿状如人，醉卧于地，盖所谓巴西侯也。又见巨熊卧于前者，盖所谓六雄将军也。又一虎顶白，亦卧于前，所谓白额侯也。又一狼，所谓沧浪君也。又有文豹，所谓五豹将军也。又一巨鹿、一狐，皆卧于前，盖所谓钜鹿侯、玄丘校尉也，而皆冥然若醉状。又一龟，形甚异，死于龛前，乃向所杀洞玄先生也。

铤既见，大惊，即出山径，驰告里中人。里人相集得百数，遂执弓挟矢入山中。至其处，其后猿忽惊而起，且曰："不听洞玄先生言，今日果如是矣。"遂围其龛，尽杀之。其所陈器玩，莫非珍丽，乃具事以告太守。先是，人有持真珠缯帛涂至此者，俱无何而失，且有年矣，自后绝其患也。出《广异记》。

杨 叟

乾元初，会稽民有杨叟者，家以资产丰赡闻于郡中。一日，叟将死，卧而呻吟，且仅数月。叟有子曰宗素，以孝行称于里人，迨其父病，罄其产以求医术。后得陈生者究其原："是翁之病，心也。盖以财产既多，其心为利所运，故心已离去其身。非食生人心，不可以补之。而天下生人之心，焉可致耶？如是则非吾之所知也。"宗素既闻之，以为生

就不仅我会死，你也会死，能怎么样呢？即使后悔，还来得及追悔吗？"巴西侯于是就杀了这个占卜的人，放在堂下。

这时夜已将半，众人都喝醉了躺在榻上，张铤也穿着衣服打瞌睡。天快亮的时候，张铤忽然惊醒了，发现自己躺在一个大石龛中。里边设有绣花帷帐，旁边排列着珍珠、犀角、象牙之类。有一个像人一样的巨猿，醉卧在地上，大概这就是所谓的巴西侯。又看见一头巨熊躺在前边，大概这就是所说的六雄将军。又有一只头顶白的虎，也卧在前面，就是所说的白额侯。又有一只狼，即所说的沧浪君。又有文豹，即所说的五豹将军。又有一头巨鹿，一只狐狸，都躺在前边，大概就是钜鹿侯和玄丘校尉，都是昏昏然像大醉的样子。又有一只龟，样子很特别，死在龛前，大概是先前杀的那位洞玄先生。

张铤看了之后，非常吃惊，立即沿山路逃走，回来告诉里人。里人聚集了一百多人，就拿着弓带着箭进到山里。来到那个地方，后来那猿忽然惊醒爬了起来，并且说道："不听洞玄先生的话，今天果然如此了！"于是人们包围了石龛，把它们全杀了。那些摆放的器皿玩物，没有不是珍宝的，就把事情详细向太守报告了。以前，如果有人拿着珍珠缯帛之类经过这里，都是很快就丢失，而且有很多年了。从此就把这种祸患根除了。出自《广异记》。

杨　叟

乾元初年，会稽百姓中有一个姓杨的老翁，他家因为资财丰足在郡中很出名。一天，杨翁快要死了，躺在那里呻吟，将近几个月了。老翁有个儿子叫杨宗素，因为孝顺在乡人中很有名。等到他父亲有病，他竭尽家财来求医术高超的人。后来求到一位陈生探明了病因，说："这老翁的病，是心病。大概因为财产太多，他的心被利欲所拨弄，所以他的心已经离开他的身体。不吃活人心，不可能补救了。但是天下活人的心，哪里可以弄到呢？如此就不是我能知道的了。"杨宗素听了之后，认为活人

心故不可得也，独修浮图氏法，庶可以间其疾。即召僧转经，命工图铸其像，已而自赍食，诣郡中佛寺饭僧。

一日，因挈食去，误入一山径中，见山下有石龛，龛有胡僧，貌甚老而枯瘠，衣褐毛缕成裌袈，踞于磐石上。宗素以为异人，即礼而问曰："师何人也？独处穷谷，以人迹不到之地为家，又无侍者，不惧山野之兽有害于师乎？不然，是得释氏之术者耶？"僧曰："吾本是袁氏，祖世居巴山。其后子孙，或在弋阳，散游诸山谷中，尽能绍修祖业，为林泉逸士，极得吟笑。人好为诗者，多称其善吟笑，于是稍闻于天下。有孙氏，亦族也，则多游豪贵之门，亦以善谈谑，故又以之游于市肆间。每一戏，能使人获其利焉。独吾好浮图氏，脱尘俗，栖心岩谷中不动，而在此且有年矣。常慕歌利王割截身体，及菩提投崖以伺饿虎，故吾啖橡栗，饮流泉，恨未有虎狼噬吾，吾亦甘受之。"

宗素因告曰："师真至人，能舍其身而不顾，将以饲山兽，可谓仁勇俱极矣。虽然，弟子父有疾已数月，进而不瘳，某夙夜忧迫，计无所出。有医者云：'是心之病也，非食生人之心，固不可得而愈矣。'今师能弃身于豺虎，以救其馁，岂若舍命于人，以惠其生乎？愿师详之。"僧曰："诚如是，果吾之志也。檀越为父而求吾，吾岂有不可之意。且吾以身委于野兽，曷若惠人之生乎？然今日尚未食，愿致一饭而后死也。"宗素且喜且谢，即以所挈食置于前，僧食之立尽，而又曰："吾既食矣，当亦奉教，然俟吾礼四方之圣也。"

的心根本就弄不到，只好念佛行善，希望可以减缓父亲的病情。于是他就召请和尚转经，命令工人铸造佛像，后来还亲自带着饭，到郡中寺院去给和尚吃。

有一天，他因为去送饭，误入一条山路中，看见山下有一个石龛，龛中有一位胡人和尚，样子很老很瘦，穿褐色毛线做成的袈裟，盘坐在一块磐石上。杨宗素认为这和尚是一位异人，就行礼问道："大师是什么人？你独处深谷之中，以人迹不到的地方为家，又没有侍奉的人，您不怕山野之兽害您吗？不然，您是得到释迦牟尼的道术了吧？"和尚说："我本姓袁，祖先住在巴山。以后的子孙，有的在弋阳，散游在各个山谷之中，都能继承修行祖业，是林泉间的高士，极能吟笑。喜欢作诗的人们，都赞赏他们善吟笑，于是就在天下略有名声。有姓孙的，也是我的本族，他们则大多交游于豪贵之门，也因为善谈笑，所以又周游于街市店铺之间。每一次嬉戏，都能让人获利。只有我喜欢佛教，摆脱尘俗，安心山谷之中身心不被牵动，而且在这里已经有许多年了。我常常美慕残酷的歌利王曾割截人的身体，等觉悟后投崖而喂饿虎的善行，所以我吃橡子、栗子，喝泉水，遗憾没有虎狼来吃我。要是有虎狼吃我，我也心甘情愿地接受。"

杨宗素便告诉他："大师真是修为到最高境界的人，能舍弃自己的身体而不顾，要把自己喂野兽，真可谓仁慈英勇都到了极点了。既然这样，弟子的老父亲有病已经几个月了，治也没治好，我日夜忧愁，毫无办法。有医生说：'是心病，不吃活人的心，无论如何也是治不好的。'现在大师能把身体舍弃给虎狼，用来解救它的饥饿，哪里比得上把命舍给人，来把他救活呢？愿大师好好考虑。"和尚说："如果真是这样，果然是我的志愿。施主为了父亲来求我，我哪能有不答应的道理呢？况且我把身体舍弃给野兽，哪里比得上把人救活的恩惠呢？但是今天我还没吃饭，请给我一顿饭吃，然后我再死。"杨宗素又是高兴又是感激，就把带的饭送到和尚面前，和尚立刻把饭吃光了，又说："我吃了饭，就应该照你说的去做，但是要等我拜完了四方的神灵。"

于是整其衣,出龛而礼。礼东方已毕,忽跃而腾上一高树。宗素以为神通变化,殆不可测。

俄召宗素,厉而问曰:"檀越向者所求何也?"宗素曰:"愿得生人心,以疗吾父疾。"僧曰:"檀越所愿者,吾已许焉。今欲先说《金刚经》之奥义,且闻乎?"宗素曰:"某素尚浮图氏,今日获遇吾师,安敢不听乎?"僧曰:"《金刚经》云:'过去心不可得,现在心不可得,未来心不可得。'檀越若要取吾心,亦不可得矣。"言已,忽跳跃大呼,化为一猿而去。宗素惊异,惶骇而归。出《宣室志》。

孙恪

广德中,有孙恪秀才者,因下第,游于洛中。至魏王池畔,忽有一大第,土木皆新,路人指云:"斯袁氏之第也。"恪径往叩扉,无有应声。户侧有小房,帘帷颇洁,谓伺客之所,恪遂褰帘而入。良久,忽闻启关者,一女子光容鉴物,艳丽惊人,珠初涤其月华,柳乍含其烟媚,兰芬灵濯,玉莹尘清。恪疑主人之处子,但潜窥而已。女摘庭中之萱草,凝思久立,遂吟诗曰:"彼见是忘忧,此看同腐草。青山与白云,方展我怀抱。"吟讽惨容。后因来褰帘,忽睹恪,遂惊惭入户,使青衣诘之曰:"子何人,而夕向于此?"恪乃语以税居之事。曰:"不幸冲突,颇益惭骇。幸望陈达于小娘子。"青衣具以告。女曰:"某之丑拙,况不修容,郎君久盼帘帷,当尽所睹,岂敢更回避耶?愿郎君少伫内厅,当暂饰装而出。"

于是和尚整整衣服，出龛行礼。向东方行完礼之后，他忽然跳到一棵高树上。杨宗素以为这是他的神通变化，深不可测。

不一会儿他召唤杨宗素，厉声问道："施主刚才求我什么事啊？"杨宗素说："希望得到活人心，来治疗我父亲的病。"和尚说："施主请求的，我已经答应了。现在想先说一说《金刚经》的深奥之义，想听吗？"杨宗素说："我一向崇尚佛教，今天能遇上您，怎么敢不听呢？"和尚说："《金刚经》说：'过去心不可得，现在心不可得，未来心不可得。'施主如果想取我的心，也不可得了！"说完，他忽然跳跃大叫，变成一只猿猴跑了。杨宗素十分惊异，又惊又怕地回来了。出自《宣室志》。

孙　恪

唐朝广德年间，有一个叫孙恪的秀才，因为落第，游于洛阳。他走到魏王池畔，忽然看到一所高大的宅第，土木都是新的，过路人指着说："这是老袁家的府第。"孙恪径直走上前敲门，没有人答应。门旁有一所小房，帘帷很干净，孙恪认为是来客暂时等待的地方，就一挑门帘走了进去。过了许久，忽然听到开门的声音，一位女子容光可鉴，艳丽惊人，像珍珠刚洗出月儿似的光华，像稚柳含烟一样的妩媚，像兰一样芬芳让人精神焕然，像玉一样晶莹让尘埃为之澄清。孙恪怀疑她是这家主人的女儿，只是偷偷看她罢了。女子摘下院子里的一棵萱草，久久地站在那里沉思，于是吟诗道："彼见是忘忧，此看同腐草。青山与白云，方展我怀抱。"她吟诗时的样子很愁苦。后来由于她也来挑门帘，忽然看到了孙恪，于是又吃惊又羞惭地走进门去，让一个婢女来问道："你是什么人？为什么夜间到了这里？"孙恪就把要租房子的事情说了。他又说："不幸冲撞了你家小娘子，我心里很不安。请你转告她。"婢女全都告诉了那女子。女子又让婢女传话说："我又丑又拙，况且还没修饰面容。郎君在帘内看了好久，应该全都看到了，哪敢再回避呢？希望郎君在内厅少候，我应当暂时打扮一下再出去。"

恪慕其容美，喜不自胜。诘青衣曰："谁氏之子？"曰："故袁长官之女，少孤，更无姻戚，唯与妾辈三五人，据此第耳。小娘子见求适人，但未售也。"良久，乃出见恪，美艳愈于向者所睹。命侍婢进茶果曰："郎君即无第舍，便可迁囊橐于此厅院中。"指青衣谓恪曰："少有所须，但告此辈。"恪愧荷而已。恪未室，又睹女子之妍丽如是，乃进媒而请之，女亦忻然相受，遂纳为室。袁氏赡足，巨有金缯。而恪久贫，忽车马焕若，服玩华丽，颇为亲友之疑讶。多来诘恪，恪竟不实对。恪因骄倨，不求名第，日洽豪贵，纵酒狂歌，如此三四岁，不离洛中。

忽遇表兄张闲云处士，恪谓曰："既久暌间，颇思从容。愿携衾绸，一来宵话。"张生如其所约。及夜半将寝，张生握恪手，密谓之曰："愚兄于道门曾有所授，适观弟词色，妖气颇浓，未审别有何所遇，事之巨细，必愿见陈。不然者，当受祸耳。"恪曰："未尝有所遇也。"张生又曰："夫人禀阳精，妖受阴气，魂掩魄尽，人则长生；魄掩魂消，人则立死。故鬼怪无形而全阴也，仙人无影而全阳也。阴阳之盛衰，魂魄之交战，在体而微有失位，莫不表白于气色。向观弟神采，阴夺阳位，邪干正腑，真精已耗，识用渐隳，津液倾输，根蒂荡动，骨将化土，颜非渥丹，必为怪异所铄，何坚隐而不剖其由也？"恪方惊悟，遂陈娶纳之因。张生大骇曰："只此是也，其奈之何？"恪曰："弟忖度之，有何异焉？"张曰："岂有袁氏海内无瓜葛之亲哉！又辨慧多能，

孙恪爱慕她容貌姣好，喜不自胜。他问婢女道："你家小娘子是谁家的女儿？"婢女说："以前袁长官的女儿，从小丧父，再没有别的亲戚，只与我们三五个仆人，住在这所宅第。小娘子想要找个合适的人嫁出去，只是还没有实现。"过了很久，小娘子才出来见孙恪，比他刚才见到的更美艳了。她让婢女献茶果说："郎君既然没有房子住，就可以把行囊搬到这宅院里来。"她指着婢女对孙恪说："不管需要什么，只要告诉这些人就行。"孙恪心里只觉得羞愧罢了。他没有妻室，又见这女子如此美艳，就提出了求婚的要求，女子也欣然接受，于是他就娶她为妻。袁氏家里富足，有很多金银缯帛。而孙恪本来一直很穷，忽然间车马焕然一新，服饰玩物华丽，很让亲友们怀疑和惊讶。有许多人来盘问孙恪，孙恪最终也没有说实话。孙恪于是开始变得骄纵傲慢，不求功名，天天接待豪贵，纵酒狂欢。如此过了三四年，没离开洛阳。

有一天他忽然遇到表兄张闲云处士，孙恪对他说："久别未见，很想好好聊聊天。请带着你的被褥，夜里过来说说话。"张生按他说的做了。到半夜要就寝的时候，张生握着孙恪的手，悄悄对他说："愚兄曾经受过道家的传授，刚才观察你的言词和脸色，妖气很重，不知道另外你遇到了什么，希望你把发生的大小事情全都告诉我。不然的话，必会遭受灾祸的。"孙恪说："我没遇上什么呀。"张生又说："人秉承阳气而生，妖接受阴气而存在。魂掩魄尽，人则长生，魄掩魂消，人则立死。所以鬼怪无形而全是阴气，仙人无影而全是阳气。阴阳的盛衰，魂魄的矛盾，在体内稍有不正常，没有不表现在气色上的。刚才观察你的神采，阴气侵夺了阳气的位置，邪气干预正腑，真气已经耗损，心智渐渐毁坏，津液流出，根本动摇，骨将变成土。你脸上没有红润，一定是被妖异消磨得如此，为什么还硬是隐瞒不说实话呢？"孙恪这才惊醒，就说出了娶妻的前前后后。张生大惊道："就是这件事！你想怎么办呢？"孙恪说："我思量一下，她有什么怪异呢？"张生说："姓袁的哪里能海内没有一个亲戚呢？她又聪慧多能，

足为可异矣。"遂告张曰："某一生遭迍，久处冻馁，因滋婚娶，颇似苏息，不能负义，何以为计？"张生怒曰："大丈夫未能事人，焉能事鬼！传云：'妖由人兴，人无衅焉，妖不自作。'且义与身孰亲？身受其灾，而顾其鬼怪之恩义，三尺童子，尚以为不可，何况大丈夫乎？"张又曰："吾有宝剑，亦干将之俦亚也。凡有魍魉，见者灭没。前后神验，不可备数。诘朝奉借，倘携密室，必睹其狼狈，不下昔日王君携宝镜而照鹦鹉也。不然者，则不断恩爱耳。"

明日，恪遂受剑。张生告去，执手曰："善伺其便。"恪遂携剑，隐于室内，而终有难色。袁氏俄觉，大怒而责恪曰："子之穷愁，我使畅泰。不顾恩义，遂兴非为，如此用心，则犬彘不食其余，岂能立节行于人世也？"恪既被责，惭颜惕虑，叩头曰："受教于表兄，非宿心也。愿以饮血为盟，更不敢有他意。"汗落伏地。袁氏遂搜得其剑，寸折之，若断轻藕耳。恪愈惧，似欲奔进。袁氏乃笑曰："张生一小子，不能以道义诲其表弟，使行其凶险，来当辱之。然观子之心，的应不如是。然吾匹君已数岁也，子何虑哉！"恪方稍安。后数日，因出，遇张生，曰："无何使我撩虎须，几不脱虎口耳！"张生问剑之所在，具以实对。张生大骇曰："非吾所知也。"深惧而不敢来谒。

后十余年，袁氏已鞠育二子。治家甚严，不喜参杂。后恪之长安，谒旧友人王相国缙，遂荐于南康张万顷大夫，为经略判官，挈家而往。袁氏每遇青松高山，凝睇久之，若有

这就够怪的了!"于是孙恪告诉张生说:"我一生艰难,长期处在冻饿之中,因为娶了这房妻室,才好像恢复了一些生气,我不能忘恩负义,怎么办呢?"张闲云生气地说:"大丈夫不能侍奉人,怎么还能去侍奉鬼呢? 相传说:'妖是由于人而兴起的,人没有过失,妖不能自己作怪。'况且恩义和身体哪一个更亲近? 身体受到她的危害,还顾及她鬼怪的恩义,三岁的小孩,也认为不可以,何况大丈夫呢?"张闲云又说:"我有一把宝剑,也是可以和干将相提并论的。凡是有鬼怪,见了这把宝剑就消失了。前后灵验的事,不可一一尽数。明天早晨我借给你,如果你偷偷地拿进卧室,一定能看到她的狼狈相,不亚于从前王君拿着宝镜照鹦鹉。不这样的话,你就断不了和她的恩爱。"

第二天,孙恪就接受了那把剑。张生告退,拉着孙恪的手说:"要见机行事!"孙恪就把那宝剑藏到室内,而始终有为难的神情。袁氏很快便发觉了,生气地谴责孙恪说:"你穷困愁苦,我使你顺畅安泰。你不顾恩义,于是胡作非为。这样的用心,连猪狗都不想吃你,怎么能树立名节活在人世上呢?"孙恪被谴责后,惭愧又担心,叩头说:"这是表兄让我干的,不是我的本心。愿歃血发誓,再不敢有别的想法。"他汗流满面地趴在地上。袁氏就搜出那把宝剑,一寸一寸地折断,像折断莲藕那么轻松。孙恪更加害怕,好像要奔逃的样子。袁氏就笑着说:"张闲云这个小子,不能用道义来教诲他的表弟,倒让你做凶险的事,他来了我应该羞辱羞辱他。然而观察你的心,确实不是这样。我嫁给你已经几年了,你还有什么担心的呢!"孙恪这才稍微安下心来。几天后,孙恪外出,遇到张生,孙恪说:"不久前你让我去撩拨老虎的胡须,差点被老虎吃掉了!"张生问剑在哪里,孙恪全都如实说了。张闲云大惊道:"这是我没想到的。"他非常害怕,不敢来拜见。

十几年后,袁氏已经生养了两个儿子。治家很严,不喜欢和别人凑合在一起。后来孙恪到了长安,拜见老朋友相国王缙,王缙就把他推荐给南康张万顷大夫,让他当了经略判官,带着全家前往。袁氏每每遇到青松高山,都凝神注视许久,好像有

不快意。到端州，袁氏曰："去此半程，江壖有峡山寺，我家旧有门徒僧惠幽居于此寺，别来数十年。僧行夏腊极高，能别形骸，善出尘垢。倘经彼设食，颇益南行之福。"恪曰："然。"遂具斋蔬之类。及抵寺，袁氏欣然，易服理妆，携二子诣老僧院，若熟其径者。恪颇异之。遂将碧玉环子以献僧曰："此是院中旧物。"僧亦不晓。及斋罢，有野猿数十，连臂下于高松，而食于生台上。后悲啸扪萝而跃，袁氏恻然。俄命笔题僧壁曰："刚被恩情役此心，无端变化几湮沉。不如逐伴归山去，长啸一声烟雾深。"乃掷笔于地，抚二子咽泣数声，语恪曰："好住好住！吾当永诀矣。"遂裂衣化为老猿，追啸者跃树而去。将抵深山而复返视，恪乃惊惧，若魂飞神丧。良久，抚二子一恸。

乃询于老僧，僧方悟："此猿是贫道为沙弥时所养。开元中，有天使高力士经过此，怜其慧黠，以束帛而易之。闻抵洛京，献于天子。时有天使来往，多说其慧黠过人，长驯扰于上阳宫内。及安史之乱，即不知所之。於戏！不期今日更睹其怪异耳。碧玉环者，本诃陵胡人所施，当时亦随猿颈而往。今方悟矣。"恪遂惆怅，舣舟六七日，携二子而回棹，不复能之任也。出《传奇》。

崔　商

元和中，荆客崔商上峡之黔。秋水既落，舟行甚迟。江滨有溪洞，林木胜绝。商因杖策徐步，穷幽深入。不三四里，

不高兴的神情。到了端州，袁氏说："离这一半的路程，江边上有一所峡山寺，我家以前有一个门徒僧惠幽住在这个寺里，相别几十年了。这个和尚修行很高，能辨别人的形体，善出尘垢。如果经过那里设食祭祀，对于我们往南走是有好处的。"孙恪说："好的。"于是就准备了蔬果素斋。等到抵达寺中，袁氏非常高兴，她换了衣服化了妆，领着两个孩子到老和尚院里，好像很熟悉这里的道路。孙恪觉得很奇怪。袁氏就把一枚碧玉环献给老和尚，说："这是寺院的旧物。"老和尚也不明白。等到吃完斋饭，有几十只野猿，从高高的松树上拉着手下来，在生台上吃东西。后来它们悲叫着，抓着藤萝跳跃而去。袁氏很悲痛，立刻命人拿笔在和尚的墙壁上写道："刚被恩情役此心，无端变化几湮沉。不如逐伴归山去，长啸一声烟雾深。"于是把笔扔到地上，抚摸着两个孩子哭泣了几声，对孙恪说："保重保重！我得永别了！"于是她撕裂衣服变成一只老猿，追赶着那些悲啸的野猿跳到树上离开了。要到深山时，它又回过头来望了望。孙恪这才感到可怕，好像魂飞魄散。过了很久，他抚摸着两个孩子，父子一齐恸哭。

孙恪就向老和尚询问。老和尚这才恍然大悟，说道："这猿是贫僧刚出家时养的。开元年间，有一天皇帝的使者高力士经过这里，喜欢它聪明机灵，用丝绸把它换走了。听说到了洛阳，献给天子了。时常有天子的使者经过这里，大多都说它聪慧过人，一直驯养在上阳宫内。到了安史之乱，就不知它到哪里去了。呜呼！没想到今天又看到它的怪样子了！那枚碧玉环，本来是诃陵胡人施舍的，当时也戴在猿的脖子上随它去了。现在我才想起来。"孙恪于是非常惘怅，停船六七天，才领着两个孩子回船而返，不能再去上任了。出自《传奇》。

崔　商

元和年间，荆地客人崔商经过三峡到黔地去。秋天江水水位已经下落，船走得很慢。江边有个溪洞，林木繁茂，景致绝美。崔商就挂着手杖慢步，向幽静处深入。走了不到三四里，

忽有人居。石桥竹扉，板屋茅舍，延流诘曲，景象殊迥。商因前诣，有尼众十许延客，姿貌言笑，固非山壑之徒。即升其居，见廷内舍上，多曝果栗，及窥其室，堆积皆满。须臾，则自外斋负众果累累而去。商谓其深山穷谷，非能居焉，疑为妖异，忽遽而返。众尼援引留连，词意甚恳。商既登舟，访于舟子，皆曰："此猿猱耳。前后遇者非一，赖悟速返。不尔，几为所残。"商即聚僮仆，挟兵杖，亟往寻捕，则无踪迹矣。出《集异记》。

忽然看到有人住在那里。石桥竹门，板屋茅舍，溪流弯转，景象特别不一样。崔商于是走了过去，有十多个尼姑出来迎他。她们的姿貌言笑，绝不是山野里的一般人。他就进到院里，见屋上屋下到处都晾晒着果栗。等到往室内一瞧，屋里也堆满了干果。不多时，就见尼姑们从外屋进来，背着各种山果离开。崔商认为这深山幽谷之中，不是人能居住的，怀疑她们是妖怪，忽然急忙往回走。众尼姑拉拉扯扯地挽留，言词特别诚恳。崔商上船之后，向摆船的人打听，摆船的人都说："这是些猿猴罢了，前前后后遇见的不是一个人了。多亏你醒悟得早很快回来了。不然，差不多会被它们害了。"崔商就聚集僮仆，带着兵杖，急速前往寻捕它们，却不见踪迹了。出自《集异记》。

卷第四百四十六
畜兽十三

猿下

楚江渔者

　　楚江边有一渔者,结茅临流,唯一草衣小舟纶竿而已,别无所有。时以鱼换酒,辄自狂歌醉舞。人虽笑之,略无惭色。亦不言其姓氏,识者皆以为渔之隐者。或有问之曰:"君之渔,隐人之渔耶? 渔人之渔耶?"渔者曰:"昔姜子牙之渔,严子陵之渔,书于青史,皆以为隐人之渔也。殊不知不钓其鱼,钓其名耳。隐人之渔高尚乎? 渔人之渔高尚乎? 若以渔人之渔,但有明月,风和浪静,得鱼供庖宰,

猿下

楚江渔者

楚江边上有一位钓鱼的人,挨着江水盖了茅草屋,只有一件草衣、一只小船和一把钓竿罢了,别的什么也没有。他时常用鱼换酒,动不动就狂歌醉舞。人们虽然笑他,他却一点惭愧的神情都没有。他也不说姓什么叫什么,认识他的人都认为他是个钓鱼的隐士。有人问他道:"你钓鱼,是隐士钓鱼,还是渔夫钓鱼?"钓鱼的人说:"从前姜子牙钓鱼,严子陵钓鱼,都写在史书里,都认为是隐士钓鱼。竟不知钓的不是鱼,钓的是名声而已。是隐士钓鱼高尚呢?还是渔夫钓鱼高尚呢?如果认为是渔夫钓鱼,只要有一轮明月,风平浪静,钓到的鱼供得上烹宰,

一身足,余则易酒独醉,又焉知隐人之渔、渔人之渔也?"问者深叹伏之。忽一日,有一人挈一小猿经于此。其渔者见之,悲号不止。其小猿亦不肯前去,似有怆恋之情。其人甚怪。渔者乃坚拜求此小猿,言:"是余前年中所失者。是一山僧付与,幸垂悯察以见赐。庶余不负山僧之义。"其人惊念,遂特赐之。渔者常恩养是小猿。经一载,忽告渔人辈曰:"我自于南山中有族属,今日辞尔辈归之。"遂跳跃化为一老猿,携其小猿奔走,不知所之。出《潇湘录》。

王仁裕

王仁裕尝从事于汉中,家于公署。巴山有采捕者,献猿儿焉。怜其小而慧黠,使人养之,名曰野宾。呼之则声声应对,经年则充博壮盛,縻絷稍解。逢人必啮之,颇亦为患。仁裕叱之,则弭伏而不动,余人纵鞭棰亦不畏。其公廨子城缭绕,并是榆槐杂树,汉高庙有长松古柏,上鸟巢不知其数。时中春日,野宾解逸,跃入丛林。飞趋于树稍之间,遂入汉高庙,破鸟巢,掷其雏卵于地。是州衙门有铃架,群鸟遂集架引铃,主使令寻鸟所来。见野宾在林间,即使人投瓦砾弹射,皆莫能中。薄暮腹枵,方馁而就絷,乃遣人送入巴山百余里溪洞中。

人方回,询问未毕,野宾已在厨内谋餐矣,又复絷之。忽一日解逸,入主帅厨中,应动用食器之属,并遭掀扑秽污,而后登屋,掷瓦拆砖。主帅大怒,使众箭射之,野宾骑

能满足一人所需，剩下的就换酒独醉，又哪里知道什么隐士钓鱼、渔夫钓鱼呢？"问的人对他深深叹服。忽然有一天，有一个人带着一只小猿猴经过这里。钓鱼的人看见了，悲伤地哭个不停。那小猿猴也不肯向前离开，好像有悲怆眷恋之情。那个领着猿猴的人感到很奇怪。钓鱼的人就坚持请求那人把小猿猴送给他，说："这是我前年丢失的。是一位山僧给我的，希望你能可怜我把它送给我。这样我才不辜负山僧的一片情意。"那人吃惊地想了想，就把小猿猴赠送给他。钓鱼的人常年喂养着这只小猿猴。经过一年，他忽然告诉钓鱼的人们说："我在南山里有亲属，今天告别你们回去了。"于是他纵身一跳变成一只老猿，领着小猿奔跑而去，不知道跑到哪里去了。出自《潇湘录》。

王仁裕

王仁裕曾经在汉中做官，家住在公署。巴山有一个猎人，把一只小猿献给了他。他喜爱它娇小慧黠，就派人养活它，起名叫"野宾"。喊它的名字它就声声答应，经过一年就长得肥大健壮了，拴它的绳子稍微解开，遇着人就咬，成为人的祸患。王仁裕呵斥它，它就温顺地趴在那里不动，其他人用鞭子打它它也不怕。那公衙门四周院墙围绕，都是榆槐杂树，汉高祖庙有高大的青松古柏，树上的鸟巢多得不计其数。当时是仲春的一天，野宾解开绳索，跳进丛林，飞跃于树梢之间，就进了汉高祖庙。它弄破鸟巢，把小鸟和鸟蛋扔到地上。这时候州衙门有报警用的铃架，群鸟就聚集到铃架上引起铃铛响，州主让人寻找鸟群从哪儿来。一寻便发现野宾在林子里，就让人用瓦砾投用弹弓射，都没能打中。靠近傍晚的时候它的肚子空了，才因为饿而被缚。王仁裕于是就派人把它送到巴山一百多里处的一个溪洞里。

送的人刚回来，问话还没结束，野宾已经在厨房里找东西吃了。王仁裕又把它拴起来。忽然有一天它又解开绳索，进入主帅厨房中，所有应该使用的食器之类，都被掀翻摔坏弄脏，然后它跑到房上去，扔瓦拆砖。主帅大怒，让众人用箭射它。野宾骑在

屋脊而毁拆砖瓦，箭发如雨。野宾目不妨视，口不妨呼，手拈足掷，左右避箭，竟不能损其一毫。有使院老将马元章曰："市上有一人，善弄胡狲。"乃使召至，指示之曰："速擒来。"于是大胡狲跃上衙屋赶之。逾垣蓦巷，擒得至前。野宾流汗体浴而伏罪，主帅亦不甚诉怒，众皆看而笑之，于是颈上系红绡一缕，题诗送之曰："放尔丁宁复故林，旧来行处好追寻。月明巫峡堪怜静，路隔巴山莫厌深。栖宿免劳青嶂梦，跻攀应惬碧云心。三秋果熟松稍健，任抱高枝彻晓吟。"又使人送入孤云两角山，且使縶在山家。旬日后，方解而纵之，不复再来矣。

后罢职入蜀，行次嶓冢庙前。汉江之壖，有群猿自峭岩中，连臂而下，饮于清流。有巨猿舍群而前，于道畔古木之间，垂身下顾，红绡仿佛而在，从者指之曰："此野宾也。"呼之，声声相应，立马移时，不觉恻然。及笮䌟之际，哀叫数声而去。及陟山路，转壑回溪之际，尚闻呜咽之音。疑其肠断矣，遂继之一篇曰："嶓冢祠边汉水滨，此猿连臂下嶙峋。渐来子细窥行客，认得依稀是野宾。月宿纵劳羁绁梦，松餐非复稻粱身。数声肠断和云叫，识是前年旧主人。"出《王氏见闻》。

猕猴

翟昭

晋太元中，丁零王翟昭后宫养一猕猴，在妓女房前。前后妓女同时怀娠，各产子三头，出便跳跃。昭方知是猴所为，乃杀猴及十子。六妓同时号哭，昭问之云："初见一

房脊上拆砖毁瓦，箭像雨点一样射上去。野宾眼睛不耽误看东西，口不耽误呼叫，用手拨用脚踢，左右避箭，竟然不能损伤它一根毫毛。有一位使院老将马元章说："市上有一个人，善于摆弄胡狲。"于是就把那个人找来，把野宾指给他看，说："赶快把它捉起来！"于是便有一只大胡狲跳到衙门屋顶上去赶野宾，穿墙越巷，把野宾捉到跟前。野宾满身是汗像洗了澡，伏罪趴在那里，主帅也就不怎么愤怒了，众人看后都笑了。于是在它的脖子上系上一缕红绸子，题诗送它说："放尔丁宁复故林，旧来行处好追寻。月明巫峡堪怜静，路隔巴山莫厌深。栖宿免劳青嶂梦，跻攀应惬碧云心。三秋果熟松稍健，任抱高枝彻晓吟。"又派人把它送到孤云两角山，而且派人把它拴在山中人家。十天后，才解开绳索放了它，从此就再也没来。

后来王仁裕罢官到蜀地去，走到嶓冢庙前。汉江边上，有一群野猿从峭岩上扯着手下来，到江边喝水。有一只大猿离开猿群走上前来，在道旁古树之间，垂身往下看，红绸子好像还在。随从人员指着它说："这是野宾！"喊它，它声声都答应。停下马观望了多时，王仁裕不知不觉心里很伤感。等到他纵马扬鞭之际，野宾哀叫了几声离开了。等他登上山路，溪回谷转之际，还能听到野宾那呜咽的哀鸣。他怀疑野宾是不是肠子哭断了，于是又接着写下一首诗："嶓冢祠边汉水滨，此猿连臂下嶙峋。渐来子细窥行客，认得依稀是野宾。月宿纵劳羁绁梦，松餐非复稻粱身。数声肠断和云叫，识是前年旧主人。"出自《王氏见闻》。

猕猴

翟　昭

晋朝太元年间，丁零王翟昭的后宫养了一只猕猴，养在歌舞女的房前。前后的歌舞女同时怀了孕，各生下三头小猕猴，一生出来就会跳跃。翟昭这才知道是猕猴干的，就杀了猕猴和十头小猕猴。六个歌舞女同时号哭，翟昭问她们，她们说："当初看到一位

年少,着黄练单衣,白纱帢,甚可爱,语笑如人。"出《续搜神记》。

徐寂之

太元末,徐寂之常野行,见一女子操荷,举手麾寂之。寂之悦而延住,此后来往如旧,寂之便患瘦瘠。时或言见华房深宇,芳茵广筵,寂之与女餚肴宴乐。数年,其弟睟之闻屋内群语,潜往窥之,见数女子从后户出,唯余一者隐在簀边。睟之径入,寂怒曰:"念方欢集,何故唐突?"忽复共言云:"簀中有人。"睟之即发看,有一牝猴,遂杀之。寂病渐瘳。出《异苑》。

张寓言

山人张寓言素有道术,博学多才,常寓居于朝士家,其宅大且凶。主人移出,寓言出饮,甚醉而还。不知其家已出,遂寝于堂庑下,夜半后颇醒。竖告之,寓言惧。时夜昏黑,乃有引其架上书者。寓言自暗窥之,乃鬼也,集于书架之旁。寓言计将击之,因起。寓言多力,先叱之,鬼称革。寓言殴之,而踏其喉就地,又击之。因绝声大叫云:"吾擒得鬼。"守者遂以火至,乃一猕猴也,被击已死,方知误焉。先是,一沐猴不知何来,每夜入人家偷窃。及寓言以为鬼而杀之,一里无患矣。出《纪闻》。

年轻人，穿黄绢单衣，戴白纱帽，非常可爱，说笑像人。"出自《续搜神记》。

徐寂之

太元末年，徐寂之曾经在野外走路，看见一位女子拿着荷花，向他招手。寂之喜欢这个女子就把她请到家里来住，这之后便经常来往。徐寂之便得了一种身体消瘦的病。当时有人说看见在华房深宅里面，芳茵广筵，寂之和女子饮酒作乐。好几年后，他的弟弟徐聁之，听到屋里有不少人讲话，就偷偷地过去往里窥视，见几个女子从后门出去了，只剩下一个藏在一个竹筐旁边。徐聁之径直走进屋里，徐寂之生气地说："我刚才正在欢乐聚会，你为什么突然来这儿！"忽然那几个女子又一起说："竹筐里有一个人！"徐聁之就打开竹筐一看，有一只母猴，就把它杀了。徐寂之的病渐渐好了。出自《异苑》。

张寓言

山人张寓言一向很有道术，博学多才，曾寄居在一个朝廷官吏家。这所宅第很大，而且闹鬼。主人搬出去了，张寓言出去喝酒，醉得很厉害才回来。他不知道主人家已经搬出去了，就睡在堂屋下面的廊檐里，半夜后稍微清醒了些。僮仆告诉他主人已经搬走了，张寓言很害怕。当时夜很黑，竟然有人到书架上拿书。张寓言从暗处偷看，是鬼，拿到书堆在书架旁边。张寓言打算要打它，就起来了。张寓言很有力气，他先大声呵斥它，鬼急得大叫起来。张寓言殴打它，踩着它的喉咙摁在地上，又打它。于是用尽力气大叫道："我捉住鬼啦！"守卫的人就把灯火拿进来，原来是一只猕猴。猕猴已经被打死了，这才知道是一场误会。原先，也是有一只沐猴不知从哪里来，每天晚上都进到人家偷东西。等到张寓言把它当成鬼杀了之后，整个街道都没有忧患了。出自《纪闻》。

薛放曾祖

薛放尚书曾祖为湖南刺史，罢郡，京中闲居。善治家，旦暮必策杖检校其宅。常晨起，因至厨中，见灶内有灯荧荧然。薛怒其爨者曰：“灯不灭，又置灶中，何也？”及至灶前视之，忽见一猕猴子长六七寸。前有一小台盘子，方圆尺余，内食品物皆极小而甚备。又前置一盏灯，猴对之而食。薛大骇异，乃以拄杖刺之。灶虽浅，而尽其杖终不能及。乃命妻子僮仆观之，皆莫测，不知所为。其猴忽置灯于盘子上，以头戴盘而出灶，人行至堂前阶上，复设灯置盘而食，傍若无人。薛氏惊惧，乃令子弟出外，访求术士以禳之。

及出门，忽逢一道士乘驴，谓薛氏子曰：“郎君神精，极甚仓卒，必有事故。适过此宅，见妖气甚盛，某平生所学道术，以济急难，如有事，请为郎君除之。”薛子大喜，下马拜请至宅。使君具簪简出迎，妻女等悉拜迎，坐于中堂。猴见道士，亦无惧色，道士曰：“此乃使君积世深冤，今之此来，为祸不浅。”使君及妻子悲涕求请良久，道士曰：“有幸相遇，当为祛除，然此物终当屈辱使君，方肯解释。”薛曰：“苟得无他，敢辞屈辱。”道士曰：“此猴今欲将台盘及灯，上使君头上食，必当去，可乎？”薛不敢辞，妻子皆泣曰：“此是精魅物，安可置头上？乞尊师别为一计。”道士曰：“不然，先将台盘子于头上，后令于盘中食之，可乎？”妻子又曰：“不可。”道士曰：“不然，无计矣。”薛又哀祈之良久，道士曰：“家有厨柜之类乎？令使君入其中，令猴于其上食，

薛放曾祖

薛放尚书的曾祖父曾担任湖南刺史，罢官以后，在京城里闲居。他善于治家，一早一晚一定要拄着手杖把宅院检查一遍。曾经有一天早晨起来，来到厨房里，见灶内有灯闪闪发亮，薛刺史生气地对烧火做饭的人说："不把灯吹灭，还放到炉灶里头，要干什么？"等他走到灶前一看，忽然看见一只六七寸长的小猕猴在灶内。面前有一个小台盘子，方圆一尺多，盘子里的食品都极小但是特别齐全。还在面前放了一盏灯，猴子就对着灯吃着盘子里的东西。薛刺史特别吃惊，就用手杖去捅它。灶膛虽然很浅，但是把手杖全伸进去还是够不着。于是他就令妻子儿女僮仆都来看，都不能推测出怎么回事，不知道该怎么办。那猴子忽然把灯放到盘子上，用头顶着盘子走出灶来，像人那样走到堂前台阶上，又设灯置盘开始吃，旁若无人。薛氏又惊又怕，就让子弟出去，寻求术士来除掉它。

等到他的儿子一出门，就忽然遇上一位骑驴的道士，对薛氏子说："您的神情，非常慌张仓促，一定有什么急事。刚才路过这所宅子，发现妖气很重。我平日学的道术，用来为人排忧解难，如果有什么事，请让我为您解除它。"薛氏子大喜，下马叩拜把他请到家。薛刺史穿戴整齐出来迎接，妻子儿女全都拜迎，让道士坐在中堂。猴子见了道士，也没有害怕的神色，道士说："这是刺史积累几代的冤家，今天到这里来，为祸不小啊！"薛刺史和妻子儿女，伤心哭泣着请求了好久。道士说："有幸遇见，我该为你除掉它，但这个东西最终会使刺史屈辱一番，才肯罢休。"薛刺史说："如果能够不发生别的祸事，怎敢推辞屈辱？"道士说："这猴子现在想要拿着台盘和灯，到刺史的头上去吃，这样它就一定能离开，可以吗？"薛刺史不敢推辞。妻子儿女都哭着说："这是精怪之物，哪能放到头上去？请尊师另想个办法。"道士说："不这样的话，先把台盘放到头上，然后让它到盘子里去吃，可以吗？"妻子又说："不可以。"道士说："不这样，就没有办法了。"薛刺史又哀求了很久，道士说："家里有橱柜之类的东西吗？让刺史进到柜子里去，让猴子在柜子上吃，

可乎?"皆曰:"可。"乃取木柜,中施裀褥,薛入柜中,闭之,猴即戴台盘,提灯而上,乃置之而食,妻子环绕其旁,共忧涕泣。忽失道士所在,惊骇求觅之次,猴及台盘灯亦皆不见,遂开柜视之,使君亦不见。举家号哭求觅,无复踪迹。遂具丧服,以柜招魂而葬焉。出《灵保集》。

杨于度

蜀中有杨于度者善弄胡狲,于阛阓中乞丐于人。常饲养胡狲大小十余头。会人语,或令骑犬作参军行李,则呵殿前后,其执鞭驱策,戴帽穿靴,亦可取笑一时。如弄醉人,则必倒之,卧于地上,扶之久而不起。于度唱曰:"街使来。"辄不起。"御史中丞来。"亦不起。或微言"侯侍中来",胡狲即便起走,眼目张惶,佯作惧怕,人皆笑之。侯侍中弘实,巡检内外,主严重,人皆惧之,故弄此戏。一日,内厩胡狲维绝走上殿阁,蜀主令人射之,以其跻捷,皆不之中。竟不能捉获者三日。内竖奏杨于度善弄胡狲,试令捉之。遂以十余头入,望殿上拜,拱手作一行立。内厩胡狲亦在舍上窥觑,于度高声唱言:"奉敕捉舍上胡狲来。"手下胡狲一时上舍,齐手把捉内厩胡狲,立在殿上。蜀主大悦,因赐杨于度绯衫钱帛,收系教坊。有内臣因问杨于度:"胡狲何以教之而会人言语?"对曰:"胡狲乃兽,实不会人语。于度缘饲之灵砂,变其兽心,然后可教。"内臣深讶其说。则有好事者知之,多以灵砂饲胡狲、鹦鹉、犬、鼠等以教之。故知禽兽食灵砂,尚变人心,人食灵砂,足变凡质。出《野人闲话》。

可以吗?"大家都说:"可以。"于是就搬来木柜,在里边铺好垫子,薛刺史进到柜子里,关上门。猴就顶着台盘,提着灯走上去,就放到那上面吃。妻子儿女环绕在柜子旁边,一起提心吊胆地哭泣。忽然道士不见了,惊恐地寻找时,猴子、台盘、灯,也都不见了。于是打开柜子一看,刺史也不见了。全家哭号寻找,没有什么踪迹。于是准备丧服,用柜子招魂埋葬了。出自《灵保集》。

杨于度

蜀中有一个叫杨于度的人善于摆弄胡狲,他让胡狲在市区向人们乞讨。他曾经饲养了大大小小十几头胡狲。这些胡狲懂人话。有时让它骑着狗扮演参军、使者,有的在前喝道,有的在后面随从,它拿着鞭子驱赶,猢狲戴帽子穿靴子,也可以取笑一时。如果扮演醉人,就一定躺倒在地上,扶它很久也不起来。杨于度喊道:"街使来啦!"还是不起来。杨于度再喊:"御史中丞来啦。"也不起来。如果他对它小声说"侯侍中来啦",胡狲立即就起来,眼神张惶,装作惧怕的样子,人们都笑它。侯侍中弘实,巡检内外,管理严格,人们都怕他,所以开这个玩笑。有一天,宫内兽圈里的胡狲挣断绳索跑到殿阁之上,蜀主让人用箭射它,因为它矫健敏捷,全都射不中,竟然三天都没能捉住它。宫内的僮仆对蜀主说杨于度善于摆弄胡狲,让他捉一捉试试。于是杨于度领着十几头胡狲进来,望着殿上拜,胡狲们拱手站成一行。宫内兽圈的胡狲也在房舍顶上偷看,杨于度大声喊道:"奉旨把房顶上的胡狲捉下来!"手下的胡狲一拥而上,七手八脚就把那宫内胡狲捉了下来,站在殿上。蜀主十分高兴,便赐给杨于度绯衫和钱帛之类东西,收留他在教坊里做事。有的内臣就问杨于度:"胡狲怎么教它懂人话呢?"杨于度说:"胡狲是兽,确实不懂人语。我因为喂它们灵砂了,改变了它们的兽心,然后就能教会。"内臣对他的说法十分惊讶,就有好事的人知道了,很多人都用灵砂喂养胡狲、鹦鹉、狗、老鼠等,然后教它们懂人话。所以知道禽兽吃了灵砂,还能变成人心。人吃了灵砂,足可以改变普通的形质。出自《野人闲话》。

猕猴

猕猴见僧，即必围绕，状如供养。戎泸彝僚，亦啖此物。但于野外石上，跏趺而坐，以物蒙首，有如坐禅，则必相悦而来，驯扰之。逡巡众去，唯留一个，伴假僧偶坐。僧以斧击，将归充食。他日更要，亦如前法击之。然众竟不之觉。又被人以其害稼，乃致酒糟盆盛，措于野径，仍削木棒可长一二尺者三五十条，于侧边。其猴啖糟醉后，拈棒相击，脚手损折，由此并获。是知嗜酒者，得不鉴斯兽之贾害乎？出《北梦琐言》。

猩猩

好酒

猩猩好酒与屐。人欲取者，置二物以诱之。猩猩始见，必大詈云："诱我也。"乃绝走而去之。去而复至，稍稍相劝，顷尽醉。其足皆绊。或图而赞之曰："尔形唯猿，尔面唯人。言不忝面，智不逾身。淮阴佐汉，李斯相秦。曷若箕山，高卧养真。"出《国史补》。

能言

安南武平县封溪中，有猩猩焉。如美人，解人语，知往事。以嗜酒故，以屐得之。槛百数同牢，欲食之，众自推肥

猕　猴

猕猴见到和尚,就一定会围绕在和尚周围,样子像是要供养和尚。西南少数民族,也喜欢吃猕猴。人只要在野外的石头上,像佛教徒那样盘腿坐着,用东西蒙上脸,就像坐禅那样。那么猕猴们就一定会高高兴兴地跑来,顺服地围着那个人。一会儿一群猕猴又都离去,只留下一个,陪着假和尚坐着。假和尚用斧子把它打死,拿回去吃掉。改日还想要,也还用这种办法打死几个。但是猕猴们竟然发觉不了。另外,因为猕猴祸害庄稼,人就用盆盛着酒糟,放到野外的道上,还削一些一二尺长的三五十条木棒,放在身边。那些猴子吃了酒糟就会醉,人们就用身边的大棒击打猕猴,猕猴的手脚被打折,因此就全都被捉获了。从这件事上可知那些嗜酒的人,能不借鉴这些兽类上当受骗招祸害的教训吗?出自《北梦琐言》。

猩猩

好　酒

猩猩喜欢喝酒,爱穿木鞋。人们想要捉它的时候,就把这两样东西放在那里引诱它。猩猩们刚发现的时候,一定会大骂道:"这是引诱我们呢!"于是便很快跑开。但是它们去而复返,渐渐地互相劝酒,顷刻间就全都喝醉。它们的脚全被木鞋绊住了。有人为它们画像并赞道:"你的样子像猿,你的脸面孔像人,说话不懂羞愧,智慧不能保护自身。想学韩信辅佐汉朝?想学李斯辅佐秦朝?哪里比得上许由隐居箕山,躺在高处修养你本来的身心?"出自《国史补》。

能　言

安南武平县封溪境内,有一种猩猩。像美人,能听懂人话,知道过去的事。因为猩猩爱喝酒的缘故,人们用木鞋把它们捉来。数百只关在一个牢笼里,人们要宰吃的时候,猩猩们自己推选身体肥胖

者相送，流涕而别。时饷封溪令，以杷盖之。令问何物，猩猩乃笼中语曰："唯有仆并酒一壶耳。"令笑而爱之，养畜，能传送言语，人不如也。出《朝野金载》。

焦　封

前浚仪令焦封罢任后丧妻。开元初，客游于蜀，朝夕与蜀中富人饮博。忽一日侵夜，独乘骑归。逢一青衣，如旧相识，马前传语邀封。封方酒酣，遂笑而从之，心亦疑是误相邀。俄至一甲第，屋宇峥嵘。既坚请入，封乃下马入之。须臾，有十余婢仆至，并衣以罗纨，饰之珠翠，皆美丽其容质。此女仆齐称夫人欲披揖，封惊疑未已，有花烛两行前引，见大扇拥蔽一女子，年约十七八，殊常仪貌。遂令开扇，引封前，拜揖于堂而坐。前后设琼浆玉馔，奏以女乐，乃劝金樽于封。夫人索红笺，写诗一首以赠。诗曰："妾失鸳鸯伴，君方萍梗游。小年欢醉后，只恐苦相留。"封捧诗披阅，沉吟良久，方饮尽，遂复酌金樽，仍酬以一绝。诗曰："心常名宦外，终不耻狂游。误入桃源里，仙家争肯留。"夫人览诗，笑而言曰："谁教他误入来？要不留，亦不得也。"封亦笑而答曰："却恐不留，谁怕留千年万年。"夫人甚喜动颜色，乃徐起，佯醉归帐，命封伸伉俪之情。

至曙，复开绮席，歌乐嘹亮，又与封共醉，仍谓之曰："妾是都督府孙长史女，少适王茂。王茂客长安死，妾今寡居。幸见托于君子，无以妾自媒为过。当念卓王孙家，文君慕相如，曾若此也。"封复闻是语，转深眷恋。不出，

的送出来，洒泪而别。当时要送一只给封溪县令，用手帕盖着。县令问是什么东西，猩猩就在笼子里说道："只有我和一壶酒罢了。"县令听后笑了，很喜欢它，就把它养起来。它能传送话语，人都不如它。出自《朝野金载》。

焦　封

前浚仪县令焦封罢任以后妻子死了。开元初年，他客游于蜀地，一天到晚与蜀地的富人饮酒博戏。忽然有一天夜里，他独自骑马回来，遇见一位婢女，像旧相识似的，在马前传话邀请焦封。焦封正半醒半醉，就笑着跟她走，心里也怀疑是婢女邀请错了人。片刻来到一所府第，房屋高峻雄伟。婢女坚持请他进去，焦封就下马走进去。一会儿，有十多个婢女到了，都穿着绫罗绸缎，佩戴珠翠首饰，容貌都美丽娇艳。这些女仆一起说夫人想来会见。焦封惊疑未定，已经有两行花烛在前边引路，看见一面大扇簇拥着一位女子走来，年约十七八岁，仪态容貌特别不一般。于是她就让人移开蔽扇，引焦封前来。焦封在堂前作揖后落座。前后摆上美酒佳肴，奏以女乐，夫人就向焦封劝酒。她找来红色信纸，写了一首诗赠给焦封。诗是这样的："妾失鸳鸯伴，君方萍梗游。小年欢醉后，只恐苦相留。"焦封捧着诗阅读，沉吟了好久。刚喝尽一杯，就又被斟满一杯。焦封也酬答一首绝句。诗说："心常名宦外，终不耻狂游。误入桃源里，仙家争肯留。"夫人看了诗，笑着说道："谁让他误入来？要是不留，也不行呀！"焦封也笑着回答："只是恐怕不留，谁怕留一千年一万年。"夫人非常高兴，喜形于色，就慢慢站起来，装作喝醉了回到帐内，让焦封同她表白夫妻之情。

到天亮，又摆开筵席，歌乐大作，夫人又与焦封一起喝得大醉，便对他说："我是都督府孙长史的女儿，年轻时嫁给王茂。王茂客死在长安，我现在守寡而居。有幸托付给你，你不要把我自己作媒当成错。应该想想卓王孙家，卓文君爱上了司马相如，也曾经这样。"焦封又听了这些话，对她的眷恋更加深切。他不出门，

经月余，忽自独行而语曰："我本读诗书，为名宦。今日名与宦俱未称心，而沉迷于酒色，月余不出，非丈夫也。"侍婢闻者，告于夫人。夫人谓封曰："妾是簪缨家女，君是宦途中人。与君匹偶，亦不相亏耳！至于却欲以名宦荣身，足得诣金阙谒明主也，妾争敢固留君身，抑君显达乎？何伤叹若是？"封曰："幸夫人念我，无使我虚老蜀城。"夫人遂以金宝送封入关。及临歧泣别，仍赠玉环一枚。谓封曰："可珍重藏之，我阿母与我幼时所弄之物也。"复吟诗一首以送。诗曰："鹊桥织女会，也是不多时。今日送君处，羞言连理枝。"封览诗，受玉环，怆情尤甚，不觉沾洒。留诗别曰："但保同心结，无劳织锦诗。苏秦求富贵，自有一回时。"夫人见诗，悲哽良久，复劝金爵而别。

封虽已发志回京洛为名宦，亦常怅恨别是佳丽。方登阁道，见崄巇，深所郁郁。忽回顾，遥见夫人奔逐，遂惊异以伺之。遽至封前，悲泣不已。谓封曰："我不忍与君离，因潜奔赶君。不谓今日复睹君之容，幸挈我之京辇。"封疑讶，复且喜，遂相携达前旅次。至昏黑，有十余猩猩来。其妻奔出见之，喜跃倍常。乃顾谓封曰："君亦不顾我东去，我今幸女伴相召归山，愿自保爱。"言讫，化为一猩猩，与同伴相逐而走，不知所之。出《潇湘录》。

已经一个多月了,忽然有一天他独自走路自言自语道:"我本来是为了功名仕途而苦读诗书的。现在功名和官位都不称心,却沉迷于酒色,一个多月不出门,不是大丈夫啊!"婢女听到了,就告诉了夫人。夫人对焦封说:"我是显贵人家的女儿,你是仕途上的人,和你匹配,也不会亏着你。至于要想用功名仕宦来荣身,那就要到京城去拜见明主,我怎么敢固执地留住你,而影响你的显达前途呢?何必如此伤感叹息?"焦封说:"幸好夫人体谅我,不让我虚度一生老死在蜀城中。"夫人于是就把金银珠宝送给焦封让他入关。等到在岔路口挥泪告别,又送一枚玉环给他。她对焦封说:"你要好好珍藏它,这是母亲给我的我小时候一直把玩的东西。"又吟诗一首送给他。诗说:"鹊桥织女会,也是不多时。今日送君处,羞言连理枝。"焦封看了诗,接受了玉环,更加悲伤,不知不觉泪洒如雨。也留一诗赠别说:"但保同心结,无劳织锦诗。苏秦求富贵,自有一回时。"夫人看了诗,悲泣了好久,又敬上一杯酒告别。

焦封虽然已经下定决心要回京城求取功名富贵,也常常惆怅遗憾离别了这个佳人。他刚登上阁道,见山路艰险难行,草木深深。忽然一回头,远远望见夫人飞奔着赶来,于是他就惊异地等着她。她很快来到焦封的面前,悲泣不止。她对焦封说:"我不忍心和你离开,便偷偷地跟在后面追赶你。不要以为今天只是来看看你,请你带着我一块到京城吧。"焦封很惊疑,又很高兴,于是携手一起来到前面的一个客栈住下。到了傍晚,有十几只狌狌来了。他的妻子跑出去见它们,异常高兴,就回头对焦封说:"你也不顾我独自东去,我现在幸亏遇见女伴来找我回山。请你自己多保重。"说完,她变成一只狌狌,和同伴们互相追逐着跑了,不知到哪儿去了。出自《潇湘录》。

猩猩

剑南人之采猩猩者，得一猩猩，其数十猩猩可得。何哉？猩猩有伤其类者，聚族悲啼，虽杀之不去。此禽兽之状而人心也。乐羊、张仁愿、史牟，则人之状而禽兽心也。出《国史补》。

狨

狨者，猿猱之属，其雄毫长一尺、尺五者，常自爱护之，如人披锦绣之服也。极嘉者毛如金色，今之大官为暖座者是也。生于深山中，群队动成千万。雄而小者，谓之狨奴。猎师采取者，多以桑弧檑矢射之。其雄而有毫者，闻人犬之声，则舍群而窜。抛一树枝，接一树枝，去之如飞。或于繁柯秾叶之内藏隐之。身自知茸好，猎者必取之。其雌与奴，则缓缓旋食而传其树，殊不挥霍。知人不取之，则有携一子至一子者甚多。其雄有中箭者，则拔其矢嗅之，觉有药气，则折而掷之。嚬眉愁沮，攀枝蹲于树巅。于时药作抽掣，手足俱散。临堕而却揽其枝，揽是者数十度。前后呕哕，呻吟之声，与人无别。每口中涎出，则闷绝手散。堕在半树，接得一细枝稍，悬身移时，力所不济，乃堕于地。则人犬齐到，断其命焉。猎人求嘉者不获，则便射其雌，雌若中箭，则解摘其子，摘去复来，抱其母身，去离不获，

猓㹯

　　剑南捕获猓㹯的人，只要捕到一只猓㹯，就可以捕到几十只猓㹯。为什么呢？因为猓㹯有同情它同类的性情。有一只猓㹯出了事，整个家族聚集到一起悲啼，即使杀死它们也不肯离去。这是禽兽之形却长了人心。乐羊、张仁愿、史牟之流，则是人的形貌却长了禽兽之心。出自《国史补》。

狖

　　狖，是猿猴类动物，那些雄性的，毛长一尺到一尺半，经常自己爱护它的毛，就像人爱护穿着的锦绣衣服一样。极好的狖毛颜色像金子，现在的大官们做暖座用的就是这种毛皮。狖生在深山之中，一群狖动不动就成千上万。雄性还没长大的，叫"狖奴"。猎人捕狖，大多用桑木条做成的弓和用檽树条做的箭射它。那些雄性而且有长毛的狖，听到人和狗的声音，就离开群体而逃窜。抛开这个树枝，又抓住另一个树枝，行动如飞。或者在茂密的枝叶间隐藏着。它自己知道自己的毛好，猎人一定会捉它。那些雌性的狖和狖奴，则是慢慢地一边吃着东西一边从这树到那树，特别不着急，因为它知道猎人不捉它们，有许多怀里抱着一个小崽的来到另外一个带着小崽的母猴身边。那些雄性的如果有中箭的，就把那箭拔出来闻一闻，觉出有药味，就把箭折断扔掉。皱着眉头，忧愁沮丧，攀着树枝蹿到树的最顶端。在药物发作的时候，它就开始抽搐，手脚全都抓不紧。要掉下去时却死死地抓着树枝不放，抓这个枝抓不住，又抓另一个，一直抓几十次。前后呕吐干哕好多次，痛苦呻吟的声音，和人没有差别。每当有涎水从口中流出来，就憋闷得松开手，掉到半树上，抓到一根细枝梢就不放手，在半空里悬挂半天，实在支持不住了，才掉到地上。人和狗就同时上去，结束它的性命。猎人如果捉不到好的长毛雄狖，就射那些雌性的，雌性的如果中了箭，就把怀里抱的小崽扔出去。小崽被扔出去又跑回来，抱着它母亲的身体，想让它离开没有成功，

乃母子俱毙。若使仁人观之，则不忍寝其皮，食其肉。若无恻恻之心者，其肝是铁石，其人为禽兽。昔邓芝射猿，其子拔其矢，以木叶塞疮。芝曰："吾违物性，必将死焉。"于是掷弓矢于水中。山民无识，安知邓芝之为心乎？出《玉堂闲话》。

那就要母子一块死。如果让仁慈的人看了这场面，就会不忍心睡在它的皮上，吃它的肉。如果人没有怜悯之心，他的心肝就是铁石，他这人就是禽兽。以前邓芝射母猿，猿的儿子为它把箭拔出来，用树叶把伤口塞上。邓芝说："我违背了万物的本性，一定要死了。"于是他把弓和箭扔到河里去。山民没有知识，哪知道邓芝的心境？出自《玉堂闲话》。

卷第四百四十七

狐一

说　狐

　　狐五十岁，能变化为妇人。百岁为美女，为神巫，或为丈夫与女人交接，能知千里外事，善蛊魅，使人迷惑失智。千岁即与天通，为天狐。出《玄中记》。

瑞　应

　　九尾狐者，神兽也。其状赤色，四足九尾。出青丘之国，音如婴儿。食者令人不逢妖邪之气，及蛊毒之类。出《瑞应编》。

周文王

　　周文王拘羑里，散宜生诣涂山得青狐以献纣，免西伯之难。出《瑞应编》。

说　狐

狐狸活五十岁,就能变成妇人。一百岁就能变化成美女,变化成神巫,或者变化成成年男子与女人发生性行为,能知道千里之外的事,善于蛊惑迷人,使人被迷惑后丧失理智。狐狸活到一千岁,就能和天沟通,叫做"天狐"。出自《玄中记》。

瑞　应

九尾狐,是一种神兽。它的形状是红色的,四只脚九条尾巴。出自青丘国,它叫起来声音像婴儿。喂养九尾狐的人,不会遇上妖邪之气和毒虫什么的。出自《瑞应编》。

周文王

周文王被拘禁在羑里,散宜生到涂山弄到一只青色狐狸把它献给商纣王,就免除了周文王的灾难。出自《瑞应编》。

汉广川王

汉广川王好发冢。发栾书冢，其棺椁盟器，悉毁烂无余。唯有白狐一头，见人惊走。左右逐之不得，戟伤其足。是夕，王梦一丈夫须眉尽白，来谓王曰："何故伤吾左足？"以杖叩王左足。王觉肿痛，因生疮，至死不差。

陈羡

后汉建安中，沛国郡陈羡为西海都尉。其部曲士灵孝无故逃去，羡欲杀之。居无何，孝复逃走。羡久不见，囚其妇。其妇实对，羡曰："是必魅将去，当求之。"因将步骑数十，领猎犬，周旋于城外求索。果见孝于空冢中，闻人犬声怪避。羡使人扶以归，其形颇象狐矣。略不复与人相应，但啼呼索阿紫。阿紫，雌狐字也。后十余日，乃稍稍了寤。云："狐始来时，于屋曲角鸡栖间作好妇形，自称阿紫，招我。如此非一，忽然便随去。即为妻，暮辄与共还其家，遇狗不觉。"云，乐无比也。道士云："此山魅。狐者，先古之淫妇也，名曰阿紫，化为狐，故其怪多自称阿紫也。"出《搜神记》。

管辂

魏管辂常夜见一小物状如兽，手持火，向口吹之，将爇舍宇。辂命门生举刀奋击，断腰，视之，狐也。自此里中无火灾。出《小说》。

汉广川王

汉广川王喜欢挖掘坟墓。一次,挖开栾书的坟墓,里边的棺木和陪葬器物,全都毁坏光了。只有一只白狐狸,见了人吓跑了。左右的人去追没追上,用戟伤了它的一只脚。这天晚上,广川王梦见一位胡须和眉毛全白的男子,来对他说:"为什么弄伤我的左脚?"那男子用手杖敲广川王的左脚。广川王醒来之后感觉左脚肿痛,就长了疮,到死也没治好。

陈羡

后汉建安年间,沛国郡人陈羡任西海都尉。他的部下有一个鄙陋的人叫灵孝,无缘无故逃跑了,陈羡想要杀了他。过了不久,灵孝又逃跑了。陈羡很长时间见不到灵孝,就把灵孝的妻子囚禁起来。灵孝的妻子说了实话,陈羡说:"这一定是被鬼魅弄去了,应该出去找找。"于是他就率领几十名骑兵,领着猎狗,在城外周旋寻找。果然发现灵孝在一个空坟墓里,听到人和狗的声音,感到奇怪而躲避。陈羡让人把他扶着回来,他的样貌很像狐狸了。一点也不再和人相呼应,只哭着喊着找阿紫。"阿紫"是一只雌性狐狸的名字。十几天之后,才渐渐清醒了些。他说:"狐狸刚来的时候,在屋拐角鸡窝旁边变化成一位美妇人的样子,自称阿紫,向我招手。像这样不止一回两回,忽然有一天我就跟她去了。就把她当妻子,天黑就和她一起回到她家,遇上狗也发觉不了。"他说与阿紫在一起其乐无穷。道士说:"这是山怪。狐狸,是先古的一位淫妇,名叫阿紫,变成了狐狸,所以这一类鬼怪大多自称阿紫。"出自《搜神记》。

管辂

魏时管辂曾经在一天夜里看见一个样子像兽的小东西,手里拿着火,用口吹火,要点着房屋。管辂让门生举刀用力击打,砍断了它的腰,一看,是一只狐狸。从此这条街上没有火灾了。出自《小说》。

习凿齿

晋习凿齿为桓温主簿，从温出猎。时大雪，于临江城西，见草雪上气出。觉有物，射之，应弦死。往取之，乃老雄狐，脚上带绛缯香囊。出《诸宫故事》。

陈　斐

酒泉郡，每太守到官，无几辄死。后有渤海陈斐见授此郡，忧愁不乐。将行，卜吉凶。日者曰："远诸侯，放伯裘。能解此，则无忧。"斐不解此语。卜者曰："君去，自当解之。"斐既到官，侍医有张侯，直医有王侯，卒有史侯、董侯。斐心悟曰："此谓诸侯。"乃远之。即卧，思"放伯裘"之义，不知何谓。夜半后，有物来斐被上。便以被冒取之，物跳踉訇訇作声。外人闻，持火入，欲杀之。鬼乃言曰："我实无恶意，但府君能赦我，当深报君耳。"斐曰："汝为何物，而忽干犯太守？"魅曰："我本千岁狐也，今字伯裘有年矣。若府君有急难，若呼我字，当自解。"斐乃喜曰："真'放伯裘'之义也。"即便放之。忽然有光赤如电，从户出。

明日，夜有击户者。斐曰："谁？"曰："伯裘也。"曰："来何为？"曰："白事。北界有贼也。"斐验之果然。每事先以语斐，无毫发之差，而咸曰圣府君。月余，主簿李音私通斐侍婢。既而惧为伯裘所白，遂与诸侯谋杀斐。伺旁无人，便使诸侯持杖入，欲格杀之。斐惶怖，即呼"伯裘来救我"。

习凿齿

晋朝时习凿齿是桓温的主簿,他跟着桓温出去打猎。当时正下着大雪,在临江城西,看见被雪覆盖的草丛上冒出气来。觉出其中有东西,就用箭射,那东西应弦而死。过去取出来一看,是一只老公狐狸,脚上带着一个绛红色丝绸香囊。出自《渚宫故事》。

陈 斐

酒泉郡,每位太守到任,不久就都死了。后来有一位渤海人陈斐被授为酒泉郡守,忧愁不乐。要启程的时候,他去占卜吉凶。卜者说:"远诸侯,放伯裘。能解此,则无忧。"陈斐不理解这话。卜者说:"你去了,自然就理解了。"陈斐到任以后,侍医有一个叫张侯的,直医有一个叫王侯的,士卒中有一个叫史侯的、一个叫董侯的。陈斐心里明白了:"这就是所说的诸侯。"于是他就和这些人保持距离。一天晚上他躺在床上,心里想着"放伯裘"的意思,不知说的是什么。半夜以后,有个东西来到陈斐被子上,他便用被子把它蒙上捉住了它,那东西跳起来发出訇訇巨大的响声。外面的人听到了,拿着灯火进来,要杀它。鬼才说道:"我其实没有恶意,只要府君能赦免我,我一定重重地报答您。"陈斐说:"你是什么东西?为什么忽然来冒犯太守?"鬼魅说:"我本来是一只千岁狐狸,现在名叫伯裘已经好多年了。如果府君有急难,喊我的名字,就能自然化解。"陈斐就高兴地说:"可真是'放伯裘'的意思!"于是就放了伯裘。忽然有一道红光像电一样,从门口飞出去了。

第二天,夜里有敲门的。陈斐问:"谁?"外边有人说:"是伯裘。"陈斐问:"来干什么?"伯裘说:"说一件事。北边有贼!"陈斐去查验一下,果然有贼。每次有事,伯裘都先来告诉陈斐,没有丝毫差错。人们都说陈斐是圣府君。一个多月以后,主簿李音和陈斐的婢女私通。后来他害怕伯裘告诉陈斐,于是他就和诸侯谋划杀死陈斐。等到陈斐旁边无人,他便让诸侯拿着棍棒进屋,想要打死陈斐。陈斐恐惧,就大喊"伯裘快来救我"。

即有物如曳一匹绛，剨然作声。音、侯伏地失魂，乃缚取考讯之，皆服。云："斐未到官，音已惧失权，与诸侯谋杀斐。会诸侯见斥，事不成。"斐即杀音等。伯裘乃谢斐曰："未及白音奸情，乃为府君所召。虽效微力，犹用惭惶。"后月余，与斐辞曰："今后当上天，不得复与府君相往来也。"遂去不见。出《搜神记》。

孙 岩

后魏有挽歌者孙岩，取妻三年，妻不脱衣而卧。岩私怪之，伺其睡，阴解其衣，有尾长三尺，似狐尾。岩惧而出之。甫临去，将刀截岩发而走。邻人逐之，变为一狐，追之不得。其后京邑被截发者一百三十人。初变为妇人，衣服净妆，行于道路。人见而悦之，近者被截发。当时妇人着彩衣者，人指为狐魅。出《洛阳伽蓝记》。

夏侯藻

夏侯藻母病困，将诣淳于智卜。有一狐当门，向之嗥叫。藻愕惧，遂驰诣智。智曰："祸甚急，君速归！在嗥处拊心啼哭，令家人惊怪，大小毕出。一人不惧，啼哭勿休。然其祸仅可救也。"藻如之，母亦扶病而出。家人既集，堂屋五间，拉然而崩。出《搜神记》。

立即有一个东西像扯起来的一匹红绸子，带着响声飞进来。李音、诸侯趴在地上，吓得丢了魂一样。陈斐就把他们绑起来审讯，他们都服罪，说："陈斐还没到任时，李音就已经害怕失去权力，和诸侯谋划杀陈斐。赶上诸侯排斥，事情没有办成。"陈斐就把他们杀了。伯裘就向陈斐谢罪说："我没来得及向府君报告李音的奸情，就被府君招来。虽然尽了一点力，还是惭愧不安。"一个多月以后，伯裘向陈斐告辞说："今后我应该上天了，不能再与府君彼此往来了。"于是就离开不见了。出自《搜神记》。

孙　岩

后魏时，有一个以唱挽歌为职业的人名叫孙岩，他娶妻三年，妻子一直不脱衣服睡觉。孙岩心里很奇怪。有一回他等妻子睡了，就偷偷解开她的衣服，见她有一个三尺长的尾巴，像狐狸尾巴。孙岩害怕就休弃了她。将要离开时，妻子拿起剪刀剪掉孙岩的头发就跑了。邻居去追她，她变成一只狐狸，追不上了。这以后京城里被剪去头发的有一百三十人。狐狸先变成一位妇人，衣服洁净，打扮俏丽，走在路上。人见了都很喜欢她，走近她的就被剪去头发。那时候凡是穿彩衣的妇人，人们都指为狐妖。出自《洛阳伽蓝记》。

夏侯藻

夏侯藻的母亲病得很厉害，他将要到淳于智那里去占卜。有一只狐狸在他家门口，向他嗥叫。侯藻非常惊惧，于是就飞驰到淳于智那儿去。淳于智说："灾祸来得非常急，你赶快返回去！在狐狸嗥叫的地方拍着胸口啼哭，让全家人感到吃惊奇怪，大人小孩都出来。有一个人不害怕，你的啼哭也不要停止。但是这个祸仅仅可以解救不可免除。"夏侯藻照他说的办了。他的母亲也带着病出来了。全家人都集中到外边来了。这时候，五间堂屋，轰然一声倒塌了。出自《搜神记》。

胡道洽

胡道洽,自云广陵人,好音乐医术之事。体有臊气,恒以名香自防。唯忌猛犬。自审死日,戒弟子曰:"气绝便殡,勿令狗见我尸也。"死于山阳,敛毕,觉棺空,即开看,不见尸体。时人咸谓狐也。出《异苑》。

北齐后主

北齐后主武平中,朔州府门,无故有小儿脚迹,及拥土为城雉之状。察之乃狐媚。是岁,南安王起兵于北朔。出《谈薮》。

宋大贤

隋南阳西郊有一亭,人不可止,止则有祸。邑人宋大贤以正道自处,尝宿亭楼,夜坐鼓琴。忽有鬼来登梯,与大贤语。眝目磋齿,形貌可恶。大贤鼓琴如故,鬼乃去,于市中取死人头来还,语大贤曰:"宁可少睡耶?"因以死人头投大贤前。大贤曰:"甚佳。吾暮卧无枕,正欲得此。"鬼复去,良久乃还。曰:"宁可共手搏耶?"大贤曰:"善。"语未竟,在前,大贤便逆捉其腰。鬼但急言死,大贤遂杀之。明日视之,乃是老狐也。自此亭舍更无妖怪。出《法苑珠林》。

长孙无忌

唐太宗以美人赐赵国公长孙无忌,有殊宠。忽遇狐媚,其狐自称王八,身长八尺余,恒在美人所。美人见无忌,

胡道洽

胡道洽,自称是广陵人,喜欢音乐医术一类的事情。他身上有臊味,经常用名香自我驱散这股味道。只忌怕厉害的狗。他自己知道自己的死期,告诫弟子们说:"我一咽气就出殡,不要让狗见到我的尸体。"他死在山阳,入殓之后,人们觉得棺木很轻,就打开看,已看不见他的尸体了。当时人都认为他是狐狸。出自《异苑》。

北齐后主

北齐后主武平年间,朔州府门外,无缘无故出现了小孩的脚印儿,以及堆土作城墙的样子。经观察是狐狸作怪。这一年,南安王在北朔发起兵变。出自《谈薮》。

宋大贤

隋朝南阳西郊有一所亭楼,人不能在里边停留,停留就会有祸事发生。本城人宋大贤坚持正义之道,曾经住在亭子里。夜间,他坐在那里弹琴,忽然有一个鬼从楼梯下面走上来,和宋大贤说话。那鬼咬牙瞪眼,样子很丑陋可怕。宋大贤弹琴如旧,鬼就离开了,到街上去找了一个死人头回来,对宋大贤说:"难道你能睡得着吗?"于是就把死人头扔到宋大贤眼前。宋大贤说:"很好。我夜里睡觉没有枕头,正想要弄个这玩意儿。"鬼又离开,好久才回来。说:"难道你敢和我搏斗吗?"宋大贤说:"好!"话没说完,鬼已来到他的面前,大贤便迎上去捉住鬼的腰。鬼只是焦急地说了个"死"字,宋大贤就把它杀死了。第二天一看,竟是一只老狐狸。从此这亭舍里再也没有妖怪了。出自《法苑珠林》。

长孙无忌

唐太宗把一个美人赐给赵国公长孙无忌,这美人受到赵国公特别的恩宠。但后来,她忽然被狐狸迷住了,那狐狸自称叫王八,身高八尺有余,经常呆在美人的住所里。美人见到长孙无忌,

辄持长刀斫刺。太宗闻其事，诏诸术士。前后数四，不能却。后术者言："相州崔参军能愈此疾。"始崔在州，恒谓其僚云："诏书见召，不日当至。"数日敕至，崔便上道。王八悲泣，谓美人曰："崔参军不久将至，为之奈何？"其发后止宿之处，辄具以白。及崔将达京师，狐便遁去。

既至，敕诣无忌家。时太宗亦幸其第。崔设案几，坐书一符。太宗与无忌俱在其后。顷之，宅内井灶门厕十二辰等数十辈，或长或短，状貌奇怪，悉至庭下。崔呵曰："诸君等为贵官家神，职任不小，何故令媚狐入宅？"神等前白云："是天狐，力不能制，非受赂也。"崔令捉狐去。少顷复来，各著刀箭，云："适已苦战被伤，终不可得。"言毕散去。

崔又书飞一符，天地忽尔昏暝，帝及无忌惧而入室。俄闻虚空有兵马声，须臾，见五人，各长数丈，来诣崔所，行列致敬。崔乃下阶，小屈膝。寻呼帝及无忌出拜庭中，诸神立视而已。崔云："相公家有媚狐，敢烦执事取之。"诸神敬诺，遂各散去。帝问何神，崔云："五岳神也。"又闻兵马声，乃缠一狐坠砌下。无忌不胜愤恚，遂以长剑斫之，狐初不惊。崔云："此已通神，击之无益，自取困耳。"乃判云："肆行奸私，神道所殛，量决五下。"狐便乞命。崔取东引桃枝决之，血流满地。无忌不以为快，但恨杖少。崔云：

就拿着长刀砍杀他。唐太宗听说这事以后，下诏请来许多术士。前后共好几次，也不能把狐狸赶走。后来术士们说："相州的崔参军能治好这病。"开始崔参军在州里，经常对同僚说："皇帝要下诏书召见我，没几天诏书就能到。"几天后敕令果然送到，崔参军便起程去京城。王八悲伤地哭泣，对美人说："崔参军不久就要到了，怎么办啊？"崔参军出发后的止宿之处，王八总是详细地告诉美人。等到崔参军要到达京城的时候，狐狸就逃跑了。

崔参军到达后，皇上下令让他到长孙无忌家里去。当时唐太宗也来到长孙无忌家中。崔参军摆放了几案，坐下写了一道符。唐太宗和长孙无忌都坐在他的后面。不一会儿，宅院内井、灶、门、厕及十二辰宿等几十个神，或高或矮，奇形怪状，都来到院子里。崔参军呵斥他们说："各位作为这一家的家神，责任不小，为什么让一只妖狐进到家里来？"神们上前说道："这是一只天狐，我们的能力制不住它，并没有受贿赂。"崔参军让他们去捉拿那妖狐。片刻他们又回来了，各自带着刀箭说："刚才已经苦战过，被狐狸打伤，始终不能捉到它。"说完他们便散去了。

崔参军又写了一道符，这道符飞上天去，天地忽然昏暗下来，唐太宗和长孙无忌吓得退到屋里去。不一会儿听到半空里有兵马的声音，一会儿，看见有五个人，各有几丈高，来到崔参军面前，站成一列行礼。崔参军就下到阶下，稍微屈一下膝盖致意。一会儿请皇帝和长孙无忌出来到院子里与诸神见面，诸神只是站在那里看着不施礼。崔参军说："相公家里有一只妖狐，烦请各位去把它捉来。"诸神答应一声，就各自散去了。皇帝问是什么神，崔参军说："是五岳神。"又听到兵马声，就有一只被绑的狐狸坠落台阶。长孙无忌控制不住愤怒，就用长剑去砍，那狐狸一开始并不害怕。崔参军说："这狐狸已经通神，打它没有好处，自讨麻烦罢了。"于是他宣判道："你任意作奸淫之事，按神道是应该处死的，现在酌情裁决，打你五下。"狐狸便乞求饶命。崔参军便取来东边桃都山上的桃枝打它五下，狐狸血流满地。长孙无忌觉得不够痛快解气，只是遗憾打得太少。崔参军说：

"五下是人间五百，殊非小刑。为天曹役使此辈，杀之不可。"使敕自尔不得复至相公家，狐乃飞去，美人疾遂愈。出《广异记》。

狐 神

唐初已来，百姓多事狐神。房中祭祀以乞恩，食饮与人同之。事者非一主。当时有谚曰："无狐魅，不成村。"出《朝野金载》。

张 简

唐国子监助教张简，河南缑氏人也。曾为乡学讲《文选》，有野狐假简形，讲一纸书而去。须臾简至，弟子怪问之。简异曰："前来者必野狐也。"讲罢归舍，见妹坐络丝，谓简曰："适煮菜冷，兄来何迟？"简坐，久待不至，乃责其妹。妹曰："元不见兄来，此必是野狐也。更见即杀之！"明日又来。见妹坐络丝，谓简曰："鬼魅适向舍后。"简遂持棒。见真妹从厕上出来，遂击之。妹号叫曰："是儿。"简不信，因击杀之。问络丝者，化为野狐而走。出《朝野金载》。

僧服礼

唐永徽中，太原有人自称弥勒佛。礼谒之者，见其形底于天，久之渐小，才五六尺，身如红莲花在叶中。谓人曰："汝等知佛有三身乎？其大者为正身。"礼敬倾邑。僧服礼者，博于内学，叹曰："正法之后，始入像法。像法之外，尚有末法。末法之法，至于无法。像法处乎其间者，

"五下是人间的五百下，绝对不是小刑罚。因为天府要用它作仆役，杀了它是不行的。"他命令狐狸从此以后不准再到长孙无忌家来，狐狸便飞走了，美人的病便好了。出自《广异记》。

狐 神

唐朝初年以来，百姓大多都信奉狐神。在屋里祭祀狐狸以求狐狸施恩，狐狸吃的喝的和人一样。各家供奉的不是同一个狐神。当时有这样的谚语："无狐魅，不成村。"出自《朝野佥载》。

张 简

唐朝国子监助教张简，是河南缑氏县人。他曾经在乡学讲《文选》，有一只野狐狸变化成张简的样子，讲了一页书之后离开了。不一会儿张简来了，弟子们奇怪他刚走又回来了，问他是怎么回事。张简惊异地说："前面来的那个一定是野狐狸。"讲完课回到家里，见妹妹坐在那里缠丝，对张简说："刚才做的菜都凉了，哥哥为什么回来晚了？"张简坐在那里，等了半天也没等到妹妹端上饭菜来，就责备妹妹。妹妹说："我根本没看见哥哥回来了，这一定是野狐狸装的。哥哥再见了就杀了它！"第二天，张简又回来了，见妹妹坐在那里缠丝，对张简说："妖怪刚才到房后去了。"张简就拿了棒子，见他真妹妹从厕所里出来，张简举棒就打她。妹妹号叫说："是我。"张简不相信，就把她打死了。回去问那个缠丝的妹妹，缠丝的妹妹变成一只野狐狸跑了。出自《朝野佥载》。

僧服礼

唐朝永徽年间，太原有一个人自称是弥勒佛。礼拜他的人，看见他的身形高入云天，过了一段时间就慢慢变小了，才五六尺高，身体就像红莲花开在莲叶当中。他对人们说："你们知道佛有三身吗？其中最大的是正身。"全城的人都礼敬他。有个叫服礼的僧人，精通佛学，叹道："释迦牟尼正法之后，才进入像法。像法之外，还有末法。末法的'法'，到了'无法'的程度。像法处于正法和末法之间，

尚数千年矣！释迦教尽，然后大劫始坏。劫坏之后，弥勒方去兜率，下阎浮提。今释迦之教未亏，不知弥勒何遽下降？"因是虔诚作礼，如对弥勒之状。忽见足下是老狐，幡花旌盖，悉是冢墓之间纸钱尔。礼抚掌曰："弥勒如此耶？"具言如状，遂下走，追之不及。出《广异记》。

上官翼

唐麟德时，上官翼为绛州司马。有子年二十许，尝晓日独立门外。有女子，年可十三四，姿容绝代，行过门前。此子悦之，便尔戏调，即求欢狎。因问其所止，将欲过之。女云："我门户虽难，郎州佐之子，两俱形迹，不愿人知。但能有心，得方便，自来相就。"此子邀之，期朝夕。女初固辞，此子将欲便留之，然渐见许。昏后徙倚俟之，如期果至。自是每夜常来。经数日，而旧使老婢于牖中窥之，乃知是魅。以告翼，百方禁断，终不能制。魅来转数，昼夜不去。儿每将食，魅必夺之杯碗，此魅已饱，儿不得食。翼常手自作啖，剖以贻儿。至手，魅已取去。翼颇有智数，因此密捣毒药。时秋晚，油麻新熟。翼令熬两叠，以一置毒药，先取好者作啖，遍与妻子，末乃与儿一啖，魅便接去。次以和药者作啖，与儿，魅亦将去。连与数啖，忽变作老狐，宛转而仆。擒获之，登令烧毁讫，合家欢庆。此日昏后，

还有几千年的时间。释迦牟尼的佛教经义到头了，然后大劫才毁坏。大劫毁坏之后，弥勒佛才离开兜率天，到阎浮提去。现在释迦牟尼的教并没有亏缺，不知弥勒佛为什么这么快下来了？"因此他就虔诚地行礼，就像对弥勒佛行礼那样。忽然看到脚下是一只老狐狸，幡花旒盖等等，都是坟墓之间的纸钱。服礼拍着手说："弥勒佛就是这个样子吗？"他详细地说了眼见之物，狐狸就往下跑去，追它没追上。出自《广异记》。

上官翼

唐朝麟德年间，上官翼任绛州司马。他有一个二十来岁的儿子，这个儿子曾经一天早晨独自站在门外。有一个女子，年龄大概十三四岁，姿色绝美，路过门前。他儿子很喜欢这女子，便和她调戏，以求寻欢作乐。他儿子便问女子家住哪里，想要到她家去一趟。女子说："我家虽然很艰难，你是州官的儿子，两方面都有形迹，我不想让人知道。只要你能有真心，方便的时候，我自然会来找你。"上官翼的儿子邀请她来，从早到晚地盼望。女子一开始的时候坚决推辞，上官翼的儿子想要把她留下，后来渐渐地她就答应了。黄昏后，他徘徊流连等她，到了约定时间她果然来了。从此，她常常在夜间前来。过了几天，被一位老婢女从窗口看见了，便知道是妖魅。老婢女把这事告诉了上官翼，上官翼千方百计地禁止，始终不能制止。而且那妖魅来得更频繁了，白天黑夜不离开。儿子每当要吃东西的时候，妖魅一定夺去他的碗筷杯子。妖魅已经吃饱了，而儿子还没吃。上官翼曾经亲自做吃的，分给儿子吃，刚送到，妖魅已经拿去。上官翼很有智慧，因此偷偷地捣了一些毒药。当时是晚秋，油麻刚成熟。上官翼就让人熬了两叠油麻，把其中的一叠放了毒药。先拿那叠好的吃，给妻子儿女全都吃过之后，最后才给儿子吃去，妖魅便先接了去。这时候便把加毒药的拿过来，递给儿子，妖魅也接了去。一连给了几次，妖魅都吃了，忽然变成一只老狐狸，跌跌撞撞地倒了下去。上官翼让人把它捉住，立刻把它烧毁，全家欢庆。这天黄昏之后，

闻远处有数人哭声，斯须渐近，遂入堂后，并皆称冤，号擗甚哀。中有一叟，哭声每云："若痛老狐，何乃为喉咙枉杀腔幢？"数十日间，朝夕来家，往往见有衣缞经者，翼深忧之。后来渐稀，经久方绝，亦无害也。出《广异记》。

大安和尚

唐则天在位，有女人自称圣菩萨。人心所在，女必知之。太后召入宫，前后所言皆验，宫中敬事之。数月，谓为真菩萨。其后大安和尚入宫，太后问："见女菩萨未？"安曰："菩萨何在？愿一见之。"敕令与之相见。和尚风神邈然，久之，大安曰："汝善观心，试观我心安在？"答曰："师心在塔头相轮边铃中。"寻复问之，曰："在兜率天弥勒宫中听法。"第三问之，"在非非想天。"皆如其言。太后忻悦。大安因且置心于四果阿罗汉地，则不能知。大安呵曰："我心始置阿罗汉之地，汝已不知。若置于菩萨诸佛之地，何由可料！"女词屈，变作牝狐，下阶而走，不知所适。出《广异记》。

听到远处有几个人的哭声,片刻之间渐渐靠近,于是他们就进到堂屋,一齐喊冤,捶着胸口号哭,很是悲哀。其中有一个老头,哭着连连说:"你痛恨老狐狸,为什么竟然为了口欲而枉杀了身子呢?"几十天当中,这些狐妖一早一晚都到上官翼家里来,常常看到有穿丧服的,上官翼非常忧虑。后来渐渐来得少了,时间久了才不再来了,也没有别的危害。出自《广异记》。

大安和尚

唐朝武则天在位的时候,有一个女人自称是圣菩萨。人的意念在什么地方,她一定知道。太后把她召入宫中,她前后说的都很准,宫中对她很敬重。几个月之后,称她为真菩萨。后来大安和尚入宫,太后问:"见过女菩萨没有?"大安说:"菩萨在哪里?请让我见一见她。"武则天就让他们相见。大安和尚表现出茫然的神情,许久,大安和尚说:"你善于观察人的意念,请看看我的意念在哪儿。"女人回答说:"大师的意念在塔顶相轮边铃之中。"不一会儿又问,她说:"在兜率天弥勒佛宫中听法。"第三次问她,她说:"在非非想天。"都像她说的那样。太后很高兴。大安于是暂且把意念放在四果阿罗汉地,她便不知道了。大安呵斥道:"我的意念才放在阿罗汉地,你已经不知道了,如果放到菩萨诸佛之地,你怎么可能知道?"女人理屈词穷,变成一只母狐狸,走下台阶跑了,不知道跑到什么地方去了。出自《广异记》。

卷第四百四十八

狐二

李项生　　王义方　　何让之　　沈东美　　杨伯成
叶法善　　刘　甲　　李参军

李项生

唐垂拱初，谯国公李崇义男项生染病，其妻及女于侧侍疾。忽有一狐，从项生被中走出。俄失其所在。数日，项生亡。出《五行记》。

王义方

唐前御史王义方黜莱州司户参军，去官归魏州，以讲授为业。时乡人郭无为颇有术，教义方使野狐。义方虽能呼得之，不伏使，却被群狐竞来恼，每掷瓦甓以击义方。或正诵读，即裂碎其书。闻空中有声云："有何神术，而欲使我乎？"义方竟不能禁止。无何而卒。出《朝野佥载》。

何让之

唐神龙中，庐江何让之赴洛。遇上巳日，将陟老君庙，瞰洛中游春冠盖。庙之东北二百余步，有大丘三四，时亦号

李项生

唐朝垂拱初年,谯国公李崇义的儿子李项生生病,他的妻子和女儿在身边侍候。忽然有一只狐狸,从李项生的被窝里跑出来,顷刻间就不见了。几天之后,李项生死了。出自《五行记》。

王义方

唐朝前御史王义方被贬到莱州任司户参军,后来离开官位回到魏州,以讲授学业为职业。当时有个叫郭无为的乡里人很有道术,他教王义方使唤野狐狸。王义方虽然能把狐狸呼唤出来,但是狐狸不听使唤,还遭到群狐的强烈反抗,常常扔瓦片袭击义方。有时候他正在诵读,就扯碎他的书。听到空中有声音说:"你有什么神术,就想要使唤我呢?"王义方最终没能禁止它们。不久他就死了。出自《朝野佥载》。

何让之

唐朝神龙年间,庐江的何让之到洛阳去。赶上三月三上巳节,就去登老君庙,俯视洛阳城中人们游春冠盖相望车乘连连的景象。庙的东北二百多步的地方,有三四个大山丘,当时也叫做

后汉诸陵。故张孟阳《七哀》诗云:“恭文遥相望,原陵郁朊朊。”原陵即光武陵。一陵上独有枯柏三四枝,其下盘石,可容数十人坐。见一翁,姿貌有异常辈。眉鬓皓然,著赍幪巾襦裤,帻乌纱,抱膝南望,吟曰:“野田荆棘春,闺阁绮罗新。出没头上日,生死眼前人。欲知我家在何处,北邙松柏正为邻。”俄有一贵戚,金翠车舆。如花之婢数十,连袂笑乐而出徽安门,抵榆林店。又睇中桥之南北,垂杨拂于天津,繁花明于上苑。紫禁绮陌,轧乱香尘。让之方叹栖迟,独行踽踽,已讶前吟翁非人,翁忽又吟曰:“洛阳女儿多,无奈孤翁老去何。”让之遽欲前执,翁倏然跃于丘中,让之从焉。

初入丘,曛黑不辨,其逐翁已复本形矣。遂见一狐跳出,尾有火焰如流星。让之却出玄堂之外,门东有一筵已空。让之见一几案,上有朱盏笔砚之类,有一帖文书,纸尽惨灰色,文字则不可晓解。略记可辨者,其一云:“正色鸿焘,神思化代。穹施后承,光负玄设。呕沦吐萌,垠倪散截。迷肠郗曲,䨯音朦。零音乙林反。䨴曀。入声。雀毁龟冰,健驰御屈。拿尾研动,袾袾晤晤。㫚用秘功,以岭以穴。栀薪伐药,莽野万茁。呕律则祥,佛伦惟萨。牡虚无有,颐咽蕊屑。肇素未来,晦明兴灭。”其二辞曰:“五行七曜,成此闰余。上帝降灵,岁旦涒徐。蛇蜕其皮,吾亦神摅。九九六六,束身天除。何以充喉?吐纳太虚。何以蔽踝?霞袂云袽。哀尔浮生,栉比荒墟。吾复丽气,还形之初。在帝左右,道济忽诸。”题云:“应天狐超异科策八道。”后文甚繁,难以详载。

让之获此书帖,喜而怀之,遂跃出丘穴。后数日,水北同德寺僧志静来访让之。说云:“前者所获丘中文书,

后汉诸陵。所以张孟阳《七哀》诗说："恭文遥相望，原陵郁肵肵。"原陵就是光武陵。有一座陵墓上单单长着三四棵枯柏，那下边是盘石，可容下几十人坐在那里。看见一位老翁，他的神态相貌与一般老翁不大一样。眉毛鬓发都白了，穿的是当时最时髦的布料做成的衣裤，头顶乌纱，抱着膝向南远望，吟诵道："野田荆棘春，闺阁绮罗新。出没头上日，生死眼前人。欲知我家在何处，北邙松柏正为邻。"又望见一位贵戚，他乘着金翠车驾，前后有几十个如花似玉的婢女，她们手拉手说笑着从徽安门走出来，抵达榆林店。又远眺中桥南北，垂杨在天边飘拂，繁花在上苑开放。紫禁宫中街道繁华，车辆往来，飞尘飘香。何让之正在感叹流连，踽踽独行，已经惊讶前面吟诗的老头不是人。老翁忽然又吟道："洛阳女儿多，无奈孤翁老去何。"何让之急忙上前想要捉住他，老翁突然跳进坟丘里，何让之也跟了进去。

刚进入坟丘，昏暗看不清东西，何让之追赶的那个老翁已经恢复了原形。就见一只狐狸跳出来，尾巴上有像流星一样的火焰。何让之退到玄堂外边来，门东原有的一张布席已经空了。何让之看到席上有一张几案，上面有红色小杯、笔墨之类的东西，还有一帖文书，文书的纸都是惨灰色的，上边的文字已经不能辨认。可辨的大概记在下面，其一是："正色鸿泰，神思化代。穷施后承，光负玄设。呕沦吐萌，垠倪散截。迷肠郁曲，霏音朦。零音乙林反。霾曀。入声。崔毁龟冰，健驰御屈。拏尾研动，袾袾喈喈。潖用秘功，以岭以穴。栀薪伐药，莽野万茁。呕律则祥，佛伦惟萨。牡虚无有，颐咽蕊屑。肇素未来，晦明兴灭。"其二是："五行七曜，成此闰余。上帝降灵，岁旦涄徐。蛇蜕其皮，吾亦神摅。九九六六，束身天除。何以充喉？吐纳太虚。何以蔽踝？霞袂云袽。哀尔浮生，栉比荒墟。吾复丽气，还形之初。在帝左右，道济忽诸。"题目是："应天狐超异科策八道。"后边的文字很繁杂，难以详细记载。

何让之得了这书帖，高兴地把它揣起来，就跳出丘穴。几天后，河北同德寺和尚志静来见何让之。说："之前所获坟中文书，

非郎君所用，留之不祥。其人近捷上界之科，可以祸福中国。郎君必能却归此，他亦酬谢不薄。其人谓志静曰：'吾已备三百缣，欲赎购此书。'如何？"让之许诺。志静明日，挈三百缣送让之。让之领讫，遂绐志静，言其书以为往还所借，更一两日当征之，便可归本。让之复为朋友所说，云："此僧亦是妖魅，奈何欲还之？所纳绢，但讳之可也。"后志静来，让之悉讳，云："殊无此事，兼不曾有此文书。"志静无言而退。

经月余，让之先有弟在东吴，别已逾年。一旦，其弟至焉。与让之话家私中外，甚有道。长夜则兄弟联床。经五六日，忽问让之："某闻此地多狐作怪，诚有之乎？"让之遂话其事，而夸云："吾一月前，曾获野狐之书文一帖，今见存焉。"其弟固不信："宁有是事？"让之至迟旦，揭箧，取此文书帖示弟。弟捧而惊叹，即掷于让之前，化为一狐矣。俄见一美少年，若新官之状，跨白马，南驰疾去。适有西域胡僧贺云："善哉，常在天帝左右矣！"少年叹让之相绐，让之嗟异。未几，遂有敕捕，内库被人盗贡绢三百匹，寻踪及此。俄有吏掩至，直挈让之囊检焉。果获其缣，已费数十匹。执让之赴法。让之不能雪，卒毙枯木。出《乾𦠆子》。

沈东美

唐沈东美为员外郎。太子詹事佺期之子。家有青衣，死

不是你能用的，留下对你是不祥的。那个人近来与天界来往密切，可以左右中国的祸福。你要是一定能把文书退还给他，他给你的酬谢也不会少的。那个人对我说：'我已经准备了三百匹绢，想要赎买回这帖书。'你觉得怎么样？"何让之同意了。第二天，志静拿来三百匹绢送给何让之。何让之收下之后，就欺骗志静，说那文书已被别人借去了，再过一两天把它要回来，就可以归还本人。何让之又把这事对朋友讲了，朋友说："这个志静和尚也是妖物，为什么要还给他？你接收的那些绢，只要不承认就行了。"后来志静来取文书，何让之全都矢口否认，说："根本没有送绢这回事，我也不曾有什么文书。"志静也没说什么便走了。

过了一个多月，何让之有弟弟原来在东吴，兄弟分别已经一年多了。有一天，他的弟弟来了。弟弟和让之说家中里里外外的事，说得很有道理。夜间，兄弟俩床挨床睡在一起。过了五六天，弟弟忽然问何让之："我听说这地方有很多狐狸作怪的事，真有这样的事吗？"何让之就讲了那件事，自夸说："我在一个月前，曾得到野狐狸的一帖文书，现在就存在我这儿。"他弟弟坚决不信，说："难道有这样的事？"何让之等到天要亮的时候，打开箱子，把这个文书拿出来给弟弟看。弟弟捧着文书惊叹，立即就扔到何让之面前，变成一只狐狸了。不一会儿看见一位俊美的少年，像新官的样子，骑着一匹白马，向南飞快地奔去。恰好有一个西域胡僧祝贺说："好啊，常在天帝左右啦！"那少年慨叹何让之欺骗他，何让之嗟叹惊异。不久，就有朝廷的捕快来到，内库里被人偷走三百匹绢，捕快们是寻踪追到此地的。顷刻就有官吏突然到来，直接拿何让之的口袋来检查。果然查到了那些绢，绢已经用去几十匹。捕快们捉拿何让之赴法。何让之说不明白，终于受酷刑。出自《乾𦠆子》。

沈东美

唐朝沈东美是员外郎，太子詹事沈佺期之子。家有一个婢女，死了

且数岁。忽还家曰:"吾死为神,今忆主母,故来相见。但吾饿,请一餐可乎?"因命之坐,仍为具食。青衣醉饱而去。及暮,僮发草积下,得一狐大醉。须臾,狐乃吐其食,尽婢之食也,乃杀之。出《纪闻》。

杨伯成

杨伯成,唐开元初,为京兆少尹。一日有人诣门,通云:"吴南鹤。"伯成见,年三十余,身长七尺,容貌甚盛。引之升座,南鹤文辨无双,伯成接对不暇。久之,请屏左右,欲有密语。乃云:"闻君小娘子令淑,愿事门下。"伯成甚愕,谓南鹤曰:"女因媒而嫁。且邂逅相识,君何得便尔?"南鹤大怒,呼伯成为老奴:"我索汝女,何敢有逆?"慢辞甚众,伯成不知所以。南鹤径脱衣入内,直至女所,坐纸隔子中。久之,与女两随而出。女言:"今嫁吴家,何因嗔责?"伯成知是狐魅,令家人十余辈击之,反被料理,多遇泥涂两耳者。伯成以此请假二十余日。敕问:"何以不见杨伯成?"皆言其家为狐恼。诏令学叶道士术者十余辈至其家,悉被泥耳及缚,无能屈伏。伯成以为愧耻。及赐告,举家还庄。于庄上立吴郎院,家人窃骂,皆为料理。以此无敢言者。

伯成暇日无事,自于田中,看人刈麦,休息于树下。忽有道士,形甚瘦悴,来伯成所求浆水。伯成因尔设食。食毕,

已经几年了。忽然有一天回到家里来说："我死了之后变成神，现在想念女主人，所以就回来看她。但是我很饿，给我点东西吃可以吗？"于是就让她坐下，还给她准备了饭。婢女吃饱喝足就走了。到了傍晚，家僮从一个草堆下面，捉到一条喝得烂醉的狐狸。不一会儿，那狐狸就吐出了食物，全是那婢女吃过的食物，于是就把狐狸杀了。出自《纪闻》。

杨伯成

杨伯成，在唐朝开元初年，是京兆少尹。一天，有一个人来到门前，通报说："吴南鹤。"杨伯成接见了他，这个人三十多岁，身高七尺，容貌很美。引领他入座之后，吴南鹤文辞巧辩天下无双，杨伯成应对不暇。过了很久，吴南鹤请屏退左右，想要有什么秘密的话要说。他就说："听说你家女儿美貌贤惠，愿意侍奉在您的门下。"杨伯成十分惊愕，对吴南鹤说："女孩子靠媒人才能出嫁。况且我们是偶然相识，你怎么就能这样随便呢？"吴南鹤大怒，叫杨伯成是"老奴"，说："我要你女儿，你还敢不顺从？"他说了很多傲慢的话，杨伯成不知道怎么回事。吴南鹤直接脱去衣服走进内室，径直走到女孩的住处，坐入纸隔子中。过了很久，他和女孩两人相随走出来。女孩说："现在我已经嫁给吴家了。为什么要生气责怪呢？"杨伯成知道是狐魅作祟，就让十几个家人一齐去打吴南鹤，没想到反被人家收拾了，多次被对手在两耳上涂泥。杨伯成因此请假二十多天。皇上问："为什么没见到杨伯成？"大伙都说他家正为狐狸烦恼。皇上诏令学习道术的道士、术师十几个人去到杨伯成家，全被两耳涂泥并上了绑，无奈只好屈服。杨伯成认为这件事很是羞愧耻辱。皇上又准予他请了假，全家回到家乡的田庄去。在庄上建了吴郎院。家人偷偷地骂吴南鹤，都被收拾了。因此没有敢再说的人了。

杨伯成闲暇之余没事做，就自己来到田间，看人家割麦子，在树下休息。忽然来了一位道士，状貌瘦削憔悴，来到杨伯成所在之处要浆水喝。杨伯成于是便给他准备了饭食。吃完饭，

道士问："君何故忧愁?"伯成惧南鹤,附耳说其事。道士笑曰："身是天仙,正奉帝命,追捉此等四五辈。"因求纸笔。杨伯成使小奴取之,然犹惧其知觉,戒令无喧。纸笔至,道士书作三字,状如古篆。令小奴持至南鹤所放前云："尊师唤汝。"奴持书入房,见南鹤方与家婢相谑。奴以书授之,南鹤见书,匍匐而行,至树下。道士呵曰："老野狐敢作人形!"遂变为狐,异常病疥。道士云："天曹驱使此辈,不可杀之。然以君故,不可徒尔。"以小杖决之一百,流血被地。伯成以珍宝赠馈,道士不受。驱狐前行,自后随之。行百余步,至柳林边,冉冉升天,久之遂灭。伯成喜甚,至于举家称庆。其女睡食顷方起,惊云："本在城中隔子里,何得至此?"众人方知为狐所魅,精神如睡中。出《广异记》。

叶法善

　　道士叶法善,括苍人。有道术,能符禁鬼神。唐中宗甚重之。开元初,供奉在内,位至金紫光禄大夫、鸿胪卿。时有名族得江外一宰,将乘舟赴任。于东门外,亲朋盛筵以待之。宰令妻子与亲故车,先往胥溪水滨。日暮,宰至舟旁,馔已陈设,而妻子不至。宰复至宅寻之,云去矣。宰惊,不知所以。复出城问行人,人曰："适食时,见一婆罗门僧执幡花前导,有数乘车随之。比出城门,车内妇人皆下从婆罗门,齐声称佛,因而北去矣。"宰遂寻车迹,至北邙虚墓门。

道士问："你因为什么发愁？"杨伯成怕吴南鹤听见，趴在道士耳边小声说了这件事。道士笑着说："我是天上的神仙，正奉天帝的命令，追捕四五个这样的妖孽。"便寻找纸笔。杨伯成让小奴去取，但仍然害怕吴南鹤知道，告诫他不要声张。小奴把纸笔拿来，道士写了三个字，样子像古篆。道士让小奴拿着这三个字放到吴南鹤面前，说："尊师叫你。"小奴拿着三个字进屋，见吴南鹤正与婢女戏笑。小奴把三个字交给他，吴南鹤见到字，吓得趴在地上跪着往前走，来到树下。道士呵斥道："老野狐敢变成人形？"吴南鹤于是就变成狐狸，还长了异常的病疥。道士说："天府要驱使这些东西，不能杀它。但是由于它侮辱了您，不能饶了它。"就用小木杖打它一百下，流血满地。杨伯成以珍宝送给道士，道士不接受。道士赶着狐狸在前边走，自己跟在它后边。走了一百多步，来到柳林上边，就慢慢地升上天去，过了很久就不见了。杨伯成非常高兴，以至于全家庆贺。他的女儿睡了一顿饭的时间才醒来，吃惊地说："我本来在城里的隔子里，怎么到这里来了？"众人这才知道她被狐狸迷惑，精神就像在沉睡之中。

出自《广异记》。

叶法善

道士叶法善，是括苍人。他有道术，能用符咒禁止鬼神。唐中宗特别器重他。开元初年，他在宫中任职，官位做到金紫光禄大夫、鸿胪卿。当时有一个出身名族的人被授予江南某地的邑宰，将要坐船去赴任。在东门之外，他的亲戚朋友们设盛宴为他送行。邑宰让妻子儿女及亲故的车子，先到胥溪水边等他。傍晚，邑宰来到船边，饭食已经准备好，而妻子还没到。邑宰又回到住宅去寻找，有人说妻子等人已经走了。邑宰大吃一惊，不知道怎么回事。他又出城问路上的行人，行人说："刚才吃饭的时候，看见一个婆罗门僧人拿着旗幡和花在前边引导，有几辆车跟着他。等走出城门，车里的妇人都下来跟着婆罗门僧人，齐声念佛，一直向北去了。"邑宰就寻着车子的踪迹，来到北邙虚墓门。

有大冢,见其车马皆憩其旁。其妻与亲表妇二十余人,皆从一僧,合掌绕冢,口称佛名。宰呼之,皆有怒色。宰前擒之,妇人遂骂曰:"吾正逐圣者,今在天堂。汝何小人,敢此抑遏?"至于奴仆,与言皆不应,亦相与绕冢而行。宰因执胡僧,遂失。于是缚其妻及诸妇人,皆喧叫。至第,竟夕号呼,不可与言。

宰迟明问于叶师。师曰:"此天狐也。能与天通,斥之则已,杀之不可。然此狐斋时必至,请与俱来。"宰曰:"诺。"叶师仍与之符,令置所居门。既置符,妻及诸人皆寤。谓宰曰:"吾昨见佛来,领诸圣众,将我等至天堂,其中乐不可言。佛执花前后,吾等方随后作法事,忽见汝至,吾故骂,不知乃是魅惑也。"斋时,婆罗门果至,叩门乞食。妻及诸妇人闻僧声,争走出门,喧言佛又来矣。宰禁之不可,乃执胡僧,鞭之见血,面缚,舁之往叶师所。道遇洛阳令,僧大叫称冤。洛阳令反咎宰,宰具言其故,仍请与俱见叶师。洛阳令不信宰言,强与之去。渐至圣真观,僧神色惨沮不言。及门,即请命。及入院,叶师命解其缚,犹胡僧也。师曰:"速复汝形!"魅即哀请。师曰:"不可。"魅乃弃袈裟于地,即老狐也。师命鞭之百,还其袈裟,复为婆罗门,约令去千里之外。胡僧顶礼而去,出门遂亡。出《纪闻》。

这地方有一个大坟墓,他看见车马都停在坟墓旁边。他妻子和其他二十多个亲表妇人,都跟着一个僧人,合掌围绕着坟墓,口里念着佛的名字。邑宰喊她们,她们都有怒色。邑宰上前捉住妻子,妻子就骂道:"我正追赶圣人,现在在天堂。你是什么小人,敢这样阻拦?"至于那些奴仆,和他们说话都不回应,也一块绕着坟墓而行。邑宰便去捉那胡僧,僧人就忽然不见了。于是邑宰把妻子和各位妇人绑了回来,她们都大吼大叫。回到家里,她们整晚哭叫,不能和她们讲话。

天将亮的时候,邑宰去问大师叶法善。叶法善说:"这是一只天狐,能与天相通,斥责它就行了,杀它是不行的。但是这狐狸吃饭的时候一定来,请你和它一起来。"邑宰说:"好。"叶法善还给邑宰写了符,让他贴到所住的门上。把符贴上之后,妻子和各位妇人都醒了。妻子对邑宰说:"我昨天看见佛来,领着许多圣人,把我们领到天堂,那里的乐趣简直没法说。佛拿着花前后作法,我们正跟在他后面作法事,忽然看见你到了,我因此就骂你,不知竟是被妖魅迷住了。"吃饭的时候,那婆罗门僧人果然来了,敲门要饭吃。妻子和各位妇人听到僧人的声音,争抢着跑出门去,大声叫道佛又来了。邑宰拦也拦不住,于是他就把胡僧捉起来,用鞭子把胡僧打得见了血。当面把僧人绑起来,抬着前往叶法善的住处。路上遇到了洛阳令,胡僧大声喊冤。洛阳令反过来责怪邑宰。邑宰详细陈说事情的前因后果,还请洛阳令一起去见叶法善。洛阳令不相信邑宰的话,勉强跟他去了。渐渐走到圣真观,胡僧神色悲惨沮丧,不说话。到了门前,胡僧就请求保全自己的性命。等到进了院子,叶法善让人解去胡僧身上的绳子,还是胡僧的样子。叶法善说:"赶快恢复你的原形!"胡僧就哀求饶他。叶法善说:"不行!"胡僧便把袈裟扔到地上,变成了一只老狐狸。叶法善让人打了狐狸一百鞭子,又把袈裟还给狐狸,狐狸便又化作婆罗门胡僧。叶法善和胡僧约好让他到千里之外的地方去。胡僧千恩万谢地行大礼离开,出门就不见了。出自《纪闻》。

刘　甲

唐开元中，彭城刘甲者为河北一县。将之官，途经山店，夜宿。人见甲妇美，白云："此有灵祇，好偷美妇。前后至者，多为所取。宜慎防之。"甲与家人相励不寐，围绕其妇，仍以面粉涂妇身首。至五更后，甲喜曰："鬼神所为，在夜中耳。今天将曙，其如我何？"因乃假寐。顷之间，失妇所在。甲以资帛顾村人，悉持棒，寻面而行。初从窗孔中出，渐过墙东，有一古坟，坟上有大桑树，下小孔，面入其中。因发掘之，丈余，遇大树坟如连屋，有老狐，坐据玉案。前两行有美女十余辈，持声乐，皆前后所偷人家女子也。旁有小狐数百头，悉杀之。出《广异记》。

李参军

唐兖州李参军拜职赴上，途次新郑逆旅，遇老人读《汉书》。李因与交言，便及姻事。老人问："先婚何家？"李辞未婚。老人曰："君名家子，当选婚好。今闻陶贞益为彼州都督，若逼以女妻君，君何以辞之？陶李为婚，深骇物听。仆虽庸劣，窃为足下羞之。今去此数里，有萧公是吏部璿之族，门地亦高。见有数女，容色殊丽。"李闻而悦之，因求老人绍介于萧氏。其人便许之。去久之方还，言萧公甚欢，敬以待客。李与仆御偕行。

刘　甲

唐朝开元年间，彭城人刘甲被授为河北一个县的县令。将要去上任，路上经过一个山村小店，晚上就在那里住宿。有一个人见刘甲的妻子很美，就对刘甲说："这里有一种鬼神，喜欢偷漂亮妇人。先后来到这里的，大多都被偷去了。你应该小心提防。"刘甲和家人们互相勉励都不睡觉，围绕在妻子的前后，还用白面粉把妻子的身体和头涂抹了一遍。到了五更之后，刘甲高兴地说："鬼神干什么事，都是在夜间进行。现在天要亮了，它能把我怎么样呢？"于是他就眯了一小觉。顷刻之间，他的妻子就不知去哪里了。刘甲用财物雇村里人，让他们全都拿着大棒，寻着白面的踪迹往前走。一开始是从窗子洞里出来的，渐渐过了东墙，那里有一个古坟，坟上有一棵大桑树，树下有一个小孔，白面就进到这个小孔里。于是就挖掘它，挖到一丈多深，遇到一个大树坎，像连着的房屋，有一只老狐狸，坐在玉案后，前边有十几个美女站作两行，都拿着乐器在吹奏，都是先后偷来的人世间的女子。旁边还有几百只小狐狸。刘甲把它们全杀了。

出自《广异记》。

李参军

唐朝兖州李参军授职以后赶去上任，路上住在新郑的一家客栈里，遇上一位老人正在读《汉书》。李参军便和老人交谈起来，说到了婚姻方面的事。老人问："你和谁家的女儿订了亲？"他推辞说还没有结婚。老人说："你是名家子弟，应该选好这门亲事。现在听说陶贞益是那个州的都督，如果他硬要把女儿嫁给你，你怎么推辞呢？姓陶的和姓李的成婚，多么骇人听闻！我虽然平庸无能，也为你感到羞耻。现在离这几里的地方，有个萧公是吏部萧璿的本家，门第也很高。我看到他家有几个女儿，都长得特别美丽。"李参军听了很高兴，便求老人介绍给萧氏。老人便答应了。去了许久才返回来，说萧公很喜欢，要恭敬地招待他。李参军便和仆从们一起跟着老人前行。

既至萧氏，门馆清肃，甲第显焕。高槐修竹，蔓延连亘，绝世之胜境。初，二黄门持金倚床延坐。少时，萧出，著紫蜀衫，策鸠杖，两袍裤扶侧，雪髯神鉴，举动可观。李望敬之，再三陈谢。萧云："老叟悬车之所，久绝人事。何期君子，迂道见过。"延李入厅。服玩隐映，当世罕遇。寻荐珍膳，海陆交错，多有未名之物。食毕觞宴，老人乃云："李参军向欲论亲，已蒙许诺。"萧便叙数十句语，深有士风。作书与县官，请卜人克日。须臾卜人至，云："卜吉，正在此宵。"萧又作书与县官，借头花钗绢兼手力等，寻而皆至。其夕，亦有县官来作傧相。欢乐之事，与世不殊。至入青庐，妇人又姝美。李生愈悦。

暨明，萧公乃言："李郎赴上有期，不可久住。"便遣女子随去。宝钿犊车五乘，奴婢人马三十匹。其他服玩，不可胜数。见者谓是王妃公主之流，莫不健羡。李至任，积二年，奉使入洛，留妇在舍。婢等并妖媚蛊冶，眩惑丈夫。往来者多经过焉。

异日，参军王颢曳狗将猎。李氏群婢见狗甚骇，多骋而入门。颢素疑其妖媚，尔日心动，径牵狗入其宅。合家拒堂门，不敢喘息，狗亦掣挛号吠。李氏妇门中大诟曰："婢等顷为犬咋，今尚遑惧。王颢何事牵犬入人家？同官为僚，独不为李参军之地乎？"颢意是狐，乃决意排窗放犬，

来到萧氏门前，门馆清净肃整，宅院宽敞显赫，高槐修竹，蔓延连绵，堪称绝世胜境。一开始，两个宦者拿着金倚床请他入座。一会儿，萧公出来了，穿着紫蜀衫，拄着鸠形木杖，两个穿着军服的人在身旁扶着，胡须像雪一样白，眼神像镜子一样明亮，举止可观。李参军一看便生敬意，再三陈述谢忱。萧公说："老叟年老辞官之后住在这个地方，很久不和人联系。哪里想到君子绕道来拜访我。"就把李参军请进客厅。厅里各种服用和玩赏的物品互相衬托，都是当今世上难见的宝物。不长时间便摆好宴席，山珍海味都有，大多是些叫不出名来的东西。吃完饭开始喝酒的时候，老人才说："李参军刚才想要求亲，已得到许诺。"萧公便说了几十句话，很有士人风范。他写信给县官，请卜人来给选个好日子。一会儿卜人就到了，说："占卜了好日子，就在今晚。"萧公又写信给县官，借头花、钗绢和杂役人手等，不多时也都齐备了。那天晚上，也有县官来伺候迎送客人。欢乐的事情，和当世没什么两样。进入拜堂的青庐之后，新娘子又特别漂亮。李参军更加高兴。

到了天明，萧公就说："李郎赶赴上任有一定的期限，不能久住。"便打发女儿和李参军一起走。送给他们五辆用珠宝装饰的牛车，奴婢人马三十多匹。其他服用和赏玩的物品，不可胜数。见到的人都以为是王妃公主一类人物，没有不艳美的。李参军到任，过了两年，奉使进入洛阳，将妻子留在家里。婢女们个个都妖媚妖冶，迷惑成年男子。来往的成年男子经过那里大多都遇到过她们的挑逗。

有一天，参军王颙牵着狗要出去打猎，路过这里。李参军的婢女们见了狗非常害怕，大多都跑回家里去。王颙向来怀疑她们的妖媚，那天心里一动，径直牵着狗闯到李家宅院里去。李家全家拒守堂门，气儿都不敢喘，狗也往前挣着狂叫。李参军的妻子在门里大骂道："婢女们不久前被狗咬了，到现在还害怕。王颙有什么事牵着狗进到别人家？你和李参军是同僚，难道不知道这是李参军的地方吗？"王颙心里判定她是狐狸，就决定推开窗子放狗，

咋杀群狐。唯妻死，身是人，而其尾不变。颙往白贞益，贞益往取验覆。见诸死狐，嗟叹久之。时天寒，乃埋一处。

　　经十余日，萧使君遂至。入门号哭，莫不惊骇。数日，来诣陶闻诉。言词确实，容服高贵，陶甚敬待。因收王颙下狱。王固执是狐，取前犬令咋萧。时萧陶对食，犬至，萧引犬头膝上，以手抚之，然后与食，犬无搏噬之意。后数日，李生亦还。号哭累日，欻然发狂，啮王通身尽肿。萧谓李曰："奴辈皆言死者悉是野狐，何其苦痛！当日即欲开瘗，恐李郎被眩惑，不见信。今宜开视，以明奸妄也。"命开视，悉是人形，李愈悲泣。贞益以颙罪重，锢身推勘。颙私白云："已令持十万，于东都取咋狐犬，往来可十余日。"贞益又以公钱百千益之。其犬既至，所由谒萧对事。陶于正厅立待。萧入府，颜色沮丧，举动惶扰，有异于常。俄犬自外入，萧作老狐，下阶走数步，为犬咋死。贞益使验死者，悉是野狐。颙遂见免此难。出《广异记》。

狗把群狐全咬死了。只有李参军的妻子死了之后，还是人身子，但是狐狸尾巴没变。王颙去告诉了陶贞益。陶贞益前去验尸，看到了那些死狐，嗟叹了好长时间。当时天很冷，就把它们埋在一处。

　　过了十几天，萧使君来了。进门就哭，众人没有不惊骇的。几天后，他到陶贞益处控诉，他的言词准确真实，仪容服饰高贵，陶贞益很敬重地接待他。于是就把王颙捉起来下了大牢。王颙坚持认为他杀的是狐狸，让人把之前那条狗弄来咬萧公。当时萧公正在和陶贞益面对面吃饭，狗来了之后，萧公把狗头拉到自己的膝盖上，用手抚摸它，然后给它东西吃，狗没有咬他的意思。后来过了几天，李参军也回来了。他号哭了好几天，忽然状似发狂，把王颙的全身都咬肿了。萧公对李参军说："奴才们都说死的全是野狐狸，多么令人痛苦！当天就想要把她们挖出来，怕你被迷惑，不相信。现在应该打开看，来证明奴才们的奸诈和荒谬。"于是让人挖开看，都是人的身形，李参军更加悲痛。陶贞益因为王颙罪重，把他禁锢起来审查。王颙偷偷告诉陶贞益说："已经派人拿着十万钱，到东都去取一条专咬狐狸的狗，往来十几天就行。"陶贞益又从公家的钱中拨出一百千增加到这件事里来。那条狗取来之后，陶贞益就请萧公来大堂对质。陶贞益站在正厅等着。萧公走进府来，神色沮丧，举动慌张，和平常大不一样。不大一会儿狗从外边进来，萧公就变成一只老狐狸，跳下阶去只跑了几步，就被狗咬死了。陶贞益让人查验原先那些死者，全都是狐狸。王颙便免除了这场大难。出自《广异记》。

卷第四百四十九
狐三

郑宏之　　汧阳令　　李元恭　　焦练师　　李　氏
韦明府　　林景玄　　谢混之

郑宏之

　　唐定州刺史郑宏之解褐为尉。尉之廨宅,久无人居。屋宇颓毁,草蔓荒凉。宏之至官,薙草修屋,就居之。吏人固争,请宏之无入。宏之曰:"行正直,何惧妖鬼?吾性御御,终不可移。"居二日,夜中,宏之独卧前堂。堂下明火,有贵人从百余骑,来至庭下。怒曰:"何人唐突,敢居于此!"命牵下,宏之不答。牵者至堂,不敢近。宏之乃起。贵人命一长人,令取宏之。长人升阶,循墙而走,吹灭诸灯。灯皆尽,唯宏之前一灯存焉。长人前欲灭之,宏之杖剑击长人,流血洒地,长人乃走。贵人渐来逼。宏之具衣冠,请与同坐。言谈通宵,情甚款洽。宏之知其无备,拔剑击之。贵人伤,左右扶之,遽言:"王今见损,如何?"乃引去。

郑宏之

唐朝定州刺史郑宏之刚开始入仕为官时,做的是县尉。县尉的官署,很长时间没人居住了。屋宇毁坏,杂草丛生,特别荒凉。郑宏之上任以后,割去了野草,修理了房屋,然后就要进去住。有个小吏坚决规劝,恳请郑宏之不要住进去。郑宏之说:"我走得正行得直,为什么要怕妖鬼?我性情倔强,终不能改变。"住了两天,夜里,郑宏之独自卧在前堂。堂下灯火明亮,有一位贵人带着一百多位随从,来到庭下。贵人生气地说:"什么人乱闯,敢住到这儿?"贵人命令手下把郑宏之拖下来,郑宏之不回应。上去拖郑宏之的人走到堂前,不敢靠近。郑宏之就站了起来。贵人命令一个大个子,把郑宏之捉起来。大个子登上台阶,顺着墙边奔跑,把灯吹灭。所有的灯都被吹灭了,只有郑宏之跟前的一盏灯依然亮着。大个子想上前吹灭它,郑宏之挥剑击大个子,血流满地,大个子就跑了。贵人渐渐逼近,郑宏之整理好衣服和帽子,请他和自己一块入座。他们谈了一宿,说得很投机。郑宏之知道他没有防备,拔剑就刺。贵人受了伤,他的侍从急忙上来扶住他,急促地说道:"大王今天被刺伤了,怎么办呢?"说着就把他弄走了。

既而宏之命役徒百人，寻其血。至北垣下，有小穴方寸，血入其中。宏之命掘之，入地一丈，得狐大小数十头。宏之尽执之。穴下又掘丈余，得大窟，有老狐，裸而无毛，据土床坐，诸狐侍之者十余头。宏之尽拘之。老狐言曰："无害予，予祐汝。"宏之命积薪堂下，火作，投诸狐，尽焚之。次及老狐，狐乃搏颊请曰："吾已千岁，能与天通。杀予不祥，舍我何害？"宏之乃不杀，锁之庭槐。初夜中，有诸神鬼自称山林川泽丛祠之神，来谒之。再拜言曰："不知大王罹祸乃尔。虽欲脱王，而苦无计。"老狐颔之。明夜，又诸社鬼朝之，亦如山神之言。后夜，有神自称黄撅，多将翼从，至狐所言曰："大兄何忽如此？"因以手揽镵，镵为之绝。狐亦化为人，相与去。宏之走追之，不及矣。

宏之以为黄撅之名，乃狗号也。"此中谁有狗名黄撅者乎？"既曙，乃召胥吏问之。吏曰："县仓有狗老矣，不知所至。以其无尾，故号为黄撅。岂此犬为妖乎？"宏之命取之。既至，镵系将就烹。犬人言曰："吾实黄撅神也。君勿害我，我常随君，君有善恶，皆预告君，岂不美欤？"宏之屏人与语，乃释之。犬化为人，与宏之言，夜久方去。宏之掌寇盗，忽有劫贼数十人入界，止逆旅。黄撅神来告宏之曰："某处有劫，将行盗，擒之可迁官。"宏之掩之果得，遂迁秩焉。后宏之累任将迁，神必预告。至如殃咎，常令回避，罔有不中。

接着郑宏之就让一百多个役徒，寻找贵人的血迹。寻到北墙下，有一个一寸见方的小洞，血迹流进这里面了。郑宏之下令往下挖，挖了一丈深，挖出大大小小十几只狐狸。郑宏之把它们全都捉了起来。在洞下又挖开一丈多，挖到一个大洞穴，里面有一只老狐狸，裸露着身子没有毛，坐在土床上，旁边还有十多只侍奉的小狐狸。郑宏之把它们全部拘捕了。老狐狸说道："不要害我，我保佑你。"郑宏之命人在堂下堆起柴薪，点起火，把狐狸一个个扔进去，都烧死了。轮到老狐狸时，老狐狸就拍打着自己的面颊请求说："我已经一千岁了，能和天来往。杀我是不吉祥的，放了我又有什么害处呢？"郑宏之就没杀它，把它锁在院子里的一棵槐树上。第一天夜里，有自称是山林川泽丛祠的神鬼，来拜见老狐狸。它们再三叩拜说："不知道大王遭到这样不祥的灾祸。虽然想解救你，但是苦于没有办法。"老狐狸点头。第二天夜里，又有一些土地鬼来朝见老狐狸，也说了山神们一样的话。第三天夜里，有一个神自称叫"黄撷"，领了许多随从，来到老狐狸跟前说："大哥怎么忽然这样了？"于是就伸手去拽锁，锁被他拽断。老狐狸也变成人，他们一块走了。郑宏之跑来追赶它，没有追上。

郑宏之认为"黄撷"是狗的称号。"这里谁家有狗叫黄撷呢？"天亮后，他召见小吏们询问。有个小吏说："县仓库有一条狗已经老了，不知到哪去了。因为它没有尾巴，所以叫黄撷。难道这条狗是妖怪吗？"郑宏之令人把这狗弄来。弄来后，捆绑起来准备杀了煮肉吃。狗像人一样说道："我确实是黄撷神。你不要害我，我常跟着你，你有吉凶，我都提前告诉你，难道不好吗？"郑宏之屏退他人，与它谈了谈，就把它放了。狗化成人，与郑宏之聊天，谈到半夜才离开。郑宏之掌管捉拿寇盗的事，忽然有几十个劫贼窜入境内，住在客栈里。黄撷神来告诉郑宏之说："某处有劫贼，将要偷东西，捉到可以升官。"郑宏之突然袭击果然抓到了，于是就升了官。后来郑宏之连续被升迁，黄撷神总是提前告诉他。至于灾祸，也常让他回避，没有不准的。

宏之大获其报。宏之自宁州刺史改定州，神与宏之诀去，以是人谓宏之禄尽矣。宏之至州两岁，风疾去官。出《纪闻》。

汧阳令

唐汧阳令不得姓名，在官，忽云："欲出家。"念诵恳至。月余，有五色云生其舍。又见菩萨坐狮子上，呼令叹嗟云："发心弘大，当得上果。宜坚固自保，无为退败耳。"因尔飞去。令因禅坐，闭门，不食六七日。家以忧惧，恐以坚持损寿。会罗道士公远自蜀之京，途次陇上。令子请问其故，公远笑曰："此是天狐，亦易耳。"因与书数符，当愈。令子投符井中。遂开门，见父饿惫。逼令吞符，忽尔明晤，不复论修道事。后数载，罢官过家。家素郊居，平陆澶漫直千里。令暇日倚杖出门，遥见桑林下有贵人自南方来。前后十余骑，状如王者。令入门避之。骑寻至门，通云："刘成谒令。"令甚惊愕："初不相识，何以见诣？"既见，升堂坐。谓令曰："蒙赐婚姻，敢不拜命。"初，令在任，有室女年十岁，至是十六矣。令云："未省相识，何尝有婚姻？"成云："不许我婚姻，事亦易耳。"以右手掣口而立，令宅须臾震动，井厕交流，百物飘荡。令不得已许之。婚期克翌日，送礼成亲。成亲后，恒在宅。礼甚丰厚，资以饶益，家人不之嫌也。

郑宏之大获回报。郑宏之从宁州刺史改为定州刺史的时候，黄撖神和郑宏之告别离开。因此人们说郑宏之的官禄到头了。郑宏之到了定州两年之后，因中风而丢了官。<small>出自《纪闻》。</small>

汧阳令

唐朝汧阳县令，不知道他的姓名，正在任上，忽然说："想要出家。"念佛诵经极其诚恳。一个月以后，他的房舍上空生有五色云，又看见一位菩萨坐在狮子上，喊着县令感叹说："你发心弘大，应能成上果。你应该坚定地保全自己，不要退缩，坏了大事。"菩萨说完便飞走了。县令于是就禅坐静思，闭门不出，六七天不吃东西。家里人因此很担心，怕他坚持这样会损害寿命。赶上一个叫罗公远的道士从蜀地到京城，途中暂住在陇上。县令的儿子就去向他请教原因，罗公远笑着说："这是一只天狐干的，也不难对付。"于是罗公远就给县令的儿子写了几张符，说这样就能治好。县令的儿子把符扔到井里一张，就把门打开，看见父亲已经饿得疲惫不堪。儿子逼着县令把符吞下去，县令一下子就醒悟了，不再谈论修道的事了。后来过了几年，县令罢官在家。他家住在郊外，原野平展辽阔，一望千里。有一天县令无事，就拄着手杖走出门来，远远望见桑树林下有一位贵人从南方来。贵人的前后有十几个骑马的侍从，看样子像王爷。县令进到门里回避。骑马的人不多时便到了门前，通报说："刘成前来拜见县令。"县令非常惊愕："从不认识，为什么来拜见我呢？"相见之后，进到堂中落座。贵人对县令说："承蒙你赐给我婚姻，我哪敢不来拜见。"当初，县令在任的时候，有个十岁的女儿，到现在已经十六岁了。县令说："我根本就不认识你，怎么能把女儿许给你呢？"刘成说："不把女儿嫁给我，事情也好办。"说完，他用右手扯着嘴站在那里，县令的房屋顷刻间开始震动，井水和厕所水流淌混杂在一起，各种器物都漂荡不定。县令不得已只好答应了。婚期约定在第二天，送礼成亲。成亲之后，刘成总住在县令家。他送的礼很丰厚，钱财也很多，家里的人们不讨厌他。

他日，令子诣京，求见公远。公远曰："此狐旧日无能，今已善符箓。吾所不能及，奈何？"令子恳请，公远奏请行。寻至所居，于令宅外十余步设坛。成策杖至坛所，骂老道士云："汝何为往来，靡所忌惮？"公远法成，求与交战。成坐令门，公远坐坛，乃以物击成，成仆于地。久之方起，亦以物击公远，公远亦仆，如成焉。如是往返数十。公远忽谓弟子云："彼击余殚，尔宜大临，吾当以神法缚之。"及其击也，公远仆地，弟子大哭。成喜，不为之备。公远遂使神往击之。成大战恐，自言力竭，变成老狐。公远既起，以坐具扑狐，重之以大袋，乘驿还都。玄宗视之，以为欢笑。公远上白云："此是天狐，不可得杀。宜流之东裔耳！"书符流于新罗，狐持符飞去。今新罗有刘成神，土人敬事之。出《广异记》。

李元恭

唐吏部侍郎李元恭，其外孙女崔氏，容色殊丽，年十五六，忽得魅疾。久之，狐遂见形为少年，自称胡郎。累求术士不能去。元恭子博学多智，常问："胡郎亦学否？"狐乃谈论，无所不至。多质疑于狐，颇狎乐。久之，谓崔氏曰："人生不可不学。"乃引一老人授崔经史。前后三载，颇通诸家大义。又引一人，教之书。涉一载，又以工书著称。又云："妇人何不会音声？筚篥琵琶，此故凡乐，不如学琴。"

后来，县令的儿子来到京城，求见罗公远。罗公远说："这个狐狸原先没什么能耐，现在却掌握天帝的'符箓'了，我也比不上的，怎么办呢？"县令的儿子恳切地请求，罗公远才答应跟他走一趟。不久到了县令的住所，罗公远在县令院外十几步的地方设立一坛。刘成拄着手杖来到坛前，骂老道士说："你为什么来了？你难道什么也不怕？"罗公远做法已成，就要和刘成交战。刘成坐在县令的门口，罗公远坐在坛上，罗公远就用东西袭击刘成，刘成倒在地上，很久才起来，也用东西袭击罗公远，罗公远也倒在地上，像刘成一样。如此往返进行了几十个回合。罗公远忽然对弟子说："他把我击倒在地时，你们应该聚哭告哀，我到时候再用神法绑住他。"等到刘成打的时候，罗公远倒在地上，弟子大哭。刘成很得意，没有防备。罗公远就用神法袭击刘成。刘成十分害怕，自己说力已用尽，变成了一只老狐狸。罗公远已经站起来，用坐具打狐狸，把它装进一个大口袋里，乘驿站的车马回京。唐玄宗看了这狐狸，把它当成一种笑料。罗公远上前报告说："这是天狐，不能杀。应该把它流放到东方去。"于是就写符把它流放到新罗，狐狸拿着符飞去。现在新罗有刘成神，当地人对这神很恭敬。出自《广异记》。

李元恭

唐朝吏部侍郎李元恭，他的外孙女崔氏，姿色极美，十五六岁的年纪，忽然得了狐魅病。时间长了，那狐狸就变形成为了一个年轻人，自称胡郎。李家多次请术士也不能把他除掉。李元恭的儿子博学多智，曾经问："胡郎也有学业没有？"狐狸就开始谈论，天南地北，无所不谈。他让狐狸解答许多疑难问题，与狐狸相处得很亲近。时间长了，胡郎就对崔氏说："人生一世，不能不学点什么。"于是就领来一位老人给崔氏讲授经史。前后过了三年，崔氏已经很熟悉各家的大义。又领来一人，教崔氏书法。过了一年，崔氏又因为工于书法而闻名。又说："妇人为什么不学点音乐？箜篌、琵琶，这些本来都是平常乐器，不如学弹琴。"

复引一人至，云善弹琴。言姓胡，是隋时阳翟县博士。悉教诸曲，备尽其妙。及他名曲，不可胜纪。自云亦善《广陵散》，比屡见嵇中散，不使授人。其于《乌夜啼》，尤善传其妙。李后问："胡郎何以不迎妇归家？"狐甚喜，便拜谢云："亦久怀之。所不敢者，以人微故尔。"是日遍拜家人，欢跃备至。李问："胡郎欲迎女子，宅在何所？"狐云："某舍门前有二大竹。"时李氏家有竹园。李因寻行所，见二大竹间有一小孔，意是狐窟。引水灌之，初得猯狢及他狐数十枚。最后有一老狐，衣绿衫，从孔中出，是其素所著衫也，家人喜云："胡郎出矣！"杀之，其怪遂绝。出《广异记》。

焦练师

唐开元中，有焦练师修道，聚徒甚众。有黄裙妇人自称阿胡，就焦学道术。经三年，尽焦之术，而固辞去。焦苦留之，阿胡云："己是野狐，本来学术。今无术可学，义不得留。"焦因欲以术拘留之。胡随事酬答，焦不能及。乃于嵩顶设坛，启告老君，自言："己虽不才，然是道家弟子。妖狐所侮，恐大道将隳。"言意恳切。坛四角忽有香烟出，俄成紫云，高数十丈。云中有老君见立，因礼拜陈云："正法已为妖狐所学，当更求法以降之。"老君乃于云中作法，有神王于云中以刀断狐腰，焦大欢庆。老君忽从云中下，变作黄裙妇人而去。出《广异记》。

又领来一人，说善于弹琴，说姓胡，是隋朝时阳翟县的博士。这位姓胡的琴师把各种曲子全教给崔氏，把曲子的妙处全都讲出来。还有其他名曲，不可胜数。琴师自己说也擅长《广陵散》，近来多次见过嵇康，但嵇康不让把《广陵散》教给别人。他对于《乌夜啼》，尤其能表达出它的奥妙。李元恭的儿子后来问道："胡郎为什么不把媳妇娶回家去呢？"狐狸特别高兴，就拜谢说："我也很早就这么想了。之所以没敢说，是因为我的地位太微贱了。"这一天狐狸遍拜家人，欣喜若狂。李元恭的儿子问："胡郎要迎娶妻子，家在什么地方？"狐狸说："我家门前有两棵大竹子。"当时李家有个竹园。李元恭的儿子就寻找狐狸的行踪，见两棵大竹子之间有一个小孔，猜测这就是狐狸洞。就取来水往里灌，先灌出来猯貉及其他狐狸几十只。最后有一只老狐狸，穿着绿色衣衫，从洞里爬出来，正是它平常穿的那套衣服。家人们高兴地说："胡郎出来了！"杀了它之后，那魅怪就绝迹了。出自《广异记》。

焦练师

　　唐朝开元年间，有一位焦练师修炼道术，聚集了许多弟子。有一位穿黄裙子的妇人，自称阿胡，向焦练师学道术。经过三年，她把焦练师的道术全学去了，就坚决地要求辞去。焦练师苦苦挽留她，阿胡说："我是一只野狐狸，本是来学道术的。现在没有道术可学了，按道理是不能留下的。"焦练师便想用法术拘捕阿胡。阿胡能随着事物的变化应对，焦练师总比不上她。于是焦练师在嵩山顶上设坛，启告太上老君，自语道："弟子虽然不才，但毕竟是道家弟子。现在被妖狐侮辱，恐怕道家的大道也要被她毁坏。"言辞态度十分恳切。坛的四角忽然有香烟生出，转眼变成紫色的云，有几十丈那么高。云中有太上老君站着出现了，焦练师便顶礼膜拜陈述道："我的正法已经被妖狐学去了，应当另外想办法降服她。"太上老君就在云中作法，有一位神王在云中用刀砍断了狐狸的腰，焦练师十分欢喜。太上老君忽然从云中下来，变成了那黄裙妇人离开了。出自《广异记》。

李　氏

　　唐开元中,有李氏者,早孤,归于舅氏。年十二,有狐欲媚之。其狐虽不见形,言语酬酢甚备。累月后,其狐复来,声音少异。家人笑曰:"此又别是一野狐矣。"狐亦笑云:"汝何由得知? 前来者是十四兄,已是弟。顷者我欲取韦家女,造一红罗半臂。家兄无理盗去,令我亲事不遂,恒欲报之,今故来此。"李氏因相辞谢,求其禳理。狐云:"明日是十四兄王相之日,必当来此。大相恼乱,可且令女掐无名指第一节以禳之。"言讫便去。大狐至,值女方食。女依小狐言,掐指节。狐以药颗如菩提子大六七枚,掷女饭碗中,累掷不中。惊叹甚至,大言云:"会当入嵩岳学道始得耳!"座中有老妇持其药者,惧复弃之。人问其故,曰:"野狐媚我。"狐慢骂云:"何物老妪,宁有人用此辈!"狐去之后,小狐复来曰:"事理如何? 言有验否?"家人皆辞谢。曰:"后十余日,家兄当复来,宜慎之。此人与天曹已通,符禁之术,无可奈何,唯我能制之。待欲至时,当复至此。"将至其日,小狐又来,以药裹如松花,授女曰:"我兄明日必至。明早,可以车骑载女,出东北行。有骑相追者,宜以药布车后,则免其横。"李氏候明日,如狐言。载女行五六里,甲骑追者甚众,且欲至,乃布药。追者见药,止不敢前。是暮,小狐又至,笑云:"得吾力否? 再有一法,当得永免,我亦不复来矣!"

李 氏

　　唐代开元年间,有一个姓李的小女孩,早年丧父,在舅舅家养着。女孩十二岁那年,有一只狐狸想要讨好她。那狐狸虽然看不见形体,但它的言语应酬很周到。几个月以后,那只狐狸又来了,声音略微有些变化。家里人笑着说:"这又是另外一只野狐狸了。"狐狸也笑着说:"你们怎么知道的?以前来的是我的十四哥,我是他的弟弟。我很快就要娶老韦家的女儿了,做了一件半截袖红罗布衫,我哥不讲理给偷了去,让我的亲事办不成。我一直想报复他,所以现在就来到这里。"李氏便表示感谢,求它想一个免灾的办法。狐狸说:"明天是十四哥王相的日子,他一定会来这里。到时候会非常恼怒烦乱,可以暂时让李氏掐着无名指第一节来消灾。"说完便走了。大狐狸来到,赶上李氏正在吃饭。李氏按照小狐狸教的办法,掐住无名指第一节。狐狸把六七颗像菩提子那么大的药丸,往李氏饭的碗里扔,扔了几次也扔不进去。狐狸非常惊叹,大声说:"我应当到嵩山学道才能得到你!"座中有一位老妇人拿到狐狸的药,因为害怕又把药丸扔掉了。有人问她怎么回事,她说:"野狐狸讨好我!"狐狸傲慢地骂道:"老家伙你算个什么东西,哪有人喜欢你这样的!"狐狸离开之后,小狐狸又来了,说道:"事情办得怎么样?我说的灵验不?"全家人都表示感谢。小狐狸说:"十几天以后,我哥哥会再来,你们要多加小心。这人与天曹已经有来往,写符念咒的法术,不能把他怎么样,只有我能制住他。等他要来的时候,我再来这里。"将要到那天时,小狐狸果真又来了,它把一些包裹的像松花一样的药,交给李氏说:"我哥哥明天一定来。明天早晨,可以让人用车马载着你,向东北走。有人骑马追赶时,应把药散布在车后,就能免除灾祸。"等到明天,李氏就听从小狐狸的话,让人用车拉着走了五六里,就有许多骑马的人追来。将要追上的时候,就把药布置在车后。追的人看到药,就站住不敢再前进了。这天晚上,小狐狸又来了,笑着说:"借上我的力没有?还有一个办法,应该能永远免除你的灾难。以后我也不再来了。"

李氏再拜固求。狐乃令取东引桃枝,以朱书板上,作"齐州县乡里胡绰、胡遨"。以符安大门及中门外钉之,必当永无怪矣。狐遂不至。其女尚小,未及适人。后数载,竟失之也。出《广异记》。

韦明府

唐开元中,有诣韦明府,自称崔参军求娶。韦氏惊愕,知是妖媚,然犹以礼遣之。其狐寻至后房,自称女婿,女便悲泣,昏狂妄语。韦氏累延术士,狐益慢言,不能却也。闻峨嵋有道士,能治邪魅。求出为蜀令,冀因其伎以禳之。既至,道士为立坛治之。少时,狐至坛,取道士悬大树上,缚之。韦氏来院中,问:"尊师何以在此?"狐云:"敢行禁术,适聊缚之。"韦氏自尔甘奉其女,无复觊望。家人谓曰:"若为女婿,可下钱二千贯为聘。"崔令于堂檐下布席,修贯穿钱,钱从檐上下,群婢穿之,正得二千贯。久之,乃许婚。令韦请假送礼,兼会诸亲。及至,车骑辉赫,傧从风流,三十余人。至韦氏,送杂彩五十匹,红罗五十匹,他物称是。韦乃与女。

经一年,其子有病。父母令问崔郎,答云:"八叔房小妹,今颇成人,叔父令事高门。其所以病者,小妹入室故也。"母极骂云:"死野狐魅,你公然魅我一女不足,更恼我儿。吾夫妇暮年,唯仰此子,与汝野狐为婿,绝吾继嗣耶?"

李氏拜了又拜，坚决请求小狐狸的帮助。小狐狸就让她取一根向东伸出的桃枝，在板上用朱砂写"齐州县乡里胡绰、胡邈。"把这样的符钉在大门和中门外，这样做就一定能永远不闹精怪了。小狐狸于是就没有再来。当时李氏还小，还不到嫁人的年龄。几年以后，她竟然消失不见了。出自《广异记》。

韦明府

唐代开元年间，有一个人拜见韦明府，自称崔参军向他求婚。韦氏惊讶不已，知道这位崔参军是妖物，但是仍然以礼相待，把他打发走了。那狐狸找到后房，自称是韦氏的女婿，女儿便哭泣起来。这狐狸说了不少狂妄的话。韦氏多次延请术士，狐狸说话更加傲慢，无法把他赶走。听说峨眉山上有一位道士，能治邪魅怪病。韦氏就请求到蜀地任县令，希望借着他的本事消灾。到了蜀地之后，道士为他设坛对付狐狸。不多时，狐狸来到坛上，把道士捉住挂在大树上，把他绑上。韦氏来到院子里，问道："尊师为什么在这里？"狐狸说："他胆敢施行禁术对付我，刚才我把他暂时绑起来了。"韦氏从此甘愿把女儿送给狐狸，不再抱什么希望。家人对狐狸说："你要想做女婿，可以送两千贯钱作聘礼。"这位崔参军就让人在房檐下放好席子，准备好穿钱的小绳，然后钱就从房檐上往下掉，婢女们就把钱穿起来，正好穿了两千贯。又过了很长时间，韦氏才答应成婚。崔参军让韦氏请假送礼，同时会见亲戚朋友。到婚礼那天，车马声势很大，傧从风度翩翩，有三十多人。到韦氏家，送给他杂彩五十匹，红罗五十匹。其他的东西也令人叫好。韦氏才把女儿嫁给了他。

又过了一年，韦氏的儿子生了病，父母就让女儿问崔郎，崔郎回答说："八叔房中的小妹，如今已经长大成人，叔父让她侍奉富贵人家。他之所以有病，是因为小妹进到他屋里去了。"韦夫人骂道："死不了的野狐狸精，你公然魅惑我一个女儿还不够，还打我儿子的主意！我们夫妇已经到了晚年，就指望这个儿子了。给你们野狐狸当女婿，这不是断了我们的后代吗？"

崔无言，但欢笑。父母日夕拜请，绐云："尔若能愈儿疾，女实不敢复论。"久之乃云："疾愈易得，但恐负心耳！"母频为设盟誓。异日，崔乃于怀出一文字，令母效书，及取鹊巢，于儿房前烧之，兼持鹊头自卫，当得免疾。韦氏行其术，数日子愈。女亦效为之，雄狐亦去。骂云："丈母果尔负约，知何言，今去之。"后五日，韦氏临轩坐，忽闻庭前臭不可奈，仍有旋风，自空而下，崔狐在焉。衣服破弊，流血淋漓。谓韦曰："君夫人不义，作字太彰。天曹知此事，杖我几死。今长流沙碛，不得来矣。"韦极声诃之曰："穷老魅，何不速行，敢此逗留耶？"狐云："独不念我钱物恩耶？我坐偷用天府中钱，今无可还，受此荼毒。君何无情至此？"韦深感其言，数致辞谢。徘徊，复为旋风而去。出《广异记》。

林景玄

　　唐林景玄者，京兆人。侨居雁门，以骑射畋猎为己任。郡守悦其能，因募为衙门将。尝与其徒十数辈驰健马，执弓矢兵杖，臂隼牵犬，俱骋于田野间，得麋鹿狐兔甚多。由是郡守纵其所往，不使亲吏事。尝一日畋于郡城之高岗，忽起一兔榛莽中。景玄鞭马逐之，仅十里余，兔匿一墓穴。景玄下马，即命二卒守穴傍，自解鞍而憩。忽闻墓中有语者曰："吾命土也，克土者木。日次于乙，辰居卯。二木俱王，吾其死乎？"已而咨嗟者久之。又曰："有自东而来者，

崔参军不说话，只是笑。韦氏夫妇每天晚上拜求他，骗他说："你要是能治好我儿子的病，女儿的事就再也不提了。"过了很久他才说："治好病倒容易，只是怕你们说话不算数啊！"韦夫人频频在他面前盟誓，表示绝不反悔。另有一天，崔参军才从怀里取出来一张文字，让韦夫人照着书写，又弄了一个喜鹊窝，在儿子房前烧了，又让儿子拿着喜鹊头自卫。他说这样做应该能治好病。韦氏按他的说法做了，几天之后儿子就好了。女儿也仿效着做，自称崔参军的雄狐狸也离开了。他骂道："丈母娘果然负约了！不知你还有什么话说，现在我只好离开了。"五天之后，韦氏临窗而坐，忽然闻到庭院前臭不可耐，还有一股旋风，从空中降下，原来是自称姓崔的狐狸。他衣服破损，流血淋漓，对韦氏说："君夫人不仁义，字写得太明显。天曹知道了这件事，把我打得差点死了。从今以后我长期流窜沙碛之间，不能再来了。"韦氏大声呵斥道："穷老怪，怎么还不快走，还敢在这里逗留吗？"狐狸说："难道你就不记得我那些钱物的好处了吗？我因为偷用了天府中的钱，现在没钱可还，才受此毒害。你怎么无情到这个地步呢？"韦氏被他的话深深感动，多次向他谢罪。他徘徊了一阵，又变成一股旋风离去了。出自《广异记》。

林景玄

唐朝有个叫林景玄的，是京兆人。他客居在雁门，以骑马射箭四处打猎为己任。郡守赏识他的本领，就招募他为衙门将。他曾经和十几个同伴骑着健马，带着弓箭兵器，臂上托着鹰，手里牵着狗，一起驰骋于田野之间，猎获了很多麋鹿狐兔。从此郡守让他愿去哪里就去哪里，不让他具体负责事务。曾经有一天，他在郡城的高岗上打猎，忽然从榛莽中蹦起一只兔子。林景玄策马追它，仅追了十来里地，兔子藏进一个墓穴里。林景玄下了马，就让两个兵卒守在墓旁，自己解下马鞍休息。忽然听到墓穴里有人讲话："我是土命，克土的是木。日次于乙，辰居卯。二木俱王，我要死了吗？"然后就感叹了好久。又说："有从东边来的，

我将不免。"景玄闻其语，且异之。因视穴中，见一翁，衣素衣，髯白而长，手执一轴书，前有死乌鹊甚多。景玄即问之，其人惊曰："果然祸我者且至矣。"即诟骂，景玄默而计之曰："此穴甚小，而翁居其中，岂非鬼乎？不然，是盗而匿此。"即毁其穴。翁遂化为老狐，帖然俯地，景玄因射之而毙。视其所执之书，点画甚异，似梵书而非梵字，用素缣为幅，仅数十尺。景玄焚之。出《宣室志》。

谢混之

唐开元中，东光县令谢混之，以严酷强暴为政，河南著称。混之尝大猎于县东，杀狐狼甚众。其年冬，有二人诣台，讼混之杀其父兄，兼他赃物狼籍。中书令张九龄令御史张晓往按之，兼锁系告事者同往。晓素与混之相善，先疏其状，令自料理。混之遍问里正，皆云："不识有此人。"混之以为诈，已各依状明其妄以待辨。晓将至沧州，先牒系混之于狱。混之令吏人铺设使院，候晓。有里正从寺门前过，门外金刚有木室扃护甚固。闻金刚下有人语声，其扃以锁，非人所入。里正因逼前听之，闻其祝云："县令无状，杀我父兄。今我二弟诣台诉冤，使人将至，愿大神庇荫，令得理。"有顷，见孝子从隙中出。里正意其非人，前行寻之。其人见里正，惶惧入寺，至厕后失所在。归以告混之，混之惊愕久之，乃曰："吾春首大杀狐狼，得无是耶？"

我就没法避免。"林景玄听到这些话，觉得奇怪。就往墓穴里看，他看到一个老头，穿着白衣服，胡子白而长，手里拿着一轴书，他面前有很多死乌鹊。林景玄就问他是谁，那人吃惊地说："果然害我的人到了！"于是他就谩骂林景玄。林景玄心里默默地算计道："这个洞穴很小，而老头住在里边，难道不是鬼吗？不然，他就是偷了东西藏在这里。"于是他把墓穴毁了。老头就变成一只老狐狸，一动不动地趴在地上，林景玄就把狐狸射死了。看看他拿的那轴书，点画得非常怪，像梵书又不是梵文，用白色绢做成书页，仅有几十尺长。林景玄把它烧了。出自《宣室志》。

谢混之

　　唐朝开元年间，东光县令谢混之，以严酷强暴的手段治理政事，著称河南。谢混之曾经在县东大规模地打猎，杀死许多狐狸和狼。那年冬天，有两个人到御史台，告发谢混之杀死他们的父兄，以及非法侵吞他人财物等罪行。中书令张九龄让御史张晓前去考察办理，两个告状的人被绑起来一起前往。张晓一向与谢混之要好，他事先将状子的情况透露给谢混之，让谢混之有所准备。谢混之问遍县里所有的里正，都说："不认识这两个告状的人。"谢混之以为里正们骗他，已分别按状子提到的罪状指明它的虚妄不实等待辩解。张晓将到沧州，先发公文逮捕谢混之下狱。谢混之让吏人铺设使院，等候张晓。有一个里正从寺门前路过，门外的金刚有木室关护得非常牢固。里正听到金刚底下有人说话的声音，那个木室的门已经上锁，显然不是人进去了。里正便走近上前去听，听到里边有人祷告说："县令不像话，杀死我的父兄。现在我的两个弟弟到御史台去诉冤，使者马上就要到了，希望大神保佑，让他们打赢这场官司。"过了一会儿，看见一个孝子从空隙中钻出来。里正料想他不是人，就往前走去找他。那人见了里正，慌慌张张地进了寺院，到厕所后那人便不见了。里正回来告诉了谢混之，谢混之惊愕了半天，才说："我开春时大量捕杀狐狸和狼，莫非是因为这事吗？"

及晓至，引讼者出，县人不之识。讼者言词忿争，理无所屈。混之未知其故。有识者劝令求猎犬。猎犬至，见讼者，直前搏逐。径跳上屋，化为二狐而去。出《广异记》。

等张晓到了,把告状的领出来,县里人都不认识他们。两个告状的强烈争辩,并不理屈。谢混之不知是怎么回事。有见识的人劝县令弄一条猎狗来。猎狗到了以后,一见到两个告状的人,就直扑上去又咬又追。那两个人一下子跳到房子上,变成两只狐狸逃走了。出自《广异记》。

卷第四百五十
狐四

王苞

唐吴郡王苞者，少事道士叶静能，中罢为太学生，数岁在学。有妇人寓宿，苞与结欢，情好甚笃。静能在京，苞往省之，静能谓曰："汝身何得有野狐气？"固答云无。能曰："有也。"苞因言得妇始末。能曰："正是此老野狐。"临别，书一符与苞，令含。诫之曰："至舍可吐其口，当自来此，为汝遣之，无忧也。"苞还至舍，如静能言。妇人得符，变为老狐，衔符而走，至静能所拜谢。静能云："放汝一生命，不宜更至于王家。"自此遂绝。出《广异记》。

唐参军

唐洛阳思恭里，有唐参军者立性修整，简于接对。有赵门福及康三者投刺谒。唐未出见之，问其来意。门福曰：

王 苣

唐代吴郡有个叫王苣的人，年轻时侍奉道士叶静能，后来离开道士做了太学生，在太学里学了几年。有个妇女来借宿，王苣与妇女结识交欢，情意深厚。叶静能住在京城，王苣去看望他，叶静能对他说："你身上怎么会有野狐狸的骚气？"王苣坚持说没有。叶静能说："有啊。"王苣便说了得到那个妇女的始末。叶静能说："正是这只老野狐狸。"临别时，写了一道符给王苣，让他用嘴含着。告诫他说："回到住处要吐到她的嘴里，她会自己来到这里，我替你打发她，不要担心。"王苣回到住处，照叶静能说的那样做了。那个妇女得到道符，变成一只老狐狸，衔着道符跑了，到叶静能的住处去拜见谢罪。叶静能说："放你一条活命，不能再到王苣家去了。"从此就绝了踪迹。出自《广异记》。

唐参军

唐代洛阳思恭里，有个叫唐参军的人，禀性端正谨慎，不太喜欢交往应酬。有叫赵门福和康三的人送上名片请求拜见。唐参军没有出来见他们，问他们前来拜见的意思，赵门福说：

"止求点心饭耳。"唐使门人辞,云不在。二人径入至堂所。门福曰:"唐都官何以云不在? 惜一餐耳!"唐辞以门者不报,引出外厅,令家人供食。私诫奴,令置剑盘中,至则刺之。奴至,唐引剑刺门福,不中;次击康三,中之,犹跃入庭前池中。门福骂云:"彼我虽是狐,我已千年。千年之狐,姓赵姓张。五百年狐,姓白姓康。奈何无道,杀我康三?必当修报于汝,终不令康氏子徒死也!"唐氏深谢之,令召康三。门福至池所,呼康三,辄应曰:"唯。"然求之不可得,但余鼻存。门福既去,唐氏以桃汤沃洒门户,及悬符禁。自尔不至,谓其施行有验。

久之,园中樱桃熟,唐氏夫妻暇日检行。忽见门福在樱桃树上,采樱桃食之。唐氏惊曰:"赵门福,汝复敢来耶?"门福笑曰:"君以桃物见欺,今聊复采食,君亦食之否?"乃频掷数四以授唐。唐氏愈恐,乃广召僧,结坛持咒。门福遂逾日不至。其僧持诵甚切,冀其有效,以为己功。后一日,晚霁之后,僧坐楹前。忽见五色云自西来,径至唐氏堂前。中有一佛,容色端严,谓僧曰:"汝为唐氏却野狐耶?"僧稽首。唐氏长幼虔礼甚至,喜见真佛,拜请降止。久之方下,坐其坛上,奉事甚勤。佛谓僧曰:"汝是修道,谓通达,亦何须久蔬食,而为法能食肉乎?但问心能坚持否! 肉虽食之,可复无累。"乃令唐氏市肉,佛自设食,次以授僧及家人,悉食。食毕,忽见坛上是赵门福。举家

"只是想要点心或饭食吃罢了。"唐参军让守门人推辞,说自己不在家。这两个人径直走进堂屋。赵门福说:"唐都官为什么说自己不在家呢?是吝惜一顿饭吧。"唐参军推辞说守门人没有通报,领他们到外厅,让仆人拿饭给他们吃。并偷偷告诫仆人,让他在盘子里放把剑,到时就杀了这二人。仆人端菜到了,唐参军拿起剑刺赵门福,没有刺中;接着刺康三,刺中了他,康三跳进庭前水池里。赵门福大骂说:"他和我虽然都是狐狸,我已经活了一千多年。千年的狐狸,不姓赵就姓张。五百年的狐狸,不姓白就姓康。为什么这么没有道义,杀了我的伙伴康三?一定要想办法报复你,绝不会让康三白白地死去。"唐参军真诚地向他道歉,让他去召唤康三。赵门福到了水池边,呼喊康三,只听到回应说:"在。"却找不到康三,只有鼻子还留有气息。赵门福走了以后,唐参军用桃木汤喷洒门窗,而且悬挂道符驱赶妖邪。从此赵门福没再来。唐参军以为是自己的施法有了效果。

这事过了很久,园中樱桃熟了,唐氏夫妻闲暇时在园里行走。忽然看见赵门福在樱桃树上,采摘樱桃吃。唐参军吃惊地说:"赵门福!你还敢来吗?"赵门福笑着说:"你用桃木来欺压我,现在暂且摘樱桃吃,你也吃一些吧?"于是频频扔樱桃给唐参军。唐参军更加害怕,就广召僧人,修坛念咒。赵门福就好几天没来。那和尚更认真地诵经念咒,希望咒语有效验,把这当成自己的功劳。又过了一天,晚上天晴之后,和尚坐在门前木柱边上,忽然看见有五色云彩从西面飘来,一直飘到唐参军堂屋前。彩云中有一个佛,脸色端庄严肃,对和尚说:"你是替唐参军家驱赶野狐狸吗?"和尚跪下磕头。唐参军一家老少等都虔诚行礼,很高兴看见了真佛,拜请佛降落下来。过了很长时间佛才降下来,坐在那个坛上,唐参军侍奉得很殷勤。佛对和尚说:"你是修道的人,可谓通达,又何必长久吃素食呢?你们做法事能吃肉吗?只要问问内心里能否坚持修道!即使吃了肉,也不会有妨碍。"就让唐参军去买肉,佛自己准备了肉,接着把肉分给和尚以及唐家的人,把肉全吃了。吃完肉,忽然看见坛上是赵门福,全家

叹恨，为其所误。门福笑曰："无劳厌我，我不来矣！"自尔不至也。出《广异记》。

田氏子

唐牛肃有从舅常过渑池，因至西北三十里谒田氏子。去田氏庄十余里，经岈险，多栎林。传云中有魅狐，往来经之者，皆结侣乃敢过。舅既至，田氏子命老竖往渑池市酒馔。天未明，竖行，日暮不至。田氏子怪之。及至，竖一足又跛。问："何故？"竖曰："适至栎林，为一魅狐所绊，因蹶而仆，故伤焉。"问："何以见魅？"竖曰："适下坡时，狐变为妇人，遽来追我。我惊且走，狐又疾行，遂为所及，因倒且损。吾恐魅之为怪，强起击之。妇人口但哀祈，反谓我为狐。屡云：'叩头野狐，叩头野狐。'吾以其不自知，因与痛手，故免其祸。"田氏子曰："汝无击人，妄谓狐耶？"竖曰："吾虽苦击之，终不改妇人状耳！"田氏子曰："汝必误损他人，且入户。"日入，见妇人体伤蓬首，过门而求饮，谓田氏子曰："吾适栎林，逢一老狐变为人。吾不知是狐，前趋为伴，同过栎林，不知老狐却伤我如此。赖老狐去，余命得全。妾北村人也，渴故求饮。"田氏子恐其见苍头也，与之饮而遣之。出《纪闻》。

徐 安

徐安者，下邳人也，好以渔猎为事。安妻王氏貌甚美，

又叹气又痛恨，因为被赵门福误导了。赵门福笑着说："不用劳烦你们祈祷诅咒我，我再也不来了。"从那以后再也没来。出自《广异记》。

田氏子

唐代牛肃有个堂舅曾路过渑池，便到渑池西北三十里的地方拜见田氏子。离田氏村庄十多里的地方，路又高又险峻，路旁都是栎树林。传说树林中有狐魅。来来往往路过树林的人，全都成群结伴才敢通过。堂舅到了以后，田氏子让老仆人到渑池去买酒菜。天还没亮，仆人就走了，天黑了还没回来。田氏子觉得很奇怪，等到仆人回来，他的一条腿又瘸了。问："是什么原因？"仆人说："刚走到栎树林时，被一只狐魅绊了一下，因而跌倒了，所以伤了腿。"问："凭什么说是看见了狐魅？"仆人说："我正走在下坡路时，狐狸变成妇女，着急地来追赶我。我吓得赶快逃跑，狐狸又飞快地追赶，我就被狐狸追上，因此跌倒受伤。我害怕狐魅变妖怪害人，勉强挣扎着站起来打那狐狸。妇女嘴里哀告祈求，反而说我是狐狸。多次说：'向野狐叩头，向野狐叩头。'我因为她不知罪，因此狠狠地打了她，才免去了这场灾祸。"田氏子说："你无故打人，还妄称她是狐狸对吧？"仆人说："我虽然狠狠打她，她却始终没改变妇女的样子。"田氏子说："你一定是误伤了别人，先进屋吧。"日落后，只见一个妇女身体受伤头发蓬乱着，路过门前来要水喝，对田氏子说："我刚才在栎树林，遇上一只老狐狸变成人。我不知是狐狸，跑上去与他做伴，好一起过栎树林，想不到老狐狸却把我伤成这个样子。幸亏老狐狸走了，我的命才能保住。我是北村人，口渴了来要点水喝。"田氏子害怕她看见老仆人，给她水喝让她走了。出自《纪闻》。

徐安

徐安是下邳人，喜欢捕鱼打猎。徐安的妻子王氏容貌很美，

人颇知之。开元五年秋,安游海州,王氏独居下邳。忽一日,有一少年状甚伟,顾王氏曰:"可惜芳艳,虚过一生。"王氏闻而悦之,遂与之结好,而来去无惮。安既还,妻见之,恩义殊隔,安颇讶之。其妻至日将夕,即饰妆静处。至二更,乃失所在。迨晓方回,亦不见其出入之处。他日,安潜伺之。其妻乃骑故笼从窗而出,至晓复返。安是夕,闭妇于他室,乃诈为女子妆饰,袖短剑,骑故笼以待之。至二更,忽从窗而出。径入一山岭,乃至会所。帷幄华焕,酒馔罗列,座有三少年。安未及下,三少年曰:"王氏来何早乎?"安乃奋剑击之,三少年死于座。安复骑笼,即不复飞矣。俟晓而返,视夜来所杀少年,皆老狐也。安到舍,其妻是夕不复妆饰矣。出《集异记》。

靳守贞

霍邑,古吕州也,城池甚固。县令宅东北有城,面各百步,其高三丈,厚七八尺,名曰囚周厉王城。则《左传》所称"万人不忍,流王于彘城",即霍邑也。王崩,因葬城之北。城既久远,则有魅狐居之。或官吏家,或百姓子女姿色者,夜中狐断其发,有如刀截。所遇无知,往往而有。唐时,邑人靳守贞者,素善符咒,为县送徒至赵城,还归至金狗鼻。傍汾河山名,去县五里。见汾河西岸水滨,有女红裳,浣衣水次。守贞目之,女子忽尔乘空过河,遂缘岭蹑虚,至守贞所。

很多人都知道。唐开元五年的秋天，徐安去了海州游历，王氏一个人住在下邳。忽然有一天，有一个相貌很魁伟的少年，看着王氏说："可惜你这么漂亮，却白活了一生。"王氏听见少年的话心里很喜欢，就与少年结识并相好，而且你来我往毫无忌惮。徐安回来以后，妻子见到他，不再像以前那样充满情意，徐安对此颇感惊讶。他妻子到了太阳快落山时，就妆饰一番静静地一人呆着。到二更的时候，竟然就不见了。到了天亮才回来，也看不见她从哪里出入。有一天，徐安偷偷侦察她。他的妻子就骑着一只旧笼子从窗户飞出去，到天亮又回来了。徐安在这天晚上，把妻子关在别的屋里，就假扮成女人梳妆修饰一番，袖里藏着短剑，骑着旧笼子等在那里。到二更时，忽然从窗户飞出去，径直飞到一座山岭中，才到了相会的地方。那个地方帐幔华丽，酒菜摆满桌子，座位上有三个少年。徐安还没下来，三个少年说："王氏来得为什么这么早呢？"徐安就挥起短剑击杀他们，三个少年死在座位上。徐安又骑上旧笼子，却不再会飞了。只好等天亮再回去，天亮后看那夜里杀死的少年，都是老狐狸。徐安回到家里，他妻子这天晚上不再妆饰打扮了。出自《集异记》。

靳守贞

霍邑，就是古代的吕州，城池很坚固。县令的宅院东北有个小城，城墙四面各百步长，高三丈，厚七八尺，名叫"囚周厉王城"。那《左传》上所说的"万人不忍，把周厉王流放在彘城"，就是指霍邑。周厉王死后，就埋葬在小城的北面。小城因年代久远，就有狐魅住在里面。或是官吏家，或是百姓家，子女中长得有姿色的，夜里常被狐魅弄断她们的头发，就像刀砍断的一样。遇到时没有知觉，但这事常常发生。唐代，霍邑有个叫靳守贞的人，平时就善于写符念咒，有一次，他替县里送役徒到赵城，回来时走到金狗鼻山，挨着汾河的山名，离县五里。看见汾河西岸水边，有个女子穿红色衣服，在水里洗衣服。守贞看那女子，那女子忽然凭空过河，就沿着山岭腾空而行，来到靳守贞处。

手攀其笠,足踏其带,将取其发焉。守贞送徒,手犹持斧,因击女子坠,从而斫之。女子死则为雌狐。守贞以狐至县,具列其由。县令不之信。守贞归,遂每夜有老父及媪,绕其居哭,从索其女。守贞不惧。月余,老父及媪骂而去。曰:"无状杀我女,吾犹有三女,终当困汝。"于是遂绝,而截发亦亡。出《纪闻》。

严　谏

唐洛阳尉严谏,从叔亡,谏往吊之。后十余日,叔家悉皆去服。谏召家人问,答云:"亡者不许。"因述其言语处置状,有如平生。谏疑是野狐,恒欲料理。后至叔舍,灵便逆怒,约束子弟,勿更令少府侄来,无益人家事,只解相疑耳。亦谓谏曰:"五郎公事似忙,不宜数来也。"谏后忽将苍鹰、双鹘、皂雕、猎犬等数十事,与他手力百余人,悉持器械围绕其宅数重,遂入灵堂。忽见一赤肉野狐,仰行屋上,射击不能中。寻而开门跃出,不复见,因尔怪绝。出《广异记》。

韦参军

唐润州参军幼有隐德,虽兄弟不能知也。韦常谓其不慧,轻之。后忽谓诸兄曰:"财帛当以道,不可力求。"诸兄甚奇其言,问:"汝何长进如此?"对曰:"今昆明池中大有珍宝,可共取之。"诸兄乃与皆行。至池所,以手酌水,

手扯着他的斗笠,脚踏着他的衣带,准备割取他的头发。守贞因为送役徒,手里还拿着斧子,于是把女子击落在地上,又扑上砍死了她。女子死后就变成了雌狐狸。守贞把狐狸带到县里,详细陈述了事情的经过。县令不相信他。守贞回到家里以后,于是每天夜里有个老头和老太婆,绕着他的住处哭闹,向守贞索要他们的女儿。守贞不害怕。一个多月后,老头和老太婆骂着离开了,说:"无缘无故就杀了我的女儿,我们还有三个女儿,终究有一天会把你困住!"于是就没了声息,而且截断头发的事也没有了。出自《纪闻》。

严　谏

　　唐代有个洛阳尉严谏,他的堂叔去世了,严谏去吊唁他。过了十多天,堂叔家的人全都脱下丧服了。严谏找来叔家的人打听,回答说:"死去的人不让穿。"接着述说死去的人说话和安排事情的情况,就像生前一样。严谏怀疑是野狐狸作怪,下决心治理这件事。后来到堂叔家去,堂叔的神灵就传出声音,愤怒地吩咐子弟们,不要再让当县尉的侄子严谏进来,他来对家里的事没有好处,只知道乱猜疑。也对严谏说:"五郎你的公事好像很忙,不应该经常到这里来。"严谏后来突然带着苍鹰、双鹘、皂雕、猎犬等几十种动物,和他手下的一百多人,全都拿着器械把堂叔的宅子围了好几重,就闯入灵堂。忽然看见一只全身都是红肉的野狐狸,仰面在屋顶行走,严谏等人射击也射不中。不一会儿,那狐狸打开门跳了出去,从此再也看不见,接着,堂叔家的鬼怪也断绝了。出自《广异记》。

韦参军

　　唐代润州韦参军幼时有隐藏的美德,即使是亲兄弟也不能了解。父亲曾说他不聪明,很轻视他。后来他忽然对各位兄长说:"应用正道来取得财物,不能强求。"各位兄长很奇怪他的话,问:"你为什么有这么大的长进?"回答说:"现在昆明池中有很多珍宝,可一起去拿。"各位兄长就和他都去了。到了池边,用手捧水,

水悉枯涸，见金宝甚多。谓兄曰："可取之。"兄等愈入愈深，竟不能得。乃云："此可见而不可得致者，有定分也。"诸兄叹美之。问曰："素不出，何以得妙法？"笑而不言。久之曰："明年当得一官，无虑贫乏。"乃选拜润州书佐，遂东之任。途经开封县。开封县令者，其母患狐媚，前后术士不能疗。有道士者善见鬼，谓令曰："今比见诸队仗，有异人入境。若得此人，太夫人疾苦必愈。"令遣候之。后数日白云："至此县逆旅，宜自谒见。"令往见韦，具申礼请。笑曰："此道士为君言耶？然以太夫人故，屈身于人，亦可悯矣。幸与君遇，其疾必愈。明日，自县桥至宅，可少止人，令百姓见之。我当至彼为发遣。且宜还家洒扫，焚香相待。"令皆如言。明日至舍，见太夫人，问以疾苦，以柳枝洒水于身上。须臾，有老白野狐自床而下，徐行至县桥，然后不见。令有赠遗，韦皆不受。至官一年，谓其妻曰："后月我当死。死后，君嫁此州判司，当生三子。"皆如其言。出《广异记》。

杨氏女

唐有杨氏者，二女并嫁胡家。小胡郎为主母所惜。大胡郎谓其婢曰："小胡郎乃野狐尔。丈母乃不惜我，反惜野狐。"婢还白母。问："何以知之？"答云："宜取鹊头悬户上。小胡郎若来，令妻呼伊祈熟肉。再三言之，必当走也。"

池水都干枯了，只见有很多金银财宝。他对兄长说："可以去拿珍宝。"兄长们越走越深，终究拿不到珍宝。他就说："这就是只能看见却不能得到的财宝，富贵都有定分。"各位兄长惊叹地赞美他，问他说："你平时不出门，怎么学到了这样的妙法?"他笑了笑没有回答。很久之后他说："我明年应该能得到一个官职，不必担心生活贫困了。"接着他就被选拜为润州书佐，于是到东方去上任，途中经过开封县。开封县令的母亲得了狐媚病，前后很多术士都不能治疗。有个善于使鬼魅显形的道士，对县令说："近来连续看见有好多仪仗队，有个'异人'要入开封境。如果能得到这个人，太夫人的疾病一定能治好。"县令派他等候"异人"。过了几天道士回来说："已经到了这个县的旅店，你应该亲自去会见。"县令去见韦参军，说了详细情况礼貌地请他治病。韦参军笑着说："这是一个道士给您说的吧? 然而因为太夫人的缘故，向别人屈身行礼，也值得同情啊。幸亏你我相遇，太夫人的病一定能治好。明天，从县桥到您的住宅，可稍稍让一些人停下来，让百姓看看这事。我会去您家处理好。您暂且还要回家洒扫一下，焚香等待。"县令全都按照他说的话做了。第二天韦参军来到县令的住处，面见太夫人，问了疾病的情况，用柳树枝向她身上洒水。不一会儿，有一只年老的白色野狐狸从床上下来，慢慢地走到县桥上，然后就不见了。县令赠送他财物，韦参军都不接受。到官任上一年后，对他的妻子说："下个月我就死了。我死后，你嫁给这个州的判司，能生三个儿子。"后来的事全都像他说的那样。出自《广异记》。

杨氏女

唐代有个杨氏，两个女儿都嫁给姓胡的人家。小胡郎受岳母喜爱。大胡郎对岳母的婢女说："小胡郎是野狐狸。岳母不喜欢我，反而喜欢野狐狸。"婢女回去告诉岳母，岳母问："怎么知道是野狐狸?"回答说："应该弄个鹊头挂在门上，如果小胡郎来，让他的妻子喊'伊祈熟肉'。反复说这句话，他一定会逃跑。"

杨氏如言，小胡郎果走。故今人相传云"伊祈熟肉辟狐魅"，甚有验也。出《广异记》。

薛　迥

　　唐河东薛迥与其徒十人于东都狎娼妇，留连数夕，各赏钱十千。后一夕午夜，娼偶求去。迥留待曙，妇人躁扰，求去数四，抱钱出门。迥敕门者无出客，门者不为启锁。妇人持钱寻审，至水窦，变成野狐，从窦中出去，其钱亦留。出《广异记》。

辛替否

　　唐辛替否，母死之后，其灵座中，恒有灵语，不异乎素，家人敬事如生。替否表弟是术士，在京闻其事，因而来观，潜于替否宅后作法。入门，见一无毛牝野狐，杀之，遂绝。出《广异记》。

代州民

　　唐代州民有一女，其兄远戍不在，母与女独居。忽见菩萨乘云而至，谓母曰："汝家甚善，吾欲居之，可速修理，寻当来也。"村人竞往，处置适毕，菩萨驭五色云来下其室。村人供养甚众，仍敕众等不令有言，恐四方信心，往来不止。村人以是相戒，不说其事。菩萨与女私通有娠。经年，其兄还。菩萨云："不欲见男子。"令母逐之。儿不得

杨氏照着他说的做,小胡郎果然逃跑了。所以现在人们还相传说"伊祈熟肉辟狐魅",很有灵验。出自《广异记》。

薛　迥

唐代河东人薛迥和他的同伴十人在东都洛阳嫖娼,一连住了好几天,每个人都赏钱十千。后来有一天晚上半夜时,娼妇突然要离开。薛迥留她等到天亮再走,那妇人烦躁不安,好几次要求离开,抱着钱出门。薛迥命令守门人不要让任何人出去,守门人不替她开门。妇人拿着钱努力寻找出路,到了一个水洞,变成一只野狐狸,从水洞中出去了,那些钱也就留下来了。出自《广异记》。

辛替否

唐代人辛替否,母亲去世后,在母亲的灵位上,常有神灵的说话声,和平常没什么两样,家里人像活着时一样恭敬地侍奉着。辛替否的表弟是个术士,在京城听说了这件怪事,便来辛替否家看,偷偷在辛替否的屋后施展法术。一进门,看见一只身上无毛的雌狐狸,就杀死了它,怪事就消失了。出自《广异记》。

代州民

唐朝代州百姓有一女儿,她的哥哥到远方从军,不在家里,只有母亲和女儿住在一起。忽然看见菩萨乘着云彩来到她们家,对母亲说:"你很好,我想住在这里,要快点收拾整理一下,不久我就来了。"村里人听说了,都争着到她家来帮忙,刚整理收拾完毕,菩萨就驾着五色云彩到这家的房屋里。村里供养菩萨的人很多,菩萨又命令大家不要说出去,恐怕四面八方的信徒,往来不止。村里的人因此互相告诫,不到处说这件事。菩萨与那个女儿私通,女儿有了身孕。过了一年,她的哥哥回来了。菩萨说:"我不愿意看见男人。"命令母亲赶走儿子。儿子就不能

至，因倾财求道士。久之，有道士为作法，窃视菩萨，是一老狐，乃持刀入，砍杀之。出《广异记》。

祁县民

唐祁县有村民，因輂地征刍粟，至太原府。及归，途中日暮，有一白衣妇人立路旁，谓村民曰："妾今日都城而来，困且甚，愿寄载车中，可乎？"村民许之，乃升车。行未三四里，因脂辖，忽见一狐尾在车之隙中，垂于车辕下。村民即以镰断之，其妇人化为无尾白狐，鸣嗥而去。出《宣室志》。

张 例

唐始丰令张例，疾患魅，时有发动，家人不能制也。恒舒右臂上作咒云："狐娘健子。"其子密持铁杵，候例疾发，即自后撞之，坠一老牝狐。焚于四通之衢，自尔便愈也。

进家门了,便拿出全部财产访求道士。很久以后,才求到一个道士替他作法,偷偷观察那菩萨,却是一只老狐狸,就拿刀进去,砍死了狐狸。出自《广异记》。

祁县民

唐代祁县有一个村民,因为京城征收粮草,到太原府去。等回来时,走到半路上天就黑了,有一个身穿白色衣服的妇女站在路边,对村民说:"我今天从都城回来,觉得很困倦,想搭车歇一会儿,可以吗?"村民答应了她,她就上了车。行走不到三四里路,因为要给车辕上油,忽然看见一条狐狸尾巴在车的缝隙之中,垂到车辕下。村民就用镰刀砍断了尾巴,那个妇女变成一只没有尾巴的白狐狸,嗥叫着跑了。出自《宣室志》。

张 例

唐代始丰县令张例,得了狐魅病,经常发作,家里的人都束手无策。张例经常伸出右臂向上作咒语说:"狐娘健子。"他的儿子悄悄拿着铁杵,等张例病发作时,就从身后击他,从他身上掉下一只老雌狐。把狐狸拿到十字路口烧了,从那以后病就好了。

卷第四百五十一
狐五

冯玠

　　唐冯玠者，患狐魅疾。其父后得术士，疗玠疾，魅忽啼泣谓玠曰："本图共终，今为术者所迫，不复得在。"流泪经日，方赠玠衣一袭云："善保爱之，聊为久念耳。"玠初得，惧家人见，悉卷书中。疾愈，入京应举，未得开视。及第后，方还开之，乃是纸焉。出《广异记》。

贺兰进明

　　唐贺兰进明为狐所媚，每到时节，狐新妇恒至京宅，通名起居，兼持贺遗及问讯。家人或有见者，状貌甚美。至五月五日，自进明已下，至其仆隶，皆有续命。家人以为不祥，多焚其物。狐悲泣云："此并真物，奈何焚之？"其后所得，遂以充用。后家人有就求漆背金花镜者，入人家偷镜

冯玠

唐代有个冯玠,得了狐魅病。他的父亲后来找到一个术士,来治疗冯玠的病,狐魅忽然哭泣着对冯玠说:"本打算与你终生在一起,现在被术士逼迫,不能再呆下去了。"哭了整整一天,赠送给冯玠一袭衣服说:"好好地保护爱惜它,姑且当作永久的纪念吧。"冯玠刚收衣服时,害怕被家里的人看见,全都卷在书里放着。病好以后,到京城去参加考试,没有时间打开看。考中以后,才打开看,竟然都是纸。出自《广异记》。

贺兰进明

唐代贺兰进明被狐狸迷惑,每到时节,狐狸新媳妇常到京城的宅院去,通报姓名问候起居,并且带来贺兰进明的礼品和问候。家中有的人看见了她,相貌很美。到五月五日这天,从贺兰进明以下,到家中的仆人,都能得到她送的续命缕。家人认为不吉祥,大多烧了她给的礼物。狐狸悲泣道:"这些都是真的礼物,为什么烧了它们?"以后再得到她的东西,就留下使用了。后来家中有人向她要个漆背金花镜,她到别人家里偷了镜子

挂项,缘墙行,为主人家击杀,自尔怪绝焉。出《广异记》。

崔　昌

　　唐崔昌在东京庄读书,有小儿颜色殊异,来止庭中。久之,渐升阶,坐昌床头。昌不之顾,乃以手卷昌书,昌徐问:"汝何人斯？来何所欲？"小儿云:"本好读书,慕君学问尔。"昌不之却。常问文义,甚有理。经数月,日暮,忽扶一老人乘醉至昌所。小儿暂出,老人醉,吐人之爪发等,昌甚恶之。昌素有所持利剑,因斩断头,成一老狐。顷之,小儿至,大怒云:"君何故无状,杀我家长？我岂不能杀君？但以旧恩故尔。"大骂出门,自尔乃绝。出《广异记》。

长孙甲

　　唐坊州中部县令长孙甲者,其家笃信佛道。异日斋次,举家见文殊菩萨乘五色云从日边下。须臾,至斋所檐际,凝然不动。合家礼敬恳至,久之乃下。其家前后供养数十日,唯其子心疑之,入京求道士为设禁,遂击杀狐。令家奉马一匹,钱五十千。后数十日,复有菩萨乘云来至,家人敬礼如故,其子复延道士,禁咒如前。尽十余日,菩萨问道士:"法术如何？"答曰:"已尽。"菩萨云:"当决一顿。"因问道士:"汝读道经,知有狐刚子否？"答云:"知之。"菩萨云:"狐刚子者,即我是也。我得仙来,已三万岁。汝为道士,

挂在脖子上，沿着墙往回走，被主人家打死了。从此怪事就没有了。出自《广异记》。

崔　昌

唐代崔昌在东京庄读书，有个小孩容貌长得很特别，来到院子里。时间长了，慢慢地走上台阶，坐在崔昌的床头上。崔昌也不回头看，他竟用手去卷握崔昌的书，崔昌慢慢地问："你是什么人？到这里想干什么？"小孩说："我本来喜欢读书，很羡慕你的学问。"崔昌也不拒绝他。崔昌曾问他一些文章的意义，他答得很有道理。过了几个月，天黑的时候，忽然小孩扶着一个老人趁着酒醉到崔昌家来。小孩临时出去了一会儿，老人醉了，吐出人的指甲和头发等，崔昌很厌恶他。崔昌平时就有一把锋利的剑，便把老人的头砍下来，老人变成了一只老狐狸。不久，小孩回来了，非常愤怒地说："你为什么这么无礼，竟杀死了我的家长？我难道不能杀死你吗？只是因为你从前对我的恩情，我不能这么做。"大骂着走出门去，从此再也没有来。出自《广异记》。

长孙甲

唐代坊州中部县令长孙甲，他全家都虔诚地信仰佛教。有一天，在斋戒时，全家人看见文殊菩萨乘坐着五彩云从日边下来。不一会儿，降到斋室的房檐边上，停住不动。全家人恭敬诚恳，礼数特别周到，过了许久他才下来了。这家人前后供养了几十天，只有他的儿子心里怀疑，进京请道士来安排禁咒法术，于是杀死了狐狸。县令家送给道士一匹马，五十千钱。又过了几十天，又有个菩萨坐着彩云来到县令家，家人像以前一样恭敬礼待。他儿子又去请那道士，道士像以前一样安排禁咒术。过了十多天，菩萨问那道士："你的法术怎么样了？还有吗？"回答说："已经用完了。"菩萨说："我应当打你一顿。"接着又问道士："你读道经，知道有个狐刚子吗？"回答说："知道。"菩萨说："狐刚子就是我。我成仙以来，已经三万年了。你是道士，

当修清净，何事杀生？且我子孙，为汝所杀，宁宜活汝耶？"因杖道士一百毕，谓令曰："子孙无状，至相劳扰，惭愧何言。当令君永无灾横，以此相报。"顾谓道士："可即还他马及钱也。"言讫飞去。出《广异记》。

王　老

唐睢阳郡宋王冢旁有老狐，每至衙日，邑中之狗，悉往朝之，狐坐冢上，狗列其下。东都王老有双犬能咋魅，前后杀魅甚多，宋人相率以财雇犬咋狐。王老牵犬往，犬乃径诣诸犬之下，伏而不动，大失宋人之望。今世人有不了其事者，相戏云："取睢阳野狐犬。"出《广异记》。

刘众爱

唐刘全白说云，其乳母子众爱，少时，好夜中将网断道，取野猪及狐狸等。全白庄在岐下，后一夕，众于庄西数里下网，已伏网中，以伺其至。暗中闻物行声，觇见一物，伏地窥网，因尔起立，变成绯裙妇人。行而违网，至爱前车侧，忽捉一鼠食。爱连呵之，妇人忙遽入网，乃棒之致毙，而人形不改。爱反疑惧，恐或是人，因和网没沤麻池中。夜还与父母议，及明，举家欲潜逃去。爱窃云："宁有妇人食生鼠，此必狐耳。"复往麻池视之，见妇人已活，因以大斧自腰后斫之，便成老狐。爱大喜，将还村中。有老僧见狐

应当清净修炼,为什么要杀生呢？况且我的子孙,被你杀了,难道还应该让你活着吗？"便用木杖打了道士一百下,然后对县令长孙甲说:"我的子孙行为失检,以致给你添了麻烦,我惭愧得没有什么说的。应当让你永远没有灾难和横祸,用这个来报答你吧。"回头对道士说:"要立即把马和钱还给人家。"说完就飞走了。出自《广异记》。

王　老

　　唐代睢阳郡宋王坟地旁边有只老狐狸,每当到了衙日,城里的狗,全都去朝拜老狐狸,狐狸坐在坟头上,狗排列在下面。东都的王老有一对狗能够撕咬狐魅,前前后后杀死很多狐魅。宋人相继用钱财雇他的狗咬狐狸。王老牵着狗前去,狗却径直走到许多狗的后面,趴着一动不动,使宋人很失望。现在世人有解决不了的事情,都互相戏笑说:"牵来睢阳野狐狗。"出自《广异记》。

刘众爱

　　唐代的刘全白说过,他奶妈的儿子众爱,年少时,总是喜好夜里把网拦在道路中间,捕捉野猪和狐狸等。刘全白的庄子在岐山脚下,后来有一天晚上,众爱在庄子西面几里的地方下了网,自己趴在网里,等着野兽的到来。在黑暗中听到有物行走的声音,就看见一物,趴在地上偷看网,接着站起来,变成一个穿浅红裙子的妇女。走路避开了网,走到众爱前面车子的旁边,忽然捉住一只老鼠吃起来。众爱连声呵斥她,妇女匆忙之中误入网里,众爱就用棒子打死了她,可是人的形象没有变化。众爱反而疑惑害怕,担心或许是人,于是便连人带网沉没到沤麻的水池里。晚上回家和父母商量,等到天亮,全家人准备悄悄逃走。众爱私下说:"难道有吃生老鼠的女人吗？这一定是狐狸。"又到沤麻池去察看,只见妇女已经活过来,便用大斧子从腰后砍她,就变成了老狐狸。众爱十分高兴,提着狐狸回到村子。有个老和尚看见狐狸

未死，劝令养之，云："狐口中媚珠，若能得之，当为天下所爱。"以绳缚狐四足，又以大笼罩其上。养数日，狐能食。僧用小瓶口窄者，埋地中，令口与地齐，以两戴猪肉，炙于瓶中。狐爱炙而不能得，但以口属瓶。候炙冷，复下两裔。狐涎沫久之，炙与瓶满，狐乃吐珠而死。珠状如棋子，通圆而洁。爱母带之，大为其夫所贵。出《广异记》。

王 黯

　　王黯者，结婚崔氏。唐天宝中，妻父士同为沔州刺史。黯随至江夏，为狐所媚，不欲渡江，发狂大叫，恒欲赴水。妻属惶惧，缚黯著床枥上。舟行半江，忽尔欣笑，至岸大喜曰："本谓诸女郎辈不随过江，今在州城上，复何虑也。"士同莅官，便求术士。左右言州人能射狐者，士同延至。入令堂中悉施床席，置黯于屋西北陬。家人数十持更迭守，己于堂外，别施一床，持弓矢以候狐。至三夕，忽云："诸人得饱睡已否？适已中狐，明当取之。"众以为狂而未之信。及明，见窗中有血，众随血去，入大坑中，草下见一牝狐，带箭垂死。黯妻烧狐为灰，服之至尽，自尔得平复。后为原武县丞，在厅事，忽见老狐奴婢，诣黯再拜，云："是大家阿奶，往者娘子枉为崔家杀害，翁婆追念，未尝离口。今欲将小女更与王郎续亲。故令申意，兼取吉日成纳。"黯甚惧，许以厚利，求其料理，遽出罗锦十余匹，于通衢焚之。老奴

还没死，劝他饲养这只狐狸，说："狐狸嘴里有颗媚珠，如果能得到它，就能被天下的人所爱慕。"就用绳子捆住狐狸的四只脚，又用大笼子罩在上面。养了几天，狐狸能吃东西了。和尚用一个窄口的小瓶子，埋在地里，让瓶口和地面平齐，用两块猪肉，烤熟了放在瓶里。狐狸爱吃烤肉却吃不到，只是用嘴靠近瓶子。等烤肉凉了，再放进两块烤肉。狐狸长久地流着口水，烤肉已装了满瓶，狐狸就吐出媚珠死去。珠的样子像棋子大小，又圆又洁净。众爱的母亲佩戴着媚珠，特别受她的丈夫尊宠。出自《广异记》。

王黯

王黯，与崔氏结婚。唐代天宝年间，他的岳父崔士同任沔州刺史。王黯跟随他来到江夏时，被狐狸迷住了，不想渡长江，发狂似的大叫，总想跳到江水里去。妻子的亲属们惊恐不安，把王黯捆在床架上。船行到江心，王黯忽然高兴得笑起来，到了岸上大喜道："本来以为诸位女郎不随我过江，现在已在沔州城上，又有什么担心的呢。"崔士同到了任上，便去请术士。左右说州中有个能射死狐狸的人，崔士同就请那人来。那人来了就让人把堂屋中全铺上席子，把王黯安置在屋的西北角。让几十个家人打更守卫，自己在屋外，另外放了一张床，拿着弓箭等候狐狸。到第三天的晚上，他忽然说："各位都睡得很香吗？刚才已经射中了狐狸，明天可取。"大家认为这人太狂妄而不相信他。等到天一亮，就看见窗上有血，大家顺着血迹找去，进入一个大坑中，从坑里的草下面找到一只雌狐狸，身上带着箭快要死了。王黯的妻子把狐狸烧成灰，并把灰全给王黯吃了，从此王黯的病就好了。后来王黯做了原武县县丞，在厅里办公，忽然看见老狐狸的奴婢，又来拜见王黯，说："我现在是大户家的奶妈，以前娘子冤屈地被崔家杀害了，父母回忆思念她，总挂在嘴上。现在想把小女儿再送给王郎续亲。所以让我来说明心意，同时定个吉日好成亲。"王黯很害怕，答应给她优厚的钱财，求她想办法帮助处理。很快拿出十多匹罗锦，在大路上烧了。老奶妈

乃谓其妇云："天下美丈夫亦复何数，安用王家老翁为女婿？"言讫不见。出《广异记》。

袁嘉祚

唐宁王傅袁嘉祚，年五十，应制授垣县县丞。阙素凶，为者尽死。嘉祚到官，而丞宅数任无人居，屋宇摧残，荆棘充塞。嘉祚剪其荆棘，理其墙垣，坐厅事中。邑老吏人皆惧，劝出，不可。既而魅夜中为怪，嘉祚不动，伺其所入。明日掘之，得狐。狐老矣，兼子孙数十头。嘉祚尽烹之，次至老狐，狐乃言曰："吾神能通天，预知休咎。愿置我，我能益于人。今此宅已安，舍我何害？"嘉祚前与之言，备告其官秩。又曰："愿为耳目，长在左右。"乃免狐。后祚如狐言，秩满果迁。数年至御史，狐乃去。出《纪闻》。

李林甫

唐李林甫方居相位，尝退朝，坐于堂之前轩。见一玄狐，其质甚大，若牛马，而毛色黯黑有光，自堂中出，驰至庭，顾望左右。林甫命弧矢，将射之，未及，已亡见矣。自是凡数日，每昼坐，辄有一玄狐出焉。其岁林甫籍没。出《宣室志》。

孙甑生

唐道士孙甑生本以养鹰为业，后因放鹰，入一窟，见

就对那个妇人说："天下的美男子都数不过来，为什么非要姓王的老头做女婿。"说完就不见了。出自《广异记》。

袁嘉祚

唐代宁王太傅袁嘉祚，五十岁了，应制科考试后授予垣县县丞的职务。县丞城楼历来不吉祥，住过的人都死了。袁嘉祚到了任上一看，县丞的宅院几任以来都没人居住。屋子残破不堪，里外长满荆棘杂草。袁嘉祚铲去那些荆棘，修理好院墙，坐在厅堂里办公。县邑年老的官吏都很害怕，劝他出去住，他不答应。不久鬼魅在夜里作怪，袁嘉祚也不动声色，只是暗中观察它所进的地方。第二天挖掘那个地方，挖到一狐狸。狐狸已经老了，还有它的几十个子孙，袁嘉祚把它们全部煮了，轮到那只老狐狸，老狐狸就开口说："我的神力能通天，预知吉凶。希望放了我，我能给人带来好处。现在这个宅院已经平安了，放了我有什么害处呢？"袁嘉祚上前与狐狸说话，狐狸详细地告诉了他将来的官位和等级。又说："愿意做你的耳目，经常呆在你的身边。"袁嘉祚就放了狐狸。后来袁嘉祚像狐狸说的那样，任满后果然升了官。几年后升到御史，狐狸才离开了。出自《纪闻》。

李林甫

唐代李林甫正任丞相职位时，曾有一次退朝后，坐在堂屋前廊上。看见一只黑色狐狸，它的体形很大，像牛马一样，毛色黝黑有光泽，从堂屋中出来，跑到庭院里，向左右张望。李林甫命人带着弓和箭，准备射那狐狸。没等射箭，狐狸已经不见了。从这以后共有好几天，每当白天坐着时，就有一只黑色狐狸出现。那一年李林甫被抄了家。出自《宣室志》。

孙甑生

唐道士孙甑生原以养鹰为业，后因为放鹰，进入一个洞窟，只见

狐数十枚读书。有一老狐当中坐，迭以传授。甄生直入，夺得其书而还。明日，有十余人持金帛诣门求赎，甄生不与，人云："君得此，亦不能解用之，若写一本见还，当以口诀相授。"甄生竟传其法，为世术士。狐初与甄生约，不得示人，若违者，必当非命。天宝末，玄宗固就求之，甄生不与，竟而伏法。出《广异记》。

王 璿

唐宋州刺史王璿，少时仪貌甚美，为牝狐所媚。家人或有见者，丰姿端丽。虽僮幼遇之者，必敛容致敬。自称新妇，祇对皆有理。由是人乐见之。每至端午及佳节，悉有赠仪相送，云："新妇上某郎某娘续命。"众人笑之，然所得甚众。后璿职高，狐乃不至。盖某禄重，不能为怪。出《广异记》。

李 麐

东平尉李麐初得官，自东京之任。夜投故城，店中有故人卖胡饼为业。其妻姓郑有美色，李目而悦之，因宿其舍。留连数日，乃以十五千转索胡妇。既到东平，宠遇甚至。性婉约，多媚黠风流；女工之事，罔不心了；于音声特究其妙。在东平三岁，有子一人。其后李充租纲入京，与郑同还。至故城，大会乡里饮宴，累十余日。李催发数四，郑固称疾不起，李亦怜而从之。又十余日，不获已，事理须去。

几十只狐狸在读书。有一只老狐狸坐在中间,轮流逐个传授。甄生径直走进去,抢了他们的书回去了。第二天,有十多人带着金银绸缎上门要求把书赎回去,甄生不给书。那人说:"你得到这本书,也不能理解运用它,如果抄写一本后还给我们,我们会把口诀传授给你。"甄生竟然学到了那法术,成了世间的一个术士。狐狸当初与甄生约好,不能给别人看,如果违犯了约定,一定会不得好死。天宝末年,唐玄宗坚持要那本书,甄生不给他,竟因此被杀死。出自《广异记》。

王 璿

唐代宋州刺史王璿,年少时仪态容貌很美,被一只雌狐狸迷住了。家人中有看见那狐狸的,姿态端庄秀丽。即使是仆人和小孩遇到她,她也会郑重地表示尊敬。她自称是新娘子,言谈举止都合乎情理。因此家人都喜欢见到她。每当到了端午节以及其他佳节,都有礼品赠送给家人,并说:"新娘子给某个郎君某个娘子奉上续命缕。"大家都笑她,可是得到的东西却很多。后来王璿的职位升高了,狐狸就不来了。大概是一个人的福禄重了,就不能被妖怪迷惑了。出自《广异记》。

李 麿

东平县尉李麿刚得到官时,从东京出发去上任。夜里来到故城住宿。客店里有个熟人靠卖胡饼维持生活。他的妻子郑氏长得很美,李麿看见便喜欢上她,就住到他家里。一连住了好几天,并用十五千钱买下卖胡饼的人的妻子。到了东平县后,对她宠爱备至。她性情婉约,妩媚机灵又风流;女工的事,她没有不懂的;对音乐声律特别懂得它的妙处。在东平县住了三年,生了一个儿子。后来李麿因担任赋税运输工作要进京去,和郑氏一起回去。到了故城,遍请故乡的亲朋好友饮宴,累计十多天。李麿多次催促启程,郑氏坚决称病不起身,李麿也因爱她而顺从了她。又过了十多天,不得已,有事要办必须启程。

行至郭门,忽言腹痛,下马便走,势疾如风。李与其仆数人极骋,追不能及,便入故城,转入易水村,足力少息。李不能舍,复逐之。垂及,因入小穴,极声呼之,寂无所应,恋结凄怆,言发泪下。会日暮,村人为草塞穴口,还店止宿。及明,又往呼之,无所见,乃以火熏。久之,村人为掘深数丈,见牝狐死穴中,衣服脱卸如蜕,脚上著锦袜。李叹息良久,方埋之。归店,取猎犬噬其子,子略不惊怕。便将入都,寄亲人家养之。输纳毕,复还东京,婚于萧氏。

萧氏常呼李为野狐婿,李初无以答。一日晚,李与萧携手与归本房狎戏,复言其事。忽闻堂前有人声,李问:"阿谁夜来?"答曰:"君岂不识郑四娘耶?"李素所钟念,闻其言,遽欣然跃起。问:"鬼乎?人乎?"答云:"身即鬼也。"欲近之而不能,四娘因谓李:"人神道殊,贤夫人何至数相谩骂?且所生之子,远寄人家,其人皆言狐生,不给衣食,岂不念乎?宜早为抚育,九泉无恨也。若夫人云云相侮,又小儿不收,必将为君之患。"言毕不见。萧遂不复敢说其事。唐天宝末,子年十余,甚无恙。出《广异记》。

李揆

唐丞相李揆,乾元初,为中书舍人。尝一日退朝归,见一白狐在庭中捣练石上,命侍僮逐之,已亡见矣。时有客于揆门者,因话其事,客曰:"此祥符也,某敢贺。"至明日,

走到外城的大门时，郑氏忽然说肚子疼，下了马就跑，速度快得像风一样。李麿和几个仆人极力骑马追赶，也没追上，就跟着（郑氏）进到故城，转弯进入易水村，郑氏跑得稍慢。李麿不放弃，又追下去。快追上时，郑氏顺势进入一个小洞里，李麿大声呼唤她，她静静地也不回答。李麿恋恋不舍，凄惨悲伤，一边说一边流泪。这时正赶上天黑了，村里人用草塞住洞口，李麿回客店住宿。等到天亮，又去洞口呼唤她，什么也没看见，于是用火熏。熏了很久，村里人又帮他挖洞挖了几丈深，只见一只雌狐狸死在洞里，衣服脱了下来像蝉蜕一样，脚上还穿着锦丝袜子。李麿叹息了很长时间，才埋了狐狸。回到店里，找来猎犬咬她生的孩子，孩子并不害怕。就带着孩子进京去，寄养在亲属家。赋税缴纳完毕，又回到东京，与萧氏结婚。

　　萧氏常常称呼李麿是野狐婿，李麿开始也没说什么。一天晚上，李麿和萧氏拉着手一起回到屋里说笑玩闹，又说起野狐婿的事。忽然听见堂屋前有人声，李麿问："谁夜里跑来了？"回答说："你难道不认识郑四娘了吗？"李麿平时就怀念她，听到她说话，一下子高兴地跳起来。问："你是鬼还是人呢？"回答说："是鬼。"想接近却做不到，郑四娘便对李麿说："人道和神道不一样，你的妻子为什么多次骂我呢？况且我生的儿子，寄养在远方亲属家，那些人都说是狐狸生的，不给他衣食，你难道不想念他吗？应该早点接回来抚养，我在九泉之下也没有遗憾了。如果萧氏说起话来就侮辱我，又不收养我的儿子，必将给你带来灾祸。"说完就不见了。萧氏于是不再敢说野狐婿的事。唐代天宝末年，孩子十多岁，身体一点没毛病。出自《广异记》。

李揆

　　唐代丞相李揆，在乾元初年，任中书舍人。曾有一天退朝回家，看见一只白狐狸坐在庭院中间的捣衣石上，就命令僮仆赶走它，忽然不见了。当时李揆家有一个客人，便对客人说了这件事。客人说："这是吉祥的兆头，我向您表示祝贺。"到了第二天，

果选礼部侍郎。出《宣室志》。

宋 溥

宋溥者,唐大历中,为长城尉。自言幼时,与其党暝扱野狐,数夜不获。后因月夕,复为其事。见一鬼戴笠骑狐,唱《独盘子》,至扱所。狐欲入扱,鬼乃以手搭狐颊,因而复回。如是数四。其后夕,溥复下扱伺之,鬼又乘狐,两小鬼引前,往来扱所。溥等无所获而止。有谈众者亦云,幼时下扱,忽见一老人扶杖至己所止树下,仰问:"树上是何人物?"众时尚小,其惶惧,其兄因怒骂云:"老野狐,何敢如此?"下树逐之,狐遂变走。出《广异记》。

僧晏通

晋州长宁县有沙门晏通修头陀法,将夜,则必就蓁林乱冢寓宿焉。虽风雨露雪,其操不易;虽魑魅魍魉,其心不摇。月夜,栖于道边积骸之左,忽有妖狐踉跄而至。初不虞晏通在树影也,乃取髑髅安于其首,遂摇动之,傥振落者,即不再顾,因别选焉。不四五,遂得其一,岌然而缀。乃搴擷木叶草花,障蔽形体,随其顾盼,即成衣服。须臾,化作妇人,绰约而去。乃于道右,以伺行人。俄有促马南来者,妖狐遥闻,则恸哭于路。过者驻骑问之,遂对曰:"我歌人也,随夫入奏。今晓夫为盗杀,掠去其财。伶俜孤远,思愿北归,无由致。

果然提拔为礼部侍郎。出自《宣室志》。

宋溥

宋溥，在唐代大历年间，做了长城县尉。自称幼年时候，与他的同伴晚上下夹子去捉野狐狸，好几天晚上也没捉到。后来便在一个有月亮的晚上，又去捉狐狸。看见一个鬼戴着斗笠骑着狐狸，唱着《独盘子》曲调，走到放夹子的地方。狐狸想进夹子，鬼就用手搭在狐狸的脸颊上不让它进，因此又回头走。像这样走了好几次。后来的一个晚上，宋溥又下夹子等狐狸来，鬼又骑着狐狸，两个小鬼在前面领路，在夹子的周围来来往往。宋溥等人没捉到狐狸就不再捉了。有个叫谈众的人也说，幼年时下夹子，忽然看见一个老头拄着拐杖走到自己藏身的树下，仰起头问："树上藏的是什么人？"谈众那时还小，很害怕，他的哥哥便生气地骂道："老野狐狸，怎么敢如此戏耍？"下树去追赶老头，老头就变成狐狸跑了。出自《广异记》。

僧晏通

晋州长宁县有个和尚叫晏通，修炼头陀法，天将黑时，就一定到丛林里的乱坟中寄宿。即使是刮风下雨降露下雪，他的做法也不改变；即使遇上妖魔鬼怪，他的决心也不动摇。一个月明之夜，他睡在道边尸骨堆的东面，忽然有只狐妖跟跄着走来。开始时并没有料到晏通在树荫下睡觉，于是拿起一个死人头骨套在头上，就摇起头来，如果振落了，就不再用，接着再另外挑选。试了不下四五个，才选中一个，高高地戴在头上。又采摘树叶和花草，遮盖形体，随着它左顾右盼，就变成了衣服。一会儿，变成一个妇女，风姿绰约地离开了。站在路的西边，等候过路的人。不久有个骑着快马从南边来的人，狐妖远远地就听到了，就在路边痛哭起来。过路的人停下马来问她，她便回答说："我是个歌女，跟着丈夫入朝，今天早晨丈夫被强盗杀了，抢走了钱财，我孤苦伶仃地远离家乡，心里想往北回家，又没有办法回去。

脱能收采，当誓微躯，以执婢役。"过者易定军人也，即下马熟视，悦其都冶，词意叮咛，便以后乘挈行焉。晏通遽出谓曰："此妖狐也，君何容易？"因举锡杖叩狐脑，髑髅应手即坠，遂复形而窜焉。出《集异记》。

如果你能收留我，我发誓以微贱之身做你的奴仆。"过路的人是易定军人，就下马仔细看她，喜欢她的漂亮妖冶，说话诚恳，就让她坐在他身后要带着她一起走。晏通突然出来对军人说："这是个狐妖，你怎么这么随便！"便举起锡杖敲打狐狸的头，人头骨随手就掉下来，那女子就恢复狐狸的原形逃走了。

卷第四百五十二
狐六

任　氏　　李　苌

任　氏

　　任氏，女妖也。有韦使君者，名崟，第九，信安王祎之外孙。少落拓，好饮酒。其从父妹婿曰郑六，不记其名。早习武艺，亦好酒色，贫无家，托身于妻族。与崟相得，游处不间。唐天宝九年夏六月，崟与郑子偕行于长安陌中，将会饮于新昌里。至宣平之南，郑子辞有故，请间去，继至饮所。崟乘白马而东，郑子乘驴而南，入升平之北门。偶值三妇人行于道中，中有白衣者，容色姝丽。郑子见之惊悦，策其驴，忽先之，忽后之，将挑而未敢。白衣时时盼睐，意有所受。郑子戏之曰："美艳若此，而徒行，何也？"白衣笑曰："有乘不解相假，不徒行何为？"郑子曰："劣乘不足以代佳人之步，今辄以相奉，某得步从足矣。"相视大笑。同行者更相眩诱，稍已狎暱。郑子随之，东至乐游园，已昏黑矣。

任 氏

　　任氏,是个女妖。有个姓韦的使君,名叫崟,排行第九,是信安王李袆的外孙。年轻时就豪放不受拘束,喜欢饮酒。他堂妹的丈夫叫郑六,不记得他的名字了。早年学过武艺,也喜好酒色。他因贫穷没有家,寄住在妻子的娘家。与韦崟很要好,不论是出游还是在家呆着,很少分开。唐代天宝九年夏季六月,韦崟与郑子一起走在长安的小巷里,准备到新昌里去喝酒。走到宣平坊的南面,郑子推辞说有事,请求出去一会儿,随后再到喝酒的地方。韦崟骑白马向东走,郑子骑驴向南走,走进升平坊的北门。恰巧碰到三个妇女走在路上,其中有个穿白衣服的,容貌特别美丽。郑子看见她这么美又吃惊又高兴,赶着驴,一会儿走在她们的前面,一会儿走在她们的后面,想挑逗却不敢。穿白衣的女人时时用斜眼瞥他,有接受爱慕的意思。郑子与她开玩笑说:"像你这么美艳,却徒步走路,这是为什么呢?"白衣女子笑着说:"有驴骑的人不懂得相借,不徒步走怎么办呢?"郑子说:"劣等驴不足以替美人代步,现在就把驴送给你,我能步行跟着就足够了。"二人互相看着大笑起来。同行的两个女人也诱惑他,比之前稍稍亲近起来。郑子跟着她们,向东走到乐游园,这时天已经黑了。

见一宅，土垣车门，室宇甚严。白衣将入，顾曰："愿少踯躅而入。"女奴从者一人，留于门屏间，问其姓第，郑子既告，亦问之，对曰："姓任氏，第二十。"少顷，延入。郑絷驴于门，置帽于鞍，始见妇人年三十余，与之承迎，即任氏姊也。列烛置膳，举酒数觞。任氏更妆而出，酣饮极欢。夜久而寝，其妍姿美质，歌笑态度，举措皆艳，殆非人世所有。将晓，任氏曰："可去矣。某兄弟名系教坊，职属南衙，晨兴将出，不可淹留。"乃约后期而去。

既行，及里门，门扃未发。门旁有胡人鬻饼之舍，方张灯炽炉。郑子憩其帘下，坐以候鼓，因与主人言。郑子指宿所以问之曰："自此东转，有门者，谁氏之宅？"主人曰："此隤墉弃地，无第宅也。"郑子曰："适过之，曷以云无？"与之固争。主人适悟，乃曰："吁。我知之矣。此中有一狐，多诱男子偶宿，尝三见矣。今子亦遇乎？"郑子赧而隐曰："无。"质明，复视其所，见土垣车门如故。窥其中，皆蓁荒及废圃耳。既归，见鋬。鋬责以失期，郑子不泄，以他事对。然想其艳冶，愿复一见之，心尝存之不忘。

经十许日，郑子游，入西市衣肆，瞥然见之，曩女奴从。郑子遽呼之，任氏侧身周旋于稠人中以避焉。郑子连呼前迫，方背立，以扇障其后曰："公知之，何相近焉？"郑子曰："虽知之，何患？"对曰："事可愧耻，难施面目。"郑子曰："勤想如是，忍相弃乎？"对曰："安敢弃也，惧公之见恶耳。"

看见一座宅院，土墙车门，房屋特别严整。白衣女子将要进门，回头说："请你稍等一会儿再进去。"跟从的一个女仆，站在门屏之间，问郑子的姓氏排行，郑子告诉了她，也问白衣女子的情况，女仆回答说："姓任，排行第二十。"不一会儿，请他进去。郑子把驴拴在门上，把帽子放在鞍上，才看见一个三十多岁的妇女，来迎接他，她就是任氏的姐姐。排好蜡烛摆好饭食，举起酒杯连喝了好几杯酒。任氏才换了衣服出来，尽情喝酒十分欢乐。夜深了开始睡觉，她美丽的身姿，说笑的神态，一举一动都很动人，实在不是人间所能有的。天快亮了，任氏说："你可以走了。我的兄弟名系教坊，由南衙管辖，天一亮就回来，你不可久留。"约定了以后见面的日子就离开了。

　　离开以后，走到里巷大门，门锁还没打开。门旁边有个胡人卖饼的铺子，正点着灯烧炉子。郑子在门帘下休息，坐着等候击鼓开门，顺便与主人谈话。郑子指着自己住过的地方问主人："从这里向东转弯，有个大门，是谁家的宅院"？主人说："那里只是倒塌的院墙和废弃的园地，没有什么宅院。"郑子说："我刚到那里拜访过，为什么说没有呢？"便和主人争执了起来。主人才明白过来，就说："唉，我明白了。这里有一只狐狸，常诱惑男子去同宿，我曾见过三次。现在你也遇上了吗？"郑子难为情地隐瞒说："没遇见。"天亮了，再看那住处，只见土墙车门像原来一样。细看院中，都是荒草和废园。回去后，见到韦崟。韦崟责备他失约，郑子没说实情，用别的事应付过去。但一想起任氏的妖艳美貌，就想与她再见一面，心里想着她念念不忘。

　　过了十几天，郑子出去游玩，进到西市的衣服铺，一瞥眼看见了任氏，从前那个女仆还跟着她。郑子赶快呼叫她，任氏侧着身子周旋在人流中躲避他。郑子连连呼叫往前紧追，她才背着身子站住，用扇子遮着身后说："你知道了真相，为什么还接近我呢？"郑子说："即使知道了真相，又担心什么呢？"回答说："做的事使人羞愧，见了面难为情。"郑子说："我如此殷切想念你，你忍心抛弃我吗？"回答说："怎敢抛弃你呢？只是怕你讨厌我罢了。"

郑子发誓,词旨益切。任氏乃回眸去扇,光彩艳丽如初,谓郑子曰:"人间如某之比者非一,公自不识耳,无独怪也。"郑子请之与叙欢,对曰:"凡某之流,为人恶忌者,非他,为其伤人耳。某则不然。若公未见恶,愿终己以奉巾栉。"郑子许与谋栖止,任氏曰:"今旧居僻陋,不可复往。从此而东,安邑坊之内曲,有小宅,宅中有小楼,楼前有大树出于栋间者,门巷幽静,可税以居。前时自宣平之南,乘白马而东者,非君妻之昆弟乎? 其家多什器,可以假用。"

是时崟伯叔从役于四方,三院什器,皆贮藏之。郑子如言访其舍,而诣崟假什器。问其所用,郑子曰:"新获一丽人,已税得其舍,假其以备用。"崟笑曰:"观子之貌,必获诡陋,何丽之绝也。"崟乃悉假帷帐榻席之具,使家僮之惠黠者,随以觇之。俄而奔走返命,气吁汗洽。崟迎问之:"有乎?"曰:"有。"又问:"容若何?"曰:"奇怪也,天下未尝见之矣!"崟姻族广茂,且夙从逸游,多识美丽。乃问曰:"孰若某美?"僮曰:"非其伦也!"崟遍比其佳者四五人,皆曰:"非其伦。"是时吴王之女有第六者,则崟之内妹,秾艳如神仙,中表素推第一。崟问曰:"孰与吴王家第六女美?"又曰:"非其伦也。"崟抚手大骇曰:"天下岂有斯人乎?"遽命汲水澡颈,巾首膏唇而往。

既至,郑子适出。崟入门,见小僮拥彗方扫,有一女奴在其门,他无所见。征于小僮,小僮笑曰:"无之。"崟周视室内,见红裳出于户下。迫而察焉,见任氏戢身匿于扇间。

郑子发誓,说的话更加诚恳,任氏才转过头撤去扇子,光彩艳丽的样子像当初一样,对郑子说:"人世间像我一样美的女人不是我一个,你只是没有见过罢了,不要觉得奇怪。"郑子要求和任氏重叙欢好,任氏回答说:"凡是我们这一类人,被人们厌恶猜忌的,不是别的,只是因为伤害他人。我却不这样。如果你不厌恶我,我愿意终生侍奉你。"郑子答应了她,并和她商量住的地方,任氏说:"现在旧的住处偏僻简陋,不可再去。从这里往东走,安邑坊的内曲,有个小宅,宅中有小楼,楼前有棵大树高出屋顶,门巷幽静,可以租住。前些时候从宣平之南,骑着白马往东走的人,不是你妻子的堂弟吗?他家里生活用具很多,可以借来用。"

当时韦崟的伯叔在外面任官,三家的家具器物,都存放起来了。郑子照她说的到韦崟家拜访,并向韦崟借生活用具。韦崟问他干什么用,郑子说:"刚刚得到一个美人,已经租了房子,借这些东西备用。"韦崟笑着说:"看你的相貌,一定会得到一个奇丑的女人,怎么会绝美呢?"韦崟就把帷帐榻席等用具全借给他,派了一个聪明伶俐的僮仆,跟着去察看。不一会儿,跑着回来复命,气喘吁吁汗流满面。韦崟迎上去问他:"有女子吗?"说:"有。"又问:"长相怎么样?"说:"奇怪呀,天下不曾见过这么美的人。"韦崟家姻亲很多,并且僮仆平时跟着到处游玩,见过很多美女。就问道:"与某个女子比谁美?"僮仆说:"不能和她比。"韦崟举出四五个美女逐个让他比较,僮仆都说:"不能和她比。"当时吴王的第六个女儿,是韦崟的内妹,美艳得像神仙一样,表亲之中一向推她为第一美女。韦崟问道:"与吴王家的第六个女儿比谁美?"又说:"比不上。"韦崟拍着手大惊说:"天下难道有这么美的女人吗?"立刻命人打水洗净脖子,戴着头巾抹了唇膏就去了。

到了以后,恰好郑子出门去了。韦崟进门,看见一个僮仆拿着扫帚正在扫地,有一个女仆在门边,别的没看到什么。向僮仆打听,僮仆笑着说:"没有。"韦崟在屋里四下寻找,看见红色衣裳从门下露出来。走近去察看,只见任氏收敛身体藏在门扇中间。

崟引出，就明而观之，殆过于所传矣。崟爱之发狂，乃拥而凌之，不服，崟以力制之。方急，则曰："服矣。请少回旋。"既从，则捍御如初。如是者数四。崟乃悉力急持之，任氏力竭，汗若濡雨。自度不免，乃纵体不复拒抗，而神色惨变。崟问曰："何色之不悦？"任氏长叹息曰："郑六之可哀也！"崟曰："何谓？"对曰："郑生有六尺之驱，而不能庇一妇人，岂丈夫哉！且公少豪侈，多获佳丽，遇某之比者众矣。而郑生穷贱耳，所称惬者，唯某而已。忍以有余之心，而夺人之不足乎？哀其穷馁不能自立，衣公之衣，食公之食，故为公所蔑耳。若糠粮可给，不当至是。"崟豪俊有义烈，闻其言，遽置之。敛衽而谢曰："不敢。"俄而郑子至，与崟相视哈乐。

自是，凡任氏之薪粒牲饩，皆崟给焉。任氏时有经过，出入或车马舁步，不常所止。崟日与之游，甚欢。每相狎暱，无所不至，唯不及乱而已。是以崟爱之重之，无所悭惜，一食一饮，未尝忘焉。任氏知其爱己，因言以谢曰："愧公之见爱甚矣。顾以陋质，不足以答厚意；且不能负郑生，故不得遂公欢。某，秦人也，生长秦城，家本伶伦，中表姻族，多为人宠媵，以是长安狭斜，悉与之通。或有姝丽，悦而不得者，为公致之可矣。愿持此以报德。"崟曰："幸甚！"鄽中有鬻衣之妇曰张十五娘者，肌体凝洁，崟常悦之。因问任氏识之乎，

韦崟拉她出来，借着光亮仔细看她，几乎比家僮说的还美。韦崟爱她爱得发狂，就抱着欺凌她。她不顺从，韦崟用力气制服她。正在危急时刻，她就说："顺从了。请让我稍微活动一下身子。"顺从了后，就又像开始时一样防御抵抗，像这样反复了好几次。韦崟就用尽全力紧紧地抓住她，任氏力气用尽，汗如雨下。自己估量免不了被侮辱，才放松了身体不再抗拒，可是神情变得很凄惨。韦崟问道："为什么脸色不高兴？"任氏长叹一声说："郑六真可怜呀。"韦崟说："什么意思？"回答说："郑生空有六尺之躯，却不能保护一个女人，怎么能算是大丈夫呢！况且你从年轻时就很放荡，得到过很多美女，遇到过很多像我这样的女人。可是郑生是贫穷低贱的人，合乎心意的，只有我这个人罢了。你怎能忍心自己已经有余，却来抢夺别人不足的东西呢？可怜他又穷又饿不能自立，穿你给的衣服，吃你给的粮食，所以被你亵渎。如果粮食能够自给，就不会到这个地步。"韦崟是个豪爽讲义气的人，性情刚烈，听了任氏的话，立刻放下了任氏。整理了一下衣服道歉说："再也不敢这样无礼了。"不一会儿郑子回来了，与韦崟相视而笑，十分快乐。

从此，凡是任氏用的木柴粮食和牲口饲料，都由韦崟供给。任氏有时经过韦崟家，进进出出或乘车马或坐轿或步行，不长时间留在那里。韦崟天天和任氏出游，特别快乐。每每一起亲近玩耍，没有什么不玩的，只是没做淫乱的事罢了。因此韦崟爱她敬重她，为了她没什么舍不得的，一点吃的喝的，也不曾忘记她。任氏知道他爱自己，便向他道歉说："很惭愧得到你的厚爱。考虑到自己丑陋，不能用来报答你的厚意；而且我不能背叛郑生，所以不能满足你的快乐。我是秦中人，生长在秦城，家庭本是优伶之类，中表亲属中，很多都是人家宠爱的媵妾，因此长安城内的妓院，我全都与她们有联系。如果有美女，喜欢又得不到的，我能为你得到。希望用这个来报答你的恩情。"韦崟说："太好了！"街市有个卖衣服的妇女叫张十五娘，肌体润滑洁净，韦崟早就喜欢她。便问任氏认不认识她，

对曰："是某表娣妹，致之易耳。"旬余，果致之。数月厌罢。

任氏曰："市人易致，不足以展效。或有幽绝之难谋者，试言之，愿得尽智力焉。"崟曰："昨者寒食，与二三子游于千福寺，见刁将军缅张乐于殿堂，有善吹笙者，年二八，双鬟垂耳，娇姿艳绝。当识之乎？"任氏曰："此宠奴也。其母即姜之内姊也，求之可也。"崟拜于席下。任氏许之，乃出入刁家。月余，崟促问其计，任氏愿得双缣以为赂，崟依给焉。后二日，任氏与崟方食，而缅使苍头控青骊以迓任氏。任氏闻召，笑谓崟曰："谐矣。"初，任氏加宠奴以病，针饵莫减。其母与缅忧之方甚，将征诸巫。任氏密赂巫者，指其所居，使言从就为吉。及视疾，巫曰："不利在家，宜出居东南某所，以取生气。"缅与其母详其地，则任氏之第在焉。缅遂请居。任氏谬辞以逼狭，勤请而后许。乃辇服玩，并其母偕送于任氏。至则疾愈。未数日，任氏密引崟以通之，经月乃孕。其母惧，遽归以就缅，由是遂绝。

他日，任氏谓郑子曰："公能致钱五六千乎？将为谋利。"郑子曰："可。"遂假求于人，获钱六千。任氏曰："鬻马于市者，马之股有疵，可买以居之。"郑子如市，果见一人牵马求售者，青在左股，郑子买以归。其妻昆弟皆嗤之曰："是弃物也，买将何为？"无何，任氏曰："马可鬻矣，当获三万。"郑子乃卖之。有酬二万，郑子不与。一市尽曰："彼何苦而贵买，

回答说:"是我的表妹,得到她很容易。"十多天,果然得到了她。几个月后就厌倦了。

任氏说:"街市上的人容易得到,不足以展示效果。如果有深宫幽院难以谋取的,试着说说,希望能尽到我的智慧和力气。"韦崟说:"昨天是寒食节,我和两三个人到千福寺游玩,看见刁缅将军在殿堂里安排了乐队,有个善于吹笙的人,年龄十六岁,双鬟垂耳,娇姿艳丽。你也认识她吗?"任氏说:"那是宠奴。她母亲就是我的内姐,能够得到她。"韦崟在座席下行礼,任氏答应了他,于是出入刁家。一个多月后,韦崟催促问她有什么办法,任氏希望用两匹细绢作贿赂,韦崟按她说的给了。又过了两天,任氏与韦崟正在吃饭,刁缅派老仆牵着青骊马来迎接任氏。任氏听说召见她,笑着对韦崟说:"事情办成了。"原来在一开始,任氏使宠奴得了病,针灸吃药也不见好。她母亲与刁缅很为她担心,准备去请巫师。任氏秘密地贿赂巫师,指明自己住的地方,让巫师说到这里来才能逢凶化吉。等到看病时,巫师说:"在家里不吉利,应该出去住到东南某个地方,来接受生的气息。"刁缅和宠奴的母亲熟悉那个地方,就是任氏住的地方。刁缅就向任氏请求去住几天。任氏假装以地方狭小推辞,多次请求以后才答应。刁缅就用车子载着衣服和玩赏的东西,和宠奴的母亲一起送到任氏家里。到了病也就好了。不几天后,任氏偷偷领着韦崟与宠奴私通,过了一个月竟然怀孕了。宠奴的母亲害怕了,急忙把宠奴带回刁缅家,从此就断了关系。

后来有一天,任氏对郑子说:"你能张罗出五六千钱吗?我要给你谋一些利益。"郑子说:"可以。"于是向别人求借,借了六千钱。任氏说:"有个在街市上卖马的人,马的大腿上有青癜。你可以买下来饲养着。"郑子到街市上去,果然看见一个人牵着马请求售卖,青癜在左大腿上,郑子把马买了回来。他妻子的兄弟们都嘲笑他说:"这是个废物,买了它准备干什么?"没过多久,任氏说:"可以卖马了,应该能卖三万钱。"郑子就去卖马。有人出价二万钱,郑子不卖。整个市场上的人都说:"那个人何苦贵买,

此何爱而不鬻?"郑子乘之以归,买者随至其门,累增其估,至二万五千也。不与,曰:"非三万不鬻。"其妻昆弟聚而诟之。郑子不获已,遂卖,卒不登三万。既而密伺买者,征其由,乃昭应县之御马疵股者,死三岁矣。斯史不时除籍,官征其估,计钱六万,设其以半买之,所获尚多矣。若有马以备数,则三年刍粟之估,皆吏得之,且所偿盖寡,是以买耳。

任氏又以衣服故弊,乞衣于崟。崟将买全彩与之,任氏不欲,曰:"愿得成制者。"崟召市人张大为买之,使见任氏,问所欲。张大见之,惊谓崟曰:"此必天人贵戚,为郎所窃,且非人间所宜有者。愿速归之,无及于祸。"其容色之动人也如此。竟买衣之成者,而不自纫缝也,不晓其意。

后岁余,郑子武调,授槐里府果毅尉,在金城县。时郑子方有妻室,虽昼游于外,而夜寝于内,多恨不得专其夕。将之官,邀与任氏俱去,任氏不欲往,曰:"旬月同行,不足以为欢。请计给粮饩,端居以迟归。"郑子恳请,任氏愈不可。郑子乃求崟资助,崟与更劝勉,且诘其故。任氏良久曰:"有巫者言,某是岁不利西行,故不欲耳。"郑子甚惑也,不思其他,与崟大笑曰:"明智若此,而为妖惑,何哉?"固请之。任氏曰:"傥巫者言可征,徒为公死,何益?"二子曰:"岂有斯理乎?"恳请如初。任氏不得已,遂行。崟以马借之,出祖于临皋,挥袂别去。

这个人有什么怜惜而不卖的呢?"郑子骑着马往家走,买马的人跟着到了他的家门,多次提高价钱,加到二万五千钱。还是不卖,说:"不到三万钱不卖。"郑子的妻弟们聚在一块骂他。郑子不得已,就卖了,终于卖了不足三万钱。接着,秘密地等候买马人,询问花高价的原因。原来是因为昭应县有一匹大腿上长瘤的御马,死了三年了。管马的官吏没有及时除名,官府向他征收赔偿费,总计六万钱,如果他用半价买马,还能得很多钱。如果有马来充数,那么三年的草料钱,都归养马差吏所得,况且偿还的钱就少了,因此才买这匹马。

任氏又以衣服破旧为理由,向韦崟要衣服。韦崟准备给她买整匹的彩色丝绸,任氏不要,说:"只想要成衣。"韦崟从市上找来张大给她买,让张大去面见任氏,问她要什么样的。张大见了任氏,吃惊地对韦崟说:"这人一定是天人贵戚,被你偷来,绝非人间所应该有的。希望你快点把她送回去,才能免受祸害。"她的容貌就是如此美丽动人。终究买了成衣,而不自己缝纫,别人不懂得其中的意思。

一年后,郑子调任武官,担任槐里府的果毅尉,在金城县办公。这时郑子刚有了妻室,虽然白天在外面游玩,可是夜里得回家睡觉,常常遗憾不能每个晚上都陪着任氏。郑子将要去上任,就邀请和任氏一起去,任氏不想去,说:"十天半月同行,也不会有多大的乐趣。请计日给我粮食和肉类,我就端居在家里等你回来。"郑子恳求她,任氏更加不答应。郑子就去求韦崟帮忙,韦崟更是多次劝她,并问不去的原因。任氏很久才说:"有个巫师说,我这一年往西走不吉利,所以才不想去。"郑子很疑惑,也没想别的什么,与韦崟大笑说:"像你这么聪明智慧的人,却被妖言所迷惑,为什么呢?"坚持请她去。任氏说:"如果巫师的话得到验证,白白地为你死去,有什么好处?"两个人说:"怎么会有这种道理呢?"像开始一样恳求她。任氏没办法,就同行了。韦崟把马借给她,在临皋祭过路神,与二位挥袖而别。

信宿，至马嵬，任氏乘马居其前，郑子乘驴居其后。女奴别乘，又在其后。是时西门圉人教猎狗于洛川，已旬日矣。适值于道，苍犬腾出于草间。郑子见任氏欻然坠于地，复本形而南驰。苍犬逐之，郑子随走叫呼，不能止。里余，为犬所获。郑子衔涕，出囊中钱，赎以瘗之，削木为记。回睹其马，啮草于路隅，衣服悉委于鞍上，履袜犹悬于镫间，若蝉蜕然。唯首饰坠地，余无所见，女奴亦逝矣。

旬余，郑子还城，崟见之喜，迎问曰："任子无恙乎？"郑子泫然对曰："殁矣！"崟闻之亦恸，相持于室，尽哀。徐问疾故，答曰："为犬所害。"崟曰："犬虽猛，安能害人？"答曰："非人。"崟骇曰："非人，何者？"郑子方述本末，崟惊讶叹息不能已。明日，命驾与郑子俱适马嵬，发瘗视之，长恸而归。追思前事，唯衣不自制，与人颇异焉。

其后郑子为总监使，家甚富，有枥马十余匹。年六十五卒。大历中，沈既济居钟陵，尝与崟游，屡言其事，故最详悉。后崟为殿中侍御史兼陇州刺史，遂殁而不返。嗟乎！异物之情也，有人道焉！遇暴不失节，徇人以至死，虽今妇人有不如者矣。惜郑生非精人，徒悦其色而不征其情性。向使渊识之士，必能揉变化之理，察神人之际，著文章之美，传要妙之情，不止于赏玩风态而已。惜哉！建中二年，既济自左拾遗与金吾将军裴冀、京兆少尹孙成、户部郎

一连住了两夜。到马嵬时，任氏骑马走在前面，郑子骑驴走在后面，女仆另外乘骑，又走在郑子的后面。当时西门一个负责养马的人，在洛川一带训练猎犬，已经有十多天了。此时正好郑子和任氏走在大道上，青色猎犬从草丛中跳跃奔出，郑子看见任氏忽然掉在地上，恢复了狐狸本形向南跑了。青色猎犬追赶她，郑子跟着边跑边喊，也不能止住。跑了一里多远，被猎犬捉住咬死。郑子含着泪，拿出口袋里的钱，买下并埋葬了她，削了块木头做了记号。回头看她骑的那匹马，正在路边吃草。衣服都丢在马鞍上，鞋袜还挂在脚镫上，就像蝉蜕的样子。只有首饰掉在地上，别的就看不到什么了，女仆也不见了。

过了十多天，郑子回到城里，韦崟见了他很高兴，迎上去问："任氏还好吗？"郑子流着泪回答说："已经死了。"韦崟听了也很悲痛，互相扶持着进了屋，都非常难过。韦崟慢慢地问病故的原因，郑子回答说："被狗害死的。"韦崟说："狗虽然凶猛，怎么能害人？"回答说："她不是人。"韦崟吃惊地说："她不是人，是什么呢？"郑子才说了事情的经过，韦崟不停地惊讶叹息。第二天，韦崟命令准备车马，与郑子一起到马嵬去，打开坟看了看，悲痛万分地回来了。追想从前的事，只有衣服不自己制作，与人有点不一样。

此后，郑子当上了总监使，家里十分富有，有十多匹马。六十五岁时死了。大历年间，沈既济住在钟陵，曾与韦崟有交往，韦崟屡次说起这件事，所以沈既济知道得最详细。后来韦崟当了殿中侍御史，兼任陇州刺史，就死在任上没有回来。唉，动物的感情，也有合乎人道的。遇到强暴不失去贞节，献身于一人一直到死，即使是现在的妇女也有比不上的。可惜的是郑生不是个精明细心的人，只是喜欢她的美貌却不能洞察她的性情。假使他是个有渊博学识的人，一定能运用万物发展变化的道理，考察神与人之间的异同，写成美妙的文章，传播重要而微妙的人情道理，而不是仅仅停止在欣赏她的风情姿态上。真是可惜呀！建中二年，沈既济从左拾遗任上，同金吾将军裴冀，京兆少尹孙成、户部郎

中崔需、右拾遗陆淳，皆谪居东南，自秦徂吴，水陆同道。时前拾遗朱放，因旅游而随焉。浮颍涉淮，方舟沿流。昼宴夜话，各征其异说。众君子闻任氏之事，共深叹骇，因请既济传之，以志异云。沈既济撰。

李 葆

唐天宝中，李葆为绛州司士，摄司户事。旧传此阙素凶，厅事若有小孔子出者，司户必死，天下共传"司户孔子"。葆自摄职，便处此厅。十余日，儿年十余岁，如厕。有白裙妇人持其头将上墙，人救获免，忽不复见。葆大怒骂，空中以瓦掷中葆手。表弟崔氏，为本州参军，是日至葆所，言此野狐耳，曲沃饶鹰犬，当大致之。俄又掷粪于崔杯中。后数日，犬至，葆大猎，获狡狐数头，悬于檐上。夜中，闻檐上呼李司士云："此是狐婆作祟，何以枉杀我娘？儿欲就司士一饮，明日可具觞相待。"葆云："己正有酒，明早来。"及明，酒具而狐至，不见形影，具闻其言。葆因与交杯，至狐，其酒翕然而尽。狐累饮三斗许，葆唯饮二升。忽言云："今日醉矣，恐失礼仪。司士可罢，狐婆不足忧矣！明当送法禳之。"翌日，葆将入衙，忽闻檐上云："领取法。"寻有一团纸落，葆便开视，中得一帖。令施灯于席，席后乃书符，符法甚备。葆依行之，其怪遂绝。出《广异记》。

中崔需、右拾遗陆淳，都被贬官到东南。从秦地到吴地去，水上陆上走一条路。当时前拾遗朱放，因旅游也相随在一起。浮在颍水上，渡淮河，乘船顺流而下。白天欢宴晚上说话，各人说些奇异的故事。各位君子听了任氏的事，都深深地替她叹息惊奇，便请沈既济给任氏写个传，来记载这件特异的事。沈既济就撰写了这个故事。

李 芄

唐代天宝年间，李芄担任绛州司士，兼管司户的事。旧传这个空缺历来不吉祥，厅堂里如有小孔洞出现，司户一定会死去。天下都流传着"司户孔子"的话。李芄自从代理司户职务以来，就住在这个厅里。住了十多天。儿子这时十多岁，到厕所去，有个穿白裙的妇人揪着孩子的头准备上墙，被人们救了下来，一转眼那个妇人就不见了。李芄愤怒地骂了起来，空中有人扔瓦片打中了李芄的手。李芄的表弟崔氏，是本州的参军，这一天来到李芄的住处，说这是野狐狸作怪。曲沃一带养鹰犬的人很多，应当多弄些来。一会儿又把粪扔到崔参军的酒杯里。几天后，弄来了狗，李芄大肆捕猎，捉住了几只狡狐，悬挂在房檐上。夜里，就听见房檐上有人叫喊李司士说："这是狐婆在作怪，为什么错杀了我娘？我想与你一起喝酒，明天要准备好酒菜等我来。"李芄说："我家里正好有酒，明日早点来。"到了天亮，酒菜准备好了，狐狸也来了，只是看不见它的身影，能清楚听到它说话。李芄便与狐狸碰杯喝酒，到狐狸喝时，杯中酒一下子就光了。狐狸共喝了三斗多酒，李芄只喝了二升。忽然狐狸说道："今天喝醉了，恐怕会做出失礼的事。李司士就别喝了，狐婆的事不值得担忧。明天应当送来法术消除灾祸。"第二天，李芄准备去办公，忽然听檐上有人说："把法术拿去。"接着就有一个纸团掉下来。李芄就打开看，纸中间有一张帖。让他在席上设灯，席后写符，符的方法很完备。李芄依照符法执行，那怪事就没有了。出自《广异记》。

卷第四百五十三
狐七

王　生　　李自良　　李令绪　　裴少尹

王　生

　　杭州有王生者，建中初，辞亲之上国。收拾旧业，将投于亲知，求一官耳。行至圃田，下道，寻访外家旧庄。日晚，柏林中见二野狐倚树如人立，手执一黄纸文书，相对言笑，旁若无人。生乃叱之，不为变动。生乃取弹，因引满弹之，且中其执书者之目，二狐遗书而走。王生遽往，得其书，才一两纸，文字类梵书而莫究识，遂缄于书袋中而去。其夕，宿于前店，因话于主人。方讶其事，忽有一人携装来宿，眼疾之甚，若不可忍，而语言分明，闻王之言曰："大是异事，如何得见其书？"王生方将出书，主人见患眼者一尾垂下床，因谓生曰："此狐也。"王生遽收书于怀中，以手摸刀逐之，则化为狐而走。一更后，复有人扣门，王生心动曰："此度更来，当与刀箭敌汝矣。"其人隔门曰："尔若不还我文书，后无悔也！"自是更无消息。王生秘其书，缄縢甚密。

王 生

　　杭州有个王生,唐德宗建中初年,他辞别亲人到京城去。收拾一下旧产业,准备投奔亲朋好友,谋求一个官职。走到园圃田地之中,又往下走,寻访外祖父家的旧庄院。天黑了,在柏树林中看见两只野狐狸倚着树像人似的站着,手里拿一本黄纸文书,面对面地说笑,一副旁若无人的样子。王生就呵斥它们,它们也不理睬。王生就拿出弹丸,拉满了弹弓射它们,并且射中了那个拿着书的狐狸的眼睛,两只狐狸扔下书跑了。王生急忙跑过去,得到了那本书,书才一两张纸,书上文字类似梵文没有人能认识,就放到书袋中封上离开了。那天晚上,就在前面的客店住下,并向店主人说了这件事。正在惊讶这件事的时候,忽然有一个人带着行装来住宿,眼睛病得很厉害,像是不能忍受的样子,可是说话言语很清楚,听了王生的话说:“是件大怪事,怎样才能看看那本书呢?”王生正要拿出书来,店主人看见得眼病的人一条尾巴垂到床下,便对王生说:“这是个狐狸。”王生急忙把书收藏在怀里,用手摸了把刀追赶他,他变成狐狸跑了。一更后,又有人敲门,王生心中一动说:“这次是第二次来,应当用刀箭对付你。”那人隔着门说:“你如果不还给我文书,以后不要后悔啊。”从此再也没有消息了。王生觉得那本书很神秘,把它封起捆藏得很严密。

行至都下，以求官伺谒之事，期方赊缓，即乃典贴旧业田园，卜居近坊，为生生之计。

月余，有一僮自杭州而至，缞裳入门，手执凶讣。王生迎而问之，则生丁家难已数日，闻之恸哭。生因视其书，则母之手字云："吾本家秦，不愿葬于外地。今江东田地物业，不可分毫破除，但都下之业，可一切处置，以资丧事。备具皆毕，然后自来迎接。"王生乃尽货田宅，不候善价，得其资，备涂刍之礼，无所欠少。既而复篮舁东下，以迎灵櫬。

及至扬州，遥见一船子，上有数人，皆喜笑歌唱。渐近视之，则皆王生之家人也。意尚谓其家货之，今属他人矣。须臾，又有小弟妹搴帘而出，皆彩服笑语。惊怪之际，则其家人船上惊呼，又曰："郎君来矣，是何服饰之异也？"王生潜令人问之，乃见其母惊出。生遽毁其缞绖，行拜而前。母迎而问之，其母骇曰："安得此理？"王生乃出母送遗书，乃一张空纸耳。母又曰："吾所以来此者，前月得汝书云：'近得一官，令吾尽货江东之产，为入京之计。'今无可归矣。"及母出王生所寄之书，又一空纸耳。王生遂发使入京，尽毁其凶丧之具。因鸠集余资，自淮却扶侍，且往江东。所有十无一二，才得数间屋，至以庇风雨而已。

有弟一人，别且数岁，一旦忽至，见其家道败落，因征其由。王生具话本末，又述妖狐事，曰："但应以此为祸耳。"其弟惊嗟，因出妖狐之书以示之。其弟才执其书，

走到京城,因为求官要等着拜见人,正好时间就宽松了,于是就去典贴了旧产业和田园,选了个靠近坊市的地方住下,做长久的生计打算。

一个多月后,有个僮仆从杭州来了,穿着丧服进门,手里拿着报丧的信。王生迎上去问那个僮仆,原来王生家人遭遇灾难已经好几天了,王生听说后痛哭起来。王生再看那封信,是母亲的手笔,写道:"我家本来住在秦地,不愿意埋葬在别的地方。现在江东的田地和家产,不能随便乱动,但是京城里的家产,可一切由你处置,用来资助丧事。一切都准备完毕,再亲自来迎接。"王生就把田地宅院全都卖了。不再等好价钱,卖得的钱,准备办丧事用的车马物等,所剩无几。接着又坐着竹轿向东走,去迎接送灵的队伍。

等到了扬州,远远地看见一条小船,船上有几个人,都在高兴地唱歌,慢慢地走近一看,都是王生的家仆。还以为他们被王生家卖了,现在已经属于别人家的仆人了。不一会儿,又有小弟小妹们撩起门帘走出来,全都穿着彩衣服说话。正在惊怪之时,就听他的家人在船上吃惊地喊叫,又说:"公子来了,他为什么穿的衣服这么不寻常呢?"王生暗中派人去问,就看见他的母亲吃惊地走出来。王生立刻毁掉了孝服,一边走一边行礼走上前去。母亲迎着他问是怎么回事,吃惊地说:"哪有这个道理?"王生就取出母亲送来的遗书,只是一张白纸罢了。他母亲又说:"我之所以来到这里,是因为上个月收到你的信说:'近来谋得一个官职,让我把江东的产业全卖了,做好入京的打算。'现在没有可以去的地方了。"等母亲取出王生寄的信,又是一张白纸。王生于是派人进京,把那些办丧事用的东西全毁掉。接着又把剩余的钱凑起来,从淮水往回走,搀扶侍候着母亲,暂时先到江东去。剩下的钱只有十分之一二了,只够买几间屋子,来遮蔽风雨罢了。

王生有一个弟弟,分别已经好几年了,一天早晨忽然来了,看见他家道败落,便问他败落的原因。王生把事情的经过全说了,又说了妖狐的事,说:"应该就是因此造成的灾祸。"他弟弟吃惊地叹着气,王生便取出妖狐的书给他看。他弟弟刚拿到书,

退而置于怀中,曰:"今日还我天书。"言毕,乃化作一狐而去。出《灵怪录》。

李自良

唐李自良少在两河间,落拓不事生业,好鹰鸟,常竭囊货,为鞲绁之用。马燧之镇太原也,募以能鹰犬从禽者,自良即诣军门,自上陈。自良质状骁健,燧一见悦之,置于左右,每呼鹰逐兽,未尝不惬心快意焉。数年之间,累职至牙门大将。因从禽纵鹰逐一狐,狐挺入古圹中,鹰相随之。自良即下马,乘势跳入圹中。深三丈许,其间朗明如烛,见砖塌上有坏棺,复有一道士长尺余,执两纸文书立于棺上。自良因掣得文书,不复有他物矣,遂臂鹰而出。道士随呼曰:"幸留文书,当有厚报。"自良不应,乃视之,其字皆古篆,人莫之识。明旦,有一道士,仪状风雅,诣自良。自良曰:"仙师何所?"道士曰:"某非世人,以将军昨日逼夺天符也,此非将军所宜有,若见还,必有重报。"自良固不与,道士因屏左右曰:"将军裨将耳,某能三年内,致本军政,无乃极所愿乎?"自良曰:"诚如此愿,亦未可信,如何?"道士即超然奋身,上腾空中。俄有仙人绛节,玉童白鹤,徘徊空际,以迎接之。须臾复下,谓自良曰:"可不见乎?此岂是妄言者耶?"自良遂再拜,持文书归之。道士喜曰:"将军果有福祚,后年九月内,当如约矣。"于时贞元二年也。

退了一步把书放在怀中，说："今天还我的天书吧。"说完，就变成一只狐狸跑开了。出自《灵怪录》。

李自良

唐代李自良年轻时在两河之间，行为放任不事谋生。喜欢玩鹰鸟，常常把身上的钱全拿出来，用来购买皮制臂套和架鹰牵犬的什物。马燧镇守太原时，招募那些能指挥鹰犬捉野兽的人，李自良就来到军门，自己介绍自己。李自良体形骁勇健壮，马燧一看见就喜欢他，把他留在身边，每当他招呼猎鹰追赶野兽时，无不令马燧心情舒畅痛快。几年时间，屡次升职为牙门大将军。因为追逐禽兽，放鹰追赶一只狐狸，狐狸钻进古坟里去，鹰也随着飞了进去。李自良就下了马，也乘势跳进坟里去。坟有三丈多深，里面明亮得像点了蜡烛，只见砖塌上有个损坏了的棺材，又有一个道士高一尺多，拿着两张纸的文书站在棺材上。李自良顺手抽出文书，不再有别的东西了，就用胳膊架着猎鹰出了古坟。那个道士跟着喊道："请留下文书，我会优厚地报答你。"李自良不应声，就看那文书，上面写的字全是古篆字，没有人能认识。第二天早晨，有一个道士，仪态潇洒儒雅，来见李自良。李自良说："仙师从哪里来？"道士说："我不是世上的人，因为将军昨天强夺了天书才来的，这文书不是将军应当拥有的东西，如果能还给我，一定重重地报答你。"李自良坚持不给，道士便屏退了身边的人说："将军只是个副将罢了，我能在三年之内，让你当上本地的军政长官，这不是你的最大愿望吗？"李自良说："我真的有这个愿望，也不可信，怎样才能使我相信呢？"道士就身子轻轻地一用力，就往上飞到空中。一会儿有个仙人拿着红色符节，玉童和白鹤，在天上飞来飞去，以迎接道士。一会儿又下来了，对李自良说："你没看见吗？这难道是说大话的人做得到的？"李自良就拜了又拜，拿出文书还给他。道士高兴地说："将军果然是个有福气的人，后年的九月，就能实现我的预约了。"这时是贞元二年。

至四年秋，马燧入觐，太原耆旧有功大将，官秩崇高者，十余人从焉，自良职最卑。上问："太原北门重镇，谁可代卿者？"燧昏然不省，唯记自良名氏，乃奏曰："李自良可。"上曰："太原将校，当有耆旧功勋者。自良后辈，素所未闻，卿更思量。"燧仓卒不知所对，又曰："以臣所见，非自良莫可。"如是者再三，上亦未之许。燧出见诸将，愧汗洽背。私誓其心，后必荐其年德最高者。明日复问："竟谁可代卿？"燧依前昏迷，唯记举自良。上曰："当俟议定于宰相耳。"他日宰相入对，上问马燧之将孰贤，宰相愕然，不能知其余，亦皆以自良对之。乃拜工部尚书、太原节度使也。出《河东记》。

李令绪

李令绪即兵部侍郎李纾堂兄，其叔选授江夏县丞，令绪因往觐叔。及至坐久，门人报云："某小娘子使家人传语。"唤入，见一婢甚有姿态，云："娘子参拜兄嫂。"且得令绪远到，丞妻亦传语云："娘子能来此看儿侄否？"又云："妹有何饮食，可致之。"婢去后，其叔谓令绪曰："汝知乎，吾与一狐知闻逾年矣。"须臾，使人赍大食器至。黄衫奴舁，并向来传语婢同到，云："娘子续来。"俄顷间，乘四镮金饰轝，仆从二十余人至门，丞妻出迎。见一妇人，年可三十余，双梳云髻，光彩可鉴。婢等皆以罗绮，异香满宅。令绪避入，其妇升堂坐讫，谓丞妻曰："令绪既是子侄，何不出来？"

到贞元四年的秋天，马燧进京见皇上，太原那些年高而久负声望的大将军，官位崇高的人，有十多人跟从着，李自良官职最低。皇上问："太原是北门重镇，谁能够代替你？"马燧昏然不清醒，只记住了李自良的姓名，就上奏说："李自良可以代替。"皇上说："太原的将官，应当有久负声望而有功勋的人。李自良是个晚辈，从来就没听说过他，你再考虑考虑。"马燧匆忙之间不知怎么应对，又说："以我的看法，不是李自良谁也不行。"像这样说了很多次，皇上也没应允他。马燧出来见到各位将军，惭愧得汗流浃背，私下在心中发誓，以后一定推荐那些年德最高的人。第二天又问："究竟谁能代替你？"马燧像以前一样昏迷，只记得推举李自良。皇上说："等我和宰相商议之后再确定吧。"又一天宰相进宫答对，皇上问马燧手下的将领谁最贤能，宰相愣了，记不住别的人，也都用李自良的名字来回答皇上。这才任命李自良担任工部尚书、太原节度使的职务。出自《河东记》。

李令绪

李令绪是兵部侍郎李纾的堂兄，他的叔叔被委任江夏县丞，李令绪便去看望叔叔。等到了叔叔家，坐了很久，有个守门人报告说："有个小娘子派家人来传话。"叫人进来，只见一个很有姿态的女仆，说："娘子让我来参拜哥哥和嫂子。"正好李令绪从远来，县丞的妻子也传话说："你家娘子能来这里看看儿侄们吗？"又说："妹妹那里有什么好吃的，可以带一点来。"女仆走后，叔叔对李令绪说："你知道吗？我和一只狐狸交朋友已经一年多了。"不一会儿，派人送来一个大食器。由穿黄衫的仆人抬着，与刚才来传话的女仆一块来了，女仆说："我家娘子一会儿就来。"一会儿，有人乘坐装饰着四个金环的轿子，带着二十多个仆人来到门前，县丞的妻子出去迎接。只见一个妇人，年龄大约三十多岁，梳了一对云鬟，光彩可照。仆人们都穿着丝绸衣服，满屋子都是奇异的香味。令绪躲避到屋里去，那妇人走进堂屋坐下以后，对县丞的妻子说："李令绪既然是您的侄儿，为什么不出来？"

令绪闻之,遂出拜。谓曰:"我侄真士人君子之风。"坐良久,谓令绪曰:"观君甚长厚,心怀中应有急难于众人。"令绪亦知其故,谈话尽日辞去。后数来,每至皆有珍馔。

经半年,令绪拟归东洛,其姑遂言:"此度阿姑得令绪心矣。阿姑缘有厄,拟随令绪到东洛,可否?"令绪惊云:"行李贫迫,要致车乘,计无所出。"又云:"但许,阿姑家自假车乘,只将女子两人,并向来所使婢金花去。阿姑事,令绪应知,不必言也。但空一衣笼,令逐驼家人,每至关津店家,即略开笼,阿姑暂过歇了,开笼自然出行,岂不易乎?"令绪许诺。及发,开笼。见三四黑影入笼中,出入不失前约。至东都,将到宅,令绪云:"何处可安置?"金花云:"娘子要于仓中甚便。"令绪即扫洒仓,密为都置,唯逐驼奴知之,余家人莫有知者。每有所要,金花即自来取之,阿姑时时一见。后数月云:"厄已过矣,拟去。"令绪问云:"欲往何处?"阿姑云:"胡璿除豫州刺史,缘二女成长,须有匹配,今与渠处置。"

令绪明年合格,临欲选,家贫无计,乃往豫州。及入境,见榜云:"我单门孤立,亦无亲表,恐有擅托亲故,妄索供拟。即获时申报,必当科断。"往来商旅,皆传胡使君清白,干谒者绝矣。令绪以此惧,进退久之,不获已。乃潜入豫州,见有人参谒,亦无所得。令绪便投刺,使君即时引入,一见极喜,如故人。云:"虽未奉见,知公有急难,久仁光仪,来何晚也!"即授馆,供给颇厚。一州云:"自使君到,

李令绪听了，就出来拜见。她对李令绪说:"我的侄儿真有士人君子之风。"坐了很久，那妇人对李令绪说:"看你很是老成忠厚，你心里应该有解救众人的急难之心。"李令绪也明白其中缘故，谈了一整天话才离开。以后又多次来，每次到都带来珍贵的美食。

过了半年，李令绪打算回东洛去，他的姑姑就说:"这次我懂得令绪的心情了。我因为命中有难，打算随你到东洛去，可以吗?"李令绪吃惊地说:"我贫穷行囊很少，要想得到车马，我想不出办法。"她又说:"只要答应，姑姑可以自己借车坐。只带两个女人，和一向使唤的女仆金花去。我的事，你应当明白，就不必说了。只要一个空的衣笼子，叫驼背仆人，每当到了关口码头和旅店，就略微打开一下箱子，我暂时歇一下，打开笼子自然能出来走走，难道不是很容易吗?"李令绪答应了。等到出发，打开笼子，只看见三四个黑影进入笼里，一路上进进出出不违反先前的约定。到了东都，快到家了，李令绪说:"把阿姑安置到什么地方?"金花说:"娘子说在仓房里就很方便。"李令绪就洒扫仓房，秘密地把她安置好，唯有驼背仆人知道这事，其他的仆人没有人知道。每次有需要的东西，金花就亲自来取，阿姑也不时出现一次。过了几个月阿姑说:"灾难已经过去了，打算离开。"李令绪问道:"准备到什么地方?"阿姑说:"胡璿担任豫州刺史，因为两个女儿已长大成人，须要婚配，现在交给他操办这件事。"

李令绪第二年考试合格，临去候选时，家里穷没有办法，就到豫州去。等进入豫州境，看见一个榜文说:"我单门安家立业，也没有亲戚，唯恐有擅自假托亲朋故友的，前来索要供给。如果捉到及时报上来，一定按律法判刑。"来往的商旅，都传说胡使君清廉，前来托人求情的没有了。李令绪因此害怕，犹豫了很久，没想到什么办法，就暗中进入豫州，看见有人拜见求情，也没得到什么。令绪就递上名片，使君立即让他进去。一见面非常高兴，像老朋友一样。说:"虽然没有见过面，知道你有急难的事，早就恭候你的大驾，来得为什么这么晚!"就安排馆所，供给很优厚。一州的人都说:"自从使君到这里任职以来，

未曾有如此。"每日入宅欢宴,但论时事,亦不言他。

经月余,令绪告别,瓒云:"即与处置路粮,充选时之费。"便集县令曰:"瓒自到州,不曾有亲故扰。李令绪天下俊秀,某平生永慕,奉昨一见,知是丈夫,以此重之。诸公合见耳。今请赴选,各须与致粮食,无令轻鲜。"官吏素畏其威,自县令已下,赠绢无数十匹已下者。令绪获绢千匹,仍备行装,又留宴别。令绪因出戟门,见别有一门,金花自内出云:"娘子在山亭院要相见。"及入,阿姑已出,喜盈颜色。曰:"岂不能待嫁二女?"又云:"令绪买得甘子,不与令姑,太悭也。"令绪惊云:"实买得,不敢特送。"笑云:"此戏言耳。君所买者不堪,阿姑自有上者,与令绪将去。"命取之,一一皆大如拳。既别,又唤令绪回云:"时方艰难,所将绢帛行李,恐遇盗贼,为之奈何?"乃曰:"借与金花将去,但有事急,一念金花,即当无事。"

令绪行数日,果遇盗五十余人,令绪恐惧坠马。忽思金花,便见精骑三百余人,自山而来,军容甚盛,所持器械,光可以鉴,杀贼略尽。金花命骑士却掣驰,仍处分兵马好去。欲至京,路店宿,其主人女病,云是妖魅。令绪问主人曰:"是何疾?"答云:"似有妖魅,历诸医术,无能暂愈。"令绪云:"治却何如?"主人珍重辞谢,乞相救:"但得校损,报效不轻。"遂念金花,须臾便至,具陈其事。略见女之病,乃云:"易也。"遂结一坛,焚香为咒。俄顷,有一狐甚疥疬,

不曾有过这样的事。"李令绪每天进宅欢宴,只谈论时事,也不说别的。

过了一个多月,李令绪告别。胡璠说:"立即给你筹集资金食粮,当做选考的费用。"就召集县令说:"我自从到豫州,不曾有亲朋故友来打扰。李令绪是天下少见的优秀人才,我平生仰慕他,昨天一见面,知道他是个大丈夫,因此敬重他。各位也应当见见他。现在他要去参加吏部铨选,各位都要给他些吃用的东西,不管多少都行。"官吏们平时就惧怕他的威严,从县令以下的官吏,赠送的绢没有几十匹以下的。令绪得到了千匹绢,又另外准备了行装,又留他参加宴会告别。李令绪便走出戟门,看见另外还有一个门,金花从里面出来说:"娘子在山亭院里请你见面。"等到进去,阿姑已经出来了,喜形于色,说:"难道不能等到两个女儿出嫁吗?"又说:"令绪买了柑子,不给你阿姑吃,太小气了。"李令绪吃惊地说:"确实买了,不敢主动送给你。"阿姑笑着说:"这只是说笑话。你买的不好吃,阿姑自己有上等的,给你带着路上吃。"派人去拿,一个个都像拳头大小。分别后,又叫李令绪回去说:"正是时事艰难的时候,你带的丝绸行李,恐怕会遇上强盗,遇上怎么办呢?"又说:"把金花借你跟着去,只要有急事,一念金花,就会无事。"

李令绪走了几天,果然遇上五十多个强盗,李令绪吓得掉下马。忽然想到金花,就看见三百多个精锐骑兵,自山上下来,军队的阵容很是盛大,所拿的兵器,光可照人,把盗贼几乎全杀光了。金花命令骑兵飞快地退回去,把兵马安排好才离开。李令绪要到京城去,路上住在旅店,那个店主的女儿得了病,说是妖魅病。李令绪问店主人说:"是什么病?"回答说:"好像是有妖魅,请过好多医生术士来看病,都不能稍微好转。"李令绪说:"我能给她治好病,你觉得可以吗?"店主人频频表示感谢,请求救他女儿,说:"只要能治好病,一定重重酬谢。"令绪就想到金花,金花马上就到了,向她详细说了这件事。金花略微看了看女子的病,就说:"容易。"于是搭起一座坛,焚香念咒。一会儿,有一只狐狸满身恶疮,

缚至坛中。金花决之一百,流血遍地,遂逐之,其女便愈。

及到京,金花辞令绪,令绪云:"远劳相送,无可赠别。"乃致酒馔。饮酣谓曰:"既无形迹,亦有一言,得无难乎?"金花曰:"有事但言。"令绪云:"愿闻阿姑家事来由也。"对曰:"娘子本某太守女,其叔父昆弟,与令绪不远。嫁为苏氏妻,遇疾终。金花是从嫁,后数月亦卒,故得在娘子左右。天帝配娘子为天狼将军夫人,故有神通。金花亦承阿郎余荫。胡使君即阿郎亲子侄。昨所治店家女,其狐是阿郎门侧役使,此辈甚多,金花能制之。"云:"锐骑救难者,是天兵。金花要换,不复多少。"令绪谢之云:"此何时当再会?"金花云:"本以姻缘运合,只到今日。自此姻缘断绝,便当永辞。"令绪惆怅良久,传谢阿姑,千万珍重。厚与金花赠遗,悉不肯受而去。胡璿后历数州刺史而卒。出《腾听异志录》。

裴少尹

唐贞元中,江陵少尹裴君者,亡其名。有子十余岁,聪敏,有文学,风貌明秀,裴君深念之。后被病,旬日益甚,医药无及。裴君方求道术士,用呵禁之,冀瘳其苦。有叩门者,自称高氏子,以符术为业。裴即延入,令视其子,生曰:"此子非他疾,乃妖狐所为耳。然某有术能愈之。"即谢而祈焉。生遂以符术考召,近食顷,其子忽起曰:"某病今愈。"裴君大喜,谓高生为真术士。具食饮,已而厚赠缯帛,

被捆到坛上。金花宣判打它一百鞭,打得遍地是血,然后赶走了,那女子病就好了。

等到了京城,金花向李令绪告别,李令绪说:"劳驾你送我这么远,实在没有什么赠送给你的东西。"就备办了酒菜。喝酒喝到高兴时对她说:"既然你们来去没有形迹,我也有一句话要问,不知你会不会为难呢?"金花说:"有事尽管说。"李令绪说:"我想知道阿姑家事的来龙去脉。"回答说:"娘子本是某太守的女儿,她的叔叔和堂兄弟,血缘上和你隔得不太远。她嫁给姓苏的做妻子,得病死了。我是陪嫁,几个月后也死了,所以现在能够在娘子的身边。天帝把娘子配给天狼将军做夫人,所以才有神通。我也承受了天狼将军的好处。胡使君就是天狼将军的亲侄子。昨天医治的店主人的女儿,那个狐狸是天狼将军门边听候役使的,这一类的很多,我能制住他们。"又说:"那些救难的精锐骑兵,是天兵。我要支使他们,不管多少都行。"令绪向她道谢说:"这一别何时才能再见呢?"金花说:"本来从姻缘命运上看,只到今天为止。从此就姻缘断绝,应当永远分别。"李令绪惆怅了很长时间,请她传话感谢阿姑,千万珍重。给了金花很厚的馈赠,金花全都不肯接受,就离开了。胡璿后来做了几个州的刺史才死去。出自《腾听异志录》。

裴少尹

唐代贞元年间,江陵少尹裴君,忘了他的名字了。有个儿子十多岁,聪明敏捷,有文学之才,风貌明秀,裴君特别喜欢他。后来得病,十多天后更加厉害,求医吃药也治不好。裴君正要访求有道行的术士,用呵禁法治病,希望能治愈儿子的病痛。有个叩门的人,自称姓高,靠符术谋生。裴君就把他请进来,让他给儿子看病。高生说:"这孩子不是别的病,是妖狐所致。可我有法术能治好。"裴君向他道谢并请他治病。高生就用道符法术考察召魂,不到一顿饭的时间,他的儿子忽然起身说:"我的病现在好了。"裴君大喜,认为高生是真术士。准备了饮食,接着又送给他很多钱物,

谢遣之。生曰："自此当日日来候耳。"遂去。其子他疾虽愈，而神魂不足，往往狂语，或笑哭不可禁。高生每至，裴君即以此且祈之。生曰："此子精魄，已为妖魅所系，今尚未还耳。不旬日当间，幸无以忧。"裴信之。

居数日，又有王生者，自言有神符，能以呵禁除去妖魅疾，来谒。裴与语，谓裴曰："闻君爱子被病，且未瘳，愿得一见矣。"裴即使见其子，生大惊曰："此郎君病狐也，不速治，当加甚耳。"裴君因话高生，王笑曰："安知高生不为狐？"乃坐，方设席为呵禁。高生忽至，既入大骂曰："奈何此子病愈，而乃延一狐于室内耶？即为病者耳！"王见高来，又骂曰："果然妖狐，今果至，安用为他术考召哉？"二人纷然，相诟辱不已。

裴氏家方大骇异，忽有一道士至门，私谓家僮曰："闻裴公有子病狐，吾善视鬼，汝但告，请入谒。"家僮驰白裴君，出话其事，道士曰："易与耳。"入见二人，二人又诟曰："此亦妖狐，安得为道士惑人？"道士亦骂之曰："狐当还郊野墟墓中，何为挠人乎？"既而闭户相斗殴，数食顷。裴君益恐，其家僮惶惑，计无所出。

及暮，阒然不闻声，开视，三狐皆仆地而喘，不能动矣。裴君尽鞭杀之，其子后旬月乃愈矣。出《宣室志》。

感谢并送走他了。高生说："从此我会天天来守候。"就离开了。他的儿子别的病虽然好了，可是精神不足，往往胡言乱语，或是又哭又笑不能控制。高生每次来，裴君就把这种情况告诉他并请他医治。高生说："这孩子的灵魂，已被妖魅控制住了，现在还未回到身上。不出十天应该会好，希望不要因此事担忧。"裴君相信了他。

过了几天，又有个王生，自己说有神符，能用呵禁法除去妖魅病，因而来求见。裴君与他说话，他对裴君说："听说你的爱子得了病，并且还没好，希望能看他一下。"裴君就让他看了看儿子，王生大惊说："这个郎君得的是狐魅病，不赶快治，病会加重。"裴君便说起高生，王生笑着说："怎么知道高生不是狐狸呢？"就坐下，正在安排地方施呵禁法术。高生忽然来了，进去后大骂说："为什么这孩子病好了，却又请来一个狐狸坐在家里呢？这个狐狸就是病因。"王生见高生来，又骂着说："果然是个妖狐，现在既然来了，何必施展别的法术考召呢？"两个人乱喊着，互相谩骂侮辱不停。

裴君一家正在惊骇之中，忽然有一个道士来到门前，私下对家僮说："听说裴公有个儿子得了狐媚病，我善于观察鬼魅，你只去通告，说我请求进去拜见。"家僮跑着告诉了裴君，裴君出来谈起这件事，道士说："容易对付。"道士进去见了二人，二人又骂道："这个也是妖狐，怎么能变成道士迷惑人？"道士也骂他们说："狐狸应当回到荒郊野外的墓穴中去，为什么来骚扰人呢？"接着关上门互相殴斗，打了几顿饭的工夫。裴君更加害怕，他的家僮也惊慌失措，不知道怎么办才好。

等到天黑了，静静地听不到一点声音，开门一看，三个狐狸都倒在地上喘气，不能动弹了。裴君把它们都鞭打杀死了，他的儿子一个月后病就好了。出自《宣室志》。

卷第四百五十四
狐八

张简栖　薛夔　计真　刘元鼎　张立本
姚坤　尹瑗　韦氏子

张简栖

　　南阳张简栖,唐贞元末,于徐泗间以放鹰为事。是日初晴,鹰击拏不中,腾冲入云路。简栖望其踪,与徒从分头逐觅。俄至夜,可一更,不觉至一古墟之中。忽有火烛之光,迫而前,乃一家穴中光明耳。前觇之,见狐凭几,寻读册子。其旁有群鼠,益汤茶,送果栗,皆人拱手。简栖怒呵之,狐惊走,收拾册子,入深黑穴中藏。简栖以鹰竿挑得一册子,乃归。至四更,宅外闻人叫索册子声,出觅即无所见。至明,皆失所在。自此夜夜来索不已。简栖深以为异,因携册子入郭,欲以示人。往去郭可三四里,忽逢一知己,相揖,问所往。简栖乃取册子,话狐状,前人亦惊笑,接得册子,便鞭马疾去。回顾简栖曰:“谢以册子相还。”简栖逐之转急,其人变为狐,马变为獐,不可及。回车入郭,访此宅知己,元在不出,方知狐来夺之。其册子装束,

张简栖

南阳人张简栖,唐代贞元末年,在徐泗之间放鹰玩。这一天天刚晴,鹰捉击获不到东西,振翅飞上云霄之中。张简栖盯着鹰的踪迹,和同伴们分头追寻。不久到了晚上,大约一更天,不知不觉走到一个古墓之中。忽然有烛光出现,走近前一看,是从一个坟穴中发出的光亮。上前仔细看,看见一个狐狸靠着桌子,认真地读一本小册子。它身边有一群老鼠,添茶水,送果枣,都像人一样拱手行礼。张简栖生气地呵斥它,狐狸受惊要跑掉,收拾起册子,跑到深黑的洞中藏了起来。张简栖用鹰竿挑到一本小册子,就回家了。到四更天,听到院外有人喊叫索要小册子的声音,出去找却什么也没看见。到了天亮,声音全都没有了,从此天天晚上不停地来索要。张简栖觉得这件事特别怪异,便携带着小册子到城里去,想把小册子给人们看看。在离城大约三四里的地方,忽然遇上一个朋友,二人互相行礼,问去哪里。张简栖就取出小册子,述说遇见狐狸的情况,那人也惊讶地笑了,接过小册子,就鞭打着马快速离开。回过头看着张简栖说:"谢谢你把小册子还给我。"张简栖急忙转头追赶他,那人变成狐狸,马变成獐子,就追不上了。回车进入城郭,访问住在这里的朋友,原来在家没出门,才知道是狐狸来夺书。那本书册的装订,

一如人者，纸墨亦同，皆狐书，不可识。简栖犹录得头边三数行，以示人。今列于后。缺文。

薛　夔

贞元末，骁卫将军薛夔寓居永宁龙兴观之北。多妖狐，夜则纵横，逢人不忌。夔举家惊恐，莫知所如。或谓曰：“妖狐最惮猎犬，西邻李太尉第中，鹰犬颇多，何不假其骏异者，向夕以待之？”夔深以为然。即诣西邻子弟具述其事，李氏喜闻，羁三犬以付焉。是夕月明，夔纵犬，与家人辈密觇之。见三犬皆被羁靮，三狐跨之，奔走庭中，东西南北，靡不如意。及晓，三犬困殆，寝而不食。才暝，复为乘跨，广庭蹴踘，犬稍留滞，鞭策备至。夔无奈何，竟徙焉。出《集异记》。

计　真

唐元和中，有计真家侨青齐间。尝西游长安，至陕，真与陕从事善，是日将告去，从事留饮酒，至暮方与别。及行未十里，遂兀然堕马，而二仆驱其衣囊前去矣。及真醉寤，已曛黑。马亦先去，因顾道左小径有马溺，即往寻之。不觉数里，忽见朱门甚高，槐柳森然。真既亡仆马，怅然，遂叩其门，已扃键。有小童出视，真即问曰：“此谁氏居？”曰：“李外郎别墅。”真请入谒，僮遽以告之。顷之，令人请客入，息于宾馆。即引入门，其左有宾位甚清敞。所设屏障，

与人看的书一样，纸和墨也相同，都是狐狸文字，不可辨认。张简栖还记得头三行文字，就录下来给人看。现在列在后面。_{缺文。}

薛夔

唐朝贞元末年，骁卫将军薛夔寄住在永宁县龙兴观的北面。住处有很多妖狐，夜里就纵横乱窜，遇人也不怕。薛夔全家人都很害怕，不知道怎么办好。有人对他说："妖狐最怕猎犬，西邻李太尉家中，鹰犬很多，何不借来他家骏异的鹰犬，到了晚上让狗防备狐狸？"薛夔认为他说的很对。就去拜见西邻的子弟并详细说了他家的事，李氏听了大喜，拴了三条狗交给他。这天晚上有月亮，薛夔放开狗，和家里的人悄悄观察着狗的反应。只见三只狗都被拴上了缰绳，三只狐狸骑着它们，在院子里奔跑，东西南北，都随心所欲。等到天亮，三条狗又困又累，睡了也不吃食。天刚黑，又被狐狸骑跨，在宽敞的庭院中玩蹴鞠游戏，狗稍有停留，鞭子就抽打不已。薛夔无可奈何，最终还是搬了家。
出自《集异记》。

计 真

唐代元和年间，有个叫计真的人客居在青州和齐州之间。曾经向西到长安游玩，到了陕州，计真和陕州的一个从事很友好。这一天准备向从事告别，从事留他喝酒，到天黑计真才与从事分别。计真走了不到十里路，他就昏昏沉沉地掉下马去，而两个仆人带着衣囊向前离开了。等到计真酒醒时，已经天黑了。马也自己走了，他因为看见路边小径上有马尿，就前去寻找。不知不觉走了几里路，忽然看见高高的红色大门，槐树和柳树长得很茂盛。计真已经丢失了仆人和马匹，心里很不高兴，就去敲那红门，门已经上锁。有个僮仆出来查看，计真就问道："这里是谁的宅院？"回答说："是李外郎的别墅。"计真请求进去拜见，僮仆急忙去通报。过了一会儿，令人请客人进去，安置在客房里。就领计真进门，左面有个宾客的位置非常清洁敞亮，所安设的屏障，

皆古山水及名画图经籍,茵褥之类,率洁而不华。真坐久之,小僮出曰:"主君且至。"俄有一丈夫,年约五十,朱绂银章,仪状甚伟,与生相见,揖让而坐。生因具述从事故人,留饮酒,道中沉醉,不觉曛黑,"仆马俱失,愿寓此一夕可乎?"李曰:"但虑此卑隘,不可安贵客,宁有间耶?"真愧谢之。李又曰:"某尝从事于蜀,寻以疾罢去。今则归休于是矣。"因与议,语甚敏博,真颇慕之。又命家僮访真仆马,俄而皆至,即舍之。既而设馔共食,食竟,饮酒数杯而寐。明日,真晨起告去,李曰:"愿更得一日侍欢笑。"生感其意,即留,明日乃别。

及至京师,居月余,有款其门者,自称进士独孤沼。真延坐与语,甚聪辩,且谓曰:"某家于陕,昨西来,过李外郎,谈君之美不暇。且欲与君为姻好,故令某奉谒,话此意。君以为何如?"喜而诺之。沼曰:"某今还陕,君东归,当更访外郎,且谢其意也。"遂别去。后旬月,生还诣外郎别墅,李见真至,大喜。生即话独孤沼之言,因谢之。李遂留生,卜日就礼。妻色甚姝,且聪敏柔婉。生留旬月,乃挈妻孥归青齐。自是李君音耗不绝。生奉道,每晨起,阅《黄庭内景经》。李氏常止之曰:"君好道,宁如秦皇汉武乎?求仙之力,又孰若秦皇汉武乎?彼二人贵为天子,富有四海,竭天下之财以学神仙,尚崩于沙丘,葬于茂陵。况君一布衣,而乃惑于求仙耶?"真叱之,乃终卷。意其知道者,亦不疑

都是古代山水和名画典籍之类，被褥和床榻等，大都清洁而不奢华。计真坐了很久，小僮出来说："主人就要到了。"一会儿有一男子，年龄大约五十岁，穿着带银色花纹的红色朝服，形貌很雄伟，与计真相见，行礼让坐。计真便详细陈说陕州从事是老朋友，留自己喝酒，路上醉倒了，不知不觉天就黑了，"仆人和马匹都丢失了，想在这里借住一宿可以吗？"李外郎说："我只是顾虑这里简陋狭窄，不能安置贵客，难道还会嫌弃你吗？"计真惭愧地向他道谢。李外郎又说："我曾在蜀州做过从事，不久因病离职。现在回到这里休养。"计真便和他谈起来，他说话渊博聪敏，计真很羡慕他。李外郎又命令僮仆去寻找计真的仆人和马匹，不久都找到了，就让计真住在这里。接着安排酒席一起吃饭，吃完饭，又喝了几杯酒就睡了。第二天，计真早起告辞，李外郎说："希望再呆一天陪我玩乐。"计真为他的心意感动，就留下了，第二天才告别。

等到了京城，住了一个多月，有人敲计真的门，自称是进士独孤沼。计真请他坐下说话，他聪明善辩，并且说道："我家住在陕州，昨天从西边来，路过李外郎家，他不停地赞美你，还打算和你结为姻亲，所以让我来奉命拜见，告诉你这个意思。你认为怎么样？"计真高兴地答应了他。独孤沼说："我现在要回陕州去，你东归时，应当再去拜访李外郎，并且感谢他的心意。"就告别离开了。一个月后，计真回去时拜访了李外郎的别墅，李外郎看见计真来到，非常高兴。计真就说了独孤沼的话，顺便向他道谢。李外郎就留计真住下，找了好日子举行了婚礼。妻子的容貌很美，而且聪明温柔。计真住了一个月，才带着妻子回到青齐一带的家。从此李外郎的音信不断传来。计真信奉道教，每天早晨起来，都阅读《黄庭内景经》。李氏常常制止他说："你喜好道教，难道能比得上秦始皇汉武帝吗？追求成仙之道的力量，又比得上秦始皇汉武帝吗？他们两个人贵为天子，富有天下，竭尽天下财力来学习神仙之道，尚且一个死在沙丘，一个埋在茂陵，何况你只是一个平民百姓，却要被求仙的事所迷惑吗？"计真呵斥她，才看完全书。以为妻子是懂道的人，也不怀疑

为他类也。后岁余，真挚家调选，至陕郊，李君留其女，而遣生来京师。明年秋，授兖州参军，李氏随之官。数年罢秩，归齐鲁。

又十余年，李有七子二女，才质姿貌，皆居众人先。而李容色端丽，无殊少年时。生益钟念之。无何，被疾且甚，生奔走医巫，无所不至，终不愈。一旦屏人握生手，鸣咽流涕自言曰："妾自知死至，然忍羞以心曲告君，幸君宽罪宥戾，使得尽言。"已歔欷不自胜，生亦为之泣，固慰之。乃曰："一言诚自知受责于君，顾九稚子犹在，以为君累，尚感一发口。且妾非人间人，天命当与君偶，得以狐狸贱质，奉箕帚二十年，未尝纤芥获罪，惧以他类贻君忧。一女子血诚，自谓竭尽。今日求去，不敢以妖幻余气托君。念稚弱满眼，皆世间人为嗣续，及某气尽，愿少念弱子心，无以枯骨为仇，得全支体，埋之土中，乃百生之赐也。"言终又悲恸，泪百行下。生惊恍伤感，咽不能语。相对泣良久，以被蒙首，背壁卧，食顷无声。生遂发被，见一狐死被中。生特感悼之，为之敛葬之制，皆如人礼讫。生径至陕，访李氏居，墟墓荆棘，阒无所见，惆怅还家。居岁余，七子二女，相次而卒。视其骸，皆人也，而终无恶心。出《宣室志》。

她是异类。一年多后，计真带着家属到京城改任他官，到了陕州郊外，李外郎留下女儿，让计真来京师。第二年秋天，授兖州参军，李氏跟随他去上任。几年后罢去职务，回到齐鲁一带。

又过了十多年，李氏共生了七个儿子两个女儿，才情容貌，都超过一般人。而李氏的容貌仍然端庄美丽，与少年时比没有差别。计真更加喜爱她。没多久，她得了很重的病，计真东奔西走求医生找巫师，什么办法都想了，始终没治好。一天早晨李氏屏退了其他人，握着计真的手，呜咽流泪自述道："我自己知道死期到了，但还是要忍着羞耻把心里话告诉你，希望你能宽恕我的罪过，让我把话说完。"说着已经抽咽着不能自己，计真也为她哭泣，一再安慰她。她才说："我知道说一句话一定会受到你的责备，再看看九个小孩子还在，会成为你的累赘，但还是应该开口说话。况且我不是人间的人，命中注定应当做你的妻子，才能用狐狸的卑贱身子，侍候你二十年，不曾犯一丝一毫的过错，害怕因为是异类而给你带来忧愁。用一个女人血一样的赤诚，自己认为已经竭尽全力奉献了。现在我要离开你，不敢把妖幻般的剩余气息托付给你。再一想稚子弱女就在眼前，都是世上的人为了延续种族而生育的，等我咽了气，希望你稍稍顾及孩子们那稚弱的心灵，不要把我的尸骨当做仇敌，能够保全尸体，埋到土里去，就是对我百世的恩赐了。"说完又悲恸不已，眼泪不断落下。计真惊慌恍惚，十分伤感，哽咽着说不出话。二人相对哭了很久，李氏用被子蒙住头，背靠墙壁躺着，大约一顿饭的时间没有了声音。计真就掀开被子，看见一只狐狸死在被子里。计真特别感伤，郑重地悼念她，为她举行收敛埋葬的仪式，都像人的礼节一样。计真径直到了陕州，访问李氏的住处，废弃的墓地荆棘丛生，静静地什么也没有见到，计真心情惆怅地回到家里。过了一年多，七个儿子两个女儿一个接一个地死了。看他们的尸体，都是人，计真始终没有厌恶之心。出自《宣室志》。

刘元鼎

旧说,野狐名紫狐,夜击尾火出,将为怪,必戴髑髅拜北斗,髑髅不坠,则化为人矣。刘元鼎为蔡州,蔡州新破,食场狐暴。刘遣吏主捕,日于毬场纵犬,逐之为乐。经年所杀百数。后获一疥狐,纵五六犬,皆不敢逐,狐亦不走。刘大异之,令访大将家猎狗及监军亦自夸巨犬至,皆弭环守之。狐良久缓迹,直上设厅,穿台盘,出厅后,及城墙,俄失所在。刘自是不复命捕。道术中有天狐别行法,言天狐九尾,金色,役于日月宫,有符有醮日,可以洞达阴阳。出《酉阳杂俎》。

张立本

唐丞相牛僧孺在中书,草场官张立本有一女,为妖物所魅。其妖来时,女即浓妆盛服,于闺中,如与人语笑。其去,即狂呼号泣不已。久每自称高侍郎。一日,忽吟一首云:"危冠广袖楚宫妆,独步闲厅逐夜凉。自把玉簪敲砌竹,清歌一曲月如霜。"立本乃随口抄之。立本与僧法舟为友,至其宅,遂示其诗云:"某女少不曾读书,不知因何而能。"舟乃与立本两粒丹,令其女服之,不旬日而疾自愈。某女说云,宅后有竹丛,与高锴侍郎墓近,其中有野狐窟穴,因被其魅。服丹之后,不闻其疾再发矣。出《会昌解颐录》。

刘元鼎

过去传说，野狐又叫紫狐，夜间甩尾巴会冒出火星，将要兴妖作怪，一定要头戴死人头骨对着北斗星叩拜，死人头骨不掉下来，就变成人了。刘元鼎做蔡州刺史时，蔡州刚被攻破，粮仓一带狐狸特别多。刘元鼎派遣官吏负责捕捉，天天在毬场一带放开猎犬，以追逐狐狸为乐趣，一年杀了一百多只。后来捕获一只满身是疥疮的狐狸，放出五六只猎犬，都不敢去追，狐狸也不跑。刘元鼎觉得特别怪异，令人去访求大将军家的猎狗以及监军也自夸的大猎狗，狗来了，全都顺从地环绕着狐狸。狐狸过了很久才慢慢移动，一直走上设厅，穿过台盘，从厅后出来，走到城墙时，忽然失去了踪迹。刘元鼎从此不再下令捕捉狐狸。道术中有所谓"天狐别行法"，说是天狐长了九条尾巴，是金色的，在日月宫里服役，有符箓有祈神求福的日子，能够洞察通晓阴阳变化。出自《酉阳杂俎》。

张立本

唐代丞相牛僧孺在中书任职时，草场官张立本有一个女儿，被妖物所迷惑。那妖物来时，女儿就浓妆艳抹盛妆打扮，在闺房中，像是和人在说笑。妖物离去时，女儿就狂呼乱叫哭泣不已。时间一长常常自称是高侍郎。有一天，忽然作了一首诗说："危冠广袖楚宫妆，独步闲厅逐夜凉。自把玉簪敲砌竹，清歌一曲月如霜。"张立本就随着她口中念的抄写下来。张立本与法舟和尚是好朋友，到了他的住处，就拿出那诗给法舟和尚看说："我女儿从小不曾读过书，不知为什么能写诗了。"法舟和尚就给张立本两粒丹药，让他女儿吃下去，不到十天病自己就好了。他女儿说，房后有片竹林，与高锴侍郎的坟墓很近，其中有个野狐狸洞穴，因而被它迷惑了。服了丹药之后，没听说她的病再发作了。出自《会昌解颐录》。

姚　坤

太和中，有处士姚坤不求荣达，常以钓渔自适。居于东洛万安山南，以琴尊自怡。其侧有猎人，常以网取狐兔为业。坤性仁，恒收赎而放之，如此活者数百。坤旧有庄，质于嵩岭菩提寺，坤持其价而赎之。其知庄僧惠沼行凶，率常于阒处凿井深数丈，投以黄精数百斤，求人试服，观其变化。乃饮坤大醉，投于井中，以砲石咽其井。坤及醒，无计跃出，但饥茹黄精而已。如此数日夜，忽有人于井口召坤姓名，谓坤曰："我狐也，感君活我子孙不少，故来教君。我狐之通天者，初穴于冢，因上窍，乃窥天汉星辰，有所慕焉。恨身不能奋飞，遂凝盼注神。忽然不觉飞出，蹑虚驾云，登天汉，见仙官而礼之。君但能澄神泯虑，注盼玄虚，如此精确，不三旬而自飞出。虽窍之至微，无所碍矣。"坤曰："汝何据耶？"狐曰："君不闻《西升经》云：'神能飞形，亦能移山。'君其努力。"言讫而去。坤信其说，依而行之。约一月，忽能跳出于砲孔中。遂见僧，大骇，视其井依然。僧礼坤诘其事，坤告曰："但于中饵黄精一月，身轻如神，自能飞出，窍所不碍。"僧然之，遣弟子以索坠下，约弟子一月后来窥。弟子如其言，月余来窥，僧已毙于井耳。

坤归旬日，有女子自称夭桃，诣坤。云是富家女，误为年少诱出，失踪不可复返，愿持箕帚。坤见其妖丽冶容，至于

姚 坤

　　唐文宗太和年间,有个处士叫姚坤,不追求荣耀和显贵,常常以钓鱼来自我消遣。住在东洛万安山南,以弹琴和喝酒自得其乐。他的邻居有个猎人,常常用网捉些狐狸和兔子谋生。姚坤生性仁慈,经常赎买下来再放了它们,这样活下来的狐兔有几百只。姚坤从前有座庄园,典卖给嵩岭的菩提寺,姚坤带上些钱准备赎买回来。那个管理庄园的和尚惠沼做事凶狠,曾在庄园僻静处挖井深几丈,扔进几百斤黄精,找人试着吃,观察那人的变化。于是想办法把姚坤灌醉了,扔到井里,用石磨塞住井口。等姚坤醒过来,没有办法出去,只能饿了就吃黄精罢了。这样过了好几个日夜,忽然有人在井口召唤姚坤的姓名,对姚坤说:"我是狐狸,感谢你救活了我的不少子孙,所以来教你出去的办法。我是一只能通天的狐狸,最初在荒坟打洞时,在上面凿了个小孔,能看见天河星辰,我心向往之,遗憾身子不能飞上天去,于是凝神注视。忽然不知不觉中飞了出去,凭空驾云,登上天河,看见了仙官向他行礼。你只要能澄清精神消除杂念,专心致志地看着天空,像这样精微准确地去做,不用三十天自然就会飞出去。即使孔洞极小,也没有妨碍。"姚坤说:"你凭借什么这样说呢?"狐狸说:"你没听《西升经》里说:'神能飞形,也能移山。'你好好努力吧。"说完就离开了。姚坤相信了它的说法,照着去做。大约一个月,忽然能从石磨的孔洞中跳出来。就去见那管理庄园的和尚,和尚大为惊异,看那井像原来一样。和尚向姚坤施礼并询问是怎么回事,姚坤告诉他说:"只是在里面吃了一个月的黄精,就身体轻飘飘得像神仙一样,自然就能飞出来,小孔洞也没什么妨碍。"和尚相信了他,让弟子用绳子把自己送到井底,和弟子约定一个月以后来看他。弟子们照他说的做,一个多月后来看他,和尚已死在井里了。

　　姚坤回家十多天后,有个女子自称天桃,来见姚坤。她说自己是富人家的女儿,误被少年引诱出来,失踪了迷了路也不能再回家了,愿意侍奉他。姚坤看她容貌姿态艳丽美好,甚至于

篇什书札俱能精至,坤亦念之。后坤应制,挈夭桃入京。至盘豆馆,夭桃不乐,取笔题竹简,为诗一首曰:"铅华久御向人间,欲舍铅华更惨颜。纵有青丘今夜月,无因重照旧云鬟。"吟讽久之,坤亦矍然。忽有曹牧遣人执良犬,将献裴度。入馆,犬见夭桃,怒目掣锁,蹲步上阶,夭桃亦化为狐,跳上犬背抉其目。大惊,腾号出馆,望荆山而窜。坤大骇,逐之行数里,犬已毙,狐即不知所之。坤惆怅悲惜,尽日不能前进。及夜,有老人挈美酝诣坤,云是旧相识。既饮,坤终莫能达相识之由。老人饮罢,长揖而去,云:"报君亦足矣,吾孙亦无恙。"遂不见,坤方悟狐也,后寂无闻矣。出《传记》。

尹瑗

尹瑗者,尝举进士不中第,为太原晋阳尉。既罢秩,退居郊野,以文墨自适。忽一日,有白衣丈夫来谒,自称吴兴朱氏子,"早岁嗜学,窃闻明公以文业自负,愿质疑于执事,无见拒。"瑗即延入与语,且征其说。云:"家侨岚川,早岁与御史王君皆至北门,今者寓迹于王氏别业累年。"自此每四日辄一来,甚敏辩纵横,词意典雅。瑗深爱之,瑗因谓曰:"吾子机辩玄奥,可以从郡国之游,为公侯高客,何乃自取沉滞,隐迹丛莽?"生曰:"余非不愿谒公侯,且惧旦夕有不虞之祸。"瑗曰:"何为发不祥之言乎?"朱曰:"某自今岁来,梦卜有穷尽之兆。"瑗即以词慰谕之,生颇有愧色。后至重阳日,有人以浓酝一瓶遗瑗,朱生亦至,

书籍文章都能理解其精妙要害,姚坤也很喜欢她。后来姚坤去应考,带着天桃进到京城。到了盘豆馆,天桃不高兴,拿过笔在竹简上题写,作了一首诗说:"铅华久御向人间,欲舍铅华更惨颜。纵有青丘今夜月,无因重照旧云鬟。"然后久久吟咏,姚坤也好像突然明白了什么。忽然有个曹牧派人牵着一只良种狗,准备献给裴度。进入馆里,狗一看见天桃,怒目而视,挣开锁链,一耸身跳上台阶,天桃也变成狐狸,跳上狗背挖狗的眼睛。狗非常害怕,跳着叫着跑出馆门,朝着荆山奔窜。姚坤大为惊骇,追赶了几里地,狗已经死了,狐狸也不知去了哪里。姚坤惆怅不已,悲伤惋惜,整天也没走一步。到了夜里,有个老人带着美酒来拜见姚坤,说是老相识。喝完酒,姚坤始终也没能弄清楚相识的原因。老人喝完酒,做了个长揖离开了,说:"也足够报答你的恩情了,我的孙女也没有事。"就不见了,姚坤才知道是狐狸,以后就没有消息了。出自《传记》。

尹 瑗

尹瑗,曾经考进士没考中,做了太原晋阳县尉。罢官后,退休住在郊外,每天舞文弄墨自得其乐。忽然有一天,有个穿白衣的男子来求见,自称是吴兴朱氏子,"早年就爱好学习,私下听说明公你在文章学业上很自负,愿意向你学习,不要拒绝我。"尹瑗就请他进屋并与他攀谈起来,并且询问他的情况。他自己说:"我家寄居在岚川,早年时与王御史都在禁卫军北衙做事,现在寄居在王御史别墅已经很多年了。"从此每隔四天就来一次,他机敏善辩随心所欲,词意典雅。尹瑗很喜爱他,便对他说:"你说话善于机辩,道理深奥,应当到郡国去游说,做公侯家的贵客,为什么自甘沉没,隐迹于丛林草莽之中呢?"朱生说:"我不是不愿意拜见公侯,只是害怕早晚会遇上预料不到的灾祸。"尹瑗说:"为什么说这种不吉祥的话呢?"朱生说:"我从今年以来,做梦占卜都有走投无路的兆头。"尹瑗就用言词劝解安慰他,朱生显出很惭愧的样子。后来到了重阳节这一天,有人送给尹瑗一瓶浓醇的好酒,朱生也来了,

因以酒饮之。初词以疾，不敢饮，已而又曰："佳节相遇，岂敢不尽主人之欢耶？"即引满而饮。食顷，大醉告去，未行数十步，忽仆于地，化为一老狐，酩酊不能动矣，瑗即杀之。因访王御史别墅，有老农谓瑗曰："王御史并之裨将，往岁戍于岚川，为狐媚病而卒，已累年矣。墓于村北数十步。"即命家僮寻御史墓，果有穴。瑗后为御史，窃话其事，时唐太和初也。出《宣室志》。

韦氏子

杜陵韦氏子家于韩城，有别墅在邑北十余里。开成十年秋自邑中游焉，日暮，见一妇人素衣，挈一瓢，自北而来，谓韦曰："妾居邑北里中有年矣。家甚贫，今为里胥所辱，将讼于官，幸吾子纸笔书其事，妾得以执诣邑，冀雪其耻。"韦诺之。妇人即揖韦坐田野，衣中出一酒卮曰："瓢中有酒，愿与吾子尽醉。"于是注酒一饮韦，韦方举卮，会有猎骑从西来，引数犬。妇人望见，即东走数十步，化为一狐。韦大恐，视手中卮，乃一髑髅，酒若牛溺之状。韦因病热，月余方瘳。出《宣室志》。

于是尹瑗倒酒给他喝。朱生开始推辞说有病，不敢喝酒，不一会儿又说："在佳节相遇，怎敢不使主人尽欢呢？"就倒了满杯酒喝了。一顿饭的工夫，喝得大醉告别回家，还没走上几十步路，忽然跌倒在地，变成一只老狐狸，醉得不能动弹了，尹瑗就杀了狐狸。接着他去王御史的别墅拜访，有个老农对尹瑗说："王御史和他的副将，前些年在岚川戍守时，得了狐媚病死了，已经很多年了。坟地在村北几十步远的地方。"尹瑗就命僮仆去寻找王御史的坟墓，果然有个洞穴。尹瑗后来做了御史，私下里说了这件事。当时正是唐太和初年。出自《宣室志》。

韦氏子

杜陵的韦氏子家住在韩城，有座别墅在城北十多里处。唐文宗开成十年的秋天，韦氏子从城里出来去别墅游玩，天快黑了，看见一个妇女穿着白色衣服，带了一只瓢，从北面走来，那妇女对韦氏子说："我住在城北的乡里有几年了。家里很穷，现在被里胥侮辱了，准备到官府去告状。希望你用纸笔写下这件事，我就能拿着它到城里，报仇雪耻。"韦氏子答应了她。那妇女就给韦氏子作个揖坐在田野里，从衣服里拿出一个酒杯说："瓢中有酒，愿意与你一起喝到一醉方休。"于是倒了一杯酒给韦氏子喝，韦氏子正要举起酒杯时，正好有骑马打猎的人从西面走来，带着几条狗。那妇女远远看见，就向东走了几十步，变成一只狐狸。韦氏子十分害怕，看手中的酒杯，竟是一个人头骨，酒就像是牛尿的样子。韦氏子因此得了热病，一个多月才好。出自《宣室志》。

卷第四百五十五
狐九

张直方

　　唐咸通庚寅岁,卢龙军节度使检校尚书左仆射张直方,抗表请修入觐之礼,优诏允焉。先是,张氏世莅燕土,燕民世服其恩,礼燕台之嘉宾,抚易水之壮士,地沃兵庶,朝廷每姑息之。洎直方之嗣事也,出绮纨之中,据方岳之上,未尝以民间休戚为意,而醄酒于室,淫兽于原,巨赏狎于皮冠,厚宠集于绿帻。暮年而三军大怨,直方稍不自安,左右有为其计者,乃尽室西上至京。懿宗授之左武卫大将军,而直方飞苍走黄,莫亲徼道之职。往往设罘罳于通道,则犬彘无遗,臧获有不如意者,立杀之。或曰:"辇毂之下,不可专戮。"其母曰:"尚有尊于我子者耶?"其僭轶可知也。于是谏官列状上,请收付廷尉。天子不忍置于法,乃降为燕王府司马,

张直方

　　唐代咸通年间的庚寅年,卢龙军节度使检校尚书左仆射张直方,上书请求修订臣子朝见皇上的礼仪,皇上特下诏书答应了他。先前,张家世代统帅燕地,燕地百姓世世代代蒙受张家的恩惠。张家对到燕昭黄金台来的嘉宾礼节周到,对易水上的壮士尽力安抚,土地肥沃,兵多将广,朝廷也常常姑息迁就。直到张直方继承了父亲的职务。这个人出生于富贵家庭,地位在地方长官之上,不曾把民间疾苦放在心上,却在家里尽情饮酒,在野外无节制地捕猎,巨赏轻易赐给戴皮帽的猎手,厚宠集中于戴绿帻的权贵子弟。到了晚年三军将士表现出极大不满,张直方才稍稍有点不安宁,他身边有人为他出谋划策,于是全家向西到京城去。懿宗皇帝任命他为左武卫大将军,可是张直方飞苍鹰跑黄犬,不去尽巡察的职责。往往在通行路上安设捕兽的网,就连狗和猪也剩不下。如果有不如意的奴仆,立刻就杀死他。有人说:"京都之下,不可随意杀人。"张直方的母亲说:"还有比我的儿子更尊贵的吗?"他们的犯上行为由此可知。因此谏官列出张直方的罪状上书给皇帝,要求把他抓起来交给廷尉。皇上不忍心对他按法律加刑罚,便把他降职为燕王府司马,

俾分务洛师焉。直方至东都,既不自新,而慢游愈极。洛阳四旁,翥者攫者,见皆识之,必群噪长嘼而去。

有王知古者,东诸侯之贡士也。虽薄涉儒术,而数不中春官选,乃退游于山川之上,以击鞠挥觞为事,遨游于南邻北里间。至是有绍介于直方者,直方延之,睹其利喙赡辞,不觉前席,自是日相狎。壬辰岁冬十一月,知古尝晨兴,爨舍无烟,愁云塞望,悄然弗怡,乃徒步造直方第。至则直方急趋,将出畋也,谓知古曰:“能相从乎?”而知古以祁寒有难色,直方顾卟僮曰:“取短皂袍来。”请知古衣之。知古乃上加麻衣焉,遂联辔而去。出长夏门则微霰初零,由阙塞而密雪如注。乃渡伊水而东南,践万安山之阴麓,而罻弋之获甚夥。倾羽觞,烧兔肩,殊不觉有严冬意。

及霰开雪霁,日将夕焉,忽有封狐突起于知古马首,乘酒驰之,数里不能及,又与猎徒相失。须臾,雀噪烟暝,莫知所如。隐隐闻洛城暮钟,但彷徨于樵径古陌之上。俄而山川暗然,若一鼓将半,长望间,有炬火甚明,乃依积雪光而赴之。复若十余里,至则乔林交柯,而朱门中开,皓壁横亘,真北阙之甲第也。知古及门下马,将徙倚以待旦。

无何,小驷顿辔,阍者觉之,隔阖而问阿谁,知古应曰:“成周贡士太原王知古也。今旦有友人将归于崆峒旧隐者,仆饯之伊水滨,不胜离觞。既掺袂,马逸,复不能止,

让他分管洛阳的军队。张直方到了东都洛阳,不改过自新,反而更加放肆地到处游玩。洛阳的四周,天上飞的,地上跑的,看见了都认识他,一定成群鸣叫长嗥着离开。

有个叫王知古的人,是东方诸侯的贡士。虽然略微涉列过儒家学说,却多次没有被礼部擢为进士,就退游于山水之间,把击鞠喝酒当正事,在南邻北里之间到处游玩。到这时才有人把他介绍给张直方,张直方把他请来,亲眼看见了他的伶牙俐齿,不自觉移座向前以示亲近,从此天天在一起玩耍。壬辰年冬季十一月,王知古有一天早起,只见屋里没有烟火,愁云布满了天空,静悄悄地令人心里不愉快,就徒步走到张直方的府第去。到了就见张直方急匆匆地出来,正准备去打猎,对王知古说:"能跟我们一块去吗?"王知古因为天太冷脸上有为难的表情,张直方回头对幼僮说:"取一个短皂袍来。"就请王知古穿上。王知古在短皂袍外又加一件麻衣,就并排骑马出发。出长夏门时还零星地下着小雪花,到阙塞时密雪像下雨似的。于是渡过伊水又向东南走,走过万安山北面山坡,途中射猎的收获很多。用羽觞喝酒,吃烧兔肉,一点也不觉得有寒冬的冷意了。

等到天晴雪停,太阳也将要落山了,忽然有只大狐狸在王知古的马头前面站起,王知古趁着酒兴去追赶,追了几里路也没追上,又和打猎的伙伴走散了。不一会儿,云雀乱叫烟雾蒙蒙,不知到了哪里。隐隐听见洛城日暮的钟声,只能在打柴小路和古道上。不一会儿山川变黑暗了,好像是一鼓将半时分,远远地望去,看见有很明亮的火炬,就靠着积雪的光亮走向火炬。又走了好像十多里,到了就见乔木林树枝交叉着,有扇红色大门开在中间,白色的墙壁绵延横亘,真像是朝廷的住宅一样。王知古到门前下马,准备倚在墙边等待天亮。

不久,因为给小马卸下辔头,守门人觉察到了,隔着大门问是谁。王知古回答说:"我是成周贡士太原人王知古,今天早晨有个朋友准备回到崆峒山以前隐居的地方,我在伊水边上为他饯行,承受不了这离别之酒。告别后,马跑起来,又不能止住,

失道至此耳。迟明将去，幸无见让。"阍曰："此乃南海副使崔中丞之庄也。主父近承天书赴阙，郎君复随计吏西征，此唯闺闱中人耳，岂可淹久乎？某不敢去留，请闻于内。"知古虽怵惕不宁，自度中宵矣，去将安适，乃拱立以俟。

少顷，有秉蜜炬自内至者，振管辟扉，引保母出。知古前拜，仍述厥由。母曰："夫人传语，主与小子皆不在家，于礼无延客之道。然僻居与山薮接畛，豺狼所嗥，若固相拒，是见溺而不援也。请舍外厅，翌日可去。"知古辞谢，从保母而入。过重门侧厅所，栾栌宏敞，帷幕鲜华。张银灯，设绮席，命知古座焉。酒三行，复陈方丈之馔，豹胎鲂腴，穷水陆之美者。保母亦时来相勉。

食毕，保母复问知古世嗣官族，及内外姻党，知古具言之。乃曰："秀才轩裳令胄，金玉奇标，既富春秋，又洁操履，斯实淑媛之贤夫也。小君以钟爱稚女，将及笄年，常托媒妁，为求佳对久矣。今夕何夕，获遘良人，潘杨之睦可遵，凤凰之兆斯在。未知雅抱何如耳？"知古敛容曰："仆文愧金声，才非玉润，岂室家为望，唯泥涂是忧，不谓宠及迷津，庆逢子夜，聆清音于鲁馆，逼佳气于秦台。二客游神，方兹莫计；三星委照，唯恐不扬。傥获托彼强宗，眷以嘉偶，则平生所志，毕在斯乎。"保母喜，遽浪而入白。

迷了路到了这里。我等到天一亮就离开,请不要责备我。"守门人说:"这里是南海副使崔中丞的庄园。主人最近接到天书到京城去了,公子又跟随着军师西征去了,这里只有女人了,怎能让你久留在这里呢?我不敢决定让你走还是留,请让我传达到女主人那里。"王知古虽然担心,自己又考虑到已经半夜了,离开这儿到哪里去呢?于是拱手站在那里等待。

不一会儿,有人拿着蜜蜡烛从里面走来,打开了门锁,领着保母出来。王知古走上前行礼,仍然述说来到这里的原因。保母说:"夫人传话说,主人和公子都不在家,按照礼法没有请客人进门的道理。可是我们住的地方与大山大泽相通,是豺狼出没嗥叫的地方,如果坚决拒绝你,那就是看见别人落水而不伸手相救。请你住到外厅,明天再走吧。"王知古说了道谢,跟保母进去了。路过重重门户和侧厅等地方,梁柱拱顶十分宽敞,帷帐幕布鲜艳华美。点上银灯,设下绮丽的座席,让知古坐下。喝了三巡酒,又摆上很多菜肴,豹胎肥鱼,穷尽了水陆美味。保母也时时来劝酒。

吃完饭,保母又问王知古的家世官族,以及内外的姻亲,王知古全都说了。保母才说:"你是显贵的世家后代,金玉美质,风度奇特,既年轻健壮,又行为端正,这实在是贤淑美女的好丈夫。女主人因为钟爱小女儿,快成年了,经常托人做媒,为女儿寻找好配偶很久了。今天是什么日子,得到了一个好丈夫。潘杨两家的姻亲能够变成现实,凤凰结合的兆头就在眼前。不知你心里觉得怎么样?"王知古收起笑容说:"很惭愧我的文章没有金石之声,才学不像玉石那样润泽有光彩,怎么敢去想娶妻安家?只担心我地位低下,没想到我这个迷路的人受到你们的宠爱,值得庆幸的是半夜里相遇,在这寓馆里聆听美妙的音乐,在这秦台之上靠近芳香佳气。客游的阴阳二神,正高兴得不知如何是好,福禄寿三星照到我的身上,唯恐自己长相太差。如果能够寄身在豪门大族之中受到保护,又把好配偶嫁给我,我平生的志愿,竟然都在这里遇上了吗?"保母很高兴,开着玩笑进去禀报。

复出致小君之命曰："儿自移天崔门，实秉懿范；奉蘋蘩之敬，知琴瑟之和。唯以稚女是怀，思配君子；既辱高义，乃叶夙心。上京飞书，路且不遥；百两陈礼，事亦非僭。忻慰孔多，倾瞩而已。"知古罄折而答曰："某虫沙微类，分及湮沦，而钟鼎高门，忽蒙采拾。有如白水，以奉清尘；鹤企凫趋，唯待休旨。"知古复拜，保母戏曰："他日锦雉之衣欲解，青鸾之匣全开；貌如月晕，室若云迷。此际颇相念否？"知古谢曰："以凡近仙，自地登汉；不有所举，孰能自媒？谨当铭彼襟灵，志之绅带；期于没齿，佩以周旋。"复拜。

时则月沉当庭，实为良夜。保母请知古脱服以休。既解麻衣而皂袍见，保母诮曰："岂有缝掖之士，而服短后之衣耶？"知古谢曰："此乃假之于与所游熟者，固非己有。"又问所从，答曰："乃卢龙张直方仆射所借耳。"保母忽惊叫仆地，色如死灰。既起，不顾而走入宅。遥闻大叱曰："夫人差事，宿客乃张直方之徒也！"复闻夫人音叱曰："火急逐出，无启寇仇！"于是婢子小竖辈群从，秉猛炬，曳白棓而登阶。知古侹儴，趋于庭中，四顾逊谢，詈言狎至，仅得出门。才出，已横关阖扉，犹闻喧哗未已。

又出来传达女主人的命令说:"我女儿自从移居天崔门,秉承美好的风范,懂得敬祀祖先主持家务,知道琴瑟谐和的道理。只是忧心小女,想让她与君子婚配;蒙你慷慨答应,才了却了我平素的心愿。往京城里寄封信,路还不算很远;要你一百两银子的聘礼,也不算过分。我颇感欣慰,多嘱咐你几句罢了。"王知古谦恭地行礼回答说:"我是小虫和沙土一类微不足道的东西,按道理应当湮没无闻,可是你们是钟鸣鼎食的高贵家庭,竟蒙受你们看得起。就像是一碗清水,以奉侍清尘;就像黄鹤伸长脖子,野鸭子快步疾走,全听你们的安排。"说完,王知古又拜,保母对他开玩笑说:"等到那一天,打扮得花团锦簇的新娘子准备脱下衣服,梳妆匣子完全打开;容貌像月亮有晕一样迷人,洞房像云雾缭绕一样令人目眩。这个时候你还会想到我吗?"王知古道谢说:"以凡人的身份接近神仙的府第,从地下登上天河;不是有人举荐,谁能自己给自己作媒人?我会铭记你高尚的心灵,记在绅带上;一辈子也不忘记,佩戴着与人周旋。"又行礼致谢。

这时就见月光西沉照进院子,实在是个美好夜晚。保母请王知古脱下衣服休息。脱下麻衣,里面的短皂袍露出来,保母讽刺说:"难道有贵族而穿后身短的衣服吗?"王知古道歉说:"这件衣服是向经常在一块游玩的熟人借的,本来不是我自己的衣服。"又问是向谁借的,回答说:"是卢龙张直方仆射借给我的。"保母忽然惊叫着跌倒在地,脸色像死灰一样。站起来以后,头也不回就跑进后宅去了。远远地就听她大声叱骂说:"夫人你的事情办错了,来求宿的人是张直方的门徒。"又听夫人的声音叱责说:"火速赶他走,不要引来仇敌。"于是婢女和僮仆成群地跟随着,拿着猛烈燃烧的火炬,拖着白木棒走上台阶。王知古惶恐不安,跳到庭院里,向四面望着道歉,咒骂声纷纷传来,勉强能走出门来。刚出门,已经关上大门上了门栓,还听到不停的喧哗声。

知古愕立道左，自叹久之。将隐颓垣，乃得马于其下，遂驰去。遥望大火若燎原者，乃纵辔赴之。至则输租车方饭牛附火耳。询其所，则伊水东，草店之南也。复枕辔假寐，食顷而震方洞然，心思稍安，乃扬鞭于大道。比及都门，已有直方骑数辈来迹矣。遥至其第，既见直方，而知古愤懑不能言。直方慰之，坐定，知古乃述宵中怪事。直方起而抚髀曰："山魈木魅，亦知人间有张直方耶？"且止知古。复益其徒数十人，皆射皮饮羽者，享以卮酒豚肩，与知古复南出。既至万安之北，知古前导，残雪中马迹宛然。直诣柏林下，至则碑板废于荒坎，樵苏残于密林。中列大冢十余，皆狐兔之窟宅，其下成蹊。于是直方命四周张罗，彀弓以待；内则束蕴荷锸，且掘且燻。少顷，群狐突出，焦头烂额者，罥挂者，应弦饮羽者，凡获狐大小百余头以归。出《三水小牍》。

张　谨

道士张谨者，好符法，学虽苦而无成。尝客游至华阴市，见卖瓜者，买而食之。旁有老父，谨觉其饥色，取以遗之。累食百余，谨知其异，奉之愈敬。将去，谓谨曰："吾土地之神也，感子之意，有以相报。"因出一编书曰："此禁狐魅之术也，宜勤行之。"谨受之，父亦不见。

王知古惊诧地站在路边,自己在那里叹息了很久。正要隐藏在残破的围墙边,竟在那里找回了自己的马,于是骑着马离开了。远远看见大火像燎原一样,于是快马加鞭赶了过去。到了就见征调和租用的车正在喂牛和生火做饭。询问这是什么地方,是伊水东面,草店的南面。又枕着马鞍打了个盹,有一顿饭的时间因受震动,才清醒过来,心思稍稍安定,就在大道上扬鞭飞驰。等赶到都门,已有张直方的好几个随从来寻他了。远远地走到张直方的府第,看见张直方以后,王知古愤懑得说不出话。张直方安慰他,坐定以后,王知古才说了夜里遇到的怪事。张直方站起来拍着大腿说:"山中的鬼怪,也知道人间有张直方吗?"先让王知古休息,又增加了几十个人,都是善于打猎的人,让他们吃猪肉喝足酒,与王知古又出南门。已经到了万安的北面,王知古在前面当向导,残雪中马的足迹很清楚,一直通向柏树林下,到里面一看,石碑板木在荒山坡上乱扔着,在密林中有打柴割草的残迹。中间排着十多个大坟墓,都是狐狸野兔的洞穴,坟下面有走出来的小路。于是张直方命令在四周张开网罗,张满弓弩等待着;在里面坟墓旁,就用捆草点火,用锹镐挖洞,一边挖一边用烟火熏。不一会儿,一大群狐狸突然跑出来,有焦头烂额的,有被网缠住的,有随着弓弦声被射中的,总共捉了大小一百多只狐狸,就回城去了。出自《三水小牍》。

张 谨

道士张谨,喜欢符法,学的虽然很刻苦却没有成就。曾经游历到华阴市,看见一个卖瓜的人,就买瓜吃。旁边有个老人,张谨觉察出他脸有饥色,拿过瓜来送给老人吃。老人累计吃了一百多个瓜,张谨知道他是个异人,侍奉他更加恭敬。即将离开时,他对张谨说:"我是土地神,感谢你的心意,有个东西想用来报答你。"便拿出一编书说:"这是禁止狐魅的法术,应当勤学苦练。"张谨接过书,老人也不见了。

尔日,宿近县村中,闻其家有女子啼呼,状若狂者,以问主人,对曰:"家有女,近得狂疾,每日昃,辄靓妆盛服,云召胡郎来。非不疗理,无如之何也。"谨即为书符,施檐户间。是日晚间,檐上哭泣且骂曰:"何物道士,预他人家事!宜急去之!"谨怒呵之,良久大言曰:"吾且为奴去。"遂寂然。谨复书数符,病即都差。主人遗绢数十匹以谢之。

谨尝独行,既有重赏,须得僆力。停数日,忽有二奴诣谨,自称曰"德儿、归宝",尝事崔氏,崔出官,因见舍弃,今无归矣,愿侍左右。谨纳之,二奴皆谨愿黠利,尤可凭信。谨东行,凡书囊符法,行李衣服,皆付归宝负之。将及关,归宝忽大骂曰:"以我为奴,如役汝父。"因绝走。谨骇怒逐之,其行如风,倏忽不见。既而德儿亦不见,所赏之物,皆失之矣。

时秦陇用兵,关禁严急,客行无验,皆见刑戮。既不敢东度,复还主人。具以告之,主人怒曰:"宁有是事?是无厌,复将挠我耳!"因止于田夫之家,绝不供给。遂为耕夫邀与同作,昼耕夜息,疲苦备至。因憩大树下,仰见二儿曰:"吾德儿、归宝也。汝之为奴苦否?"又曰:"此符法我之书也,失之已久。今喜再获,吾岂无情于汝乎?"因掷行李还之曰:"速归,乡人待尔书符也。"即大笑而去。谨得行李,复诣主人,方异之。更遗绢数匹,乃得去。自尔遂绝书符矣。出《稽神录》。

有一天，他住在华阴附近的村中，听到这家有个女子啼哭呼喊，形貌像是疯子。因此问主人，主人回答说："我家有个女儿，近来得了疯病，每天日头西斜，就搽脂抹粉穿上华丽服装，说是要召唤胡郎来。不是不给她治病，是对她的病没有办法啊。"张谨就为他写了符，贴在房檐和门上。这天晚上，房檐上有人一边哭一边骂说："这是哪个老道士，管别人的家事！应当快点离开这里！"张谨愤怒地呵斥他，很久后那人才大声说："我暂且为你离开这里。"然后就安静了下来。张谨又写了几道符，他女儿的病就都好了。主人家送给他十匹绢表示感谢。

张谨曾独身行走，既然有了重物，就必须要有侍从帮着出力。停了几天，忽然有两个奴仆来见张谨，自称叫"德儿、归宝"，说曾经侍奉崔氏，崔氏因贬官外出，因而被抛弃，现在没有家了，愿意侍候在张谨身边。张谨收纳了他们，两个仆人都谨慎顺从，做事聪慧伶俐，特别值得信任。张谨向东走，所有书囊符法，行李衣服，都交给归宝背着。快到关口时，归宝忽然大骂说："把我当奴仆使用，像支使你的父亲一样。"于是就跑了。张谨又惊又怒去追他，他走得像风一样，一会儿就不见了。不久，德儿也不见了，所携带的东西，都丢光了。

这时秦陇之间正在打仗，关口查得特别严，行路的客人如果没有证明，都会被杀。张谨不敢向东走，就又回到主人家，把事情全告诉主人了。店主人生气地说："怎么会有这种事？你这是不满足，又要骚扰我了。"就把张谨安排在田夫家里住，也不供给他吃喝。就被田夫邀请共同耕作，白天耕种夜间休息，又累又苦到了极点。便在大树下休息，仰起头看见两个小孩说："我们是德儿、归宝。你做奴仆苦不苦？"又说："这本符法是我们的书，丢失很久了。现在很高兴又得到了书，我们难道能对你无情吗？"于是扔下行李还给他说："快回家吧，乡人等着你写符法呢。"就大笑着走了。张谨得到行李，又去拜见那家主人，主人这才觉得事情奇异。又赠给他几匹绢，张谨才得以离开。从这以后就再也不写符作法了。出自《稽神录》。

昝 规

唐长安昝规因丧母，又遭火，焚其家产，遂贫乏委地。儿女六人尽孩幼，规无计抚养。其妻谓规曰："今日贫穷如此，相聚受饥寒，存活终无路也。我欲自卖身与人，求财以济君及我儿女，如何？"规曰："我偶丧财产，今日穷厄失计。教尔如此，我实不忍。"妻再言曰："若不如此，必尽饥冻死。"规方允之。

数日，有一老父及门，规延入。言及儿女饥冻，妻欲自卖之意，老父伤念良久，乃谓规曰："我累世家实，住蓝田下。适闻人说君家妻意，今又见君言，我今欲买君妻，奉钱十万。"规与妻皆许之。老父翌日，送钱十万，便挈规妻去。仍谓规曰："或儿女思母之时，但携至山下访我，当令相见。"

经三载后，儿女皆死，又贫乏，规乃乞食于长安。忽一日，思老父言，因往蓝田下访之。俄见一野寺，门宇华丽，状若贵人宅。守门者诘之，老父命规入。设食，兼出其妻，与规相见。其妻闻儿女皆死，大号泣，遂气绝。其老父惊走入，且大怒，拟谋害规，规亦怯惧走出，回顾已失宅所在，见其妻死于古冢前，其冢旁有穴。规乃自山下共发冢，见一老狐走出，乃知其妻为老狐所买耳。出《奇事记》。

狐 龙

骊山下有一白狐，惊挠山下人，不能去除。唐乾符中，忽一日突温泉自浴，须臾之间，云蒸雾涌，狂风大起，化一白龙，升天而去。后或阴暗，往往有人见白龙飞腾山畔。

昝　规

　　唐代长安昝规因为母亲去世,又遭了火灾,烧光了家产,生活变得极其贫穷。六个儿女都很幼小,昝规没有办法抚养。他的妻子对他说:"现在贫穷到这步田地,在一起生活就要挨饿受冻,最后还是没有活路。我想把自己卖给别人,得点钱财用来接济你和我的孩子们,怎么样?"昝规说:"我偶然丧失了财产,现在困窘艰难没有办法。教你这么做,我实在不忍心。"妻子又说:"如果不这么做,一定全都冻饿而死。"昝规才答应了她。

　　几天后,有一个老人上门来,昝规把他请进屋。谈到儿女挨饿受冻,妻子要出卖自身的意思,老人伤心地思考了很久,才对昝规说:"我家好几代都很富有,住在蓝田下。刚才听别人说了你妻子的意思,现在又听见你的话,我现在想买你的妻子,给你十万钱。"昝规与妻子都答应了他。老人第二天就送来十万钱,就领昝规的妻子走了,还对昝规说:"在儿女们想念母亲的时候,只要携带着到山下找我,我会让她与你们相见。"

　　过了三年,儿女们都死了,又穷得没办法,昝规就到长安去讨饭。忽然有一天,想起老人的话,便前往蓝田下寻找老人。不久看见郊外有一个寺庙,门庭华丽,样子像是贵人家的宅院。守门人询问他,老人就让昝规进去。准备吃的,并让他妻子出来,和昝规见面。他妻子听说儿女都死了,大声哭泣,气绝而死。那个老人惊慌地急忙跑进来,并且特别生气,打算害死昝规,昝规也吓得跑了出去,回头看时已没有了宅院。只见他的妻子死在一座古坟前面,坟旁有洞穴。昝规就约人一起发掘古坟,看见一只老狐狸跑出来,才知道他的妻子被老狐狸买去了。出自《奇事记》。

狐　龙

　　骊山下有一只白狐狸,惊扰山下的百姓,也没办法去除它。唐代乾符年间,忽然有一天白狐急速来到温泉洗浴,转眼之间,云气升腾雾气翻滚,狂风大作,那白狐化成一条白龙,升天而去。后来有时遇上阴天,常常有人看见白龙在骊山附近飞腾。

如此三年，忽有一老父，每临夜，即哭于山前。数日，人乃伺而问其故。老父曰："我狐龙死，故哭尔。"人问之："何以名狐龙？老父又何哭也？"老父曰："狐龙者，自狐而成龙，三年而死。我狐龙之子也。"人又问曰："狐何能化为龙？"老父曰："此狐也，禀西方之正气而生，胡白色，不与众游，不与近处。狐托于骊山下千余年，后偶合于雌龙。上天知之，遂命为龙。亦犹人间自凡而成圣耳！"言讫而灭。出《奇事记》。

沧渚民

江南无野狐，江北无鹪鸪，旧说也。晋天福甲辰岁，公安县沧渚村民辛家，犬逐一妇人，登木而坠，为犬啮死，乃老狐也，尾长七八尺。则正首之妖，江南不谓无也，但稀有耳。蜀中彭汉邛蜀绝无，唯山郡往往而有，里人号为野犬。更有黄腰，尾长头黑，腰间焦黄，或于村落鸣，则有不祥事。出《北梦琐言》。

民 妇

世说云，狐能魅人，恐不虚矣。乡民有居近山林，民妇尝独出于林中，则有一狐，忻然摇尾，款步循扰于妇侧，或前或后，莫能遣之。如是者为常，或闻丈夫至则远之，弦弧不能及矣。忽一日，妇与姑同入山掇蔬，狐亦潜逐之。妇姑于丛间稍相远，狐即出草中，摇尾而前，忻忻然如家犬。妇乃诱之而前，以裙裙裹之，呼其姑共击之，

这种情况持续了三年，忽然有一个老人，每到天刚黑时，就在山前哭泣。哭了好几天，有人就等在那里问他哭的原因。老人说："我的狐龙死了，所以才哭。"有人问他："为什么叫狐龙？老人又为什么哭呢？"老人说："狐龙，就是从狐狸变成的龙，三年就死了。我是狐龙的儿子。"有人又问："狐狸为什么能变成龙？"老人说："这只狐狸，禀受了西方的正气而出生，胡子是白色的，不与一般的龙游玩，也不和一般的龙接近相处。这只狐狸寄住在骊山下面已经一千多年，后来偶然与雌龙交配。上天知道了这件事，就命令让它变成龙。也就好比人类从凡人变成圣人一样。"说完就不见了。出自《奇事记》。

沧渚民

长江以南没有野狐狸，长江以北没有鸲鹆鸟，这是以前的说法。五代晋天福年间甲辰这一年，公安县沧渚村姓辛的村民家，有只狗追逐一个妇人，妇人爬树时掉了下来，被狗咬死，竟是一只老狐狸，尾巴有七八尺长。那么，死则头必正向丘穴的狐妖，江南不能说没有，只是极稀少罢了。蜀中彭汉邛蜀等地绝对没有，只是山里的郡中往往有，村里人叫"野犬"。更有一种叫"黄腰"的"野犬"，尾长头黑，腰间焦黄。有的在村落里鸣叫，就有不吉利的事情发生。出自《北梦琐言》。

民 妇

《世说》上说，狐狸能迷惑人，恐怕不是假话。有个在山林附近居住的乡民，民妇曾经独自到山林中去，就有一只狐狸，高兴地摇着尾巴，慢慢走近跟在妇人身边纠缠，有时在前有时在后，赶不走它。像这样的情况已经成为常事。有时听到男人来了就走开了，弓箭也射不着。忽然有一天，妇人与婆婆一起进山摘菜，狐狸也暗中跟着她们。妇人与婆婆在树丛之间稍稍离得远些，狐狸就走出草丛，摇着尾巴走上前来，高兴得像家犬。妇人就诱骗它走近前来，用裙子把它包了起来，招呼婆婆一起打它，

异而还家。邻里竞来观之，则瞑其双目，如有羞赧之状，因毙之。此虽有魅人之异，而未能变。《任氏》之说，岂虚也哉！ 出《玉堂闲话》。

抬着回到家里。邻居们竞相来看狐狸，狐狸就闭上双眼，像是有点害羞的样子，接着人们便打死了它。这只狐狸虽然有迷惑人的不寻常行为，却不能变化。沈既济《任氏传》所述，难道是虚妄的事情吗！出自《玉堂闲话》。

卷第四百五十六

蛇一

率　然

　　西方山中有蛇,头尾差大,有色五彩。人物触之者,中头则尾至,中尾则头至,中腰则头尾并至,名曰"率然"。会稽常山,最多此蛇。《孙子兵法》曰:"将之三军,势如率然也。"出《神异经》。

蛇　丘

　　东海有蛇丘,地险,多渐洳,众蛇居之,无人民,蛇或人头而蛇身。出《方中记》。

率　然

　　西方山里有一种蛇,头和尾差别很大,身上有五种颜色。人或物碰到它的身上,击中头尾巴就打过来,击中尾巴头就咬过来,击中腰部就头和尾巴一起打过来,蛇名叫"率然"。会稽附近的常山上,这种蛇最多。《孙子兵法》里说:"统帅三军,那种形势就应当像率然一样。"出自《神异经》。

蛇　丘

　　东海里有个蛇丘,地势险恶,大都低湿泥泞,很多蛇居住在那里,没有人类居住。有的蛇长着人的头和蛇的身子。出自《方中记》。

昆仑西北山

昆仑西北有山,周回三万里,巨蛇绕之,得三周,蛇为长九万里。蛇常居此山,饮食沧海。出《玄中记》。

绿　蛇

顾渚山赦石洞,有绿蛇长可三尺余,大类小指。好栖树杪,视之若罄带,缠于柯叶间。无螫毒,见人则空中飞。出《顾渚山记》。

报冤蛇

岭南有报冤蛇,人触之,即三五里随身即至。若打杀一蛇,则百蛇相集。将蜈蚣自防,乃免。出《朝野金载》。

毒　蛇

山南五溪黔中,皆有毒蛇,乌而反鼻,蟠于草中。其牙倒勾,去人数步,直来,疾如激箭。螫人立死,中手即断手,中足即断足,不然则全身肿烂,百无一活,谓蝮蛇也。有黄喉蛇,好在舍上,无毒,不害人,唯善食毒蛇。食饱,垂头直下,滴沫,地喷起,变为沙虱。中人为疾。额上有大王字,众蛇之长,常食蝮蛇。出《朝野金载》。

种黍来蛇

种黍来蛇,烧羖羊角及头发,则蛇不敢来。出《朝野金载》。

昆仑西北山

昆仑的西北方有座山，周长三万里。有条巨大的蛇缠绕着山，能绕三圈，巨蛇长九万里。巨蛇常住在这座山上，从大海里弄吃的。出自《玄中记》。

绿　蛇

顾渚山有个桢石洞，洞中有条绿蛇大约三尺多长，类似小手指那么粗。喜欢栖息在树梢上，看上去就像是皮制的带子，缠在树枝树叶之间。无毒害，看见人就飞向空中。出自《顾渚山记》。

报冤蛇

岭南一带有一种报冤蛇，人触碰了它，即使走出三五里地它也能追踪到跟前。如果打死一条蛇，就会有百条蛇聚集报仇。拿着蜈蚣防卫自己，才能免除灾祸。出自《朝野佥载》。

毒　蛇

山南五溪黔中，都有毒蛇，黑色，鼻孔朝上，盘踞在草丛中。蛇的牙齿有倒钩，离人几步远，径直朝人扑过来，快得像激射而出的箭。人被咬了马上死亡，咬到手手就断了，咬到脚脚就断了，不然就全身肿烂，一百个人中没有一个活下来的。这种蛇叫蝮蛇。还有黄喉蛇，喜欢呆在屋子上，没有毒，也不害人，只善于吃毒蛇。吃饱了，把头直垂下来，嘴里滴出唾沫，落在地上又喷起来，变成沙虱。沾到人身上人就得病。黄喉蛇额上有个很大的"王"字，是众蛇的首领，常吃蝮蛇。出自《朝野佥载》。

种黍来蛇

种黍时如果来了蛇，烧公羊的角和头发，那么蛇就不敢来了。出自《朝野佥载》。

蚺蛇

蚺蛇,大者五六丈,围五六尺。以次者亦不下三四丈,围亦称是。身斑,文如锦缬。里人云,春夏多于山林中等鹿,鹿过则衔之。自尾而吞,唯头角碍于口外,即深入林树间,阁其首,伺鹿坏,头角坠地,鹿身方咽入腹。如此后,蛇极羸弱,及其鹿消,壮俊悦泽,勇健于未食鹿者。或云,一年则食一鹿。出《岭表录异》。

又

一说,蚺蛇常吞鹿,鹿消尽,乃绕树出骨。养疮时,肪腴甚美。或以妇人衣投之,则蟠而不起。其胆上旬近头,中旬近尾。出《酉阳杂俎》。

蚺蛇胆

泉建州进蚺蛇胆,五月五日取时胆。两柱相去五六尺,击蛇头尾,以杖于腹下来去扣之,胆即聚,以刀刲取。药封放之,不死。复更取,看肋下有痕,即放。出《朝野佥载》。

鸡冠蛇

鸡冠蛇,头如雄鸡有冠。身长尺余,围可数寸,中人必死。会稽山下有之。出《录异记》。

爆身蛇

爆身蛇,长一二尺,形如灰色。闻人行声,林中飞出,状若枯枝,横来击人,中者皆死。出《录异记》。

蚺　蛇

蚺蛇，大的五六丈长，五六尺粗。其中小的也不下三四丈长，粗细也和长短的比例相称。身上有斑纹，纹路像丝织品上的图案。乡里人说，春夏之际，蚺蛇大多在山林中等待扑鹿，鹿经过身旁就咬住它。从尾部开始吞，只是头和角受阻碍留在口外，就走到深树林里，放下鹿头，等鹿腐烂了，头和角掉到地上，鹿身才能咽下肚去。这样做以后，蛇极其衰弱，等把那鹿消化完了，蛇变得健壮俊秀光泽悦目，比没吃鹿的蛇要神勇健壮。有人说，这种蚺蛇一年就吃一只鹿。出自《岭表录异》。

又

有一种说法，蚺蛇常吞食鹿，把鹿消化完了，就缠绕树上吐出骨头。蛇生疮休养时，身上的肥肉味道很美。有人把妇女的衣服扔给它，它就盘踞着不动。这种蛇的胆每月的上旬靠近头部，中旬靠近尾部。出自《酉阳杂俎》。

蚺蛇胆

泉建州进贡蚺蛇胆，五月五日时取蛇胆。在相距五六尺的两根柱子上，系住蛇的头和尾，再用木杖在蛇的腹部来回敲打，蛇胆就聚集起来，用刀割取蛇胆。然后给蛇的刀口上药，放了蛇，蛇也不会死。再取蛇胆时，看见蛇的肋下有刀痕，就放了它。出自《朝野佥载》。

鸡冠蛇

鸡冠蛇，蛇头像雄鸡一样有肉冠。身子有一尺多长，大约几寸粗，人被咬中一定会死。会稽山下有这种蛇。出自《录异记》。

爆身蛇

爆身蛇，长一二尺，灰色外形。听到人走路的声音，就从树林中飞出来，样子像一根枯树枝，横着来打人，被打中的人，一定会死。出自《录异记》。

黄领蛇

黄领蛇，长一二尺，色如黄金，居石缝中。欲雨之时，作牛吼声，中人亦死。四明山有之。出《录异记》。

蓝　蛇

蓝蛇，首有大毒，尾能解毒，出梧州陈家洞。南人以首合毒药，谓之蓝药，药人立死。取尾服，反解毒药。出《酉阳杂俎》。

巴　蛇

巴蛇食象，三岁而出其骨，食之无心腹之疾。出《博物志》。

蛮江蛇

南安蛮江蛇，到五六月，有巨蛇泛流登岸，首如张帽，万万蛇随之，入越王城。出《酉阳杂俎》。

两头蛇

韶州多两头蛇，为蚁封以避水。蚁封者，蚁子聚土为台也。苍梧亦多两头蛇，长不过一二尺。或云，蚯蚓所化。出《岭南异物志》。

颜　回

颜回、子路共坐于夫子之门，有鬼魅求见孔子，其目若合日，其状甚伟。子路失魄，口噤不得言。颜渊乃纳履杖剑前，卷握其腰，于是形化成蛇，即斩之。孔子出观，叹曰："勇者不惧，智者不惑；智者不勇，勇者不必有智。"出《小说》。

黄领蛇

黄领蛇,长一二尺,颜色像黄金,住在石缝中。天要下雨的时候,蛇就发出牛一样的吼声,被咬中的人也会死。四明山有这种蛇。出自《录异记》。

蓝 蛇

蓝蛇,头部有剧毒,尾巴能解毒,产于梧州陈家洞。南方人用蛇头配成毒药,叫做蓝药,用它毒人,人立即死亡。取来蛇尾吃下,反而能解这种毒药。出自《酉阳杂俎》。

巴 蛇

巴蛇吃象,吃下去三年才吐出象骨。人如果吃下这种象骨,不会患心脏和肚子疼病。出自《博物志》。

蛮江蛇

南安蛮江有一种蛇,到五六月的时候,就有大蛇乘流浮游上岸,蛇头像戴帽子一样。千万条蛇跟着它,进入越王城。出自《酉阳杂俎》。

两头蛇

韶州有很多两头蛇,这种蛇堆土做成蚁封用来逃避水害。蚁封,就是蚂蚁聚土造成的土台。苍梧也有很多两头蛇,长不过一二尺。有人说,两头蛇是蚯蚓变的。出自《岭南异物志》。

颜 回

颜回、子路一起坐在孔夫子的门前。这时有个鬼怪来求见孔夫子,他的眼睛像太阳,身形也很魁伟。子路像丢失了魂魄一样,紧闭着嘴说不出话。颜渊却穿上鞋举起剑走上前去,两臂抱住他的腰,这时鬼怪的身形变成蛇,颜渊就杀了它。孔子出来看了,叹口气说:"勇敢的人不害怕,有智慧的人不受迷惑;有智慧的人不必勇敢,勇敢的人不一定有智慧。"出自《小说》。

蜀五丁

周显王三十二年,蜀使使朝秦。秦惠王数以美女进蜀王,感之故朝。惠王知蜀王好色,许嫁五女于蜀。蜀遣五丁迎之,还到梓潼,见一蛇入穴中,一人揽其尾,拽之不禁。至五人相助,大呼拔蛇,山崩,同时压杀五丁及秦五女,而山分为五岭,直上有平石。蜀王痛悼,乃登之,因命曰"五女冢山",于平石上为"望妇候",作"思妻台"。今其山或名"五丁冢"。出《华阳国志》。

昭灵夫人

小黄县者,宋地黄乡也。沛公起兵野战,丧皇妣于黄乡。天下平定,乃使使者以梓宫招魂幽野。于是有丹蛇在水,自洒濯,入于梓宫。其浴处有遗发,故谥曰昭灵夫人。出《陈留风俗传》。

张 宽

汉武帝时,张宽为扬州刺史。先是有老翁二人争地山,诣州讼疆界,连年不决。宽视事复来,宽窥二翁形状非人,令卒持戟将入,问:"汝何等精?"翁走,宽呵格之,化为二蛇。出《搜神记》。

窦 武

后汉窦武母产武而并产一蛇,送之野中。后母卒,及葬未窆,有大蛇捧草而出,径至丧所,以头击枢,涕血皆流,

蜀五丁

周显王三十二年,蜀国派使者去秦国朝拜。秦惠王多次把美女进献蜀王,蜀王为之感动,所以派使者去朝拜。秦惠王知道蜀王是个好色的人,答应把五个美女嫁给蜀王。蜀王派遣五个大力士去迎接五个美女,往回走到梓潼时,看见一条大蛇钻入洞中,一个大力士抓住蛇的尾巴,使劲往外拽也拽不住。等到五人一起上去帮忙,大声叫着拔蛇,山崩塌了,同时压死了五个大力士和秦国的五个美女,于是山分为五个岭,正上方有块大平石。蜀王很悲痛,前去悼念他们,就登上山去,便命名叫"五女冢山",在平石上雕"望妇候",造"思妻台"。现在那座山还有个名叫"五丁冢"。出自《华阳国志》。

昭灵夫人

小黄县,就是宋地的黄乡。沛公带着军队在山野战斗,他的母亲就死在黄乡。天下平定以后,沛公就派使者用皇后的灵柩在荒野里招魂。在这时,有条红蛇在水里,自己往身上弄水洗澡,洗完后进到灵柩里。蛇洗澡的地方有掉落的头发,所以给她封谥号叫"昭灵夫人"。出自《陈留风俗传》。

张　宽

汉武帝时,张宽做扬州刺史。先前有两个老头争夺田地山林,到州里为疆界之事告状,一连多年没有解决。张宽到任后他们又来了,张宽暗中观察那两个老头的样子不像是人,就命令士卒拿着戟把二人带进去,问:"你们是什么精怪?"两个老头吓得转头就跑,张宽喊人拦杀他们,两个老头就变成了两条蛇。出自《搜神记》。

窦　武

后汉窦武的母亲生窦武时同时生下一条蛇,把蛇送到荒野中。后来窦武的母亲死了,等到出殡还未落葬时,有条大蛇捧着草出来,径直走到安葬处,用头撞着灵柩,泪水和血水都流了出来,

俯仰诘屈，若哀泣之容，有顷而去。时人知为窦氏之祥。出《搜神记》。

楚王英女

鲁少千者得仙人符，楚王少女英为魅所病，请少千。少千未至数十里，止宿。夜有乘鳖盖车，从数千骑来，自称伯敬，候少千。遂请内酒数槛，肴馔数案。临别言："楚王女病，是吾所为。君若相为一还，我谢君二十万。"千受钱，即为还，从他道诣楚，为治之。于女舍前，有排户者，但闻云："少千欺汝翁。"遂有风声西北去，视处有血满盆，女遂绝气，夜半乃苏。王使人寻风，于城西北得一死蛇，长数丈，小蛇千百，伏死其旁。后诏下郡县，以其日月，大司农失钱二十万，太官失案数具。少千载钱上书，具陈说，天子异之。出《列异传》。

张承母

张承之母孙氏怀承之时，乘轻舟游于江浦之际，忽有白蛇长三丈，腾入舟中。母咒曰："君为吉祥，勿毒噬我。"乃箧而将还，置诸房内。一宿视之，不复见蛇，嗟而惜之。邻人相谓曰："昨见张家有一白鹤，耸翮凌云。"以告承母，使筮之。卜人曰："此吉祥也。蛇鹤延年之物，从室入云，自卑升高之象。昔吴王阖闾葬其妹，殉以美女、名剑、宝物，穷江南之富。未及十七年，雕云覆于溪谷，美女游于街上，白鹤翔于林中，白虎啸于山侧，皆是昔之精灵。今出世，

头一低一仰地弯曲着，像是悲泣的样子，过了一会儿才离开。当时的人们知道这是窦氏的吉祥之兆。出自《搜神记》。

楚王英女

有个叫鲁少千的人学会了仙人的符法，楚王的小女儿英被妖魅迷惑得了病，请少千治病。少千在离楚王不到几十里的地方，停下来住宿。夜间有人坐着鳖盖的车子，带着几千骑兵前来，自称叫伯敬，等候少千，就请少千收下几榼酒，几桌子菜肴，临别时说："楚王女儿的病，是我导致的。你如果为我转身往回去，我用二十万钱感谢你。"少千接受了钱，就假装往回走，又从别的路到楚王处，为楚王的女儿英治病。在女孩的屋子前面，有人推门而入，只听他说："少千欺骗了你的父亲。"于是有风声向西北方向刮去，看那个地方有满盆的血，楚王的女儿英就断了气，半夜时才苏醒过来。楚王派人搜寻风的去向，在城西北方找到一条死蛇，长有几丈，小蛇有千百条，在大蛇身边伏地死去。后来有诏书下到郡县，说是在某月某日，大司农丢了二十万钱，太官丢失几张案桌。少千就带着钱上书，详细陈说了情况。天子也认为这件事很奇异。

张承母

张承的母亲孙氏怀张承时，乘轻舟在江浦一带游玩。忽然有条长三丈的白蛇，跳进船里。他的母亲祈祷说："你是个吉祥物，请不要用毒牙咬死我。"就把蛇装进小箱子带回，放在房里。一宿之后看那箱子，不见有蛇，叹着气惋惜。邻居互相说："昨天看见张家有一只白鹤，振翅飞上云霄去了。"他们把这件事告诉了张承的母亲，张母派人去占卜。卜者说："这是吉祥兆头。蛇鹤都是长寿动物，从室内飞入云霄，是从低到高的象征。从前吴王阖闾安葬他的妹妹，用美女、名剑、宝物殉葬，用尽了江南的财富。不到十七年，雕云覆盖着溪谷，美女在街上游玩，白鹤在树林中飞翔，白虎在山边长啸，都是从前的精灵。现在白鹤出现在世上，

当使子孙位超臣极,擅名江表。若生子,可以为名。"及生承,名白鹤。承生昭,位至丞相,为辅吴将军,年逾九十,蛇鹤之祥也。出《王子年拾遗记》。

冯 绲

车骑将军巴郡冯绲为议郎,发绶笥,有二赤蛇可长三尺,分南北走。大用忧怖,卜云:"此吉祥也,君后当为边将,以东为名。"复五年,果为大将军,寻拜辽东太守。出《风俗通》。

魏 舒

晋咸宁中,魏舒为司徒。府中有蛇二,其长十丈,屋厅事平脊之上,止之数年,而人不知。但怪府中数失小儿及鸡犬之属。后一蛇夜出,经柱侧,伤于刃,病不能登,于是觉之。发徒数百,共攻击移时,然得杀之。视所居,骨骼盈宇之间,于是毁府舍,更立之。出《搜神记》。

杜 预

杜预为荆州刺史,镇襄阳时,有宴集,大醉,闭斋独眠,不听人前。后尝醉,外闻斋中呕吐,其声甚苦,莫不悚栗。有一小吏,私开户看之,正见床上一大蛇,垂头床边吐,都不见人,出密道如此。出《刘氏小说》。

应该会使你的子孙地位超过群臣达到极点，名扬江南一带。如果生了儿子，可以给他起这个名字。"等到生了张承，就起名叫白鹤。张承生下张昭，张昭官位一直做到丞相，封为辅吴将军，年龄超过九十岁，这都是蛇和鹤带来的吉兆。出自《王子年拾遗记》。

冯 绲

车骑将军巴郡人冯绲做议郎时，打开盛印绶的箱子，有两条红蛇长约三尺，分开向南北跑去。冯绲很是担忧害怕，去占卜，卜者说："这是吉祥的兆头，你将来能当上边将，官名中有个'东'字。"又过了五年，冯绲果然当了大将军，接着又被任命当了辽东太守。出自《风俗通》。

魏 舒

晋代咸宁年间，魏舒做司徒。他的府中有两条蛇，蛇长十丈，在厅堂的平脊之上筑窝，住了好几年，人们却不知道。只是奇怪府中多次丢失小孩和鸡犬一类的东西。后来有一条蛇夜间出来，经过柱子旁边，被刀刃割伤了，痛得爬不上屋顶，因此被人察觉了。找来几百人，一起攻击了很长时间，然后才杀了蛇。看那蛇的住处，骨骼充满房宇之间，因此毁了府舍，另外找地址修建府第。出自《搜神记》。

杜 预

杜预任荆州刺史，镇守襄阳的时候，有时参加宴会，喝得大醉，关起书斋独自睡觉，不让别人到跟前来。后来又一次喝醉了，外面的人听到书房里的呕吐声，那声音特别痛苦，没有不害怕的。有个小吏，私自打开门看他，正好看见床上有一条大蛇，垂着头在床边呕吐，看不见有人，小吏走出后偷偷说了这件事。出自《刘氏小说》。

吴　猛

永嘉末，豫章有大蛇，长十余丈，断道。经过者，蛇辄吸取之，吞噬已百数。道士吴猛与弟子杀蛇，猛曰："此是蜀精，蛇死而蜀贼当平。"既而果杜弢灭也。出《豫章记》。

颜　含

晋颜含嫂病，须髯蛇胆，不能得。含忧叹累日，有一童子持青囊授含，含视，乃蛇胆也，童子化为青鸟飞去。出《晋中兴书》。

司马轨之

司马轨之字道援，善射雉。太元中，将媒下黝，此媒雊，野雉亦应。试令寻觅所应者，头翅已成雉，半身故是蛇。晋中朝武库内，忽有雉，时人或谓为怪。张司空云："此蛇所化耳。"即使搜库中，果得蛇蜕。出《异苑》。

又

太元中，汝南人入山，见一竹，中蛇形已成，上枝叶如故。吴郡桐庐人尝伐余遗竹。一宿，见竿为雉，头颈尽就，身犹未变化，亦竹为蛇之化。出《异苑》。

章　苟

吴兴章苟于田中耕，以饭置菰里，每晚取食，饭亦

吴 猛

晋怀帝永嘉末年，豫章有一条大蛇，有十多丈长，横在路上挡道。凡是路过的人，蛇就吸进去吞下，已经吞吃了一百多人。道士吴猛和弟子把蛇杀了，吴猛说："这是蜀地的精怪，蛇死了，蜀地的强盗也该平定了。"不久杜弢果然被消灭了。出自《豫章记》。

颜 含

晋代颜含的嫂子病了，必须鼍蛇胆治病，但找不到。颜含忧愁叹息多日，忽然有个童子拿一个青囊交给颜含，颜含一看，竟然是蛇胆。童子就变成一只青鸟飞走了。出自《晋中兴书》。

司马轨之

司马轨之字道援，善于射野鸡。晋朝太元年间，把一个引诱用的媒介物放在掩蔽物下，这个媒介物鸣叫，野鸡也有回应。试着让人寻找回应的野鸡，就看见头和翅膀已经变成野鸡，其余半个身子还是蛇。晋中朝廷的武库里，忽然出现了野鸡，当时的人有人认为是怪事。张司空说："这是蛇变化成的。"就派人搜查库中，果然找到了蛇蜕。出自《异苑》。

又

晋朝太元年间，有个汝南人进到山里，看见一根竹子，中部已经变成蛇形了，上部枝叶还像原来一样。吴郡桐庐人曾砍伐剩余的竹子。过了一宿后，看见那竹竿变成了野鸡，头和脖子全都变成了，身子还没变成，也就是说，这棵竹子是蛇变化而成的。出自《异苑》。

章 苟

吴兴章苟在田里耕种，把饭放在菰里，每晚取食时，饭也

已尽，如此非一。后伺之，见一大蛇偷食，苟逐以锻叉之，蛇走。苟逐之，至一穴，但闻啼声云："矿伤我矣。"或言付雷公，令霹雳杀。须臾，雷雨，霹雳覆苟上，苟乃跳梁大骂曰："天使我贫穷，展力耕垦。蛇来偷食，罪当在蛇，反更霹雳我耶？乃是无知雷公。雷公若来，吾当以锻矿汝腹！"须臾，云雨渐散，转霹雳于蛇穴中，蛇死者数十。出《搜神记》。

太元士人

晋太元中，士人有嫁女于近村者。至时，夫家遣人来迎，女家好发遣，又令女弟送之。既至，重门累阁，拟于王侯。廊柱下有灯火，一婢子严妆直守，后房帷帐甚美。至夜，女抱乳母涕泣，而口不得言。乳母密于帐中，以手潜摸之，得一蛇，如数围柱，缠其女，从足至头。乳母惊走出，柱下守灯婢子，悉是小蛇，灯火是蛇眼。出《续搜神记》。

慕容熙

西晋末，慕容熙光始三年，熙出游还，城南有柳树如人呼曰："大王止。"熙恶之，伐其树，下有蛇，长一丈。至六年，熙为冯跋所灭。出《广古今五行记》。

邛都老姥

益州邛都县有老姥家贫孤独，每食，辄有小蛇，头上有角，在柈之间。姥怜而饲之，后渐渐长大丈余。县令有马，忽

已经没有了，像这种情况不是一两次。后来暗中察看这事，只见一条大蛇偷饭吃，章苟拿着小矛叉蛇，蛇跑了。章苟追赶蛇，追到一个洞穴，只听见有啼哭的声音说："砍伤我了！"有的说应交给雷公，让雷公用霹雳杀死他。不一会儿，打雷下雨了，霹雳在章苟头上滚动，章苟就跳着大骂说："老天使我贫穷，我尽力耕田垦荒。蛇来偷吃我的饭，罪在蛇的身上，反而用雷劈我吗？真是无知的雷公。雷公如果来了，我就用小矛刺你的肚子。"不一会儿，云雨渐渐散了，霹雳转到蛇洞里了，蛇死了几十条。出自《搜神记》。

太元士人

晋代太元年间，有个读书人把女儿嫁到附近村子。到了时候，夫家派人来接新娘，娘家也妥善地送走女儿，还让新娘的妹妹送姐姐。到了夫家以后，只见重重叠叠的门户楼阁，与王侯之家差不多。廊柱下有灯火，一个女仆整妆站在廊柱下守着，后房的帷帐非常华美。到了晚上，新娘子抱着乳母哭泣，不敢说话。乳母悄悄在帐中，用手暗中摸那床，摸到一条蛇，像几围的柱子那么粗，缠绕着新娘子，从脚缠到头。乳母吓得跑了出去，就看见廊柱下守灯的女仆，全是小蛇，而灯火就是蛇的眼睛。出自《续搜神记》。

慕容熙

西晋末年，慕容熙光始三年，慕容熙出游回来的时候，城南有棵柳树像人一样呼叫说："大王请止步。"慕容熙很厌恶这件事，就砍断了柳树，树下有一条蛇，有一丈长。到光始六年，慕容熙被冯跋消灭了。出自《广古今五行记》。

邛都老姥

益州邛都县有个老妇人，家里贫穷，孤独一人，每当吃饭的时候，就有一条小蛇，头上有角，在碗盘之间爬动。老妇人可怜它并喂它吃的，后来渐渐长大到一丈多长。县令有匹马，忽然

被蛇吸之，令因大怒，收姥。姥云："在床下。"遂令人发掘，愈深而无所见，县令乃杀姥。其蛇因梦于令曰："何故杀我母？当报仇耳！"自此每常闻风雨之声。三十日，是夕，百姓咸惊相谓曰："汝头何得戴鱼？"相逢皆如此言。是夜，方四十里，与城一时俱陷为湖，土人谓之邛河，亦邛池。其母之故宅基独不没，至今犹存。鱼人采捕，必止宿。又言此水清，其底犹见城郭楼槛宛然矣。出《穷神秘苑》。

天门山

天门山，山多峻秀，岩谷逶迤。有大岩壁直上数千仞，草木交连，云雾拥蔽。其下有径途微细，行人往，忽然上飞而出林表，若升仙，遂绝世。如此者渐不可胜纪，往来南北，号为仙谷。时有乐于道者，不远千里而来，洗浴岩畔，以来升仙，在此林下，无不飞去。会一夕，有智能者谓他人曰："此必妖怪，非是仙道。"因以石自系，而牵一犬入其谷，犬复飞去，然知是妖邪之气以噙之。乃遣近山乡里，募年少者数百人，执兵器，持大棒。而先纵火烧其草，及伐竹木，至山畔观之，遥见一物，长数十丈，高下隐隐，垂头下望。及更渐逼，乃一大蟒蛇。于是命少年鼓跃击射，然后斫刺。而口张尺余，尚欲害人，力不加众，久乃卒。其所吞人骨与他兽之骸，积在左右如阜焉。

被蛇吸去吞吃了，县令因而大怒，收押了老妇人。老妇人说："蛇在我的床下。"县令就派人去挖掘，挖得越来越深却什么也没看见，县令就杀了老妇人。那条蛇便托梦于县令说："为什么杀我的母亲？我一定为她报仇。"从此就经常听到刮风下雨的声音。三十日这天晚上，百姓们都吃惊地互相说："你的头上为什么顶着鱼？"凡相见的人都这样说。这天夜里，方圆四十里，整个城一下子都陷下去成为一片湖泊，当地人叫它邛河，也叫邛池。只有老妇人的旧宅基地单单没有淹没，到现在还存在。打渔的人来捕鱼，一定在那里停下住宿。又说这里的水很清，湖底还能清楚地看见城郭楼槛。出自《穷神秘苑》。

天门山

天门山，山峰大都险峻秀美，山岩峡谷连绵不绝。有个大岩壁向上有几千仞高，草木交连，云雾笼罩。岩壁下面有很细微的小路，行人走到这里，忽然向上飞出林梢，像白日升仙一样，人就没有了。像这样的人渐渐多得记不过来，南来北往的人，把这里叫做仙谷。当时有喜欢学道的人，不远千里来到这里，在岩壁旁边洗浴干净，以便到这里升仙，站在这个树林的下面，没有不飞走的。恰好有这么一天晚上，有个聪明的人对他人说："这一定是妖怪，不是成仙之道。"于是把石头系在身上，牵着一条狗进入那岩谷，狗又飞去，这样就知道是妖邪怪物在用气吸物。于是派人到附近的山乡里，招募几百个年轻的人，带着兵器，拿着大棒。先放火烧那些杂草，并砍伐竹子和树木，到了山边观看，远远地看见一个东西，有几十丈长，高高低低时隐时现，垂着头往下望。等再渐渐走到近处，才看清是一条大蟒蛇。于是命令少年们一边打着鼓一边跳着射击，然后又砍又刺，可是大蟒蛇的口张开有一尺多长，还想害人。只是力量敌不住众人，很久才死去。它吞吃的人骨与其他兽类的骨骸，堆积在左右两旁像小山包一样。

又有人出行，坠深泉涧者，无出路。饥饿分死，左右见龟蛇甚多，朝暮引颈向东方，人因伏地学之，遂不复饥。体加轻便，能登岩岸。数年后，试竦身举臂，遂超出涧上，即得还家。颜色悦怿，颇更黠慧胜故。还食谷，啖滋味，百余日中，复其本质。出《博物志》。

忻州刺史

唐忻州刺史是天荒阙，前后历任多死。高宗时，有金吾郎将来试此官。既至，夜独宿厅中。二更后，见檐外有物黑色，状如大船，两目相去数丈。刺史问为何神，答云："我是大蛇也。"刺史令其改貌相与语，蛇遂化作人形，来至厅中。乃问何故杀人，蛇云："初无杀心，其客自惧而死尔。"又问："汝无杀心，何故数见形躯？"曰："我有屈滞，当须府主谋之。"问有何屈，曰："昔我幼时，曾入古冢，尔来形体渐大，求出不得。狐兔狸貉等，或时入冢，方得食之。今长在土中，求死不得，故求于使君尔。"问："若然者，当掘出之，如何？"蛇云："我逶迤已十余里，若欲发掘，城邑俱陷。今城东有王村，村西有楸树。使君可设斋戒，人掘树深二丈，中有铁函，开函视之，我当得出。"言毕辞去。及明，如言往掘，得函，归厅开之，有青龙从函中飞上天，径往杀蛇，首尾中分。蛇既获死，其怪绝矣。出《广异记》。

还有一人在外行走，掉到深谷泉涧去了，没有出路。饿得认为自己死定了，又看到身边有很多龟蛇，一早一晚伸出头颈向着东方，那人便也伏在地上学习龟蛇的动作，就不再觉得饿了。身体更加轻便，能登上山岩陡壁。几年后，试着纵身抬臂，身上一用劲，就跳得超过山涧之上，就得以回到家中。脸上的神色愉快，而且比从前更加聪慧机灵。回到家吃了粮食还有各种味道的食物，一百天后，又恢复了他原来的样子。出自《博物志》。

忻州刺史

唐代忻州刺史历来就是个空缺，前后几任刺史大多死了。唐高宗时，有个金吾郎要来试着做这个官。到了以后，夜里独自睡在厅中。二更天后，就见檐外有个黑色的东西，样子像条大船，两只眼睛相距几丈远。刺史问是什么神怪，回答说："我是大蛇。"刺史让它改变形貌与它说话，蛇就变成了人形，来到厅中。于是问它为什么杀人，蛇说："最初并无杀人之心，是那些人自己害怕吓死的。"又问："你没有杀人之心，为什么多次现出蛇的形躯？"回答说："我有冤屈不能解决，必须由府主来商议决定。"问它有什么冤屈，回答说："从前我小的时候，曾经进入一个古坟，从那以来形体渐渐长大，想出去却不能出去。狐、兔、狸、狢等，有的时候进入古坟，我才能吃到东西。现在长在土中，想死都不行，所以来向使君请求。"刺史问："如果是这样，应当挖开古坟使你出来，怎么样？"蛇说："我的身子弯曲回旋已经有十多里长了，如果要挖掘，这座城也要陷到地底下去了。现在城东有个王村，村子的西面有棵楸树。使君可以安排斋戒，然后派人掘树掘到两丈深，里面有个铁匣，打开匣子看，我就能出来了。"说完就告别走了。等到天亮，照蛇说的去挖掘，挖出一个匣子，回到厅里打开了匣子，有条青龙从匣子里飞上天，径直上前去杀蛇，蛇头和蛇尾从中间分开了。蛇死了以后，那怪物也没有了。出自《广异记》。

余干县令

　　鄱阳余干县令，到官数日辄死，后无就职者，宅遂荒。先天中，有士人家贫，来为之。既至，吏人请令居别廨中，令因使治故宅，剪薙榛草，完葺墙宇。令独处其堂，夜列烛伺之。二更后，有一物如三斗白囊，跳转而来床前，直跃升几上。令无惧色，徐以手伥触之，真是韦囊而盛水也。乃谓曰："为吾徙灯直西南隅。"言讫而灯已在西南隅。又谓曰："汝可为吾按摩。"囊转侧身上，而甚便畅。又戏之曰："能使我床居空中否？"须臾，已在空中。所言无不如意。将曙，乃跃去。令寻之，至舍池旁遂灭。明日，于灭处视之，见一穴，才如蚁孔，掘之，长丈许而孔转大，围三尺余，深不可测。令乃敕令多具鼎镬樵薪，悉汲池水为汤，灌之。可百余斛，穴中雷鸣，地为震动。又灌百斛，乃怗然无声，因并力掘之，数丈，得一大蛇，长百余尺。旁小者巨万计，皆并命穴中。令取大者脯之，颁赐县中，后遂平吉。出《广异记》。

王真妻

　　华阴县令王真妻赵氏者，燕中富人之女也，美容貌，少适王真。洎随之任，近半年，忽有一少年，每伺真出，即辄至赵氏寝室。既频往来，因戏诱赵氏私之。忽一日，王真自外入，乃见此少年与赵氏同席，饮酌欢笑，甚大惊讶。

余干县令

郡阳郡的余干县令，到官上任几天就死了，后来竟没有人敢去就职了，宅院也就荒废了。先天年间，有个读书人家里贫穷，就来做县令。到了以后，官吏们请县令居住到别的公署里去，县令便派人收拾原来的宅院，剪修割除杂草，修整好院墙和屋子。县令一个人住在堂上，夜间摆好蜡烛等着。二更天以后，有一个东西像是能装三斗米大小的白口袋，跳转着到床前来，一直跳到桌几上。县令没有惧怕的神情，慢慢地用手不知所措地触摸它，真的是装着水的皮口袋，于是对它说："替我把灯搬到对面的西南墙角去。"话刚说完灯已在西南角了。又对它说："你可以给我按摩一会。"皮口袋转着侧身而上，县令觉得很是舒服。又对它开玩笑说："能让我的床停在空中吗？"不一会儿，床已在空中了。县令所说的没有不如意的。天快亮了，才跳着离开。县令寻找它，寻到住舍的水池边上就没有踪迹了。第二天，在踪迹消失的地方查看，看见一个洞，仅像蚂蚁洞口那么大，挖那洞口，挖了一丈多洞孔就变大了，洞的直径有三尺多，洞底深不可测。县令就下令多准备鼎锅和木柴，把池中水全提出来，烧成开水，灌那洞。大约灌了一百多斛开水，就听见洞穴里发出打雷一样的声音，大地也被那声音所震动。又灌了一百多斛开水，才平静下来没有声音了。于是一起挖了起来，挖了几丈深，挖到一条大蛇，长一百多尺。旁边有成千上万条小蛇，都一起死在洞里。县令挑出大蛇做成蛇肉脯，分赏给县里的百姓，以后就平安吉祥了。出自《广异记》。

王真妻

华阴县令王真的妻子赵氏，是燕中富人家的女儿，容貌美丽，年轻时就嫁给王真。以后随王真到任上来，最近半年以来，忽然有一个少年，每每等到王真出去，就到赵氏的寝室里去。在频频往来以后，便调戏引诱赵氏与自己私通。忽然有一天，王真从外面进来，才看见这个少年与赵氏同席，饮酒欢笑，非常惊讶。

赵氏不觉自仆气绝，其少年化一大蛇，奔突而去。真乃令侍婢扶腋起之，俄而赵氏亦化一蛇，奔突俱去，王真遂逐之，见随前出者俱入华山，久之不见。出《潇湘录》。

朱　觊

朱觊者，陈蔡游侠之士也。旅游于汝南，栖逆旅，时主人邓全宾家有女，姿容端丽，常为鬼魅之幻惑，凡所医疗，莫能愈之。觊时过友人饮，夜艾方归，乃憩歇于庭。至二更，见一人着白衣，衣甚鲜洁，而入全宾女房中。逡巡，闻房内语笑甚欢，不成寝，执弓矢于黑处，以伺其出。候至鸡鸣，见女送一少年而出，觊射之，既中而走。觊复射之，而失其迹。晓乃闻之全宾，遂与觊寻血迹，出宅可五里已来，其迹入一大枯树孔中。令人伐之，果见一蛇，雪色。长丈余，身带二箭而死。女子自此如故，全宾遂以女妻觊。出《集异记》。

赵氏不知不觉自己跌倒地上断了气,那少年变成一条蛇,横冲直撞地离开了。王真就让女仆扶着赵氏的两腋让她站起来,一会儿赵氏也变成一条蛇,横冲直撞地一起离去。王真于是去追赶它,见它跟着先前跑出去的蛇一起进入华山,很久以后不见了。

出自《潇湘录》。

朱 觐

朱觐,是陈蔡一带的游侠之士。到汝南旅游,住在客店里。当时主人邓全宾家有个女儿,容貌端庄美丽,曾被鬼魅所迷惑,给她治病的,没有人能治好她的病。朱觐有一次去朋友家喝酒,夜深了才回来,就在庭院里休息。到二更天时,看见一个人穿着白色衣服,衣服很是鲜亮整洁,却进入邓全宾女儿的房中。一会儿,就听见房内说笑很欢乐,朱觐睡不着觉,拿出弓箭藏在暗处,等他出来。等到鸡叫时,看见邓全宾的女儿送一个少年出来,朱觐射那个男子,被射中了要跑。朱觐又射他,却不见了他的踪迹。天亮了才告诉邓全宾这件事,邓全宾就和朱觐寻找血迹,走出宅院大约五里,那血迹进入一个大枯树的洞里去。找人伐倒了树,果然看见一条蛇,白色。一丈多长,身上带着两支箭死了。店主家的女儿从此就像从前正常的时候一样了,邓全宾就把女儿嫁给了朱觐。出自《集异记》。

卷第四百五十七
蛇二

蒙　山

　　鲁国费县蒙山上有寺废久，民欲架堂者，辄大蛇数十丈长，出来惊人，故莫得安焉。出《异苑》。

秦　瞻

　　秦瞻居曲河彭星野，忽有物如蛇，突入其脑中。蛇来，先闻臭气，便从鼻入，盘其头中，觉泓泓冷，闻其脑间，食声呃呃，数日出去。寻复来，取手巾，急缚口鼻，故不得入。积年无他，唯患头重。出《广古今五行记》。

广州人

　　广州人共在山中伐木，忽见石窠中有三卵，大如升，

蒙　山

　　鲁国费县蒙山上有个废弃很久的寺庙，百姓想在这里修建房屋，就有一条几十丈长的大蛇，出来惊吓人，所以就不能相安无事，不再修建了。出自《异苑》。

秦　瞻

　　秦瞻住在曲河彭星野，忽然有个像蛇的东西，突然进入他的脑子里。蛇来了，他先闻到臭气，蛇就从鼻孔进去，盘在他的头里，觉得像凉水一样冷飕飕的，听他脑袋里面，有呬呬吃东西的声音，几天后出去。不久又来了，这人拿来手巾，急忙地堵上口和鼻，所以不能再进到脑里。过了一年没有别的毛病，只是得了头重的病。出自《广古今五行记》。

广州人

　　广州人一起在山中伐树，忽然看见石穴中有三个卵，大如升，

便取煮之。汤始热，便闻林中如风雨声。须臾，有一蛇大十围，长四五丈，径来，于汤中衔卵去，三人无几皆死。出《续搜神记》。

袁玄瑛

吴兴太守袁玄瑛当之官。往日者问吉凶，曰："法。至官当有赤蛇为妖，不可杀。"至，果有赤蛇在铜虎符石函上蟠，玄瑛命杀之，其后果为贼徐馥所害也。出《广古今五行记》。

薛　重

会稽郡吏郯县薛重得假还家，夜至家，户闭，闻妇床上有丈夫眠声，唤妇，久从床上出来开户。持刀便逆问妇曰："床上醉人是谁？"妇大惊愕，因且苦自申明，实无人。重家唯有一户，既入，便闭妇索。了无所见。见一蛇隐在床脚，酒醉臭，重斫蛇寸断，掷于后沟。经日而妇死，数日，重又死，后忽然而生。说始死，有人桎梏之，将到一处，有官寮问曰："何以杀人？"重曰："实不行凶。"曰："尔云不杀者，近寸断掷著后沟，此是何物？"重曰："正杀蛇耳。"府君愕然有悟曰："我当用为神，而敢淫人妇，又讼人。"敕左右持来。吏将一人，著平巾帻，具诘其淫妄之罪，命付狱，重为官司便遣将出，重倏忽而还。出《广古今五行记》。

就拿出来煮它们。汤刚刚热，就听见树林中有像刮风下雨的声音。不一会儿，有一条蛇有十围粗，四五丈长，径直走过来，从汤中衔着卵离开了，这几个人不久都死了。出自《续搜神记》。

袁玄瑛

　　吴兴太守袁玄瑛在要去上任做官时，到占卜者那里去问吉凶，占卜者说："根据筮法的征象，到官任上会有红蛇做妖，不可杀蛇。"到了官任上时，果然有红色的蛇在铜虎符石匣上盘踞着，袁玄瑛命人杀了蛇，他后来果然被贼人徐馥所害。出自《广古今五行记》。

薛　重

　　会稽郡的小吏郧县人薛重请假回家，夜里到家。门关着，听到妻子的床上有男人睡觉的声音，召唤妻子，很久才从床上下来开门。薛重拿着刀就迎着问妻子说："床上喝醉酒的人是谁？"妻子十分吃惊，便苦苦为自己申辩，真的没有人。薛重家只有一个门，进屋之后，就把妻子关起来搜索，却什么也没看见。只看见一条蛇隐藏在床脚，喝醉了酒满身臭味，薛重把蛇砍成一块块的，扔在屋后的沟里。过了一天妻子也死了，几天后，薛重也死了，后来忽然又活了。薛重说自己刚死的时候，有人给他上了枷锁，带到一个地方，有个官僚问他说："为什么杀人？"薛重说："我真的没有行凶。"又问："你说没杀人，近来砍成一块块又扔到后沟里去的，那是什么东西？"薛重说："那杀的是蛇。"府君愣了一下就明白了，说："我准备让他成为神，他却敢去奸淫别人的妻子，又来告状。"命令身边的人把他提来。小吏带着一个人，头上戴着平巾帻，详细地问了他奸淫和妄告的罪行，下令把他送到监狱里去，薛重被官衙很快打发出去，一下子就还阳了。出自《广古今五行记》。

顾 楷

陈时吴兴顾楷在田上树取桑叶，见五色大蛇入一小穴。其后蛇相次，或三尺五尺次第相随，略有数百。楷急下树，看所入之处，了不见有孔。日暮还家，楷病口哑，不复得语。出《广古今五行记》。

树提家

隋绛州夏县树提家，新造宅，欲移入，忽有蛇无数，从室中流出门外，其稠如箔上蚕，盖地皆遍。时有行客云："解符镇。"取桃枝四枚书符，绕宅四面钉之，蛇渐退，符亦移就之。蛇入堂中心，有一孔，大如盆口，蛇入并尽。令煎汤一百斛灌之，经宿，以锹掘之，深数尺，得古铜钱二十万贯。因陈破，铸新钱，遂巨富。蛇乃是古铜之精。出《朝野金载》。

隋炀帝

《搜神记》："蛇千年则断复续。"《淮南子》云："神蛇自断其身而自相续。"隋炀帝遣人于岭南，边海穷山，求此蛇数四，而至洛下。所得之者，长可三尺，而色黄黑，其头锦文，全似金色，不能毒人，解食肉。若欲令自断其身者，则先触之令怒，使不任其愤毒，则自断为三四。其断之处，如刀截焉，见其皮骨文理，亦有血焉。然久怒定，则三四断稍稍自相就而连续，体复如故，亦似不相断。隋著作郎邓隆云，此灵蛇一类，自断，不必千岁也。出《穷神秘苑》。

顾　楷

　　南北朝陈国时,吴兴顾楷,在田里爬到树上桑摘叶,看见一条五色大蛇进入一个小洞。它后面的蛇都排着队,有的隔三尺有的隔五尺一个接一个跟随着,大约有几百条。顾楷急忙下树,看那蛇进去的地方,一点也看不见有孔洞。天黑回家,顾楷得了哑巴病,不再能说话。<small>出自《广古今五行记》。</small>

树提家

　　隋代绛州夏县树提的家里,新建了一所住宅,准备搬进去住。忽然有无数条蛇,从屋里爬出门外,蛇多得像竹席上的蚕,把地上全都铺得满满的。当时有过路的客人说:"我懂得符镇。"就找来四根桃树枝写上符,绕着宅院四面钉上,蛇渐渐地退回去,桃符也移动着随着蛇走。蛇进入堂屋的中心,有一个洞,像盆口那么大,蛇全都进入洞里。行客就让人烧一百斛开水灌进洞去,过了一宿,用铁锹挖那个洞,挖了几尺深,挖到二十万贯古铜钱。因为陈旧锈蚀了,就用这些古铜铸了新钱,于是成了大富户。蛇就是古铜的精灵。<small>出自《朝野佥载》。</small>

隋炀帝

　　《搜神记》说:"蛇活上千年就能使断了的身子再接上。"《淮南子》里说:"神蛇能自己把身子弄断然后自己再把身子接上。"隋炀帝派人到岭南,跑到大海边和大山深处,多次去寻找这种蛇,带到洛阳。得到的蛇,大约三尺长,黄黑色,蛇头上有锦绣花纹,全身像金子那样的颜色,不会害人,知道吃肉。如果想让它自己弄断自己的身子,就先撩拨让它发怒,使蛇愤怒得不能自制时,就会自己断成三四截。那断的地方,像刀割的一样,能看见它的皮、骨和肌肉的纹理,上面也有血。可是等时间一长愤怒过后,那三四段截断了的身子就稍微各自互相靠近而连接起来,身体又像从前一样,也像不曾断过一样。隋朝著作郎邓隆说,这是灵蛇一类,能自断身体,不一定是活了千年以上的。<small>出自《穷神秘苑》。</small>

兴福寺

长安兴福寺有十光佛院,其院宇极壮丽,云是隋所制。贞观中,寺僧以其年纪绵远,虑有摧圮,即经费计工,且欲新其土木,乃将毁撤。既启户,见有蛇万数,连贯在地,蛇蟠绕如积,摇首呿喙,若吞噬之状。寺僧大惧,以为天悯重劳,故假灵变,于是不敢除毁。出《宣室志》。

张骑士

张骑士者,自云,幼时随英公李勣渡海,遇风十余日,不知行几万里,风静不波。忽见二物黑色,头状类蛇,大如巨船,其长望而不极。须臾,至船所,皆以头绕船横推,其疾如风。舟人惶惧,不知所抗,已分为所唼食,唯念佛求速死耳。久之,到一山,破船如积。各自念云,彼人皆为此物所食。须臾,风势甚急,顾视船后,复有三蛇,追逐亦至,意如争食之状。二蛇放船,回与三蛇斗于沙上,各相蜿蟺于孤岛焉。舟人因是乘风举帆,遂得免难。后数日,复至一山,遥见烟火,谓是人境。落帆登岸,与二人同行,门户甚大,遂前款关。有人长数丈,通身生白毛,出见二人,食之。一人遽走至船所,才上船,未及开,白毛之士走来牵缆。船人人各执弓刀砍射之,累挥数刀,然后见释。离岸一里许,岸上已有数十头,戟手大呼。因又随风飘帆五六日,遥见海岛。泊舟问人,云见清远县界,属南海。出《广异记》。

兴福寺

长安兴福寺有个十光佛院,佛院的殿宇极其壮丽,说是隋朝时建造的。贞观年间,寺中和尚因为它年代久远,担心会毁坏和坍塌,就筹集经费计算人工,打算重新翻盖,就要拆毁旧院。打开门以后,看见有上万条蛇,在地上连在一起,蛇互相缠绕着像堆在一起似的,摇着头张着口,像吞吃东西的样子。寺中和尚非常害怕,认为是上天怜恤百姓过度劳累,所以假借灵物使人改变主意,因此也不敢再拆十光佛院了。出自《宣室志》。

张骑士

有个叫张骑士的人,他自己说,小时候跟着英公李勣渡海,遇上十多天的大风,不知走了几万里,才风平浪静了。忽然看见两个黑色的东西,头的样子类似蛇,像条大船那么大,它的身长远远望去看不到头。不一会儿,到了船边,都用头绕着船横着推进,快得像风一样。船上的人惶恐害怕,不知道如何抗拒,已经断定要被怪物吃掉,只是念佛要求快些死去。很久以后,来到一座山前,破船堆积在山下。船上的人各自揣测,那些人都是被这个怪物吃掉的。不一会儿,风吹得很急,回头看船后,又有三条大蛇,也追赶而来,就像争夺吃食的样子。这两条蛇放开船,回头和三条蛇在沙地上斗了起来,各自在孤岛上屈曲盘旋着争斗。船上的人因此乘着风举起帆,才能够免除灾难。往后几天,又到了一座山,远远看见烟火,以为是人生活的地方。落下帆登上岸,和两个人一起走,看见一个很大的门,就上前去敲门。有一个人身长数丈,浑身长着白毛,出来见了这两个人,捉住就吃了。一个人急忙跑回停船的地方,刚上了船,没等开船,那个浑身白毛的人就跑来抓住缆绳。这时,船上的人个个手拿弓刀又砍又射,连续挥舞了好几刀,然后船才被放开。离岸有一里多,岸上已出现了几十个白毛巨人,挥手大声呼叫。于是又随风飘着船走了五六天,远远看见一个海岛。停下船问居民,说看见清远县界,属于南海郡。出自《广异记》。

李崇贞

高宗光宅中,李崇贞任益州长史。厅前柑子树有一子如鸡子,晚熟,微有小孔如针。群官咸异之,方欲将进,久而乃罢。因剖之,得一赤斑蛇,长尺余,崇贞后竟以罪死。出《广古今五行记》。

又

连州见一柑树,四月中,有子如拳大,剖之,有两头蛇。出《广古今五行记》。

马岭山

开元四年六月,郴州马岭山侧有白蛇,长六七尺,黑蛇长丈余。须臾,二蛇斗,白者吞黑蛇,到粗处,口两嗌皆裂,血流滂沛。黑蛇头入,啮白蛇肋上作孔,头出二尺余,俄而两蛇并死。后十余日,大雨,山水暴涨,漂破五百余家,失三百余人。出《朝野金载》。

至相寺贤者

长安至相寺有贤者,自十余岁,便在西禅院修道。院中佛堂座下,恒有一蛇,贤者初修道时,蛇大一围,及后四十余年,蛇如堂柱。人蛇虽相见,而不能相恶。开元中,贤者夜中至佛堂礼拜,堂中无灯,而光粲满堂,心甚怪之。因于蛇出之处,得径寸珠。至市高举价,冀其识者。数日,有胡人交市,定还百万。贤者曰:"此夜光珠,当无价,何以如此酬直?"胡云:"蚌珠则贵,此乃蛇珠,多至千贯。"

李崇贞

唐高宗光宅年间，李崇贞担任益州长史。他的官厅前柑子树上结了一个像鸡蛋一样的果实，很晚才成熟，上面微微地有像针尖那么大的小孔。百官都对此感到诧异，本来要准备进献给皇上，时间一长就算了。于是剖开它，看到一条红斑蛇，长一尺多，崇贞后来竟然因犯罪而被处死。出自《广古今五行记》。

又

在连州看到一棵柑子树，四月中旬，结了像拳头那么大的果实，剖开一看，里面有一只两头蛇。出自《广古今五行记》。

马岭山

唐玄宗开元四年的六月，郴州马岭山旁边有条白蛇，长六七尺，还有条黑蛇长一丈多。不一会儿，两条蛇争斗起来，白蛇吞了黑蛇，吞到黑蛇身子粗的地方，白蛇口和咽的两侧都裂开了，血流得像下雨一样。黑蛇的头被吞，就咬白蛇的肋肉咬出了孔洞，头伸出白蛇的身子有二尺多长，不久两条蛇一块死了。又过了十多天，天下大雨，山水暴涨，冲毁了五百多户人家，失踪了三百多人。出自《朝野佥载》。

至相寺贤者

长安至相寺有个贤者，从十多岁起，就在西禅院修道。院中佛堂的座下，早就有一条蛇，贤者刚修道时，蛇有一围粗细，等到四十多年后，蛇就像堂柱那么粗。人蛇虽然互相见面，却不互相厌恶。开元年间，贤者夜里到佛堂做礼拜，堂中没有灯，可是满堂光亮灿烂，心中觉得很奇怪。便在蛇出入的地方，得到一枚直径一寸的珠子。就到街市上抬高价钱出卖，希望遇上一个识货的人。几天后，有个胡人到市上来交易，出钱百万。贤者说："这是夜光珠，应当是无价之宝，为什么出这样的价钱呢？"胡人说："要是蚌珠就值钱了，这个是蛇珠，最多能卖一千贯钱。"

贤者叹伏,遂卖焉。出《广异记》。

李林甫

李林甫宅,即李靖宅。有泓师者以道术闻于睿宗时,尝与过其宅,谓人曰:"后之人有能居此者,贵不可言。"其后久无居人。开元初,林甫官为奉御,遂从而居焉。人有告于泓师,曰:"异乎哉!吾言果验。是十有九年居相位、称豪贵于天下者,此人也。虽然,吾惧其易制中门,则祸且及矣。"林甫果相玄宗,恃权贵,为人觇望者久之。及末年,有人献良马,甚高,而其门稍庳,不可乘以过,遂易而制。既毁其檐,忽有蛇千万数,在屋瓦中。林甫恶之,即罢而不能毁焉。未几,林甫竟籍没。其始相至籍没,果十九年矣。出《宣室志》。

韦子春

临淮郡有馆亭,滨泗水上。亭有大木,周数十栱,突然劲拔,阴合百步,往往有甚风迅雷,夕发其中。人望见亭有二光,对而上下,赫然若电,风既息,其光亦闭。开元中,有韦子春以勇力闻,会子春客于临淮,有人语其事者,子春曰:"吾能伺之。"于是挈衣橐止于亭中以伺焉。后一夕,遂有大风雷震于地,亭屋摇撼,果见二光照耀亭宇。子春乃敛衣而下,忽觉有物蟠绕其身,冷如水冻,束不可解。回视,见二老在其身后。子春即奋身挥臂,骍然有声,其缚亦解,遂归亭中。未几而风雨霁,闻亭中腥若鲍肆。

贤者完全信服了，就把珠子卖给了胡人。<small>出自《广异记》。</small>

李林甫

李林甫的宅院，就是从前李靖的宅子。有个叫泓师的人，因为道术闻名于睿宗皇帝当政时，曾经和人路过那所宅院，对人说："以后有能住在这所宅院里的人，一定非常尊贵。"那以后很久都无人居住。开元年间，李林甫做了奉御官，就住进这里。有人告诉了泓师，泓师说："真是神奇呀！我的话果然应验了。那个占据相位十九年、在天下被称为豪富显贵的人，就是这个人。虽然这样，我担心他改造中门，那么灾祸就来临了。"李林甫果然给唐玄宗做了丞相，倚仗权贵，很长时间以来为人民所怨恨。等到他当丞相末年，有人向他献上一匹好马，马很高，可是那个门又稍微矮了一点，不能骑着马通过，于是打算改造大门。拆毁了门槛以后，忽然有千万条蛇，出现在屋瓦中。李林甫憎恶这件事，就停下不再拆毁了。不久，李林甫竟然被没收了家产。从他开始做宰相到家产被没收，果然是十九年。<small>出自《宣室志》。</small>

韦子春

临淮郡有个馆亭，建在泗水边上。亭园有棵大柱子，柱周长几十斗栱，独立挺拔，亭阴能遮住百步方圆，常常有大风和迅雷，傍晚时出现在亭园中。有人远远看见亭园中有两道光，相对着上下跳动，清楚得像闪电一样，风停以后，那两道光也闭上了。开元年间，有个韦子春因勇力闻名于世，赶上韦子春客居在临淮，有人告诉他亭园里的怪事，韦子春说："我能暗中观察一下。"于是带着衣服行李住在亭中以便偷看。后来一天晚上，就有大风雷震动地面，亭屋摇撼着，果然看见两道光照耀着亭园和屋宇。韦子春就整理衣服下了亭子，忽然觉得有个东西缠绕着他的身子，冷得像冰冻，勒得很紧解不开。回头看，看见两个老人站在他身后。韦子春就奋力挥臂，就听骍的一声，他的束缚也解开了，就回到亭中。不久风住雨停，闻到亭中有腥气像卖鱼的铺子一样。

明日视之，见一巨蛇中断而毙，血遍其地。里人相与来观，谓子春且死矣。乃见之，大惊。自是其亭无风雷患。出《宣室志》。

宣州江

宣州鹊头镇，天宝七载，江水盛涨漫三十里。吴俗善泅，皆入水接柴木。江中流有一材下，长十余丈，泅者往观之，乃大蛇也。其色黄，为水所浮，中江而下。泅者惧而返，蛇遂开口衔之，泅者正横蛇口，举其头，去水数尺。泅者犹大呼请救，观者莫敢救焉。出《纪闻》。

李齐物

河南尹李齐物，天宝中，左迁竟陵太守。郡城南楼有白烟，刺史不改即死，土人以为常占。齐物被黜，意甚恨恨。楼中忽出白烟，乃发怒云："吾不畏死，神如余何？"使人寻烟出处，云："白烟悉白虫，恐是大蛇。"齐物令掘之，其孔渐大，中有大蛇，身如巨瓮。命以镬煎油数十斛，沸则灼之。蛇初雷吼，城堞震动，经日方死。乃使人下堙塞之，齐物亦更无他。出《广异记》。

严挺之

严挺之为魏州刺史，初到官，临厅事。有小蛇从门入，至案所，以头枕案。挺之初不达，遽持牙笏，压其头下地。正立凝想，顷之，蛇化成一符。挺之意是术士所为，寻索

第二天一看,看见一条大蛇从中间断开死在那里,血流得遍地都是。乡里人一起前来观看,以为韦子春也快死了。却见到了韦子春,大家都大吃一惊。从此那个亭子没有了风雷的忧患。出自《宣室志》。

宣州江

宣州的鹊头镇,天宝七载,江水猛涨漫淹三十里。吴地习俗人人善于游泳,都入水捞取木柴。江中流有一木材顺流而下,长十多丈,游泳的人去察看木材,竟是一条大蛇。他的颜色是黄的,被水漂浮着,在江的中间流下来。游水的人惊得往回返,蛇就张开口衔他,游水的人正好横在蛇口里,蛇抬起头,离水有几尺高。游水的人还在大声呼救,看到的人没有敢下水去救的。出自《纪闻》。

李齐物

河南府尹李齐物,天宝年间,被贬职担任竟陵太守。郡城南楼如果出现白烟,刺史不改换就会死去,当地人认为这是正常事。李齐物被贬谪,心里很是愤愤不平。楼中忽然出现白烟,他就发怒说:"我不怕死,神仙能把我怎么样?"派人寻找烟的出处,回来报告说:"白烟全是白蛇所为,恐怕是条大蛇。"李齐物下令掘蛇洞,那洞孔渐渐变大,洞中有条大蛇,身子像大坛子那么粗。李齐物命令用大锅烧几十斛油,油滚沸时就用来烧蛇。蛇刚开始时像雷吼叫一样,连城墙都震动了,过了一天才死。就派人去把洞塞死填平,李齐物也没再遇到什么意外。出自《广异记》。

严挺之

严挺之做魏州刺史,刚到任时,到厅堂去。有条小蛇从门进去,爬到桌子跟前,用头枕着桌子。严挺之开始不理睬,又急忙拿着象牙笏板,压住蛇头让它下去。正站着聚精会神地思考,不一会儿,蛇变成一张符。严挺之以为是术士干的事,寻找了一会儿

无获而止。出《广异记》。

天宝樵人

天宝中，有樵人入山醉卧，为蛇所吞。其人微醒，怪身动摇，开视不得，方知为物所吞。因以樵刀画腹，得出之。眩然迷闷，久之方悟。其人自尔半身皮脱，如白风状。出《广异记》。

无畏师

天宝中，无畏师在洛，是时有巨蛇，状甚异，高丈余，围五十尺，魁魁若。盘绕出于山下，洛民咸见之。于是无畏曰："后此蛇决水潴洛城。"即说佛书义甚精。蛇至夕，则驾风露来，若倾听状。无畏乃责之曰："尔蛇也，营居深山中，固安其所，何为将欲肆毒于世？即速去，无患生人。"其蛇闻之，遂俯于地，若有惭色，须臾而死焉。其后禄山据洛阳，尽毁宫庙，果无畏所谓决洛水潴城之应。出《宣室志》。

张　镐

洪州城自马瑗置立后，不复修革。相传云："修者必死。"永泰中，都督张镐修之不疑。忽城西北陬遇一大坎，坎中见二蛇，一白一黑，头类牛，形如巨瓮，长六十余尺，蜿蟺在坑中，其余小蛇不可胜数。遽以白镐，镐命逐之出，乃以竹篾缚其头，牵之。蛇初不开目，随牵而出。小蛇甚多，

什么也没找到就停止了。出自《广异记》。

天宝樵人

天宝年间，有个樵夫进山喝醉了，躺在山上，被大蛇吞吃了。那人稍微清醒了一点，奇怪身子在摇动，睁开眼什么也看不到，才知道是被动物吞到肚子里。使用砍柴刀划开动物的肚子，才能够出来。开始觉得眩迷憋闷，很久之后才清醒过来。那人从此半身的皮都脱落了，就像白风病的样子。出自《广异记》。

无畏师

天宝年间，无畏禅师在洛阳，这时有条巨蛇，样子很奇特，高一丈多，粗五十尺，很壮大雄伟的样子，盘绕着出现在山下，洛阳的百姓都看见过这条蛇。因此无畏禅师说："以后这条蛇将掘开堤坝淹没洛阳城。"就讲说佛书中精深的法义。大蛇到了晚上，就驾着风和雨露前来，像是倾听的样子。无畏就责备它说："你是蛇类，应当居住在深山中，那里本来就是你安身的地方，为什么想要对世人大肆毒害呢？快走开吧，不要危害活着的人了。"那条蛇听了这话，就俯伏在地上，像是有点惭愧的样子，不一会儿就死了。后来安禄山占据了洛阳，把宫室和庙宇全毁了。果然应了无畏禅师所说的掘开洛水淹没城市的话。出自《宣室志》。

张　镐

洪州城自从马璘设立以后，没有人再修理改造过。相传说："重修的人一定会死。"唐代宗永泰年间，张镐都督修理城墙，没有顾及那个传言。忽然城西北角外出现一个大地洞，洞中出现了两条蛇，一条白一条黑，头长得类似牛头，形状像个大坛子，身长六十多尺，屈曲盘旋在洞中，其余的小蛇数不胜数。急忙把这事报告给张镐，张镐命令把蛇赶出来，就用竹篾捆住蛇的头，牵着蛇。蛇开始时不睁开眼睛，随着牵引走出洞来。小蛇很多，

军人或有伤其小者十余头，然犹大如饮碗。二蛇相随入徐孺亭下放生池中，池水深数丈，其龟皆走出上岸，为人所获，鱼亦鼓鳃出水，须臾皆死。后七日，镐薨。判官郑从、南昌令马皎，二子相继而卒。原缺出处，明抄本作出《广异记》。

毕乾泰

唐左补阙毕乾泰，瀛州任丘人。父母年五十，自营生藏讫。至父年八十五，又自造棺，稍高大，嫌藏小，更加砖二万口。开藏欲修之，有蛇无数。时正月尚寒，蛰未能动，取蛇投一空井中，仍受蛇不尽，其蛇金色。泰自与奴开之，寻病而卒。月余，父母俱亡。此开之不得其所也。出《朝野金载》。

杜昕

殿中侍御史杜昕尝使岭外，至康州，驿骑思止，白曰："请避毒物。"于是见大蛇截道南出，长数丈，玄武后追之。道南有大松树，蛇升高枝盘绕，垂头下视玄武。玄武自树下仰其鼻，鼻中出两道碧烟，直冲蛇头，蛇遂裂而死，坠于树下。又见蜈蚣大如笋。牛肃曾以其事问康州司马狄公，狄公曰："昔天宝四载，广府因海潮，漂一蜈蚣，死，剖其一爪，则得肉百二十斤。至广州市，有人笼盛两头蛇，集人众中言：'汝识二首蛇乎？汝见二首蛇，则其首并出，吾今异于是，首蛇各一头，欲见之乎？'市人请见之，乃出其蛇。蛇长二尺，头在首尾。市人伶者，常以弄蛇为业，每执诸蛇，

有的军人打伤了十多条小蛇，然而仍有喝水碗那么粗。两条大
蛇跟随着走进徐孺亭下的放生池里，池水有几丈深，池里的乌龟
都跑到岸上来，被人们捉获，鱼也鼓着鳃浮出水面，不一会儿都
死了。这以后第七天，张镐死了。判官郑从、南昌令马皎，这两
个人也接着死了。原缺出处，明抄本作出自《广异记》。

毕乾泰

　　唐代左补阙毕乾泰，是瀛州任丘人。父母五十岁时，自己就
预先营造好了墓穴。到了父亲八十五岁时，又自造了棺材，稍显
高大了一点，于是嫌预选的墓小了，想再加两万块砖。打开墓穴
准备修建，墓穴里有无数条蛇。当时是正月天气还冷，蛇蛰伏不
能行动，把蛇取出扔到一个枯井中，那个空井还能容纳很多蛇，
那些蛇都是金色的。毕乾泰亲自与仆人打开墓穴修建，不久就
得病死了。一个多月后，他的父母也都死了。这是开墓穴开的
地方不对的原因。出自《朝野金载》。

杜　昕

　　殿中侍御史杜昕曾经出使岭外，走到康州，驿卒停下来，对
杜昕说："请躲避毒物。"于是看见一条大蛇横道向南面游去，长
好几丈，一只龟在后面追蛇。道南有棵大松树，蛇爬到高枝上盘
绕，垂下头看着龟，龟也从树下仰起鼻子，鼻子里冒出两股青烟，
直冲向蛇头，蛇就身子裂开死去，掉到树下。又看见蜈蚣大得像
一只风筝。牛肃曾用这件事去问康州的司马狄公，狄公说："从
前天宝四载，广府因为大海涨潮，漂上来一只死蜈蚣，割下蜈蚣
的一只脚，就得到一百二十斤肉。到了广州市，看见有人用笼子
盛着两个头的蛇，到了人多的地方说：'你们认识两头蛇吗？你
们看见的两头蛇，蛇的两个头并列生长，我现在的两头蛇和那种
不一样，蛇的两端各有一个头，想看看这种蛇吗？'集市上的人
请他把蛇拿出来看，他就拿出了蛇，蛇有二尺长，头长在首尾两
端。市集中有个卖艺的人，常以玩蛇为职业，每每拿着各种蛇，

不避毒害。见两头蛇,则以手执之。蛇螫其手,伶者言痛,弃蛇于地。加药焉,不愈。其啮处肿,遂浸淫,俄而遍身。伶者死,身遂洪大,其骨肉皆化为水,身如贮水囊。有顷水溃,遂化尽。人与两头蛇失所在。"出《纪闻》。

海州猎人

海州人以射猎为事,曾于东海山中射鹿。忽见一蛇,黑色,大如连山,长近十丈,两目成日,自海而上。人见蛇惊惧,知不免死,因伏念佛。蛇至人所,以口衔人及其弓矢,渡海而去。遥至一山,置人于高岩之上。俄而复有一蛇自南来,至山所,状类先蛇而大倍之。两蛇相与斗于山下,初以身相蜿蟺,久之,口相噬。射士知其求己助,乃傅药矢,欲射之。大蛇先患一目,人乃复射其目,数矢累中。久之,大蛇遂死,倒地上。小蛇首尾俱碎,乃衔大真珠瑟瑟等数斗,送人归至本所也。出《广异记》。

也不躲避毒害。看见了两头蛇，就用手拿过来。蛇咬了他的手，卖艺的人喊疼，把蛇扔在地上。给伤口上药，不能愈合。那被咬的地方肿了，就逐渐蔓延，一会儿全身都肿了。卖艺的人死了，身体肿得很大，他的骨肉都化成水，身体像个贮水的口袋。不多久水口袋破了口，就化光了。那个人和两头蛇也不见了。"出自《纪闻》。

海州猎人

海州有个人靠射猎来维持生活，曾在东海的山上射鹿。忽然看见一条蛇，黑色，大得像座小山，长大约有十丈，两个眼睛像太阳一样亮，从海里爬上山来。那人见了蛇很害怕，知道免不了一死，因而伏在地上念佛。蛇到了人呆的地方，用嘴衔着人和他的弓箭，渡海离开了。远远到了一座山，把人放在高岩上。不一会儿又有一条蛇从南面游来，到了山下，样子类似先前的蛇但是比先前的蛇大一倍。两条蛇在山下互相争斗，开始时把身子缠绕在一起，时间长了之后，互相用口咬。那个射手知道先前的蛇是请求自己帮助它，就准备好药箭，想射那条大蛇。大蛇原先就瞎了一只眼睛，那个人就又射它的另一只眼睛，几支箭都射中了。过了很久，大蛇就死了，倒在地上。小蛇的头和尾巴全都碎了，却衔了大真珠和几斗绿色宝石送给他，还把那人送回原来的地方。出自《广异记》。

卷第四百五十八
蛇三

李舟弟

李舟之弟患风，或说蛇酒可疗，乃求黑蛇。生覆瓮中，加之曲蘖。数日，蛇声不绝，及熟，香气酷烈，引满而饮。须臾，悉化为水，唯毛发存之。出《国史补》。

担　生

昔有书生，路逢小蛇，因而收养，数月渐大。书生每自担之，号曰担生。其后不可担负，放之范县东大泽中。四十余年，其蛇如覆舟，号为神蟒，人往于泽中者，必被吞食。书生时以老迈，途经此泽畔，人谓曰："中有大蛇食人，君宜无往。"时盛冬寒甚，书生谓冬月蛇藏，无此理，遂过大泽。行二十里余，忽有蛇逐，书生尚识其形色，遥谓之曰："尔非我担生乎？"蛇便低头，良久方去。回至范县，县令闻其见蛇不死，

李舟弟

　　李舟的弟弟得了头风病，有人说用蛇泡酒喝能治疗，就去捉来黑蛇。活着封在坛子里，坛中加进酒曲。好几天，蛇的叫声也没停，等到酒酿熟了，香气极浓烈，舀出一满碗酒喝。不一会儿，人就全化成水，只有毛发还在。出自《国史补》。

担　生

　　从前有个书生，路上遇到一条小蛇，便收养起来，几个月后渐渐长大。书生常常亲自挑着它，称它说"担生"。后来挑不动了，就把蛇放到范县东面的大泽之中。四十多年以后，那条蛇长得像倒过来的船一样，被人称为神蟒，凡是经过大泽的人，一定会被蛇吞吃。书生这时已年迈，走路经过这个大泽的旁边，有人对他说："泽中有条大蟒蛇吃人，你不应该去。"当时正是隆冬季节，天气很冷，书生认为冬月蛇都冬眠，没有这个道理，就穿过大泽。走了二十多里，忽然有蛇来追赶，书生还认识那条蛇的样子和颜色，远远地对蛇说："你不是我的担生吗？"蛇就低下头，很久才离开。回到范县，县令听说书生见到了蛇却没有死，

以为异,系之狱中,断刑当死。书生私忿曰:"担生,养汝翻令我死,不亦剧哉!"其夜,蛇遂攻陷一县为湖,独狱不陷,书生获免。天宝末,独孤暹者,其舅为范令。三月三日,与家人于湖中泛舟,无故覆没,家人几死者数四也。出《广异记》。

嵩山客

元和初,嵩山有五六客,皆寄山习业者也。初秋,避热于二帝塔下。日晚,于塔下见一大蛇长数丈,蟠绕塔心,去地十数丈。众骇而观之,一客曰:"可充脯食之厨。"咸和之,中一客善射。或曰:"大者或龙神,杀之恐为祸也。昼脯之膳,岂在此乎?不如勿为。"诸客决议,不可复止,善射发一箭,便中,再箭,蛇蟠解坠地,众共杀之。诸客各务庖事,操刀刭割者,或有入寺求柴炭盐酢者。其劝不取者,色不乐,遂辞而归。其去寺数里,时天色已阴,天雷忽起。其中亦有各归者,而数客犹在塔下。须臾,云雾大合,远近晦冥,雨雹如泄,飘风四卷,折木走石,雷电激怒,山川震荡。数人皆震死于塔下,有先归者,路亦死。其一客不欲杀者,未到山居,投一空兰若。阖门,雷电随客入,大惧。自省且非同谋,令其见害,乃大言曰:"某不与诸人共杀此蛇,神理聪明,不可滥罚无辜! 幸宜详审。"言讫,雷霆并收,风雨消歇。此客独存。出《原化记》。

认为很怪异，就把书生押到监狱里，定的刑罚是死罪。书生私下恕恨地说："担生，养活了你却反而让我死，不也太过分了吗！"那天夜里，蛇就把整个县城攻陷为湖泊，只有监狱没有陷落，书生得以免死。天宝末年，有个叫独孤暹的人，他的舅舅就是范县县令，三月三日这一天，和家里人在湖上划船，无缘无故船就翻了，家中有好几个人差点被淹死。出自《广异记》。

嵩山客

元和初年，嵩山上有五六个外地人，都是寄住在山上学艺的人。初秋的一天，他们在二帝塔下避热。天晚了，从塔下看见一条长几丈的大蛇，盘踞缠绕在塔心，离地有十几丈。大家都惊骇地观看着，有一个客人说："这条蛇可以做成干肉吃。"其余的人全都附和它，其中一个客人善于射箭。有个人说："蛇长得大的有的就是龙神，杀了它恐怕是件祸事。白天要吃干肉，难道偏用这条大蛇吗？不如不杀蛇。"大家已经决定了，不能再制止了。善于射箭的人射了一箭，就射中了，再射一箭，蛇就散开坠落在地上，大家一起上去杀了蛇。客人们各干各的厨房活，有的拿刀砍割，有的到寺里去要木炭、盐和酒。那个劝大家不要伤害大蛇的人，脸色很不高兴，就辞别大家回住处去。他离开寺几里路，这时已经阴天了，天上忽然响起雷声。其中也有几个回住处的，还有几个客人仍在塔下。不一会儿，云雾合在一起，远近都晦暗看不清楚，雨和冰雹从天上往下直掉，狂风四卷，折木走石，雷电狂暴，山川震荡。那几个人都被震死在塔下。有提前回住处的人，也死在路上。其中那个说不要杀蛇的人，还没走到住处，就走进一座空庙。关上了门，雷电也随着他追进屋，那人心里很害怕。他自己明白并不是同谋，让蛇被害，就大声说："我没有与其他人一起杀害这条蛇，神仙从道理上讲应当是聪明的，不能乱罚无罪的人！请你详细审察一下。"说完，雷霆停止了，风雨也停歇了。这个客人独自活了下来。出自《原化记》。

邓 甲

宝历中,邓甲者,事茅山道士峭岩。峭岩者,真有道之士,药变瓦砾,符召鬼神。甲精恳虔诚,不觉劳苦,夕少安睫,昼不安床。峭岩亦念之,教其药,终不成;受其符,竟无应。道士曰:"汝于此二般无分,不可强学。"授之禁天地蛇术,寰宇之内,唯一人而已。甲得而归焉,至乌江,忽遇会稽宰遭毒蛇螫其足,号楚之声,惊动闾里。凡有术者,皆不能禁,甲因为治之。先以符保其心,痛立止,甲曰:"须召得本色蛇,使收其毒,不然者,足将刖矣。"是蛇疑人禁之,应走数里。遂立坛于桑林中,广四丈,以丹素周之,乃飞篆字,召十里内蛇。不移时而至,堆之坛上,高丈余,不知几万条耳。后四大蛇,各长三丈,伟如汲桶,蟠其堆上。时百余步草木,盛夏尽皆黄落。甲乃跣足攀缘,上其蛇堆之上,以青蒢敲四大蛇脑曰:"遣汝作五主,掌界内之蛇,焉得使毒害人?是者即住,非者即去!"甲却下,蛇堆崩倒。大蛇先去,小者继往,以至于尽。只有一小蛇,土色肖箸,其长尺余,懵然不去。甲令舁宰来,垂足,叱蛇收其毒。蛇初展缩难之,甲又叱之,如有物促之,只可长数寸耳,有膏流出其背,不得已而张口,向疮吸之。宰觉其脑内,有物如针走下。蛇遂裂皮成水,只有脊骨在地。宰遂无苦,厚遗之金帛。

时维扬有毕生,有常弄蛇千条,日戏于阛阓,遂大有

邓 甲

唐宝历年间,有个叫邓甲的人,侍奉茅山道士峭岩。峭岩,是个真正的有道之士,能够用药使瓦砾变化,写符招来鬼神。邓甲虔诚专一非常用功,不觉得劳累辛苦,晚上很少睡觉,白天也躺不下来。峭岩也很受感动,教他学习药法,始终学不成;教他学习符法,竟然不应验。道士说:"你对于这两样法术没有缘分,不能勉强学习。"就传授他禁制天地之间蛇类的法术,寰宇之内,只有他一个人懂得这种法术罢了。邓甲学会后往回走,走到乌江,忽然遇上会稽县宰被毒蛇咬伤了脚,他痛苦号叫的声音,惊动了街坊邻居。用了一切办法,都不能止住,邓甲于是为他治疗。先用符保住他的心脏,疼痛立刻止住,邓甲说:"必须招来咬人的那条蛇,让它收回脚上的毒,不这样做,脚就得砍去。"这条蛇怀疑有人禁制它,随后跑到数里之外。于是在桑林里修一座坛,宽四丈,把丹药洒在坛的四周,又写了篆字,召集十里内的蛇。没过多久蛇就到了,堆积在坛上,高有一丈多高,不知道有几万条。后来的四条大蛇,各三丈长,粗壮像水桶一样,盘踞在蛇堆上面。这时方圆一百多步的草木,在盛夏季节就枯黄落叶。邓甲就光脚攀援,上到蛇堆的最上层,用一根青色的小竹棍敲着四条大蛇的头说:"派你们作了五种毒虫的主管,掌管界内的蛇,怎么能用毒去害人?用毒害人的蛇就留下,不是的就走开。"邓甲倒退着下来,蛇堆也倒塌了。大蛇先离开,小蛇跟着离开,以至于全走光了。只有一条小蛇,土黄色像根筷子,长一尺多,茫茫然没有离开。邓甲命令把县宰抬来,垂下脚,命令小蛇收他的毒。小蛇开始时一伸一缩像是很为难,邓甲又叱责蛇,像有什么东西催促着小蛇,小蛇的身子变得只有几寸长,有油脂从小蛇的背上流出来,不得已才张开口,向疮口吸毒。县宰觉得他的脑子里,有个东西像针一样往下走。小蛇就皮肤裂开成了一滩水,只有脊骨留在地下。县宰于是就没有了痛苦,他赠给邓甲很丰厚的钱物。

这时扬州有个毕生,经常玩千条蛇,天天在市区戏耍,于是大获

资产,而建大第。及卒,其子鬻其第,无奈其蛇,因以金帛召甲。甲至,与一符,飞其蛇过城垣之外,始货得宅。甲后至浮梁县,时逼春。凡是茶园之内,素有蛇毒,人不敢掇其茗,毙者已数十人。邑人知甲之神术,敛金帛,令去其害。甲立坛,召蛇王。有一大蛇如股,长丈余,焕然锦色,其从者万条。而大者独登坛,与甲较其术。蛇渐立,首隆数尺,欲过甲之首。甲以杖上拄其帽而高焉,蛇首竟困,不能逾甲之帽。蛇乃踣为水,余蛇皆毙。傥若蛇首逾甲,即甲为水焉。从此茗园遂绝其毒虺。甲后居茅山学道,至今犹在焉。出《传奇》。

苏 闰

俗传有媪姁者,嬴秦时,尝得异鱼,放于康州悦城江中。后稍大如龙,姁汲浣于江,龙辄来姁边,率为常。他日,姁治鱼,龙又来,以刀戏之,误断其尾,姁死。龙拥沙石,坟其墓上,人呼为掘尾,为立祠宇千余年。太和末,有职祠者,欲神其事,以惑人。取群小蛇,术禁之,藏祠下,目为龙子,遵令饮酒。置巾箱中,持诣城市。越人好鬼怪,争遗之,职祠者辄收其半。开成初,沧州故将苏闰为刺史,心知其非,且利其财,益神之。得金帛,用修佛寺官舍。他日军吏为蛇啮,闰不使治,乃整簪笏,命走语姁,所啮者

资财,并且建了很大的府第。等他死后,他的儿子出卖那座府第,没办法处理那些蛇,便用钱帛找来邓甲。邓甲到了,给了他一张符,让那些蛇飞过城墙到外面去了,才卖掉了那座住宅。邓甲后来到了浮梁县,当时正是冬末春初的季节。整个茶园之内,平时就有毒蛇,人们不敢摘茶园的茶叶,因摘茶叶而死的已有几十人了。县城里的人知道邓甲的神术,收集了一些钱财,请邓甲除去这一祸害。邓甲站在坛上,招来蛇王。有一条大蛇像大腿那么粗,一丈多长,身上像彩绸一样灿烂,跟着的小蛇有一万多条。那条大蛇独自登到坛上,与邓甲较量法术。大蛇渐渐挺立起来,头高出地面好几尺,想超过邓甲的头。邓甲用手杖顶着帽子高过蛇头,蛇头困倦劳累,不能超过邓甲的帽子。大蛇就仆倒下来成了一滩水,其余的蛇也都死了。如果蛇头超过邓甲,就是邓甲化成水了。从此茶园就再也没有毒蛇了。邓甲后来住在茅山学道,至今还活着。出自《传奇》。

苏 闰

民间传说,有个老妇人,在秦始皇嬴政时,曾得到一条奇异的鱼,放到康州悦城江中。后来稍稍长大就像龙一样,老妇人在江边提水洗衣服,那条龙就来到老妇人的身边,这成了习以为常的事。后来有一天,老妇人收拾鱼,龙又来了,老妇人用刀逗龙玩,失手砍断龙的尾巴。老妇人死了。龙就拥起沙石,堆成坟墓,人们就称呼龙为"掘尾",为它建庙宇已有一千多年。太和末年,有管理这个祠庙的人,想把这件事变得神秘起来,迷惑百姓。就捉来一群小蛇,用法术禁制住它们,藏在祠庙下面,看成龙子,训练它们遵令喝酒。放在毛巾盖着的箱子里,带着到城里集市去。越人喜好鬼怪,争着送他东西,管理祠庙的人只收半价。开成初年,沧州旧将苏闰任刺史,心里知道这种做法是错误的,但是认为这是个财路,更使这件事神秘起来。得到的钱财,用来修寺院和官舍。有一天军官被蛇咬了,苏闰不让治疗,却准备好冠簪和朝笏,命人跑去向老妇祷告,被咬的人

俄顷死,乃云,慢神罚也。愚民遽唱其事,信之益坚。尝有杀其一蛇,干于火,藏之。已而祠中蛇逾多,迄今犹然。出《岭南异物志》。

利州李录事

开成中,有陇西李生,为利州录事参军。居于官舍中,尝晓起,见蛇数百在庭,生大惧,尽命弃于郊野外。其明旦,群蛇又集于庭,生益惧之,且异也,亦命弃去。后一日,群蛇又至,李生惊曰:"岂天将祸我乎?"戚其容者且久。后旬余,生以赃罪闻于刺史。遣吏至门,将按其罪,且闻于天子。生惶骇,无以自安,缢于庭树,绝脰而死。生有妻,感生不得其死,亦自缢焉。于是其家僮震慑,委身于井者且数辈,果符蛇见之祸。刺史即李行枢也。出《宣室志》。

昝 老

长寿老僧誓言,他时在衡山,村人为毒蛇所噬,须臾而死,发解,肿起尺余。其子曰:"昝老若在,当勿虑。"遂迎昝至。乃以灰围其尸,开四门。先曰:"若从足入,则不救矣。"遂踏步据固,久而蛇不至,昝大怒,乃取饭数升,捣蛇形诅之。忽蠕动出门,有顷,饭蛇引一蛇从死者头入,径及其疮,尸渐低,蛇缩而死,村人遂活。出《酉阳杂俎》。

不一会儿就死了,就说,这是怠慢了神灵的惩罚呀。愚昧的百姓急忙宣传这件事,更加坚定了对神龙的信仰。曾有人杀了其中的一条蛇,就在火上烤干了,把它藏起来。不久祠庙里的蛇更多了,到今天还是这样子。出自《岭南异物志》。

利州李录事

唐文宗开成年间,有个陇西人李生,任利州录事参军。居住在官舍里。曾经早起,看见几百条蛇在庭院里,李生十分害怕,就命令人全都扔到郊野外去。第二天早晨,群蛇又聚集在庭院里,李生更加害怕这件事,并且认为这件事很奇异,也命令人扔掉了。后来有一天,群蛇又来了,李生吃惊地说:"难道是天要降给我灾祸吗?"面容悲戚,呆呆地过了很久。后来的十多天,李生以贪赃罪被刺史知道了,派官吏到李生家去,准备审查他的罪状,并且上报给皇上。李生惊慌害怕,没有办法自我安顿,就吊在庭院里的树上,勒断脖子死了。李生的妻子,觉得李生不该这样死,也自己上吊死了。于是李生家的僮仆也震惊害怕,投井自杀的也有好几个人,果然符合了蛇出现就带来灾祸的说法。刺史就是李行枢。出自《宣室志》。

昝 老

一个长寿老僧神侃道,从前在衡山,村里有个人被毒蛇咬了,不一会儿就死了,头发掉光了,身子肿起一尺多。他的儿子说:"昝老如果在,就不用担心了。"于是迎接昝老来到家里。昝老就用灰围着尸体,在灰圈上开了四道门。事先说:"如果从脚下走进灰圈,就没救了。"就踏着步子手握得紧紧的,很久蛇也不到,昝老大怒,就取出几升饭,捣弄成蛇形并诅咒它。那条用饭做的蛇忽然就蠕动着爬出门去,不一会儿,那条饭蛇引来一条蛇从死者的头部进入灰圈,径直爬到尸体肿起的地方吮吸,尸体渐渐消了肿,蛇蜷缩而死,那个村民就活了。出自《酉阳杂俎》。

冯 但

　　冯但者，常有疾，医令浸蛇酒服之。初服一瓮，于疾减半。又令家人园中执一蛇，投瓮中，封闭七日。及开，蛇跃出，举首尺余，出门，因失所在。其过迹，地坟起数寸。出《酉阳杂俎》。

陆 绍

　　郎中陆绍言，尝记一人浸蛇酒，前后杀蛇数十头。一日，自临瓮窥酒，有物跳出，啮其鼻将落。视之，乃蛇头骨也。因疮毁，其鼻如削焉。出《酉阳杂俎》。

郑 翬

　　进士郑翬说，家在高邮，有亲表卢氏庄近水。其邻人数家共杀一白蛇，未久，忽大震电雨，发洪，数家陷溺无遗，唯卢宅当中，一家无恙。出《因话录》。

张蛮子

　　梓潼县张蛮子神，乃五丁拔蛇之所也。或云，嶲州张生所养之蛇，因而祠。时人谓为张蛮子，其神甚灵。伪蜀王建世子名元膺，聪明博达，骑射绝伦。牙齿常露，多以袖掩口，左右不敢仰视。蛇眼而黑色，凶恶鄙亵，通夜不寐，竟以作逆伏诛。就诛之夕，梓潼庙祝，巫为蛮子所责，言："我久在川，今始方归，何以致庙宇荒秽如是耶？"由是蜀人乃知元膺为庙蛇之精矣。出《北梦琐言》。

冯 但

冯但,曾经有一次生了病,医生让他用蛇泡酒喝。开始喝了一瓮,病好了一半。又让家人从园子里抓了一条蛇,投入瓮中,封闭了七天。等到打开瓮口的时候,蛇跳了出来,抬起头有一尺多高,出门去,便失去了踪影。蛇经过的地方,地面隆起几寸高的小土堆。出自《酉阳杂俎》。

陆 绍

郎中陆绍说,曾记得有一个人泡蛇酒,前后杀了几十条蛇。一天,亲自到瓮前察看酒,有个东西跳了出来,咬中了他的鼻子快要掉下来了。看那东西,竟是蛇的头骨。他的鼻子便长了疮,坏掉了,像被削掉的一样。出自《酉阳杂俎》。

郑 翚

进士郑翚说,他家住在高邮,有个表亲卢氏的住宅靠近水边。他的邻居好几家一起杀了一条白蛇,不久,忽然打雷打闪下大雨,爆发了洪水,那几家全都陷落沉没,只有卢氏的宅院在当中,一家人没有出事。出自《因话录》。

张蜃子

梓潼县张蜃子神,神庙就在五丁拔蛇的地方。有人说,庙里的蛇神就是巂州张生养的蛇,因此为他建了祠庙。当时人称他叫张蜃子,庙里的蛇神很灵验。伪蜀王建,他的儿子名叫元膺,聪明渊博通达,骑马射箭没有比得上的。牙齿常露在外,常常用袖子遮着嘴,身边的人不敢仰视他。眼睛像蛇眼而且是黑色的,凶恶鄙陋轻慢,整夜不睡觉,竟因做了反叛的事被依法处死了。被处死的那天晚上,梓潼的庙祝,多次被蜃子指责,说:"我长久在川地,现在刚回来,为什么使庙宇荒芜肮脏到这个样子呢?"因此,蜀地人才知道元膺是庙蛇的精灵。出自《北梦琐言》。

选仙场

南中有选仙场,场在峭崖之下。其绝顶有洞穴,相传为神仙之窟宅也。每年中元日,拔一人上升。学道者筑坛于下,至时,则远近冠帔,咸萃于斯。备科仪,设斋醮,焚香祝数,七日而后,众推一人道德最高者,严洁至诚,端简立于坛上。余人皆掺袂别而退,遥顶礼顾望之。于时有五色祥云,徐自洞门而下,至于坛场。其道高者,冠衣不动,合双掌,蹑五云而上升。观者靡不涕泗健羡,望洞门而作礼。如是者年一两人。次年有道高者合选,忽有中表间一比丘,自武都山往与诀别。比丘怀雄黄一斤许,赠之曰:"道中唯重此药,请密置于腰腹之间,慎勿遗失之。"道高者甚喜,遂怀而升坛。至时,果蹑云而上。后旬余,大觉山岩臭秽。数日后,有猎人,自岩旁攀缘造其洞,见有大蟒蛇,腐烂其间,前后上升者骸骨,山积于巨穴之间。盖五色云者,蟒之毒气,常呼吸此无知道士充其腹。哀哉!出《玉堂闲话》。

狗仙山

巴賨之境,地多岩崖,水怪木怪,无所不有。民居溪壑,以弋猎为生涯。嵌空之所,有一洞穴,居人不能测其所往。猎师纵犬于此,则多呼之不回,瞪目摇尾,瞻其崖穴。于时有彩云垂下,迎猎犬而升洞。如是者年年有之,好道者呼为狗仙山。偶有智者,独不信之,遂绁一犬,挟弦弧

选仙场

南中有个选仙场,场子在一个峭壁之下。峭壁的顶端有个洞穴,相传是神仙的洞府。每年阴历七月十五日这一天,就选拔一个人上升到洞里去。学道的人就在峭壁下筑起一座坛。到了这个时间,远近的道士们,全都集中在这里。准备道场法事,安排斋台祭祷,烧香祷告。七天以后,大家推选出一位道行品德最高尚的人,整洁虔诚,端庄持重站在坛上。其余的人全都扯着他的衣袖告别退下,远远地顶礼望着他。这时有五色祥云,慢慢地从洞门飘下来,飘到坛场。那个道行高的人,衣冠不动,双手合掌,踩着五色祥云向上。观看的人无不流着眼泪鼻涕非常羡慕,望着洞口行礼。像这样的人每年有一两个。下一年有个道行高的人该入选飞升,忽然有个比丘是他的中表亲属,从武都山前来和他诀别。比丘怀带一斤多雄黄,赠送给他说:"修道的人最重视这个药,请你悄悄地放在腰腹之间,千万不要丢失了它。"道行高的人很高兴,就带着雄黄升上坛去。到了时间,果然踩着云彩升上去。十多天以后,大家嗅到山岩一带有恶臭的气味。几天后,有个猎人,从山岩的边上攀援而上进入洞中,只见有一条大蟒蛇,在洞里已经腐烂,前前后后上升到洞里的人的骸骨,像小山一样堆积在大洞穴之间。原来,五色彩云,是大蟒的毒气,常用来吸取这些无知的道士填充蛇的肚子。可悲呀!出自《玉堂闲话》。

狗仙山

巴山夷水一带,石崖很多,水怪树怪等,什么都有。百姓居住在山溪沟壑之间,靠打猎为生。在一处嵌空的地方,有一个洞穴,居民不能预测那个洞通向哪里。猎人放猎狗到这个地方,就是多次招呼,狗也不回来,瞪着眼睛摇着尾巴,盯着看那石崖上的洞穴。这时就有彩云从洞口飘下来,迎接猎狗升上洞去。像这样的事年年都有,爱好修道的人称呼这个地方叫狗仙山。偶然有聪明的人,单单不相信这事,就带一条狗,背着弓和箭

往之。至则以粗绁系其犬腰，系于拱木，然后退身而观之。及彩云下，犬萦身而不能随去，嗥叫者数四。旋见有物，头大如瓮，双目如电，鳞甲光明，冷照溪谷，渐垂身出洞中观其犬，猎师毒其矢而射之。既中，不复再见。顷经旬日，臭秽满山。猎师乃自山顶，縋索下观，见一大蟒，腐烂于岩间。狗仙山之事，永无有之。出《玉堂闲话》。

李 黄

　　元和二年，陇西李黄，盐铁使逊之犹子也。因调选次，乘暇于长安东市，瞥见一犊车，侍婢数人于车中货易。李潜目车中，因见白衣之姝，绰约有绝代之色。李子求问，侍者曰："娘子孀居，袁氏之女，前事李家，今身依李之服。方除服，所以市此耳。"又询可能再从人乎，乃笑曰："不知。"李子乃出与钱帛，货诸锦绣，婢辈遂传言云："且贷钱买之，请随到庄严寺左侧宅中，相还不负。"李子悦。时已晚，遂逐犊车而行。碍夜方至所止，犊车入中门，白衣姝一人下车，侍者以帷拥之而入。李下马，俄见一使者将榻而出，云："且坐。"坐毕，侍者云："今夜郎君岂暇领钱乎？不然，此有主人否？且归主人，明晨不晚也。"李子曰："乃今无交钱之志，然此亦无主人，何见隔之甚也？"侍者入，复出曰："若无主人，此岂不可，但勿以疏漏为诮也。"俄而侍者云："屈郎君。"李子整衣而入，见青服老女郎立于庭，相见曰：

到那里去。到了就用粗绳系着猎狗的腰，拴在大树上，然后就退回身子观看。等到彩云飘下来，狗被捆住不能随彩云上升，嗥叫了几次。接着就看见有个怪物，头像个大坛子，两眼像闪电，身上的鳞甲光亮耀眼，冷冷地反射照耀着溪流和峡谷，渐渐垂下身子出洞看那只狗。猎师在箭上涂了毒药射那怪物。射中以后，不再出现。过了十天，满山都是恶臭的气味。猎人就从山顶，垂下绳子下到洞口观看，只见一条大蟒蛇，在山岩之间腐烂了。狗仙山的事，再也没有了。出自《玉堂闲话》。

李 黄

　　唐宪宗元和二年，陇西人李黄，是盐铁使李逊的侄子。因等待官员调动选拔，趁着闲暇时间来到长安东市，瞥见一辆小牛拉的车，几个女仆在车中买东西。李黄偷看车里，看见一个穿白衣服的美女，姿态优美有绝代美色。李黄上前询问，女郎的侍女说："娘子是个寡妇，是袁氏的女儿，从前嫁到李家，现在身上穿的就是李家的丧服。正要脱下丧服，所以来买这些东西。"李黄又询问能不能再嫁人，侍女就笑着说："不知道。"李黄于是拿出钱来给她买布，买了各种各样的丝织品，女仆就传话来说："暂且借钱买这些东西，请跟我们到庄严寺左边的宅院中，把钱还给你，绝不欺骗你。"李黄很高兴。这时天已经晚了，就跟着牛车走，到夜间才走到住处。牛车进入中门，白衣美女一个人下了车，侍者用帷帐簇拥着她一起进到屋里去。李黄下了马，一会儿就看见一个侍者拿一个坐具走出来，说："请先坐一会儿。"坐下以后，侍者说："今天夜里你难道有时间取钱吗？不然，你在这里有主人吗？请暂且回到主人那里，明天早上来取也不算晚。"李黄说："到现在没有让你们还钱的意思，可我在这个地方也没有主人，为什么这样拒绝我呢？"侍者进去，又出来说："如果此地没有主人，在这里又怎么不行呢？但请不要因为我们照料得不周到而笑话我们。"不一会儿侍者又说："委屈你了。"李黄整理衣服走进去，看见一个穿青色衣服的老女人站在院子里，来相见说：

"白衣之姨也。"中庭坐,少顷,白衣方出,素裙粲然,凝质皎若,辞气闲雅,神仙不殊。略序款曲,翻然却入。姨坐谢曰:"垂情与货诸彩色,比日来市者,皆不如之。然所假如何?深忧愧。"李子曰:"彩帛粗缪,不足以奉佳人服饰,何敢指价乎?"答曰:"渠浅陋,不足侍君子巾栉。然贫居有三十千债负,郎君傥不弃,则愿侍左右矣。"李子悦。拜于侍侧,俯而图之。

李子有货易所,先在近,遂命所使取钱三十千。须臾而至,堂西间门,割然而开。饭食毕备,皆在西间。姨遂延李子入坐,转盼炫焕。女郎旋至,命坐,拜姨而坐,六七人具饭。食毕,命酒欢饮。一住三日,饮乐无所不至。第四日,姨云:"李郎君且归,恐尚书怪迟,后往来亦何难也?"李亦有归志,承命拜辞而出。上马,仆人觉李子有腥臊气异常。遂归宅,问何处许日不见,以他语对。遂觉身重头旋,命被而寝。先是婚郑氏女,在侧云:"足下调官已成,昨日过官,觅公不得,某二兄替过官,已了。"李答以愧佩之辞。俄而郑兄至,责以所往行。李已渐觉恍惚,祗对失次,谓妻曰:"吾不起矣。"口虽语,但觉被底身渐消尽,揭被而视,空注水而已,唯有头存。家大惊愕,呼从出之仆考之,具言其事。

"我是白衣女郎的姨娘。"请他到中庭坐下，不一会儿，白衣女子才出来，白色的裙子显得很洁净，皮肤像皎洁的月亮，说话和风度娴静雅致，与神仙比没什么两样。简略说了表示殷勤的话，轻飘飘地又进去了。她的姨娘也坐下并感谢说："蒙你的好意，借给我们钱买了各种颜色的丝织品，前几天在街上买到的，都不如这些。可是，你借给我们的钱怎么办？我深感忧虑惭愧。"李黄说："那些彩绸粗糙质量差，不足以用来给美女做衣服穿，怎么敢定价呢？"回答说："她浅薄鄙陋，配不上。可是我家贫穷有三十千钱的债务，你如果不嫌弃，她就愿意侍奉在你的身边。"李黄很高兴。拜到她的身边表示谢意，答应了她的要求并且计划这件事。

李黄有个商品交易场所，先前就在附近，于是派仆人去取来三十千钱。一会儿就送来了，堂屋西面房间的门，"哗"的一声打开了。饭食都准备好了，都在西间屋里。姨娘就请李黄入座，李黄用眼睛四下打量，屋子色彩鲜亮夺目。白衣女子接着到了，让她坐下，她给姨娘行了礼就坐下了，六七个仆人安排饭食。吃完后，又拿来酒欢畅地喝起来。一住就是三天，喝酒玩乐快乐到极点。第四天，姨娘说："李郎君暂且回家去，恐怕尚书大人会怪你迟归，以后再往来又有什么难呢？"李黄也有了回家的想法，应承了姨娘的话告别出门。上了马，仆人只觉得李黄身上有一股特殊的腥臊气味。就回到家里，家里人问他这么多天不见到哪里去了，李黄用别的话对付过去了。这时，就觉得身体沉重脑袋眩晕，让人拿来被子就睡了。先前李黄娶妻郑氏，郑氏在他的身旁说："你调官的事已经办成，昨天拜官，寻找你没找到，我的二哥代替你拜官，已经结束了。"李黄说一些惭愧的话。不一会儿郑氏的哥哥来了，责问他前几天到哪里去了。李黄这时已经渐渐觉得精神恍惚，答话语无伦次，对他的妻子说："我的身体起不来了。"口里虽然说着话，只觉得被里的身体渐渐消失了，揭开被子一看，空空的一汪水而已，只有头还在。家里的人大惊失色，叫来跟李黄出去的仆人询问，仆人把事情详细说了。

及去寻旧宅所,乃空园。有一皂荚树,树上有十五千,树下有十五千,余了无所见。问彼处人云:"往往有巨白蛇在树下,便无别物。姓袁者,盖以空园为姓耳。"

复一说,元和中,凤翔节度李听,从子珩,任金吾参军。自永宁里出游,及安化门外,乃遇一车子,通以银装,颇极鲜丽。驾以白牛,从二女奴,皆乘白马,衣服皆素,而姿容婉媚。珩贵家子,不知检束,即随之。将暮焉,二女奴曰:"郎君贵人,所见莫非丽质,某皆贱质,又粗陋,不敢当公子厚意。然车中幸有姝丽,诚可留意也。"珩遂求女奴,乃驰马傍车,笑而回曰:"郎君但随行,勿舍去。某适已言矣。"珩既随之,闻其异香盈路。日暮,及奉诚园,二女奴曰:"娘子住此之东,今先去矣。郎君且此回翔,某即出奉迎耳。"车子既入,珩乃驻马于路侧。良久,见一婢出门招手。珩乃下马。入座于厅中,但闻名香入鼻,似非人世所有。珩遂令人马入安邑里寄宿。黄昏后,方见一女子,素衣,年十六七,姿艳若神仙。珩自喜之心,所不能谕。及出,已见人马在门外。遂别而归。才及家,便觉脑疼,斯须益甚,至辰巳间,脑裂而卒。其家询问奴仆,昨夜所历之处,从者具述其事,云:"郎君颇闻异香,某辈所闻,但蛇臊不可近。"举家冤骇,遽命仆人,于昨夜所止之处覆验之,但见枯槐树中,有大蛇蟠屈之迹。乃伐其树,发掘,已失大蛇,但有小蛇数条,尽白,皆杀之而归。出《博异志》。

等到去寻找那所旧住宅，是个空园子。有一棵皂荚树，树上挂着十五千钱，树下堆着十五千钱，其他的什么也没看见。询问那个地方住的人，说："常常有条巨大的白蛇在树下，再没有别的东西了。说是姓袁，可能是用空园当作自己的姓罢了。"

又一种说法是，元和年间，凤翔节度使李听，他的侄儿李琯，担任金吾参军。从永宁里出去游玩，等到了安化门外，就遇见一辆车子。通身用银子装饰，特别鲜艳华丽。用一条白牛驾车，跟着两个女仆，全都骑着白马，穿的衣服也全是白的，而且姿态面貌温柔迷人。李琯是富贵人家的子弟，不知检点约束自己，就跟着那个车子走。天快黑了的时候，两个女仆说："郎君是个贵人，看见的女子没有不天生丽质的，我们都是些低贱的人，又粗俗丑陋，不敢接受公子的深厚情意。可是幸亏车里有美女，你可要留心呀。"李琯就去恳求女仆，于是骑着马走在车旁。女仆笑着回头说："你只要跟着走就行了，不要离开。我刚才已经说过了。"李琯随着车子走，闻到车子中异香满路。天黑时，到了奉诚园，两个女仆说："娘子在这个园的东侧住，我们现在先走了。你暂且在这里稍等，我就出来迎接你。"车子进去以后，李琯就把马停在路边。过了很久，看见一个女仆出门招手。李琯就下马，进去坐在厅里，只闻到香气扑鼻，好像不是人世间所有的。李琯就让跟随的人马到安邑里去寄宿。黄昏以后，才看见一个女子，穿着白净衣服，年龄有十六七岁，姿容艳丽像神仙一样。李琯喜悦的心情，无法用言语表达。等到他出门时，已经看见人马在门外等着他，就告别回家去了。刚到家，就觉得脑袋疼，不一会儿就越来越强烈。到了辰巳之间，脑袋裂开就死了。李琯的家人询问奴仆昨天夜里经过的地方，仆人们详细说了那件事，并说："公子说闻到了异香，我们闻到的，只是蛇的臊味使人不敢接近。"全家人都觉得冤枉而且害怕，急忙命令仆人，到昨天夜里去过的地方再察看一下，只看见枯死的槐树中，有大蛇盘屈的迹象。就伐倒了那棵树，挖掘树下，大蛇已经消失了，只有几条小蛇，全是白色的，把小白蛇全杀死就回去了。出自《博异志》。

卷第四百五十九
蛇四

僧令因

　　僧令因者，于子午谷过山，往金州。见一竹舆先行，有女仆服缲而从之。数日，终不见其人，令因乃急引帘窥之。乃一妇，人首而蛇身甚伟，令因甚惊。妇人曰："不幸业重，身忽变化，上人何乃窥之？"问其仆曰："欲送秦岭之上。"令因遂与诵功德，送及秦岭，亦不见妇人之首，而入林中矣。出《闻奇录》。

卫中丞姊

　　御史中丞卫公有姊，为性刚戾毒恶，婢仆鞭笞多死。忽得热疾六七日，自云："不复见人。"常独闭室，而欲至者，必嗔喝呵怒。经十余日，忽闻屋中窸窣有声，潜来窥之，升堂，便觉腥臊毒气，开牖，已见变为一大蛇，

僧令因

令因和尚，从子午谷过山，到金州去。看见一个竹轿在前面行走，有个女仆穿着丧服跟着。好几天，始终看不见轿中的人。令因于是急忙掀起帘子暗中往里看，里面是个妇女，人头蛇身很是雄伟，令因很吃惊。那妇女说："我不幸罪孽深重，身子忽然发生变化，上人你为什么偷看呢？"问她的仆人，仆人说："准备送到秦岭上去。"令因于是给她诵念功德经。一直送到秦岭，也没有再看见那妇女之首，就进到树林中去了。出自《闻奇录》。

卫中丞姊

御史中丞卫公有个姐姐，性格刚戾恶毒，仆人有不少被她鞭笞而死。忽然她得了热病六七天了，自己说："不再见人了。"常独自一人关在屋子里，想来看望她的人，一定会受到她的责备怒骂。过了十多天，忽然听见屋里窸窣有声，有人暗中一看，走上堂屋，就感觉有腥臊毒气，打开窗户，看见她已变成一条大蛇，

长丈余，作赤斑色，衣服爪发，散在床褥。其蛇怒目逐人，一家惊骇。众共送之于野，盖性暴虐所致也。出《原化记》。

蒲州人

蒲州人穿地作井，坎深丈余，遇一方石而不及泉。欲去石更凿，忽堕深坑。蛰蛇如覆舟，小者与凡蛇等。其人初甚惊惧，久之稍熟。饥无所食，其蛇吸气，因亦效之，遂不复饥。积累月，闻雷声。初一声，蛇乃起首，须臾悉动，顷之散去，大者前去，相次出复入。人知不害己，乃前抱其项，蛇遂径去。缘上白道，如行十里，前有烽火，乃致人于地而去。人往借问烽者，云是平州也。出《广异记》。

相魏贫民

相魏有贫民，剧园荒地，见一大蛇，钁而杀之。寻见一大穴，穴中十余小蛇，又复杀而埋之，既毕归家。明日，有人持状诉论云："被杀一家大小，埋在园中。"官捕获此人讯问，了然不伏。于园中验之，得一坑者，共十余人。但言："昨打杀者十余条蛇，埋之于此，并不杀人，不知此祸何来。若为就决，实为大枉。"官疑之，勘本告者，寻觅无人，又令重就园，检验昨所埋之处，但见十余死蛇，不复见人，乃得免焉。出《原化记》。

长一丈多，身上是斑斑点点的红色，衣服和四肢头发，散落在床褥上。那条蛇睁着一双生气的眼睛追赶人，一家人又惊又怕。大家就一起把蛇送到野外，这大概是性情暴虐所导致的结果吧。出自《原化记》。

蒲州人

有个蒲州人挖地打井，挖下去一丈多深，遇到一块方形石头而没挖到泉水。想搬去石头再继续挖，忽然掉到一个深坑中去。坑中冬眠的蛇像翻倒的船一样把他埋起来，小蛇与平常的蛇大小相等。那个人开始时很害怕，时间一长就稍微熟悉了。饿了没有吃的，那些蛇吸气，那个人便也效仿蛇吸气，于是就不再饿了。过了几个月，听到雷声。第一声雷，蛇就抬起来头了，一会儿全都动起来，不久全分散离开。大蛇在前面走，其他蛇一个挨一个出去了。那人知道蛇不会害自己，就上前去抱住一条蛇的脖子，那蛇就径直离开。经过的路上有一条白道，好像走了十里路，前面有烽火台，就把那人放在地上离开了。那人前去询问管烽火台的人，说这里是平州。出自《广异记》。

相魏贫民

相魏地方有个贫民，挖园里的荒地，看见了一条大蛇，用锄头把它杀死了。不久又看见一个大洞穴，穴中有十多条小蛇，又杀了并埋了起来，事后就回家了。第二天，有人拿着状子起诉说："一家大小都被杀了，埋在园子里。"官府捉来这个贫民讯问，贫民明明白白地说不服气。到园中检验，找到一个坑，共十多人。那个贫民只说："昨天打死了十多条蛇，埋在这个地方，并没有杀人，不知道这个灾祸是从哪里来的。如果因此而判我死刑，实在是太冤枉。"官府对此事起了疑心，要核对一下原告人，找了半天没找到，又命令重新到园里去，检验一下昨天埋人的地方，只看见十多条死蛇，不再看见人了，于是贫民被免了刑罚。出自《原化记》。

番禺书生

有书生游番禺,历诸郡。经山中,见有气高丈余,如烟。乡人曰:"此冈子蛇吞象也。"遂告乡里,振鼓叫噪,而蛇退入一岩谷中。经宵,乡里人各持瓴瓮往,见一象尚立,而肌骨皆化为水。遂针破,取其水。里人云,此过海置舟中,辟去蛟龙。又有官人于南中见一大蛇,长数丈,径可一尺五寸。腹内有物,如椓橛之类,沿一树食其叶,腹中之物,渐消无所有。而里人云:"此蛇吞鹿,此木叶能消之。"遂令从者采其叶收之,归后,或食不消,腹胀,乃取其叶作汤饮之。经宵,及午不报。及撤被视之,唯残枯骸,余化为水矣。出《闻奇录》。

郫县民

郫县有民于南郭渠边得一小蛇,长尺余,刳剔五脏,盘而串之,置于火,焙之数日。民家孩子数岁,忽遍身肿赤,皮肤炮破,因自语曰:"汝家无状杀我,刳剔腹中胃,置于火上。且令汝儿知此痛苦。"民家闻之惊异,取蛇拔去划竹,以水洒之,焚香祈谢,送于旧所。良久,蜿蜒而去,儿亦平愈焉。出《录异记》。

游邵

汝州鲁山县所治,即元魏时西广州也。今子城东南有妖神祠,其前庭广袤数百步,古老云,当时大毬场也。正门左右双槐各二十围,枝干扶疏,亦云当时植焉。至中和初岁,

番禺书生

有个书生到番禺游历，走遍了各个郡。经过山中的时候，看见有股一丈多高像烟一样的气柱。乡里人说："这是冈子上的蛇在吞吃大象。"于是遍告乡里，人们打鼓叫喊，蛇就退到一个山谷中去。过了一宿，乡里人各自带着瓴和瓮前去。就见一只象还站立着，可是肌骨都化成水。就用针扎破，取里面的水。乡里人说，这种水在渡海的时候放在船里，能躲避蛟龙。又有一个官人在南中看见一条大蛇，长有好几丈，直径大约有一尺五寸。肚子里有个东西，像是棍棒橛子之类，顺着一棵树吃树叶，肚子里的东西，渐渐地消化没有了。乡里人说："这条大蛇吞吃了鹿，这种树叶能助消化。"于是命令跟从的人采下那树叶收藏起来。回家以后，有一次吃了饭消化不好，肚子胀，就拿出那树叶熬汤喝。过了一宿，到中午也没有反应。等到掀开被子看他，只剩下枯骨了，别的都成水了。出自《闻奇录》。

郫县民

郫县有个村民在城南的水渠边捉到一条小蛇，长一尺多，剖开肚子取出五脏，然后盘起来串上，放到火上，烘烤了好几天。村民家有个几岁的孩子，忽然全身红肿，皮肤起泡破裂，接着自语说："你们家无缘无故杀了我，剖开并别除肚子里的胃，还放到火上烤。且让你的儿子知道一下这种痛苦。"村民家里听了这话很惊异，取来蛇皮拔去钉的竹签，用水往蛇皮上洒，烧香祈祷道歉，送到捉蛇的地方。过了很久，那蛇弯弯曲曲地爬走了，孩子的病也好了。出自《录异记》。

游　邵

汝州鲁山县管辖的地方，就是北魏时期的西广州。现在子城东南有个妖神祠，祠庙前庭广袤有几百步见方。古时相传，这是当时的大毬场。祠的正门左右两边有两株槐树，各有二十围粗，枝干繁茂纷披，也说是当时栽种的。到了中和初年，

衅起东夏,郡邑骚然。刺史游邵,许将也,令属县伐木为栅以自固,虽桑柘梓槚,靡有孑遗。将伐双槐,其夕,有巨蟒蟠于上,声若震霆,目若飞星。镇将李璠主其事,璠武人也,闻之以为妖,且率徒亲斩之,下斧而流血雨迸,腥气薄人,亦心动而止。双槐至今尚存。原缺出处,明抄本作出《三水小牍》。

成 汭

荆州节度使成汭领蔡州军,戍江陵,为节度使张瓌谋害之,遂弃本都,奔于秭归。一夜为巨蛇绕身,几至于殒,乃曰:"苟有所负,死生唯命。"逡巡,蛇亦亡去。迩后招缉户口,训练士卒,移镇渚宫。寻受节旄,抚绥凋残,励精为理。初年,居民唯一十七家,末年至万户,勤王奉国,通商务农,有足称焉。朝廷号北韩南郭。韩即华州韩建。成初姓郭,后归本姓。出《北梦琐言》。

孙光宪

孙光宪曾行次叙谷,宿于神山,见岭上板屋中,以木根为巨虺,前列香灯。因诘店叟:"彼何神也?"叟曰:"光化中,杨守亮镇襄日,有一蛇横此岭路,高七八尺,莫知其首尾,四面小蛇翼之无数。每一拖身,即林木摧折,殆旬半方过尽,阻绝行旅。因聚草焚燎路隅,虑其遗毒,然后方行。明年,杨伏诛。"出《北梦琐言》。

事端起于东夏,府县城里的人一片混乱。刺史游邵,是个受人赞许的将军,他命令所属县砍伐树木作成栅栏来保护自己,即使是桑柘梓桧等珍贵树木,也全都被砍了没有遗留。正准备砍一对槐树的时候,那天晚上,有条巨蟒盘踞在树上,发出的声音像雷霆一样,双眼像流星。镇守当地的将军李璠主持这件事,李璠是个武将,听说了这件事认为是妖怪作祟,就率领下属亲自杀蟒,斧子砍下去血流像大雨一样迸溅,腥气逼人,李璠也心中有所触动就停了手。那一对槐树到现在还活着。原缺出处,明抄本作出自《三水小牍》。

成　汭

　　荆州节度使成汭统领蔡州军,戍守在江陵,被江陵节度使张瓌所谋害,就抛弃了荆州,朝着秭归奔去。一天夜里被一条巨蛇缠住了身子,几乎送了命,就说:"假如我做了对不起你的事,是死是活全听你的。"一会儿,蛇也走开了。以后来招集人口,训练士兵,移镇渚宫。不久又受命节度使,安抚经受战乱的百姓,励精图治。第一年,居民只有十七家,到他治理末年达到一万户。为朝廷尽力,为国家奉献,通商事农,很有值得称道的。朝廷称为北韩南郭。韩就是华州韩建。成汭最初姓郭,后来才回复本姓。出自《北梦琐言》。

孙光宪

　　孙光宪曾经路过叙谷,住在神山,看见山岭上的板屋中,用树根雕成一条大蛇,前面陈列着香和灯火。便问开店的老人说:"那是什么神?"老人说:"光化年间,杨守亮镇守襄地的时候,有一条蛇横在这山岭的路上,有七八尺高,不知道它的头尾在哪里,四面有无数小蛇簇拥着大蛇。每挪动一下蛇身,林中的树木就被压断一些,大约过了五天才过完,阻挡隔断了行旅客商。杨守亮便聚些干草在路上焚烧,担心有蛇留下的毒气,然后才开始通行。第二年,杨守亮被诛杀。"出自《北梦琐言》。

朱汉宾

梁贞明中，朱汉宾镇安禄之初，忽一日，曙色才辨，有大蛇见于城之西南。首枕大城，尾拖于壕南岸土地庙中，其魁可大如五斗器，双目如电，呀巨吻，以瞰于城。其身不翅百尺，粗可数围，跨于羊马之堞，兼壕池之上。其余尚蟠于庙垣之内。有宿城军校，卒然遇之，大呼一声，失魂而逝。一州恼惧，莫知其由。来年，淮寇非时而至，围城攻讨，数日不破而返。岂神祇之先告欤？出《玉堂闲话》。

牛存节

梁牛存节镇郓州，于子城西南角大兴一第。因板筑穿地，得蛇一穴，大小无数。存节命杀之，载于野外，十数车载之方尽。时有人云："此蛇薮也。"是岁，存节疽背而薨。出《玉堂闲话》。

水清池

太原属邑有水清池，本府祈祷雨泽及投龙之所也。后唐庄宗未过河南时，就郡捕猎，就池卓帐，为憩宿之所。忽见巨蛇数头自洞穴中出，皆入池中。良久，有一蛇红白色，遥见可围四尺以来，其长称是。猎卒齐彀弩连发，射之而毙。四山火光，池中鱼鳖咸死，浮在水上。猎夫辈共刲剥食之，其肉甚美。庄宗寻知之，于时谄事者，以为克梁之兆。有五台僧曰："吾王宜速过河决战，将来梁祚，其能久乎？"

朱汉宾

梁贞明年间，朱汉宾镇守安禄的初期，忽然有一天，天色刚能分辨东西时，有条大蛇出现在城的西南方。蛇头枕在大城上，尾巴拖在护城河南岸的土地庙里，它的头大得像能盛五斗米的器具，双目像闪电一样，张开巨口，向城里看。蛇的身上不止有一百尺，大概有几围那么粗，横架在羊马城墙，和护城河上。其余部分还盘踞在庙墙之内。有个住在城下的军中副官，突然遇上了蛇，吓得大叫一声，丧魂落魄就死去了。一州人都很害怕，不知道蛇的来由。第二年，淮地的盗匪不到秋收时令突然到了城下，围城攻讨，打了几天没有攻破城，就回去了。难道不是神灵预先发出的警告吗？出自《玉堂闲话》。

牛存节

梁牛存节镇守郓州，在内城的西南角兴建一座府第。因为筑墙穿地挖土，挖到一个蛇洞，洞里有无数大蛇小蛇。牛存节命令把蛇全杀死，运到野外去，用十几辆车才装运完毕。当时有人说："这是蛇聚居的地方。"这一年，牛存节背上生了个疽疮死了。出自《玉堂闲话》。

水清池

太原的属城有个水清池，是本府祈祷求雨和投拜龙神的地方。后唐庄宗还没打过河南时，靠近郡城打猎，挨着水清池设立帐篷，作为休息住宿的地方。忽然看见有几条大蛇从洞穴中爬出来，都进到水清池里去了。过了很长时间，又有一条红白颜色的大蛇，远远看有四尺左右粗，长度与粗细很相称。打猎的兵卒们一起连发弓箭，把大蛇射死了。城四面的山出现火光，水清池里的鱼鳖都死了，浮在水面上。猎夫们就一起动手剥皮吃肉，味道很鲜美。庄宗不久也知道了这件事，当时有献媚讨好的人，认为这是打败梁国的预兆。有个五台山僧人说："大王应该快些过河与梁国决战。将来的梁朝皇位，还能长久吗？"

此亦断白蛇之类也。出《北梦琐言》。

王思同

后唐少帝朝,清泰王起于岐阳,朝廷诏西京留守王思同统禁旅征之。王师西出之后,寻闻劓衄,雍京僚属日登西楼,望其捷书。忽一日,官僚凭槛西向,见羊马城上有二大蛇,东西以首相向,为从者辈遥掷弹丸以警之。于时一人掷中东蛇之脑,蜿蜒然堕于墙下,挺然不动。使人视之,已卒矣。其西蛇徐徐入于穴巢之间。识者窃议之曰:"潞王乙巳生,统帅王公亦乙巳生,俱为蛇相,今东蛇中脑而卒,岂非王师不利乎?"未逾旬日,群帅叛归潞王,思同腹心都将王彦晖已下,并投岐城纳款。同单马而遁,竟没于王事焉。蛇亡之兆,得不明乎?出《王氏见闻》。

徐　坦

清泰末,有徐坦应进士举,下第,南游渚宫,因之峡州,寻访故旧,旅次富堆山下。有古店,是夜憩琴书讫,忽见一樵夫形貌枯瘠,似有哀惨之容。坦遂诘其由,樵夫濡睫而答曰:"某比是此山居人,姓李名孤竹。有妻先遘沉疴,历年不愈。昨因入山采木,经再宿未返,其妻身形忽变,恐人惊悸,谓邻母曰:'我之身已变矣,请为报夫知之。'及归语曰:'我已弗堪也,唯尸在焉,请君托邻人舁我,置在山口为幸。'如其言,迁至于彼。逡巡,忽闻如大风雨声,众人

这也是汉高祖斩白蛇一类的事啊。出自《北梦琐言》。

王思同

后唐少帝主持朝政的时候，清泰王在岐阳起兵反叛，朝廷下令让西京留守王思同统帅禁兵去征伐他。王师西征之后，不久就听说已经逼近叛军的营垒。留守京城的官僚们，天天登上西城门楼，盼望王思同的捷报。忽然有一天，官僚们凭着槛杆向西看，只见羊马城上有两条大蛇，一东一西蛇头相对，随从人员远远地扔弹丸给予警告。当时有一个人打中了东面那条蛇的脑袋，蛇就扭动着身子掉到羊马墙下，挺直着身子一动不动。派人去看那蛇，已经死了。西面那条蛇却慢慢进入洞穴空隙之间。有明白的人私下议论说："潞王是乙巳年出生，统帅王思同公也是乙巳年出生，都是蛇的属相，现在东面的蛇被打中脑袋死了，难道不是对王师不利吗？"还没过十天，王师方面的诸多将帅都背叛朝廷归顺了潞王。王思同的心腹将领王彦晖以下的人，一起投降到岐阳城。王思同单人一骑逃走，最后死在公事上。死蛇所显示的兆头，能不明白吗？出自《王氏见闻》。

徐　坦

清泰末年，有个徐坦参加进士考试，落榜了，向南到江陵去游玩，顺便到峡州，寻访老朋友。行旅途中住在富堆山下。有一个古店，这天晚上徐坦刚刚弹完琴写完字，忽然看见一个樵夫形貌枯瘦，脸色愁苦哀凄。徐坦于是询问他事情的缘由，樵夫眼里流着泪回答说："我就是这个山里的居民，姓李名叫孤竹。有个妻子先前得了重病，一年多了也不见好。昨天我因为进山砍树，过了两晚没回家，妻子的身形忽然发生变化，担心惊吓了别人，就对邻居大娘说：'我的身体已经变化了，请替我告诉丈夫让他知道。'等我回家又对我说：'我已经不能忍受了，只有尸体还在，请你拜托邻居抬着我，放在山口处，就算是我的幸运了。'我照她说的做了，把她送到山口。不一会儿，忽然听见仿佛是大风雨的声音，众人

皆惧之。又言曰：'至时速回，慎勿返顾。'遂叙诀别之恨。俄见群山中，有大蛇无数，竞凑其妻。妻遂下床，伸而复屈，化为一蟒，与群蛇相接而去。仍于大石上挼其首，迸碎在地。"至今有蛇种李氏在焉。出《玉堂闲话》。

张 氏

王蜀时，杜判官妻张氏，士流之子。与杜齐体数十年，诞育一子，寿过六旬而殂殁。洎殡于家，累旬后，方窆于外，启攒之际，觉其秘器摇动，谓其还魂。剖而视之，见化作大蛇，蟠蜿屈曲，骨肉奔散，俄顷，徐徐入林莽而去。

又

兴元静明寺尼曰王三姑，亦于棺中化为大蛇。其杜妻，即晚年不敬其夫，老病视听步履，皆不任持，张氏顾之若犬彘，冻馁而卒。人以为化蛇其应也。出《玉堂闲话》。

顾遂

郎中顾遂尝密话，其先人尝宰公安，罢秩后，侨寄于县侧荆江之壖。四面多林木芦荻，月夜未寝，徐步出门，见一条物，巨如椽，横于地。谓是门关，举足踢之，其物应足而起，自胸背至于腰下，缠缴数十匝，仆于地，懵无所知。

都很害怕。她又说:'到时候赶快回去,千万不要回头看。'于是叙说永别的遗憾。不久就见群山之中,有无数条大蛇,争着凑到妻子的旁边。妻子于是下了床,伸开身子又一弯曲,也变成了一条大蟒蛇,与群蛇相接走开了。还在一块大石头上碰撞她的头,人的头骨迸碎了掉在地上。"到现在还有蛇种李氏的传说。出自《玉堂闲话》。

张　氏

后蜀王氏年间,杜判官的妻子张氏,是读书人家的女儿。和杜判官结婚几十年,生育了一个儿子,过了六十岁死了。等到在家里收殓好,几十天以后,才下葬在野外,出葬的时候,就觉得棺材在摇动,以为是张氏还魂了。打开一看,只见张氏变成了一条大蛇,盘绕弯曲着,全身的骨肉都散落了,不一会儿,那蛇就慢慢地爬进密林中去了。

又

兴元静明寺有个尼姑叫王三姑,也是在棺材里变成大蛇的。那个杜判官的妻子张氏,是因为她晚年不敬重丈夫,丈夫年老,视力听觉以及走路都有毛病,都不能自己照顾自己,张氏像对猪狗一样对待他,任他受冻挨饿而死。人们认为变成蛇是她的报应。出自《玉堂闲话》。

顾　遂

有个叫顾遂的郎中曾秘密地说过一件事,他的祖先曾经主管公安县,辞官以后,就客居在公安县边上的荆江岸边。住处的四面有很多树林和芦荻,一个月夜还未睡觉,慢慢地走出门外。看见有一个条形物,像个大橡子,横在地上。他以为是门上的横门,就抬起脚来踢那个东西,那个东西顺着脚跳起来,从胸背一直到腰下,把顾遂缠绕了几十圈,顾遂仆倒在地,就迷迷糊糊什么也不知道了。

其家讶其深夜不归,使人看之,见腰间皎皛而明,来往碨于地上。逼而视之,见大蛇缠其身,解之不可。于是取利刃断其蛇,一段段置于地,弯弯然不展,缴勒闷绝,因而失喑,旬日而卒。出《玉堂闲话》。

瞿塘峡

有人游于瞿塘峡,时冬月,草木干枯,有野火燎其峰峦,连山跨谷,红焰照天。忽闻岩崖之间,若大石崩坠,锜磕然有声。遂驻足伺之,见一物圆如大困,碨至平地,莫知其何物也。细而看之,乃是一蛇也。遂剖而验之,乃蛇吞一鹿,在于腹内。野火烧然,堕于山下。所谓巴蛇吞象,信而有之。出《玉堂闲话》。

靳　老

恒州井陉县丰隆山西北长谷中,有毒蛇据之,能伤人,里民莫敢至其所。采药人靳四翁入北山,忽闻风雨声,乃上一孤石望之,见一条白蛇从东而来,可长三丈,急上一树,蟠在西南枝上,垂头而歇。须臾,有一物如盘许大,似虾蟆,色如烟熏,褐土色,四足而跳,至蛇蟠树下,仰视,蛇垂头而死。自是蛇妖不作。前澧州有鹍鹈雏,为蛇所吞。有物如虾蟆,吐白气直冲,坠而致死,得非靳老所见之物乎?凡毒物必有能制者,殆天意也。出《北梦琐言》。

他的家人惊讶他深夜不归,派人去看他,只见他的腰里皎洁明亮,在地上来回滚动。走近一看,只见一条大蛇缠着他的身子,不能解开。于是拿来锋利的刀砍断了蛇,一块块地放在地上,他还是弯着身子伸展不开,被缠绕勒得气闷昏死过去,接着就说不出话来,十天后就死了。出自《玉堂闲话》。

瞿塘峡

有人在瞿塘峡游玩,当时是冬月,草木都干枯了,有野火在山峰上燃烧,连着山烧过山谷,红色的火焰照亮了天空。忽然听见在岩石山崖之间,像有大石头崩裂落地,轰隆隆互相碰撞着发出声音。就停下脚步去察看,看见一个圆圆的像圆形谷仓的东西,滚落在平地上,没有人知道那是个什么东西。仔细地观察它,竟是一条蛇。就剖开查它,原来是蛇吞吃了一只鹿在肚子里。野火燃烧,掉在山下。人们所说的"巴蛇吞象",确实会有这样的事。出自《玉堂闲话》。

靳　老

恒州井陉县丰隆山西北一个很长的山谷中,有毒蛇盘踞在那里,能伤人,乡里百姓没有敢到那里去的。有个叫靳四翁的采药人进入北山,忽然听到有刮风下雨的声音,就登上一个孤石向远处望去,只见有一条白蛇从东面爬来,大约三丈长,急急地爬到一棵树上,盘踞在西南方的树枝上,垂着头歌着。一会儿,有一个东西像盘子那么大,样子像是蛤蟆,颜色像烟熏的一样,褐土色,用四个脚跳着,到了大蛇盘踞的树下,抬起头来看,大蛇就垂着头死了。从此蛇妖的事就没有了。从前澧州有鸮鹩的雏鸟,被蛇吞吃了。有个像蛤蟆的东西,直冲着蛇吐出白气,蛇从树上掉下来死了,难道不是靳老所看见的东西吗?凡是有毒物一定有能克制它的东西,大概是天意吧。出自《北梦琐言》。

景　焕

　　景焕为壁州白石县令,行陟巴岭,峻险万仞。约七八程,达玉女庙,或有巨虺横亘其前,径可七八尺,鳞甲不啻开扇许大,头尾垂在山下,唯闻折木,震响山谷。童仆辈尽股栗惊骇,莫能前进。于是旦驻山穴,因登高望之,竟目方见其尾。欲谓之龙,龙之行动,必有风雨随之,其日晴明,方见是蛇也。因知吞舟之鱼,翳天之鸟,虫禽之绝大者,信有之焉。出《野人闲话》。

舒州人

　　舒州有人入灊山,见大蛇,击杀之。视之有足,甚以为异,因负之出。将以示人,遇县吏数人于路,因告之曰:"我杀此蛇而有四足。"吏皆不见,曰:"尔何在?"曰:"在尔前,何故不见。"即弃蛇于地,乃见之。于是负此蛇者皆不见,人以为怪,乃弃之。案此蛇生不自隐其形,死乃能隐人之形。此理有不可穷者。出《稽神录》。

贾　潭

　　伪吴兵部尚书贾潭,言其所知为岭南节度使,获一橘,其大如升。将表上之,监军中使以为非常物,不可轻进。因取针微刺其蒂下,乃蠕而动,命破之,中有小赤蛇长数寸。出《稽神录》。

姚　景

　　伪吴寿州节度使姚景,为儿时,事濠州节度使刘金,

景　焕

　　景焕任壁州白石县令,步行登上巴岭山,山岭险峻高万仞。走了约七八程路,走到了玉女庙,这时有巨蛇横在他面前,直径大约七八尺,身上的鳞甲不止有展开的扇子那么大,头和尾巴都垂在山下,只听见树木折断的声音,在山谷之中震响。僮仆们全都吓得两腿颤抖,不能走路。因此大白天停在山洞里休息,接着又登上高处看那条蛇,目光的尽头才看见蛇的尾巴。想叫它龙,但龙的行动必然有风和雨伴随着,那天天气晴朗,才看见是蛇。由此可知,能吞掉小船的大鱼,翅膀能遮蔽天空的大鸟,爬虫类飞禽类中长得极大的,确实是存在的。出自《野人闲话》。

舒州人

　　舒州有个人进入灊山,看见一条大蛇,就打死了它。看那条蛇长着脚,他对此觉得很奇异,便背着蛇出了山。准备把蛇带给大家看,在路上遇到了几个县吏,就告诉他们说:"我杀的这条蛇有四只脚。"县吏们都看不见他,说:"你在哪里?"回答说:"就在你们眼前,为什么看不见我?"就把蛇扔到地上,才看见了他。因此背着这条蛇的人谁都看不见。人们认为这是件怪事,就扔掉了蛇。据考查,这条蛇活着时不能隐藏自己的身形,死后却能隐藏人的身形。这种道理是不能彻底弄明白的。出自《稽神录》。

贾　潭

　　伪吴国兵部尚书贾潭,说他的一个朋友是岭南节度使,曾得到一个橘子,橘子像升那么大。准备写篇表文把橘子献给皇上,监军中使认为这是不寻常的东西,不能轻易地献上去。于是拿过针来稍微刺橘子的蒂下,竟然能蠕动,让人切开橘子,里面有条几寸长的小红蛇。出自《稽神录》。

姚　景

　　伪吴国寿州节度使姚景,在小时候,事奉濠州节度使刘金,

给使厕中。金尝卒行至厕，见景方寝，有二小赤蛇戏于景面，出入两鼻中。良久景寤，蛇乃不见。金由是骤加宠擢，妻之以女，卒至大官。出《稽神录》。

王　稔

伪吴寿州节度使王稔，罢归扬都，为统军。坐厅事，与客语，忽有小赤蛇自屋坠地，向稔而蟠。稔令以器覆之，良久发视，唯一蝙蝠飞去。其年，稔加平章事。出《稽神录》。

安陆人

安陆人姓毛，善食毒蛇，以酒吞之。尝游齐安，遂至豫章。恒弄蛇于市，以乞丐为事。积十年余，有卖薪者，自鄱阳来，宿黄偘山下，梦老父云："为我寄一蛇与江西弄蛇毛生也。"乃至豫章观步门卖薪将尽，有蛇苍白色，盘于船中，触之不动。薪者方省向梦，即携之至市，访毛生，因以与之。毛始欲振拨，应手啮其乳，毛失声颠仆，遂卒，食久即腐坏，蛇亦不知所在焉。出《稽神录》。

在马厩中干活。刘金曾经突然走到马厩，看见姚景正在睡觉，有两条小红蛇在姚景的脸上戏耍，从两个鼻孔中进进出出。很长时间后姚景醒了过来，小蛇就不见了。刘金从此就特别宠信姚景，提拔了他，并把女儿嫁给他，姚景最后终于做了大官。出自《稽神录》。

王　稔

伪吴国寿州节度使王稔，罢官回到扬州，做统军官。坐在厅事中，和客人说话，忽然有一条小红蛇从屋顶掉到地上，对着王稔盘踞着。王稔让人用器具盖住小蛇，很久以后打开看，只有一只蝙蝠飞走了。那一年，王稔被委任兼作平章事。出自《稽神录》。

安陆人

安陆县有个姓毛的人，喜欢吃毒蛇，常用酒把蛇吞下肚。曾经到齐安游玩，又到了豫章。经常到集市上玩蛇，靠当乞丐过日子。这样生活了十多年，有个卖烧柴的人，从鄱阳县来到这里，住在黄倍山下，梦见一个老人说："替我送一条蛇给江西玩弄蛇的毛生。"于是到豫章观步门卖柴，快要卖光时，有一条苍白色的蛇，盘在船上，触一下它也不动。卖柴的人才想起以前做的梦，就携带着蛇到集市上去，寻找毛生，接着把蛇给了毛生。毛生刚想拨弄蛇，蛇就咬中了他的乳房，毛生失声跌倒，就死了。尸体一顿饭的工夫就腐烂变坏，蛇也不知道到哪里去了。出自《稽神录》。